KB197998

달빛조각사

달빛 조각사 16

ⓒ 남희성, 2007

발행일 2024년 5월 1일 | 발행인 김명국 | 발행처 주식회사 인타임 | 출판 등록 107-88-06434 (2013년 11월 11일) | 주소 서울시 구로구 디지털로31길 38-21 이앤씨벤처드림타워 3차 405호 | 전화 070-7732-2790 | 팩스 02-855-4572 | 이메일 in-time@nate.com | ISBN 979-11-03-33293-8 (04810) 979-11-03-32686-9 (세트) | 이 책은 주식회사 인타임이 저작권자와의 계약에 따라 발행한 것이므로 내용의 전부 또는 일부를 사용하려면 반드시 양측의 동의를 받으셔야 합니다. 잘못된 책은 구매처에서 바꿔 드립니다.

달빛조각사 16

남희성 게임 판타지 소설

The Legendary Moonlight Sculptor

INTIME

contents

지상으로 무너지는 탑

이른 새벽, 위드는 하늘로 오르는 탑의 140층에 서 있었다.

창문을 통해 보이는 바깥 세상에서는 어둠이 물러가면서 서서히 날이 밝아 오고 있었다.

"멋지군. 밤이 물러가고 아침이 밝아 오는 장면은 항상 힘을 주는 느낌이야."

붉은 태양이 저 먼 평원 너머로부터 솟구친다.

대지가 환히 밝아지면서 배회하는 몬스터 무리와 시체를 파먹는 까마귀들이 보인다.

그리고 대신전 근처에서 우글거리는 광신도들과 괴물들의 모습도 드러났다.

끔찍하기 짝이 없는 광경이, 태양의 떠오름과 함께 선명하게 보이는 것이다.

"이래서 비싼 아파트에 사는 사람들이 전망 좋은 고층을 선호하는 것일까? 강이나 바다가 보이면 조망권 때문에 가격이 훨씬 더 오르기도 하고……. 흠, 그래 봐야 고층 아파트에서 살면 답답하기나 하지. 매달 관리비도 많이 내야 되고, 마당에 고구마 심어서 캐 먹는 맛도 모를 테고 말이야."

위드는 등에 지고 있던 돌을 땅에 내려놓았다.

"좋든 싫든 이 짓도 이제 끝이군."

탑의 계단을 계속 내려오던 노르드족과 인간, 엘프, 바바리안들이 그를 힐끗 보았지만 다들 무관심하게 지나쳐 갔다.

철저히 노예근성에 찌들어서 당장 먹고사는 문제 외에는 신경을 쓰지 않는 것이다.

"오늘은 뭘 주지?"

"까마귀 수프라는군."

"오랜만에 고기 맛을 볼 수가 있겠어."

새벽일을 마친 노예들은 식사를 위해 탑을 서둘러 내려갔다.

오직 하루에 한 번, 아침밥 외에는 제공되지 않는다.

까마귀 수프도, 무엇을 넣었는지 모를 만큼 끈끈하고 느끼한 국물 외에 한 점이라도 씹히는 고기는 찾기 힘든 최악의 비율이었다.

엄밀히 말하자면 까마귀를 넣고 끓인 게 아니라 요리를 위한 거대한 솥단지에 우연히 까마귀가 떨어져 죽었다고 봐야 할 정도의 극악한 고기 비율!

까만 깃털조차도 제대로 건져 먹기가 힘들다.

위드가 피라미드를 만들면서 초보 유저들을 착취하기 위해 풀죽을 끓여 준 것은 그나마 양반이라고 할 정도였다.

'엠비뉴 교단에서 배울 점이 많아. 이렇게 철저하게 원가를

절감하면서 사업을 하면 성공할 수밖에 없지.'

엠비뉴 교단의 저력 역시 신도들과 노예들에 대한 착취로 시작이 되는 것.

"그러면 슬슬 시작을 해 볼까? 지금까지 노가다를 한 일당은 톡톡히 받아 내 주지."

위드는 묵직한 도끼를 손에 쥐었다.

숙련된 나무꾼의 벌목용 도끼

몇 대를 내려오면서 나무를 베어 온 도끼다. 녹이 심하게 슬어서, 땅에 버려 놓더라도 주워 가는 사람은 없을 것 같다. 두꺼운 데다 너무 커서, 전투용으로 적합하지 않은 도끼! 그러나 오랜 사용으로, 정확한 도끼질로 나무를 찍으면 의외로 쉽게 벨 수 있다.

내구력: 31/65
공격력: 14~25
제한: 힘 400 이상. 레벨 140 이상. 도끼 스킬이 없더라도 쉽게 다룰 수 있다.
옵션: 숲과 산에서 나무를 벨 때 체력 소모를 감소시켜 준다. 정확한 도끼질을 하였을 시, 160% 절삭력 추가.

당연하지만 위드는 전투를 위해서 이 도끼를 꺼낸 것이 아니었다.

공격력이 형편없는 것은 물론이고, 상점에 매각을 하더라도 찾는 이들이 없어서 잘 팔리지 않을 도끼!

특히 도끼는 무게가 많이 나가기 때문에 상인들도 도시 내에서 구입하는 게 아니라면 기피하는 물품이었다.

"어디 해 볼까."

위드는 탑의 벽을 향하여 도끼를 내려쳤다.

슈우우우우우우우, 콰아아아아아앙!

벽을 부수며 작렬하는 도끼의 위력!

몬스터를 때려잡고 퀘스트를 하며 올린 레벨로 인해서 도끼가 공기를 가르는 파공음부터가 남달랐다.

"역시 이 손맛이로군!"

위드는 벽을 종잇장처럼 부숴 놓으면서 계속 도끼질을 했다.

"몽땅 부서져 버려라."

탑의 무게를 지탱하는 기둥도 쳐 내고 무너뜨리고, 벽면을 박살 냈다.

워낙에 대단한 힘으로 건물을 부수기 때문에 도끼의 내구도 역시 금방 떨어졌다.

일반 검이 아닌 도끼는 방패나 갑옷에 부딪쳐도 꽤나 오래 쓸 수 있지만, 돌기둥과 벽을 부쉈는데 멀쩡할 수는 없는 노릇이지 않은가!

위드가 양손으로 잡고 있던 도낏자루가 뚝 부러져 버리고 말았다.

내구도의 저하로 인해 벌목용 도끼가 파괴되었습니다.

"도끼야 많으니까."

위드는 배낭에서 또 다른 도끼를 꺼냈다.

이번엔 파괴력을 늘려 주는 마법 도끼!

중앙 대륙에서의 전투 중에 입수한 도끼들이 많이 있었고, 상점에서도 흔한 무기와 도구라서 쉽게 구입할 수 있었다.

이것이야말로 하늘을 오르는 탑을 파괴하기 위한 비장의 무기였다.

엠비뉴 교단에 대한 동영상, 하늘로 오르는 탑을 보면서 위드는 이런 생각이 들었다.

'저건 어째서 무너지지 않을까?'

단단한 지반 위에, 또 마법으로 특별히 무게를 감소시키고 중요한 기둥들은 강화까지 했을 테지만 근본은 건축물이다. 그렇다면 부숴서 무너뜨릴 수도 있지 않겠는가.

"밑에서 돌을 하나씩 뺀다면 말이야, 한꺼번에 폭삭 주저앉으면 재미있을 텐데."

하늘로 오르는 탑을 파괴하기 위한 기발한 전략과 전술 같은 게 아니었다. 그냥 높은 건물을 보면 기둥을 무너뜨려 보고 싶은 심술!

콰아아앙! 콰아아아아앙!

위드가 도끼질을 할 때마다 두꺼운 기둥이 푹푹 파여 나가면서 맨살을 드러냈다.

돌로만 쌓아 올린 것이 아니라, 내부에는 특수한 맘모스의 뿔과 뼈들이 연결되어 있어서 높은 내구력을 자랑했다. 그렇다고 하더라도 위드의 도끼질이 서너 번 집중되면 한 줄기씩 끊어지고 말았다.

"열 번 찍어 안 넘어가는 나무 없다고, 천 번 찍어서 안 쓰러지는 탑도 없겠지!"

무지막지한 파괴력에 의해 벽과 기둥들이 조각조각 박살이 나고 있었다.

딱 보기에도 두껍고 중요한 기둥 5~6개쯤을 부술 때까지만 하더라도 탑은 미동조차 없었다. 하지만 그 이후부터는 도끼질을 할 때마다 약간씩 흔들렸다.

지금은 그 흔들림이 미미하고 잠깐잠깐 느껴질 정도이지만 점점 더 커지고 있었다.

적당한 공포심과 상상력이 합쳐질 때야말로 사람을 흥분되게 만든다. 이렇게 계속 도끼질을 하면 그 이후에는 과연 어떻게 될까!

"어릴 때 엄마를 따라서 갔던 수족관. 피라니아가 살고 있는 어항에 손을 담가 보았던 그때만큼이나 아주 짜릿하군."

그야말로 환상적인 공포감!

140층에서는 탑의 요동이 크지 않더라도, 구름 너머까지 한참이나 뻗어 있는 최상층부는 이미 심하게 흔들리고 있었다.

도끼질로 인해 벽과 기둥이 무너지면서 워낙에 큰 소리가 나자 엠비뉴의 파수꾼들에게도 비상이 걸렸다.

"무슨 소리지?"

"뭐가 부서지고 있는 것 같다."

탑에 있는 파수꾼들이 수색에 나섰다.

워낙에 높고 넓은 탑이라서 중간중간에 배치된 파수꾼들의 숫자를 다 합치면 5,000이 넘었다. 10층마다 있는 층계 관리자 등까지 합치면 준보스급, 보스급 네임드 몬스터들이 우글거리는 장소였다.

"울려서 잘 알 수가 없다. 어디서 들리는 소리지?"

"위층이다!"

파수꾼들은 위드가 있는 위치를 즉시 찾아내지 못하고 약간 헤맸다.

도끼질을 하는 소리가 건축물을 타고 흐르기 때문에 평지와는 달리 정확한 높이와 위치를 파악하기가 힘들었다. 하늘로 높이 뻗어 나가는 것에만 관심을 두고 실내 구조도 복잡하게 지어진 탑 때문이기도 했다.

계단들도 이상하게 꼬여 있어서, 위드가 있는 140층으로 가려면 반드시 137층에서 한 번에 올라야 한다. 혹은 144층에서 내려오는 방법도 있었다.

140층은 중간에 있으면서도 연결 통로가 적어서 마치 외딴섬 같은 곳이었다.

"놈이 여기 있다!"

"노르드족 따위가 감히 엠비뉴에 맞서려고 하는가!"

위드가 세 번째 도끼를 바꿔 들었을 때에 파수꾼 10명이 그를 발견하고 다가왔다.

"트리플 스윙!"

"쿠억!"

초보 수준의 도끼 스킬에 몰살!

하지만 파수꾼들은 계속 줄지어서 올라왔다.

"경험치와 잡템은 거부할 수가 없는 유혹이란 말이야."

위드는 놈들이 나타나기만 하면 해치워 버리려고 계단 근처에서 작업을 하고 있었다.

계단을 통해서 뛰어 올라오는 적들은 위드에게 별문제가 되지 않았다.

껄끄러운 사제가 출현하더라도, 거리가 좁고 옆으로 신성 마법을 피할 공간이 있어서 별로 상관이 없었다.

"140층이다."

"놈을 죽여!"

파수꾼들이 위아래로 고함을 내지르는 소리도 들렸다.

하늘로 오르는 탑의 비상사태!

파수꾼들은 자신들이 지키던 자리를 벗어나서 떼를 지어 거침없이 몰려왔다. 엠비뉴의 총본영이니만큼 파수꾼도 우글거렸다.

"너는 일을 잘하던 그 어린 노르드족! 갑자기 미치기라도 한 것이냐?"

파수꾼 중에 위드를 알아보고 질타를 하는 놈도 있었다.

"엠비뉴의 뜻을 거스르는 자에게는 어떠한 정당성도 없다. 당장 멈추면 사지를 소금에 절여서 까마귀의 먹이로 던져 주는 정도에서 멈춰 주겠다!"

위드도 불만은 만만치 않게 쌓여 있었다.

"일을 마구 시키는 건 좋아. 힘들고 위험한 게 노가다의 실체니까. 그렇지만 임금 체불만큼은 참을 수 없다!"

악덕 고용주에 대한 반발!

"일곱 번의 휘두름!"

띠링!

도끼 스킬이 상승했습니다.
도끼의 파괴력이 130%로 강화됩니다. 공격 속도가 5% 빨라집니다. 도끼
에 실리는 무게가 14% 더해집니다.

초급 3레벨!

위드의 레벨이 높아서 파수꾼들이 약해 보이는 것이지 절대 호락호락한 녀석들은 아니다.

적어도 레벨 300대 중후반, 똥개도 자기 집 안마당에서는 반은 먹고 들어간다는데 엠비뉴의 가호까지 받는 파수꾼들이니 절대 약하지는 않았다.

그렇기에 도끼를 다루는 스킬도 금방 늘어만 갔다.

하지만 워낙 스킬 레벨이 낮고 공격 범위도 짧아서, 대량의 적들과 싸우기에 적합한 물건은 아니었다.

"이 나쁜 건축업자들아!"

위드는 파수꾼들의 공격 정도는 무시한 채 적들에게 도끼를 휘둘렀다.

파수꾼들의 공격은 어차피 맨몸으로 맞더라도 막대한 생명력을 조금 떨어뜨릴 뿐이었다. 원래 약한 노르드 종족의 특성상 인간일 때보다도 전투력은 떨어지지만 맷집만큼은 약간 더 좋았다.

계단을 통해 계속 몰려오는 파수꾼들을 해치워야 하기에 기둥 파괴는 갈수록 지체되었다.

그러다가 위드의 머릿속을 스쳐 지나가는 생각.

'어차피 건물을 통째로 부숴 버릴 건데 계단을 그냥 놔둘 필

요가 있나?'

나중에 건물을 내려가려면 필요하긴 하다. 하지만 지금은 귀찮게 구는 파수꾼들을 처리하는 게 우선이었다.

파수꾼들로부터 계속 방해를 받다 보면 하늘로 오르는 탑의 최상층부에 있는 보스급 몬스터들이 우르르 내려올 수도 있는 것이다.

엠비뉴 교단에서는 하늘로 오르는 탑에 심혈을 기울이고 있는 만큼 이곳의 책임자들 역시 대사제급은 아니더라도 그들보다 약간 못한 정도다.

대사제 잉그리그와 모툴스를 죽이면서 고생했던 것이 불과 얼마 전의 일이라서, 그들과 전투를 벌이는 결과까지는 결코 바라지 않았다.

"에라, 모르겠다!"

위드는 도끼를 내리쳐서 계단과 연결된 구조물들을 과감하게 부숴 버렸다.

"노, 놈이……."

"계단이 떨어진다. 으아악!"

140층만이 아니라 위층에서, 그리고 아래층에서 연결된 계단들이 한꺼번에 우르르 무너져 내렸다. 파수꾼들도 덩달아 엉키고 깔리면서 아래로 떨어졌다.

이제부터 아래층에서는 더 이상 올라올 수가 없게 되었다. 무너진 계단의 잔해가 아예 밑에 있는 통로들을 콱 틀어막아 버린 것이다.

위층의 파수꾼들은 계단이 있던 무너진 자리를 통해서 계속 뛰어내렸다.

"생살을 찢어 버릴 저놈을 죽여라!"

"엠비뉴의 거대한 역사가 이루어질 일을 방해하려는 놈을 처치하라!"

계단은 없어졌지만 파수꾼들은 더욱 빨리 늘어났다.

그래 봐야 도끼질 한두 번에 죽을 파수꾼들이었지만 갈수록 극성을 부린다.

"이판사판이야!"

위드는 도끼로 땅을 내려쳤다.

쿠우우우웅!

파수꾼들이 착지할 바닥 면을 부숴 놓아서, 계단을 뛰어내리면 계속 아래층으로 떨어지도록 했다.

"으와아아아악!"

"엠비뉴시여어어어어어."

검거나 잿빛의 돌들이 쌓여 있고, 중간중간에는 각종 몬스터와 인간의 뼈까지도 튀어나와 있다. 원래 감옥 같은 느낌을 물씬 풍기던 탑이었지만 내부까지 부서지자 미관상으로 완전히 엉망진창이 되었다.

하늘로 오르는 탑을 몽땅 부숴 버리기로 한 마당에 바닥 조금 파괴하는 것이 무슨 대수이겠는가.

다리 쭉 펴고 살 수 있는 내 집 마련을 위해 평생을 일한다고 해도 과언이 아닌 대한민국 사람으로서 마음이 아무렇지도 않은 건 아니었다.

그렇지만 막상 부수다 보니 재미도 있었다.

언제 이런 거대하고 높은 건물을 부숴 볼 것인가.

"우와, 높다."
"진짜. 저런 건물 무너지면 대박이겠다."

어린 초등학생들이 63빌딩을 보면서 감탄하는 것과도 흡사한 동심의 원리!
"부술 때는 화끈하게 부숴 버려야지."
이렇게 파수꾼들의 방해도 사라지자 위드는 거침없이 도끼질을 하며 기둥들을 부숴 놓았다.
처음에는 그렇게도 단단하던 기둥들이었는데, 이제 조금만 도끼질을 해서 일부만 깨뜨려도 쉽게 박살이 나서 파편들이 흩어졌다.
탑의 상층부로 이어지면서 천문학적인 무게를 떠받치고 있는 기둥들이다. 일부 기둥들이 깨지고 쓰러지다 보니 남아 있는 기둥들에 더 막대한 하중이 실리는 바람에 더욱 취약해지고 있었던 것이다.
"내 키가 커졌나? 아까보단 천장이 가까운데……."
위드가 있는 140층이 왠지 위아래가 조금 낮아진 것처럼 보였다.
이는 착각이 아니었다. 실제로 천장이 약간이나마 내려오고 있었다.
쩌저저저저저적!
기둥 30개 정도가 파괴되고 나서부터는 천장에 일자로 쭉 균열이 심각하게 일어났다.

그뿐만 아니라 탑의 하중을 떠받치던 돌기둥들도 거대한 무언가가 짓누르는 것처럼 으깨지면서 아래층으로 파고들어 가기 시작했다.

"이제부턴 멈출 수가 없겠군."

위드도 조금 신중해졌다.

잠을 잘 때도 누울 자리를 보고 다리를 뻗으라고 했다. 하물며 지금 자신이 하는 행동이 얼마나 위험한지는 정말 잘 알고 있었다.

조각술의 비기인 대재앙을 일으키면서도 위험 의식이 약간씩은 느껴졌지만, 건물 안에서 기둥들을 부수고 있는 지금만큼은 아니었다.

"이 기둥은 확실히 쓰러뜨려야 되고… 저 기둥은 더 급해!"

1초의 낭비도 없이 움직이지 않으면 탑의 붕괴가 원하는 대로 일어나지 않는다. 위드는 바로 하늘로 오르는 탑을 대신전을 향해서 무너뜨리려는 계획을 갖고 있었던 것이다.

이른바 꿩 먹고 알 먹고, 공짜 해외여행 하고 복권 당첨되기!

쿠그그그궁! 꽈드드득!

천장과 바닥 할 것 없이 점차로 무너졌다. 기둥들이 비틀리면서 저절로 부서지고 기우뚱 휘어지려고 했다.

절체절명의 위기 상황.

탑이 그대로 가라앉아서 깔린다면, 이건 위드라고 해도 살아남을 재주가 없었다.

위드의 머리 위로 돌 조각들이 계속 떨어졌다.

거의 의미도 없는 생명력의 피해는 상관할 필요가 없었다.

'아직까지는 계획대로 이루어지고 있는 것 같은데 말이야. 역시 나의 두뇌는 천재적이로군. 학창 시절에 공부를 못했던 건 내 잘못이 아니라 다 실력이 부족했던 선생님들 탓이었어!'

지금까지 위드는 탑의 동쪽, 대신전이 있는 방향의 기둥만 의도적으로 부숴 놓았다.

하지만 기뻐하는 것도 잠깐이었고, 탑의 하중이 나머지 기둥들에 분산되면서 무차별적인 파괴 현상이 일어나기 시작했다.

140층이 아니라 133층, 121층 등에서도 기둥들에 무작위적으로 균열이 일어나더니 무너지고 깨졌다.

어느 순간부터는 탑이 통째로 휘청휘청 흔들리면서 걷잡을 수 없는 무게로 인한 파괴력으로 하부가 부서져 나갔다.

가장 높은 탑의 최정상부는 사방으로 수백 미터를 흔들거릴 정도로 탑 전체의 진동이 심각해지고 있었다.

위드는 동쪽 기둥들만 부숴 놓으면 그 방향으로 쓰러지게 될 줄 알았지만, 일은 그렇게 단순하게 진행되지 않았다.

⌒⌒✾⌒⌒

"으아, 저게 저렇게 되냐."

위드의 모험은 방송국들을 통해서 전 세계에 동시 중계되고 있었다.

오늘 벌어지기로 되어 있는 모험을 얼마나 많은 시청자들이 손꼽아 기다렸는지 모른다.

〈로열 로드〉와 관련이 있는 모든 게임 방송국, 심지어는 일반 방송국들까지도 경쟁적으로 나섰다.

대한민국이 아닌 외국에서의 〈로열 로드〉 열풍은 약간 늦게 불기 시작했지만, 지금은 그 격차가 거의 느껴지지 않을 정도로 미미했다.

시간적인 여유가 많은 만큼 다양한 취미의 여가 생활을 즐기는 외국인들에게 무엇이든 할 수 있는 〈로열 로드〉는 빠져들 수밖에 없는 충분한 요소를 갖춘 것이었다. 뒤늦게 시작된 만큼 더 광적인 인기를 누릴 정도였다.

지금 이 순간, 방송을 보고 있던 전 세계의 건축가들은 거의 동시에 깊이 탄식했다.

"저런 건 건드리면 안 되는데."

"구조역학 계산을 제대로 하려면 열흘… 아니, 100일은 꼬박 걸리겠다."

"시도는 좋았지만 변수가 너무 많았어."

탑을 원하는 대로 파괴하기 위해서는 정밀한 계측과 까다로운 계산이 필요하다. 건축물의 정확한 설계도를 기본으로 하여 인장 강도, 각 층마다 걸리는 하중도 기본으로 알아야 했다.

파괴를 시작할 최적의 높이와 위치를 결정하는 데에만 최소한 며칠은 걸리리라.

워낙에 높고 큰 건물이기에 순간적으로 탑을 가라앉힐 정도의 파괴력을 단번에 발휘하기는 무리다. 그냥 원하는 방향으로 쓰러지는 행운이 생길 수도 있지만, 위치나 방법으로 볼 때 아예 그냥 아래로 통째로 와르르 무너져 내려서 전부 깔려 죽을 가능성이 훨씬 크지 않겠는가.

순차적으로 파괴하면서 원하는 방향으로 쓰러뜨리려면 바람의 영향과 붕괴 속도, 지형의 기울어짐, 구조에 따른 하중의 변화, 기둥을 쓰러뜨려야 하는 시간까지도 정확하게 맞춰야 하는 것이다.

이 모든 것들을 전반적으로 고려하자면, 수학적인 계산을 통해서 이론적으로도 가능하긴 할 테지만 실제로는 불가능에 가까웠다.

강한 몬스터들의 부산물까지 사용되어 기둥들의 강도가 복잡다단한 데다 저마다 다르다. 각 층마다 면적도 다르다. 탑의 설계도가 있었던 것도 아니고, 정밀 도구를 써서 탑의 중요 부분들을 측정하지도 않았다.

그저 돌을 들고 나르면서 대충 눈으로 보고 나서 직관적으로 파괴점들을 찾아내다니 이 얼마나 단순한 발상인가.

최고 수준의 건축가라고 하더라도 이렇게 높은 건물을 원하는 대로 쓰러뜨려 본 경험을 갖고 있진 않다.

물론 상식적으로 이렇게 높고 거대한 탑이 세상에 존재할 수도 없겠지만.

강철의 강도를 수십 배 능가하는 매우 특수한 재료들과 신비로운 마법의 힘이 없었다면 절대 불가능했을 건축물.

그럼에도 불구하고 건축가들은 어쨌든 감탄을 하지 않을 수가 없었다.

"엉뚱하고 단순하지만 천재적인 시도였어."

복잡하지 않은 어린아이처럼 순수한 판단.

머릿속에 든 게 많으면 일이 잘못되었을 경우에 대한 걱정들 때문에 아무것도 해내지 못한다.

다만 그 이후의 결과가 어떻게 이어지게 될지는 건축가들 또한 짐작할 수가 없었다.

위드는 무너지는 건축물의 내부에 있다. 천장이 떨어지고 기둥들이 힘없이 쓰러진다.

그처럼 무서운 환경도 또 없으리라.

건축에 대해 문외한이라고 하더라도 현재 하늘로 오르는 탑만큼 위험한 것이 없다는 것 정도는 충분히 느꼈다.

심장이 오그라들고 머리털이 쭈뼛 서는 듯한 이 느낌은, 위드가 벌이는 모험의 전매특허와도 같았다.

⋘⋙

위드는 주위를 둘러보았다.

"상황이 어째 조금 안 좋은 것 같은데."

그가 있는 장소뿐만 아니라 탑 전체가 일그러지면서 계단도 붕괴 현상으로 연쇄적으로 무너져 내리고 있었다. 외부로 뚫려 있는 창도 눌려서 막히거나 위에서 돌덩어리가 우수수 떨어져서 위험하기 짝이 없다.

모든 것이 악화되면서 급박하게 흘러가고 있었지만 사람이 죽기 직전에는 자신의 인생을 한순간에 돌이키게 되는 것처럼 깊은 생각에 잠기게 되었다.

'난 왜 매번 이렇게 되는 걸까.'

의도나 계산, 혹은 행동이 잘못된 것일까. 아니면 단순히 재수가 없는 것일까.

'양쪽 다 최악일 수 있겠지. 웬만해서는 이런 확률이란 나오기 힘드니까.'

그렇다고 해서 포기하지는 않았다.

위드가 〈로열 로드〉를 하면서 깨달은 점이 있다면, 자신의 생존력이 매우 뛰어나다는 것이었다. 극한의 상황에 몰리게 될수록 악착같이 살아남으려고 한다.

평소에는 다른 사람 눈치를 보는 것 외에는 잘 굴러가지 않던 머리가, 목숨이 오가는 상태가 되면 아주 빠르게 회전한다.

이 머리로 공부를 했더라면 사법시험에도 합격하고 나서 사기꾼이 되었을 것이다.

"살 수 있다. 나는 살 수 있어."

위드는 빠르게 주변을 둘러보면서 이용할 것을 찾았다.

남아도는 것은 바위들이었다.

자신이 짊어지고 가져왔던 돌, 그리고 천장에서 무지막지하게 추락하고 있는 돌 더미.

바로 위층만이 아니라 탑 전체가 붕괴의 과정에 있었기에 돌들이 계속 떨어진다.

이제는 더 이상 도끼질을 할 필요도 없이, 이렇게 진행이 되다가 탑이 한꺼번에 무너지게 되리라.

그 잔해에 깔리게 되면 끝이라는 말밖에는 달리 떠오르지 않았다.

"지금 쓸 만한 건 조각술밖에 없어."

위드는 조각칼을 꺼내 들었다.

노르드 종족의 몸은 전투나 탈출에는 조금도 유리하지 않다. 육체를 바꾸어서 현재의 상황에 적응을 해 나가야 한다.

사사사사사삭.

위드의 조각칼이 신들린 듯이 움직였다.

조각술 최후의 비기 퀘스트를 하는 동안에는 조각품을 깎을 시간이 정말 모자랐다. 고급 9레벨의 조각술의 마지막 단계는 지긋지긋할 정도로 오르지도 않았다.

하지만 이번만은 조각술이 대단한 도움이 되리라.

그렇게 이득을 얻으면서도 위드는 여전히 조각술에 관해 불만이 많았다.

"모험이나 전투, 예술 분야에서는 조각술이 정말 좋아. 돈까지 잘 벌어다 주면 더 바랄 게 없겠는데."

물에 빠진 사람 구해 주었더니 아파트 무료 분양에 평생 연금이라도 주기를 바라는 격!

탑이 무너지기 전에 작업을 마무리해야 했으므로 위드는 조각칼을 가지고 직접 운반해 온 돌을 미친 듯이 빠르게 깎아 나갔다.

슥삭슥삭.

손이 제대로 보이지 않을 정도의 속도.

사과처럼 매끄럽게 잘려 나가는 바위.

급할수록 돌아가라는 말도 있지만, 그러다가는 비명횡사하기 딱 좋다. 급하면 더 빨리 움직여야 한다.

조각술은 이제 몸처럼 익숙해져서, 생각하는 대로 형상이 다 듬어지고 있었다.

전투나 퀘스트를 진행하면서도 조각술을 생각하다 보니 온갖 엉뚱한 작품들이 다 떠오른다.

예술가들은 그렇게 떠오른 작품들을 만들고 전시를 하면서 사람들에게 알리고 창의적이고 독창적인 개성을 추구해 나간다. 철학과 사상, 깊이가 담겨 있는 작품들은 문화로서 사람들의 감성을 풍부하게 했다.

위드는 보통 아름답거나 실용적인 작품들을 선호했다.

'안 그래도 매년 물가 오르는 물건들 생각하면 머리가 터질 것 같은데 무슨 복잡한 생각을 하고 살아. 예쁘고 쓸모만 많으면 되지.'

간단한 이유!

이번에 깎고 있는 조각품도 이해하기 어려운 것이 아니라 정말 쉬운 것이었다.

엠비뉴의 괴물!

생명력이 높고 괴력을 발휘할 수 있는, 흉악하기 짝이 없는 괴물을 택했다.

흉가에서 한 400년은 살았을 것 같은 희고 주름 가득한 피부에, 파리와 모기를 전문적으로 잡아먹을 수 있는 긴 혓바닥!

조각을 하면서 바위에 있던 층층이 겹쳐진 것 같은 이상한 무늬들과 미세한 균열들은 가뜩이나 안 좋은 인상을 더 험하게 만들었다.

건장한 체격은 바바리안을 닮았지만 얼굴과 몸의 피부는 뱀에 가까운 인간형 괴물이라고 봐야 했다. 게다가 발바닥에는 잘 미끄러지지 않도록 갈퀴가 달려 있었으며, 겨드랑이 부분에는 박쥐처럼 얇은 날개도 달리게 했다.

머리도 길쭉하니 크고 비늘로 덮여서 완벽한 대머리였다.

'옛날이었으면 이런 조각품은 절대 못 만들었을 거야.'

위드는 조각품을 깎으면서도 돈에 대한 생각을 했다.

자신이 모험을 하면 방송을 통해서 관련 조각품들도 대히트를 친다.

와이번, 빙룡, 누렁이 인형들이 완구 시장에서 무섭게 팔려나가고 있는 것만 봐도 알 수 있었다.

물론 그 수익금 중에서 일부분은 통장에 차곡차곡 적립이 되었다.

본 드래곤을 해치웠을 때의 근원의 스켈레톤은 또 어떠했는가. 외관상으로는 그리도 볼품이 없는 뼈다귀였지만 요즘 어린아이들은 정말 좋아한다.

근원의 꽃게과자.

근원의 양념고구마.

근원의 눈에보이네.

제과업체와 계약을 해서 과자들까지 출시되었다.

남자와 여자아이를 가리지 않고 해골 인형들을 수집했다.

모든 학부모들의 치를 떨리게 하는 아이의 말.

"엄마, 나 저거 사 줘."

"사 주기 전에는 절대 안 가. 우에에에에엥!"

위드의 모험에 나온 조각품들을 사 주기 전에는 결코 울음을 그치지 않는 요즘 아이들.

그럴 때마다 부모님들은, 잠깐이지만 자식을 낳고 먹은 미역 국을 후회할 수도 있을 것 같았다.

"아이들이야말로 노후를 위한 돈주머니지. 어린아이들 용돈 으로 먹고사는 직업이라니… 이 얼마나 안정적이란 말인가."

이제는 위드가 어떤 조각품으로 변신을 하더라도 대인기를 누린다.

키 크고 잘생긴 조각품이 아니더라도, 오히려 이상할수록 특 징이 강하다고 잘 팔렸으니 뭐든 떠오르는 대로 조각할 수가 있었다.

이번 조각품은 뱀 머리에 악어처럼 두꺼운 팔다리가 달려서, 정말 역사상으로도 최악의 외모를 자랑했다.

카리취가 정말 무섭게 못생겼다면, 이번의 조각품은 소름 끼 치도록 못생긴 데다가 무섭기까지 한 정도!

"조각 변신술!"

조각 변신술을 사용합니다.
조각술에 대한 무한한 애정은, 그 조각품과 조각사를 서로 닮게 만듭니다!

피부와 겉모습이 빠르게 바뀌었다.

조각품의 형상에 따라 입도 거의 귀까지 찢어지게 되었지만, 체격은 거의 그대로라서 원래의 장비들을 착용할 수 있었다.

> 조각 변신술의 영향으로 힘과 민첩이 크게 증가합니다.
> 매력이 최저 수준으로 하락합니다. 예술 스탯이 절반으로 줄어듭니다. 인내력과 맷집, 행운이 대폭 상승합니다. 조각 변신술이 풀릴 때까지 유효합니다.

"급하게 만들었지만 완벽하군."

위드는 매력 스탯이야말로 무참히 떨어져도 상관없다고 생각했다.

매력이 있으면 피부가 밝고 화사하게 바뀌면서 전체적인 몸매의 윤곽선도 개선된다. 특히 여성 유저들의 경우에는 매력이 100이었을 때와 200으로 올렸을 때 특정 부위의 몸매가 달라져서 매우 예민한 사항이었다.

그렇지만 위드가 언제 몸매나 얼굴을 생각하면서 살았던가.

얼굴이 조금 잘생겨진다고 해서 없던 애인이 생기는 것도 아니고, 그걸로 먹고살지도 못한다.

서윤과 친하게 지내는 건, 솔직히 외모와는 관련이 없다. 그녀와 어울리려면 매력 스탯이 적어도 20만 정도는 되어야 할 텐데, 그런 일은 절대 벌어지지 않을 테니까.

"내 얼굴로도 라면 끓여 먹고, 참외 깎아 먹고, 낮잠 자는 데에는 전혀 지장이 없었어!"

쿠르르르르르르릉!

탑의 진동이 심해지자 위드는 두 팔과 두 다리를 땅에 단단히 붙였다.

이젠 앞으로 이 탑에서 어떤 일이 벌어지더라도 놀랄 것이 없다. 모든 것이 느리지만 무너지는 한계 지점을 향해 나아가고 있었다.

쿠그궁!

탑 전체의 움직임이 갑자기 벼락이라도 맞은 듯이 멈췄다. 시끄러운 소음으로 가득하던 온 사방에 갑작스럽게 찾아온 고요함.

"뭐야, 끝난 건가?"

하지만 미세하게 쥐 떼가 찍찍거리는 듯한 소리가 쉬지 않고 들렸다.

중앙 기둥들에 미세한 균열들이 마구 그어지고 있었던 것.

붕괴가 눈에 크게 보이지는 않지만 계속 지속되고 있다는 증거였다.

"지금이다!"

위드는 앞에 쌓여 있는 잔해들을 뛰어넘으면서 달렸다. 그리고 두 팔과 두 다리를 모으면서 외부로 뚫려 있는 창문으로 몸을 던졌다.

가히 액션 영화에 주로 나오는 듯한 멋진 모습.

영화에서 주인공들은 낙하산을 가지고 있었지만 위드는 그렇지 못했다.

140층이라는 높이는 위드라고 하여도 그냥 추락하기에는 매우 큰 부담이었다.

'탑에서 무사히 탈출을 하는 것까지는 좋아. 땅으로 추락하더라도 생명력이 엄청나게 높으니까 죽진 않을 거야. 근데 덤벼들 적이 많기도 하군.'

공중에서 추락을 하며 지상을 보니 엠비뉴의 병력이 개미 떼처럼 바글바글하지 않은가.

이미 엠비뉴의 모든 병력은 비상 출동을 하고 있었다. 하늘로 오르는 탑이 기우뚱 흔들리고 돌 더미가 아래로 떨어지고 있으니 그 소란을 모를 수가 없었다.

"엠비뉴 신을 영접하기 위한 탑이다. 무너지지 않도록 막아야 한라."

"모든 사제들은 능력을 발휘한다."

엠비뉴의 사제들이 신성력을 발휘하였다.

탑의 무게를 가볍게 하고, 구조를 단단하게 하며, 끊어진 연결 부위를 접합하고, 벽면을 떠받치는 신성 마법들이 펼쳐졌다. 원래 엠비뉴 교단에서는 이러한 신성 마법을 가지고 있지 않았지만, 하늘로 오르는 탑을 건설하면서 개발했던 것이다.

또한 탑의 중간중간마다 인부들이 들어가지 못하는 장소에 보존 마법진과 마력구 등을 설치해 놓았다.

탑이 물리적으로 감당할 수 있는 무게의 한계를 넘어서 웅장하게 계속 지어질 수 있도록 하기 위한 마법진들!

그 마법진들이 암흑의 빛을 발산하면서 작동되어서 기둥에 실리는 하중을 상당히 낮추어 주었다.

엠비뉴에 종속된 중대형 괴물들도 탑의 내부로 뛰어들었다. 그들은 무너지고 있는 기둥과 천장을 어깨와 등으로 떠받쳤다.

꾸에엑!

꽥!

괴물들은 몸이 짓눌리면서도 탑의 붕괴를 막고 있었다.

"뭐야… 조금 이상한데?"

위드는 탑의 붕괴가 잠깐이지만 멈춘 것 같아서 이상했다. 탑이 기울어지고 부서질 것 같아서 탈출을 했던 것인데, 아래로 떨어지는 동안 굳건하게 지탱하고 서서 쓰러지려고 하지 않는 것이 아닌가.

"날로 먹는 게 정말 하나도 없네."

촤라락!

위드는 두 팔을 뻗어서 얇은 청색 피막으로 되어 있는 날개를 펼쳤다. 하늘을 날진 못해도 떨어지는 속도를 조금이나마 줄여 냈다.

"에라, 모르겠다."

그러고는 날개를 이용해서 바람을 타고 공중에서 방향을 바꿔 다시 탑의 벽면에 달라붙었다.

쿠르르르르릉!

탑이 약해진 영향인지, 천천히 흔들리면서 돌덩어리들이 조금씩 떨어지고 있었다.

낙석 주의!

까마득히 높은 곳에서 떨어지는 돌덩어리들은 무서운 위력을 담고 위드를 스쳐 지나갔다.

"고층 빌딩 유리창 닦는 일을 하는 느낌이군! 일당을 많이 챙겨 준다고 해도 위험해서 하지 않았는데……. 내가 하는 모험은 말이 좋아서 모험이지 온갖 노가다의 종합 세트야!"

돌덩어리들은 크기도 다르고 떨어지는 방향도 조금씩 차이가 있다.

중간에 돌끼리 부딪쳐서 갑자기 방향이 바뀌는 경우도 있었으니, 피하는 것만 해도 신경을 상당히 곤두세워야 했다.

"이놈의 인생은… 욕을 그만해야지. 진짜 왜 갈수록 힘든 일만 반복되는지."

위드는 불평을 내뱉으면서도 거미처럼 탑의 벽면을 타고 빠르게 위로 달리기 시작했다. 창문과 깨진 돌벽의 틈새 등, 손과 발을 디딜 곳은 많았다.

낙석들을 피해서 수직에 가까운 각도를 비스듬히 옆으로 돌면서 위로 계속 올라갔다.

위드가 처음 떨어져 내렸던 140층을 금방 지나서 160층, 180층을 넘어갔다.

발 디딜 틈만 넉넉하다면 신기에 가까운 도약으로 한 번에 2~3층도 건너뛰었다.

막상 뛰는 위드도 도약을 하면서는 숨이 멎을 것처럼 아찔한데 보는 시청자들이야 얼마나 오금이 저리겠는가!

인간 바퀴벌레의 새로운 장기로 부르기에도 충분한 상황이었다.

피유우우우우웅!

위드가 막 이동하자마자 머리를 스치며 떨어지는 돌덩어리!

'이 부근에서 방법을 쥐어짜 내야 돼. 탑이 무너지는 걸 억제하지 못하도록 해야 되고, 기왕이면 대신전을 향해 무너지게 해야 한다.'

탑은 위층으로 오를수록 더 심하게 흔들리고 있었다. 사제들의 강화 마법으로도 이런 고층까지는 제대로 억제가 되지 않는 것이리라.

'이대로 놔두면 무너질지 무너지지 않을지 대충 반반 정도로 보이는데. 원상태로 복구하기도 상당히 힘들 것 같고 말이야.'

조금 지켜본다면 하늘로 오르는 탑 붕괴 퀘스트는 무난히 완수될 가능성이 있을 듯했다.

하지만 만의 하나 일이 어떻게 될지 모르니까 지금 확실하게 처리하는 것이 좋다.

"결정했다. 이거나 먹어라. 달빛 조각 검술!"

위드는 213층에서 말살의 검으로 벽면을 강하게 후려쳤다.

스킬이 작렬하면서 반발력에 의해 다시금 튕겨 나가서 조금 추락하다가, 날개를 펼쳐서 209층 위치에 착지했다.

"가는 데까지 가 보자!"

콰과광!

대신전을 등지고 탑을 오르내리면서 검을 휘둘러서 마구 부쉈다.

충격으로 다시 탑이 흔들리면서 소나기처럼 떨어지는 돌덩어리들!

수백 층 위의 돌들까지도 우수수 떨어지고 있었기 때문에 갈수록 낙석들이 많아졌다.

위드는 아예 고개를 쳐들어서 위를 보면서 탑을 향해 검을 휘둘렀다. 도저히 피하지 못할 상황이면 벽을 놓아 버리고 아래로 떨어져 내리다가 창문을 통해 부실한 건물의 내부로 잠깐 들어갔다 나왔다.

커다란 돌덩어리들의 경우에는, 그것을 지지대 삼아서 연속으로 도약하면서 수십 미터씩 솟구쳤다.

붕괴하려는 탑에서 일어나는 짜릿한 고공 액션!

금방이라도 돌에 맞아서 그 충격으로 떨어져 내릴 것만 같지만 아슬아슬하게 계속 피해 나갔다.

그렇지 않아도 현재의 외모는 그다지 호감형은 아니었는데 멀리서 본다면 영락없이 파리나 모기를 방불케 할 정도였다.

하늘로 오르는 탑이 위기에 처하자 지상에 모여든 몬스터들과 광신도들도 돌덩어리에 맞아서 무수히 많이 죽어 나갔다.

탑의 요동이 심상치 않은 상황에 처하자 내부에 있던 파수꾼들은 문을 통해 계속 빠져나오고 있었다.

"탄생의 힘, 흑기사의 일격, 다른 하나의 검!"

위드는 마스터급의 전투 스킬들을 쓰면서 탑을 올라갔다.

250층을 넘어서부터는 탑이 흔들릴 때마다 수십 미터씩 좌우로 움직였다. 잠깐 공중으로 뜬 사이에 저 멀리 떨어졌던 탑이 무시무시한 속도로 피할 수도 없도록 가까워졌다.

"커억!"

하늘로 오르는 탑 건축물에 적중되었습니다.
생명력이 31,386 감소합니다.

탑에 두들겨 맞는 진귀한 경험을 하면서 위드는 하늘에서 100미터가 넘게 날아갔다.

파다다닥!

좁은 날개라도 펼쳐서 움직이며 다시 방향을 잡아 탑에 매달렸다.

"놀이공원에 이런 장난감이 있으면 참 좋을 텐데. 나만 이런 고생을 하지 않아도 다들 한 번씩 겪어 보게 될 테니까!"

진짜로 만들 수도 없지만, 설혹 있다면 놀이공원에서의 사망자만 하루에 수천 명씩 발생할 환경!

"이 정도 했으면 무너져도 되잖아!"

위드가 고함을 질렀다.

돌덩어리들을 피하기도 어렵지만, 탑의 옆면을 부수는 것도 어디 보통 위험한 일이던가.

"조각 파괴술! 이 모든 것이 힘이 되어라!"

작업 속도를 높이기 위해 걸작 조각품을 부숴서 힘을 크게 늘렸다.

어쨌든 지금까지 대신전이 있는 방향의 벽과 기둥들을 제법 많이 부숴 놓았다. 그런데 탑의 흔들림이 너무 심해지면서 어느 쪽으로 무너지게 될지 가늠이 되지 않았다. 자체적인 하중으로 인하여 하늘 끝까지 뻗어 있는 탑의 기둥들과 지지벽이 사방에서 부서져 가고 있었기 때문이다.

탑의 흔들림은 매달려 있는 것만으로도 눈이 튀어나올 정도였으니 그 이후의 일을 상상할 수가 없다.

평범한 인간이라면 여기서 포기하고 말았을 테지만 위드는 지금까지 한 고생과 본전이 아까워서도 그럴 수가 없었다.

"정 그렇다면 끝까지 가 보자. 세상에서 단순 무식하게 사는 놈이 제일 무섭다는 걸 증명해 주지."

위드는 벽을 붙잡고 탑을 계속 올라갔다.

돌무더기를 운반할 때에는 그렇게도 오르기가 지겨웠는데, 낙석을 피하면서 탑을 억지로 붙잡고 벽을 타는데도 금방 올라간다.

270층을 넘고, 300층에 달했다.

이때부터는 탑의 옆면에 흐르는 바람조차도 거셌다.

흔들리며 요동을 치는 탑을 오르는 느낌은, 금방이라도 손을 놓쳐 버릴 것만 같은 끔찍함 그 자체!

하늘로 오르는 탑이 가슴을 강타했습니다.
생명력이 13,288 감소하였습니다.

급한 마음에 뛰어오를 때마다 탑은 가만히 있지를 않아 피해가 누적되었다.

330층 정도에서 위드는 움직임을 멈췄다.

100층마다 표시가 되어 있기에 대략의 위치를 알 수는 있어도 정확한 건 아니었다.

외부로 잔해들을 떨어뜨리며 무너지고 있는 것만큼이나 탑의 내부도 엉망진창이 되고 있었기 때문이다.

사실 애초에 의도했던 것보다도 탑이 훨씬 견고하게 잘 버티고 있는 것이지 진작 무너져야 했던 게 당연한 것이리라. 그렇더라도 불과 1~2분 내로 무너질 것은 틀림없어 보였다.

탑에서 울리는 소리는 마치 땅이 쩍쩍 소리를 내며 갈라지고 있는 것처럼 소름 끼치기 짝이 없었다.

"이렇게 된 이상 방법을 다르게 해서… 심심할 때 미리 만들어 놓은 건데 쓸모가 있군. 차라리 없었으면 시도도 안 해 봤을 텐데. 조각 변신술!"

위드는 품에서 조각품을 꺼내자마자 스킬을 사용했다.

이번에는 특별히 별다른 점은 없는 흑곰의 조각품!

다만 특징이 있다면, 아주 큰 조각품을 작게 축소해서 표현한 것이었다.

성과 도시를 깔아뭉개는 흑곰을 표현해 놓은 작품이었다.

> 조각 변신술을 사용합니다.
> 조각술에 대한 무한한 애정은, 그 조각품과 조각사를 서로 닮게 만듭니다!

뱀처럼 매끄럽던 위드의 몸에서 이제는 광택이 흐르는 시커멓고 짙은 털이 자라났다. 또한 덩치도 주체할 수 없을 정도로 거대해졌다.

어깨와 가슴이 커지고 다리가 쭉쭉 길어진다.

10미터, 20미터, 30미터… 계속 늘어난 몸은 이윽고 230미터에 달했다.

덩치로만 놓고 보면 지금까지 변신했던 그 어떤 조각품보다도 크다.

초대형 흑곰!

크기 면에서는 빙룡과도 잘 어울릴 것 같았으며, 엘프의 숲이나 정글과 같은 장소에 있다면 포악함을 만방에 떨쳤을 몸과 얼굴!

인상은 당연히 어릴 때부터 나무뿌리 좀 씹은 것처럼 더럽기 짝이 없지만 눈동자는 몸 크기에 비해서는 조금 작고 귀여웠다. 가슴에는 선명한 반달무늬도 있었다.

명확하게, 어린아이들의 인기를 노리고 만들어 놓은 작품이었다.

몸의 형태가 바뀌면서 현재 착용하고 있는 장비들을 완전히 쓸 수 없게 되었습니다.

조각 변신술의 영향으로 인내력과 체력, 맷집, 힘이 강화됩니다. 하지만 그 대가로 다른 모든 스탯들은 감소하게 될 것입니다.
반달흑곰의 가죽은 강철처럼 질기고 마법 보호 능력도 최고 수준으로 높습니다. 삶에 대한 지식과 지혜가 있지만 이는 본능에 가까운 것이기 때문에 마법을 사용하지 못하고 복잡한 도구도 쓸 수 없습니다. 앞발을 들어 적을 후려치거나, 끌어안고 허리를 부러뜨리는 것만으로도 전투에는 충분할 것입니다. 조각품에 대한 이해 스킬이 마스터의 경지에 달해서 종족의 특성이 한 가지 부여됩니다.
심한 공격을 당해서 화가 났을 때는 전투력이 260%까지 늘어나게 됩니다. 이 상태에서는 적들의 공격에 피해를 덜 입게 되며, 힘이 2배 이상 세집니다. 그러나 화살 공격과 같은 원거리 무기에는 취약해지게 될 것이며, 생명력이 10% 이하가 되면 분노 상태가 해제되고 두려움에 취약해집니다. 생명력 30% 이하에서는 회복 속도가 6배로 빨라집니다. 하지만 30분 이상이 흐르면 회복 속도는 정상일 때보다도 절반 이하로 느려지게 될 것입니다.

크워어어어어어!

위드는 고함을 지르면서 앞발과 뒷발로 탑을 끌어안고 매달렸다.

곰 발바닥에서 두껍고 뾰족한 발톱들이 나타나서 벽면에 깊숙하게 박혔다.

하늘로 오르는 탑에서 떨어져 나오는 돌덩어리들이 큰 몸을 두들겨 댔지만 생명력이 크게 늘어난 지금 그 정도는 그다지 위험하지 않았다.

두꺼운 곰 가죽과 곰 털은 든든한 방패와 갑옷 역할을 해 주었다.

"어디 해 볼까? 동네 놀이터에서 못다 푼 한을 해소해 주마!"

위드는 정말 무식하기 짝이 없는 방법을 써먹기로 했다.

마구 요동치는 탑을 붙잡고 체중을 이용하여 대신전이 있는 방향으로 잡아끄는 것이다.

탑을 원하는 방향으로 쓰러뜨리기 위해 쓸 수 있는 가장 단순하고, 이 이상으로 쉬운 방법이 없는, 무거운 체중을 실어 온몸으로 매달리기!

현재 몸무게는 어떤 체중계로도 측정이 불가능하고, 단단한 땅을 걸어가면 발바닥이 움푹움푹 들어갈 정도다.

탑의 흔들림에 의해 함께 빙글빙글 돌면서 대신전으로 힘껏 끌어당겼다.

"이걸로는 조금 약한데!"

위드는 상당히 흥이 났다.

이 정도라면 동네 놀이터에 있는 꼬마들도 상대로 하기 어렵지 않겠는가.

요즘 영화들에는 당장 죽을 것 같은데 아슬아슬하게 살아나는 장면들이 정말 많다. 위드는 인기를 유지하기 위해서라도 조금 더 막나가야 할 필요성을 느꼈다.

"가 볼까!"

위드는 탑을 붙잡고 있는 네 다리를 풀어놓으면서 높이 도약했다. 그 충격과 반발력으로 인해서 의도치 않게 탑의 벽이 한꺼번에 마구 무너졌다.

엄청난 크기의 흑곰이 무엇 하나 의지하지 않은 채로 공중으로 뛰어올랐다.

그 아찔함이란, 발 디딜 틈 하나 없는 까마득히 높은 절벽에서 걸어가는 것과도 어찌 비교할 수 있을 것인가!

위드의 커다란 몸이 하늘을 가르고 있었다. 그리고 금방 정점에 도달했다.

크아아아아!

초대형 흑곰의 추락!

그때에 다시 탑의 본체가 가까이 다가왔다.

"웃차!"

위드는 네발로 탑을 끌어안듯이 붙잡았다.

어마어마한 체중으로 인해서 앞발과 뒷발이 붙잡은 탑의 벽면이 종잇장처럼 그대로 구겨졌다. 4개의 발이 각 층마다 걸려서 부숴 대고, 굵고 날카로운 발톱은 건물을 마구 파헤쳤다.

탑 전체에서 둔중한 파괴음이 들려왔다.

건물 파괴로는 역시 흑곰만 한 생명체가 없는 것!

"혹시나 했는데 정말 안 떨어지고 살아남았군. 그럼 다시 가볼까!"

위드는 탑을 박차면서 다시 도약을 했다.

너무나도 높아서 사정없이 흔들리는 탑에서 점프를 하며 체중으로 깨부수는 흑곰!

이 스릴과 아찔한 속도감, 무모함이야말로 대적할 수가 없는 환경이었다.

잠깐 사이에도 탑에서는 우드드득거리면서 온갖 기묘하고 소름 끼치는 소리들이 들렸다.

바위와 기둥들이 흑곰의 무게와 충격에 의해서 급하게 마구 으깨지는 소리들!

그렇지 않아도 곧 무너질 상태였던 탑은 급격한 무게와 충격으로 인해서 드디어 하늘을 향해 서 있지 못하고 대신전이 있는 방향으로 기울어졌다.

"어, 어라!"

처음에는 그리 크게 기울어진다고는 느낄 수 없었다. 그런데 조금 있으니 뛰어오를 수가 없는 각도가 되었다. 네발로 붙잡고 공중에 거꾸로 매달리는 느낌을 받을 정도로 기울어짐이 분명해졌다.

위드가 있는 중앙부만이 아니라, 까마득히 높은 하늘로 오르는 탑 전체가 심각하게 기울어지고 있었다.

'성공이다! 근데 이제 앞으로는 어떻게 해야 하지?'

의도했던 결과이기는 하지만 뭔가 대단히 위험하고 목숨이 간당간당한 것만 같은 상황!

목덜미에 차가운 얼음을 댄 것처럼 정신이 번쩍 들었다.

'이건 좀 아닌 것 같은데?'

생존 본능에 마구 경고가 일어났다.

바로 아래의 땅을 내려다보니 구름 사이를 지나서 그 밑에 대신전이 보였다.

"저, 정말 제대로 의도했던 대로야. 단지 조금의 사소한 문제라면……."

위드가 바로 탑의 옆에 붙어 있다는 점이었다.

이제 탑은 정확히 대신전을 향하여 기울어지고 있었다. 상상할 수 있는 가장 큰 굉음과 무언가가 꺾이고 끊어지는 소리들이 다양하게 탑에서 울렸다.

'나부터 살아야겠다.'

위드는 탑의 벽면에 발톱을 깊게 박아 가면서 반대쪽 면으로 돌아갔다.

그사이에도 기울어지고 있어서 탑의 경사각이 평평해지고 있었다. 아직까지는 그래도 기린의 목처럼 비스듬하지만 점점 땅을 향하여 드러눕는 것이 아닌가.

"아이고오! 여기서 내가 할 수 있는 최상의 방법은?"

위드는 번개처럼 두뇌를 회전시켰다.

이럴 때의 생존 본능은 곤충들을 훨씬 능가했다. 바퀴벌레의 생명력이 뛰어나다고는 해도, 꼼수와 계산, 눈치로 살아남는 부분에 있어서는 위드를 능가하지 못했다.

'이 높이에서 이대로 떨어지면 절대로 안 돼. 원래의 내 몸이라면 레벨이 높아서 추락으로는 생사가 오갈 정도의 중대한 생명력의 피해까진 입지 않을 거야. 하지만 지금의 내 덩치는 너무 크고 무거워서 피해가 더 크겠지. 조각 변신술을 다시 쓰자.'

품에서 아무거나 서둘러서 꺼낸 것은 하필이면 드래곤플라이의 조각품이었다.

얼굴이 매우 이상하게 생긴 초거대 잠자리!

"에라, 모르겠다. 조각 변신술!"

부작용을 생각할 겨를도 없이 조각 변신술을 사용!

거센 흔들림으로 인해 스킬 사용에 실패하였습니다.

"그렇다면 조각 변신술 해제!"

"이런 수프 없는 라면 같으니!"

위드의 모험은 방송으로 중계되어 어린아이들도 볼 수 있기 때문에, 시청자들을 고려한 최악의 욕설을 퍼부었다.

자정 무렵에 배가 고파서 딱 한 봉지밖에 없는 라면을 뜯었는데 수프가 없는 그런 상황!

조각 변신술은 이렇게 격렬한 움직임을 보이는 와중에는 사용할 수 없었고, 곧바로 해제하지도 못한다.

아까 괴물이었을 당시만 하더라도 탑의 벽면에 몸을 고정하고 있었지만, 지금은 초대형 흑곰의 거대한 몸집 때문에 손아귀로 붙잡은 벽들도 잠깐만 지나면 무게를 감당하지 못하고 쭉쭉 부서져 나갔다.

불과 몇십 초가 지나면 탑은 대신전을 향하여 떨어지게 될 것이다. 원숭이도 나무에서 추락할 때가 있다고 하는데, 대형 곰은 탑에서 떨어져서 죽는다는 속담이 생길 수도 있는 상황!

위드는 생존을 위해 다른 방법을 떠올려야 했다.

블랙 드래곤 아우솔레토

'죽는다.'

'죽겠지.'

'죽을 거야.'

'곧 죽을까?'

위드의 모험을 보는 대부분의 시청자들이 떠올리는 생각이었다.

"사장님, 〈로열 로드〉 하게 휴가 주십시오. 그리고 상여금도 좀 지급해 주셨으면 하는데요."

"우리 회사가 잘나가는 건 다 자네 덕분이지. 말만 하게, 뭘 못 해 주겠는가! 법인 카드도 팍팍 긁어 보게!"

물론 이것은 대부분의 직장인들이 품는 꿈!

현실에서는 과장이나 부장이 자신의 공을 가로채거나 자기가 할 일을 미뤄서 시키더라도 군소리 없이 해내야 한다. 회식 자리에서는 비위도 맞춰야 하고, 야근은 밥 먹듯이 한다.

초과 근로 수당도 제대로 지급되지 않을 때가 많았으니, 사회인이란 꿈보다는 현실을 살아가는 시간이 훨씬 많았다.

꿈이란 주말 아침에 늦잠을 잘 때나 꾸는 것이 아닌가!

하지만 〈로열 로드〉를 통해서 다른 자신과 만날 수 있었다.

직장인들이라서 시간은 넉넉하지 못해도 또 다른 캐릭터를 통해서 즐거움을 누릴 수 있다. 그들에게 위드란, 꿈을 걸어가는 영웅과도 같았다.

특히 한때 위드를 원망하고 비난했던 중앙 대륙의 유저들은 말 그대로 회개를 했다.

"위드 님의 깊은 뜻도 모르고… 나처럼 속 좁은 놈은 욕이나 했지."

"헤르메스 길드와는 관계가 아주 안 좋잖아? 그런데 세상 사람들을 위해서 적을 이롭게 하다니, 그런 넓은 마음은 대체 어디에서 나오는 걸까?"

"북부의 촌놈들이 위드가 훌륭한 국왕이며 그분을 믿고 따를 수 있다고 존경한다더니 이젠 그 이유를 알 것 같군."

모험이 반복될수록 위드의 팬은 늘어만 가고 있었다.

결과를 미리 알지 못하고 가슴을 졸이면서 봐야만 하는 데다가 대륙에 변화를 가져오기까지 하는 것이 위드의 모험이기에 더 인기가 있었다.

남들은 어느 정도 강해지거나 하면 안정적으로 사냥을 하고 적당한 퀘스트를 골라서 해결하는데, 위드는 넓은 세상을 돌아다니면서 자유롭게 도전을 한다.

국가를 세우고 예술을 벗 삼아 대륙을 방랑하니 얼마나 멋진 모험가인가!

위드는 불과 1초 만에 살기 위한 방법을 떠올렸다.

탑에서 일하면서 들었던 소중한 정보!

"그래, 엠비뉴를 믿는 거야. 엠비뉴 신이야말로 우리를 구원해 줄 게 틀림이 없어. 오오, 엠비뉴 신이시여!"

세뇌 마법에 걸리지 않았는데도 일어나는 정신분열 현상.

전화로 치킨을 시켜 놓은 걸 깜박 잊어버리고 라면을 끓이고 있던 사람처럼 정신 붕괴!

그렇지만 위드는 다시 생존을 위해서 눈을 반짝였다.

"아직 끝나도 끝난 것이 아니다. 죽지 말고 살아 보자!"

위드는 기울어지는 탑에 엉덩이를 대고 앉았다.

콰드드드득!

안 그래도 부서지고 있는 탑에서 무언가가 더욱 짓눌려서 깨지는 소리가 났다.

"에라, 가 보자."

탑의 경사도를 이용하여 아래로 미끄러졌다.

미끄럼틀을 탄 것처럼 미끄러지는 초대형 흑곰!

아직은 탑의 경사가 거의 수직에 가까워서, 몇 초 뒤에는 무섭게 가속력이 붙었다.

"영화에서 보면 다들 멋지게 살아나잖아!"

역시 생각과는 너무 다른 상황!

위드가 미끄러져 내려가면서 그 무게로 인해 벽들은 그대로 뭉개지고 터져 나갔다.

하늘로 오르는 탑이 크다고 해도, 조각 변신술을 펼치고 난 위드가 미끄럼을 타고 놀기에는 둘레 면적이 좁다.

위드의 엉덩이가 무서운 무기 역할을 하면서 탑을 짓뭉갰다.

마찰로 인해서 신체의 일부가 손상을 입고 있습니다.
생명력이 3,742 감소합니다.

미칠 듯한 가속력으로 엉덩이가 뜨거운 흑곰!

"더 위험해지기 전에 지금 내 상태부터 확인을 해 봐야겠군. 생명력은… 휴, 일단 체력은 거의 떨어질 염려 없어 보이고 생명력도 80만이 넘는군."

대형 생명체인 만큼 힘과 체력, 생명력은 매우 뛰어났고, 예술, 지혜, 기품 같은 건 일찌감치 밑바닥 수준이거나 사라져 있었다.

다만 약간 의외라면 매력이 상당히 높았는데, 역시 곰은 귀여워야 제맛이기 때문이었다.

'이대로 떨어져서 살아남는다고 해도, 놈들이 가만있을까?'

순간 머릿속을 스쳐 지나가는 생각.

덩치가 커진 만큼 생명력도 무지막지할 정도로 늘긴 했지만 현재의 속도라면 이 거대한 몸뚱이는 그만큼 넓은 면적에 걸쳐서 더 크게 추락의 피해를 입을 것이 아닌가. 심지어는 그대로 땅에 깊이 처박혀 버릴지도 모른다.

몸을 빼내지도 못하고 열 받은 광신도들에게 무차별 공격을 당할 수도 있다.

엠비뉴 교단에 있는 모든 인원들로부터 무한한 미움을 받고 있는 자신이었으니까.

'내가 보통 재수가 없는 게 아니잖아. 이 정도의 열악하고 안 좋은 시나리오라면 충분히 그렇게 될 수 있겠는데?'

그러던 어느 순간, 미끄러져 가는 엉덩이 쪽에서의 느낌이 갑자기 사라지고 몸이 공중에 붕 떠 버린 것 같은 느낌이 전해 졌다.

착각이 아니라 실제!

탑의 기울기가 걷잡을 수 없을 정도로 심해졌다. 하단 부분이 과도한 무게를 이기지 못하고 끊어져 버리고 만 것이다.

"우워어어어어어!"

하늘로 오르는 탑의 65층 부분이 끊어지면서, 기울어져 있던 나머지 전체는 그대로 대신전을 덮쳤다.

위드 역시, 탑에서 미끄럼을 타기는 했지만 300층 정도의 높이에서 그대로 추락을 시작했다.

"아이고오!"

공중에서 거대한 몸을 움직이면서 팔다리를 허우적거렸다.

하늘로 오르는 탑은 대신전을 향하여 무너지고, 그 위에는 팔다리를 파닥거리는 위드가 있었다.

날개가 있는 것도 아니고, 추락을 방지할 만한 스킬도 가지지 못한 상태였다.

"여기서 그냥 이렇게 추락하다니, 이건 또 다른 최악의 시나리오로군. 확실히 나에게 일어날 법한 일이었어."

엠비뉴의 대신전은 광신도와 괴물이 우글거리는 천험의 요새이며 성채였다.

사방의 침략으로부터 삼엄한 경비들을 세워 놓고 있었지만 하늘에서 무너지는 탑에는 속수무책!

하늘로 오르는 탑이, 엠비뉴를 향해 기원을 올리고 주춧돌을 쌓던 광신도들이 있는 대신전으로 와르르 무너지고 있었다.

"끄에에엑!"

"엠비뉴께서 우리를 벌하신다. 감사히 죽음을 영접하자!"

탑이 허물어지면서 집채만 한 돌덩어리들이 비처럼 쏟아지며 건물들을 부쉈다.

엠비뉴의 신성력으로 마물들을 생산하는 부화장, 영혼을 팔아서 능력으로 바꾸는 교환소, 일그러진 마물들의 훈련장!

대신전 내부에 밀집해 있던 광신도들과 괴물들을 거침없이 강타했다.

기울어진 탑이 아랫부분에서 끊어지면서 상단이 대신전의 중심부를 향하여 떨어지고 있었다.

"오늘 엠비뉴의 새로운 종속을 받아들여서 성대한 피의 잔치가 벌어질 것이다."

"우오오오오!"

혼돈의 드래곤 아우솔레토가 있는 엠비뉴의 중앙 거대 동상 앞의 광장!

아우솔레토의 세뇌 의식을 끝내기 위한 의식이 한창이었다.

엠비뉴의 징벌의 사제 200명이 드래곤에게 신성력을 집중시키고 있다. 깊게 잠들어 있는 드래곤은 붉은 신성력의 기운에 뒤덮여 몸 전체에서 크고 작은 충격에 의한 폭발이 일어났다.

드래곤의 강력한 저항력을 뚫기 위한 엠비뉴 교단의 노고가 점점 결실을 맺어 가고 있는 순간.

대신전의 중앙 광장이 갑자기 어두워졌다. 고개를 들어 보니 하늘로 오르는 탑이 그들을 향하여 무너지고 있었다.

"탑이 쓰러진다."

"오오오!"

대재앙이 도래하고 말았다.

"피하지 말라. 이는 엠비뉴께서 우리를 시험하시는 것이다."

"세상을 평정하기 전의 마지막 시험이고 환상이다. 우리에게 자격이 있다는 것을 보여 주도록 하자."

일어나서 도망치려는 광신도들을 고위 사제들이 말렸다.

"오오, 엠비뉴시여."

철저하고 맹목적인 신앙심에 복종하는 광신도들은 달아나는 대신에 무릎을 꿇고 기도를 올렸다.

노인, 어린아이 할 것 없이 엠비뉴를 따르기로 한 자들은 중앙 광장에서 떠날 수가 없었다.

하지만 그들도 의아한 것은 있었는지, 작은 꼬마가 손가락으로 하늘을 가리키며 물었다.

"사제님, 저건 뭐죠?"

시커먼 털로 뒤덮인 거대한 흑곰이 팔다리를 허우적거리면서 공중에서 떨어지고 있는 것이 아닌가.

맹목적인 충성심, 엠비뉴라는 이름으로 모든 기적을 설명하던 사제도 말을 잃었다.

"……."

"아이고오!"

위드는 떨어지는 충격을 최소화하기 위하여 할 수 있는 것은 다 했다.

300층에서 추락한다고 해도 무려 4,000미터가 넘는다.

어떻게든 긍정적인 생각을 해 보려고도 노력했다.

"그래도 돈을 내고 스릴과 해방감을 만끽하려고 번지점프를 하는 사람들보단 낫지. 나는 공짜니까. 그보다 조금 안 좋은 점은, 아무런 안전장치도 없다는 점이랄까."

덩치가 워낙 거대하다 보니 팔다리를 활짝 펼치는 것만으로도 바람의 저항을 제법 받을 수가 있었다. 탑에서 떨어져 내려오는 돌덩어리를 앞발로 쳐 내면서 반발력도 조금이나마 이용했다.

그렇지만 도무지 더 쓸 만한 수법은 찾아낼 수가 없었다.

"땅에 떨어지고 나면 오징어로 변해 버릴 거야. 아마 곰 발바닥 요리나 웅담에도 쓰이지 못할 정도로 엉망이 되겠지."

공기의 저항 덕분에 약간 차이를 두고 탑보다는 늦게 떨어지고 있었다.

그렇더라도 거센 바람을 받으며 땅이 급속도로 가까워지고 있다. 어떤 안전장치도 없이 떨어지는 이 기분이야말로 방학 숙제를 하지 않고 개학을 맞이하는 초등학생들과도 같으리라.

짹째재잭!

환청인지, 위드의 귓가에 새들이 우는 소리가 들렸다. 1~2마리가 아닌 수천수만 마리 이상의 합창이었다.

사냥터에서야 가끔 요리 스킬을 활용하기 위해서도 새 고기를 필요로 해서 관심을 가질 때가 있었다. 하지만 어차피 땅에 떨어져 죽을 마당에 새 울음소리가 무슨 대수이던가.

위드는 무관심하게 신경을 쓰지 않았다.

그런데 지상에서는 거대한 이변이 벌어지고 있었다. 땅과 나뭇가지에 앉아 있던 모든 새들이 날개를 활짝 펼치더니 날아서 일제히 솟구친 것이다.

새들이 가끔 벌이는 군무라고도 볼 수 없었다.

마치 자신의 알을 지키듯이 하늘을 향하여 일제히 비상했다. 그러고는 무서운 속도로 낙하하고 있는 위드에게 와서 부리로 콕 찍었다.

'이런 양심도 없는 새들! 곰 고기가 아무리 맛있다고 하더라도, 죽기도 전에 벌써부터 입맛을 다시다니.'

위드는 생명력을 약간이라도 아끼기 위하여 새들을 한꺼번에 후려치려고 하였다.

그런데 행동을 주저하게 만드는 약간 이상한 기분이 들었다.

퀘스트를 진행하기 위해 벌새의 모험을 할 때 새들의 행동에 대하여 관찰한 적이 있다.

요란스럽게 짹짹거리는 것은 위기를 느끼고 아직 날지 못하는 새끼를 보호하기 위해서이다. 지금 새들이 꼭 그렇게 울면서 위드를 향해서 부리를 들이미는 것이다.

'잠깐 내버려 둬 볼까? 새들이 물어 봐야 가죽에 흠집도 제대로 안 날 테니까.'

새들은 부리로 물기만 할 뿐 그를 뜯어 먹는 게 아니라 붙잡으려 끙끙댈 뿐만 아니라, 몸 아래로도 내려가서 등과 머리로 이고 힘겹게 날갯짓을 하며 떠받쳤다.

프레야 여신의 축복이 발동되었습니다.
풍요로움을 주관하는 프레야 여신의 은총으로 인해 땅에는 곡물들이 자라나고 꽃은 망울을 활짝 터트리며 나무에는 탐스러운 열매들이 맺힙니다. 들판의 곡식과 벌레를 먹는 새들은 프레야 여신의 자식들이며 전령입니다. 프레야 여신을 위해 나선 새 10만 마리가 당신을 도울 것입니다.

축복으로 인해 생명력이 완전하게 회복되었습니다.

허기 상태가 충분한 포만감을 느끼는 수준으로 바뀝니다.
하루 동안 최상의 체력을 유지할 수 있습니다.

"과연 프레야 여신님이야!"

크리스마스에 교회에 나가서 선물을 받아 온 직후처럼 신앙심이 넘쳐흐르는 위드!

새들은 필사적으로 날갯짓을 하면서 추락하는 위드를 구하려고 했다. 독수리처럼 제법 큼지막한 녀석도 있지만, 참새처럼 정말 작은 것들도 눈에 띈다.

이 부근 전체에서 날아온 새들의 노력 덕분에 맹렬하게 추락하는 속도가 조금이나마 줄어들기는 했다.

하지만 초대형 흑곰은 보통 몸무게가 아니라서, 새들의 도움으로도 추락의 속도를 약간 늦추는 데 그칠 뿐 그를 구할 수는 없었다.

그러는 사이 탑이 먼저 대신전의 중심부를 관통하며 완전히 붕괴되었다.

높이가 몇 킬로미터에 달하는 건축물이 옆으로 쓰러지는 대충격!

공중에 있는 위드가 보기에는 지진이라도 난 것처럼 일대의 땅 전체가 거세게 흔들렸다.

대신전을 중심으로 하여 사방으로 뻗어 있는 건물들도 탑이 무너지는 충격으로 인하여 폭삭 쓰러지는 것이 보였다. 파괴의 충격으로 성벽이 거친 바람에 밀려 나가는 것처럼 멀어지고, 경비 탑들이 기우뚱하더니 마찬가지로 쓰러진다.

온통 먼지구름이 일어나서 몬스터와 광신도, 사제 들을 뒤덮었다.

위드도 크고 작은 공성전의 경험이 많았지만 이런 식으로 한 방에 요새와 다름없는 대신전이 엉망진창이 되어서 망가지는 것을 보는 건 처음이었다.

"과연 내 생각이 좋긴 했구나!"

그리고 위드를 떠받치려고 애쓰던 새들은 그 소리에 놀라서 갑자기 사방팔방으로 도망쳐 버렸다.

"안 돼! 돌아와!"

프레야 여신의 축복으로 모여든 새들이었는데, 얼마 돕지도 않고 흩어져 버리고 말았다.

위드는 아쉬워할 사이도 없이 다시 지상이 무섭게 다가오는 장면을 보았다.

작은 힘이라도 모아서 받쳐 주던 새들이 사라지자 다시 가속력이 붙으면서 땅으로 떨어지고 있었다.

그리고 그 절체절명의 순간, 충격을 최소화하여 피해를 줄일 수 있는 대상을 발견!

먼지구름이 심하게 일어나고 있었지만 위드와 마찬가지로 워낙에 큰 녀석이라서 눈에 띈 것이다.

'저놈이다.'

위드는 공중에서 몸을 뒤틀고 팔다리를 펼쳐서, 떨어지는 위치를 조절했다.

높은 하늘에서부터 떨어져 내려온 이 거대한 몸에 담긴 충격 에너지는 마치 유성 충돌과도 같으리라.

'혼돈의 드래곤과 싸우게 되리라 짐작은 했지. 하지만 이런 방식일 줄이야.'

목표는 지상에 있는 혼돈의 드래곤 아우솔레토!

검이나 마법으로 싸우는 것이 아니라 그냥 떨어지면서 부딪쳐 버리는 것이다.

300미터, 160미터, 75미터, 20미터, 3미터!

무섭게 빠르게 떨어지면서 점점 가까워지는 드래곤의 육체.

위드는 몸 전체를 공처럼 웅크렸다.

"꾸에에엑!"

그러고는 혼돈의 드래곤과 몸통 박치기를 하고 말았다.

혼돈의 드래곤 아우솔레토!

의식을 치르고 있던 드래곤은 하늘로 오르는 탑의 붕괴로 인하여 갑자기 무너진 건축물에 정통으로 부딪쳤다.

그오오오오오오오!

드래곤은 엠비뉴의 세뇌에 완전히 걸려 있는 상태는 아니기에 본능만은 살아 있었다.

심한 고통을 느낀 아우솔레토의 광량한 드래곤 피어가 대지를 떨어 울렸다.

"사, 살려 주소서!"

"으아아악!"

진짜 드래곤의 피어는 연약한 생명체들의 정신 따위는 그대로 소멸시키기도 한다. 광신도들이 땅바닥을 뒹굴면서 괴로워하였다.

혼돈의 드래곤을 향해 신성력을 집중시키던 사제들은 탑에 깔려서 목숨을 잃고, 충격으로 땅을 뒹굴고 있었다.

아우솔레토는 감겨 있던 눈꺼풀을 서서히 들어 올렸다.

ㅡ여기가 어디인가. 그리고 나는 어째서… 무엇을 위하여 있는가.

시커먼 거체!

블랙 드래곤이 기지개를 켜듯이 땅에서 일어나더니 날개를 활짝 펼쳤다.

ㅡ내가 왜 여기에 있지?

탑이 무너지면서 부딪치는 바람에 아우솔레토가 입은 피해도 생명력의 삼분의 일 이상이 날아가 버릴 정도로 아주 큰 것이었다.

　가히 천문학적인 피해를 입었다고 볼 수 있었다.

　그때 강력한 마나의 회오리가 일어나면서 드래곤의 몸으로 흡수되었다.

　마나의 흐름을 지배하고 자신의 뜻대로 거두는 드래곤의 권능이었다.

　흙먼지가 일순간에 걷히면서 드래곤의 모습을 선명하게 볼 수 있게 했다.

　광택이 흐르는 검은색 비늘을 가진, 350미터에 달하는 거체!

　위압감을 주는 큰 눈과, 쭉 찢어진 주둥이 사이로 드러나는 날카로운 이빨 그리고 위엄을 상징하듯이 좌우로 꼿꼿하게 서 있는 수염.

　유선형의 근육질의 상체와 미끈하게 빠진 허리를 지나서 꼬리의 끝 부분까지, 모든 부분이 지극히 아름답지만 위험으로 가득하여 공포심을 자극한다.

　베르사 대륙 최강의 생명체 드래곤이 눈을 뜨고 숨을 깊게 들이마셨다.

　후우우우욱.

　숨을 쉬는 것조차도 무서우면서도 품격이 느껴진다.

　주변의 마나가 자연스럽게 드래곤을 향하여 밀려가서 그의 몸에 흡수되고 있었다. 깊은 잠에서 깨어난 지 얼마 안 되었지만, 빠르게 몸 상태를 정상으로 되돌리고 있는 것이다.

드래곤이 주둥이를 쩍 벌리고 포효하였다.

—나는 왜 이곳에 있는 것이냐. 그리고 버러지 같은 너희는 왜 알짱거리는 것이냐.

드래곤 피어가 담겨 있는 외침.

엠비뉴의 종들은 감히 거역하지 못하고 괴로움과 답답함에 비명을 터트렸다. 가히 역사서에 한두 번 나올까 말까 한 전설적인 위용이었다.

그때에 하늘에서 위드가 뚝 떨어지며 혼돈의 드래곤의 몸통에 부딪쳤다.

"꾸에에엑!"

크라라롸라라!

위드와 드래곤, 둘 다 고통에 찬 비명을 질렀다.

대부분의 교통사고는 예측할 수 없이 갑자기 일어난다.

어느 정도 대비를 하고 있더라도 어쩔 수 없는 상황에 의해서 사고가 벌어지고 나면 정신이 멍해지기 마련!

추락으로 인해 중상을 입었습니다.
생명력의 극심한 감소! 생명력의 74%가 줄어들었습니다. 척추와 목뼈에 손상을 입어서 행동반경이 좁아지고 마비와 혼란, 착시 증상이 일어납니다. 오른쪽 뒷발, 왼쪽 뒷발, 오른쪽 앞발이 부러졌습니다. 물건을 쥐거나 걷지 못합니다. 어깨와 옆구리에 큰 부상을 입었습니다.

드래곤과 부딪치는 순간 입은 피해의 메시지!

온몸에서 정상인 부위를 찾아내기가 더 어렵다. 가히 죽음 직전에서 살았다고 해도 좋을 정도의 부상이었다.

위드는 드래곤과 부딪치고 나서 땅을 공처럼 굴러갔다.

탑의 잔해인 크고 뾰족한 바위들이 위드의 몸에 깔려서 마구 으스러졌다.

드래곤 피어로 인하여 땅에 엎드려 있던 광신도들도 흑곰의 구르는 몸뚱이에 의하여 대거 사망!

위드는 수백 미터를 굴러가고 나서 땅에 엎드린 채로 미동도 하지 않았다. 그리고 작은 목소리로 중얼거렸다.

"머리가 핑핑 도는군. 스탯 창."

캐릭터 이름: 위드		
성향: 초대형 야수	레벨: 825	종족: 반달가슴곰
생명력: 813,943	마나: 433	힘: 2,731
민첩: 1,695	체력: 2,184	지혜: 5
지력: 4	투지: 3,219	지구력: 662
인내력: 2,133	예술: 3	카리스마: 1,293
통솔력: 2	행운: 3	신앙: 283
매력: 382	맷집: 2,391	기품: 6
정신력: 445	용기: 621	

곰 종족 특유의 특성으로 인하여 인내력과 맷집이 매우 높아졌다. 윤기가 흐르는 가죽은 마법 저항력을 높여 준다. 다만 사냥꾼들의 표적이 될 수도 있을 것이다. 대형 생명체로서 높은 생명력과 힘 보유. 전투 스킬은 일부만 사용 가능. 정교함이 필요한 검술의 숙련도는 최대 고급 1레벨로 조정된다.

위드가 사막에서 노들레의 퀘스트를 진행하며 성장시켜 놓은 높은 스탯들!

조각 변신술의 영향이기도 하지만 전투와 던전 탐험으로 얻은 보너스 스탯들로 인하여 캐릭터는 확실하게 강하게 키워 놓았다. 어디에 내놓아도 꿀리지 않을 정도로 자랑스러운 수준이었다.

　인간들 중에서는 적수를 찾기가 어려운 능력이었으며, 사막 군단을 데리고 중앙 대륙을 휩쓸던 위풍당당하던 모습들도 잠깐이나마 떠올랐다.

　그때에 두려움이 있었던가?

　혹은 잠깐이라도 망설여야 할 정도로 위험한 적을 만난 적이 있던가?

　그렇지만 위드는 자신보다 강한 존재가 있으면 기꺼이 바싹 몸을 엎드릴 수 있었다.

　'남은 생명력은… 대략 10만 정도. 이 정도면 상당히 간당간당하군.'

　생명력이 수십만이 되더라도 적들이 많으면 상황을 낙관하기 힘들다.

　엠비뉴 교단은 저주와 마법 공격 등을 잘하기 때문에 생명력을 금방 깎아 놓는다. 초대형 흑곰은 덩치가 큰 만큼 적들의 표적이 되기에도 좋을 것 아닌가.

　위드의 머릿속에 현재 택할 수 있는 가장 최선의 전술이 떠올랐다.

　"후ㅇㅇㅇ음."

　숨을 크게 들이마시고 가만히 있었다.

　죽은 척하기!

실제로도 전투 불능 상태에 빠져 있었기에 별다른 수가 많지는 않았다.

> 대지의 여신 미네의 축복이 함께합니다.
> 땅이 전해 주는 기운으로 체력과 생명력을 회복합니다.

대지의 여신의 축복으로 인해서 생명력을 회복하면서 휴식을 취하는 수밖에 더 있겠는가.

크라라라라라라라!

성난 드래곤의 포효가 커다랗게 들렸다.

드래곤은 탑의 붕괴와 위드와의 충돌로도 죽거나 전투 불능에 빠지지는 않은 것이다.

아주 가깝지는 않지만 그렇다고 또 멀리 떨어져 있지도 않다. 드래곤의 광역 마법, 혹은 브레스의 사정거리에는 지척이라고 할 수 있었다.

다행인 점은 드래곤이 반대쪽을 보고 있다는 것이었는데, 지금은 엠비뉴 교단에 바로 공격받고 있어서 위드에게 신경 쓸 정신이 없는 듯했다.

"엠비뉴 신께서 내려 주신 충실한 종에 불과하다. 놈을 붙잡아라."

엠비뉴 교단의 광신도들은 맹목적인 신앙을 가지고 있는 만큼 충격과 혼란에서 빠져나오는 속도 역시 빨랐다.

하늘로 오르는 탑이 파괴되면서 정예 병력이 꽤나 많이 목숨을 잃었다. 그렇지만 여전히 대륙 전체를 전자레인지에 돌려 버릴 수 있을 정도로 많은 병력이 넘쳐 났다.

대신전이 있는 땅의 틈새에서도 괴물들이 올라오고, 무너진 건물에서도 광신도들이 달려왔다.

—신기하구나. 버러지 같은 인간들. 너희가 나에게 도전을 하다니. 나는… 크아아아! 머리가 아프다.

아우솔레토는 브레스를 내뿜지는 않았다.

아직 자신에 대하여 정확히 자각도 하지 못하는 상태!

—전부 죽여 주마.

본능에 이끌려서 팔과 다리로 괴물들을 밟아서 터트리고, 꼬리로 건물을 후려쳐서 부쉈다.

"엠비뉴의 마법사들이여, 공격하라!"

그를 향해 수백 개의 마법 공격들이 시전되었지만 날아오는 도중에 높은 마법 저항력으로 인하여 무력화가 되어 버린다.

아우솔레토가 입은 상처들은 트롤과도 같은 불가사의한 치유력에 의해서 조금씩 회복되어 갔다. 마나가 자연스럽게 움직이면서 스스로에게 치료 마법을 펼치기도 했다.

괜히 살아 있는 전설이라고 불리는 드래곤이 아니다.

아우솔레토가 스스로에 대해 완벽하게 자각하기만 한다면 지금보다 전투 능력이 훨씬 배가될 것은 틀림없는 상태!

"제물을 향하여 세뇌의 주문을 완성시켜라."

하지만 대사제 헤울러가 주교들을 데리고 나타나면서 드래곤을 상대로 한 조직적인 대응이 이루어졌다.

그들이 등장하자 강화된 엠비뉴의 오라를 통해서 괴물들과 광신도들의 움직임이 빨라지고 생명력도 늘어났다.

"놈을 소중하게 다뤄라."

"엠비뉴 신께서 우리에게 주신 선물이니 정신 지배를 통해서 포획하여야 하리라."

극악의 기사들이 미끼가 되어서 드래곤의 시선을 유인했다.

드래곤 아우솔레토는 땅에서 일어났지만 날거나 빠르게 뛰어다니지는 못했다.

하늘로 오르는 탑과 위드. 두 번이나 정통으로 크게 부딪친 충격도 있지만 장기간의 세뇌로 인하여 육체와 정신이 정상적이지 않았다.

―인간들… 터무니없는 짓을 저지르는구나. 가소롭게도 나에게…….

아우솔레토의 코와 입에서 시커먼 독 연기가 뿜어져 나왔다.

그만큼 분노하고 있다는 뜻!

―너희는 예전에 진작 멸망시켜 버렸어야 했다. 살아갈 가치가 없는 종족! 벌레처럼 땅을 기어 다니면서 목숨을 구걸하던 너희가 떠오르는데! 크으으으, 머리가 아프다. 내가 누구지? 생각이 나질 않아.

"놈에게는 허점이 많다."

"신앙심을 마법력으로 전환하여 공격하라."

아우솔레토를 향한 사제들의 일제 마법 공격들이 다시 이뤄졌다.

징벌의 사제뿐만이 아니라 헤울러의 직속 사제들, 참악의 사제들까지 등장했다.

신성력과 마법력을 함께 다루면서 특수한 주문들을 시전할 수 있는 최고위 사제이면서 마법사들!

―안 돼. 너희는 나를 해치지 못한다.

본능적으로 공기의 보호막을 펼쳐서 커다란 자신의 몸을 가리려는 드래곤!

하지만 이는 완벽한 마법이 아니었기에 곳곳에 빈틈이 있었고, 상당수의 마법들은 그 사이에서 작렬하였다.

살육자의 궁수들은 강철보다도 관통력이 월등한 특수 제련된 화살촉으로 드래곤을 가까이에서 쐈다.

"돌격, 돌격!"

극악의 기사단은 말을 타고 드래곤을 향해서 돌진하여 망치와 도끼를 휘둘렀다.

"나의 두 눈과, 두 귀와, 양 팔과, 두 다리를 엠비뉴에게 바칩니다. 나의 생명을 거두어서 이 땅에 엠비뉴의 섭리를 펼치는 위대한 기사가 태어나게 해 주소서!"

극악의 기사들은 최후의 주문까지도 외웠다. 그러자 그들의 몸에 후광처럼 드리워지는 어두운 빛깔!

스스로의 생명을 신에게 바치며 일정 시간 동안이지만 전투력을 5배 이상 끌어내는 신성 마법이었다.

기사단의 경우에는 동료가 이러한 주문을 외우고 있으면 추가적인 응원 효과도 받았다.

―끝없이 무모하구나.

아우솔레토는 그저 본능에만 의지해서 다가오는 적들을 앞발로 짓밟고 꼬리로 후려쳤다.

드래곤의 입에 깨물려서 잡아먹히는 엠비뉴의 괴물들!

극악의 기사들 또한 고결하면서도 그 무엇보다 단단한 드래곤의 비늘에 결정적인 타격을 입히지는 못한 채로 목숨을 잃어가고 있었다. 아무리 강해졌다고 해도 드래곤과의 육탄전에서 우위를 점할 정도까지는 아닌 것이다.

"생포해라."

사제들은 죽음을 무릅쓰고 가까이 다가가서 세뇌와 속박의 주문을 외웠다.

—이게 무슨 짓이냐. 크아아아아!

드래곤은 심한 이질감을 느끼며 사제들을 향해 앞발을 휘둘렀다.

그러자 불덩어리가 공중에서 쏘아져서 사제들이 있던 곳에서 큰 폭발이 일어났다.

마나를 지배하고 다루는 능력을 타고난 만큼 점점 사소한 동작에서도 공격 마법이 발동되는 것이다.

마법 보호막을 펼치고 있었지만 폭발이 워낙 커서 엠비뉴의 사제들 수십 명이 죽어 갔다.

드래곤의 정신력이란 수천 년이라는 시간을 버틸 수 있을 정도로 뛰어나기에, 조금의 여유만 주더라도 다시금 과거의 자신을 자각할 수 있었다.

드래곤이 스스로를 확인하는 순간, 그동안 쓰지 않았던 기술을 사용하게 되리라. 광역 마법으로 이 일대는 초토화가 되고 브레스로 인해서 흔적도 없이 사라지게 될 것이다.

그 사실을 엠비뉴 교단도 알고 있었기에, 기사들과 사제들은 드래곤을 다시 안정화시키고 세뇌하기 위하여 덤벼들었다.

'음, 나에 대한 관심은 별로 크지 않군.'

위드의 몸은 먼지와 건물의 잔해로 상당 부분 뒤덮인 상태였다. 물론 지금의 사태를 일으킨 장본인이지만 정작 엠비뉴의 인물들이 설치고 있었기 때문에 얌전히 침묵을 지키기로 했다.

"이놈은 엠비뉴를 믿지 않는군. 이곳에는 신을 믿지 않는 놈은 들어올 자격이 없다."

위드가 있는 장소로 엠비뉴의 종교재판관이 다가왔다.

손에는 시뻘겋게 달아오른 인두를 들고 있었다.

> **불신자의 낙인!**
> 신을 믿지 않으며 부정하는 자들에게 찍히는 낙인입니다. 생명력과 체력, 모든 스탯들이 27%까지 감소합니다. 행운을 완전히 소멸시키고, 갖가지 불행한 일들이 벌어집니다. 낙인이 지워질 때까지 모든 신도들의 공격을 받게 될 것입니다.

종교재판관의 낙인은 그만큼 치명적이라고 할 수 있다.

쿠루루루.

위드는 톡 쏘는 음료수를 마신 곰처럼 귀여운 척을 해 봤다.

"역시 엠비뉴를 믿지 않는 천박한 생명체이다 보니 인상도 더럽기 짝이 없군."

"……."

바로 욕먹음!

폭넓은 친밀도 형성과 아부 정신이야말로 위드의 근본과도 같았지만, 엠비뉴의 종교재판관과는 친해질 수가 없었다.

위드는 주변을 둘러보아 드래곤과의 싸움 때문에 다른 자들은 이곳에 신경을 쓰지 못하는 것을 확인하고는 조용히 앞발로 종교재판관을 지그시 눌렀다.

"꽤애액!"

종교재판관은 곧바로 사망!

위드의 생명력은 현재 24%까지 회복되어 있었다.

'지금은 덩치도 너무 크고 드래곤과의 전투 장소에 가까이 있어서 위험해.'

앞발로 옆구리에 차고 있는 배낭에서 조각품을 꺼내야 하는데 갑자기 극악의 기사단이 일제히 말을 타고 달려왔다.

"사제님들이 사로잡을 수 있도록 드래곤을 포위하라."

"몇 분만 버텨라. 영원히 종속될 노예를 위해 너희의 보잘것없는 생명을 바쳐라!"

극악의 기사단이 광신도들과 같이 드래곤을 향해 달려가면서 지나쳤다.

"......"

너무 큰 움직임을 보이면 저들에게 들킬까 봐 위드는 얌전히 있었다. 그리고 잠시 후.

슬금슬금.

땅을 기어서 조금씩 물러났다.

'뭐, 어떻게든 사는 게 중요하지 않겠어?'

아우솔레토와 엠비뉴 교단의 전투는 소리만 들어도 무지막지하기 짝이 없었다.

드래곤도 부담스럽지만 엠비뉴 교단의 총전력이 전부 뭉쳐 있는 지금 발각된다면 일이 어떻게 되겠는가.

이제까지 모험을 하며 늘 멋지고 우아한 모습만 보여 준 것도 아니었으니 땅을 약간씩 기어서 움직이는 것에는 조금의 거리낌도 없었다.

훈련받은 특수부대처럼 신속하면서도 정확하게 눈치를 보면서 기어서 움직였다.

'조금만 더 멀어지는 거야. 그러고는 뒤도 안 돌아보고 도망쳐야지.'

뒤에서 엠비뉴 교단과 드래곤이 싸우는 소리가 시끄럽게 들리고 있었지만 위드는 야금야금 기어가는 데에만 집중했다. 바로 주변에 누군가가 나타나거나 하면 몸을 딱 굳히고 가만히 있다가, 관심이 멀어진 것 같으면 네발을 조금씩 움직여서 기었다.

그러다가 갑자기 벌어진 정적!

지금 이유를 파악하지 않으면 왠지 후회할 것 같아서 살짝 눈을 뜨고 뒤를 돌아보았다.

아우솔레토는 엠비뉴 교단과 싸우느라 등잔 밑이 어둡다는 말처럼 위드가 있는 뒤쪽은 신경을 쓰지 못했다. 그러다가 딱 뒤를 돌아보았는데 마침 위드와 눈이 마주치고 말았다.

"……."

—…….

치매 드래곤

페트는 나름 자부심이 있었다.

"예술 계열 직업에서는 내가 최고지. 복잡하고 오묘한 그림의 세계를 완벽하게 이해해 가고 있으니까. 뭐, 조각사 위드가 명성으로나 스킬로나 나보다 조금 낫긴 하지만, 가족들끼리는 예외로 쳐야 해."

그는 유린에 대한 애틋한 마음을 아직도 버리지 못했다.

위드라면 앞으로 가족이 될 사이였으니 경쟁자로 삼는 것도 조금은 애매하지 않겠는가!

"가족끼리 앞으로 잘 협심해서 북부를 발전시켜 나가야지."

페트는 그렇게 말하고는 만족스럽게 고개를 끄덕였다.

사실 자신이 중앙 대륙에서 일으킨 혼란을 생각한다면 위드나 유린이 상당히 고마워할 거란 기대도 갖고 있었다.

그림을 그려서 하벤 제국의 치안에 타격을 준다.

화가만이 가능한 특출난 영역이라고 할 수 있지 않겠는가.

멀쩡한 영주들을 실감나게 나쁜 놈으로 묘사하는 작품들은 그 하나하나가 감동적이고 마음을 움직이는 걸작이었다. 사실적인 묘사를 통해서 없던 짓도 진짜 벌어졌던 것처럼 만들어서 영주들의 악명을 늘렸고, 그것을 바탕으로 몇몇 곳에서는 크고 작은 혼란이 벌어졌다.

하벤 제국의 점령 초창기인 만큼 그 피해도 적지 않았고, 페트의 이름은 유저 사이에서도 널리 알려지게 되었다.

색의 마술사 페트.

벽화의 이야기꾼 페트.

"훗날이 되면 꿈을 그리는 화가라든가 자연을 표현하는 화가라는 호칭도 붙게 되겠지."

페트는 그림 이동술을 통해 수시로 북부의 모라타에 있는 화가 길드에 방문했다. 꼭 용무가 있어서는 아니었고, 우연히라도 유린을 만나기 위해서였다.

"물감 삽니다. 3실버 이하의 천연물감 구입해요! 그리고 옷에 그림 그리실 분, 싸게 그려 드릴게요!"

"가난한 화가가 늑대 가죽 구해요. 구멍 난 가죽도 싸기만 하면 삽니다. 잡화점에 팔지 마시고 좀 도와주세요!"

초보 화가들은 도시에서 열심히 영업을 하고 있었다.

〈로열 로드〉를 시작하면 처음 4주 동안은 도시나 마을 밖으로 나가지 못하는 제약이 있다. 다른 직업들과는 다르게 화가들은 초보 시절에도 바로 관련 직업을 선택해서 기술을 연마하는 것이 가능했다.

"으흠, 오늘도 그녀는 없구나. 이 세상의 아름다움을 전부 그리면 무엇 하리. 그녀의 얼굴을 볼 수가 없는데."

페트는 쓸쓸하게 돌아서서 화가의 언덕으로 향했다.

모라타의 거리는 조심하지 않으면 계속 부딪칠 정도로 늘 유저들로 북적거렸다. 상인들의 행렬이나 삽자루를 들고 있는 건축가들도 유난히 눈에 자주 띄었다.

하벤 제국이 북부로 침공하면서 위기가 닥쳐왔지만, 막상 모라타에서 시작하는 초보 유저들은 날마다 더욱더 불어나고 있었다.

아예 레벨 1의 초보들은 아르펜 왕국이 몰락하더라도 이곳에 다시 주춧돌을 세우고 국가를 만들어 내겠다는 희망으로 가득했다.

"여기도 항상 그대로 변함이 없구나."

페트는 언덕을 오르면서 모라타의 풍경을 바라보았다.

북부의 교통과 상업의 중심지로 발전을 거듭하는 도시.

높고 큰 건축물들이 대거 세워지고, 길목마다 상징이 되는 조각품들이 있다. 유서 깊고 오랜 전통은 갖지 못했어도 도시를 장식하는 다양한 양식의 건축물들과 사람들이 문화를 만들어 내고 있다.

건축가들이 세우고, 화가들이 그리고, 조각사들이 꾸민다. 상인들이 장사하고, 주민들이 살아갈 수 있게 되었다.

모험을 하고 친구를 사귀고, 이야기를 나누며 휴식을 취할 수 있는 우리의 도시.

이러한 도시가 위기에 빠졌으니 사람들이 스스로 나서서 싸우려는 것도 십분 이해가 갔다.

"어쩌면 저렇게 잘 그려?"

"어린아이 초상화 전문이래."

"정말 빨리 그리기도 한다. 물감의 색채도 다양하게 쓰면서 배합을 잘하는데. 보통 실력은 아니네."

구경꾼들이 모여서 웅성거리는 것이 보였다.

'또 어디의 화가가 그림을 그리는 모양이군.'

너무 흔한 광경이라서 페트는 무심히 그냥 지나가려고 했다.

화가나 조각사 같은 직업이 도시 내에서 작품 활동을 하면 사람들의 이목을 끌기 마련이다.

화가가 그림을 완성해 가는 모습은 워낙 매력적이라서, 일부러 잘 보이는 길목에 앉아서 그리기도 한다. 관객이 몰릴수록 흥행에 성공해서 그림값을 높게 받을 수 있기 때문이다.

초상화를 그려 달라는 커플, 전사로서 자신의 모습을 그림으로 남기고자 하는 조인족까지, 고객층도 다양했다.

하지만 페트는 일반 유저들을 상대로 한 그림 판매에는 흥미가 없었다.

'내 그림을 살 만한 사람도 없겠지. 헐값에 팔아도 될 그런 그림이 아니니까 말이야.'

그가 그냥 화가의 언덕을 지나가려고 하는 순간이었다.

구경꾼들 사이에서 꾀꼬리처럼 맑은 여자의 음성이 들렸다.

"그림값은 30골드예요. 가격은 충분히 알아보고 오셨죠? 미리 말해 두지만, 할인 요청이나 반품은 있을 수가 없어요."

"넷, 알겠습니다."

"그림값은 선불이고요, 추가로 세밀한 묘사나 물감 색을 늘리는 걸 원하시면 옵션으로 추가 요금이 붙게 되는데요. 다섯 가지 이상을 선택하시면 두 가지나 덤으로 끼워 드려요."

뭔가 다정하게 들리면서도 척추에 있는 골수까지 몽땅 빼먹는 것 같은 목소리!

페트의 눈이 번쩍 뜨였다.

'그녀다!'

그림 속 조르디보오스 성에서 처음 만나 한눈에 반해 버렸던 그녀.

조각사 위드의 동생이라고 했던, 향후 자신과 평생을 함께할 반려자!

'역시 운명은 우리를 다시 만나게 하는구나.'

모라타가 폭풍 전야의 고요함에 싸여 있는 지금 화가의 언덕에서 다시 만나다니, 역시 보통 인연은 아니라고 생각되었다.

로미오와 줄리엣은 비극으로 끝났지만, 최근 화제가 되고 있는 노들레와 힐데른처럼 행복한 연인이 될 것이라고 다짐했다.

페트는 그녀가 그림을 다 그릴 때까지 그냥 서서 기다리기로 했다.

밤늦은 시간까지도 화가의 언덕에는 여행자들의 발걸음이 끊이지 않았다. 새벽에 빛의 탑으로 유저들이 우르르 몰려갈 때까지도 유린은 계속 그림을 그렸다.

"빨간색 물감이 다 떨어져서 어떻게 하지요? 대신 노란색으로 빨간색인 셈치고 그려 드릴게요."

"야간 요금으로 할증이 조금 붙는데… 괜찮으시죠? 착용하고 계신 장비를 보니 되게 돈이 많아 보이시네요."

"콧날은 조금 더 오뚝하게, 그리고 턱선은 도드라지게 그려 드릴게요. 앞머리는 조금 더 긴 게 좋겠죠? 추가 요금은 35% 인데, 실물과 구분할 수 없을 정도로 미세하게 다듬어서 그려 드려요."

손님들에게 바가지를 듬뿍 씌우는 그녀의 말을 들으면서 구경했다.

못 본 사이에 유린은 머리카락이 제법 길게 자라 있었다.

여전사들은 전투에 거추장스러워서 짧게 자르기도 하지만, 그녀는 화가라서 머리카락을 곱게 기르고 초보 마법사처럼 고깔모자도 썼다.

물감 묻은 여행복에도 그녀만의 청순한 매력이 물씬 묻어 나왔다.

"와아, 왕창 벌었다. 역시 호구들이란……."

마침내 유린이 작업을 끝내고 그림 도구를 배낭에 넣었다.

이 순간을 기다려 왔던 페트는 침을 꿀꺽 삼키고 천천히 그녀에게로 다가갔다.

"저기… 저 기억하지요?"

약간의 목소리 떨림!

그리움과 애틋함이 가득했다.

페트는 누구에게도 보여 주지 않았던 자신의 보물 같은 그림들을 그녀에게 공개했을 뿐만 아니라, 화가에 대해서도 알려주었다. 분명히 그녀도 자신을 기억하고 있으리라. 어쩌면 그녀도 자신을 마음에 깊이 간직하고 기다려 왔을지도 모른다.

그렇다면 오늘의 이 만남이야말로 달콤한 운명이라고 할 수 있지 않겠는가!

"저기, 누구신지?"

"페트라고 하는데……."

"네?"

"같은 물빛의 화가. 조르디보오스 성."

"아하, 그 밥맛!"

"……."

돌 맞은 유리창처럼 와장창 깨져 나가는 페트의 여린 가슴!

유린이 화사하게 활짝 웃었다.

"농담이에요. 잘 지냈어요?"

그녀의 성격에 대해 잘 아는 위드였다면 웃는 모습만 보고 쉽게 넘어가지 않았으리라.

여동생이지만 때때로 못된 망아지처럼 행동할 때가 있었다. 특히 원한을 품으면 웬만해서는 용서를 하지 않는 편이다.

"물론입니다. 다시 만나기를 손꼽아 기다려 왔습니다."

"아까부터 계속 저를 보고 계시던데요."

페트는 반색을 했다.

"알고 계셨습니까?"

이제야말로 오랜만에 만난 연인들과 같은 분위기와 대화가 이어질 수 있을 것만 같다는 느낌이 스쳐 지나갔다.

"뭐 마려운 강아지처럼……."

"흠흠."

페트는 헛기침을 하며 분위기를 돌리려고 애썼다. 과거에 그녀의 친오빠인 위드를 비판한 적이 있으니 어느 정도 기분이

상해 있을 거란 생각은 그 또한 했다.

"그림 이야기나 할까요? 요즘 유행하는 화풍은……."

"또 잘난 척?"

페트는 고개를 저었다.

이런 방식은 아무래도 아닌 것 같았다. 솔직한 남자의 마음을 고백해야 한다.

그러지 않으면 정말 평생 후회할 것 같았다.

"항상 다시 만날 날을 기다려 왔습니다. 매일 당신의 얼굴을 떠올리지 않았던 적이 없습니다."

"스토커?"

"……."

아무래도 자신에 대한 선입견이 너무 나쁜 것 같았다.

그 점부터 개선을 시켜야겠다고 느끼는 페트였다.

"제가 입고 있는 망토가 참 멋지지요? 정령왕을 직접 만난 건 아니지만 관련 퀘스트를 진행하고 나서 얻은 물의 정령 망토인데, 물을 다스리고 가끔씩 비를 내리게 하는 능력도 가지고 있지요. 이 망토의 가치는 거의 환산할 수도 없는 것으로서……."

"된장남?"

페트는 말문이 뚝뚝 막혔다.

그러나 지극한 정성이라면 그녀도 감동하지 않겠는가. 일종의 회심의 카드를 쓰기로 하였다.

"언젠가 다시 만날 날만을 기다리면서 정령계로 가서 귀한 물건을 어렵게 선물로 준비했는데요, 그림을 그려서 번 다이아몬드 300개와 바꾸었지요."

"뭔데요?"

이제야 유린은 조금 관심을 가졌다.

사실 그녀도 페트를 오랜만에 만나서 반갑기는 했다. 위드를 비난한 것 때문에 지난번에는 안 좋게 끝났지만 그의 호의만큼은 알고 있었다.

자신에게 반한 남자를 어떤 여자가 미워하겠는가.

페트가 곱게 포장된 상자에서 꺼낸 것은 물방울로 된 머리핀이었다.

"세상에서 가장 맑은 물로 이루어진 마법의 머리핀입니다. 영롱한 이 광채는 그 무엇으로도 바꿀 수가 없는 것으로서, 다이아몬드 300개 이상의 가치가 있다고 봅니다."

"남자가 돈 무서운지 모르고. 젊어서 저렇게 헤프게 돈 쓰면 나중에 처자식 고생시키는데……."

"……."

위드는 고개를 돌리고 싶었다. 드래곤 아우솔레토의 눈빛은 살벌함 그 자체였던 것이다.

사흘쯤 굶주리던 육식동물이 만만한 초식동물을 보았을 때의 눈빛이 마치 저렇지 않을까 싶었다.

'그래도 내가 무슨 짓을 했는지는 모르겠지. 조금 내 입장에서 긍정적으로 생각해 보자면, 세뇌를 당하려던 저 녀석을 구해 준 거잖아. 당연히 금전적인 보상을 받아도 마땅하다고 할

수 있지.'

불행히도 드래곤 아우솔레토의 생각은 그와는 조금 달랐다.

—너냐.

많은 의미가 함축되어 있는 짧은 말.

위드의 눈가가 파르르 떨렸다.

—어리석은 피조물 주제에 일그러진 균형의 조율자인 나를 공격했겠다? 온몸이 찢겨 나가서 죽더라도 영광이겠구나.

위드는 그런 영광은 포기하고 싶었다.

어떻게 맨날 고생한 대가가 이런 식으로만 돌아온단 말인가.

'나처럼 정직한 사람이 우대받지 못하는 걸 보면 확실히 썩은 사회임이 틀림없어.'

이 모든 부조리함은 사회 탓!

드래곤 아우솔레토는 엠비뉴 교단의 공격을 당하면서도 몇 초 동안 꿋꿋이 위드를 노려보고 있었다.

보통의 몬스터가 아닌 드래곤이기 때문에 발휘할 수 있는 여유로움!

'잠깐, 그거보다도… 지금 하는 말들을 보면 자기 자신이 드래곤이라고 깨닫고 있는 것 같은데.'

현재 아우솔레토는 엄밀히 말하면 상상하기 어려울 만큼 강한 몬스터다.

그렇지만 자신이 드래곤이라는 것을 자각하는 순간, 그는 날개를 활짝 펼치고 하늘로 날아오를 것이다. 지상을 향하여 끔찍한 브레스를 뿜어낼 것이고, 최고 단위의 공격 마법을 사용하게 되리라.

유성 소환 같은 초토화 마법을 두세 번씩 쓰지 말라는 법도 없다.

일반적인 드래곤은 세상의 틀을 크게 바꾸려고 하지 않고 쉽게 화를 내거나 하지도 않는다. 그런데 아우솔레토는 최악의 미친 드래곤이기 때문에 어떤 짓을 저지르더라도 그냥 이해할 수가 있었다.

'그래서는 안 돼.'

위드와 비슷한 생각을 엠비뉴 교단에서도 하고 있었던 모양이다.

고위 사제들에게는 드래곤에 대한 공포가 전혀 없었다. 엠비뉴 신이 자신들에게 내려 준 애완견이 반항하는 것을 보는 심정으로 마법 공격을 했다.

"불신자의 내장 파열!"

"파헤치는 심장!"

"심판의 광휘!"

"황폐화된 지상낙원!"

대사제 헤울러와 고위 사제들이 힘을 모아서 함께 발휘한 마법은 보호막을 뚫고 드래곤을 강타했다.

엄청난 빛과 함께 폭발이 일어나면서 아우솔레토도 몸을 휘청였다.

―크오오오오, 너희 인간들이……!

분노에 떠는 드래곤이 되돌아서서 엠비뉴의 사제들을 짓밟았다.

충격 때문인지, 자신이 드래곤이라는 것을 또 잊어버린 듯한 모습!

또 위드에 대해서도 잠깐 내버려 두었다.

"계속 움직여라."

"세뇌와 속박이 완벽하게 걸릴 때까지 몇 분 남지 않았다. 영광을 위해 생명을 바쳐라."

이곳 사제들의 특징이라면, 느릿느릿하지도 않고 가만히 있지도 않았다. 드래곤을 상대하기 위해서 매우 빨리 움직일 수 있는 신성 마법을 걸고 뛰어다녔다.

그리고 극악의 기사와 온갖 위험한 괴물들이 시선을 끌기 위하여 드래곤을 향하여 계속 모여든다.

위드는 잠깐 다시 숨을 돌릴 수가 있었다. 하지만 엠비뉴의 인물들도 그에게 주목을 한 상태였다.

"엠비뉴의 뜻을 거스르는 놈이 여기에 있다."

"저 크고 미련한 곰이 우리가 세운 탑을 부쉈다. 저놈의 가죽을 벗기고 고기는 날것으로 씹어 먹을 것이다."

하늘로 오르는 탑이 무너지는 것을 봤던 사제들과 기사들이 위드를 손가락으로 가리키면서 외쳤다.

위드의 나쁜 짓들이 그대로 공개되면서 적대도가 오르고 있는 것!

"도망쳐야겠군."

위드는 땅에서 벌떡 몸을 일으켰다.

상황이 좋지 않으니 바로 도주를 하기로 결심을 하는 데에는 1초도 걸리지 않았다.

전투를 잘하기 위해서는 적들을 상대로 힘을 과시하는 것만이 아니라, 적당한 위치에 숨고 틀어박혀 있는 것도 필수이지 않은가.

직장에서도 있는 듯 없는 듯 하면서 일당을 받아 가는 최고의 경지!

하지만 대사제 헤울러가 신성 마법을 발휘했다.

"종속의 제한된 영역!"

띠링!

> 강력한 저주 마법에 적중되었습니다.
> 엠비뉴 교단의 통치자 헤울러의 신성력을 바탕으로 한 저주 마법입니다. 일정한 거리를 벗어나면 끝없는 영혼의 고통과 생명력의 감소, 약화를 겪게 됩니다. 억울하게 죽은 원혼들이 육체를 빼앗기 위해서 덤벼들 것이며 몸을 제대로 다룰 수 없게 될 것입니다. 헤울러의 신성 마법은 피할 수 없으며, 상대방의 마법 저항을 강제로 뚫어 냅니다. 이동속도가 26% 감소합니다. 한 걸음 움직일 때마다 생명력이 1,293씩 감소합니다.

위드의 눈에 일정한 영역 밖에는 붉은 기운이 아른거리는 것이 보였다. 아마도 저기를 넘어가면 저주 마법에 의해서 고통을 받게 된다는 뜻이리라.

"또 지긋지긋한 저주야!"

도망칠 길도 봉쇄되어 버렸다.

"쥐도 막다른 길에 몰리면 고양이를 무는 법인데, 나라고 막다른 길에 몰리게 되면……."

위드는 가까이 있는 괴물을 두 손으로 붙잡고 대사제 헤울러를 향해 던졌다.

물론 헤울러 근처에 가자마자 아무 이득도 거두지 못하고 보호 마법에 의해서 타서 없어져 버리고 말았다.

"그냥 용서를 빌어야겠군."

엠비뉴의 넘쳐 나는 병력이 위드를 향하여 조여들어 오고 있었다.

드래곤을 향해서도 물론 엄청난 병력이 포위망을 구성해 가고 있다.

하늘로 오르는 탑이 무너지고 나서, 대신전의 곳곳에서 광신도와 기사, 사제, 괴물 등이 등장하고 있었다. 만약 탑이 무너지면서 건물들을 깔아뭉개고 길을 막지 않았더라면 거의 무한대에 가까운 적들을 볼 수 있었을 것이다.

대신전에는 광신도와 마물의 생산 기지도 있어서, 공장에서 통조림 찍어 내듯이 계속 만들어 내고 있었으니까.

위드를 포위한 병력만 해도 수백이던 것이 금방 1,000을 넘어갔다.

절대 얕볼 수 없는 것이, 여기는 상대방의 집구석 한복판이고 괴물들도 만만치 않기 때문.

"역시 아무리 얌전히 살려고 해도 세상이 나를 가만두지 않는군. 너희가 굳이 나를 건드린다면 기꺼이 싸워 주지."

거대한 흑곰이 인상을 쓰며 일어나니 위압적인 느낌도 이만저만이 아닌 상황!

감히 비교할 바는 아니지만 드래곤과 초대형 흑곰이 대신전에서 동시에 이빨을 드러내고 있었다.

—미개하고 더러운 족속들, 모두 죽을지어다!

"지금이라도 늦지 않았어. 난 싸우기 싫으니 여기서 빠져서 구경만 하면 안 될까?"

"아이고, 죽겠군."

전일은 대신전에 가까이 다가가지 않은 채로 계속 정찰을 하고 있었다.

하늘로 오르는 탑이 무너지고 드래곤이 움직이는 것은 봤다. 엠비뉴의 모든 병력이 외부가 아닌 대신전 내부의 전투에 동원되어서 침입은 상당히 손쉬워진 상태였다.

하지만 전일은 그 자리에서 조금도 움직일 수가 없었다.

> 몸이 썩고 있습니다.
> 생명력이 지속적으로 감소하고 있습니다. 신체가 독에 잠식되어서 체력이 최소로 감소합니다. 달리거나 무기를 휘두르는 등의 격렬한 활동을 하지 못합니다.

시커멓게 썩은 강을 지나면서 중독되었던 몸 상태가 재발하고 만 것.

전일은 땅에 누워서 시름시름 앓았다.

위드가 이 광경을 보았다면 기가 차서 잔소리도 잊어버릴 상황이었다. 엠비뉴 교단을 물리치기 위해 데려온 부하가 이 모양이라니 참지 못하고 가슴을 치면서 욕을 했을 것이다.

"대제님께서는 잊지 않고 나를 구해 주실 것이다!"

전이는 여전히 육체를 구속하는 마법 쇠사슬에 묶인 채로 감옥에 있었다.

"끝까지 포기하지 않겠다. 이보다도 더 안 좋은 상황에서도 살아남았었으니 희망을 버리지 않을 거야."

간수들은 그들끼리 이야기를 나누고 있었다.

"위가 조금 시끄럽군."

"사제님들의 신성력이 대단하니 드래곤 세뇌가 예정보다 조금 빨리 끝났을지도 몰라."

"당장 제물을 가져오라고 할지도 모르니 준비를 해 둬야 하지 않겠나?"

"슬슬 시작하지."

전이는 드래곤을 세뇌시키고 나서 축제를 벌일 제물로 결정되어 있었다.

간수들은 살아 있는 전이의 몸에 갖은 양념을 발랐다.

"구울까, 삶을까?"

"쇠막대기에 꽂아서 굽는 게 좋지 않겠어?"

"지난번에 먹어 봤는데 나도 그게 맛있더군. 육즙이 달콤해."

"조금 덜 익었을 때 먹어야 맛있지."

"크흐흑, 대제님."

전삼은 엠비뉴의 기사 행세를 하며 대신전 내에서 제법 자유롭게 돌아다녔다.

그는 전투 지역으로 가지 않고 부서지지 않은 건물로 가서 물건들을 수색했다. 위드의 행동을 제대로 보고 배워서, 당연히 보물을 찾아다니는 중이었다.

"이건 저주고… 요것도 저주와 관련된 물건이네. 여긴 정상적인 번쩍거리는 것은 없고 전부 다 저주나 흑마법 책자들뿐이잖아."

전삼은 저주의 매개체들을 밟거나 땅에 내동댕이쳐서 몽땅 다 파괴해 버렸다.

헤스티거는 주방에 있으면서 일단의 엘프 여성 노예들이 간 수들의 손에 의해 끌려 내려오는 것을 봤다.

"음식을 만들어라. 잘 만드는 놈들은 당분간 살려 줄 것이다. 그리고 요리를 못하는 놈은 솥에 함께 넣어 주지. 낄낄낄!"

위드였다면 참 효율적인 방법이라고 감탄의 박수를 쳤겠지 만, 헤스티거는 불의를 참아 내지 못하였다.

"이런 나쁜 놈들! 어떻게 하늘 아래 너희 같은 놈들이 있을 수 있단 말인가!"

"넌 누구냐. 크억!"

헤스티거는 물소의 몸통에서 단숨에 뛰쳐나와서 간수들을 해치우고 엘프들을 구했다.

"괜찮습니까?"

"저흰 다친 곳은 없어요."

아리따운 엘프들 중에는 희귀하기 짝이 없다는 하이엘프도 있었다. 그들은 자신의 마력을 사용하지 못하고, 정령도 불러 낼 수 없도록 종속구를 착용한 상태였다.

헤스티거는 시미터를 휘둘러서 단칼에 그들의 종속구를 부 쉈다. 여러 명의 엘프들의 종속구들을 유려한 칼의 휘두름으로 연속으로 부숴 버리는 광경은 아름다움 그 자체! 탁월하게 잘 생긴 외모와 더불어서 영웅 영화에 나오는 것처럼 멋진 분위기를 자아냈다.

헤스티거의 낮게 깔리는 목소리는 듣는 사람들에게 믿음까지 심어 주었다.

"여기는 위험합니다. 제가 여러분을 신전 밖으로 안내해 드리겠습니다."

아무리 위험한 상황에서도 여자들에 대한 매너를 지키려는 전형적인 영웅!

"아니에요. 저희도 싸울 수 있어요. 함께 싸우겠어요."

"풀려난 지도 얼마 되지 않았고, 많이 지쳐 보입니다."

"우리 엘프들은 느낄 수 있어요, 상상도 하고 싶지 않은 악령들과 위험한 마력이 몰려들고 있다는 것을. 이들을 물리치지 않으면 우리 엘프들도 숲에서 더 이상 안전하게 살아가지 못하게 될 거예요."

"그렇다면 좋습니다. 같이 해봅시다."

하이엘프들은 간수들이 쓰던 활을 집었다.

본래 자신들이 직접 만들어서 쓰는 하이엘프의 활에는 비할 바가 아니지만, 그들에게는 정령과 마법이라는 다른 두 가지의 무기도 있었다.

정령이 활에 깃들이면 위력이 수십 배나 늘어나게 된다.

"조금 전에 큰 충격이 있었어요. 이 건물이 무너지기 전에 어서 잡혀 와 있는 다른 노예들을 구출해요."

"물론입니다."

헤스티거는 엘프 병력과 함께 대신전에 있는 건물을 빠른 시간에 장악했다. 늘씬하고 예쁜 얼굴을 가진 하이엘프 르누아리가 옆에 착 달라붙어 있었다.

그리고 그들은 독을 제조하는 시설을 발견해 냈다.

"여긴 이상한 냄새가 나는군요. 몬스터들의 썩은 사체를 이용해서 무언가를 만들고 있는 것 같습니다."

"지독한 냄새! 독이네요. 강과 호수, 바다를 오염시키기에 충분한 양이에요. 그리고 비를 내리게 하는 마법을 쓸 수 있다면 생명체들이 살아가는 땅도 오랜 기간 황폐화시킬 수 있겠죠."

"엠비뉴 교단, 과연 지독한 곳이군요. 대제님께서 이들과 싸우려고 하는 이유를 알 것 같습니다."

"엘프로서 이런 말을 하면 안 되겠지만, 이 독으로 이자들을 쓰러뜨리는 건 어떨까요?"

"진심이십니까?"

"이들은 이미 인간으로 보기 어려워요. 다른 모든 생명체들과 자연을 위해서라도 없애 버려야 해요."

위드가 들었다면 융통성이 있고 살림 잘하게 생겼다면서 칭찬을 했을 하이엘프다. 그러나 헤스티거는 잠시 생각해 보더니 고개를 흔들었다.

"안 됩니다. 저는 대제님의 자랑스러운 전사로서 비겁한 방법을 사용할 수 없습니다."

"그래도 이 방법만큼 효과가 뛰어난 건 없어요."

"제가 불미스러운 일을 저지르면 대제님의 명예를 훼손하는 일이 됩니다. 믿고 기다리면 대제님께서 엠비뉴 교단을 충분히 물리치실 수 있을 겁니다."

원래 노들레와 함께했던 헤스티거는 성격이 이렇지 않았다.

노들레가 도덕적인 고뇌를 할 때 서슴없이 독을 쓰자고 단호하게 주장했다.

하지만 위드와 있으면서 헤스티거는 성격이 달라졌다. 노들레의 친구가 아닌 위드의 부하가 되어서 충성심이 생기고, 좀 더 정직한 영웅으로 변했다.

그가 노들레와 함께할 때처럼 힘을 합쳐서 더 강한 적들을 이기기 위하여 고뇌할 필요가 없었다. 위드가 알아서 먼저 다 휩쓸어 버렸기 때문.

위드가 알았다면 평소에 부하 교육을 잘못 시켰다고 한탄을 할 상황이었다. 진작 죽이거나 혹은 내쫓아 버렸어야 하는데 질투심에 지금까지 데리고 다닌 결과 이런 행동까지 저지르지 않는가!

헤스티거의 모습에서는 당당하고 정의로운 전사의 풍모가 느껴졌다.

하이엘프 르누아리도 감동을 받은 듯 눈을 크게 뜨더니 금방 설득되었다.

"과연! 옳은 방법으로도 이길 수 있다면 좋겠지요. 전사님을 보니 충분히 이들을 해치울 수 있을 것 같아요."

"독은 나쁜 것이니 전부 태워 버립시다."

"저도 도울게요."

위드가 있었다면 뒷목을 잡고 쓰러지고 말았을 행동이 서슴없이 자행되었다.

자하브는 혼란을 틈타서 대신전 안으로 뛰어 들어왔다.

"조각 검술!"

광신도들이 오랫동안 믿음을 갖게 되면 악한 영혼을 몸에 받아들일 수 있게 된다. 마령의 귀족들을 처리하면서 넓은 대신전 안을 헤매고 다녔다.

"이놈들을 전부 해치우면… 이베인이 죽지 않을 수도 있다는 거지."

자하브에게는 사랑하는 연인의 목숨이 걸려 있다고 해 놓았으니 검에 망설임 따위는 없었다. 하얗게 센 백발을 휘날리며 눈부신 움직임으로 적들을 처단했다.

"그를 따라온 덕분에 이베인을 구할 수 있다면 더할 나위 없이 좋은 결과야. 내 생명을 이곳에 묻는다고 해도 말이지."

조금만 차분하게 생각해 본다면 일이 그렇게 단순하진 않다는 사실을 알 수 있으리라.

엠비뉴 교단이 완벽하게 몰락한다고 하더라도 이베인이 로자임 왕국의 왕비가 되는 미래는 바뀌지 않는다. 첫사랑 이베인이 평생 다른 남자의 품에서 행복하게 살아가는 것을 지켜봐야만 한다. 그것도 자신은 다 늙은 노인이 되어서.

어쩌면 대신전에서 죽어서 원래의 세상으로 돌아가지 않는 것이 자하브에게는 속 편한 일이 될지도 몰랐다.

"크으으, 신이시여. 이, 이 고통은……."

성자 아헬른은 심각한 부상에 시달렸다.

노예들과 함께 중앙 광장에 있다가 그는 하늘로 오르는 탑의 잔해에 제대로 깔리고 말았던 것이다.

한 세기에 1명 나올까 말까 한 성자.

교황보다도 우월한, 신의 뜻을 직접 펼칠 수 있는 성자의 신성력은 간신히 생명을 유지하는 데에만 활용이 되고 있었다.

원래 노들레의 모험에서는 날고뛰었던 아헬른이지만 지금은 금세라도 죽을 것만 같은 노인의 신세.

쿵. 쿵.

하필이면 위드도 바로 근처에서 땅을 뒤흔드는 전투를 하는 중이었다. 위드가 활약을 할 때마다 아헬른이 갇혀 있는 잔해 더미도 우수수 한꺼번에 흔들렸다.

"어떻게 해요, 성자님."

"신…께서 우리를 돌볼 것이네."

어린 노예들, 여성 노예들도 아헬른의 곁에 있었다.

성자 아헬른은 탑이 무너지는 것을 보면서 노예들을 지키기 위해 모든 신성력을 발휘하여 보호막을 형성하느라 피하지 못했다.

아슬아슬하게 걸쳐져 있는 잔해 더미가 몽땅 내려앉는 순간 그 무게에 깔려서 다 함께 목숨을 잃게 되리라.

드래곤과 흑곰

위드의 높은 시야에 사제들이 무언가 중얼거리면서 신성 마법을 외치는 것이 보였다.

"꿰뚫고 비틀어서 파헤치고 짓이겨지리라. 파동의 광선."

"무서웠던 기억, 앞으로 벌어질 가장 위험한 일들이 너에게 벌어지게 된다. 공포의 도래."

"날갯짓을 하며 들끓라. 식인 해충 무리 소환!"

"흘러넘치는 피는 솟구쳐서 멈추지 않으리라. 피의 전야제!"

위드는 두 팔을 휘두르고 내리쳐서 광신도들을 쓸어버렸다.

콰과광!

땅이 깊게 파이며 튕겨 나가는 수십 명의 광신도!

제아무리 이곳이 엠비뉴의 대신전으로서 신앙의 힘이 극대화되는 장소라고 하더라도 막무가내에 가까운 거대한 무력에는 소용이 없었다.

위드가 두 팔을 휘두를 때마다 건물이 부서지고 땅이 쿵쿵 울렸다.

거대 생명체로서 작고 연약한 자들을 짓밟는 쾌감!

주먹만 휘두르면 무엇이든 부술 수 있고, 발로 땅을 구르는 것만으로도 적들이 나뒹굴었다.

거인이 되어서 산다는 것은 바로 이런 재미이리라.

"덤벼라, 이 잡템도 제대로 나오지 않는 놈들아!"

위드가 전쟁의 시대를 휘젓고 다닐 때 일반 병사들이 그를 대적한다는 것은 애초에 불가능했다.

무력의 차이도 하늘과 땅만큼 있었지만, 눈빛만 마주쳐도 그냥 스스로 항복을 할 정도의 카리스마와 투지로 적들을 눌러 버린 것이다.

적국의 입장에서는 도저히 항거할 수 없을 정도의 높은 권위와 두려움이 뒤따르는 악명으로 복종을 강요했다.

기사들이라고 하여도 그저 검을 한번 마주쳐 보고 죽는 것이 영광일 정도로, 사막의 대제왕은 베르사 대륙에 새로운 역사를 썼다.

그럼에도 광신도들은 전혀 위축된다거나 공포에 빠지지 않았다.

곧 위드에게로 집중되는 엠비뉴 교단의 각종 마법들!

위드는 일부 마법은 가까스로 상체를 굽혀서 피했지만 대부분은 적중당했다. 물론 대형 흑곰다운 두꺼운 가죽 덕에 마법의 최대 피해는 절반 이상 줄여 놓을 수 있었고 아픔도 별로 느껴지지 않았다.

"적당히 좀 하자. 너희와 내가 전생에 무슨 원수를 졌다고 이러냐."

"닥쳐라, 하늘로 오르는 탑을 파괴한 원흉! 너의 죄를 벌써 잊은 것이냐!"

"그래그래, 다 세상을 위해서 살아왔던 내 잘못이지. 매번 이런 식이었어!"

위드는 대신전 건물의 잔해들을 전투에 이용해 먹었다.

초대형 흑곰이 뛰어다니다 보니 당연히 아무거나 대충 던져도 쉽게 맞힐 것 같지만 그렇지도 않다. 워낙에 빠르게 돌아다니는 데다가 크고 작은 탑의 잔해가 사방에 널려 있었기 때문이다.

건물들을 엄폐물과 장애물로 쓰면서 적들을 순차적으로 제거했다.

저주를 퍼부을 수 있는 사제들과 기사들의 상당수가 드래곤을 상대하고 있는 만큼 마음껏 활약을 하지 못한다는 부분은 큰 장점이 되었다.

이미 징벌의 사제와 참악의 사제들 중에서 상당수는 드래곤을 향한 세뇌의 신성 마법을 발휘하고 있어서 위드를 향한 공격은 불가능하였던 것이다.

헤울러만은 계속 위드를 노렸다.

"너희의 신은 엠비뉴에게 굴복하였다. 절대 저항하지 못하리라. 신성모독!"

대사제 헤울러가 이 영역 전체에 대하여 신성모독을 선포했습니다. 신앙심에 따라 생명력과 마나에 타격을 받습니다. 생명력 4,394 감소! 신성모독에 저항하지 못했습니다. 신앙 스탯이 일시적으로 0으로 바뀝니다. 4분

위드는 신앙심이 거의 없어서 별다른 피해를 입지 않았다. 그렇지만 헤울러가 사용하는 기술들은 모조리 분통이 터졌다.

"도대체 저런 놈과 어떻게 싸우라는 거야!"

과거에 바드레이와 싸웠을 때가 떠올랐다.

그때도 온갖 불리한 조건들은 다 안고 싸웠는데 지금은 더막막할 정도로 심각하다.

신성모독의 선포는 대규모 전쟁에서는 결정적이라고 할 수있는 효과를 가졌다. 일반 사제들을 데려왔다고 하더라도 별도움이 되지 않았을 것이 분명하다.

헤울러를 죽이려고 한다면 엠비뉴 교단의 엄청난 병력이 막을 것이고, 공격이 몇 번 성공하더라도 넘쳐 나는 자기네 편 사제들이 깨끗하게 치유해 줄 게 아닌가.

사회에 나가서 부잣집 아들과 경쟁하는 것처럼 불공평하기짝이 없는 상황!

헤울러가 지팡이를 양손에 들고 땅을 몇 번 쿵쿵 찍었다. 그리고 앞으로 쭉 내밀면서 외쳤다.

"엠비뉴께서는 모든 것들을 태워 버리라고 하셨다. 멸망의불 소환!"

으로 마법력을 운용하는지는 비밀입니다. 막대한 생명력을 자양분 삼아서 지옥의 밑바닥, 살아 있는 자들의 생살을 태우는 끔찍한 불꽃을 불러오는 것이기 때문입니다.

멸망의 불은 스스로 타면서 꺼지지 않습니다. 일정 반경을 돌아다니면서 소환자를 제외한 살아 있는 자들을 태우고 흡수하면서, 갈수록 뜨거워질 것입니다. 마침내 필요한 마력과 생명력을 채우고 나면 소환자에게 돌아가서 궁극의 화염 마법 중의 하나를 발동시킬 수 있는 원동력이 됩니다.

"무슨… 적당히가 없구만."

아무리 엠비뉴 교단의 대사제라고 해도 전체 범위형 신성 마법을 어떻게 연속으로 계속 사용할 수 있단 말인가.

어마어마하게 큰 불덩어리가 공중에 형성되고 있었다.

직접 육체를 사용하는 전투 능력에 대해서는 아직 알 수 없지만, 신성 마법과 보호 마법에 있어서는 헤울러는 절대적인 수준이었다. 드래곤의 앞발이나 꼬리 휘두르기 같은 물리적인 공격도 보호 장벽을 펼쳐서 가뿐하게 막아 낼 정도였다.

"하필 이렇게 중요한 때에 부하들이라고는 코빼기도 보이지 않는군. 쓸모없는 헤스티거라도 있으면 좋을 텐데."

위드는 하늘로 오르는 탑의 붕괴로 쌓여 있는 엄청난 잔해들을 이용해서 위치를 이동했다.

헤울러와 사제들, 엠비뉴 교단의 주력은 드래곤의 주변을 크게 벗어나지 못한다는 점을 이용. 저주 마법에 의해서 위드도 대신전을 떠날 수는 없지만, 더 깊이 안으로 들어가면서 적들을 유인했다.

그사이 멸망의 불이 생성되어 드래곤을 노렸다. 위드보다는 그쪽이 더 가깝기 때문인 듯했다.

"엠비뉴 신은 남자가 맞나? 뭐라고 꼭 말하기는 어려운, 그게 그렇게도 작다던데⋯⋯."

"저놈을 죽여라!"

엠비뉴를 따르는 기사들이 괴물들을 이끌고 공격해 왔다.

평소라면 그들은 상당히 무서운 존재다. 한껏 속도를 내면서 평지를 돌격하여 창을 던지고 검으로 찌르면서 적을 분쇄할 수 있기 때문.

질서 정연한 기사단의 돌격은 진형의 위력을 극대화시킨다. 수천 명에 이르는 상급 기사들은 몇십 만의 군대라고 해도 제멋대로 휘젓고 다닐 수 있으며, 평원에서는 어떤 몬스터도 포위하여 살육이 가능했다.

하지만 이곳은 탑의 잔해와 절반쯤 붕괴한 건물들로 인해서 포위망 구성이 불가능했다. 바닥도 엉망진창이라서 기사들은 말을 제대로 빠르게 몰 수가 없었다.

어설픈 돌격은 위드에게 잘 차려진 한정식!

> 거듭된 공격으로 인해서 분노가 일어납니다.
> 힘이 크게 증가합니다. 맷집이 강화됩니다. 생명력의 최대치가 증가하며, 그만큼의 비율로 분노가 중단되기 전까지 생명력이 일시적으로 높아집니다.

분노 상태까지 일어났다.

위드는 엠비뉴의 기사들을 잡아다가 건물과 동료들을 향하여 내던져서 박살 냈다.

"크아아아아아!"

거대 곰의 포효!

이것이야말로 대형 생명체로서 만끽할 수 있는 절대의 쾌감!

크롸롸롸롸롸라라라라라!

이에 응답하려는 것은 아니겠지만 아주 가까운 곳에서 땅과 건물의 잔해까지 뒤흔들리게 하는 더 엄청난 울음소리가 들려왔다.

"으으음, 조용히 싸워야겠군."

드래곤이 있는 장소에서 고함이라니, 상당히 무안했다.

"전부 덤벼 봐라. 몽땅 아주 철저히 부숴 주마!"

위드는 그 무안함과 분노를 풀어내기 위해서 더욱 맹렬히 광신도와 기사를 주먹으로 쳐서 묵사발을 냈다.

아슬아슬하고 위태롭게 서 있는 건물들을 부수고, 바위를 던져서 기사들이 달려오는 길목을 막았다.

하늘에서 비행하는 괴물들도 있었다.

대신전의 곳곳에서 비행 괴물들이 등장하여 하늘로 날아오르고 있었다. 그들은 드래곤을 향해서도 많이 날아갔지만 위드를 향해서도 수십 마리 이상이 다가왔다.

위드는 비행 괴물이 다가오면 손으로 잡아서 땅으로 내던졌다. 그리고 작은 목소리로 포효!

크아아아!

어릴 때는 괴수들이 날뛰는 영화가 그렇게도 좋았다.

사람들에게는 왠지 모르게 초대형 생명체에 대한 동경 같은 것이 있는지도 모른다. 현대 문명이 쌓아 올린 빌딩 숲에서 활약하는 킹콩 같은 무지막지한 생명체!

위드는 그런 생명체가 되어서 팔다리를 휘두르며 대신전을 무식하게 박살 내는 입장이었다.

악인들이 모여 있는 소굴에서 진짜 나쁜 놈이 되어 버린 기분이랄까!

"넘어가라!"

"말을 타고 뛰어넘는 것은 불가능합니다."

"말을 버리고 지나간다."

"저, 저 곰이 우릴 주시하고 있습니다. 커어억!"

지형 자체를 바꿀 수 있는 초대형 흑곰의 장점을 십분 활용! 땅을 주먹으로 내리치면 쩌억 갈라지고, 그 울림으로 기사들이 말에서 떨어졌다.

위드가 지나간 곳은 그 무게로 인해 땅에 깊은 구덩이가 파였다. 병력이 나오는 입구와 골목길을 아예 부숴서 적들의 진입을 어렵게 했다.

"가까이 다가가지 말고 창을 투척하라."

"원거리 공격 부대들을 불러라. 궁병들을 배치하라."

엠비뉴 교단에서는 병사들과 기사들을 대거 동원했다.

사제들은 거의 보이지 않았는데, 드래곤을 제압하느라 빠져 있는 듯한 모습이었다.

기사들이 지상 가득히 배치되고, 엠비뉴의 궁수들은 강화 마법을 걸고 건물과 잔해 위로 올라와서 위드를 향하여 쉴 새 없이 화살을 쐈다.

"지독하게도 쏴 대는군."

위드는 적들이 내던지는 창은 팔로 쳐 내고, 화살은 어쩔 수 없이 몸으로 맞았다.

윤기가 좌르르 흐르는 털가죽의 방어 능력이 발휘됩니다.

"퀘액!"

"화, 화살이……."

"계속 공격한다! 엠비뉴의 뜻을 거스르는 자를 용서치 말라."

궁병들은 마구 화살을 쐈다.

워낙에 덩치가 크다 보니 대충 쏴도 잘 맞고, 피할 엄두도 내지 못한다. 하지만 빗나가서 반대편에 있는 아군을 맞히는 일도 비일비재했다.

위드의 두꺼운 가죽을 뚫지 못하고 튕겨 나간 창과 화살도 동료들을 살상했다.

"창을 던져라. 저 흉악한 괴물도 위대한 엠비뉴의 앞에서는 버티지 못하리라."

"사냥을 하자. 저놈의 고기는 우리 모두가 실컷 맛볼 수 있을 것이다."

기사들은 계속 사기를 북돋우면서 격려를 했다.

안 그래도 광신도들은 충성도와 투지가 거의 떨어지지 않는데 기사들이 응원을 해 주니 더욱 열심히 덤벼들었다.

위드가 초대형 몬스터로서 갖는 힘과 체격에 의한 장점은 엄청났다. 수십 미터나 되는 팔은 휘두르는 것만으로도 훌륭한 원거리 집단 공격 무기가 되어 주는 것이다.

위드가 공격을 할 때마다 최하 열에서 많으면 서른 이상이 목숨을 잃었다.

주먹을 휘두르면 건물 같은 것은 그냥 다 부서지고, 기사들은 방패로 막아 내더라도 튕겨 나가서 동료들과 부딪치면서 한꺼번에 사망!

"과연 클수록 재밌어."

엄청난 파편들이 생겨날 정도의 최강의 공격력을 실컷 만끽할 수 있었다.

하지만 발 근처까지 와서 창과 검을 휘두르는 골치 아픈 기사들과, 상대적으로 높은 시야 때문에 작게 보이는 궁병들이 화살을 계속 쏘아 대는 것은 골치 아프다.

위드는 발길질과 주먹질을 잠시도 멈추지 않았다.

약간이라도 여유를 부리면 기사들이 털을 붙잡고 몸을 타고 올라와서 공격하려고 했기 때문이다. 그리고 궁수들의 공격도 지긋지긋할 정도로 끊이지 않았다.

바위를 던지고, 팔을 휘두르고, 발길질을 가해서 궁수들과 그들이 모여 있는 장소를 박살을 내더라도 다른 곳에서 또 공격을 가한다.

이곳은 엠비뉴의 대신전인 만큼 아무리 죽여도 적들은 계속 나타나고 있었던 것이다.

생명력이 감소합니다.

등에 꽂혀 있는 화살의 개수가 2,600개가 넘었습니다.
대단한 기록을 세우면서 맷집이 1 증가합니다.

많은 부상으로 인해 생명력이 지속적으로 하락합니다.

"죽어라!"

"놈이 약해지고 있다!"

피해를 입는 만큼 위드도 적들을 무지막지하게 해치우고 있지만 상대편 병력은 줄어드는 기미가 보이지 않는다는 게 문제였다.

쿠오오오오!

초대형 흑곰으로 포효를 하면, 적을 공포에 질리게는 하지 못하더라도 주춤거리게 만드는 효과는 있었다.

조금도 지치지 않은 것처럼 으르렁거리고 가공할 힘으로 기사들을 두들겨 패고 던지고 있었지만, 속으로는 죽을 맛!

몸에 꽂혀 있는 화살들을 빼내고 치료를 할 수가 없으니 지속적으로 생명력을 조금씩 빼앗겼다.

몸이 크니까 공격당할 부위도 그만큼 많고 방어가 불가능하다. 안 그래도 많이 남아 있지 않은 생명력이 빠르게 감소했다.

게다가 엠비뉴의 대사제 헤울러는 영악하기까지 했다.

잃어도 상관없는 병력을 위드에게로 보내서 시간을 끌게 하면서 드래곤의 세뇌에 집중하고 있었다.

현재 진행되고 있을 드래곤의 세뇌가 끝나고 나면 지금 엠비뉴의 병력과 투닥거리는 것 따위는 아무 의미도 없을 것이 아닌가.

초거대 흑곰이라고 해도 드래곤 앞에서는 그냥 귀엽기 짝이 없는 곰 요리에 불과!

'이렇게 죽는 것도 대단한 영광… 아냐, 이런 식으로 길들여져서는 안 돼. 아직 본전도 찾지 못했어.'

그러나 끊임없이 튀어나오는 엠비뉴 교단의 고급 병력과 괴물들을 없애기 위한 적당한 방법이 없었다. 아무리 싸우고 또 싸워도 효과가 없는 것 같아서 사실상 막막했다.

'이놈들을 어떻게 상대해야 하지?'

위드의 시야에 저 멀리 있는 건물이 불타고 있는 것이 보였다. 하지만 내부에서 어떤 일이 벌어지는지에 대해서는 알지 못했다.

과거 노들레는 독을 이용했지만, 위드는 그러한 독이 존재한다는 사실 자체도 까맣게 모르고 있었다.

설혹 알게 된다고 하더라도 그 독은 이미 헤스티거에 의하여 말끔하게 타 버린 상황!

엠비뉴 교단의 병력을 언제 혼자서 전투로 다 해치울 수 있을 것인가.

하늘로 오르는 탑을 건설하면서 봤던 그 수많은 군대는, 어느 1~2명의 힘으로 제압한다는 것은 불가능에 가깝다.

하늘로 오르는 탑이 무너지면서 엠비뉴의 대신전에 막대한 타격을 가했다고 해도, 남아 있는 병력만 해도 엄청났다.

―크워어어어어어어어! 아프다! 제멋대로인 인간들, 나에게 고통을 주다니. 무모하구나. 종족 자체를 말살시켜 버릴 것이다. 머리가… 머리가 깨어질 것만 같다!

갑자기 드래곤의 비명이 들렸다.

절대 최강의 생명체인 드래곤이지만 지금은 고통스러운 신음 소리를 내고 있었다.

엠비뉴의 고위 사제들과 헤울러가 드래곤을 단단히 붙잡고 있는 모양!

위드와 마찬가지로 드래곤도 자신의 권능을 다 쓰지 못하는 이상 지금은 무지막지한 힘과 체력, 생명력을 가진 초대형 생명체에 불과하다.

물론 그것만으로도 보통은 엄청난 능력을 발휘할 수 있고 잘 죽지도 않는다. 하지만 엠비뉴 교단에서는 신성력으로 드래곤을 옭아매고 세뇌시킬 역량이 충분한 것이다.

"얼마 남지 않았다. 헤욜러 님의 일이 끝나면 이 세상은 약간의 부스러기도 남지 않고 파멸하리라."

"드래곤을 거느릴 수 있다니 과연 우리 교단은 훌륭하군."

궁병들이 기뻐하면서 왁자지껄 떠드는 목소리가 위드의 귓가에 들려왔다.

넓은 대신전의 건물들은 붕괴하면서 무너져 내리고 있었으며, 괴물들과 기사들이 내는 소리들도 상당하다. 하지만 뒷담화라면 그 어디서든 민감하게 들을 수 있는 천부적인 귀!

'그렇단 말이지.'

위드는 뒤돌아서 달리기 시작했다.

대신전을 벗어나려는 것은 당연히 아니다. 그런 방식으로는 뭔가를 해 볼 수가 없었으니까.

위드는 대신전의 잔해를 단숨에 높이 뛰어넘어서 드래곤에게로 향했다.

사제들의 신성력에 의하여 형성된 붉은 줄기들이 수백 가닥씩 묶인 채 드래곤은 몸부림을 치며 고통스러워하고 있었다. 드래곤이 아무리 벗어나려고 해도 신성력의 붉은 기운들은 몸을 옥죄었다.

그리고 헤울러와 징벌의 사제들은 드래곤을 향해 세뇌의 주문을 계속 외우는 중.

가만히 놔두면 드래곤은 금방 엠비뉴를 향해 꼬리와 날개를 살랑거리는 애완동물이 되어 버리고 말리라.

기사단이 그 주변을 수십 겹으로 에워싸고 있었다.

위드를 향해 공격하던 극악의 기사들은 대신전에서 나온 병력의 일부에 불과하였다. 실제로 대신전의 주 병력은 드래곤을 향해서 출동한 상태!

영악한 헤울러는 드래곤을 붙잡고 나서 위드를 도망치지 못하게 묶어 놓고 제물로 바치려는 생각을 하고 있었던 것이다.

"적이 등장했다."

"막아라!"

엠비뉴의 기사들이 돌아섰지만, 위드는 땅을 쿵쾅거리면서 달려가는 것으로 그대로 돌파해 버렸다.

위드의 몸과 발에 차인 기사들이 사방으로 나가떨어졌다.

"아우솔레토!"

─누가… 나를 부르는가.

드래곤이 커다란 눈을 끔벅이면서 위드를 쳐다보았다.

빚쟁이처럼 강렬하던 눈빛은 썩은 동태눈처럼 변해 가고 있었다.

엠비뉴 교단의 세뇌가 위력을 발휘하고 있다는 의미!

정상적인 상태의 드래곤이라면 이렇게 쉽게 세뇌에 당하지는 않는다. 그러나 아우솔레토는 오랜 기간 엠비뉴 교단에 의해 세뇌 작업을 당해 왔기 때문에, 잠깐 깨어나기는 했지만 다시 길들여져 가고 있는 것이리라.

위드는 기사들을 돌파하고, 사제들의 공격 마법을 피하거나 맞아 가면서 앞으로 달렸다.

"내가 너를 구해 주겠다!"

—너는… 누구지?

아우솔레토는 조금 전까지만 해도 위드를 향해 잡아먹을 듯이 으르렁거렸다. 그렇지만 그 사실은 순식간에 전부 잊어버린 것처럼 물었다.

치매 드래곤이라서 다행인 상황!

"나는 네 친구다."

—친…구?

"지금 널 구해 주도록 하지."

위드는 아우솔레토 주변에서 세뇌와 속박의 주술을 외우고 있는 사제들을 발로 걷어찼다.

"안 돼!"

사제들이 비명을 질렀다.

엠비뉴 교단 입장에서는 다 차려 놓은 밥상이 뒤집어지는 상황이 아닌가!

드래곤을 묶고 있었던 세뇌와 구속의 붉은 줄들이 절반쯤 걷혔다.

"방해하지 마라. 빙하의 숨결!"

대사제 헤울러가 손가락으로 가리키니 기온이 낮아지면서 위드의 주변에서 1초도 되지 않는 빠른 순간에 투명한 얼음 덩어리들이 생성되어 터졌다.

피할 수 없는 공격 방식!

> 부서지는 빙하의 파편에 의해 충격을 받았습니다.
> 생명력이 36,212 감소합니다. 움직임이 느려지고 상처 부위가 얼어붙으면서 다 녹을 때까지 계속 추가적인 피해를 입습니다.

> 부서지는 빙하의 파편에 의한 연속 공격에 적중되었습니다.
> 피해가 가중됩니다.

빙하의 숨결은 열 번이나 연속으로 터지는 위력적인 마법 공격이었다. 덩치가 아주 작았다면 순간적인 반사 신경이나 주의를 통해서 피해를 줄였겠지만 지금의 몸으로는 불가능했다.

고스란히 다 맞아 주는 수밖에 없었지만, 그래도 분노 상태 덕분에 버텨 낼 수가 있었다.

> 이동속도, 움직임이 58% 느려집니다.

다른 사제들도 신성 마법으로 공격을 했지만, 위드는 그런 공격쯤은 몸으로 맞아 주면서 드래곤을 얽매고 있는 세뇌와 구속의 붉은 줄들을 전부 풀어냈다.

몇몇 개는 자신이 대신 맞아 주었다.

> 엠비뉴를 따르게 하는 신앙의 굴레에 적중되었습니다!
> 영혼에 직접 충격을 입으면서 정신력이 감소합니다. 정신력이 완전히 줄어들게 되면 육체를 다스리는 의지를 상실하며 엠비뉴 교단에 종속된 노예가 될 것입니다.
> 현재의 정신력 상태: 조금 어지러움(87/100)

위드로서는 생명을 건 모험으로 만신창이가 되었다.

사제들의 일제 마법 공격에 의해 남은 생명력도 고작 3만을 넘지 못하는 상태!

인간 조각사로서 활약을 하는 동안에는 이런 생명력으로도 활용을 잘했다.

워낙 전체 생명력이 낮아서 잠깐만 방심하면 금방 죽임을 당한다. 생명력 500이나 1,000도 알뜰하게 활용해 가면서 살아남았다.

그러나 지금은 덩치가 큰 만큼 더 많은 공격을 허용할 수밖에 없기에 비할 수 없이 훨씬 위험했다.

그럼에도 짓밟고 차 내면서 서둘렀기에 더 이상의 공격 없이 주변의 사제들을 치워 버리고 드래곤을 자유롭게 만들어 줄 수 있었다.

아우솔레토의 눈동자가 자신과 거의 비슷한 크기인 위드에게로 향했다.

―친구…….

"그래, 친구다."

―친구라는 게 조금 어색한데.

"우리는 둘도 없이 친한 사이였지. 네가 부끄러움이 많아서 그래."

순수한 우정을 나누는 감동적인 느낌은 눈곱만큼도 없었다.

드래곤과 초대형 흑곰!

위압감이 넘치는 두 거대 생명체들이 가까이에서 서 있는 것만으로도 엄청난 압박감을 주었다.

실제로는 막 속아 넘어가려는 치매 드래곤과, 사기를 치고 있는 흑곰이 있을 뿐!

　위드와 드래곤을 향하여 엄청난 공격 마법들이 펼쳐졌다.

　세뇌 작업을 하느라 잠시 멈춰 있던 멸망의 불도 목표를 정하고 다시 날아왔다.

　위드의 간당간당한 목숨 상태로는 직접 맞는다면 죽음 외에는 다른 길이 없었다. 아무리 레벨이 제법 높다고 해도, 수십 개 이상의 마법 공격들은 순식간에 생명력을 깎아 놓을 정도로 파괴력이 뛰어났으니까.

　—공격이다. 막아라.

　"아니야, 친구. 넌 할 수 있어. 보호막을 펼치면 되잖아."

　—보호막?

　"그래. 넌 보호 마법을 정말 잘 쓸 수 있거든. 그리고 지금은 좀 급하니까 빨리 쓰면 더 좋을 거야."

　—어떻게 사용하는지 모른다.

　"뼈와 심장에 넘쳐 나는 마나에 명령을 내려. 저것들을 막으라고."

　—막아라.

　그러자 드래곤의 몸만 가리는 얇은 보호막이 생성되었다.

　"치사하게 이러기냐? 나도 숟가락 얹었는데 함께 지켜 줘야지. 당장 보호막을 최대한 펼쳐!"

　—전부 막아라.

　위드와 드래곤을 감싸는 수십 개의 보호막들이 형성되었다.

　콰과과과광!

멸망의 불이 부딪치고, 다른 공격 마법들이 마구 두들겼는데도 불구하고 가장 바깥쪽에 있는 2~3개의 보호막만이 허물어졌다.

과연 드래곤의 절대 마법 능력!

물론 아우솔레토가 드래곤 중에서도 특별히 강하기 때문이기도 하고, 위급한 순간에 모든 마력을 다해서 보호막을 펼쳐 필요 이상으로 방어에 힘을 쏟은 것이기도 했다.

위드는 보호막이 유지되는 잠깐 마음을 놓을 수 있었다.

세뇌와 속박으로 부상이 극심했던 아우솔레토의 몸은 다시 치유력이 발휘되면서 조금씩 나아졌다.

물론 탑의 붕괴와 위드와 부딪친 충격으로 인해서 생명력은 절반 이하였다.

위드나 드래곤이나 조금은 위험한 상태!

"친구, 나도 치료를 좀 해 주겠나?"

―해 주고 싶지만 할 줄을 모른다. 어떻게 해야 하지?

"그러니까 이 사람… 아니, 이 흑곰이 너한테 아주 중요한 분인 거야. 그래서 다친 부위를 치료를 해 줘야 된다고 생각해 봐. 그러다 보면 방법도 떠오르지 않을까?"

―그런 방법에 대해서는 모르겠다.

"역시 네가 그렇지. 그러니까 친구도 없지 않았겠냐. 못된 심보로 얼마나 할 일이 없었으면 세상이나 박살 내려고 하고."

―뭐라고?

"아니야, 아무것도."

지금은 제정신이 아니라서 위드를 잠시 친구로 느낀다고 하지만 언제 아우솔레토가 다른 존재를 위해서 치료 마법을 써 봤겠는가.

독불장군으로 자기 혼자만 알면서 살아가는, 전형적인 친구 없는 드래곤!

다행인 것은, 세뇌 작업이 심하게 이루어져서인지 오만한 성격이 아까보다는 약간 순화되어 있었다.

"놈이 자유를 찾게 해서는 안 된다. 기사들은 공격하라!"

엠비뉴의 병력이 드래곤을 향하여 달려오기 시작했다.

사제들과 종교재판관들은 마법 공격을 했다.

그 막강한 공격들이 아우솔레토의 강력하기 짝이 없는 보호막에 의해 차단되면서 화려한 볼거리들이 만들어진다.

하지만 드래곤의 마나도 무한대는 아닌 법!

보호막들이 하나씩 거두어지고 나자 아우솔레토가 날뛰었다. 가까이 다가오는 적들을 앞발과 꼬리로 후려치고 주둥이로 물어서 조금 맛을 음미하더니 꿀떡 삼켰다.

위드는 드래곤의 옆에 찰싹 달라붙어서 구경만 했다.

그를 진짜 친구로 여겨서인지, 아우솔레토는 아무런 제지도 가하지 않았다.

"그걸 먹냐?"

—배가 고팠다. 그래도 천박한 맛이군.

귀하게 자란 드래곤답게 음식 투정은 필수!

'자, 그러면 이제 어떻게 한다…….'

위드의 머릿속은 아무것도 깔려 있지 않은 최신형 컴퓨터처럼 빠르게 돌아갔다.

‘이 드래곤이 강하기는 해도 전투 방식이 영 아닌데.’

아우솔레토의 능력은 명불허전!

꼬리 공격 한 번으로 건물이고 괴물이고 그냥 전부 부서져 버린다.

위드도 흑곰으로 변신한 이후로는 그렇게 할 수 있었지만, 파괴의 규모가 달랐다.

건물을 하나씩 부수는 것이 아니라, 다리나 꼬리에 걸리는 것들은 몽땅 부서진다. 기사들이 들고 있는 튼튼한 방패와 갑옷도 있으나 마나였다.

엠비뉴 신이 우리를 죽이니

기꺼이 이 한 몸을 희생하리

엠비뉴 신이 타락한 세계를 파괴하니

완전한 정화가 이루어지리라

그렇게 박살이 나면서도 엠비뉴 교단의 병력은 부서진 잔해들을 밟으며 일개미처럼 꾸준히 전진해 왔다.

—썩 꺼져라!

드래곤이 고함을 지르면 수백 미터에 이르는 영역에 강력한 공기의 압축과 팽창이 일어나 병력이 밀려나며 화살들이 우수수 떨어진다. 비교적 나약한 광신도들은 괴로워하면서 알아서 죽어 갔다.

뭐, 이 정도라고 해도 보통 상상할 수 있는 이상의 능력을 가진 몬스터로 충분히 대단하지만, 엠비뉴 교단의 반격도 우습게 볼 수가 없었다.

고위 사제들이 세뇌를 위한 신성 마법을 다시 외웠다.

아우솔레토가 계속 지금처럼 단순하게 육체밖에 활용하지 못한다면 붙잡히고 말 것이다.

'그런데 세뇌를 당하지 않거나 엠비뉴 교단에 잡히지 않아도 큰일이야. 조금만 시간을 줘서 제정신을 완전히 차리고 과거를 떠올리고 나면 대륙의 평화가 위험하단 말이지.'

온정신이 된 아우솔레토는 그 자체로 공포의 존재였다. 엠비뉴 교단 이상으로 위험천만할 뿐만 아니라, 독보적인 강함을 가졌다.

가장 위엄 있는 생명체인 드래곤으로서 지배력을 발휘하며 몬스터들을 조종한다면 금방 대륙을 짓밟을 수 있는 병력까지도 갖출 수 있을 게 아닌가.

자신의 능력을 최대로 발휘하는 역사상 최악의 드래곤은 정말 그보다 더 끔찍할 수도 없었다.

그리고 그렇게 제정신을 차린 드래곤이 바로 옆에 친한 척 붙어 있는 위드를 보며 할 수 있는 생각도 한 가지뿐이다.

'살점이 토실토실하게 올라 있는 맛있는 곰 고기네?'

위드에게도 무지막지한 위기!

드래곤에게 사냥을 당하는 신세가 되면 어떤 잔꾀를 부리더라도 희망이 없을 게 아닌가.

"그렇더라도 이미 호랑이한테 물려 가는 신세야."

─친구여, 무슨 말인가.

하늘에서 날아오는 괴조를 앞발로 붙잡고 먹어 치우던 드래곤 아우솔레토가 물었다.

아우솔레토는 위드를 유일하게 믿을 수 있는 친구로 여기기 때문인지 눈빛이 비교적 맑고 친근했다. 아마 돈을 투자해 주면 수십 배로 불려 주겠다는 친구의 말에 속아 넘어가는 선량한 사람들도 저런 눈빛을 했으리라.

"아무것도 아니야. 그보다도 배는 좀 채웠어?"

—조금… 그래도 아직 배가 고프다.

"몬스터들을 더 먹을 거야?"

—지금은 괜찮다. 한꺼번에 많이 먹진 않는다.

"음, 그렇다면 다행이고."

그사이에 아우솔레토가 잡아먹은 괴물들만 100마리는 될 것이다.

드래곤의 머리가 이리저리 쉴 새 없이 움직이면서 괴물들을 냠냠 쩝쩝 해 버렸던 것.

위드는 여전히 드래곤에게 전투를 맡기고 옆에 붙어 있자니 심심했다. 마치 된장찌개에 된장이 없고, 김치찌개에 김치가 들어 있지 않은 것처럼!

약간씩 생명력을 회복하고는 있었지만 그걸로는 화끈함이 많이 모자랐다.

"이래서야 재미도 없고, 괴물 몇 마리 해치우는 것으로는 별 결과도 안 나오고 지루하기만 하지."

몸을 쓰며 싸우는 드래곤 옆에만 붙어 있는 것으로는 전황이 크게 달라지지 않는다는 점도 한몫을 했다.

"미친 짓이란, 자주는 아니더라도 가끔씩은 저지르라고 있는 거니까!"

위드는 드래곤 아우솔레토를 향해 속삭였다.

"날개를 펼쳐."

─무슨 소리냐?

"두 날개를 활짝 펼치고 하늘로 날아 봐. 너는 날 수 있어."

친구라고 믿기 때문인지 아우솔레토는 별다른 의심 없이 날개를 펼쳤다.

그동안은 몬스터들의 돌격을 물리치는 데에만 활용되었던 날개가 넓게 펼쳐졌다.

좌우로 수백 미터에 이르는 날개를 활짝 펼친 드래곤의 우아하면서도 완벽한 자태!

─익숙한 느낌이다.

드래곤을 향해 사방에서 바람이 불어오기 시작했다.

아우솔레토가 머리를 높게 치켜들더니 상체를 세우고 가볍게 날갯짓을 했다. 그러자 몸이 땅에서 서서히 떠올랐다.

10미터, 20미터.

그리고 점점 가속도가 붙으면서 하늘로 날아오르는 드래곤!

자유로워지는 드래곤을 향해서 엠비뉴 교단에서는 온갖 마법을 사용했지만, 전면을 가리는 공기 방패에 의해서 막혀 버렸다.

드래곤이 하늘을 지배하게 되면 그 누가, 그 무엇으로 막을 수 있겠는가!

"역시 쉽게 비행을 하는군."

위드도 땅을 박차고 뛰어올랐다.

내내 가만히 있던 그였지만 일단 움직이기 시작하니 지진이라도 난 것처럼 땅이 크게 울렸다.

위드는 드래곤의 발목을 잡고 몸을 휘돌려 등에 올라탔다.

—무슨 건방진 짓이냐! 어리석은 피조물이 내 등 뒤에…….

"난 친구라니까. 내가 나는 법도 알려 줬잖아. 벌써 잊었어?"

—아, 그런가?

쉽게 수긍하는 드래곤!

지금이야 온전한 정신이 아니다 보니 나름의 친밀도를 느끼고는 있었다. 언제까지 지속되는지는 아무도 알 수 없었지만!

"더 높이 올라가 보자."

—알았다.

드래곤은 위드를 태우고 엠비뉴의 대신전이 까마득하게 보일 정도로 높은 곳까지 날아올랐다.

와이번들과는 차원이 다른 속도였다.

뜀박질을 하며 흥겨워하던 세 살배기 어린아이가 퀵 서비스 오토바이에 올라탄 듯 놀라운 속도!

초대형 흑곰으로 변신해 있는 위드의 체중이 만만치가 않을 테지만 드래곤은 그런 무게의 부담 따위는 전혀 상관이 없는 것처럼 무섭게 날았다.

드래곤의 목을 필사적으로 꽉 붙잡지 않으면 땅으로 곤두박질을 치며 떨어질 정도였다.

—높이 올라왔다.

"음, 그렇군."

땅을 내려다봤지만 지상의 대신전이 아예 거의 보이지 않을 정도의 높이였다. 그 흔적을 알고 있기에 어디라는 것을 가늠할 수 있지, 아예 몰랐다면 찾기도 힘들 정도의 고도.

바람은 얼음을 머금고 있는 것처럼 차가웠다.

위드의 저항력이 높지 않았다면 그대로 얼어붙어서 죽었을 수도 있으리라.

고급스러운 광택이 흐르는 블랙 드래곤의 비늘에도 옅은 서리가 어려서 반짝였는데, 그 모습조차도 환상적일 만큼 아름다웠다. 조화와 균형, 절대적인 비례미란 이런 것이라고 느껴질 정도였다.

물론 그 아름다운 드래곤의 등에 매달린, 거듭된 전투로 인해서 털가죽이 좀 찢어지고 땅에 처박히고 뒹굴어서 먼지투성이가 된 거대 흑곰은 전혀 어울리지 않았지만.

―이젠 뭘 하지?

"뭘 하긴. 복수를 해야지."

―복수… 저 무의미한 생을 살아가다가 종국에는 자멸의 길을 선택하는 인간들을 향해서 말인가?

드래곤은 말을 하면서도 기분이 좋아진 듯이 코를 실룩였다. 아무리 치매에 걸렸다고 해도 원래 아우솔레토의 성격이 어디간 건 아니었다.

"바로 그거야."

―반가운 말이군. 그렇다면 땅으로 다시 내려가겠다.

"참, 그 전에 말이야, 한 가지 연습해 둘 것이 있는데."

―무엇이냐?

"숨 좀 크게 들이마셔 봐. 있는 힘껏."

아우솔레토는 선생님 말이 진리인 줄 아는 유치원생들처럼 시키는 대로 했다.

주둥이를 벌리면서 입과 코로 함께 숨을 깊이 들이마신다. 공기를 머금은 드래곤의 상체가 잔뜩 부풀어 올랐다.

이것이야말로 드래곤이 가진 최악 최강의 공격 무기.

블랙 드래곤의 브레스였다.

―이렇게 하면 되는 것인가?

"연습은 충분해. 그럼 땅으로 내려가 보자. 자라나는 어린이들한테 사기의 위대함… 아니, 정의가 승리한다는 걸 보여 줘야지."

드래곤의 위기

위드는 드래곤을 탄 채로 엠비뉴의 대신전으로 다시 가까이 내려왔다.

지상 최강의 탑승체라고 할 수 있는 드래곤!

조각 변신술을 펼친 상태라서 가슴에 반달무늬도 있는 거대한 흑곰이 드래곤에 올라타고 있는 것은 놀라운 구경거리가 되었다.

물론 엠비뉴 교단의 입장에서는 끔찍하기 짝이 없는 재앙 덩어리들의 결합이었다.

"상태 확인!"

혼돈의 드래곤 아우솔레토
세상을 눈 아래로 굽어보는 블랙 드래곤. 자연계에 존재하는 최강의 생명체 중 하나이다. 과거에 대륙을 송두리째 날려 버리려는 전쟁을 일으키고 나서 다른 드래곤들과 영웅들에 의해 봉인되었다. 엠비뉴 교단의 끈질긴 발굴 작업에 의해 다시 세상에 나오게 되었다. 세뇌로 잃어버린 기억을 찾고 있다.
드래곤의 육체는 모든 물리적인 공격에 대한 피해를 97% 감소시킨다. 마나를
해체하고 재배열하는 능력으로 인해 마법 저항력 98%를 갖게 되었다. 자연계
로부터 마나 흡수. 저주 마법에 대한 완전한 저항. 정령왕을 제외한 정령들은 드
래곤을 공격하지 못한다.
생명력: 47/100
마나: 36/100

"이 정도면 훌륭하군."

블랙 드래곤의 상태를 확인해 본 위드는 만족스러웠다.

드래곤의 생명력은 절반도 남지 않았는데, 엠비뉴 교단의 공
격 탓도 있지만 하늘로 오르는 탑이 붕괴되면서 그 낙석에 셀
수 없을 정도로 많이 두들겨 맞았기 때문이리라.

이만큼 당하고도 절반이 넘는 생명력을 가진 자체가 드래곤
의 대단함을 알려 주는 것과 같았다.

"엠비뉴에게 거역하는 놈들이 다시 내려온다!"

"모두에게 알린다. 저 흑곰이 모든 사태의 원흉이다. 하늘로
오르는 탑을 파괴하여 우리의 숙원을 뭉개 버리고, 엠비뉴 신
께서 내려 주신 신수마저도 강탈하려는 자!"

"죽여라. 용서는 필요하지 않다. 영혼을 빼내서 3만 년간 고
문을 할 것이다."

대신전의 방대한 부지에 우글거리는 광신도, 괴물, 사제, 기
사, 종교재판관.

구분을 할 수 없을 정도로 많은 이들이 위드에게 맹렬한 비
난을 퍼부었다.

보나 마나 그들의 적대심은 최고!

그렇지만 드래곤을 타고 있는 위드의 입장에서야 사탕을 빼앗긴 유치원생 수준의 귀여운 투정에 불과할 뿐!

위드는 야비한 악당처럼 목소리를 착 깔았다.

"어이, 친구."

—이 땅에 오롯이 존재하고 있는 내 등에 감히 올라타다니! 더럽고 미개한 족속아, 당장 꺼지지 못하겠느냐!

"나는 네 친구라니까. 내가 너 구해 준 거 벌써 잊었어?"

—아, 맞다.

엠비뉴 교단의 세뇌 작업에 의해서 제정신이 아닌 드래곤 아우솔레토.

"사람이 염치가 있어야 말이지. 아니, 드래……. 아무튼, 받은 만큼은 줄 생각을 해야지. 세상 그렇게 살면 안 돼."

위드는 드래곤이라는 단어를 절대로 내뱉을 수가 없었다.

드래곤이 제정신을 차리게 되면 풍비박산이 날 것은 엠비뉴 교단만이 아닐 테니까.

—도움을 받으면 그만한 대가는 치른다. 무엇을 원하나?

"내가 무슨 욕심이 있겠어. 어떤 의도를 가지고 널 구한 것도 아니고, 그저 다 친구인 네가 잘되라고 하는 것인데. 그런데… 저 밑에 있는 애들이 너에게 고통을 주고 괴롭힌 것은 기억이 나겠지?"

—물론이다. 전부 찢어 죽여야 마땅하다. 날 공격한 놈들은 몸을 천천히 녹여 줄 것이다.

"그러면 나야 뭐, 그냥 네가 하고 싶은 대로 해야지. 저놈들부터 없애자."

─동의한다.

드래곤은 공중에서 갑자기 방향을 바꾸면서 격렬한 비행을 개시했다.

일반적으로 날개를 조절하여 바람을 타고 날아야 하는 것이 조류의 특성인데 드래곤은 움직임 자체가 상식을 초월한다.

마나의 힘으로 중력을 제어하고 가속도를 붙인다.

물리법칙의 한계를 그냥 극복해서, 폭탄을 터트려서 나아가는 것 같은 가속력을 냈다.

적당한 속도로 땅으로 향하는 것이 아니라 전력을 다해서 직각으로 지상을 향해서 곤두박질친다.

"우워어어어어!"

롤러코스터를 탄 것처럼 온몸의 피가 쏠렸다.

긴장으로 위드의 시커먼 털도 잔뜩 곤두설 정도였다.

"이, 이건 조금 너무 빠른데!"

아찔하도록 땅에 가까이 다가와서야 드래곤은 두 날개를 활짝 펼치며 방향을 틀었다.

콰르르르르릉!

건물들이 무너지며 내는 엄청난 소음!

드래곤의 비행이 만들어 낸 순간적인 돌풍에 건물들이 흔들리고 쓰러졌다.

괴물들과 광신도들도 그 자리에 버티지 못하고 사방으로 나가떨어졌다.

─미개한 족속들아, 이것이 너희의 운명이다.

드래곤은 대신전의 건물들 위를 빠르게 스쳐 지나가다가 속도를 늦추며 엠비뉴의 궁병들이 있는 자리를 앞발로 후려쳤다.

당연하게도 건물 자체를 산산조각으로 부숴 버리는 강대한 힘이었다.

블랙 드래곤의 앞발에 맞은 건물은 수천 개의 파편으로 변해서 광신도들을 뒤덮었고, 꼬리는 살아 있는 채찍처럼 땅 위의 기사들을 후려쳐서 날려 버렸다.

"잘하고 있어. 하지만 놈들을 직접 노리면 몇 놈 못 잡을 거야. 건물을 박살 내!"

—나 역시 그럴 생각이다.

육탄전을 펼치는 건 얼핏 조금 전과 비슷한 듯했지만, 그러나 지금은 뒤뚱거리면서 땅에 멈춰 있는 것이 아니었다. 놀라운 속도로 날아다니면서 대신전 전역을 대상으로 건물을 파괴하며 피해를 입혔다.

"성전이 우리의 제물에게서 위협받고 있다. 사도들이여, 엠비뉴를 향한 믿음의 힘을 발휘하라!"

"쏴라. 맞을 때까지 닥치는 대로 화살을 발사하라!"

엠비뉴 교단에서도 마법과 화살, 주술 등 가능한 원거리 공격은 무엇이든 시도했지만 효과는 별로 없었다.

드래곤은 엄청난 속력으로 급강하해서 건물을 무너뜨리고 다시 폭발적인 속도로 이동을 했다.

드래곤의 등에 타고 있는 위드는 그 위력을 똑똑히 느꼈다.

대신전 전체가 드래곤의 공격 범위!

'현대전은 공중전이라더니… 전투기를 타고 세상을 부숴 버

리는 것 같은 느낌이군.'

아우솔레토가 아직 제정신은 차리지 못했다 해도 육체적인 능력은 전율스러운 존재. 드래곤 그 자체였다.

설혹 제대로 아우솔레토를 목표로 마법과 화살이 날아오더라도 보호막에 의해서 무력하게 튕겨 나가 버렸다.

"잘하고 있어! 음… 놈들이 이동하고 있다. 저놈들을 한곳의 막다른 길로 유도하고 그 옆의 건물을 무너뜨려!"

—부탁하는 것이겠지?

"물론 그렇게 하는 게 좋을 것 같다는 게 내 생각이야."

—나도 그렇게 생각한다!

하늘로 오르는 탑의 붕괴와 그 이후의 전투, 상당한 부상을 입었던 드래곤의 몸은 자연 치유 능력에 의하여 조금씩이나마 정상이 되어 갔다.

그에 비해서 위드는 대지의 여신 미네의 축복도 받지 못하여 생명력이 아직 절반도 회복되지 않았다.

당장은 드래곤의 등에 타고 있으니 최고의 휴식처에 있다 할 수도 있겠지만, 그 이후에 언젠가 벌어질 사태에 대해서는 전혀 예측이 불가능했다.

당연히 대비책 같은 것도 전무했다.

정상적인 계획에서는 드래곤의 등에 타고 전투를 치른다는 것은 나올 수가 없었으니까!

진인사 대천명이라!

사람이 할 수 있는 일을 다 하고 나면 나머지는 하늘에 맡겨야 한다는 말이 있다.

어릴 때, 한자어로 된 문장 같은 것을 학교에서 아무리 배워도 이해가 되지 않았다. 하지만 나이를 먹어 가다 보니 직접경험을 통해 그 뜻이 저절로 이해되었다.

'사고를 저지르고 나면 그 이후의 뒷감당은 대충 운에 맡기라는 뜻이었군.'

위드 나름대로의 해석 방식!

호랑이 등에 탄 것도 아니고 드래곤의 등에 타고 있으니, 무엇을 예상하고 대책을 세울 수가 있겠는가.

드래곤 아우솔레토는 무서운 기세로 지상의 기사들과 광신도들, 사제들 가리지 않고 연속으로 공격을 가해 쑥대밭으로 만들었다.

그 광경을 보고 있자니 일단은 좋기는 한데, 그러면서도 왠지 가슴이 답답하고 찜찜한 느낌!

하지만 엠비뉴 교단에서도 놀면서 무력하게 당하지만은 않았다.

하늘을 나는 괴조들을 수없이 많이 소환하여 불렀다.

끼이이익!

커다란 부리를 가지고 얼굴마저 흉포하게 생긴 괴조들은 인간을 먹고 살아간다. 죽은 시체를 주로 먹지만, 살아 있는 인간을 죽여서 통째로 삼키기도 한다.

하늘로 오르는 탑의 인부들에게는 최악으로 무서운 존재!

잠깐이라도 쉬고 있는 것이 발각되면 눈이나 혀를 쪼아 먹는 무서운 괴조들이 날아올랐다.

쿠엑!

끄아아아악!

괴조 수만 마리가 대신전의 하늘을 뒤덮었지만 빙글빙글 돌기만 하고 감히 드래곤에게는 접근도 하지 못했다.

감각이 예민한 몬스터일수록 드래곤을 공격하지 못하고 눈치만 보다가 저 멀리로 도망쳐 버렸다.

엠비뉴 교단에서 키우는 애완동물과 같은 놈들이었지만, 평범한 인간들을 상대로라면 모를까 지금으로써는 별 도움이 되지 못했다.

하지만 위드와 드래곤이 빠른 속도로 날아다니다 보니 괴조들과 계속 부딪치고 시야도 가려졌다.

목표로 하는 엠비뉴의 사제를 찾아내기가 더 힘들어졌다.

—영 귀찮군. 미개한 존재들이란…….

"잘난 네가 참지 마! 참으면 성격이 나빠지는데. 하긴 뭐, 너는 더 이상 나빠지지도 않겠군."

—무슨 뜻이지?

"칭찬이야!"

대신전 전역을 대상으로 파괴 공작을 벌이는 사이!

건물들 뒤쪽, 신성 마법에 의해 겹겹이 보호 마법이 쳐진 곳이 있었다.

드래곤의 공격으로부터 피신한 헤울러와 고위 사제들 40명은 단체로 신성 주문을 외웠다.

"무자비한 파괴의 관용을 베푸는 엠비뉴여, 쓸모없는 생명력이 넘쳐 나는 이곳에 어둠의 힘으로 그대의 화신을 불러 일으키니…….”

그들의 의식이 진행되는 동안 대신전의 수백 곳에서 엠비뉴의 사제들이 함께 비슷한 주문을 외웠다.

무너지고 깨어진 대신전의 건물들에 차츰 어둠의 힘이 몰려들면서 드래곤만큼이나 커다란 무언가가 천천히 형성되고 있었다.

'저건 진짜 위험해 보이는군.'

지금까지 위드는 엠비뉴 교단의 여러 신성 마법들을 구경해 봤지만 지독하지 않은 것이 없었다. 특히 헤울러의 능력이라면 어떨 것인지는 눈으로 보지 않아도 훤하다.

퀘스트의 내용에도 나와 있었지만, 그는 시작과 끝을 모르는 긴 시간 동안 살아왔으며 늙지도 않는다고 한다.

그 마력과 신성력이 오죽 대단하겠는가.

드래곤을 세뇌시켜서 부려 먹을 정도의 능력이 있었으니 상대해 본 적 중에서는 사상 최악이라고 부를 만하다.

사제와 교단의 수장이라는 특성이 있기 때문이고 객관적인 무력이야 지금 위드가 타고 있는 드래곤만큼은 아닐 테지만!

"아무튼 나도 놀고 있을 수는 없지. 내일 이 세상이 멸망하더라도 나는 방구석을 따뜻하게 하기 위해 한 그루의 사과나무를 땔감으로 쓸 거니까. 조각 변신술 해제!"

위드는 조각 변신술을 해제했다. 그러자 원래의 인간이면서 세계를 구하는 용사, 태양의 전사로 돌아왔다.

"친구여, 내가 몸을 좀 바꿨다고 해서 너무 놀라지 마라."

—신경도 안 쓰인다. 전투 중에 귀찮으니 말 걸지 마라.

아우솔레토는 자잘한 일에는 상관하지 않는 대범함을 갖고 있었다.

하기야 제정신이 아닌 상태라지만, 위드의 변신술 정도는 드래곤에게는 아무것도 아닐 수도 있을 터!

전설의 프로스트 보우 요르푸시카를 무장하였습니다.

위드는 전쟁의 시대에서 입수한 최고의 무기 중 하나를 손에 쥐었다. 그러다 괜히 드래곤이 탐욕을 부리지 않을까 걱정이 되었다.

"이거 탐나지 않냐?"

―갖고 싶다.

"어떻게 하지? 내가 아끼는 것이라 줄 수가 없는데, 친구여."

드래곤이 탐을 내는데 거절하면 관계가 악화되고 위험할 수도 있기에 조심스러웠다.

―이빨 사이를 청소하는 용도로 쓸 만할 텐데 아쉽군.

"……."

전설의 활도 드래곤에게는 이빨 청소용 치실에 불과했다.

요즘 부자는 망해도 빼돌린 돈이 어마어마하다는데, 역시 부르주아 드래곤!

위드는 요르푸시카로 무장한 채로 지상을 향해 결빙 화살을 쐈다.

거의 마스터의 경지에 도달해 있었기 때문에, 노리는 곳곳마다 온통 얼음 지대로 만들어 놓을 수가 있었다.

유병준은 코코아를 느리게 마셨다. 차분한 정신을 유지하기 위해서였다. 모니터를 보고 있자니 심장이 펄떡거리며 빨리 뛰는 것이 느껴졌기 때문이다.

위드가 블랙 드래곤의 등에 탄 채로 엠비뉴 교단을 박살 내고 있다.

"…멋지군."

이렇게 그림처럼 멋진 광경이 또 있으랴.

겉보기에는 그저 멋지고 놀라운 광경이지만, 사정을 아는 사람이라면 모두 기가 막힐 것이다.

저 드래곤은 세상을 파멸로 이끌려는 최고의 위협이다.

엠비뉴 교단을 막아 내는 퀘스트에 숨어 있는 최악의 복병!

인간을 포함한 전 종족을 먹고, 불태우고, 짓밟는다.

드래곤이 가지고 있는 거대한 능력은 물론이고, 외관에서도 위압감이 가득 느껴진다.

그런데 그런 전설적인 드래곤을 이용할 생각을 하다니!

현란한 속도감과 비행은 둘째로 치고라도, 너무나도 아찔한 위험으로 가득 차 있는 상황이라서 모니터에서 눈을 뗄 수가 없었다.

위드의 모험을 중계하는 〈로열 로드〉의 방송국 진행자들도 입이 얼어붙은 것은 마찬가지였다.

—에… 그러니까 위드가 드래곤을 탔네요.

—드래곤에 탔습니다. 그리고 날아다닙니다.

—정말 보는 저희도 거짓말 같은데 시청자분들은 오죽할까요. 아주 의심스러우실 텐데요, 정말로 실제 상황입니다.

보통 텔레비전 중계의 경우에는 중간중간 지루한 부분을 넘어갈 수 있는 자료 화면이 필수였다.

위드의 모험은 자료 화면이나 몬스터들의 데이터 분석 같은 건 엄두도 못 낼 정도로 변화가 빠르다 보니 잠시 후에 정신을 차린 진행자들은 목소리에 더욱 힘을 실었다.

—이걸 지금, 이 상황을 무어라고 설명드려야 할지 모르겠습니다. 조금 전까지 드래곤이 깨어나는 위기 상황이었고, 지금은 위드가 그 드래곤을 타고 엠비뉴 교단을 상대로 싸우고 있습니다.

—적의 적은 동료라는 말이 이처럼 잘 어울릴 때가 또 있을까요?

—그렇지만 저 드래곤이 제정신을 차린다면 상황은 완전히 뒤바뀌고 맙니다.

—오주완 씨, 그 시간은 꽤 오래 걸리겠죠?

—정확히 몇 분 정도라고 과연 어느 누가 추측할 수 있을까요? 드래곤의 정신 상태를 알 수가 없으니 말씀드리기도 어렵습니다. 확실히 말씀드릴 수 있는 것은, 드래곤이 자기 자신에 대해서 깨닫는다면 대륙의 평화에 돌이킬 수 없는 결과가 나올 수도 있다는 점입니다.

—아, 드래곤이 깨어나고 엠비뉴 교단도 살아남는다면 정말 최악이 될 수 있겠죠.

〈로열 로드〉 방송은 선풍적인 인기를 끌고 있다.

직장인들 사이에서도 점심시간이면 베르사 대륙이나 모라타, 아렌 성에 대한 이야기가 흔하게 나온다.

베르사 대륙의 유명한 휴양지, 아름다운 성, 도시 등은 휴가철이면 감자 하나 사 먹기 힘들 만큼 시장과 거리가 붐비기도 했다.

현실 세계에서도 〈로열 로드〉에 대해서 관심이 없는 사람은 거의 찾아보기 힘들 정도가 되었다.

간혹 아직 잘 모르는 일반인들라 해도, 〈로열 로드〉에 대한 방송은 가끔씩 봤다.

금방이라도 텔레비전을 뚫고 나올 것만 같은 몬스터들이 출현하고, 그림보다도 멋진 경치들이 펼쳐진다.

아들과 며느리, 손자, 손녀 중에서 1명만 〈로열 로드〉에 빠지게 되면 나머지 가족들이 끌려들어 가는 건 순식간이다.

집안에서 막강한 권력을 가지고 있는 어머니, 할머니의 채널 선택권도 이 시간만큼은 박탈된 상태!

"상국아, 누가 착한 놈이여?"

"할머니, 저놈 욕하시면 돼요."

그래도 시청자들 중에서는 〈로열 로드〉를 실제 플레이하는 사람이 대부분이다.

위드의 모험은 긴 시간을 뛰어넘어서 현재의 유저들에게 영향을 주는 특수한 퀘스트들이기에 더 자신들의 일처럼 응원을 해 주었다.

처음에는 〈마법의 대륙〉 출신의 위드에 대해 아는 사람은 소수에 불과하였다.

하지만 세라보그 성 출신의 조각사 이야기에서부터 텔레비전에서 가끔씩 위드가 나오다 보니 이젠 누구나 알 정도가 되었다.

위드의 성장기를 시작부터 꿰뚫고 있는 시청자들은 열렬한 신봉자가 되어서 북부로 이주했다.

아직 얼굴을 못 본 친구이며 모두가 부러워하는 모험가, 대륙을 뒤흔드는 영웅과 같은 존재!

위드의 인기는 강철을 녹이는 용광로만큼이나 뜨거웠다.

무엇보다도, 텔레비전에서 나오는 드래곤을 타고 전투를 하는 장면은 정말 거칠면서도 빠르고 경쾌하다.

텔레비전을 보며 몰입하지 않기가 불가능했다.

❧

유니콘 사의 본사 건물에서는 직원들이 하던 일을 멈추고 텔레비전을 시청했다.

"경이롭고 신비하군요. 우리가 꿈꾸던 세상이 이런 식으로 표현이 되다니."

"으음, 전쟁의 신 위드가 정말 보통 사람은 아닙니다. 퀘스트라고는 하지만 어떤 식으로든 〈로열 로드〉에서 드래곤에 가까이할 수 있는 유저가 나타나는 건 앞으로도 4년 이상이 걸리리라고 예상을 했는데 말이죠."

유니콘 사의 직원들도 감탄의 연속이었다.

그들이 서비스하는 세상에서 매번 믿기지 않는 발군의 활약을 보이는 위드라는 존재가 더없이 자랑스럽고 대단하게 느껴진다.

이런 모험을 실현할 수 있는 〈로열 로드〉를 총괄하는 회사에 다닌다는 자부심도 있었다.

"명예의 전당이 3개월 정도는 독점되겠군요. 〈로열 로드〉를 즐기는 유저들이 또 한꺼번에 몰릴 가능성도 있는데……."

"마케팅 전략을 새로 잡아 보겠습니다."

"무모하게 드래곤을 사냥하려는 사람들이 대규모로 나타날 수도 있는데, 드래곤의 능력에 대해서 홈페이지에서 자세히 알리는 것도 재미를 줄 수 있는 요소가 될 것 같아요."

홍보부에서는 방송국들을 통해 중계되는 중요한 이벤트가 있으면 그에 대한 대비를 해야 되기 때문에 필수적으로 위드의 모험을 시청했다.

대륙에서 벌어지는 온갖 사소한 일들을 지켜봐야 하는 홍보부의 직원들에게 위드의 인기는 하늘을 찌를 듯했다.

위드가 입었던 초보복은, 그 색상만 일찍부터 잡화점에서 재고가 떨어질 정도다.

유니콘 사의 전략운영실에서는 향후의 정세를 분석하기에 여념이 없었다.

"하벤 제국과 아르펜 왕국의 세력비는……."

"군대의 움직임은요?"

"하벤 제국군 내에서 반란이나 저항운동이 크게 벌어지는 장소는 아직 없습니다."

"점령 지역 주민들의 충성도는 어떻죠?"

"강력한 군사력 때문에 민중 봉기는 어려울 것입니다. 생필품도 빠짐없이 공급되고 있으며, 중앙 대륙에서는 전쟁에 대비한 요새들의 신규 건축과 성벽 재건도 필요하지 않고, 군대도 주요 거점에서 훈련에만 충실하면 됩니다. 충성도를 우선 올리기 좋은 부분에 재정 투입이 이루어지고 있습니다."

베르사 대륙의 현재 세력도는 상당히 단순하다.

전체 전력의 7할 이상을 차지하는 중앙 대륙은 하벤 제국이 먹어 치웠다.

 인구, 기술, 발전도. 그 무엇으로도 대륙의 변방에서 따라잡지는 못한다.

 〈로열 로드〉가 시작된 이후 전략운영실에서도 중앙 대륙의 난세를 휘어잡는 세력이 있다면 그들이 전 대륙을 통일할 것으로 보았다.

 물론 곳곳에 숨어 있는 전설과 이벤트 등이 있기에 변방에서 일어나서 대륙을 장악하지 말라는 법은 없다.

 하지만 헤르메스 길드에서는 장기적인 계획을 가지고 신속하게 중앙 대륙의 난세를 평정했다.

 하벤 제국을 일으켜서 사실상 전 대륙의 정복을 눈앞에 두고 있었다. 거대한 제국의 지배 체제가 점점 빠르게 단단해지고 있는 것이었다.

 베르사 대륙에서 살아가는 주민들은 물론이고, 수억 명에 달하는 유저들의 삶이 현재 시점에서부터 달라져 간다.

 전략운영실을 비롯한 유니콘 사에서는 베르사 대륙에서 어떤 일이 벌어지더라도 개입하지는 않는다.

 대륙의 권력 체제나 특정 세력에 의한 지배 또한 유저들이 스스로 만들어 가는 역사.

 태양이 힘차게 떠오르고 달이 차면 기우는 것처럼, 베르사 대륙에서 사람들은 직접 삶을 선택하며 살아가게 된다.

 다만 전략운영실에서 하는 업무는, 〈로열 로드〉 내의 세력 흐름을 따라서 현재가 아닌 미래를 준비하는 것이었다.

손일강 실장은 유니콘 사의 이사들과 중역들이 관심을 갖는, 최초로 대륙을 통일할 황제에 대한 보고서를 정리하고 있었다.

　…현재로써는 그 모든 변수들을 감안하더라도 현 하벤 제국의 황제인 바드레이가 베르사 대륙을 통일하게 될 것으로 보입니다.

　(중략)

　실질적인 복속에 이르기까지의 시간은 군사·상업적인 영향력을 바탕으로 하여 매우 짧을 수 있으며, 그 기간은 3개월 미만이 될 수도 있다고 전망합니다.

손일강 실장은 수백 명에 달하는 분석 요원들의 보고서와 전력표를 참고로 했다.

"흠, 마음에 들지는 않는군."

전략운영실의 구성원들은 이름만큼이나 거창하다.

최고의 석학들과 뛰어난 두뇌를 가진 직원들이 배치되어서 베르사 대륙에 대해 분석을 하고 있다.

사람들의 권력에 대한 욕심이나 야망, 꿈과 희망이 교차하는 또 하나의 세계.

하지만 베르사 대륙을 지켜보면서 전략운영실에서 깨달은 게 있다면, 미래를 전망하기란 힘들다는 점이다.

제멋대로 지어진 판잣집 사람들은 웃을 줄 알고 사람들을 배려하기를 좋아한다. 황궁 근처에서 살아가며 거대한 부를 쌓은 상인들은 웃음보다는 심술을 더 자주 부린다.

정의라고 해서 반드시 승리하는 것도 아니며, 탐욕은 살아서 숨 쉬며 사람들을 단단하게 결속시킨다.

사람들의 마음이 어느 쪽으로 흐르게 될지를 짐작하는 건 진정 신의 영역이 아니겠는가.

"어떻게든 되겠지. 사람들은 자신이 원하는 대로 살아가지는 못하지만 어쨌든 자신의 삶을 살아가는 것이니까 말이지."

드래곤이 날아서 지나갈 때마다 위드의 화살도 지상을 향해서 쏘아졌다. 기사의 갑옷을 꿰뚫으면서 5명씩을 관통하고, 사제들을 그대로 결빙시켰다.

나름대로 상당한 공적을 세우고는 있었지만 드래곤의 활약에 비할 바는 아니었다.

크로로로로!

"힘들지?"

—다리와 꼬리가 아프지만 아직은 버틸 수 있다.

"놈들이 수상한 짓을 벌이고 있어. 넌 위대한 능력을 가지고 있지만 방심하지 말고 처리하자!"

—나도 안다. 머리가 아프다. 저놈들을 완벽하게 처리해야 한다.

드래곤은 본래 육체를 효과적으로 많이 쓰는 편은 아니다.

긴 시간 잠을 자면서 게으름을 피우며 뒹굴고, 깨어 있는 동안에도 별다른 활동은 하지 않고 시간을 보낸다.

그렇지만 폭발적인 움직임과 무엇이든 부수는 파괴력은 드래곤의 물리적인 능력도 우습지 않다는 점을 똑똑히 알게 해 주었다.

그러나 엠비뉴의 대신전에서 흘러나오는 어둠의 힘은 그사이에도 점점 구체화되어 가고 있었다.

드래곤이 건물을 부숴서 숨어 있는 사제들을 깔아뭉개고, 위드가 화살을 쏴서 노출된 사제를 찾아내서 죽인다고 하더라도 어둠의 힘은 잠깐 주춤하였을 뿐, 어둠의 그림자가 모여들면서 얼굴과 팔과 다리가 형성되었다.

헤울러와 고위 사제들의 신성 마법의 완성!

"거룩한 엠비뉴의 상징이여! 오만하고 건방진 저들을 처리하기 위해서 그분의 힘이 강림하였다."

"우오오오오오!"

위드는 어둠의 힘을 견제하기 위해서 화살을 몇 개 쏴 봤지만 사제들의 물샐틈없는 보호 마법에 막혀 버렸다.

"저걸 몸으로 들이받아서 부숴!"

—막대하고 더러운 힘이 느껴진다. 나로서도 우습게 볼 수 없다.

드래곤조차도 어둠의 힘에 다가가는 것을 꺼렸다.

헤울러 혼자만이 아니라 대신전에 살아남은 수천 명의 고위 사제들 그리고 대신전의 건물과 땅에 축적되었다가 흘러나온 신성력이 전부 동원되고 있는 것이다.

어둠의 힘이 뭉쳐서 거대한 엠비뉴의 화신이 움직이기 시작했다.

엠비뉴를 상징하는 석상처럼 8개의 팔을 가지고 있으며 각기 하나씩의 무기들을 들고 있었다. 어둠이 모여든 덩치까지도, 드래곤을 압도할 정도로 훨씬 거대하다.

엠비뉴의 화신이 하늘과 땅을 울리며 말했다.

—너희는 신인 나의 종이다. 결정된 운명을 거역하려는가?

—그 누구도 명령을 내리지 못한다.

—두고 보면 알겠지. 신의 위대한 이름으로 그 자랑스러운 날개와 팔다리를 찢어 내고 짓밟아 주리라.

—웃기지도 않는군. 너는 나에 의해 파괴될 것이다.

엠비뉴의 화신과 드래곤의 말싸움!

어둠이 밀려오자 드래곤은 더 높은 하늘로 날아올랐다.

"이 속도를 쫓아오지는 못할 거야. 이러면 어쩔 수 없겠지?"

하지만 위드는 뒤를 돌아본 순간 공포스러운 광경에 깜짝 놀랐다.

8개의 팔에 제각각 활, 창, 검, 도끼, 사슬, 채찍, 마력구를 들고 있는 화신이 날아오르는 것도 아니고 몸이 늘어나면서, 거리와 속도의 제한도 없이 하늘로 솟구치며 따라오는 것이다.

"도망치는 건 안 될 것 같아. 반격해!"

—도망이 아니다! 나는 도망치지 않는다.

"까다롭기는. 작전상 후퇴를 하더라도 실속이 없을 거야. 먼저 선제공격을 날려 주는 게 어떨까?"

—그렇게 하겠다.

드래곤은 선회해서 엠비뉴의 화신을 향해 강하게 쇄도했다.

속도와 물리적인 힘으로 어둠의 힘이 모인 결정체를 파괴해 버리려는 시도!

엠비뉴의 화신은 팔들을 한꺼번에 움직이며 드래곤을 향해서 활을 쏘고, 창을 찌르고, 검을 휘두르고, 도끼로 내려쳤다.

엄청난 속도의 합동 공격이었다.

다가오는 드래곤의 동체를 사슬로 붙잡고 채찍질을 하며 마력구로 눈 깜짝할 사이에 번개류의 마법을 7개나 생성!

드래곤의 보호막을 5개나 통과하여 본체를 강타했다.

> 온몸이 저릿저릿 울릴 정도로 심하게 감전되었습니다.
> 생명력이 감소합니다. 정신이 혼미해지려고 했지만 강한 집중력으로 이겨냅니다.

드래곤이 중심을 잃고 휘청거리면서 어둠의 결정체를 꿰뚫지 못하고 스쳐 지나갔다.

위드의 생명력도 덩달아서 27,000이나 감소했다.

직접 공격을 당한 대상은 드래곤 아우솔레토였으나 같이 붙어 있는 것만으로도 적지 않은 타격을 받고 만 것이다.

드래곤이 큰 부상을 당해서 패배하면 덩달아 죽게 되니 위드에게는 절로 걱정이 들었다.

"괜찮아? 계속 싸울 수 있지?"

―뜨겁고 이상한 기운이 몸을 관통했다. 더러운 마법 같다. 용납할 수 없다.

드래곤은 중간에 비틀거리긴 했지만 다시 선회를 하면서 엠비뉴의 화신을 두 발로 낚아채려고 하였다. 하지만 화신은 먼저 창을 던져서 정확히 드래곤을 찔렀다.

캬아아악!

드래곤의 복부에 창이 꽂혔다. 깊이야 얕았고, 생명력에서 감소한 충격도 사실 그렇게 크지는 않았다. 아우솔레토의 맷집과 보호막 이상으로 생명력 역시 무지막지하게 높았기 때문.

콰아아아앙!

하지만 엠비뉴의 창은 산산이 부서지면서 드래곤에게 2차 충격을 주었다.

"으윽! 땅에 떨어지면 안 돼. 놈이 더 유리해질 거야."

드래곤은 비틀거리면서도 공중에서 다시 방향을 잡았다.

엠비뉴의 화신은 멈추지 않고 계속 뒤를 쫓아왔다.

드래곤은 십여 번을 공중에서 화신과 교차하며 싸움을 벌였지만, 그때마다 일방적인 피해만 입었다.

─괴롭다. 아프다. 저 마법은 정말 강하다. 그러나 내가 공격을 당하다니, 너무도 수치스럽다.

위드도 현재로써는 엠비뉴의 화신을 마땅히 상대할 방법이 없었다. 할 수 있는 것이라고는 화살을 쏘는 것이 고작이었는데, 그 정도는 화신이 들고 있는 방패에 어렵지 않게 막혀 버리고 만다.

드래곤의 앞발이나 꼬리 공격을 당하더라도 안개처럼 흩어졌다가 다시 합쳐져 버리니 생명력이나 복원력의 한계가 어디까지인지도 알 수 없다.

'드래곤과도 비등하게 싸울 수 있다니 놀라운 마법이군. 엠비뉴 교단 최후의 마법인가. 그래도 뭔가 약점은 있을 것이다.'

만약 위드가 저 마법을 상대로 혼자서 싸웠다면 더 암울한 상황에 처하게 되었으리라. 신들의 축복에 의해서 무기 등에 신성력을 부여한다고 하더라도, 엠비뉴의 화신의 물리적인 능력은 거의 드래곤에 비견될 정도였다.

―분노가 치민다. 용납할 수 없다.

"저건 잠깐 놔두고 밑에 인간들부터 해치우는 게 어때?"

―자존심 때문에라도 피할 수는 없다.

"물론 그렇지만 지상으로 내려가는 쪽이 더 유리할 거야. 어차피 저 마법도 우리를 쫓아오겠지만, 그러면 자기편도 함께 위험에 빠지게 되겠지. 도망치는 게 아니라 계속 쫓아오게 만드는 거야!"

―그렇다면 내려가자.

아우솔레토의 입에서 독의 기운이 뿜어져 나오기 시작했다.

이때부터 슬슬 아우솔레토의 태도가 바뀌어 갔다.

세뇌에서 풀려난 지 시간이 조금 흘렀고, 고통이 그의 정신을 일깨우고 있었다. 거만하고 자신밖에 모르는 성격이 되살아나며 이제 더 이상은 위드에게도 친절하게 굴지 않았다.

―무엇을 하느냐. 놈을 화살로라도 제대로 맞혀라. 그 정도도 똑바로 못할 거면 차라리 독을 마시고 죽는 게 나으리라.

"그런 식으로 말하면 곤란하지. 내가 널 구해 줬잖아."

―그랬나? 혼자서도 벗어날 수 있었을 것이다. 고작 그 정도를 가지고 은혜를 베푼 듯이 말하니 가소롭구나.

분노한 드래곤에게 욕을 먹어 가면서 위드는 엠비뉴 교단을 향해 화살을 쐈다.

회전하면서 휘어지는 화살들은 사제들의 보호 마법의 취약한 부분을 절묘하게 파고 들어가서 얼음덩어리로 바꿔 놓았다.

징벌의 사제, 그리고 엠비뉴 교단의 대신전에서만 볼 수 있는 있는 참악의 사제가 주요 목표물!

드래곤의 마법 저항력, 물리 저항력은 최상의 수준이라서 타고 있는 것만으로도 훌륭한 방패가 되었다.

숱한 공격 마법들이 아우솔레토를 향하여 날아왔지만 절반도 맞지 않았고, 그나마도 대부분은 보호막에 막힌다.

몸에 적중되더라도 거뜬하게 버티며 휘청거리지 않았다.

"저쪽에 모여 있는 녀석들은 별거 없으니까 신경 쓰지 말고, 흩어지는 사제들부터 죽이는 편이 나을 것 같아!"

—보잘것없는 너의 쓸모없는 의견은 참고하겠다.

드래곤의 움직임은 최고 성능의 전투기를 연상시킬 정도였다. 빠르고, 과격하며, 지독하게 공격적이다.

계속 쫓아오는 엠비뉴의 화신을 뒤로하고 몸으로 건물들을 부수면서 통과하고 사제들을 짓밟고 다시 날아올랐다.

다만 아까와 같은 여유는 없어서, 지면 가까이 스쳐서 날아갈 때에는 셀 수 없을 정도로 많은 화살과 마법이 보호막에 부딪치며 화려한 불꽃놀이를 만들었다.

대부분의 공격들은 별 의미 없이 막혔지만 그래도 세뇌와 종속의 권능이 있는 붉은 채찍은 드래곤의 보호막을 꿰뚫고 날아와서 본체를 때리며 고통을 주었다.

신앙심을 바탕으로 영혼 자체에 충격을 주는 채찍이라서, 드래곤도 그것만큼은 매우 고통스러워하면서 피하려 들었다.

"사제를 해치워라. 추적 화살!"

드래곤을 타고 있는 위드의 화살은 폭발의 연기 사이를 뚫고 갑자기 날아들어서 사제들을 공격하는 쓸모 있는 공격 수단이었다.

드래곤에게는 구박을 당하고 있었지만 그렇더라도 사막의 대제이며 세계를 구하는 용사인 위드의 전투 능력이 어디 가서 무시당할 정도는 아니다.

공격 마법을 펼치는 사제들이 취약해진 사이에 몸에 정확히 꽂히는 화살은 순식간에 생명을 잃게 만들었다.

고속 이동을 하는 드래곤의 등에서 화살을 쏘기란 어려웠지만, 정확한 목표를 겨누지 않고 사제들이 밀집한 지역으로 휘어지는 화살을 마구 난사했다.

띠링!

> 대단한 전공을 세웠습니다.
> 화살 공격이 서른한 번 연속으로 적의 생명을 빼앗았습니다. 명성이 721 증가합니다. 경험을 통해 민첩이 1 높아집니다. 호칭 '백발백중 맞히는 자'를 획득하였습니다.

쏘기만 하면 광신도나 사제 중에서 누구든 맞는다.

그렇게 대신전의 사방에 흩어져 있는 사제를 찾아내서 몇 명씩 처리하고 있었는데도, 엠비뉴의 화신은 전혀 약해지는 기미도 보이지 않았다.

드래곤은 엠비뉴의 화신이 다가올 때마다 연거푸 크고 작은 상처를 입었다.

그리고 드래곤의 등에서 전투를 한 지 5분이 지났을 무렵이었다.

띠링!

드래곤의 동반자

고고한 드래곤은 인간의 도움을 바라지 않는다. 그들의 믿음을 얻기란 불가능에 가까우며, 대화조차도 어렵다. 하지만 상상력이 뛰어난 인간들은 끊임없이 드래곤을 길들이고 지배하기 위한 유혹을 떨쳐 내지 못했다. 드래곤과 함께 전투를 치르는 드래곤 나이트! 이루어지지 않은 전설 속에 존재하는 직업이나, 목숨을 건다면 시도할 수 있다. 성공 확률이 과연 존재할지는 의문이지만. 드래곤에게 인정받는 인간이 되기 위하여 적을 격퇴하라! 전투 중에 다섯 번 이상 드래곤을 감탄시킨다면 그는 당신의 이야기를 들어 줄 것이다.

난이도: S
보상: 연계 퀘스트 '드래곤의 심장'
제한: 레벨 790 이상, 전투 관련 스킬의 마스터, 기마술 마스터, 드래곤과의 인연.

직업 설명: 드래곤 나이트

드래곤을 타고 전투를 치르는 기사, 혹은 전사를 통틀어서 부르는 이름.

작은 전투에서는 드래곤 나이트의 특별함이 드러나지 않을 수도 있다. 시시한 적을 상대로 드래곤이 그 큰 날개를 펼쳐야 할 이유는 없기 때문이다. 하지만 전투의 크기가 커지고 감당할 수 없는 적들이 몰려오면 친구인 드래곤을 부를 수 있다. 정신적인 교감을 나누는 드래곤은 본래 세상의 분쟁에 끼어들지 않는 법칙을 가지고 있지만, 친구의 일에는 관여하기를 망설이지 않는다.

드래곤은 자신만의 선악의 기준을 갖고 있다. 어느 정도까지 친구를 도울 수 있을지는, 서로의 친밀한 관계에 따라서 달라진다. 다섯 가지 이상의 전문 전투 스킬을 궁극의 단계에 근접하는 수준으로 익히고 인간 중에서 어떤 몬스터라도 두려워하지 않을 정도의 무력을 가진 자에게만 기회가 주어질 것이다.

만약 드래곤 나이트가 된다면 인간 세상에서는 왕 이상의 영향력과 그 이상의 명예를 얻을 수 있을 것이다. 왜냐하면 인간으로서 운명의 한계를 개척한 드래곤 나이트에게는 국왕도 허리를 숙이지 않으면 안 될 테니까.

난이도 S급 퀘스트의 등장!

그것도 무려 직업으로, 드래곤 나이트와 연관된 의뢰였다.

위드는 이번에 나타난 퀘스트에 대해 영광이나 떨림보다는 눈앞이 다 캄캄했다.

'이건 뭐, 그냥 죽으라는 뜻이군. 고성능 폭탄을 몸에 두르고 불난 집에 들어가서 삼겹살을 구워 먹는 거나 다를 바가 없구나. 아예 몸에 참기름까지 바르라고 하지.'

드래곤 나이트로의 전직 기회가 주어진 것으로도 자랑거리는 될 만했다.

위드도 그 이상의 욕심은 없었다.

지금은 우연에 우연이 겹친 것과 같은 상황이다.

어쩌다 퀘스트 중에 인간 중에서 최고의 무력을 쌓게 되고, 드래곤 아우솔레토의 등에도 잠시 얻어 타는 신세가 되었다.

하지만 언제 지금처럼 드래곤의 넓고 편안한 등에서 호사를 누리는 게 아니라 이빨 사이에 끼게 될지도 모르는 처지이다 보니 즐거움을 만끽할 수도 없었다.

하기야 전직 퀘스트를 성공하더라도 앞날이 문제다.

원래의 세상으로 돌아가야 하는데 혼돈의 드래곤이자 블랙 드래곤인 아우솔레토와 대륙을 질타한다는 것이 어떻게 가능하겠는가.

"퀘스트를 거부하겠다."

단 한 번밖에 주어지지 않는 기회입니다. 정말 퀘스트를 거부하겠습니까?

"절대 안 할 거야."

명성은 떨어졌지만, 위드는 미역국을 마신 것처럼 훨씬 속이 편했다.

어둠의 힘으로 생성된 엠비뉴의 화신은 쫓아오면서 드래곤은 계속 맞부딪쳤고, 강력한 마나의 파동은 반경 100미터 정도까지 퍼져 나갔다.

그 소리와 충격은 대신전을 넘어서 메마른 울부짖는 폐허까지도 미쳤다.

"이게 무슨 소리……."

"두렵다. 두려운 힘이 저쪽에서 느껴지고 있다."

몬스터들이 일제히 고개를 들어서 대신전이 있는 방향을 쳐다보았다.

그들이 있는 장소에서는 제대로 보이지 않았지만, 하늘로 무언가가 솟구치고 빠르게 내려오면서 지진처럼 어마어마한 진동과 천둥벼락과 같은 소리가 난다.

어둠의 힘이 불러온 엠비뉴의 화신과 드래곤의 싸움.

몬스터들도 느낄 수밖에 없었다.

그리고 그들은 일그러진 생명들의 조율자이며 최상위 포식자인 드래곤을 따를 수밖에는 없는 존재!

초식동물이 육식동물을 경계하고 두려워하듯이, 모든 생명들은 드래곤을 경외하며 기꺼이 지배를 받아들이게 된다.

알 수 없는 장벽은 엠비뉴 교단과 세상을 나누는 경계 역할을 하고 있었다. 장벽의 근처나 혹은 그 너머에서, 악화된 신성력에 접촉한 짐승들과 살아 있는 생명들이 강제로 몬스터화되는 이유였다.

육체에는 돌연변이가 일어나고, 깊이 있는 사고는 이루어지지 않았다.

쩌저적!

신성력과 마나의 파동을 이기지 못한 알 수 없는 장벽에 금이 가기 시작했다.

반쯤 무너져 있던 장벽들의 붕괴 속도가 가속화되더니 결국 흙먼지를 일으키면서 한꺼번에 허물어졌다.

밀집되어 있던 악화된 기운이 방출되면서, 멀쩡하던 동물들도 곧 순간적으로 몬스터화가 진행되었다.

그들은 자신의 몸을 보며 어리둥절하더니 곧 고개를 돌려서 대신전이 있는 방향을 쳐다보았다.

구우우우?

"저기…로 가야 한다."

메마른 울부짖는 폐허에서 아무 목적 없이 서성이던 몬스터들이 한꺼번에 대신전으로 이동하기 시작했다.

일찍이 그 유례를 찾기 힘든 대규모 몬스터들의 이동.

시커멓게 썩은 강에서 잠시 머뭇거리면서 멈추기도 했지만, 물속을 걸어서 반대편으로 넘어왔다.

강에는 본래 뼈와 살이 녹을 정도의 지독한 독이 흐르고 있었지만 지금은 블랙 드래곤 아우솔레토에 의하여 중화되어 버렸다.

드래곤은 소모하는 마나만큼 자연으로부터 흡수를 하는데, 블랙 드래곤인 만큼 독으로부터 막대한 에너지를 얻는 것이다.

　그 결과 시커멓게 썩은 강은 조금 더러운 일반 강으로 바뀌어 버린 후였다.

　"가…자."

　"저기로 가야…….."

　몬스터들이 끝도 없이 첨벙거리며 강물을 지나서 대신전을 향했다.

엠비뉴의 화신

　—또다시 저 시커먼 그림자 같은 것이 다가온다. 저건 강하고 아프다. 온몸이 멀쩡한 곳이 없다.

　"내가 빈틈을 만들 테니 넌 오른쪽을 노려!"

　—감히 명령하지 마라. 고작 인간 따위가 나에게 지시할 수는 없다.

　"그러지 말고, 친구 사이에 서로 잘해 보자는 의미로 말한 거잖아. 네가 당하면 지금은 내가 슬프니까."

　—친구 따위가 왜 중요하지? 다시 나에게 명령한다면 죽이겠다.

　"제가 기회를 만들어 볼 테니 오른쪽을 공격해 주시면 안 되겠습니까?"

　—부족하지만 나쁘지 않은 의견이로군. 허락한다.

　위드가 쏜 화살이 엠비뉴의 화신 앞에서 화염을 일으키면서 폭발했다.

8개나 되는 팔로 동시에 공격 무기를 다루다 보니 드래곤도 접근만 하면 연속 공격에 의하여 초주검이 되었다.

  지상의 적들은 조금 해치웠다고는 하나 아우솔레토의 몸에는 여러 거대한 무기들이 꽂혀서 덜렁거리고 있었다.

  엠비뉴의 화신이 발하는 공격은 어둠의 힘과 신성력을 바탕으로 이루어져 있다 보니 드래곤도 극심한 고통을 느꼈다.

  당연히 아우솔레토가 드래곤으로서 완전한 자각을 하고 있다면 전투 방법 역시 훨씬 효율적으로 바뀌었으리라. 수비와 공격을 조율하면서 틈틈이 스스로에게 회복 마법을 걸어 줄 수도 있으니 비약적인 전투력의 상승이 이루어질 것이다.

  그러나 지금은 육탄전 위주였고, 피해를 거의 입지 않는 엠비뉴의 화신이 오히려 훨씬 우위를 점하고 있었다. 추격 속도, 공격 범위, 연속 공격에 있어서 아우솔레토를 압도했다.

  위드는 엠비뉴의 화신이 드래곤과 싸우는 틈에 쉬지 않고 화살을 발사했다.

  푸슈슉!

  화살이 엠비뉴의 화신의 가슴을 관통하였습니다.
  화신에게 피해를 입힙니다. 어둠의 힘이 이를 감싸서 피해량을 최소화합니다. 신성력이 피해를 입은 만큼 회복시킵니다.

  '흠, 사제들을 해치우지 않으면 안 될 것 같은데. 이 신성 마법이 완성되도록 놔둔 것이 실수였던 것 같군.'

  헤울러를 중심으로 한 사제들은 지속적으로 생명력과 어둠의 힘, 신성력을 화신에게 부여하고 있었다. 화신은 그러한 능력을 바탕으로 해서 위드의 화살은 거들떠도 안 보았을 뿐만 아니고 드래곤의 공격에도 꿋꿋이 버텼다.

드래곤이 하늘을 날며 양다리로 몸통을 갈기갈기 수십 갈래로 찢어 놓았지만, 화신은 일반적인 육체를 가지고 있는 게 아니다.

어둠의 힘이 이를 복구하고, 신성력이 금세 치유를 해냈다.

수백 명 이상의 고위 사제들이 계속 생명력과 체력을 늘려 주고 있었으니 상대하는 입장에서는 난감하기 짝이 없는 상황!

뒤를 따라오는 움직임은 드래곤의 비행 속도보다 훨씬 빠른데다 집요하고 끈질겼다.

어둠의 힘으로 형성된 시커먼 화신이 뒤따라오는 그 소름 끼치는 광경!

지상에서는 엠비뉴의 병사들이 창을 들고 마구 떠들고 있었지만, 그들을 공격할 시간조차도 모자랐다.

지고의 존재인 드래곤도 짧은 순간에 피해를 심하게 입었고, 이대로 아우솔레토마저도 당해서 추락하게 되면 화신을 상대할 방법이 마땅히 없는 것이다.

"뒤따라온다. 건물 사이를 통과해서 따돌린 다음에 높은 곳으로 날자!"

—명령을 하면 죽인다고 했는데 아둔한 인간이 그새 잊어버린 모양이로군. 내 등에 타고 있는 게 슬슬 귀찮던 참이었는데 잘되었다.

"그거 참 말 많네. 아무튼 더러운 성격은 기억을 잃어도 마찬가지야."

―뭐라고?

"말 많고 성격 더러운 놈들이 위대하신 아우솔레토 님을 몰라보는 것 같다는 말입니다. 그놈들의 야비한 수단을 효과적으로 막아 내기 위해, 저 건물을 지나서 지금보다 조금 더 높은 곳으로 올라가는 게 어떨까요?"

―나도 그렇게 생각했다.

드래곤은 건물 사이를 비스듬히 날아서 통과한 다음에 날개를 활짝 펼치더니 더 높은 하늘 쪽으로 비행 방향을 바꾸었다.

긴박한 상황에서도 아부를 기본으로 쥐어짜 내면서 드래곤의 비위를 맞춰 줘야 하다니, 위드가 아니라면 못할 짓!

자존심은 라면 끓이며 계란을 넣는 것 정도에만 지키면 충분한 위드이기에 가능한 일이었다.

위드를 태운 드래곤은 하늘로 급상승했지만, 지상의 사제들에게 어떤 마법을 부여받았는지 엠비뉴의 화신도 더 빨라진 속도로 계속 쫓아왔다.

"분명히 뭔가 약점이 있을 텐데."

드래곤마저도 감당하기 버거운 공격력에 무한대에 가까운 회복력까지 갖췄으니 실로 엄청난 신성 마법이다.

"이런 놈을 상대로 싸우라고 했다니, 정말 해도 너무한 노릇이군!"

위드가 하늘로 올라가자는 제안을 한 까닭은 위기의 상황에서 약간이라도 시간을 벌며 생각할 여유를 찾기 위함이었다.

그런데 속도가 더욱 빨라진 엠비뉴의 화신은 드래곤의 뒤를 바짝 따라와서 도끼로 내려찍고, 검으로 찌르고, 칼로 베었다.

크오오오!

연속 공격을 계속 허용하는 드래곤!

드래곤이 괴성을 지르며 방향을 바꾸어 봐도 화신은 한번 잡은 기회를 놓치지 않고 끈질기게 뒤를 추격해 왔다.

고개를 뒤로 돌리니 화신을 가까운 거리에서 또렷하게 바라볼 수 있었다.

검은 연기 같은 물질로 이루어진 화신에게도 얼굴이 있었다.

시퍼렇게 발광하는 눈빛과 고추장이 묻은 것 같은 붉은 입에서는 연기가 모락모락 난다.

꿈에 나타날까 두려운 표정!

—아프다. 내가 이런 고통을 느끼게 되다니. 미칠 것 같다. 쿠와아악!

드래곤은 계속 비명을 질러 댔다.

고결한 드래곤이라고는 해도 궁지에 몰리자 덩치 큰 1마리의 도마뱀과 크게 다를 바가 없다.

정상이 아닌 몸 상태에서 위험한 공격들을 계속 당하고 있으니 버틸 수가 없었던 것이다.

—친구, 어떻게 해야 하는가?

"친구는 무슨. 역시 세상의 이치는 다 똑같아. 제가 아쉬울 때만 친구지."

—뭐라고?

"나도 어떻게 해야 할지 생각하고 있어!"

급기야 아우솔레토는 위드에게 먼저 의견을 물어보기까지 했다.

상당히 온순해졌다는 증거!

'역시 버릇없는 애들 교육에는 매가 약이군.'

드래곤을 보고 있자니 잘못된 교육철학까지 무럭무럭 피어날 정도였다.

위드는 잠깐 머리를 굴리고 나서 결국 최종적인 해답을 찾아냈다.

"저놈을 해치울 방법은 있어."

—무엇인가. 당장 말해라.

"쉬운 것과 어려운 게 있는데, 어느 쪽이 더 좋아?"

실제로 방법은 하나밖에 없었지만, 일부러 쓸데없는 질문을 하며 시간을 끌었다.

드래곤으로부터 무시와 핍박을 받았던 뒤끝!

엠비뉴의 화신이 드래곤을 계속 쫓아오면서 크고 작은 공격을 하고 있지만 아직은 버틸 만하다. 드래곤을 약화시키기 위하여 조금 더 맞을 때까지 일부러 놔두는 것이었다.

원래 이 바닥이 다 그렇고 그런 것이니까.

—아프고 고통스럽다. 쉬운 걸로 하자.

"내 말을 확실히 믿고 따라 줘야 하는데, 네가 그렇게 할 수 있을까?"

—당연하다. 지금 공격을 당하고 있지 않은가. 빨리 말해라.

"믿음이야말로 세상을 살아가는 데 있어서 중요한 가치지. 방법은 간단해. 아까 연습한 것처럼 있는 힘껏, 숨을 할 수 있는 한 크게 들이마셔."

—그리고?

"저놈을 향해 한꺼번에 내뱉어!"

드래곤 아우솔레토는 화신으로부터 상당히 혹독하게 공격을 당했다. 화신이 여러 개의 팔로 동시에 무기들을 다루다 보니 연속 공격이 끝도 없이 이어진 것이다.

그 분노와 위기감이 이만저만이 아니었는지, 위드의 방법을 듣자마자 자신이 할 수 있는 한 최대치의 역량으로 숨을 들이마셨다.

폭풍이 일어나는 때처럼 거센 바람 소리가 났다.

드래곤의 흉곽이 부풀면서 몸 전체가 잔뜩 부풀어 올랐다.

그리고 아우솔레토는, 날개를 접고 뒤를 돌아서더니 엠비뉴의 화신을 향해 숨결을 내뱉었다.

쿠콰콰콰콰콰!

드래곤의 입에서부터 발사되는 시커먼 줄기!

블랙 드래곤의 브레스가 엠비뉴의 화신을 강타했다.

C~~~~~~3

이 순간 모든 것이 정적에 빠진 것만 같았다.

블랙 드래곤의 브레스!

그 강렬한 힘의 줄기가 엠비뉴의 화신을 덮고 그대로 하늘을 가로질러서 대신전의 외곽 성문 부분을 강타했다.

마나로 이루어진 독의 원천!

폭발도 없이 범위 내의 모든 물질을 녹여낸다.

성문 부근에 모여 있던 엠비뉴의 군대는 한순간에 소멸했다.

직접 브레스에 닿은 녀석들은 말할 필요도 없고, 근처에 있던 놈들까지 갑자기 피어난 독가스에 흔적도 없이 몸이 녹아내렸다.

땅과 건물들도 함께 녹았다.

─크오어! 아, 안 돼… 이 모든 원한을 풀지도 못하고…….

그러나 엠비뉴의 화신은 브레스조차 버텨 냈다.

처음에는 브레스에 밀려서 몸의 대부분을 상실했지만, 헤울러와 사제단이 지속적으로 생명력과 마력을 보충해 주자 끈질긴 생존력으로 되살아났다.

"이런 지독한 놈!"

드래곤의 등에 탄 채 그 광경을 보고 있던 위드는 혀를 내둘렀다.

이 신성 마법의 정체는 대체 무엇이란 말인가.

드래곤의 브레스에 직격당하고서도 버텨 내는 끈질긴 능력이라니!

아마도 엠비뉴 교단의 비장의 무기임에는 분명하다.

아우솔레토도 그것이 마음에 들지 않았는지, 화신을 향해 더욱 거세게 브레스를 계속 내뿜었다.

─이, 이럴 수는…….

엠비뉴의 화신이 녹아내리기 시작했다.

복구된 몸의 일부분이 다시 사라지더니, 그 부분에서부터 시작하여 뜨거운 햇볕에 눈이 녹는 것처럼 전체적으로 점점 소멸되었다.

얼굴, 마지막으로 잔혹한 눈동자를 잃어버리면서 엠비뉴의 화신은 마침내 완전하게 소멸했다.

엠비뉴의 화신이 사라졌습니다.
엠비뉴가 이 땅을 파괴하기 위해서 추종자들에게 남겨 놓은 파편 중의 일부, 영혼의 잔여물이 깨지고 말았습니다.
엠비뉴 교단을 따르는 모든 신도들이 발휘하는 신성력이 13% 감소합니다. 이 효과는 앞으로 영구히 지속될 것입니다.
시간이 흐름에 따라 엠비뉴 교단의 영향력이 대륙 전체에서 걸쳐 감소합니다.

전투에 참여하여 역사적인 전투 공적을 세웠습니다.
모든 스탯이 6 높아집니다. 전 대륙의 모든 종족으로부터 용사로서 존경받을 것입니다. 명성이 23,989 오릅니다.

호칭 '악신을 죽인 자'를 획득하였습니다.
모든 신성 마법과 저주 마법의 악영향이 16% 감소하며, 지속 시간이 줄어들어서 빨리 정상으로 돌아올 수 있게 됩니다.

엠비뉴의 화신이 소멸됨에 따라 지상에서도 변화가 있었다.

"캬으윽, 우리의 믿음이 여기서 깨지다니……."

"끝, 이것이 끝이 될 수는……."

신성 마법을 구성하던 사제들은 대신전의 곳곳에서 늘어나서 마지막에는 약 1,000여 명이나 되었다.

헤울러와 고위 사제들만 400여 명이나 되었고, 일반 사제들도 힘을 합치고 있었다.

그런데 엠비뉴의 화신이 감당하지 못할 공격력에 파괴되면서, 그 충격이 생명력의 근원이 되는 사제들까지도 미치게 되어 속속 목숨을 잃고 쓰러졌다.

"세상을 소멸시킬 수 있으리라 믿었는데……."

헤울러와 직속 사제들은 죽지는 않았지만, 생명력과 마력에 엄청난 대미지를 입고 주저앉았다.

대신전의 중요 건물들이 절반 이상 파괴되었습니다.
신을 받들 만한 건물들은 무너지는 탑에 깔려서 박살 나고 화염에 휩싸였으며, 신앙의 성소마저도 드래곤의 브레스에 의하여 형태를 잃고 녹아 버렸습니다.
지역을 가득 채우던 엠비뉴의 신성력이 약해집니다.
성지는 더 이상 그 기능을 다 하지 못하게 되었습니다. 엠비뉴를 따르는 자들에게 주어졌던 능력 강화와 불가사의한 회복력이 원래대로 돌아옵니다. 엠비뉴를 부정하여 약화되었던 자들의 육체와 정신력이 정상으로 됩니다.

엠비뉴의 성지 효과마저도 이제 사라져 버렸다.

대신전의 하늘에 떠오른 드래곤 아우솔레토에 의해 대충 평정이 되는 모습.

아우솔레토가 고개를 높이 들어 올리며 포효했다.

그오오오오오오!

세상의 모든 생명을 가진 이들에게 고하는 듯한 광오한 울부짖음.

드래곤의 존재감이 확 퍼지면서, 박동하는 심장까지도 위축되게 만들어 버리는 드래곤 피어!

대신전에서 분주하게 움직이던 기사들과 괴물들이 움직임을 멈추고 경외 어린 눈으로 하늘을 쳐다보았다.

땅에서 하늘에 있는 드래곤을 보며 느끼는 위압감이야 오죽하겠는가. 죽음의 사신이 옆에 다가와서 콜택시 불러 놨으니어서 가자고 재촉하는 것과 같았다.

―전부가 혼란스러웠다. 여기는 어디이고, 나는 또 누구인가. 그러나 이제 알 수 있을 것만 같다. 나는… 바로 나는…….

위드는 엠비뉴의 화신이 소멸한 순간부터 대비하고 있었다.

세상에는 영원한 적도 영원한 동지도 없다.

한때의 친구가 크면서 경쟁자와 원수가 되는 경우도 허다하고, 적으로 만났더라도 나중에는 웃으면서 커피라도 한잔 마실 수 있는 사이가 되기도 한다.

사냥개를 키웠으면 목적을 달성한 이후에는 신속하게 삶아야 하지 않겠는가.

그러한 입장 변화에 있어서 위드는 매우 정확한 순간을 놓치지 않는 편이었다.

위드는 벌써 말살의 검을 빼어 들고 있었다.

그 용도야 따져 물을 필요도 없이 뻔한 것!

"일점공격술!"

말살의 검으로 드래곤의 뒤통수를 강타했다.

드래곤 아우솔레토의 뒷머리를 때렸습니다.
드래곤의 비늘에 의해 대부분의 충격이 흡수되면서 4,314의 피해를 입힙니다. 말살의 검이 2,118의 화염 대미지를 가합니다.

손이 얼얼할 정도의 반발력이 일어났다.

하지만 연속 강타!

드래곤 아우솔레토의 뒷머리를 때렸습니다.
드래곤의 비늘에 의해 대부분의 충격이 흡수되면서 8,642의 피해를 입힙니다. 말살의 검이 3,329의 화염 대미지를 가합니다.

드래곤 아우솔레토의 뒷머리를 때렸습니다.
드래곤의 비늘에 의해 상당한 충격이 흡수되면서 11,314의 피해를 입힙니다. 말살의 검이 8,118의 화염 대미지를 가합니다.

치명적인 일격이 터졌습니다!
23%의 피해를 추가합니다. 상대방의 지능을 4% 감소시킵니다. 미세한 혼란 상태에 빠뜨립니다. 말살의 검이 3,838의 화염 대미지를 가합니다.

퀘스트를 진행하는 중에 일시적으로 증가한 레벨과, 조각 파괴술로 예술 스탯을 힘으로 몰아 주어서 발생된 공격력도 엄청났다.

드래곤은 아직까진 위드를 친구로 생각하고 마나를 이용한 신체 보호도 하지 않아서 그 충격은 더욱 뼛속까지 깊이 파고들었다.

─우둔한 인간, 이게 무슨 짓이냐.

"보면 몰라, 이 멍청한 도마뱀아? 이게 바로 살다 보면 접하게 되는 사회의 쓴맛이다! 달면 삼키고 쓰면 뱉으라고 하였지."

─당장 그만두지 못하겠느냐!

"너라면 그만두겠어? 본래 배신이란 한번 시작하고 나면 무조건 끝을 봐야 하는 법이야."

─지금 멈추면 네가 저지르고 있는 죄를 용서해 주겠다.

"거짓말하지 마. 내가 그런 감언이설에 속아 넘어갈 정도로 어설픈 악인으로 보여? 특히 넌, 없는 잘못도 뒤집어씌울 도마뱀이야!"

위드는 말하는 동안에도 일점공격술을 빠르게 열한 번이나 터트렸다.

드래곤이 공중에서 세차게 움직이는 바람에 두 번의 공격이 주변부로 향하기는 했지만, 놀라운 정확도였다.

드래곤에게 욕먹고 비위 맞추면서 쌓아 두었던 그 분노 덕분에 더욱 집중력이 발휘된 결과였다.

생전 폭력과는 담을 쌓고 지내 온 선량한 남자에게도 합법적으로 마음껏 직장 상사를 때릴 기회를 준다면 괴력을 발휘할 수 있을 것이다.

물론 드래곤이 반격도 하지 못했기 때문에 더욱 마음 놓고 공격에만 집중했다.

> 드래곤 아우솔레토의 뒷머리를 때렸습니다.
> 드래곤의 비늘에 의해 충격의 일부가 흡수되면서 37,892의 피해를 입힙니다. 말살의 검이 11,219의 화염 대미지를 가합니다.

기하급수적으로 높아지는 대미지!

단순한 전투력만 놓고 본다면 헤울러보다는 위드가 훨씬 높았다.

> 치명적인 일격이 터졌습니다!
> 318%의 피해를 추가합니다. 상대방의 지능을 1% 감소시킵니다. 드래곤의 비늘 일부분을 파괴하였습니다. 말살의 검이 42,382의 화염 대미지를 가합니다.

스무 번의 일점공격술 성공!

위드가 목표로 했던 드래곤의 비늘이 깨어지고 말았다.

이때부터는 어떠한 방어력도 없이 공격이 들어갔다.

아우솔레토는 자신의 머리에서 위드를 떨어뜨리기 위해서 격렬하게 몸을 뒤흔들었다. 하지만 위드는 무기를 들지 않은 왼팔로 드래곤의 뿔을 단단히 붙잡고 있어서 쉽게 떨어져 나가지 않았다.

크와오오오!

드래곤의 고통에 찬 신음 소리가 하늘을 울렸다.

─역시 인간이란 족속은 믿을 수가 없는 자들이다.

"인간을 원망하지 마. 이렇게 당하는 걸 남들 책임으로 돌리면 마음이 편해질 것 같지? 하지만 원래 이 세상이, 눈 뜨고도 코 베이는 곳이야!"

위드는 드래곤의 가장 취약한 부분 중 하나인 뒤통수를 연속으로 계속 공격하고 있었지만, 정작 아우솔레토가 죽음에 이르려면 아직 한참 남았다.

일점공격술로 연속 공격을 계속 성공시킨다고 하더라도 아직까지는 조금 많이 아픈 수준이지 생명이 경각에 달할 상황은 아니다.

그래도 엠비뉴의 화신으로부터 지독하게 당했던 탓에 드래곤도 생명력은 26% 아래였다.

떨어지는 물방울이 바위를 뚫는 것처럼, 공격이 계속 5분 이상 지속된다면 목숨을 잃게 되리라.

'드래곤은 버릴 부위가 하나도 없지.'

비늘은 갑옷으로 쓴다면 그보다 더 좋은 재료가 없다. 경매에 올려놓는다면 최종 금액이 얼마로 낙찰이 될지 짐작이 안 될 정도다.

뼈는 검을 만들면 무지막지한 절삭력에 파괴력, 마나를 회복하는 능력까지 갖춘 보검이 될 것이다.

피는 잘 뽑아내서 마법 시약으로 만들면 좋다. 희소성에 연구 가치까지 있다 보니 마법사들에게 바가지를 실컷 씌우고도 고맙다는 인사를 들을 수가 있다.

이빨, 수염도 제각각 쓸모가 있었으며, 드래곤의 핵심이라고 할 수 있는 드래곤 하트까지 손에 얻어서 가공할 수만 있다면 대장장이 스킬이 엄청나게 증가하리라.

드래곤의 장비들을 착용하고 난 후에는 전투력도 전과는 차원이 달라질 것이다.

물론 드래곤을 죽일 수 있다면 전투 공적에서 얻는 보상이나 호칭도 결정적일 것임에는 의심할 여지가 없다.

〈로열 로드〉를 즐기는 몇억 명의 유저들 중에서 최초로 드래곤을 쓰러뜨리면서 얻는 영광과 보상이 떠오르는 이 순간!

—친구가 배신을 하다니 어째서……. 머, 머리가 깨질 것 같다. 이 고통을 참을 수가 없다.

하늘을 날며 발버둥 치던 아우솔레토가 지상으로 추락을 시작했다.

이대로 죽을 때까지 공중에서 계속 두들겨 맞아 주는 것이 위드의 염원이었지만 그러기에는 한계가 있는 것.

"아이고오!"

크아아아아아!

땅에는 분노한 엠비뉴 교단의 병력이 기다리고 있었다.

서윤은 모라타의 광장으로 돌아오자마자 와자지껄 시끄러운 소리들을 들었다.

"가자, 로무드 숲으로!"

"낙지죽 유격대원들은 저녁 11시까지 집결해 주세요."

"오늘 바르고 성채로 13차 지원병이 출발합니다. 상인들이 마차를 지원해 주기로 했으니 서쪽 성문 밖으로 늦지 않게 모이세요."

모라타는 전시체제로 재편되고 있었다.

위드의 모험이 어떻든 간에, 북부를 지키기 위한 전쟁은 계속되고 있었다.

전쟁이 불리하게 돌아가고 많은 도시들이 파괴되었지만 북부군은 계속 싸운다.

패배로 이탈하는 사람들보단 오히려 새로 모이는 유저들이 더 많다는 것이 놀라운 점!

이러한 정신은 위드에게서부터 비롯되었다.

적이 강하면 더 제대로 덤벼들어야 한다. 뒤돌아서서 도망쳐 버리면 싸워 보지도 않고 패배하는 것이라는 걸 모험으로 모두에게 보여 주었다.

선술집에서는 유저들이 맥주를 마시며 신이 나서 떠들었다.

"솔직히 우리가 헤르메스 길드보단 약하잖아."

"냉정하게 보면 그렇긴 하지."

"그렇다고 걔들이 북부를 점령할 수 있을 것 같아? 어림도 없지! 전투는 이기더라도 우리를 정복하는 건 불가능해. 북부는 우리의 땀과 노력, 정신력이니까 말이지."

유저들은 이렇게 저항을 하다 보면 결국에는 헤르메스 길드도 버티지 못할 거란 생각을 하고 있었다.

정복을 하더라도 지키지는 못한다.

모든 유저들이 끊임없이 반란을 일으킬 것이기 때문이다.

그렇게 된다면 아르펜 왕국이 멸망하더라도 다시 일으켜 세울 수 있으리라.

"우리 직업은 도둑이잖아. 잘됐지. 헤르메스 길드 점령 지역으로 가서 활동을 하자. 사람들의 응원을 받으면서 마음껏 노략질을 하면 되는 거 아니겠어."

"도적 떼를 결성하는 것도 괜찮지."

"아, 그건 정말 훌륭한 계획이야."

북부 유저들은 끊임없이 헤르메스 길드를 골탕 먹일 수 있는 계획을 짰다.

전선에서는 헤르메스 길드 중앙군의 현재 소식들이 계속 들려왔다.

중앙 대륙에서 단련된 정복자들의 군대는 북부의 초보자들을 상대로 연전연승을 거두면서 아르펜 왕국의 왕궁 대지의 궁전으로 향하고 있었다. 또한 우회하는 군대는 바르고 성채로 진격을 하면서, 오크들이 각지로부터 무섭게 모여들었다.

"이 땅은 우리 오크들의 땅, 취익!"

"우리끼리 먹고살기도 너무 좁다. 취칙!"

전쟁의 그림자로부터 북부의 어느 곳도 자유로울 수가 없었고 아르펜 왕국의 운명도 풍전등화에 처했지만 유저들은 위드라는 희망을 놓지 않는다.

역설적으로 위기에 처할수록 위드의 이름이 더 크게 북부 유저들을 결속시켜 주는 매개체가 됐다.

위드가 돌아오기만 한다면 아르펜 왕국의 국왕의 이름으로 사람들이 구름처럼 몰려들 테니 지금까지 벌어졌던 전쟁은 존재하지 않았던 것이나 다름이 없다.

그때가 되면 조인족과 같은 조각 생명체들도 적들을 향하여 날개를 떨치게 되리라.

북부 유저들은 위드가 일찍 돌아오기보단 현재 진행하고 있는 퀘스트를 반드시 성공시키고 나타나기를 원했다.

북부에서 살아가는 유저들이라면 자신들의 처지를 빗대어서 위드를 진심으로 응원하지 않을 수가 없기 때문이었다.

'여긴 여전히 정신이 없구나.

서윤은 막 돌아온 탓에 복장이 초보들과 비슷했다.

"저기요, 무슨 죽이세요?"

광장의 한복판에 서 있다 보니 사람들이 말을 걸어왔다.

"저는…….'

"혹시 삶은콩죽 부대?"

"…….'

"가면을 쓰신 걸로 봐서 삶은콩죽 부대가 맞죠? 제 언니도 삶은콩죽 부대인데 같이 전쟁터로 가기로 했거든요. 하벤 제국과는 당연히 싸우실 거죠?"

서윤은 퀘스트 때문에 위드와 오랫동안 거의 둘만 지내 왔

다. 주변에 인간들이 있기는 했지만 대부분은 NPC 주민들이
었다.

갑자기 유저들로 북적대고 있어서 정신이 없었지만, 하벤 제
국과 싸울 거냐는 말에는 고개를 끄덕였다.

"잘됐다. 그러면 같이 가요."

서윤은 어느 여성 유저의 손에 이끌려 가며 콩죽 부대로 향
했다.

상업과 사냥, 모험의 중심지인 모라타의 광장에서는 헤르메
스 길드를 비난하는 유저들의 격앙된 고함 소리가 계속해서 터
지고 있었다.

공동묘지, 허름한 무덤가에서 눈을 뜬 해골!

어둠 속에서도 광채를 발하는 새하얀 뼈마디와 안광은 무시
무시할 정도.

"이곳은……."

해골의 정체는 어비스 나이트인 반 호크였다.

깊은 심연과 절망 속에서 태어나는 최강의 언데드!

그는 깊은 숨을 들이마시며 멀리 보이는 도시를 쳐다보았다.

과거에는 칼라모르 왕국, 현재는 하벤 제국의 도시가 된 레
인스타뎀!

"내가 다시 돌아왔는가."

반 호크는 암흑 투기를 발산했다. 그러자 흑암의 기운이 모

여들면서 그의 갑옷과 검, 망토가 되었다.

지르르 울던 풀벌레 소리가 중단되고, 나뭇가지를 흔들던 바람마저도 멈추었다.

전쟁의 시대로 가서는 위드에게 무참히 학대와 구타를 당했지만 그는 어비스 나이트!

과거 바르칸 데모프를 따르며 암흑 군대의 총사령관으로 활동할 당시보다도 더욱 강해져 있었다.

"나타나라, 나의 권속들이여."

반 호크가 부르자 무덤들이 들썩였다.

흙더미가 갈라지더니 썩은 해골들이 일어서기 시작했다.

오래된 공동묘지, 비석들조차 세워지지 않은 무덤의 주인들이 등장하였다.

너무 오랜 시간이 경과하면 시체도 약화되기 마련이지만, 그들은 깊은 원한의 힘으로 갓 죽은 시체들처럼 생생했다.

오래전 반 호크가 기사단장으로 지휘하던 칼라모르 제국 기사단의 시체!

해골들이 반 호크를 향해 알은척을 했다.

"킬킬! 부단장님, 오래간만이로군요."

"먼 길을 다녀오신 것 같은데, 여행은 즐거우셨습니까?"

"맥주 한잔 없다니 아쉽군요. 마시더라도 턱뼈로 다 줄줄 새어 버릴 테지만."

반 호크와 해골들은 오랜만에 해후를 나누었다.

"모두 들어라."

"옛!"

해골들은 딱딱 줄을 맞춰서 섰다.

생전의 엄정한 군기를 알려 주듯이 달밤에 서 있는 해골들은 정확한 간격을 유지했다.

"우리의 영광스러운 칼라모르 제국은 더 이상 이 땅에 존재하지 않는다."

"그게 무슨 말입니까? 칼라모르 제국의 이름이 바뀌었습니까?"

"3황자 크렉시아드, 설마 그놈이 제국을 팰리컨 공작에게 팔아넘긴 것은……."

"우리의 칼라모르 제국은 다른 국가에 의해 침략을 당해서 사라졌다."

"무엇이라고요?"

반 호크의 설명이 떨어지자 어깨를 들썩이며 놀라는 해골들.

우스꽝스러운 광경이기도 하였지만, 흐르는 눈물을 닦으려고 얼굴에 손가락을 대는 해골도 있었다.

눈물 대신에 손가락에 잡히는 것은 낙엽과 흙과 잡초뿐이었지만.

"우리는 칼라모르 왕국의 복수를 한다."

"복수를!"

"지금은 나약한 자들이, 말로써 남을 속이는 자들이 득세하는 시대다. 제국의 기사가 어떤 존재인지 모두에게 보여 주자. 무기를 들라!"

해골들은 일제히 손을 머리 위로 들었다.

그러자 암흑의 오라가 생성되면서 검과 창, 도끼와 같은 무기들이 쥐였다. 강력한 암흑 투기와 함께 몸에도 갑옷들이 입혀졌다.

"전쟁을 하러 간다."

"우오오옷, 전쟁! 전쟁, 전쟁!"

"향긋한 피 냄새를 다시 맡을 수 있다니."

반 호크를 선두로, 해골들은 하벤 제국의 도시 레인스타뎀을 향해서 내려갔다.

특별 이벤트가 발생했습니다.
어비스 나이트 반 호크는 칼라모르 제국 기사단 800명으로 결성된 둠 나이트 부대를 이끌고 하벤 제국을 공격합니다.
그들의 목표는 칼라모르 왕국의 재건이며, 현재 그 영토를 차지하고 있는 하벤 제국을 적으로 삼을 것입니다. 칼라모르 왕국과 제국에서 살아갔던 원혼들이 계속 그들 무리에 합류할 수 있습니다.
어비스 나이트 반 호크가 절망과 심연 속에서 얻은 힘을 잃고 다시 평범한 데스 나이트로 되돌아가게 하기 위해서는 목숨을 거두어야 합니다.

가시밭길의 선택

위드는 드래곤과 함께 뒤엉켜서 추락을 하면서도 뒤통수를 계속 공격했다.

드래곤 아우솔레토의 뒷머리를 때렸습니다.
드래곤의 약점 부분을 공격하여 126,381의 피해를 입힙니다. 말살의 검이 32,282의 화염 대미지를 가합니다. 둔중한 타격으로 상대의 민첩과 지혜를 일시적으로 저하시킵니다. 혼란으로부터의 회복을 지연시킵니다.

어마어마하게 늘어난 공격력!

드래곤의 마법 보호막과 단단한 비늘은 무용지물이 되었다.

위드의 공격력이 이제야 온전하게 들어가고 있는 것이었다.

매번의 공격마다 드래곤의 능력을 감소시키는 특수한 효과까지 작렬!

띠링!

강한 공격의 정확도와 연속성에 있어서 인간 중에서 가장 뛰어난 업적을 세웠습니다.

위드와 드래곤은 한 덩어리로 엉켜서 땅에 떨어졌다.

마지막 순간에 할 수 있는 것은 드래곤에게 깔리지 않기 위하여 힘껏 공격을 가하고 나서 튕겨 나가는 것이었다.

"커억!"

위드는 건물 위로 떨어져서 지붕을 그대로 뚫고 아래층으로 떨어졌다.

몸 전체에 큰 충격을 받았습니다.
25초 동안 온몸에 저릿저릿한 느낌이 돌면서 마비 현상이 발생합니다. 생명력이 12,938 감소합니다.

초대형 흑곰이었을 때와는 달리 추락의 피해가 그렇게 크지는 않다.

태양의 전사이며 용사인 인간의 몸으로 돌아온 만큼 유리한 부분도 있는 것이다.

위드는 가뿐하게 몸을 일으켰다.

"추락도 자주 하니 익숙해지는군."

주변을 둘러보니 어린 아기의 시체가 보글보글 끓고 있는 사제단의 연구실이었다.

사제들은 갑작스러운 전투에 동원되어서인지 보이지 않았고, 대신 이것저것 널려 있는 물건들이 많았다.

위드는 본능적으로 연구실에 있는 물품들을 살폈다.

"감정!"

"이건… 내가 마시는 대신 다른 사람 먹이면 괜찮겠군."

큰 감동을 주는 아이템.

연구실에 있는 다른 물품들도 효과는 기가 막히지만 어느 정도의 부작용들이 있는 건 비슷비슷했다.

노력 없이 얻어지는 큰 힘은 중대한 희생을 요구하는 법!

창문 근처로 다가가 밖을 살펴보니 엠비뉴 교단의 기사들과 사제들이 아우솔레토를 견제하며 공격하고 있었다.

아우솔레토는 그렇게 심하게 당하고 추락까지 한 뒤라서 움직임이 정상적이지 않았다.

사제들도 활동을 하는 자들이 100명에도 미치지 못할 정도로 크게 약화되었지만, 세뇌의 능력이 있는 붉은 채찍들이 드래곤을 그물처럼 감싸고 동여매고 있었다.

하지만 위드가 건물과 대지를 자세히 살펴보니 더욱 엉망진창이다.

브레스의 영향으로 인해서 중독되어 죽어 가는 광신도들이 속출하고 있었으며, 연기만 닿아도 그대로 몸을 녹여 버리는 독 웅덩이들이 도처에 널려 있었다.

충격에 의해서 간당간당하던 건물들도 지반과 골조가 부식이 되어서 차례대로 허물어졌다.

드래곤의 브레스 공격이 초래한 어마어마한 위력!

위드는 조금 전까지 친구라고 부르면서 함께 싸웠던 드래곤을 구하고 싶은 마음은 그다지 들지 않았다.

"저놈은 여기서 다시 당해 줘야지."

세뇌된 드래곤의 유통기한이 워낙에 짧았으니 이쯤에서 손을 놔야 했다.

달면 삼키고 쓰면 뱉고, 강자에게 약하고 약자에게 강한 것이야말로 바람직한 인생철학!

"적의 습격이다!"

"방해자가 나타났다. 막아라!"

그런데 갑자기 큰 소란이 일어났다.

백발의 창창한 노인이 전장으로 뛰어들어서 엠비뉴의 사제들을 휘황찬란한 빛의 검으로 베는 것이다.

검이 휘둘리면 독수리와 같은 새들이 나타나서 폭발하며 기사들을 한꺼번에 날려 버렸다.

위드에게는 너무나도 익숙한 모습이었다.

"가증스러운 엠비뉴 교단 놈들! 이베인을 살해한 원수를 갚겠노라!"

검술 마스터 자하브의 갑작스러운 등장!

그는 혼란에 빠진 대신전으로 들어와서 적당한 장소에 잠복하여 지나가는 사제들을 암살자처럼 해치우면서 활약을 하고 있었다.

드래곤이 날뛰는 장소에서는 자하브라고 하더라도 아무래도 움츠러들기 마련이었던 것이다.

하지만 이제 제법 잠잠해지고 다들 관심이 드래곤으로 향해 있으니 전장으로 느닷없이 뛰어들어 왔다.

"불신자가 또 있다."

"대업을 방해하지 않기 위해서 어서 처리해야 한다."

"신탁이 내려온 그 역적도 꼭 찾아라!"

극악의 기사들이 자하브를 붙잡으려고 덤벼들었지만 그는 미끄러지듯이 움직이면서 적들의 공격을 흘려 버리며 사제들을 베었다.

검술 마스터, 위드를 따라서 전쟁의 시대에서 강해진 그의 빛의 검이 지나칠 때마다 기사들과 고위 사제들은 허무하게 생명을 잃었다.

"아, 안 돼! 엠비뉴의 뜻을……."

"세뇌를 끝내지 못하였는데……."

드래곤을 향한 신성 마법을 발현 중이라서 고위 사제들은 무방비 상태였다.

극악의 기사단과 괴물들이 다수 있었지만 그들은 빠르게 움직이는 자하브를 잡지 못했다.

엠비뉴 교단의 사제 집단은 드래곤의 브레스에 의해서 절반 이상이 무력화되고, 또 350명이 넘는 숫자가 목숨을 잃었다.

위드의 화살에 죽은 이들도 상당히 많다.

엠비뉴 교단 전체에서 차지하는 규모는 작았지만 사제 집단이야말로 핵심적인 역량을 차지하고 있었는데 그들이 한꺼번에 떼죽음을 당했다.

"우오오오오, 악당들을 물리치자!"

"인간성을 상실한 자들을 모두 죽여!"

"랄프의 복수를 하겠다."

큰 건물에서 옷차림이 허름한 죄수들이 무기를 들고 우르르 몰려나왔다.

그들의 뒤에서는 온몸에 양념을 바른 전이가 당당하게 걸어왔는데, 죄수들을 구출하고 설득해서 함께 나오는 데 성공한 것이었다.

전이는 제물로 바쳐지기 위해 온몸에 갖은 양념에 절여졌다.

"크으윽, 나의 복수는 대제님께서 꼭 해 주실 것이다. 명예롭게 죽지 못하고 광신도들의 음식이나 된다니 원통하다. 네놈들은 나를 먹고 나서 반드시 배탈이 나서 후회할 것이다."

간수들은 그를 비웃었다.

"양념 냄새가 정말 좋군. 바로 구워서 먹고 싶어. 입안에서 살살 녹겠지."

"그랬다가는 우리까지 같이 구워질걸. 곧 죽을 놈이니 말상대나 해 주자고."

"그래. 어이, 음식 재료, 여기에는 무슨 일로 왔지?"

"너희를 물리치기 위해서 대제님과 함께 왔다. 그리고 나는 질기고 맛도 없다."

"그거야 먹어 보면 알겠지."

이때, 한 무리가 등장하여 전이를 구해 주었다.

"여기에 계셨군요."

"헤스티거!"

헤스티거가 미리 구출한 엘프들과 함께 죄수들이 있는 감옥을 장악한 것이다.

원래 그들은 대신전의 마물 훈련소와 같은 중요한 건물들을 점령하려고 하였지만, 드래곤이 활동을 하면서 목표들이 와르르 무너졌다.

지상에는 엠비뉴의 병력으로 가득 차 있었으며, 잔해들로 인해서 이동할 수 있는 길목까지도 막혀 버리고 말았다.

대신 땅으로 향하는 통로가 보여서 지하 감옥으로 내려왔다.

헤스티거의 도움으로 굵은 쇠사슬에서 풀려난 전이가 투덜거렸다.

"으흠, 이곳은 나 혼자서 알아서 정리할 수 있었는데 괜한 발걸음을 했군."

"죄송합니다. 대제님은 만나셨습니까?"

"당연하지. 충직한 부하인 나는 이미 대제님을 만나고 그분의 계획을 들었지. 대신전 안에서 만나자고 하셨다."

"저보다 일찍 오셨겠군요."

"그럼. 지금은 대제님이 부르시기만 기다리는 중이었네."

조각 생명체들도 위드의 행동을 따라서 헤스티거를 약간 불편하게 생각했다.

어떤 위험한 임무든 훌륭하게 수행하는 미남자는 어디서든 시기를 당하기 마련!

헤스티거는 그럼에도 정중함을 잃지 않으면서도 남자들마저도 빠져들게 하는 보석 같은 미소를 지었다.

굵은 눈썹과 가지런한 흰 이빨, 크고 맑은 눈빛.

몸 전체는 아름다운 조각상처럼 균형과 비례에 있어서 완벽하다.

헤스티거와 조각 생명체들의 근육과 육체미에서는 큰 차이는 없다. 하지만 근육질의 몸이 가진 매력도 결국 얼굴에서 완성되는 법!

헤스티거의 찢어진 상의에서 약간씩 보이는 가슴근육과 팔근육은 매력 그 자체로 엘프들의 시선을 끌었다.

반면에 중요 부위만 최소한으로 가린 채로 기름칠까지 발린 전이에게는 아무런 관심도 두지 않았다.

코를 움켜쥐고 근처에도 다가오지도 않는 모습이, 음식물 쓰레기와 비슷하게 여기고 있는 듯한 느낌이었다.

"과연 전이 님께서는 저보다 일찍 와 계셨을 줄 알고 있었습니다."

"무, 물론이지."

"땅이 거세게 흔들리는군요. 지금의 이 활약은 대제님께서 움직이시는 것 같습니다."

"우리도 어서 준비하고 나가도록 하세."

"예! 저는 엘프들과 다른 곳을 조금 더 둘러보겠습니다."

그리하여 전이는 풀려나고 죄수들과 함께 엠비뉴 교단을 공격할 수 있게 되었다.

"모두 해치워라!"

"야호른의 전사들이여, 이들을 해치워 버리고 고향으로 돌아가자!"

"우와아아아아아아!"

긴 시간 갇혀 있던 노예들과 죄수들은 무기를 들고 엠비뉴 교단의 병력과 맞붙었다.

위드가 멸망시킨 여러 왕국들은 명예와 도덕을 아는 정의로운 기사들을 몰래 엠비뉴 교단에 바쳐 왔다.

왕족과 귀족들은 그 대가로 마법 물품과 사제들의 파견 등을 얻을 수 있었고, 또한 누구의 방해도 받지 않고 폭정을 지속할 수 있었다.

엠비뉴의 포로 사냥꾼들이 데려온 드워프, 엘프, 거인족의 후예, 전설에만 존재하는 전사 부족, 요정 부족까지도 탈출해 왔다.

엠비뉴 교단에서는 그들을 마력을 증가시키기 위한 실험 대상이나 제물로 닥치는 대로 잡아 왔던 것이다.

위드는 포로들이 활약하는 모습을 잠시 관찰하다가 고개를 저었다.

"오래는 못 싸울 것 같군."

기나긴 감금 생활로 인해 부상도 적지 않았고 체력도 많이 떨어졌다.

뿔뿔이 흩어져 있던 괴조들도 인간들이 나타나자 그들을 잡아먹기 위해 땅으로 다가왔다.

나름대로 한가락씩은 하는 포로들이었지만 엠비뉴의 지상 병력을 조금 분산시키는 효과밖에는 없으리라.

　헤울러와 사제들의 희생은 막대했고, 대부분 무력화되었다. 신성력이 멀쩡한 사제들도 부득이하게 드래곤에 전념하고 있는 지금이 아니었더라면 단숨에 전멸했을지도 모를 정도였다.

　드래곤을 길들이지 못하면 전멸할 수밖에 없는 엠비뉴 교단 측에서는 포로들의 탈출로 방해를 받으니 더욱 다급해진 명령을 내렸다.

　"포로들의 존재 가치는 이제 사라졌다. 엠비뉴의 세 번째 팔과 다섯 번째 팔이여. 저들의 피로 이 땅을 적시고 육체는 제물로 바쳐라!"

　참악의 사제 고위 간부 중 하나의 명령이 떨어졌다.

　할 일을 찾지 못하고 잠잠하던 괴물들이 일제히 출동하고, 엠비뉴 교단의 궁수 부대가 화살을 포로들이 있는 방향으로 돌렸다.

　엠비뉴의 8개의 팔은 거느리고 있는 군대의 병과 특성을 나타내기도 한다.

　포로들은 엠비뉴의 기사들과 싸우고 있었지만 궁수들은 자기편에게도 화살을 쏘는 것에 주저함이 없었다.

　포로와 기사, 누구 할 것 없이 엠비뉴의 궁수들에 의해서 고슴도치 신세가 되었다.

　갑옷과 방패도 없고 생명력도 낮은 포로들은 화살을 얻어맞으면 금방 목숨을 잃었다.

　그때 헤스티거의 고함 소리가 들렸다.

"지금입니다. 어서 저들을 도와줍시다!"

아직 남아 있는 대신전의 높은 건물들에서 궁수들과 사제들을 향하여 일제히 화살이 날아왔다.

유난히 번쩍이는 은빛 화살들은 빠르고 정확했으며, 화살촉에는 정령들까지 매달려 있었다.

불의 정령들은 큰 폭발을 일으키고, 물의 정령들은 부근을 물바다로 만들었다.

몬스터들이 급류에 휩쓸려 가며 제멋대로 엉기게 되면서 풀려난 포로들의 주변에 약간 여유가 생겼다.

갑작스러운 이 광경만큼은 위드에게도 감명 깊게 다가왔다.

"역시 엘프들을 붙잡아서 부하로 부려 먹었어야 하는데."

사막 전사들은 칼 쓰는 데는 능숙하고 상대가 누구여도 물러서지 않을 만큼 용감하다.

하지만 엘프만큼이나 민첩하거나 특수한 전투에 최적화되어 있진 않았다.

얄밉지만 헤스티거가 엘프들을 지휘하면서 엠비뉴 교단의 궁수대와 사제단에 큰 피해를 입히고 있는 장면은 사뭇 통쾌하기까지 했다.

현재까지 위드가 대부분을 이끌어 왔지만, 그다음의 전투 공적은 단연 헤스티거의 차지였다.

"그러면 아직까지 모습을 드러내지 않은 건 전일과 전삼, 둘뿐인가."

위드가 퀘스트를 함께하기로 데려왔던 5명의 동료 중에서 자하브, 전이, 헤스티거는 모습을 드러냈다.

그들이 무사히 여기까지 와서 활약을 하는 걸 보니 대견하기 짝이 없었다.

그리고 곧 조각 생명체 부하 중의 첫째인 전일도 나타났다.

사방에서 난전이 벌어지는데 혼자 이상한 행동을 하고 있어서 눈에 띄게 된 전일!

그는 비틀거리면서도 버티고 서서 무너지려는 잔해들을 등으로 떠받치고 있었다.

전일은 강력한 독에 중독되어서 목숨이 오락가락하는 상황에 처했다. 생명을 구해 줄 수 있는 신성력을 따라서 온 그는 아헬른을 찾아서 구출하고 있는 것이다.

위드는 잔해 더미 사이에서 아헬른이 발현하는 신성력의 맑은 빛까지도 볼 수 있었다. 그리고 인색한 칭찬!

"이 무능한 놈들! 이걸로 전삼이를 빼고 다 왔군."

동료들만 온 것도 아니었다.

장벽 너머 메마른 울부짖는 폐허에서 우글거리던 몬스터들까지도 대신전으로 걸어왔다.

엠비뉴 교단의 마력에 의하여 왜곡된 불행한 생명들이었지만, 그들은 거침없이 덤벼들었다.

"저리 가라. 안 돼!"

광신도와 사제에게 덤벼들어 마구 뜯어 먹는다.

엠비뉴의 마력을 더 얻으면 몸에서 일어나는 고통이 그치고 더욱 강해질 수 있기 때문이다.

대신전을 향하여 사방에서 몬스터들이 끝도 없이 계속 몰려오고 있었다.

"교단을 다시 일으키기 위해서라도 성지를 수호해야 한다."

"몬스터들이 성문을 넘어오지 못하도록 막아야 해!"

"허물어진 성벽을 지나서 계속 몰려들고 있다. 그 너머로는 끝이 보이지 않을 정도야!"

크오오오오오!

그를 구속하던 사제들의 제어력이 약해지니 드래곤은 다시 몸을 일으키려고 했다.

붙잡혔던 아우솔레토에게 다시 자유가 주어지려고 하는 건 엠비뉴 교단 사제단의 피해가 워낙에 계속해서 막심하다는 증거였다.

단 하루 만에 대륙에서 최대·최고 층의 건물이 옆으로 폭삭 주저앉고, 드래곤이 날뛰어서 브레스까지 뿌려졌으니 이만저만의 손실이 아니었으리라.

"으음, 아주 좋은 광경이야. 아주 엠비뉴 교단이 폭삭 망하고 있군."

하루 전까지만 해도 남부럽지 않던 엠비뉴 교단이 지금은 처참한 상황에 처했다.

이게 모두 위드 탓!

―너희는 누구냐! 왜 나를 공격하는 것이지? 아프다, 아파! 이 고통은……. 쿠아아아아아아! 견딜 수가 없다.

자하브와 엘프들의 화살 공격에 의해 사제단은 허겁지겁 물러날 수밖에 없었다.

조금 전이었으면 물샐틈없는 보호막을 펼쳤을 테지만, 지금은 서 있는 사제들 중에서 멀쩡한 이들을 찾기가 어려웠다.

세뇌의 구속이 약해지다 보니 드래곤 아우솔레토가 거칠게 포효하면서 가까이 있는 적들을 잡아먹었다.

생명력이 거듭 손실되어 커다란 육체는 느려지고, 빠르고 정확하게 움직이지도 못해서 계속 휘청거렸다.

태어난 이후로 최악의 날을 경험하고 있다고는 해도 드래곤은 지상 최강의 생명체!

위드에 의해 비늘이 파괴되고 하늘에서 아무 보호 마법도 없이 떨어지면서 막대한 피해를 입었지만, 잠시만 내버려 두면 천천히 원래대로 회복이 되리라.

엘프들도 어느 쪽을 우선 공격해야 할지 다소 혼란을 겪고 있는 모습이었다.

엠비뉴 교단에 깊은 원한을 갖고 있기는 하지만, 드래곤이 회복된다면 전부가 죽게 되고 만다.

헤스티거조차도 이대로 사제들을 공격하는 편이 옳을지 드래곤을 견제하는 쪽이 나을지를 결정짓지 못하고 우물쭈물하고 있었다.

"드래곤부터 처리하는 게 우선이겠지."

위드는 창문을 박차고 높이 뛰어올랐다.

현재의 레벨로는 100미터에 달하는 도약도 평범하게 해낼 수 있었다.

하지만 바로 드래곤의 뒤통수를 때리는 대신에, 우선 전일이 있는 주변으로 내려앉았다.

극악의 기사들이 전일을 향해 검을 휘두르고 있었다.

"자기 목숨도 챙기지 못하는 주제에 남을 살리려고 하다니

가소롭군. 엠비뉴를 위해 죽을 시간이다. 커억!"

"아직 교훈이 부족하군. 악당은 그렇게 말이 많으면 당하는 거야."

드래곤의 뒤통수를 때린 진정한 악당답게 극악의 기사들을 단숨에 정리!

독 기운으로 얼굴이 시퍼렇게 변한 전일이 반갑게 맞이했다.

"대제님, 저를 구해 주러 오셨군요."

"어, 그래."

위드는 건성으로 대답을 하고는 잔해들을 치웠다. 그리고 잔해에 뒤덮여서 위험에 빠져 있던 아헬른과 노예들을 구출할 수 있었다.

"우우욱, 깔려서 죽을 뻔했군. 황제여, 나를 구하러 와 주어서 정말 고맙소이다."

"성자 아헬른 님께서 여기에 계시는 줄은 몰랐습니다. 여기에는 왜 갇히게 된 것입니까?"

"포로들 사이에서 지켜보면서 저들의 행사를 방해할 기회를 노리고 있었던 것이지. 그런데 갑자기 저들의 탑이 무너지는 것이었소."

"……"

아헬른이 초주검이 되었던 것은 따지고 보면 다 위드 탓!

"흠흠, 이렇게 위기에 처해 있다는 걸 알았다면 진작 구해 드렸을 텐데요."

"폐를 끼치게 되었구려. 기적을 부르는 신성력의 힘을 모아서 벗어나려고 하였는데 자꾸 땅이 흔들리고 건물이 무너져서 그 무게가 나를 누르는 바람에⋯⋯."

그러고 보니 드래곤과 함께 쿵쾅거리면서 싸울 때 이 부근을 몇 번 강하게 밟고 지나쳤던 것 같기도 했다.

괜히 적들의 이동을 방해한다면서 건물을 밟아 버리거나 완전히 부수지 않은 게 다행이었다.

"지금은 경황이 없습니다. 지나간 일은 넘기시고, 어서 몸부터 추스르시지요."

"알겠습니다. 신께서 아직 이 몸에게 할 일이 남아 있다고 하신다니 움직여야 하겠지요. 찬란한 회복!"

아헬른의 몸에서 광채가 일어나더니 순식간에 멀쩡하게 회복되었다.

자기 스스로를 완전한 상태로 치유할 수 있는 신성 마법 계열의 궁극 스킬 중의 하나!

"저, 저도⋯⋯."

중독 상태가 심각하던 전일이 자신도 치료해 달라고 말하려고 하였다.

여기까지 아픈 몸을 이끌고 온 이유도 아헬른에게 치료를 받기 위함이 아니던가.

위드가 슬쩍 몸으로 전일의 앞을 가리며 말했다.

"전쟁이 급하게 돌아가고 있습니다. 저에게 강한 축복을 내려 주시지요."

"뒤에 있는 저분이 많이 아파 보이는데 먼저 치료를 하고 돌봐 주어야 하지 않겠소? 그대를 위한 신의 축복을 실현시키기에는 다소의 시간이 필요하다오."

달빛 조각사

"당장 죽진 않습니다. 저렇게 내버려 둬도 침 좀 바르면 나을 겁니다."

"정말로 아파 보이는데……."

"엄살입니다. 저도 여러 번 속아 봤지요. 그리고 워낙에 끈질긴 게 사람 목숨이라서요."

찬물 더운물 가리지 않고 항상 위아래가 있는 법이다.

사실 위드도 현대사회인으로서, 격식이나 지위 고하를 그다지 따지며 살아온 편은 아니었다.

그러나 사막의 대제가 되고 나서부터 위계질서를 철저하게 세우게 되었다.

콩 한 쪽이 있다면 나누어 먹는 게 아니라 당연히 권력을 가진 자신의 것!

"그런 생각이라면 황제의 말마따나 급한 전투부터 마무리를 짓는 편이 옳겠소이다. 이 난국을 헤쳐 나갈 수 있는 것은 인간 중의 황제인 그대뿐이라고 할 것이니."

아헬른은 두 손을 모으고 집중해서 신성 주문을 외우기 시작하였다.

고대에 신이 직접 인간에게 알려 주었다는 신성 주문!

"인간에게 허락된 힘, 지혜, 투지. 깊고 어두운 곳에서 나타나는 악한 이들을 굴복시키고, 옳음을 행할 수 있는 무한한 잠재력을 일깨우게 될지어다."

아헬른의 몸으로 후광이 비치듯 빛무리가 생겨나기 시작하였다.

보통 축복이 짧은 주문 이후로 번쩍하고 빛이 일어나고 끝나는 것에 비하면 사전 작업부터가 비할 수 없이 길었다.

"그대의 손은 신이 하사한 검을 휘두를 것이고, 몸의 고통은 신의 두꺼운 갑옷이 막아 주게 되리라. 그 외의 모든 어려움들도 신의 이름으로 파훼하게 될지니… 신성 강림!"

띠링!

신성 강림은 당신이 가진 신앙심에 따라 효과가 다르게 적용됩니다. 신체가 완벽하게 회복됩니다. 정신과 육체의 잠재력이 개방됩니다. 생명력과 체력, 마나의 최대치가 3.5배로 늘어납니다. 자연 회복 속도가 트롤처럼 빨라집니다. 추위와 더위. 모든 이상 현상에 대한 내성이 96%에 육박하게 될 것입니다. 중독에 대해 완전한 면역력을 가집니다. 공격을 감지하면 마법 저항력이 저절로 발동됩니다. 모든 스탯이 최소 250에서 469까지 늘어납니다. 1단계 이상 약한 언데드의 경우 상대의 생명력에 무관하게 강제 소멸시킬 수 있습니다. 공격과 방어에 신성 효과가 부여됩니다. 신의 무기 사용이 가능해집니다. 신의 갑옷 사용이 가능해집니다.

"이건 또 무슨……."

전투에 유리한 축복 정도를 예상했을 뿐 위드도 이 정도로나 강력한 신성 주문을 기대하진 않았다.

"역시 성자는 전문직이었어. 끝내주는군."

허름한 화장실에서 일을 보다가 처음으로 비데를 쓴 것 같은 벅차오르는 감동도 잠깐이었다.

금세 불평이 나왔다.

"이런 게 있었으면 진작 좀 걸어 줄 것이지."

물에 빠진 사람 구해 주면 예금통장 내놓으라고 하는 세상!

이런 축복이 있었다면 지금까지 죽을 고생도 좀 덜했을 게 아닌가.

지금까지 위드는 말살의 불도마뱀 왕의 가죽으로 만든 정복자를 위한 존엄한 가죽 갑옷과 말살의 검을 착용하고 있었다.

　하지만 위드의 앞에 투명하기까지 한 맑은 검과 방패, 갑옷이 신체 부위별로 놓였다.

　흉갑에서부터 어깨 보호대, 허리띠 등은 물론이고 부츠까지 완벽한 풀 세트!

　등 부위와 부츠에는 특히 천사들이나 착용하는 새하얀 날개까지 달려 있었다.

　"이런 건 괜히 시간을 끌면서 머뭇거리면 안 돼. 좋은 악당이 되기 위해서라도 바로 입어 줘야지."

　위드는 검을 들고 갑옷을 착용했다. 거의 무게가 느껴지지 않을 정도로 가벼웠고, 따스한 느낌이었다.

　"감정!"

군신 토르의 검

인간이 상대할 수 없는 적을 없애기 위하여 신이 하사한 검. 신의 뜻과 섭리를 따르는 성자만이 소환하거나, 축복을 통해 검을 사용할 수 있는 자격을 부여할 수 있다. 한차례 출현하게 되면 최소 100년간은 세상에서 모습을 감춘다.

내구력: 210/210

공격력: 232~766

제한: 인간 중에 가장 강한 자.

옵션: 악에 물든 자, 악마를 공격할 때에는 공격력이 4배로 발휘된다. 천적이나 유일한 약점에 관계없이 모든 적들을 생명력을 감소시켜서 죽일 수 있다.

*그 외 아홉 가지의 특성 확인 불가능.

*정보 부족으로 알 수 없음.

　"으으음!"

위드의 입에서, 백화점에서 판매하는 명품 가방의 가격을 알았을 때와 같은 신음 소리가 났다.

무지막지하다 못해서 대출 사기 같은 공격력!

갑옷들은 부위별로 다 확인해 볼 엄두도 나지 않았다.

이런 난전에서 갑옷 부위별로 어떤 특성이 부여되어 있는지 다 알고 외워서 써먹기는 힘든 면이 있다.

하나하나 직접 장만한 것이라면 계산해서 몬스터의 특성이나 공격 패턴에 맞춰서 전투법까지 바꿀 수 있으리라.

하지만 지금은 몸으로 때우면서 알아 가는 편이 현명한 방식이다.

아헬른이 말했다.

"신께서 계속 그대를 지켜보실 것이오. 황제여, 무운을 빌겠소이다."

"물론입니다. 적들을 이 검으로 제압할 것입니다. 근데 앞으로도 이 검을 좀 가지면 안 되겠습니까? 딱히 다른 의도는 없고 기념품으로 간직하고 싶은데……."

"신의 물건이 이 세상에 돌아다니면 안 될 일. 전투가 끝나면 회수될 것이오. 아쉽겠지만, 눈앞의 전투에 집중해 주면 좋겠구려."

위드는 세뱃돈을 빼앗긴 어린아이 같은 기분이었다.

"아, 뭐, 그러면 그렇게 하죠."

"그리고 아우솔레토를 조심하여야 하오. 엠비뉴 교단의 대사제 헤울러와 드래곤은 신들이 형성해 놓은 이 세계의 균형을 파괴할 수 있는 존재이기 때문이지. 만약 드래곤이 제정신을 차려서 모두가 위험해지게 되면 내 영혼과 육체를 바쳐서 봉인을 하겠소이다."

"정말이십니까?"

"그런 일이 벌어져서는 안 되겠지만, 만의 하나 그리되면 그렇게 해야지요."

"과연 훌륭하십니다."

위드는 중요한 정보를 얻어 냈다.

아헬른만 살아 있다면 설혹 드래곤이 폭주를 하더라도 방지할 수 있는 안전장치가 있다는 의미다.

그렇게 목적을 달성한 이후에야 아헬른이 전일을 치료할 수 있도록 자리를 비켜 주었다.

"가야겠군. 이제 나의 목표는……."

그 어떤 장소에서도 적들의 행동들을 파헤치는 넓은 시야.

엠비뉴의 병력은 도처에서 포로들, 노예들과 격렬한 전투를 벌였다.

대신전은 넓은 규모와 큰 건축물들을 유지·보수하기 위해서도 대량의 노예들을 필요로 했다.

마물들의 먹이로 삼기 위해서도 종족을 가리지 않고 강한 전사들을 많이 붙잡아 왔는데, 분노한 그들이 풀려나서 전투를 펼치고 있다.

전이와 헤스티거가 절반 정도씩 나누어서 전체를 지휘하고 있는데, 그들의 통솔력은 부대를 면밀하게 다스릴 수 있을 정도로 충분했다.

위드가 없더라도 몬스터를 견제하고 엠비뉴 교단의 병력과 잠시 싸울 수는 있다.

이곳에는 시작과 끝 알 수 없을 정도로 광신도들과 괴물들이 우글거리지만 그들 전체를 이길 필요는 없지 않은가.

하늘로 오르는 탑이 무너지면서 엄청난 잔해들이 대신전에 쏟아지게 되었다. 다른 건물들까지 붕괴되거나 옆으로 쓰러지면서 장애물 역할을 했다.

수비에 유리한 지형을 장악하고 진입로를 줄인다면 괴물들과 기사들은 함부로 쳐들어오지 못했다.

위드의 눈이 드래곤과 엠비뉴 교단을 번갈아서 보았다.

드래곤을 선택한다면 앞으로 몇 년간 있을까 말까 한 사냥 기회를 잡을 수 있다.

엠비뉴 교단을 공격한다면 전력이 크게 약화되어 있는 헤울러를 처치하기에 정말 유리한 상황이다.

엠비뉴 교단의 기사들 정도는 원래도 위드에게 거의 있으나마나 할 정도였는데, 지금은 축복까지 부여되어서 더더욱 눈에도 들어오지 않았다.

퀘스트의 성공 유무가 결정지어질 수도 있는 선택의 순간.

"최악의 경우에도 내가 죽지만 않는다면 아헬른이 알아서 해결해 줄 거야."

위드는 가볍게 땅을 굴러 드래곤 아우솔레토를 향하여 날아갔다.

와이번이 장애물이 없는 높은 하늘에서 최대 속도로 비행하는 것과 비슷한 속도였다.

평소에 조각 변신술을 써서 날갯짓을 하는 새로 변신을 해 보지 않았다면 비행에 적응하는 데만도 시간을 상당히 많이 잡아먹었으리라.

—전부, 전부 다 먹어 버릴 것이다.

드래곤 아우솔레토!

그는 엠비뉴 교단을 혐오하면서 가까이 있는 인간들을 밟고 몸으로 뭉갰다.

몸 전체에 생긴 부상들은 아주 약간씩은 회복이 되고 있었지만 아까와 크게 다를 바 없었다.

엠비뉴의 사제들은 정말 막대한 피해를 입었음에도 불구하고 포기하지 않고 붉은 채찍을 휘두르며 드래곤을 세뇌시키기 위해 노력하고 있었던 것이다.

그렇지만 헤울러와 참악의 사제들조차도 아직 활동을 못 했기 때문에 세뇌는 원활하고 빠르게 이루어지지 못했다.

신앙심으로 만든 붉은 채찍이 드래곤의 격렬한 움직임에 의해 자꾸 끊어지는 것만 봐도 알 수 있었다.

엠비뉴의 기사들도 드래곤에 의해서 다수가 밟혀서 죽어 나갔다.

"지금이로군."

위드는 엠비뉴 교단에서 드래곤의 시선을 끄는 사이에 뒤쪽으로 슬그머니 접근했다.

—너, 너는 반드시 죽어야 한다!

드래곤 아우솔레토가 갑자기 몸을 돌리면서 위드를 향하여 분노의 외침을 터트렸다.

대신전에서 정확히 가장 나쁜 놈이 누구인지를 알아차린 게 틀림없었다.

"저자다! 저자가 오늘 모든 일을 그르치게 만든 원흉이다!"

"엠비뉴 신께서 내려 주신 신탁은 역시 옳았다. 신께서 마련해 준 신수는 조금 후에 길들여도 되리라. 모든 일에 앞서 저자를 해치워라!"

엠비뉴 교단 역시 위드에 대한 적대도는 최고 상태였다.

그들의 입장에서는 정말 다 된 밥에 재를 뿌린 격이 아닌가.

엠비뉴의 궁수들, 기사들이 위드를 향해서 일제히 무기를 돌렸다.

드래곤도 두 발로 땅을 울리면서 달려왔다.

"이놈의 인기란!"

위드는 드래곤의 가슴을 향해 수십 미터를 뛰어오르다가 앞발이 날아오자 비행 방향을 바꾸어서 지상으로 뚝 떨어졌다.

하지만 아우솔레토는 그러한 부분까지도 예상을 했다는 듯이 아래에서도 발을 차올린다.

그때에 위드의 부츠에 있는 날개가 맹렬하게 파닥거리면서 가속도가 더욱 빨라졌다.

아슬아슬하게 드래곤의 다리를 비켜 지나갈 수가 있었다.

드래곤이 크고 빨라도 공격이 단순하지 않았더라면 제대로 걷어차였으리라.

"긴 고통의 강화!"

"끈적거리는 숨결."

위드를 향하여 사제들의 저주 마법도 날아왔다.

광범위형 저주라서, 알아차리는 순간 피하더라도 약하게나

마 걸리기가 쉬웠다.

드래곤 아우솔레토는 우월한 종족의 특성에 의해 모든 저주 마법에 면역이었지만, 위드의 경우에는 저주가 쌓이면 금방 취약해졌다.

그러나…….

> 방어력을 약화시키고 피해를 늘리는 저주 마법을 축복의 권능으로 단숨에 이겨 냅니다.

> 몸이 느려지고 체력 소모가 빨라지며 힘을 소모시키는 저주가, 축복의 권능과 토르의 부츠로 인해 무용지물이 됩니다.

신성 강림에 의해 저주를 걱정하지 않아도 된다는 점만 하더라도 날뛰기에는 최상의 환경이다.

엠비뉴 교단과의 전투에서는 지긋지긋할 정도로 제 실력을 발휘할 수가 없었는데 어깨의 무거운 짐을 덜어 낸 기분.

'궁수들이나 마법사들의 공격은 맞아 준다. 거기까지 신경 쓰면서 싸울 수는 없어.'

위드의 집중력은 온전히 드래곤에게로 향했다.

마법과 비행이 봉쇄된다면 아무리 강하더라도 단순한 생명체에 불과하다!

블랙 드래곤 아우솔레토가 지척에서 그를 노려보고 있었다.

—밟아서 죽여 주마!

다시 앞발과 꼬리 공격을 연속으로 피하고 그 틈을 타서 드래곤의 옆구리에 달라붙었다.

"덩치가 크다고 다 좋은 건 아니지. 아무리 강하더라도 이렇게 빈틈도 많거든."

드래곤의 전투 모습을 가까이에서 많이 보고 경험했다.

모든 공격 순서를 어느 정도 예측하고 유도하고 나서 몸에 달라붙는 방식을 취한 것이다.

그러고는 드래곤의 몸을 타고서 암벽등반을 하듯이 기어 올라갔다.

―인간, 인간! 너 같은 놈이 있기에 인간들은 멸족되어야 마땅하다.

"시끄러. 내가 인간의 편을 들진 않겠어. 대신에 파리, 모기, 나방, 벼룩부터 먼저 멸족시키고 와서 따지도록 해. 걔네들도 얼마나 성가신데."

드래곤은 미친 듯이 꼬리를 자신의 몸 쪽으로 휘두르고 건물을 들이받았다.

흙먼지를 일으키며 사방을 초토화시키는 드래곤의 위력!

위드는 등을 타고 올라갔다.

하늘로 오르는 탑이 무너지는 와중에도 살아남았는데 이런 정도의 소란이 벌어진다고 해서 드래곤의 몸을 오르는 게 무슨 대수겠는가.

조각술 최후의 비기 퀘스트를 진행하면서 간은 김치냉장고에 넣어 두고 다니는 기분이었다.

엠비뉴 교단의 세뇌를 위한 붉은 채찍들도 뜯어내 버리거나 지지대로 붙잡고 올라갔다.

드래곤의 비늘은 매끈매끈했고, 번쩍번쩍 빛이 나는 광택이 예술이었다.

"너는 엠비뉴의 충실한 종이다."

"고통의 이유는 엠비뉴를 믿지 않기 때문이다."

"회개하라. 회개하라. 회개하라. 회개하라. 안식을 누리게 해 줄 것이다. 회개하라."

"대사제 헤울러 님은 너를 위한 모든 것을 갖춰 놓고 있다. 불쌍한 인생을 기꺼이 보살펴 주시리라."

붉은 채찍을 손에 잡으니 짜릿한 감각과 함께 속삭임들이 들렸다.

세뇌를 위한 감언이설!

"믿을 놈 하나 없는 세상에 엠비뉴를 따르라고? 어림도 없지. 이 세상에 존경받을 사람은 시장 아줌마밖에 없어. 생선을 3마리 사고 말을 잘하면 1마리씩 더 주니까. 그리고 가격도 많이 깎아 주시지!"

엠비뉴의 사제들이 쓰는 세뇌를 위한 붉은 채찍은 헛것이 보이는 강력한 환각과 정신착란까지 동시에 일으켰다.

하지만 위드의 검과 갑옷, 방패가 모든 이상 현상들을 막아 주었다.

―아, 안 돼!

위드가 목에 다다르자 드래곤은 급기야 맨땅에 머리를 들이받으면서까지 몸부림을 쳤다.

심지어는 정신이 없는 와중에도 있는 마나 없는 마나 다 끌어 쓰는 것인지, 상극인 불과 물의 마법들이 제멋대로 형성되어 부딪치고 터졌다.

거센 압력에서 오는 피해를 신의 갑옷이 87% 완화합니다.
생명력이 3,489 감소합니다.
일곱 방어 마법이 저절로 발동됩니다.

유연함의 비술
민첩을 87% 늘려서 적의 공격을 회피합니다. 정확하지 않은 공격들은 대부분 빗나가게 될 것입니다.

마법 공격 간파
위험한 마법이 발동되고 있다면 미리 알아차릴 수 있습니다.

강제적인 힘
세상에는 거인들과 같이 무식한 힘을 가진 종족들이 있습니다. 그 어떤 큰 힘이라고 할지라도 맞설 수 있습니다.

정상화
신을 따르는 자는 기괴한 주술에도 흔들리지 않습니다. 부정적인 상태 이상의 지속을 95% 이상 빨리 원래 상태로 되돌립니다.

은은한 회복
상대방을 공격하거나 공격을 당할 때마다 4%의 생명력을 흡수하여 몸을 치유합니다.

위급한 탈출
체력을 이용하여 마법이나 물리적인 구속으로부터 벗어날 수 있습니다.

깃든 위엄
그 무엇도 하지 않아도 됩니다. 그 자리에 가만히 있는 것만으로도 1초마다 2%의 방어력이 증가합니다. 갑옷과 맷집이 합쳐진 최종적인 방어력이 최대 300%까지 늘어나게 됩니다.

방어력만큼은 기가 막힐 정도였다.

다른 종족에 비해 부족함이 많은 인간을 위한 신의 갑옷.

원래의 위드의 몸이라면 이러한 갑옷을 입었다고 해도 기초 생명력이 적어서 드래곤의 공격에 스치는 것만으로도 너무 쉽게 위험에 처한다.

하지만 지금은 사막을 일통하고 중앙 대륙을 정복한 대제왕!

든든한 맷집과 위기에서도 버틸 수 있는 생명력을 가졌다.

위드는 곧 드래곤의 몸에서 정상 근처, 즉 목표로 했던 뒤통수까지 오를 수 있었다.

검은색 광택이 흐르는 뒤통수에서 유독 한 부분만이 비어 있었다.

아직도 치료가 되지 않은 드래곤의 결정적인 약점이었다.

드래곤의 현재 남아 있는 생명력은 17%.

절대적인 양으로 보자면 여전히 많지만, 실제로는 그다지 넉넉하지는 않은 생명력이다.

더구나 현재의 위드는 인간 중에서도 가장 강력하며 앞으로도 한동안 나오기가 어려운 무력을 갖춘 존재.

드래곤은 위기를 느껴서인지 계속 머리를 흔들며 발광했다.

"확실히 상쾌한 기분이군."

위드가 산의 정상에 선 것처럼 드래곤의 뿔을 잡고 지상을 둘러보니 전투가 한창 치열하게 벌어지고 있었다.

갇혀 있던 포로들과 엠비뉴 교단의 싸움!

대신전의 전역에서 불길이 타오르고 연기가 피어오르고 있었다.

    사실 적을 맞아 싸우면서도 모든 병력이 드래곤을 더욱 의식하고 있었다.

    포로들은 드래곤의 머리에 올라간 위드를 보고는 까무러치듯이 놀랐고, 조각 생명체들도 마찬가지다.

    "전이!"

    "전일 형님, 살아 계셨군요."

    "대제님은……."

    "저 위에 계십니다."

    "으음, 드디어……."

    "이번에야말로 대제님을 위해 만들어 놓은 묘비와 관을 쓸 수 있을 것 같은데요."

    전율로 인해 소름이 돋아서 정말 제대로 미칠 것만 같은 상황이었다!

    현재 위드가 서 있는 근처로도 화살과 마법이 빗발치듯이 날아들었다.

    엠비뉴의 궁수, 전투 가능한 인원이 얼마 안 되는 사제. 모두가 위드를 공격하고 있는 것이다.

    세뇌와 전투로 약화된 드래곤, 그리고 세상에 나타나기 힘든 신의 갑옷과 무기를 가진 인간을 보며 앞으로 벌어지게 될 일에 대한 두려운 상상이 일어나게 되었다.

    드래곤이 죽을지도 모른다.

    위드의 입장으로서는 전투 중에 일이 안 풀리더라도 아헬른이 뒷감당을 해 줄 터이니 얼마든지 건드려 볼 만하다.

    엠비뉴의 광신도, 조각 생명체 부하, 끌려온 포로들!

여기에 있는 모두가 지켜보고 있지만 사실 그 인원이 전부는 아니다.

텔레비전을 통해서 지금의 전투와 모험을 최소한 수천만 명, 앞으로 수억 명이 보게 될 것이 아닌가.

'이것으로 충분할까?'

우연히 얻어걸린 기회.

물론 여기까지 오는 게 쉽기만 한 건 아니었다. 조각술 최후의 비기 퀘스트를 찾아내야 했고, 로드릭 미궁을 포함하여 죽을 만큼의 위기도 많이 넘겼다.

사막에서 성장하는 퀘스트는 딱 위드의 적성에 맞았다.

단순 노가다로 여길 수도 있지만, 전혀 외딴 곳에서 적응하면서 강해지는 최단의 길을 찾아내야 했다.

외지인이라고 경계하는 주민들을 대상으로 해서 필요로 하는 모든 정보들을 입수하고, 매번의 전투마다 목숨을 걸고 부딪친다.

싸워서 강해지는 투쟁의 길.

그러면서도 한국인 특유의 빨리빨리를 외치면서 돌아다니다 보니 감히 범접할 수 없는 무력도 갖게 되었다.

일찍부터 간악한 저주와 까다로운 주술을 쓰는 엠비뉴 교단이 아니라면 대륙에서 위드의 상대를 찾기 힘들어서 심심했을 정도다.

위드의 입가에 썩은 미소가 걸렸다.

단단히 사고를 칠 게 아니라면 할 수 없는 생각이 머릿속을 스쳐 지나갔기 때문이다.

"이놈이 사라지더라도 문제야. 이렇게 해서 여기 넘쳐 나는 나쁜 놈들을 언제 다 죽일 수가 있겠어?"

스스로 납득해 버리고 만 결론.

포로들의 도움이 있더라도 자하브, 조각 생명체 등으로 엠비뉴 교단의 병력을 다 죽이려면 그들이 저항하지 않더라도 며칠은 걸릴 것이다.

퀘스트를 위해서 남은 시간은 오늘뿐.

게다가 그 전투가 끝나고 나면 위드 외에 아군은 거의 살아남는 게 불가능하리라.

"아우솔레토!"

─그 썩은 혓바닥을 놀리며 나를 부르지 말라!

"이름은 알아듣는 모양이네. 혹시 너 자신에 대해서도 알고 있어?"

─그 어떤 거짓말에도 이젠 속지 않으리라. 당장 내려오지 않으면 갈기갈기 찢어서 죽이고 시체는 녹여 버릴 것이다.

"장례 문화까지 신경 써 주다니 참 사려 깊은 도마뱀이군."

─도마뱀? 내 별명인 것이냐?

"맞아. 덩치만 큰 도마뱀."

─불쾌하다!

"당연히 그럴 거야. 너의 정체는 사실 이 땅에서 가장 비싼 몸값을 가지고 있는 드래곤이니까!"

위드는 크게 소리쳐 아우솔레토의 정체를 말했다.

드래곤이라는 이름이 가진 무게는 어마어마했다. 순간 근처에서는 전투가 멎으면서 정적이 흐를 정도였다.

엠비뉴 교단의 사제들과 광신도들, 조각 생명체들, 포로들.

모두가 알고 있음에도 자신의 목숨을 넘어서는 무게로 인하여 감히 꺼낼 수가 없었던 그 단어.

"어떻게 저런 말을……."

"무모하구나, 무모해. 겁 없는 인간 때문에 이 세상이 끝장나게 생겼어."

"맥주나 배 터지도록 마시다가 죽었으면 좋았을 텐데 이게 무슨 꼴이란 말인가."

유난히 드래곤을 두려워하는 드워프들은 도끼를 들고 당당히 뛰쳐나왔다가 머리를 땅에 처박고 목숨만 살려 달라고 빌 정도였다.

드래곤이 스스로 자신에 대해 모르고 있는 상태이기 때문에 아군과 적군을 막론하고 조심하고 있었다.

어쨌든 서로 죽이지 않으면 안 될 관계이지만 드래곤이라는 말만큼은 꺼내지 않기로 한 것은 암묵적인 합의가 되어 있던 상황!

그렇지만 위드가 아우솔레토에게 스스로가 드래곤이라고 알려 줘 버린 것이다.

―들어 본 적이 있다. 드래곤이라면 가장 존귀하고 위대한··· 세상의 땅을 가로지르는 경계이며, 생명들의 시작과 끝을 결정하는 포식자.

아우솔레토는 잠시 생각에 잠기더니 두려움에 의해서 움츠러들어 있던 몸을 일으켰다.

그러자 더욱 크게 보이는 그의 본체!

─내가 드래곤이라고? 익숙한 말이다. 더없는 공포 어린 눈동자로 나를 우러러보던 눈빛들이 기억이 난다. 맞다, 나는 지겨운 이 세계를 파괴하려고 했던 드래곤, 아우솔레토다!

드래곤의 몸에서 맹렬한 마나의 움직임이 일어났다.

쿠그그그궁!

지진이라도 일어난 것처럼 땅이 흔들리면서 흙먼지가 둥글게 물러나며 날아오르기 시작했다.

저 멀리서, 지금까지의 충격으로 아슬아슬하게 기울어 있던 건물들이 와르르 무너졌다.

엠비뉴의 대신전은 이래저래 남아나는 건물이 없을 정도로 처참한 폐허로 변해 가고 있었다.

드래곤 아우솔레토의 눈빛도 서서히 달라졌다.

당혹스러운 곤란을 겪고 있는 것처럼 약간 흐리멍덩하던 눈빛은 날카로운 위엄을 갖춰 갔다.

그를 향해 날아오던 화살과 마법도 허무하게 멈춰 버렸다.

수천 발의 화살은 마치 공중에서 누가 붙잡기라도 한 것처럼 그냥 둥둥 떠 있었으며, 마법들은 천천히 분해되어서 원래의 자연으로 돌아갔다.

드래곤이 자아를 각인하면서부터 종족 특유의 방어 능력이 돌아오고 있는 것이리라.

자신이 드래곤인지 알았을 때와 몰랐을 때의 차이점은 육체가 아닌 정신적인 부분이었다.

곧 대규모 공격 마법 등에 대한 기억까지 떠올리게 되면, 이 부근은 흔적도 남지 않고 초토화가 될 것이다.

"이 정도는 되어야 심장이 쫄깃해지는 재미가 있지."

위드는 이제야 확실히 재밌어지는 느낌이 났다.

"자, 다시 시작해 볼까!"

힘차게 군신 토르의 검으로 드래곤의 뒤통수를 내려찍었다.

영겁의 대침식

"으아아아아!"

"아버지, 어떡해요. 저러다 진짜 드래곤이 죽을 것 같아요."

"말 걸지 마라. 집중력 흐트러진다."

텔레비전을 보고 있던 아버지와 아들은 끓어오르는 흥분을 감추지 못했다.

이 순간 〈로열 로드〉의 위드의 모험을 시청하는 모든 이들은 눈을 의심할 지경이었다.

혼돈의 드래곤이란 별명으로 더 유명한 블랙 드래곤 아우솔 레토!

찬사밖에 나오지 않을 정도로 우아하고 강대하면서도 두려 움을 느끼게 하는 그 드래곤이 몸부림을 치고 있었다.

위드를 두려워하고 있는 것이다.

—주완 씨, 이게 어떻게 된 것이죠?

—말로 설명할 수가 없는 부분인 것 같습니다. 어떠한 묘수를 써서 드래

곤을 재봉인하거나 다른 곳으로 보내 버리거나 할 거라고 예상한 사람은 많았지만 진짜 자신을 일깨워 주고 싸움을 하다니요.

—역시 전쟁의 신 위드만이 보여 줄 수 있는 부분인 것 같아요. 정말 중요한 순간에 안정을 선택하는 대신에 욕심으로 가득한 짜릿함을 불러오거든요!

—현재 진행하는 퀘스트에서 위드의 무력이 매우 대단하다는 점을 감안하더라도 드래곤과 싸우는 것은……. 어휴, 저는 엄두도 나지 않습니다.

—바로 항복하는 편이 정말 현명한 선택이겠죠.

방송국의 진행자들은 신이 났다.

설명이나 칭찬을 덧붙이지 않더라도 상황이 저절로 극적으로 변해 간다.

오주완은 진심으로 감탄했다.

"조각술 최후의 비기라면 거의 인생에 단 한 번 있을까 말까 한 기회이지 않습니까? 취업이나 진학 못지않은 중요한 시기라고 할 수 있는데 이런 짓을 서슴없이 저지르다니, 역시 위드는 보통 사람이 아닙니다."

현재 진행하는 퀘스트의 성공은 그 명예 외에도 보상으로 조각술 최후의 비기를 획득할 수 있기에 더없이 중요하다. 소극적이고 안정적으로 퀘스트의 목표 달성만 노리더라도 비난할 사람은 정말 아무도 없었다.

하지만 이런 극적인 연출과 과감한 배짱이야말로 전쟁의 신 위드이기 때문에 벌일 수 있는 사건이라고 할 수 있을 터.

그가 때때로 기적을 만들어 내는 이유는, 그렇게 사고를 치기 때문이었다.

"위드의 동료로서 함께 모험을 해 본 적도 있는 신혜민 씨께서는 지금의 결정에 대해서 어떻게 생각하십니까. 무슨 생각으로 드래곤을 정말로 잡겠다는 결정을 내렸을까요."

"제 생각에는……."

신혜민은 〈로열 로드〉에서 제법 여러 번 봤던 위드의 말과 행동들, 여러 가지 모습들을 떠올려 봤다.

식당에서 음식값을 치를 때에는 귀신처럼 먼저 사라지고, 사냥 중에는 비싼 잡템 하나 안 떨어지나 분주하게 돌아가는 눈동자.

가끔 운이 좋아서 퀘스트용으로 비싸게 판매되는 아이템을 주울 때면 너무 좋아서 비정상적으로 쭈욱 찢어지는 입꼬리.

"별생각 없이 저지른 것 같아요."

"감히 범접할 수 없는 드래곤과의 전투를 어떤 구체적인 계획이나 승산 없이 아무 생각 없이 저질렀다는 말씀이신가요?"

"네."

"사람이 어떻게 그럴 수가 있죠?"

"위드 님은 원래 그래요."

"……."

방송국들의 시청률은 다시 기하급수적으로 오르고 있었다.

단순히 많은 시청자들이 보는 것에서 그치는 게 아니라, 위드의 모험은 엄청난 폭발력을 가지고 계속 화제가 되리라.

지금까지 이런 식으로 드래곤을 공격하면서 싸움을 벌인 유저는 없었기 때문이다.

드래곤 아우솔레토의 뒷머리를 때렸습니다.
드래곤의 약점 부분을 강타하여 59,291의 피해를 입힙니다. 군신 토르의 검이 적의 생명력과 마나를 흡수하고 신성력으로 상처 부위를 날카롭게 파헤쳐서 93,282의 피해를 추가적으로 입힙니다. 지능을 2% 감소시킵니다. 마나의 운영과 회복 능력을 억제시킵니다.

위드는 조금 전에 때렸던 그 부위를 다시 일점공격술로 정확하게 가격했다.

공부는 못하더라도 이런 쪽의 기억력만큼은 유별나게 뛰어났다.

어릴 때 몇 학년 몇 반이었는지는 까맣게 잊어버렸지만, 그 당시 용돈을 묻어 놓았던 땅의 위치만큼은 나이가 든 지금도 정확히 기억하고 있는 것처럼!

—어리석은 인간들. 나에게 이런 수작을 벌이다니, 멸망을 앞당기고 말았구나.

아우솔레토는 주변에 분노로 가득한 공격을 가했다.

—중력 역전!

1킬로미터가 넘는 광범위한 마나의 충격이 사람들과 건물을 거꾸로 뒤집어 놓았다.

비록 살상력이 그렇게 높은 마법은 아니더라도 드래곤의 위력을 적나라하게 보여 주기에는 이런 훌륭한 마법도 없다.

아우솔레토가 대신전의 건물 사이를 성큼성큼 전진할 때마다 독 안개가 피어올라 가까이 있는 이들을 몽땅 녹였다. 직접 앞발로 가리키는 곳에는 유성처럼 붉게 타오르는 불덩어리가 떨어져서 폭발했다.

—암석 폭발, 검붉은 독 안개 소환, 들끓는 증기, 집단 마비.

예상했던 대로 아우솔레토 주변은 삽시간에 마법에 의해 초토화되며 최소한 수천 명 이상이 죽어 나갔다.

드래곤의 마법 능력은 방어보단 역시 공격을 크게 좌우했다.

"놈이 정신을 차렸다. 사제들은 더욱 신성력을 쏟아부어라."

"믿음을 위한 희생이 요구되고 있다. 세상의 완전한 파괴는 엠비뉴께서만 할 수 있으며 우리의 손으로 이루어 내야 하리라. 저 요망한 드래곤을 처형하라!"

엠비뉴의 사제들은 드래곤을 붙잡으려고 신성력을 높이기 위한 자기희생의 주문을 외웠다. 영혼 소멸까지도 각오하면 일시적으로 12배에 달하는 신성력을 발휘할 수 있다.

공포를 알지만 신앙심에 복종하는 괴물들과 기사들도 계속 드래곤을 향하여 덤벼들었다. 그리고 허무하게 녹아 버리거나 광역 살상 마법에 의해서 소멸되었다.

—가소롭구나. 별것도 아닌 천한 인간들. 너희는 분노하더라도 고작 그 무엇도 바꾸어 놓지 못하며, 억울해하더라도 아무것도 이루지 못한다.

아우솔레토는 가차 없이 그들을 짓밟고, 마법으로 태우고 얼리고 녹였다.

수백 명 이상이 한꺼번에 얼었다가 부서지고, 공중으로 들리더니 갈기갈기 찢겨 낙하했다.

드래곤에게 덤빈 자들의 최후란 이런 것이다 하는 걸 여실히 보여 주는 광경이었다.

―비참하구나, 인간들이여! 파괴의 기쁨은 위대한 종족에게만 주어진… 케엑!

> 드래곤 아우솔레토의 뒷머리를 무지막지하게 가격했습니다.
> 드래곤의 약점 부분을 맹렬히 공격하여 91,299의 피해를 입힙니다. 군신 토르의 검이 적의 생명력과 마나를 흡수하고 신성력으로 상처 부위를 더 넓히며 113,959의 피해를 추가적으로 입힙니다. 상대의 방어력을 약화시켜서, 다음 공격부터는 4%의 피해를 더 입게 됩니다. 군신 토르의 검이 포악한 상대의 힘을 0.6% 흡수합니다.

파괴와 살육의 대현장에서도 위드만큼은 굴하지 않고 계속 엄청난 속도로 아우솔레토의 뒤통수를 내리치고 있었다.

―네놈!

드래곤이 자아를 깨달았지만 머리를 흔들고 땅을 구르며 몸부림을 치더라도 위드는 거머리처럼 그 자리에 붙어 있었다.

위드에게로도 다수의 마법이 날아왔다.

―얼음 파편의 비산.

작지만 그만큼 위험한 얼음 조각들이 아우솔레토의 머리 위에서 회오리쳤다.

위드는 몸을 숙였지만, 무수한 얼음 조각들은 갈기갈기 찢어 놓을 기세로 부딪쳐 왔다.

전사들이 가장 두려워하는 것은 상대의 검도 아니고 화살도 아닌, 마법이다. 드래곤의 마법이다 보니 그 위력이야말로 겪어 본 중에 최악!

광장처럼 넓은 땅을 우습게 뒤집고 불태운다.

인간 마법사가 지정된 주문을 외워서 간신히 발휘하는 고위 마법도 드래곤에게는 시동어를 중얼거리는 것만으로도 충분.

마나 소모는 되기나 하는 것인지 의심스러우며, 위력마저도 그 수십 배에 이른다.

여기에 살아 있는 생명체 중에서 제대로 얻어맞고 드래곤의 마법에 견디는 이는 없었다.

하지만 신의 갑옷의 능력이 마법에 대응하기 위하여 발동되었다.

> 최상급 빙계 마법을 약화합니다.
> 충격의 여파를 최소화합니다.

강철도 뚫어 낼 빠르고 단단한 얼음 파편들이 물로 변해서 비처럼 쏟아져 내렸다.

그마저도 위드에게는 저절로 갈라지듯이 비껴가서, 정작 본인은 물에 젖지도 않았다.

신의 갑옷이라더니 기대 이상의 품질.

"역시 믿고 쓰는 갑옷이로군."

—어리석은 인간. 자만할 것 없다. 내 공격은 이제부터 시작이니. 둔중한 타격, 탈골, 바람 강타, 불치병, 묵직한 어깨, 호흡 중단.

드래곤은 말의 힘으로 마법을 연속으로 발휘했다.

주변에 적들이 가득 차 있었지만 이제 그들에 대해서는 관심이 없었으며, 목표는 오직 위드!

위드는 수십 가지의 마법이 발생하여 자신에게로 다가오는 것을 볼 수 있었다.

마치 비바람 또는 해일처럼 밀려드는 각양각색의 고위 마법들이었다.

간을 김치냉장고에 보관한다는 말이 나올 정도로 다양한 경험을 해 온 위드에게도 정말로 살풍경한 광경!

> 토르 신께서 위대한 인간이며 신의 전사인 그대를 주시하고 있습니다.
> 신의 갑옷이 위력을 최대로 발휘합니다. 마법을 중화합니다. 마법의 연속적인 피해를 96%까지 감소시킵니다. 생명력의 저하에 따라 갑옷에 각인되어 있는 회복 마법이 발동됩니다.

위드의 갑옷에서 순백색의 신성한 기운이 흐르며 마법에 계속 저항했다.

특별히 강한 일부 마법들은 군신 토르의 검으로 베어서 없애기도 했다.

드래곤의 머리 위에서 휘황찬란한 빛을 뿜어내며 전투를 펼치는 위드야말로 영웅담이나 신화에 나올 법한, 독보적으로 멋진 모습이었다.

특히 블랙 드래곤 아우솔레토는 멋지고 웅장하지만 포악하고 간사하게 생긴 외모를 가지고 있어서 더욱 대비되는 효과도 있었다.

세상을 구원하기 위해서 지고의 존재인 드래곤에 대항하는 위드!

어떤 화려한 수식어도 필요 없이, 텔레비전을 보는 초등학생들이 눈물과 콧물을 쏟을 정도로 멋진 광경이었다.

물론 이런 위드가 동네 슈퍼마켓을 갈 때에는 사흘은 안 감은 머리에 구멍 난 운동복을 입고 오래된 슬리퍼를 질질 끈다는 것은 알려지지 않으리라.

마법을 발휘해도 위드를 금방 떨쳐 내 버릴 수가 없자 드래곤은 머리를 격렬하게 흔들었다.

수십 미터를 오가는 흔들림.

뿔을 붙잡는 것만으로는 이제 몸을 안정적으로 지탱하기가 불가능해졌다. 드래곤이 건물과 땅에 머리를 부딪치고 있었으니 튕겨 나가지 않는 것만으로도 다행이었다.

일점공격술은 이런 상황에서는 당연히 터트릴 수가 없다.

이때 위드의 손에서 흘러나오는 밧줄!

"이걸 가지고 있었지!"

사막의 대제로서 중앙 대륙을 침략하며 얻은 보물.

노예를 엮는 밧줄.

평범한 물건이라고 할 수도 있지만 마법이 부여되어서 최대 1킬로미터의 길이까지 원하는 만큼 늘어나며 잘 끊어지지 않는다.

위드의 손에서 흘러나온 밧줄이 드래곤의 목을 서른다섯 바퀴나 돌면서 칭칭 감았다.

한 겹으로는 몸부림을 치는 드래곤에 의하여 끊어질 수가 있다. 하지만 서른다섯 겹의 밧줄은 잘 끊어지지 않는다.

"타앗!"

위드는 뿔을 놓고 전광석화처럼 매듭을 묶으며 밧줄과 자신의 몸을 고정했다.

인형 눈 붙이고 단추 꿰매던 실력은 어디로 가지 않은 것이었다.

어디 그뿐이던가.

사막의 대제로서 입수한 아이템도 아끼지 않고 사용했다.

"이것도 먹어라!"

몸부림을 치던 드래곤이 얼굴을 하늘로 쳐들었을 때였다.

벌어진 주둥이를 향하여 크리스털을 던졌다.

말살의 불도마뱀 왕을 잡고 나서 얻은, 화염의 생추어리로 인도하는 크리스털!

분명 새로운 모험과 관련이 있을 물건이지만, 용사로서의 활동은 조각술 최후의 비기 퀘스트를 끝낼 때까지만 하기로 한 것이다.

퍼석!

드래곤은 입에 들어온 크리스털을 반사적으로 물어서 깨뜨렸다. 그러자 주둥이에서 수백 미터나 터져 나오는 불길.

—이, 입안이……!

크리스털이 깨지며 드래곤의 입속에서 화염의 대정령이 나타나 불길을 발산했다.

위드도 그 고통이 어떠할지는 짐작할 수 있었다.

갓 구운 군고구마를 먹는 정도로는 부족하다. 끓는 기름을 마시는 듯이 정신을 차리기가 힘든 고통이리라.

고통으로 날뛰다 보니 위드를 떨어뜨리려고 머리를 흔드는 행위가 줄어들었다.

"역시 비싼 게 돈값을 하는군."

이럴 때를 이용하여 드래곤의 약점에 일점공격술을 작렬시켰다.

제아무리 드래곤이 엄청난 생명력과 방어력을 가지고 있다고 해도 만신창이가 되는 것은 순식간이었다.

아우솔레토의 입속도 엉망 그 자체였다.

―이러케는 안 댄답. 지고의 조재인 나 아우소레토가 이르간 따위에게 공객을 당하고 이따니.

혀가 녹아내린 듯 꼬이는 발음!

"건방 떨지 마. 어차피 인생 꼬이기 시작하면 망가지는 건 누구나 다 마찬가지야. 그리고 나도 여기서 어디 가면 황제라고 불리는 몸이야!"

위드는 말을 하면서도 공격을 쉬거나 하지는 않았다.

방심과 게으름으로 긴 시간 준비를 해 놓고도 마지막에 정당한 보상을 제대로 얻지 못한 악인들이 하나둘이 아니었기 때문이다.

나쁜 짓을 할 때에도 성실함은 필수적인 부분!

위드가 연거푸 퍼붓고 있는 일점공격술은 드래곤의 생명력을 9% 이하까지 줄여 놓았다.

아우솔레토의 입안에서 불길이 멎기는 했다. 하지만 화염의 대정령은 위장 속으로 들어가서 계속 피해를 입히고 있었다.

드래곤의 몸이 자꾸만 들썩이는 것만 보더라도 그 피해가 엄청나다는 것쯤은 짐작이 가능했다.

―인간 따위에게 당할 수는 없다!

다시 멀쩡해진 발음으로 돌아왔지만 드래곤의 목소리에는 고통스러운 기색이 역력했다.

"당해도 싸. 아니, 한 번쯤 당해 줘도 괜찮잖아. 잘 태어난 것만으로 아무 걱정 없이 평생 떵떵거리면서 잘 먹고 잘 사는 이 더러운 세상에도 희망이 필요해!"

—모이고 휘몰아치는 극한의 바람이 불어라!

아우솔레토의 마법에 의해서 높이가 200미터나 되는 돌풍이 사방으로 몰려갔다.

드래곤을 공격하던 엠비뉴의 기사들이 바람에 휘말려서 몇백 미터씩 날아가고, 범위 내의 건물들이 폭삭 주저앉는 일격!

위드를 마음대로 하지 못하자 화풀이를 할 겸 지상의 인간들을 공격하는 드래곤이었다.

역시 더러운 꼬라지!

그러거나 말거나, 위드는 몸을 단단히 결속한 채로 공격을 지속해 나갔다.

드래곤의 비늘도 역할을 못하니 한 번씩 내리칠 때마다 엄청난 생명력이 줄어 나가고 있을 뿐만 아니라 특수 효과들까지도 계속 발동되었다.

—그오오오오! 이거… 이것은!

지상 최고의 존재 드래곤이 위드에 의해 심하게 고통스러워했다.

다른 몬스터, 인간 따위는 흔적도 없이 녹여 버릴 지독한 독 공격도 해 보았다. 하늘로 독을 쏘고 자신이 머리로 뒤집어쓰는 것이다.

하지만 위드는 신성 강림의 축복에 신의 갑옷까지 착용했기에 계속 견뎌 냈고, 설령 생명력이 부족해진다 해도 성자 아헬른의 치료 마법에 의해서 완치가 되어 버렸다.

"대제님! 역시 대제님이 해내실 줄 알고 있었습니다!"

"끝까지 버텨 내시오. 저 드래곤은 섭리에 의하면 이미 사라졌어야 마땅하오. 과연 신께서 선택한 용사답구려. 내가 그대를 계속 돕겠소. 모든 시련을 이겨 낼 수 있는 치유의 힘이 그대에게로 향하나니!"

전이는 탈출한 포로들을 지휘하여 엠비뉴 교단의 간섭을 막아 주고 있었다.

아헬른은 멀리 떨어져 있음에도 계속 치료 마법을 써서 생명력을 보충해 주었다.

회복의 숨 쉬는 고리가 위드를 감싸고 생명력이 떨어질 때마다 채워 준다.

힘을 키워 주는 축복인 파격의 일격은 1회의 공격을 즉각적으로 어마어마하게 강하게 만들어 주었다.

성자의 도움도 만만치 않게 크다 보니 드래곤은 더욱 어찌할 바를 몰랐다.

"우리의 작은 힘이라도 대제님을 도와야 합니다. 저 드래곤을 무찌를 수 있는 기회가 찾아왔습니다."

헤스티거는 엘프들에게 드래곤을 향해 계속 화살을 쏘도록 하였다.

드래곤의 신경을 분산시키도록 견제하면서 조금씩의 피해라도 꾸준히 주는 것이다.

물론 화살 공격들은 생명력을 거의 줄어들게 하지도 못했지만 드래곤을 거슬리게 만들기에는 충분했다.

화염의 대정령도 쉽게 사그라지지 않고 드래곤이 마법을 형성하는 것을 계속 방해했다.

—절대로 이렇게 끝날 수는 없다. 너희가 받아 마땅한 죄악의 형벌은 종내 피하지 못하리라.

속수무책으로 괴로워하던 드래곤이 두 날개를 활짝 펼쳤다. 그리고 아까처럼 하늘을 향하여 날기 시작했다.

거대한 체격에도 불구하고, 위드를 떨어뜨리려는 목적으로 일부러 급격하게 상승했다.

—이제 그만 내 몸에서 떨어져라.

"절대 그렇게 할 수 없지!"

하늘에서 수십 차례 회전했지만 그렇다고 해서 허무하게 손을 놓칠 위드는 당연히 아니었다.

비행 중에서도 일점공격술의 연속적인 작렬로 드래곤의 생명력만 계속 감소했다.

전투 중에 사용하기에 일점공격술은 매우 어렵고 까다로운 기술이었다.

하지만 이렇게 대형 생명체를 상대로 아예 몸에 고정시켜서 공격을 하다 보니 절반 이상은 그대로 적중을 한다.

설혹 일점공격술이 빗나간다고 하더라도 지금까지 공격으로 방어력을 낮춰 놓은 것이 있어서 막대한 피해를 입혔다.

—적어도 혼자 죽진 않는다, 인간아!

아우솔레토는 지상으로 전력을 다한 급강하를 시도했다.

구름을 뚫고 내려와서 땅이 급격하게 가까워져 왔다.

아직 제정신이 아닌 헤울러와 사제들의 모습, 그리고 드래곤이 자신의 머리 위로 떨어지고 있어서 깜짝 놀라는 포로들의 얼굴까지 보였다.

드래곤이 자신의 목숨을 걸고 벌이는 동반 자살 공격!

하늘에서는 바람에 의해 조금만 요동치더라도 무섭기 짝이 없었는데, 아예 죽을 작정으로 지상을 향하여 전력으로 떨어져 내려오는 것이다.

"좋았어. 그렇다면, 어차피 같이 죽는 거야!"

위드는 마지막까지 손을 놓지 않기로 했다.

이판사판.

죽음이 겁난다고 해서 드래곤을 풀어 준다면 다시 이런 기회를 언제 또 잡을 수 있겠는가.

드래곤이 지금처럼 피해를 입어서 약해지기도 힘들고, 사막의 대제와 같은 퀘스트로 레벨을 올리는 일도 쉽게 이루어지는 것이 아니다.

만약 드래곤이 처음부터 제정신이었다면 인간들이 다가오지도 못한 먼 거리에서 광역 마법으로 안전하게 쓸어버렸을 것이다. 어중간한 공격들은 어마어마한 생명력에는 별 피해도 주지 못했을 게 틀림없다.

어쩌면 드래곤이야말로 인간들로서는 한참 동안 사냥이 불가능한 존재이고, 더 높은 레벨과 확실한 계획, 특수한 아이템, 장비를 잔뜩 맞춰야만 도전을 시도해 볼 수 있으리라.

현재로써는 이런 방식의 퀘스트를 통해서만 그 위엄에 범접할 수 있을 가능성이 조금이나마 있었다.

―어서 떠나라!

"싫어! 우리 오붓하게 같이 죽자."

—인간이여, 생명이 아깝지 않은가?

"아깝지. 이렇게 다 끝낸다면 억울하고 아쉬울 거야. 그래도 널 놓칠 순 없어!"

—이성적으로, 합리적으로 생각하라. 나를 놓아주면 절대로 너를 적대하지 않을 것을 드래곤의 이름으로 약속한다.

"백번을 생각해도 마찬가지야! 내가 풀어 주면 넌 잘 먹고 잘 살 테니까 얄미워서라도 안 돼! 그리고 네 말을 믿느니 정치인들을 믿겠다."

위드의 인생 목표는 안정적인 공무원이 되는 것이었지만, 그렇다고 당첨되기 직전의 로또를 내놓고 싶지는 않았다.

일확천금의 목표가 바로 손에 잡힐 듯 말 듯 한 상황에서는 목숨보다 귀한 것이 돈!

엄청난 재물 덩어리라고 할 수 있는 드래곤과 동반으로 목숨을 잃는다면 그것도 꽤나 나쁘지 않은 결과가 아닌가.

하필이면 걸려도 욕심 많은 위드에게 잡힌 것이 드래곤 아우솔레토의 불행이었다.

아우솔레토는 지상을 향해서 충돌할 것처럼 떨어져 내렸지만 망설이다가 결국 20여 미터를 남겨두고 방향을 바꾸었다.

"꾸엑!"

콰과과광!

땅에 스치듯이 아슬아슬하게 지나쳐 감으로써 괴물들이 튕겨 나가고 건물들이 부딪쳐서 무너졌다.

드래곤이 일으킨 바람의 여파로 인해서 휘말려서 나가떨어진 이들도 최소 400명 이상이었다.

아우솔레토는 모든 이들이 죽기를 원했지만 자신의 생명만큼은 잃고 싶지 않아서 자살도 못 했다.

"네가 그럴 줄 알았지. 원래 있는 놈들이 더 아까워하는 법이거든!"

위드는 드래곤이 무슨 짓을 하든 일점공격술을 계속 가했다.

아무 생각도 나지 않을 정도의 이판사판!

아우솔레토는 하늘에서 괴로워하며 움직임이 점점 감소하고 있었다.

—이, 이런 결과는…….

이제는 생명력도 6% 이하가 되었다.

위드의 현재 공격력은 일점공격술이 아니더라도 막강해서, 온갖 부수적인 피해들을 입히며 드래곤을 약화시켰다.

신검의 능력에 의해서 블랙 드래곤의 몸을 점점 신성력이 휘감고 있는 것이다.

현실에서 절대로 존재하지 않을 것만 같은 빠르고 격렬한 전투였다!

—어떻게 인간 따위에게… 특히 너처럼 비겁한 거짓말쟁이 따위에게 당해 이런 위기에 놓이다니, 용납할 수 없다.

"인간처럼 독하고 양심 없는 존재도 드물지. 그래야 성공하는 세상이니까. 그리고 다 뿌린 만큼 거두는 거야. 내가 착하게만 살았으면 넌 더 활개 치고 나쁜 짓을 벌일 거잖아."

위드는 말 한마디에서도 밀리려고 하지 않았다.

드래곤은 지성이 뛰어난 고등 생명체이다. 즉, 수치화는 되

지 않겠지만 화병으로 정신적인 피해를 입히는 것도 가능하지
않겠는가.

　—네가 생각하는 만큼 간단하게 끝나진 않으리라. 파멸이 너
희 모두에게 가까이 다가가 있다.

　아우솔레토는 마법을 사용하기 시작했다.

　그리고 위드는 뒤통수를 힘차게 강타했다.

> 치명적인 일격을 가했습니다.
> 상대방이 외우고 있는 마법 주문이 취소됩니다.

　—모든 것이 끝장날 것이다. 여기에서 살아남을 생명은 아
무도 없다. 이 땅에 깃든 모든 생명들아, 너희는 깊고 어두운
속으로 내려가 암흑만이 자리하게 될지니…….

> 치명적인 일격을 가했습니다.
> 상대방이 외우고 있는 마법 주문이 취소됩니다.

　위드의 공격에 의해서 마법이 몇 차례나 중단되었지만, 아우
솔레토는 더 이상 움직이지 않고 하늘에 둥둥 떠서 계속 마법
을 외웠다.

　공격을 당하면서도 도망치거나 벗어나려고 하지 않고 원독
에 차서 외우는 주문.

　'이건 뭐지? 보통의 마법과는 다른 것 같다.'

　위드도 사태의 심각성을 느꼈지만 공격으로 마법을 취소시
키는 것 외에는 특별히 어떻게 대처할 방법은 없었다.

　드래곤의 마법은 인간들에 비해서 시간을 비교하는 게 불가

능할 정도로 빨리 진행된다.

계속 취소시키려고 무던히도 애를 썼지만, 드래곤도 끈질기게 주문을 반복해서 외웠다.

"이놈이!"

아우솔레토를 향하여 모여드는 광활하고 방대한 마나는 그 경계를 알 수 없어서 드넓은 바다를 연상시킬 정도였다.

소름 끼칠 정도로 어마어마한 마나가 드래곤에게로 몰려들어 가고 있다.

위드도 온몸의 피부가 곤두서는 것만 같은 이상한 느낌을 받았다.

층층이 쌓여 있는 마나를 뚫지 못하여 공격이 차단되었습니다.

마나가 비정상적인 외부의 영향을 받습니다.
달빛 조각 검술의 스킬이 취소되었습니다.

그리고 완성된 마법 주문.

—완전한 파멸이 이 땅에 오리라. 영겁의 대침식!

아우솔레토가 시전한 마법은 궁극의 파괴 마법인 영겁의 대침식!

"영겁의 대침식이라고? 그렇다면 땅과 관련이 있는 건데."

위드는 잠깐 대지 계열 궁극 마법들에 대해서 떠올렸다.

보통 대지 계열의 마법은 전투 중에 자주 사용되지는 않는 편이었다.

위력도 약하고, 전투 중에 즉각적인 효과도 없다. 다만 벽을 만들거나 해서 몬스터들을 가로막거나 미끄럽게 하는 정도는 흔하게 쓰인다.

'그래도 드래곤이 쓸 정도의 궁극 마법이라면 유성 소환 수준일 텐데.'

유성 소환이라고 한다면 마법 스크롤을 구해서 이미 써 본 바도 있지만 어마어마한 규모를 자랑했다.

몬스터를 목표로 하는 마법이 아니라 그 지역을 완전히 끝장내는 위력에 가깝다.

성이나 도시, 그 무엇도 유성 소환의 충격 앞에서는 남아나지를 않는다.

직접 맞지 않더라도 그 충격파가 엄청난 속도로 휩쓸고 지나가면서 전부 끝장내 버렸다.

수백 미터 범위의 땅이 깊게 파이고, 반경 1~2킬로는 정상적으로 남아나는 게 없다.

물론 엠비뉴 교단에서는 신성력과 같은 특수한 권능으로 잠깐 살아남기도 할 수 있지만, 위드도 죽을 뻔했다.

'잠깐! 영겁의 대침식이라면 어디서 본 적이 있어.'

위드는 뒤늦게 기억을 떠올렸다.

사막의 대제로서 활동하며 입수한 책자에 영겁의 대침식에 대해 기록되어 있는 걸 본 기억이 났다.

베르사 대륙의 기괴한 지형에 대한 이야기 #8

에스계해에 있는 판데스 군도. 17개의 돌섬으로 이루어진 군도는 중앙부를 두고 마치 바다에서 솟구친 것과 같은 모습을 하고 있다.

오래전 옛날, 판데스라는 큰 섬에는 악명 높은 해적들이 살았다고 한다. 인어들을 길들여서 해적선을 끌게 한 그들은 해룡 레비타우스의 분노를 샀고, 곧 그들이 기지로 삼던 판데스 섬은 드래곤의 마법에 적중되고 말았다.

영겁의 대침식!

처음에는 지진이라도 일어난 것처럼 땅이 흔들리더니 소용돌이치듯이 점점 빠르게 돌기 시작했다. 그러더니 끔찍한 회오리가 일어나서 대지를 빨아들였다. 흙과 바위, 사람, 식물…… 그 무엇도 가리지 않았다. 모든 것들이 깊숙한 땅속으로 집어삼켜졌고, 하늘을 날아다니던 새들까지도 흡입력을 이기지 못하고 끌려들어 갔다.

그 후로, 정말 경악할 만한 일이지만 판데스 섬은 완전히 산산조각이 나서 사라지게 되었다. 섬이 있던 자리와 멀리 떨어진 바닷가에는 17개의 기괴한 절벽 같은 군도만 남아 그때의 흔적을 조금이나마 보여 주고 있다. 동물도 살지 못하는 작은 군도이지만 가끔씩 인어들의 노랫소리를 들을 수 있다.

마법사들은 판데스 군도로 가서 약간의 지식을 찾을 수도 있을 것이고, 모험가들은 토양을 분석하여 상당한 경험과 안목을 쌓을 수 있으리라.

간단히 요약하면, 영겁의 대침식은 아예 그냥 지형 자체가 박살 나는 것이었다.

"대신전이 부서지는 정도로 그치지 않고 아예 송두리째 사라져 버리겠군."

영겁의 대침식이 어떤 것인지 이해한 후에도 위드는 아우솔레토를 향한 공격을 멈추지 않았다.

마법을 사용하는 데 막대한 마나를 써 버렸는지, 드래곤은 더욱 움직임이 굼떠졌다.

—그만, 이제 그만해라! 내 이야기를 귀 기울여서 들어라. 아직 너와 내가 살 수 있는 기회는 있다.

위드는 일점공격술을 계속 터트리면서 물었다.

"뭔데? 말이나 해 봐."

—나는 오랜 잠에서 깨어나서 전투를 치르면서 지치고 많이 다쳤다. 인간인 네가 쉽게 알아들을 수 있도록 다시 말하자면, 죽음을 앞두고 있는 것이다.

"그래서?"

—우리가 서로 화해를 한다면 싸움을 중단하고 재빨리 여기를 벗어날 수 있으리라. 인간이여, 이곳은 영겁의 대침식에 그무엇도 살아남지 못할 것이다. 너의 소중한 하나뿐인 생명을 구하지 않겠는가?

"괜찮아. 신경 써 줘서 고맙지만 그렇게까지 해서 살고 싶진 않거든."

—현명한 판단을 해라. 조금만 이성적으로 차분하게 생각을 한다면 생명을 아낄 수 있다. 죽고 난다면 이러한 싸움이 무슨 소용이겠는가.

"시끄러워. 내일 이 대륙이 멸망하더라도 너는 죽인다."

대지 계열의 마법은 발동이 느리다.

하지만 영겁의 대침식이 일어나게 되면 어떤 상황이 벌어지게 될지는 전혀 예측할 수가 없었다. 그렇더라도 아우솔레토만큼은 처리하고 봐야 하지 않겠는가.

위드의 반복되는 공격은 드래곤의 생명력을 최악으로 이끌어 갔다.

─그오오오오오오! 분하고 원통하다. 대륙을 파멸시킬 자격이 있는 나 지고한 아우솔레토가 한낱 인간 따위에게 이렇게 굴욕을 당하다니.

위드가 몸에서 떨어져 나가기만 한다면, 그리고 충분한 시간만 주어진다면 잃어버린 생명력을 회복할 수 있을 텐데!

아우솔레토는 거친 비명을 지르면서 하늘 높은 곳으로 올라갔다.

구름을 뚫고 수직으로 끝없이, 높고 높은 하늘을 향하여 날아갔다.

치명적인 일격이 터졌습니다!
413%의 절대적인 피해를 추가합니다. 상대방의 힘과 맷집을 감소시켜서 무력화 상태로 이끌어 갑니다. 군신 토르의 검이 92,939의 신성 대미지를 가합니다.

드래곤을 상대로 25회의 연속 공격이 성공하면서 민첩이 2 오릅니다.

위드는 공격이 작렬할 때마다 떠오르는 메시지조차 더 이상 보지 않았다.

드래곤을 공격하는 일이다 보니 그럴 겨를도 없었고, 아우솔레토가 죽어 가고 있다는 게 감소하는 활동력에서 저절로 느껴졌다.

아우솔레토를 죽이고 나서 자신이 과연 살아남을 수 있을지의 문제까지 고려할 수는 없었다.

아우솔레토를 사냥하는 것이 최우선!

—이렇게 죽고 싶지 않다. 드래곤인 내가 죽음을 강제적으로 경험해야 하다니…….

"고맙다, 내 손에 죽어 줘서!"

블랙 드래곤 아우솔레토.

절대적이라고 일컬어질 정도로 강대한 힘을 가진, 범접할 수 없는 존재 드래곤.

하늘을 향하여 수직으로 솟구치던 아우솔레토의 움직임이 갑자기 멎었다.

그리고 몸 주변을 보호하기 위한 마법 장벽도 걷히면서, 서서히 바람이 불어오기 시작했다.

드래곤의 머리끝에서부터 회색빛이 퍼져 나가더니 몸 전체가 뜨거운 불길에 휩싸였다.

'이것은 설마…….'

위드조차도 스스로 한 일이 믿기지 않았다.

레벨이 올랐습니다.

레벨이 올랐습니다.

레벨이 올랐습니다.

레벨이 올랐습니다.

베르사 대륙을 파멸로 이끌려고 하던 혼돈의 드래곤 아우솔레토가 영원한 안식에 들어갔습니다.

불가능에 도전한 업적으로 인하여 명성이 79,398 올랐습니다.

베르사 대륙의 질서 자체이던 드래곤이 목숨을 잃었습니다!

누구도 넘볼 수 없는 전투 경험으로 모든 스탯이 8씩 늘어납니다.
특히 투지가 10만큼 더 상승하며 특수한 위엄 스킬을 획득합니다.

드래곤 피어에 맞서는 자
드래곤을 사냥한 자의 투지는 약한 이들이 견딜 수 있는 것이 아닙니다. 몬스터들이 공포에 질려서 최소 10%에서 60%까지 약해집니다.

고되고 힘든 전투의 승리로 인해 전투와 관련된 모든 스킬들의 숙련도가 최소 27% 이상 오릅니다. 아직 초급 수준에 머물러 있는 전투 스킬들은 단숨에 4레벨 이상 상승하게 될 것입니다.

위대한 전투의 승리로 통찰력 스탯이 생성되었습니다.

위드의 입가가 감동으로 파르르 떨렸다.

"정말 나에게 이런 날이 오다니."

최초로 드래곤을 사냥한 자!

그 명예의 값어치는 무엇으로도 바꾸기 힘들 정도이겠지만, 위드도 설마하니 진짜 아우솔레토를 죽이게 될 거라고는 미처 생각하지 못했다.

이미 825나 되던 레벨이, 얼마나 많은 경험치를 얻었는지 한 꺼번에 무려 4개나 오를 정도였다.

그러한 감격의 순간도 잠깐이었고, 위드는 곧 자신이 해야 할 일을 알았다.

"단 하나도 놓칠 수 없지!"

샤샤샥!

사냥 후의 집중력이 최대로 발휘되는 순간!
전문적인 경험을 통해서 전리품을 공중에서 수거했다.

잿빛 호수의 신비한 무언가가 묻혀 있는 지도를 획득하였습니다.

실버 드래곤 유스켈란타의 거울을 습득하였습니다.
특별한 퀘스트와 연관이 있는 아이템으로, 시공을 초월하여 잃어버리지 않
고 귀속됩니다.

마법이 봉인되지 않은 완전한 마나석을 68개 얻었습니다.
이 어마어마한 물량은 올바르게 사용된다면 마법학을 크게 발전시킬 수 있
으며 신기원을 열어 갈 것입니다.

블랙 드래곤의 뼈를 208개 획득하였습니다.

블랙 드래곤의 비늘을 3,494개 획득하였습니다.

블랙 드래곤의 검은 수염을 43개 획득하였습니다.

드래곤의 생명과 마나의 원천인 심장을 획득하였습니다.
이 신선한 심장은 소유하고 있는 이에게 높은 밀도의 마나를 제공해 줍니다.
심장을 매개체로 모든 분야의 고급 마법을 사용할 수 있습니다.

심장을 제외하고는 대부분이 재료인 아이템들!
특별히 가공하지 않으면 당장은 쓰기에 어려움이 있겠지만
그럼에도 가슴 벅찬 뿌듯함이 있었다.

호주머니에는 잔돈 몇 개밖에 없더라도 은행 잔고가 몇억이라면 당연히 넉넉한 기분이 들 테니까.

"그래 봐야 원래의 세상으로는 가져가지도 못할 물건들이겠지만."

그 직후 허탈감과 상실감도 진하게 느껴졌다.

토르의 신검이나 갑옷 같은 물건들도 가져만 간다면 이만저만한 보물이 아닐 테지만 퀘스트를 끝내면 다 놓고 떠나야 하리라.

멀리 떨어져 있어서 미처 회수하지 못한 아우솔레토의 비늘과 뼈들이 흩어져서 지상으로 떨어지기 시작했다.

위드도 지상을 향해서 느릿하게 내려오고 있었다.

높은 하늘에서 부는 시원한 바람을 얼굴에 맞으면서 땅에 닿으려면 몇 분은 족히 걸릴 정도로 느린 속도였다.

조금 전에는 전투의 와중이라 경황이 없어서 알아차리지 못했지만, 위드가 드래곤과 함께 높은 하늘로 솟구치는 순간 성자 아헬른이 평온한 추락이라는 일종의 비행 마법을 걸어 준 것이었다.

괜히 성자라는 수식어가 붙은 게 아니라는 걸 증명이라도 하듯이 그 지속 시간은 2시간이 넘어서, 위드는 마음껏 여유를 부릴 수 있었다.

지상은 몰려온 몬스터들과 엠비뉴 교단의 마물들 그리고 탈출한 포로들로 아비규환이었지만, 위드가 있는 하늘은 한가롭기만 했다.

띠링!

"아싸!"

위드의 입가에 탐욕 어린 미소가 맺혔다.

바드레이와 헤르메스 길드의 수뇌부는 북부의 점령 지역 선술집에 모였다.

북부 정벌이 한창 벌어지고 있었지만 전투에 대한 승리 보고들뿐이다. 베르사 대륙의 중앙부를 단단히 움켜쥐고 있는 그들은 조금도 긴장감을 느끼지 않았다.

중앙 대륙에 있는 귀한 보물과 사냥터를 그들의 것으로 하여 힘을 키우기에도 바빴다.

헤르메스 길드는 이미 사상 초유의 힘을 가지고 있으면서도 아예 남들이 넘보지도 못할 정도로 강력한 전력을 쌓아 가고 있었다.

'이것이 나의 방법이지.'

바드레이는 마스터 퀘스트도 중단에 방치해 둔 채로 더 이상 진행하지 않았다.

골치 아프고 시간이 오래 걸리는 퀘스트에 열을 올리기보다는 확실한 이득을 취한다.

다른 세력의 영역에 있어서 갈 수 없었던 최고의 사냥터들을 섭렵하면서 레벨 510을 넘겼다.

뛰어난 정보망을 이용하여 흑기사와 관련된 스킬들도 획득!

흑기사의 직업적인 특성에 걸맞은 '반란의 날'이라는 스킬도 얻어 냈다.

한 달에 하루밖에 쓸 수 없지만, 불굴의 힘을 발휘하며 부하들의 능력을 2배 이상으로 향상시킨다.

또한 일정량 이상의 마나가 담겨 있지 않은 원거리 공격은 모두 무효로 만든다.

바드레이를 위한 헤르메스 길드의 준비들은 이것으로도 부족했다.

학자와 마법사들은 여러 왕궁에 보관되어 있던 퀘스트와 관련된 책들을 읽었다.

대륙의 중요한 비밀들은 여러 왕궁의 도서관이나 왕궁에만 숨겨져 있는 경우도 있었다.

그렇게 알려지지 않은 검술 마스터에 대한 정보를 획득하여, 레가드 성 지하에 있는 성벽을 모험가들이 살피는 중이었다.

어떤 검술 마스터 스킬이 숨겨져 있을지는 모르지만 찾아내기만 한다면 바드레이와 헤르메스 길드의 전투 능력은 더욱 강해지게 되리라.

'남보다 앞서게 되면 쉽고, 빠르고, 편한 길을 선택할 수가 있지. 좀 더 많이 가지고 격차를 벌려 나간다. 이것이 나의 방법이다.'

바드레이는 자신의 왕도를 찾아냈다.

한때는 경쟁자로서 위드가 부각되면서 자신도 할 수 있다는 욕심이 나기도 했다.

하지만 더 이상은 위드와 퀘스트를 겨루면서 명성을 경쟁하지 않기로 결심했다.

제국의 국력을 키우고, 자신의 전투력을 범접할 수 없을 정도로 끌어올린다.

이것이야말로 진정한 베르사 대륙의 지배자이며 황제가 나아가야 할 길이라는 생각이 들었다.

대륙에 대한 지배를 공고히 하면서 누구도 덤비지 못할 힘을 갖는다.

헤르메스 길드를 기반으로 한 통치는 절대로 깨어지지 않을 강력한 힘이 되리라.

실상 20만이 넘는 방대한 헤르메스 길드 유저들 중에서 멀고 험한 북부까지 떠난 유저들은 5만 명 정도에 불과했다.

그들만으로도 정규군에 속해 있는 병사들과 기사들을 통솔하고, 마법병단의 힘을 활용하여 북부를 초토화시킬 수 있다는 판단에서였다.

물론 그것만으로도 북부를 우습게 도모할 수 있을 정도로 어마어마한 전력이다.

일반 유저들의 입장에서는 헤르메스 길드에 속해 있는 유저라는 사실만으로도 특별하게 느낄 정도로 평균 레벨이 높았다.

완전한 절망 작전.

북부의 유저들이 최후의 한 줌의 희망마저도 잃어버리게 만들기 위해서는 정면에서 무릎을 꿇려야 한다.

모든 도시들을 부수고 마을을 약탈하며 사람이 살아가기 어려운 땅으로 만든다.

북부를 황폐화시키면 사람들은 어쩔 수 없이 중앙 대륙에서 헤르메스 길드에 굴복하며 살아가게 되리라.

"레트로 님도 오셨군요. 요즘의 활약 잘 보고 있습니다."

"판드로스 성의 내정 상태가 훌륭하다던데, 조만간 시간을 내서 방문을 해도 되겠습니까?"

"성 부근에 방대한 초지가 있어서 목장 운영이 특별히 잘되고 있습니다. 오신다면 기꺼이 잘 키운 명마라도 1마리 내어 드려야죠."

하벤 제국의 영주들과 고위 귀족들은 화기애애한 대화를 나눴다.

어딘가에서는 전쟁이 벌어지고 있지만, 대륙에서 최고의 능력을 가진 강자들은 후방에서 여유롭게 맥주를 마실 수 있을 정도로 한가했다.

"오늘 위드의 퀘스트에 대해서 어떻게 생각하시는지……."

"최후를 맞이하기에는 적당하겠지요. 그리고 지금 시대로 돌아오면 우리 하벤 제국에 의해서 밀릴 것이고 말입니다."

"하하, 물론 제 생각도 그렇습니다."

바드레이가 있는 선술집에는 최소 200명이 넘는 유저들이 모였다.

북부군과 함께 전쟁에 따라온 지휘관 유저, 헤르메스 길드의 요직에 임명된 유저, 중앙 대륙의 성주.

이름깨나 알려진 유저들이 황제 바드레이의 눈에 들기 위해서 선물들을 싸 들고 온 것이다.

"북부의 저항이 예상과 달리 만만치는 않은데요."

"수그러들 것 같으면서도 계속 덤벼드니 원. 포기할 때도 되었는데 말입니다."

"하지만 우리 하벤 제국군에게는 한나절 상대할 거리도 되지 않지요. 중앙 대륙 최후의 쟁탈전에서 연합군들을 상대로 할 때에는 그래도 무시 못 할 강자들이 꽤 있었는데. 이건 그냥 밟고 지나가면 됩니다."

"현재 보급대나 점령 지역을 공격하는 시도는 꽤나 피해를 입히고 있지 않습니까?"

"그래서 보급대를 호송하는 인원을 대폭 늘렸는데도 불구하고 신출귀몰한 출연으로 인해서 계속 당하고 있답니다."

"저런, 그건 안 좋은데요. 라페이도 해결을 하지 못할 정도랍니까?"

"우리 군대에 보급하는 양이 워낙에 많다 보니 빈틈이 생기는 것도 어쩔 수는 없는 노릇이지요. 점령 지역도 한꺼번에 넓어지고 있고 요새 따위가 없으니 수비에도 어려움이 있고. 그래도 보급에 차질이 생겨서 전쟁에 무리가 갈 정도는 아닙니다. 전투 물자의 보급이 넉넉하게 이루어지고 있으니까요."

선술집의 구석에서는 유저들끼리 눈치를 보며 조용히 뒷담화가 이루어지기도 했다.

헤르메스 길드가 커지고 난 이후 영입된 고레벨 유저들에게는 특별한 충성심 같은 건 없다.

강한 세력에 속해서 살아가는 게 편하다는 이유로 눈치를 보다가 함께하는 이들이 많았다.

막상 헤르메스 길드에 들어오고 나서는 그 강대한 세력과 포부, 일관된 계획에 동참하게 된 걸 행운으로 여기며 만족스러워했다.

그들이 보기에 하벤 제국의 전력이 10 정도라면 북부는 1이나 2 정도밖에는 되지 않는다.

경제력, 군사력, 도시의 숫자, 개발되어 있는 국토 면적, 도로의 길이, 인구, 국력에서 무엇도 비교 대상이 아니다.

숫자만 많은 오합지졸의 모임이다 보니 진정한 힘 앞에 곧 굴복하지 않겠냐는 생각을 다들 가지고 있었다.

"모험이 시작되는군요, 후후후. 다들 잔을 들고 위드가 몰락하는 모습을 지켜봐 줍시다."

"물론입니다!"

"북부의 점령과 초토화에 앞서서 재미있는 구경거리가 될 겁니다."

"헤르메스 길드 만세!"

헤르메스 길드의 유저들은 포도주를 시켜 놓고 마시면서 여흥을 즐기기로 했다.

자신들은 이미 유일의 강대한 세력이고 대륙을 통일할 날도 얼마 남지 않았기에 보이는 여유였다.

하늘로 오르는 탑이 무너질 무렵까지만 해도 입가에는 웃음이 넘쳤다.

"허헛, 제법 고생을 하는군요. 워낙 무식하다 보니 어쩌다 저런 행운이 따르기도 하지요."

"위드가 인기가 있는 이유가 다 저런 것 아니겠습니까. 저런 식으로 악착같이 발버둥 치는 모습들이 비슷한 수준의 놈들에게 헛된 희망을 조금 주니까 말입니다."

"저렇게 날뛰어 봐야 바드레이 님이 검 한 번 휘두르면 금방 죽어 버릴 텐데요."

"뭐, 퀘스트니까 지금은 엄청난 능력을 보이고 있지만 다시 돌아오면 끝이죠. 설마 저 능력을 갖고 돌아오지는 않을 거 아닙니까."

초보들에게는 가히 밤하늘의 별과도 같은 존재들, 레벨이 400대 초중반에 이르는 유저들도 바드레이를 위한 아첨의 말들을 했다.

능력 있는 사람에 대한 아부야말로 사회생활에 있어서 부드러운 기름칠과도 같았다.

그러나 헤르메스 길드의 유저들도 속으로는 느끼고 있었다.

'저거 진짜 장난 아닌데?'

'야, 퀘스트를 이런 식으로 진행하나? 무슨 스케일이 이렇게 커! 나도 해 보고 싶다. 근데 아마 난 절대 안 되겠지.'

'생존 확률이 있긴 한 거야? 이건 시간제한까지 있는 퀘스트였지. 그러면 도대체 무슨 수로 깨라는 거야.'

'대박은 대박이다. 시청률이 아주 높겠군. 또 당분간 영웅이 되면서 재방송 계속하겠네.'

헤르메스 길드의 유저들은 겉으로는 아무렇지 않은 척하면서 방송을 봤다.

"진행자가 위드 칭찬을 너무 많이 하는군요. 따지고 보면 별것도 아닌데 말입니다."

"그러게요. 여기 있는 누구라도 저런 기회가 주어진다면 위드보다 더 시원하게 날뛸 수가 있었을걸요."

"전쟁의 신 같은 식상한 표현도 이제 끝낼 때가 되었죠. 대륙의 정복자? 그거야 뭐, 퀘스트 중에서나 나오는 말이고요."

바드레이는 자신을 추앙하며 따르는 부하들을 적절히 관리하기 위해서 매사에 상당한 권위를 앞세웠다.

많은 사람들의 앞에서는 말을 많이 하지 않지만, 때때로 과감한 결정을 내리기도 하고 지위에서 비롯된 권력으로 강제로 따르게 만든다.

바드레이는 겉으로는 태연하게 맥주를 마시면서 위드의 모험이 중계되는 대형 마법 수정구를 보고 있었다.

'위드가 전투에 관한 감각에서 놈은 나보다 뛰어난 면이 있다. 그건 쓸모가 많고 중요하지. 그렇더라도 한곳만 정확하게 계속 때리는 공격술도 완벽하게 익혔고, 격차는 별로 없을 것이다. 다른 특별한 기술을 또 만들어 내면? 그것도 내가 배우고 익힐 수 있을 것이다.'

방송을 보면서 위드의 행동이나 감각을 분석해서 자신의 것으로 만들고 있으니 위드도 더 이상 자신에 비해서 앞서 나가는 것이 없으리라.

어쩌면 조금은 불쌍하다는 생각도 들었다.

먼 과거로 가서 모험을 하며 헤르메스 길드의 골칫덩이가 되어 가던 엠비뉴 교단을 아예 뿌리째 뽑아 놓고 있지 않은가.

위드는 내버려 두면 매우 유익한 일을 벌인다.

그 대가로 그가 얻는 건 북부의 초토화일 테니, 자신을 비롯해서 헤르메스 길드에서는 틀림없는 악역을 하는 것이었다.

'확실하게 짓밟아 주지. 본보기로 삼기 위해서 정당성이나 이유 따위는 중요하지 않아. 사람들은 결국 힘 앞에 굴복하기 마련이니까.'

바드레이를 포함한 헤르메스 길드원들은 흥겨운 마음으로 방송을 지켜보았다.

위드가 드래곤의 등에 탈 때도 그 여유는 깨어지지 않았다.

'음, 기가 막히는군.'

'나, 참. 멋있는 건 혼자 다하는 거 같은데.'

'아… 진짜 전쟁의 신은 신이네. 어떻게 드래곤의 등에서 화살을 쏴서 다 맞히냐.'

'저거 가능한 거야? 난 궁수인데도 해 본 적이 없는데 원래 되는 건가. 그래도 난 아마 안 될 거야.'

부러움 가득한 속마음과는 달리 선술집은 위드를 비난하는 말들로 시끌벅적했다.

그리고 위드가 드래곤과 싸우다 마침내 승리를 거두는 순간, 개미가 기어가는 소리도 들릴 만큼 조용해졌다.

최종 단계

위드에 의해 드래곤이 목숨을 잃었다.

모두가 경악을 하고 있는 이 순간에도 목적을 가지고 부지런히 움직이는 유저들이 있었다.

"이번엔 이곳이 맞는 거겠죠?"

"틀림없습니다."

"그 말이 벌써 열두 번째인 거 몰라요?"

제피는 로뮤나, 이리엔, 수르카, 화령, 벨로트와 함께 팔로스 제국의 보물, 이른바 위드가 꿍쳐 놓은 뒷주머니를 찾기 위해 돌아다니고 있었다.

산더미와 같은 보물이 어딘가에 있을 텐데 어떻게 게으름을 피울 수가 있겠는가.

제피는 주위를 둘러보고는 한숨을 내쉬었다.

"그래도 어떻게… 숨겨도 이런 지형에다 숨길 수가 있는 것인지."

"절대 아무도 안 올 것 같은 장소이기는 하죠."

북부 대륙에서도 이런 장소가 있으리라고는 누구도 몰랐을 것이다.

늪지대를 건너고, 낙엽이 턱까지 쌓여 있는 깊고 복잡한 숲길을 3시간 넘게 걸어왔다.

뭐, 이 정도야 충분히 찾아올 법한 장소다.

몬스터 무리가 우글거리는 장소에 보물이 있다면 더 골치가 아팠을 테니까.

하지만 위드가 사막 전사들에게 남겨 놓은 말이 문제였다.

"아무도 찾지 못할 장소에… 음, 그러니까 인적이 뜸하거나 아예 없으면 더 좋겠지. 그리고 누구도 보물이 있다고 알아서는 안 된다."

하늘처럼 존경하는 대제왕의 말씀이기에 사막 전사들은 그 말을 충실하게 받들었다.

"마을과 도시는 안 되겠군."

"평범한 산속도 안 될 것이네."

"강물에 모두 빠뜨리는 건 어떻겠는가?"

"괜찮은 의견이기는 한데, 홍수에 쓸려 나가 버리기라도 하면 곤란하지 않겠나."

인간, 오크, 엘프는 물론이고 고블린도 가지 않을 만한 길들만 계속 찾아서 이동했다.

화산이 시커먼 연기를 뿜어내는 지역도 지나가고, 산맥을 헤매고 동굴 속을 헤매 다녔다.

그리고 깊은 산속에 있는 호수에 이르러서야 사막 전사들은 결정했다.

"이곳이 좋겠군."

"절대 아무도 찾아오지 않을 장소야."

"당연하지. 인간을 포함해서 어떤 종족도 이 주변에서는 살아가지 않을 것이네."

이름도 모르는 호수의 밑바닥에, 사막 전사들은 공식적으로는 왕국을 통째로 살 만한 보물을 묻고 떠났다. 실제로는 팔로스 제국의 후기에 부정부패가 극에 달하면서 진정한 보물들은 상당수가 많이 빼돌려지기는 했지만.

그 후로 길고 긴 시간이 지나면서 호수의 물은 메마르게 되었고 진흙탕으로 변했다.

벨로트가 치맛자락을 걷어 올리며 투덜거렸다.

"여기는 갯벌 같은 느낌이에요. 금방이라도 꼬막과 바지락이 나올 것 같아요."

다른 일행도 동감이었다.

무릎까지 푹푹 들어가는 이 넓은 땅에서는 움직이는 것도 쉽지가 않았다.

페일은 특별히 다른 일이 있다면서 이번 탐사 모험에 따라오지 않았다.

어떤 일이든 맡겨 놓으면 확실하게 처리해 주는 착한 남자 페일이 없으니 수고스러워도 직접 움직여야 했다.

수르카가 주변을 둘러보며 말했다.

"주변 풍경도 형편없잖아요. 금방이라도 귀신이 나올 것 같고요."

듬성듬성 자란 메마른 나무들은 잎사귀도 없이 앙상한 가지만을 드러내고 있었다.

바람이 불어오면 나뭇가지들이 서로 부딪치면서 음산한 소리를 냈다.

"에고, 여기에도 없는 걸까요?"

로뮤나는 삽으로 땅을 마구 파헤쳤다.

마법사로서 체력이 약한 탓에 당연히 힘은 들었지만 절대 포기할 수 없었다.

보물에 대한 여자들의 집착은 절대 남자들보다 덜하지 않았기 때문!

"뭐, 그렇더라도 이 부근 어딘가에 보물이 있다는 소문이 있으니 계속 파 보도록 해요."

"물론이죠!"

사막 전사들의 행적은 분명히 이곳으로 이어졌다.

하필이면 호수에 보물을 묻어 놓았던 데다 지형이 상당히 변한 탓에 구체적인 위치를 추정하기란 불가능했다. 그렇기에 마구 파 보는 수밖에 없으리라.

바람이 불면서 나뭇가지들이 소리를 냈다.

휘리리리리릿.

바람이 바위 사이의 틈새를 통과하면서 이상한 웃음소리 같은 것이 났다.

—으히히히히히히히!

다들 보물을 발견하기 위해 땅을 파느라 정신이 없어 몰랐지만, 그들을 둘러싸고 있는 희끄무레한 유령들이 있었다.

—인간들이 왜 이곳까지…… . 카스터, 이유를 알겠어요?

—모르겠군. 무언가를 찾고 있는 것 같아.

—우리를 알고 있는 것일까요?

—그럴지도.

유령들은 저마다 보석 귀걸이, 목걸이, 반지 같은 걸 착용하고 있었다.

이른바 오래된 보물에 붙어 있는 유령들!

팔로스 제국에서는 무기와 방어구의 가치를 높게 평가했다. 전투에 사용되거나 적을 죽이고 전리품으로 빼앗은 보물도 엄청난 양이라서, 한꺼번에 묻어 놓고 나니 유령이 대량으로 발생했다.

"틀렸어. 여기도 아닌가 봐요."

"이리엔 님, 지금까지 잘해 왔잖아요. 우리 조금만 더 힘을 내 봐요."

"웃차!"

외딴 곳에서 보물을 찾겠다는 일념으로 곡괭이질과 삽질을 하는 위드의 동료들이었다.

와일이와 와삼이.

위드로부터 생명을 부여받은 조각 생명체 와이번들은 모라타 근처의 절벽에 둥지를 틀고 잘 지내고 있었다.

예전에는 그들을 발견하고 유저들이 놀랄까 봐 다소 인적이 뜸한 장소를 골라 사냥을 했다.

하지만 이젠 와이번들도 방송을 자주 나오면서 유명 인사가 되었다.

특히 북부에서 위드의 와이번들을 몰라보면 간첩도 아니고 외계인이라는 말이 돌 정도였다.

"엄마, 와삼이야!"

"와삼이 안녕!"

엄마나 아빠와 함께 〈로열 로드〉를 여행하는 어린 유저들은 와이번을 발견하면 반색을 하며 손까지 흔들어 줬다.

와이번들은 그렇게 유저들과 적당히 친하게 지냈다.

물론 정체성의 혼란도 잠깐은 겪었다.

"원래 우린 무자비한 비행 몬스터라서 저 인간들을 적으로 삼고 잡아먹거나 해야 하는 거 아닌가?"

"와육아, 넌 인간이 맛있을 거 같아?"

"아니, 말이 맛있지. 그 고기 맛은 사냥에서 획득한 어떤 짐승보다도 훌륭해."

"그러니까 촌스럽게 인간을 먹을 필요가 없는 거야. 우린 입맛이 까다롭고 부유하며 배운 와이번이니까."

자칭 배운 와이번들!

"이거 먹을래?"

하지만 인간 유저들이 소시지나 햄, 튀김 등을 던져 주면 쏜 살같이 지상으로 내려와서 날름 받아먹었다.

때때로 광장 같은 곳에서 유명한 요리사들이 음식 솜씨를 자랑한다면서 와이번들이 먹을 수 있도록 두툼한 고기들을 조리해서 놔두기도 하였으니 그야말로 천국이었다.

찬 바람을 막아 주는 둥지는 따뜻했다.

여기저기 돌아다니면서 전투를 펼치고, 아침 늦게까지 푹 잘 잤다.

와이번들은 북부의 전쟁이 어떻게 돌아가든지 상관하지 않고 적당히 사냥을 하면서 성장해 갔다.

위드로부터 미리 들은 말이 있었던 것이다.

"전쟁이 벌어지게 되어도 절대 나서지 마라. 아르펜 왕국은 너희가 지키지 않아도 된다."

"왜 그런가, 주인."

최초의 와이번이며 장남이라고 할 수 있는 와일이가 듬직하게 물어보았다.

위드의 대답은 단순 명쾌했다.

"너희가 나서서 될 일이라면 다른 인간들이 알아서 먼저 처리할 거다. 그리고 너희가 나서야 할 정도라면 이미 무리인 상황이라는 소리니까 그냥 지켜보고 있거나 해."

나름 설득력이 있는 논리!

그리하여 와이번들을 비롯한 모든 조각 생명체들은 전쟁에 나서지 못하도록 위드에게 명령을 받았다.

위드는 그들이 전쟁과 같은 위험한 일에 나서는 것은 마치 명절에 어린아이가 친척들로부터 한 푼 두 푼 모은 돈다발을 들고 엄마한테 돈 자랑을 하는 것처럼 위험한 일이라고 보았던 것이다.

빙룡, 금인이, 누렁이, 은새를 비롯한 조각 생명체들은 그래서 무사하게 아직까지 모두 잘 있을 수 있었다.

지골라스에서 생명을 부여한 개성 있는 조각 생명체들, 그리고 조인족들까지도 모두 단 1명이 나타나기만을 기다렸다.

현 시대에 존재하는 아르펜 왕국의 건국자이며, 조각 생명체들이 따르는 국왕.

단 1명밖에 존재하지 않는 전설이란 수식어를 달고 있는 직업을 가지고, 혈통조차도 고귀한 게이하르 황제의 공식적인 후계자!

"주인이 보고 싶다, 골골골!"

"음머어어어. 분명히 몰래 맛있는 거 먹으려고 일부러 우리를 데려가지 않은 거다."

───※───

지상으로 천천히 떨어지고 있는 와중에 위드에게 새로운 메시지 창이 나타났다.

띠링!

"으아우어오! 이게 정말 끝나는 퀘스트로구나."

위드의 입에서 형용하기 힘든 괴성이 나왔다.

길고도 길었던 조각술 최후의 비기 퀘스트!

"시작이 절반이라고 말하는 사람이 있다면 평생 인형 눈만 붙이면서 살아 보라고 하고 싶었어. 혹은 천 리 길을 강제로 직접 걷게 만드는 것도 괜찮지."

다만 퀘스트를 마친다고 해서 어떤 식으로 시간 조각술을 배울 수 있는 것인지는 알 수 없었다.

노들레와는 조금 다른 방식으로 퀘스트를 진행했으니 중요한 정보라고 해도 모르고 지나친 부분이 생겼을 수도 있을 것이다.

"뭐, 아무려면 어때. 뭔가 숨겨진 이야기가 있겠지. 그리고 앞으로 쭉 몰라도 상관은 없어."

대한민국 교육 과정에서 깨달을 수 있는 결과지상주의!

어떤 식으로든 시간 조각술을 얻고 나면 그것으로 대만족이었다.

지상에서는 여전히 엄청난 싸움이 벌어지고 있었지만, 위드에게는 잘 구운 양념 돼지갈비 3인분이 남은 것처럼 느껴졌다.

드래곤도 해치웠고, 엠비뉴를 따르던 그 어마어마하고 화려한 병력도 쑥대밭을 만들어 놓은 마당에 무서울 게 뭐가 있겠는가.

"연계 퀘스트의 마지막을 남겨 놓은 것이 정말 이런 기분이로군. 노가다를 끊을 수 없는 게 이런 이유에서였어. 노가다는 배신을 하지 않아."

위드는 지상으로 천천히 내려오고 있었다. 아직도 땅까지의 높이는 최소 700미터 이상이나 떨어져 있었다.

그렇지만 들떴던 기쁨도 잠시, 돌다리도 시멘트를 발라야만 건넌다는 냉정하고 철저하기 짝이 없는 원래의 모습으로 되돌아왔다.

"이럴 때일수록 더 긴장해야겠지. 헛된 방심으로 인해서 마지막 순간에 실수를 할 수도 있으니까 말이지."

노력에 대한 보상을 받기 일보 직전에 실패한 악당들이 얼마나 많던가.

그들로부터 숱한 교훈을 얻었던 위드는, 다시금 정신을 바짝 차리면서 전설의 프로스트 보우 요르푸시카를 무장했다.

퓨르르르르!

위드가 쏘는 화살에서는 마치 악기를 다루는 듯한 맑은 소리가 났다. 궁술 스킬이 고급 9레벨이 되었기 때문에 소리부터가 다르다.

하지만 속사로 쏘아진 화살들은 엄청난 힘과 속도로 날아가서 사제들과 기사들의 목숨을 끊어 놓았다.

지상에 있는 엠비뉴의 신도들은 어떻게든 피하려고 했지만 그조차도 허용하지 않는 어마어마한 화살 세례!

"커어어억! 엠비뉴 신의 모든 뜻과 의지가 저자에 의해서 깨어지고 있도다."

"신이여, 우리를 구하소서!"

블랙 드래곤의 독 브레스에 의해 신앙심에 충격을 입은 사제들은 여전히 맥을 못 추고 있었다.

브레스에 약간이라도 직접 닿은 자는 그대로 소멸해 버렸고, 엠비뉴의 화신을 탄생시켜서 신성력으로 겨루던 사제들도 파괴력에 밀리며 상당히 긴 시간 동안 능력을 잃고 허둥댔다.

설혹 그러한 부류가 아니더라도 드래곤의 브레스는 적 전체에 광범위한 영향을 미쳤다.

대신전에서 독 연기가 피어나면서 적군과 아군을 가리지 않고 중독시키고 있었다.

반면 인간과 엘프 등의 포로들은 아헬른의 믿기지 않는 신성력에 의해서 바로 해독되었다.

아헬른은 위험에 빠진 이들을 치료해 주고, 축복을 걸어 주었으며, 강력한 보호 마법들까지도 걸어 줬다.

그러나 엠비뉴 교단의 사제들은 드래곤과의 전투에 한꺼번에 동원되고 피해를 입어서 정상적인 이가 드물었다.

같은 편의 중독을 치료해 주지 못하는 것은 물론이고, 자신들에게로 향하는 공격도 제대로 막지 못했다.

감옥에서 탈출한 포로들의 장비와 체력은 부실하기 짝이 없어도 넘쳐 나는 엄폐물들을 바탕으로 엠비뉴의 괴물과 기사들의 접근을 효과적으로 방어한다.

그사이에 엘프들이 화살을 쏴서 적들을 무찌르고 있었다.

"힘을 냅시다. 우리의 승리가 멀리 있지 않습니다. 조금만 더 버티면 대륙의 평화를 우리의 손으로 이룩해 낼 것입니다. 싸우고 동료들을 돌봅시다. 우리는 반드시 살아서 고향으로 돌아가게 될 것입니다!"

헤스티거가 엘프들의 대장 역할을 하며 전투를 지휘하고 격려했다.

"대제님께서는 드래곤을 상대로 승리를 거두셨다. 이런 놈들이라도 우리가 처리해야지!"

"형님, 실컷 해치웁시다."

전일과 전이는 사막 전사답게 달리면서 적 기사들을 시미터로 실컷 베어 넘겼다.

위드까지도 점점 땅으로 가까워져 오면서 화살들을 파도처럼 쏟아 내고 있었으니, 엠비뉴 교단의 병력은 어찌할 줄을 몰랐다.

풀려난 포로들이 저항을 하는데 단숨에 죽이지도 못하고, 외곽에서는 몬스터들이 끝도 없이 접근해 온다. 성지의 전면적인 파괴는 그들의 사기와 신앙심마저도 꺾어 놓을 정도로 큰 충격이었다.

대사제 헤울러가 앞으로 나서서 외쳤다.

"우리의 원대한 꿈이, 희망이 이렇게 짓밟혀서는 안 된다! 불신자들로 타락한 이 땅에서 살아가는 어리석은 놈들은 반드시 생살을 찢어서 죽이리라!"

헤울러의 외침에 엠비뉴 교단은 다시금 결속하려는 움직임을 보였다.

위드는 헤울러가 보이자 그에게 화살을 쐈다.

"이제 그만 엠비뉴 교단이 사라질 시간이다."

"환희의 영광으로 인하여, 발칙한 모든 시도가 막히리라. 분쇄의 환희!"

대사제 헤울러는 브레스에 당했지만 조금은 신성력을 회복했는지 푸르스름한 빛을 발산하는 보호 장벽이 형성되며 화살을 사방으로 튕겨 냈다.

"어디까지 막을 수 있을지 시험해 볼까!"

위드는 속사와 관통 스킬을 운영하면서 화살을 계속 쐈다.

땅과의 거리가 상당히 있지만, 바람에 의해 휘어지는 것까지 감안해서 헤울러를 향해 화살을 연속으로 발사했다.

열다섯 번 정도 화살이 부딪치자 마침내 보호 마법이 유리가 깨지는 것처럼 뚫리고 말았다.

스킬과 레벨을 바탕으로 한 강력한 힘으로 보호 마법을 부숴 낸 것이다.

어떠한 저주에도 약화되지 않은 상태였고, 아헬른의 축복이 힘을 북돋아 주고 있었기 때문에 지금이야말로 최상의 신체 상태였다.

위드는 전쟁의 시대를 평정한 대제왕이며, 스스로 편할 대로 법을 세우는 무법자이고, 적들에게는 잔혹한 전사이다.

그가 힘으로 어찌하려고 한다면 막을 존재가 거의 없는 시대였다.

"크어어억! 엠비뉴 신께서 보호하는 이 몸이 한낱 인간 따위에게……."

위드가 땅으로 점점 가까워지면서, 엠비뉴의 궁수들과 사제들의 공격이 그에게로 향했다.

하늘을 향해 폭죽처럼 지상에서 일제히 올라가는 공격들!

"눈 질끈 감기!"

노들레의 퀘스트를 진행하면서 또다시 배운 방어 스킬.

신의 갑옷도 착용하고 있는 마당이니 몸으로 때울 수밖에 없었다.

"신의 뜻을 펼치는 그대에게 끝없는 보살핌이 있으라. 신성의 수호!"

놀고먹는 게 아니라는 걸 보여 주기라도 하듯 아헬른이 보호 마법을 시전해 주었다.

> 완전무결한 등급의 보호 마법이 발동됩니다.
> 신체의 저항력이 4분간 600% 증가합니다. 신의 갑옷이 보호 마법에 호응합니다. 최대 방어력이 4,938만큼 증가합니다. 37%가 넘는 확률로 공격을 적들에게 반사합니다.

위드의 몸에서 신성 수호의 광휘가 강하게 일어났다.

"이건 또 뭐야."

위드는 다시 눈을 떴다.

빗발치던 공격들이 그 광휘 앞에서 녹아내리고 방향을 바꾸어서 시전자들에게 되돌아가는 엄청난 광경이 보였다.

위드는 그저 지켜보고 있었을 뿐인데도 최소 1,000에 달하는 궁수들이 자신의 공격에 죽거나 추수가 끝난 가을 짚단처럼 쓰러지는 모습들을 볼 수가 있었다.

저절로 콧노래가 나오는 상황이었다.

"이러면 죽기도 어렵겠군."

아헬른은 전일, 전이와 헤스티거, 포로들을 보살피는 것으로도 모자라서 위드에게도 계속 관심을 쏟고 있는 것이다.

자하브도 독불장군처럼 설치다가 저주에 휘말리고 여러 심한 부상들을 입어서 위급한 상태가 되었지만 아헬른에 의해서 깨끗하게 치료되었다.

알베론을 따라서, 조각 생명체인 알베른과 알베런을 만들어서 함께 성장했지만 그들도 감히 따라오지 못할 정도의 활동량과 신성력이었다.

모든 것이 완벽한 상황.

"원래 세상으로 돌아가면 알베론에게 더 잘해 줘야겠군."

알베론을 장기적으로 부려 먹을 계획 수립!

잘 키운 성자 하나 열 부하 부럽지 않을 것 같았다.

위드가 땅에서부터 50미터 정도의 높이에 이르렀을 때에는 상당히 많은 이들이 그를 우러러보고 있었다.

카리스마와 통솔력, 명성과 명예가 더욱더 강하게 위력을 발휘했다.

"사막의 사자들인 우리의 주인이며 대륙을 정복한 대제왕께서 드래곤을 사냥하고 내려오셨다."

"오오, 이럴 수가······! 저분의 강함은 가히 믿기지가 않을 정도다."

"신께서 이 사악한 자들을 처단하기 위해서 용사님을 보내 주신 거야."

포로들 중에서는 감격에 못 이겨 엎드려서 서럽게 우는 자도 있을 정도였다.

위드는 만만한 하청업체를 만난 회사 악덕 부장처럼 거만하게 턱을 치켜 올렸다.

잘 구운 삼겹살에 사이다를 마신 것 같은 평범한 턱선, 아침에 늦잠을 자고 방금 일어난 것 같은 찌뿌둥한 눈매!

"잘생기셨군."

"나도 저렇게 생겼으면 따르는 여자가 끊이지 않았을 텐데."

전일과 전이가 감탄사를 내뱉었다.

옷이 날개라는 말처럼, 꾀죄죄한 차림의 포로들에게 신의 갑옷과 검을 무장하고 있는 위드는 멋있기 짝이 없었다.

특히 멀리서 볼수록 얼굴이 잘 안 보여서 찬란하기 짝이 없는 자태!

위드에게는 드래곤을 사냥한 데에 이어서 두 번 다시 경험하기 힘든 일생일대의 칭찬이었다.

그때 산통을 깨는 헤스티거의 고함 소리가 들렸다.

"긴장을 풀지 마십시오! 우리는 이들을 당연히 무찌르고 1명이라도 더 살아서 고향으로 돌아가야 합니다. 그리고 아직도 갇혀 있거나 붙잡혀 있는 사람들을 구하기 위해서라도 계속 싸웁시다!"

"물론이오!"

"우리를 구해 준 헤스티거 대장의 말을 따릅시다!"

포로들은 다시 큰 함성을 지르며 엠비뉴의 병력에 맞섰다.

꼭 필요한 순간의 절묘한 지휘이기는 했지만, 위드도 비슷한 대사를 하려고 머리를 굴리고 있었는데 기분 나쁘게도 헤스티거가 선수를 친 것.

게다가 고초를 겪으면서도 찰랑이는 은발을 자랑하는 하이 엘프를 옆구리에 붙이고 있다.

전형적인 액션 영화의 잘생긴 주인공처럼, 엠비뉴의 대신전과 같은 역경에도 불구하고 예쁜 여자까지 챙긴 것이다.

하지만 지금 이 순간만큼은, 위드도 헤스티거의 행동을 질투하지 않고 조금은 넓은 마음으로 대범하게 인정해 줄 수가 있었다.

"누구를 원망할 수 있겠어. 일찍 저놈을 죽이지 못한 내 탓이라고 할 수 있지."

엠비뉴 교단이 붙잡은 포로들의 숫자는 실로 엄청났기에 지금 이 순간에도 계속 나타났다.

하늘로 오르는 탑의 건설, 신에게 바치는 제물, 마법 실험, 괴물로의 변이를 위해서 막대한 인간과 유사 종족을 잡아들였기 때문이다.

그들이 계속 땅속과 건물에서 뛰쳐나오면서 엠비뉴의 병력에 맞섰다.

엠비뉴 교단에서는 오우거를 비롯한 몬스터들도 길들이기를 하면서 개조 중이었다. 지금까지 쌓인 충격을 이기지 못하고 건물이 무너지면서 머리가 다섯, 팔이 9개 달린 오우거도 벽을 부수고 등장했다.

"크와악! 내 몸을 예전대로 돌려놔라!"

오우거들은 무지막지한 힘으로 엠비뉴의 기사들을 발로 차고 두들겼다.

이렇게 여러모로 궁지에 몰리고 있었지만, 여전히 남아 있는 엠비뉴 교단의 전체 병력은 엄청났다.

드래곤으로 인한 혼란도 아직 수습되지 않았고, 조금만 더 지나면 이 일대는 영겁의 대침식에 의하여 모든 것이 사라지게 되리라.

대침식이 발생하면 지금의 소란은 말끔하게 지워지게 될 것이다.

그때를 떠올리면 위드는 당장에라도 이 지역을 벗어나서 도망치고 싶었다.

"하지만 어떻게 살아날 방법을 찾을 수도 있지. 나쁜 놈들일수록 질긴 목숨을 가졌으니 확실히 헤울러는 끝장을 내 놓아야겠지."

목표는 헤울러!

위드는 고함을 질렀다.

"나의 모든 부하들아, 똑똑히 들어라!"

"옛!"

"부르셨습니까, 주인님."

전일과 전이가 전광석화처럼 대답했다.

"말씀하십시오, 대제왕."

헤스티거는 이 와중에도 가슴에 손을 얹고 무릎을 살짝 굽히면서 멋지게 예의를 차렸다.

"이 땅에 넘쳐 나는 보잘것없는 놈들을 모두 죽이려고 할 필요는 없다. 곧 이곳은 깨끗하게 사라지게 될 테니, 그 전에 모두 저 대사제 헤울러를 노려라!"

"알겠습니다. 가자!"

사막 전사들은 말을 듣자마자 곧바로 잔해들과 적들을 뛰어넘어서 헤울러에게로 진격했다.

앞뒤 가리지 않는 것 같은 돌격은 사막 전사들의 주특기!

위드는 이제 더 이상 시간을 끌지 않고 전투를 마무리 지을 시점이라고 여겼다.

"우리를 넘어가진 못한다!"

"그건 너희 생각이고!"

전일, 전이, 헤스티거는 엠비뉴의 기사들을 단숨에 칼로 후려쳐서 쓰러뜨리고 돌파했다.

위드의 명령이 떨어지자마자 진정한 실력을 완전히 발휘하면서 속도를 높인 것이다.

엘프들도 화살과 정령술로 그들의 앞길을 견제해 줬다.

다만 아무래도 팔이 안쪽으로 굽는다는 말처럼, 헤스티거를 더 신경 써 주는 부분은 있었다.

"내 차례로군!"

위드는 아헬른을 힐끗 보았다.

"저기……."

"걱정 말게!"

아헬른은 마치 위드의 마음속을 훤히 들여다보기라도 한 듯이 신체 강화의 축복을 새로 걸어 주고, 하늘을 달릴 수 있는 마법까지 부여해 주었다.

식당에 가서 주문을 하기도 전에 아줌마가 돼지갈비 3인분에 냉면까지 가져다주는 격이었다.

노들레의 최후

위드는 하늘을 박차고 헤울러를 향하여 뛰어갔다.

전장에서 가장 중요하며 엠비뉴의 신탁까지 내려왔을 정도로 위험한 인물이다 보니 수많은 마법 공격들이 달려가는 그에게 쏟아져 왔다.

신의 갑옷은 날개를 펼치듯이 넓게 불어나서 그런 공격들을 감싸서 흐트러트리거나 거꾸로 튕겨 냈다.

하늘을 거의 비행하는 속도로 이동을 하니, 뒤늦게 출발했어도 사막 전사들보다도 먼저 헤울러의 가까이까지 도착했다.

헤울러의 옆에는 참악의 사제를 비롯하여 노탕테의 의형제들까지 있었다.

"크후후, 저런 자를 막아야 하다니……. 여기가 우리가 죽을 자리인가?"

"형님, 먹은 것이 많으니 이제 와 빠져나갈 수도 없지 않겠습니까?"

노탕테의 의형제.

이름이 가진 의미는 별게 아니라, 노탕테라는 작은 마을에서 비슷한 시기에 태어나서 온갖 패악을 저지른 자들이었다. 그래도 전쟁의 시대에서는 6명의 엄청난 검사들로 이름을 날렸다.

지닌 무력은 대단하여 인간 중에서 서열을 매긴다면 충분히 100명 내에 들 정도였지만 인신매매, 도둑질, 식인 등의 습성을 가진 포악한 자들이었다.

중앙 대륙에서 활개를 치다가 엠비뉴 교단에 포섭된 것이다.

물론 인간 중에서 100위 내라고는 해도 어디까지나 중앙 대륙에 국한된 서열!

남부 사막지대에서는 위드로 인하여 어지간히 강해서는 상위 서열의 실력자로 들어가기가 힘들다.

사막의 붉은 칼 부대는 말 그대로 최고의 정예로서, 중앙 대륙의 기사단조차도 식후의 운동거리도 되지 못하고 간단히 도륙 날 정도였다.

현재의 위드에게는 노탕테의 의형제들이나 막 숲에서 튀어나온 고블린이나, 별다른 의미도 없다.

"종말의 날!"

위드는 쓸 수 있는 한 가장 강력한 스킬 중 하나를 바로 사용했다.

붉은 화염의 기운이 해일처럼 일어나면서 헤울러를 비롯한 사제들을 한꺼번에 덮쳤다.

노탕테의 의형제들은 닿는 것만으로도 허무하게 소멸!

"불의 공격인가. 어림도 없구나. 엠비뉴께서 허락하시지 않으리라. 태초의 가호."

참악의 사제들은 집단으로 신성 마법을 외워서 저항을 했다.

강력한 불의 해일이 보호막에 의해서 잠시 머뭇거렸다.

산과 들, 숲, 성벽과 도시를 태울 수 있는 가공한 불길도 신성력 앞에서는 맥없이 저지당한 것이다.

하지만 종말의 날은 그 위세를 더욱 크게 떨쳐 올렸다.

신성력의 보호 장벽이 앞을 가로막고 있다고는 하나 탐욕스러운 불길은 수십 미터 이상 더 크고 높아져서 잡아먹을 듯이 사방을 뒤덮었다.

신의 검이 공격 스킬들의 위력을 훨씬 더 강화해 주었기 때문이다.

"겨, 견딜 수가……."

"이런 공격은……."

종말의 날에 뒤덮이지 않았는데도 사제들의 몸이 불길에 휩싸였다.

보호막으로 직접적인 공격은 막았다고 해도 그 열기에 의해서 발화가 일어나 버리고 만 것이다.

종말의 날의 불길은 더 엷어진 보호막만큼 성큼 더 가까이 다가섰다.

기를 쓰며 버티던 사제들의 생명력은 속절없이 계속 낮아져만 갔다.

땅과 바위까지도 녹아내리는 초고열!

보호 마법이 약화되면서 땅에서도 불길이 솟구치며 사제와 기사, 범위 내의 모든 적들의 목숨을 차례로 거두었다.

"너희는 저놈을 막아라. 내가 살아 있는 한 엠비뉴의 뜻은 계속 이 땅에 펼쳐질 것이다."

헤울러는 상황이 틀렸다고 생각했는지 뒤돌아서서 달리기 시작했다.

부하들을 방패막이 삼아서 도망치려는 속셈!

띠링!

> 퀘스트에 중요한 분기점이 발생했습니다.
> 헤울러가 무사히 도망치게 되면, 그를 붙잡아서 소멸시킬 때까지 퀘스트가 계속됩니다.

위드를 향해서 호위 기사들이 뛰어들었다.

엠비뉴의 다른 기사들보다도 수준이 높은 레벨이 500대, 600대의 강자들.

노들레였다면 상당히 고전하며 이들과 분투를 했을 테지만, 위드는 사막의 대제왕이었다.

"다른 하나의 검, 흑기사의 일격!"

검술 마스터 스킬을 사용한 후 그들 사이를 지나쳤다.

소환된 검은 무시무시한 속도로 기사들을 베고 공격을 막고 하더니, 광역 공격 스킬인 흑기사의 일격을 작렬시켰다.

"크으윽!"

위드가 지나가고 난 이후에 엠비뉴의 기사들이 쓰러지고 튕겨 나갔다.

풍비박산을 내 버리는 전투력.

그들의 목숨이 거두어졌거나 말거나 위드에게는 별로 상관이 없다.

그의 목표는 오로지 헤울러였다.

헤울러는 로브를 휘날리면서 뛰고 있었지만, 사제인 이상 그 속도는 빠르지 못해서 금방 따라잡을 수 있을 것 같았다.

"신도들은 들어라! 나를 쫓아오는 저놈을 막는 자에게는 엠비뉴의 푸짐한 포상이 있으리라!"

"명령을 따릅니다!"

호위 기사들이 벌 떼처럼 위드에게 몰려들었다.

신성력을 상실한 사제들까지도 위드를 막기 위해서 몸을 던졌다.

"여긴 저희가 처리하겠습니다. 대제왕님께서는 어서 놈을 잡으십시오!"

전일과 전이가 달려와서 시미터로 길을 뚫었다.

위드와 헤스티거는 달리는 속도를 유지한 채로 계속해서 전진했다.

헤울러는 대형 전투 괴물들 사이로 들어갔다.

쿠오워어어!

괴물들 너머에, 지하 통로의 입구가 커다랗게 입을 벌리고 있었다.

"여긴 제가 맡겠습니다."

"알았다."

헤스티거가 괴물들을 상대하는 사이에 위드는 또다시 돌파!

그러나 억지로라도 덤벼드는 괴물들로 인하여 몇 초 정도의 시간은 지연될 수밖에 없었다.

전사인 위드에 비할 바야 아니지만, 헤울러도 신성력을 발휘하고 있기 때문에 그 속도는 거의 육상 선수만큼이나 빠르다.

"엠비뉴 교단의 원수들! 이 세상을 파괴하기 위한 꿈은 아직 끝나지 않았다. 다시 돌아와서 너희 모두를 끝을 모르는 절망의 구렁텅이로 넣어 주리라."

이대로 헤울러가 지하 통로로 들어가 버리면 또 무슨 일이 벌어지게 될지 모를 일.

"안 돼!"

위드가 전력을 다해서 뛰었다.

적들을 돌파하며 빠르게 가까워지고는 있었지만 통로로 들어가는 것까지는 막지 못할 것만 같았다.

위드와의 거리는 약 40미터 이상이 남아 있는데 헤울러가 통로 입구까지 도달하는 데 남은 거리는 불과 2~3미터!

설상가상으로 통로 입구에서 엠비뉴의 기사들이 경계를 잔뜩 서고 있었다.

"놈을 막아라!"

"옛!"

위드는 기사들까지 뚫고 지하 통로로 들어가야 하게 될 판!

스르릉.

엠비뉴의 기사가 칼을 뽑더니, 갑작스러운 상황의 반전이 이루어졌다.

그가 헤울러와 동료인 다른 기사들을 베어 버린 것이다.

"크어억! 어떻게 나를……."

"이때만을 기다렸다! 대제님, 오실 줄 알고 기다리고 있었습니다.”

엠비뉴의 기사가 투구를 올리자 한쪽 눈꼬리만 축 처진 조각 생명체 전삼의 얼굴이 나왔다.

전삼은 엠비뉴 교단에 잠입하여 경계 근무만 전문적으로 서다가 전투가 벌어지고 난 후에는 퇴로에 배치되어 지키고 있었던 것이다.

“이것이 사막의 칼이다. 뜨거운 모래바람의 검!”

전삼이 칼을 풍차처럼 돌리면서 헤울러를 베었다.

뜨거운 모래바람의 검은 숙련도가 빨리 늘어나지는 않지만 계속 한 가지의 검술만 쓴다면 나중에는 확실하게 성과를 볼 수 있다.

사막 전사들은 기본적으로 이 검술을 마스터의 경지까지 익혔다.

헤울러에게 스무 번 이상의 칼질을 하였을 때, 이미 전삼 또한 엠비뉴의 기사들에게 완전히 포위된 상태에 놓여 있었다.

하지만 기사들의 공격을 불과 몇 대 맞기도 전에 위드도 도착했다.

“넘실거리는 화염 각인!”

위드를 중심으로 하여 거센 불길이 일어나서 기사들의 몸에 달라붙었다.

특정한 적을 만나면 방어 역할도 하지만 그보다는 약한 적들은 유용하게 대량 살상할 수 있는 기술!

엠비뉴의 기사들이 제법 강하다고는 해도, 그것은 보통을 기준으로 할 때였다. 저주에 휩싸이지 않은 상태인 위드의 눈에 비친 엠비뉴의 기사들은 그냥 적당히 때려잡고 잡템을 얻을 수 있는 상대일 뿐.

기사들은 저항하지도 못하고 몸이 불덩어리가 되었다.

위드를 중심으로 하여 공격을 하려다가 활활 불에 타 버리는 기사들의 모습도 압도적인 장관이었다.

그리고 헤울러!

"오늘이… 아니, 1분 후가 너의 최후다!"

위드는 이 순간만큼은 양보할 수가 없었다.

드래곤을 상대할 때보다도 최선을 다해야 할 순간.

"달빛 조각 검술!"

헤울러가 어떤 방어 스킬을 사용하고 있을지도 모르기에, 공격 수치는 낮아도 저항 능력을 무력화시키는 달빛 조각 검술을 사용했다.

위드의 손에서 검이 오랫동안 가지고 논 장난감처럼 빙글빙글 돌면서 휘둘렀다.

그림과도 같은 수십 차례의 연속 베기 공격.

달빛 조각 검술이 신성 보호 마법, 참회의 여죄를 뚫고 적의 몸에 적중했습니다.
원한이 깃든 비명들이 모여서 피해를 감소시키려고 하지만 힘에 의해 강제로 무력화됩니다. 생명력을 15,492 감소시킵니다.

"크웨에엑! 영혼을 갉아 내는 아픔이다!"

연속 공격이 5회 성공했습니다.
헤울러가 착용하고 있는 로브를 파괴하여 내구도를 26%로 만들었습니다.

치명적인 일격!
통렬한 일격! 헤울러의 생명력을 9% 감소시킵니다.

엄청난 공격을 집중시켜야 했던 드래곤과는 달리 헤울러는 때리면 때리는 대로 다 맞았다.

엠비뉴 교단의 고위 마법, 생명 흡수가 발동되고 있습니다.
헤울러가 반경 300미터의 생명체로부터 생명력을 흡수합니다. 신성력으로 이를 저항합니다. 헤울러가 다른 생명체들로부터 강제로 생명력을 흡수하여 42,482의 피해를 회복합니다.

"좀비가 따로 없군!"

위드가 검으로 베어도 헤울러의 생명력은 매우 빠른 속도로 다시 채워졌다.

엠비뉴의 기사들로부터 생명력이 강제로 추출되어서 헤울러에게로 붉은 선이 이어져서 전해지는 것이다.

그냥 집단 전투를 치렀다면 다른 사제들의 도움도 받을 테니 절대 죽이기 힘든 보스 몬스터 중의 하나이리라.

"내가 언제까지 당하고만 있을 줄 아느냐. 억눌리고 뒤틀려서 나뉘리라. 제물의 단절!"

토르 신의 갑옷이 저주 마법을 중화시킵니다.
육체가 뒤틀리는 것을 막고, 누르는 힘에도 저항합니다. 약간의 영향을 받아서 생명력이 4,929 감소합니다.

헤울러가 지팡이를 들어서 저항을 해도 위드에게는 심각할 정도로 큰 타격은 없었다.

"금방 회복된다니 재밌군. 나도 한두 대 때려서는 지금까지 고생한 분이 안 풀릴 것 같던 참이었어. 대미를 장식하기 위해서라도 죽을 때까지 패 주마!"

위드가 잡은 신검이 헤울러를 현란하게 가르고 베었다.

공격을 당할 때마다 충격에 의해 물러서는 헤울러를 그림자처럼 따라붙으면서 연속 공격을 했다.

크고 작은 공격들을 번갈아 이어 나가면서 중간중간 틈날 때마다 스킬도 다양하게 작렬시켰다.

아예 작정하고 패기로 결심을 한 것이다.

찬란한 광채를 뿌리는 검이 휘둘리는 장면은 멋지다는 말로도 부족할 정도였다.

"모든 기사들이여, 대사제님을 구출하여야 한다."

"어림없다! 우리가 막을 것이다. 대제님, 처리하십시오!"

전일, 전이, 헤스티거, 부하들까지 와서 헤울러를 구하려는 엠비뉴의 기사들의 시도를 저지했다.

"솟구치는 용암 줄기!"

위드는 자신의 몸을 중심으로 일정 반경에서 용암이 솟구치게 하여 기사들이 끼어들지 못하도록 막았다.

헤울러를 지하 통로의 입구로부터 멀리 떨어지게 하는 데에도 성공했다.

"으으윽, 나의 원대한 꿈이 이렇게 끝날 수는……."

"내 밥그릇을 건드린 것이 너의 실수다."

군신 토르의 검이 헤울러의 몸에 신성 타격을 입혔습니다.

일시적으로 상대방의 신성력을 267만큼 감소시킵니다. 신성 마법의 위력을 6% 낮춥니다. 상대가 악신을 신봉하고 있기 때문에 영구적으로 29만큼의 신앙심을 상실하게 만듭니다. 생명력을 73,399 감소시킵니다.

위드의 공격이 만들어 내는 엄청난 피해!

헤울러는 생명 흡수로 꾸준히 신체를 회복시키고, 방어 마법으로 버티면서 도망치려고 했지만 벗어날 수가 없었다.

그리고 하늘이 붉게 타올랐다.

땅이 진동하기 시작했다.

"제자리에 가만히 서 있는데도 세상이 움직이고 있어."

"이 어마어마한 마나의 흐름은……. 끝났어! 우린 모두 죽는 거야!"

"아아아, 페니! 너를 만나지도 못하고 고문만 당하다가 이렇게 죽는구나."

모두가 그 자리에 서 있음에도 불구하고 땅이 강처럼 흐르면서 가까워지거나 멀어진다.

건물이 갑자기 코앞으로 다가와서 지나가기도 했다.

위드는 영겁의 대침식이 이 지역에 변화를 일으키고 있다는 것을 느꼈다.

물론 대침식이 벌어지고 있더라도 가까이 붙어 있는 헤울러를 놓칠 리는 없었다.

"그만 끝낼 시간이야."

"이렇게는… 이렇게 끝날 수는 없어!"

지속적인 생명 흡수에도 불구하고 헤울러의 생명력은 계속 감소했다.

주위의 엠비뉴의 기사들이 위드의 부하들에 의해서 죽어 나갔기 때문이었다.

부상을 입은 기사들은 헤울러에게 생명을 바치고 나서 목숨을 잃었다.

그렇게 헤울러의 주변에 살아 있는 생명이 드물어지자 위드의 막강한 공격력에 버티지 못하고 급속도로 무너지고 있었다.

길고 길었던 퀘스트가 드디어 마지막을 앞두고 있었다.

이 화면을 지켜보고 있을 수천만 명 이상의 시청자들을 위한 겉멋을 부릴 만도 했지만, 위드의 검은 가차 없었다.

"살려 다오. 그러면 지금까지 모은 모든 재물과 아무도 손에 넣지 못한 어마어마한 힘을 넘겨주겠다."

엠비뉴 교단의 대사제 헤울러가 목숨을 구걸하고 있습니다.
그의 제의를 받아들인다면 산더미 같은 재물과 영원히 영혼에 귀속되는 엠비뉴의 네 가지 권능을 획득할 수 있습니다. 대신 현재 진행 중인 퀘스트는 실패하게 됩니다. 헤울러의 제의를 수락하겠습니까?

"싫다. 들을 가치도 없어!"

제의를 거부하였습니다.
명성이 14,292 올랐습니다. 신앙심이 17만큼 증가합니다.

커다란 유혹에도 굳건하게 흔들리지 않았다.

즉석에서 현찰을 꺼내 눈앞에서 흔들었다면 든든한 동료를 얻을 수도 있었겠지만, 말로만 구슬리려고 한 것이 헤울러의 크나큰 실책.

막대한 헤울러의 생명력은 시간이 지날수록 더욱 급격하게 줄어들었다.

두들겨 맞고, 피하려고 하다가 더 맞고.

위드는 그동안 고생했던 모든 한을 담아서 헤울러를 때리고 베었다.

"크어억! 수백 년을 살아온 내가 이렇게 허무하게 지다니. 이 세상의 모든 불균형과 일그러짐을 없애려고 했는데……."

"대사제님!"

엠비뉴의 기사들이 계속 덤벼들었지만 부하들에 의해서 막혀 버리거나 솟구치는 용암 줄기에 의해 사라졌다.

그리고 마침내 헤울러의 몸에서 새까만 에너지 덩어리가 마구 뿜어져 나오기 시작했다.

신성 마법의 보호 능력이나 생명력에 한계에 달했다. 견디지 못하고 몸이 붕괴되는 것이다.

한창때 중년의 모습이던 헤울러의 팽팽한 얼굴에, 급속도로 노화가 이루어지면서 검버섯과 깊은 주름이 생겨났다.

새까만 에너지들이 한참 튀어나오고 나서, 마지막은 헤울러의 몸에서 엠비뉴의 화신을 닮은 영혼이 빠져나갔다.

─이걸로 끝난 것은 아니다. 기회가 있다면… 언제고 다시 돌아와서 이루지 못한 꿈을 달성하리라. 크햐햐햐햐햐!

엠비뉴 교단을 이끌어 온 대사제 헤울러가 용사에 의하여 영원한 안식에 들어갔습니다.
그의 영혼은 지옥으로 가서 자신이 저지른 일만큼의 고통을 맛보게 될 것입니다.

명성이 32,291 올랐습니다.

위험한 전투에서 살아남음으로써 생명력의 최대치가 1,200 증가하였습니다.

모험의 성공으로 전 스탯이 5씩 늘어납니다.

신이 부여한 임무를 성공적으로 수행하였습니다.
현재 가지고 있는 신앙 스탯이 11% 증가합니다.

헤울러의 마력이 사라진 지팡이를 획득하였습니다.

원통한 바지를 습득하였습니다.

엠비뉴 교단의 대사제 헤울러를 처단하라 퀘스트 완료
일그러진 마음과 지독한 탐욕에 사로잡혀 있던 헤울러는 목숨을 잃었다. 용사가 세운 업적은 역사의 흐름을 새롭게 바꿔 놓을 정도이지만, 척박한 땅에서 벌어진 사건은 외부에까지 알려지지는 않을 것이다.
혹시 모른다, 후세에 어떤 모험가가 오늘 벌어진 사실들을 밝혀내게 된다면 묻혀 있던 진실이 깨어나고 용사는 정당한 존경을 받을 수 있으리라.
보상: 모험가의 발견이 있으면 명성과 권위, 지배의 증표와 관련된 아이템을 얻을 수 있다.

시간 조각술과 관련된 조각술 최후의 비기 퀘스트는 노들레와 힐데른의 마

"이것은 정말……."

위드는 한동안 말을 이을 수가 없었다.

지금까지 진행해 오며 자신조차도 성공을 믿지 못했던 퀘스트의 완수.

나무를 깎아 푼돈을 벌며 시작했던 조각사로서 드디어 직업 최후의 비기까지 달성해 낸 감동이 한순간에 밀려왔다.

앞으로 베르사 대륙의 역사는 다시 또 위드에 의해서 뒤바뀌게 될 것이다.

"적들의 수장이 죽었다!"

"우리는 승리했다. 만세!"

포로들이 외치는 함성 소리도 들렸다.

엠비뉴 교단의 어마어마한 병력, 기사들과 사제들은 망연자실한 채로 주저앉았으며, 특수한 마력에 의해서 움직이던 괴물들은 일제히 힘을 상실하고 땅바닥에 쓰러졌다.

외곽에서는 끝을 모를 몬스터들이 대신전의 곳곳에서 흘러나오는 마력을 먹어 치우려고 아귀처럼 달려왔다.

이 모든 복잡한 상황들을 떠나서 위드는 땅을 내려다봤다.

바퀴벌레, 개미와 같은 녀석들이 새까맣게 기어 다녔다.

땅이 마치 종잇장처럼 구겨지며 치솟아 오르고 꺼지고 있다.

밀물과 썰물이 흘러가는 순간처럼 땅이 움직이면서 사람과 건물이 맞부딪치고 으깨졌다.

"떠나야 할 시간이군."

헤울러와의 전투는 그렇게 긴 시간은 아니었지만 어느새 땅 전체가 들썩이면서 움직이고 있었다.

"이렇게 계속 움직인다면 여긴 완전히 끝장이 나겠지."

대륙을 사악한 엠비뉴 교단으로부터 구한 용사.

위드는 그 여운을 만끽하기보다는 당장 튈 생각부터 했다.

물론 함께 고생을 해 준 부하들이 기특하고 아깝기도 했다. 조각 생명체들이 없었다면 사막에서의 폭풍 같은 성장도, 중앙 대륙을 정복하는 일도 전부 불가능했다.

그간 쌓인 정 때문에라도 한마디 정도는 해 주려고 했다.

'각자 살길은 알아서 찾아보자꾸나!'

위드가 막 마지막 외침을 터트리고 도망치려는 순간이었다.

"모두 이쪽으로 모이시오. 적의 수장이 죽자 이곳을 감싸던 어둠의 마력도 약해지고 있소. 여기는 위험하니 탈출합시다."

성자 아헬른이었다.

다행인지 불행인지, 그 덕에 용사가 마지막 체면을 구길 일은 일어나지 않았다.

아헬른이 두 팔을 벌리자 새하얀 신성력의 빛이 넓게 퍼지면서 출렁거렸다.

아마도 메마른 울부짖는 폐허까지 왔던 것처럼 순간 이동을 하려는 듯한 느낌이었다.

엘프와 드워프가 모여드는 것부터 시작해서, 살아남은 포로들이 전부 아헬른에게 다가갔다.

위드도 이러한 일에는 절대 뒤처지지 않아서, 1등으로 이미 도착해 있었다.

위드를 향하여 포로들이 감사의 인사를 올렸다.

"대제님, 수고하셨습니다."

"기적 같은 승리입니다. 야바크의 전사로서 함께 싸운 것을 영광으로 생각합니다."

"이베인, 그대의 복수를 드디어 하였다오."

자하브와 헤스티거까지 도착하는 것으로 대부분이 살아남을 수 있을 것 같았다.

적들로 가득한 대신전에서는 놀라운 일이었지만, 위드의 표정이 그다지 썩 반갑진 않았다.

헤스티거의 옆에 하이엘프가 3명이나 착 달라붙어 있는 걸 봤기 때문이다.

아마도 그 잠깐 사이에 그의 매력에 이끌린 엘프들이 더 늘어난 모양!

"이제 떠나겠소!"

"고향으로 돌아갑시다."

"흑흑, 이 지옥 같은 곳에서 살아서 돌아갈 수 있다니……."

아헬른의 손에서 터져 나온 빛이 위드와 부하들, 살아남은 수백 명을 한꺼번에 감쌌다.

잠시 후 그들은 그 자리에서 모두 사라졌고, 엠비뉴 교단의 잔여 병력은 몬스터들과의 전투를 계속했다.

쿠르르르릉!

짧은 시간이었지만 많은 일이 벌어졌던 대신전의 건물들은 무너지고 쓰러져 갔다.

위드가 떠나고 난 이후로도 엠비뉴의 교도들과 몬스터들은 뒤엉켜 가며 전쟁을 멈추지 않았다. 하지만 곧 땅이 소용돌이 치면서 깊고도 깊은 지하로 빨려들어 가기 시작했다.

땅 위에 있는 모든 생명과 건물이 사라지고 난 이후, 그곳에 는 끝을 알 수 없는 거대한 구멍만이 남게 되었다.

아헬른을 통해서 순간 이동을 한 위드는 또 어디선가 전투를 치를 준비를 하기 위해서 검을 꽉 쥐었다.

신검은 절대 놓치지 않겠다는 단호한 의지!

철썩.

까악. 까아악.

위드가 등장한 장소는 평화로운 갈매기 소리와 파도 소리가 들리는 바닷가였다.

'여긴…….'

위드에게는 몸이 느껴지지가 않았다.

땅을 밟고 있는 것이 아니라 유령처럼 공중을 날아다니고 있 었다.

손에 쥐고 있던 신검도 어느새 사라졌고, 착용하고 있던 신 의 갑옷도 마찬가지.

하지만 햇볕은 따스하고, 보석 알갱이들이 깔려 있는 백사장 은 한 점의 긴장감도 떠올릴 수 없을 만큼 너무나도 한가했다.

위드는 주위를 둘러보다가 나무로 지은 작은 집을 발견하고 천천히 다가갔다.

중년 커플이 생선 요리를 먹고 있었다.

"고소하니 맛있군. 과연 힐데른, 당신 요리 솜씨는 훌륭해."

"고마워요."

퀘스트의 주인공이었던 노들레와 힐데른이었다.

'도대체 뭐지, 영화처럼 그냥 지켜보면 되는 건가?'

전쟁의 시대에 인간이 겪을 수 있는 어마어마한 고난을 경험하며 성장하여 엠비뉴 교단까지 퇴치했다.

그 후로 노들레와 힐데른은 고향을 잊지 못하고 바닷가 근처에 정착한 것으로 보였다.

'음, 저 생선구이는 놀랍군. 처음에는 검게 탄 고구마인 줄 알았는데…….'

생선구이는 씹을 때마다 과자처럼 바삭거리면서 부서져 내렸다.

음식 투정을 하고도 남을 상황이었지만, 노들레는 실로 맛있게 먹었다.

그렇게 식사를 마친 둘은 해변가로 가서 한가로이 낚싯대를 드리웠다.

그사이 집 주변을 돌아보니 돌멩이를 쌓아서 거친 바닷바람을 막아 만든 작은 밭이 있었다.

'바다의 방향이나 해안선을 볼 때는 대륙 동부 쪽인 것도 같은데. 북동 해안에 가깝겠어.'

퀘스트에 시달리다 보니 본능적으로 이루어지는 지형 파악은 필수!

몬스터들이 근처에 있는지도 살펴보았지만, 워낙에 날짐승도 별로 돌아다니지 않는 평화로운 해변가였다.

10분 정도를 돌아다니다 보니 갑자기 해가 저물었다.

'이상하군. 조금 전까지만 해도 정오 정도인 것 같았는데.'

노들레와 힐데른의 집에도 불빛이 켜졌다가 잠시 후에는 꺼졌다.

아우우우우!

먼 곳 어디선가에 늑대들이 우는 소리가 들리긴 했다.

'이게 뭐 하자는 것인지…….'

밤하늘의 별들을 보면서 잠깐 기다리니 저 멀리 바다에서 태양이 떠올랐다.

장엄한 일출!

바다에서 솟구치는 해는 어느새 자욱하게 낀 안개를 사라지게 했다.

일출을 보는 것도 위드에게는 상당히 익숙한 일이었다.

옛날에는 산동네에서 우유와 신문 배달을 하면서 빌딩 숲을 뚫고 떠오르는 해를 봤고, 베르사 대륙에서는 밤샘 사냥을 하고 나서 잡템을 가득 주워서 도시로 돌아오면서 일출을 보곤 했다.

가득 찬 배낭의 묵직함을 흐뭇하게 만끽하며 적당한 손님에게 바가지를 듬뿍 씌워서 팔아먹을 생각을 할 때의 그 뿌듯함이란, 밤새 쌓인 피로까지도 말끔히 씻어 줄 정도였다.

그리고 화창한 해변가의 하루가 다시 시작되었다.

나무집에서는 노들레와 힐데른이 나와서 해산물을 채집하기도 하고 토끼 같은 동물을 잡아서 음식도 만들었다.

보석처럼 빛나는 햇살과 끊이지 않고 밀려오는 파도.

다시 저녁이 되어서 어두운 밤하늘에 별들이 가득 수를 놓고, 그다음 날의 태양이 떠오른다.

너무나도 평온한 일상이 흐르고 반복된다.

'이게 도대체 뭐 하자는 짓인지.'

위드는 열흘 정도를 멍하니 지켜보았다.

시간상으로 따지고 보면 불과 30분 정도일까, 그렇게 길지도 않았다.

처음에만 해도 주변에 어떤 위험한 존재가 있는지를 살피고 혹은 보물이라도 숨겨져 있는지 관찰했다. 노들레와 힐데른이 이곳에서 살아가는 이유가 어쩌면, 만의 하나, 보물을 감춰 두기 위함일 수도 있지 않겠는가!

딱 위드 수준의 생각이었다.

하지만 그들은 그냥 하루하루를 감사하면서 보낼 뿐이었다.

어딘가 숨겨 놓았을지도 모를 보물도 관심이 없고, 세상에 나가서 권력을 탐내지도 않는다.

위드보다는 못하지만 노들레 정도의 검술 실력이라면 어느 왕국에 가더라도 한자리는 무난하게 차지할 수 있었다. 야심을 조금 키운다면 국왕이 되는 것도 별로 어렵진 않으리라.

"우리에게 이런 날이 올 줄은 몰랐군."

"지금이 가장 행복해요."

그들이 함께하게 되기까지 온갖 역경이 있었던 만큼 더 소중한 시간들을 보냈다.

무엇을 더 얻으려고 하지 않고 현재의 자리에 머무른 채 세상에서 가장 사랑하는 연인을 웃으면서 바라보고 있는 것이다.

하루, 이틀… 1달, 2달…….

시간의 흐름은 더욱 빨라졌다.

매일의 일상은 거의 비슷하게 반복되었다.

조각술 최후의 비기 퀘스트 마지막 단계에서는 그저 노들레와 힐데른이 편안하게 살아가는 모습을 보여 줄 뿐이었다.

'여기서 어떤 장면을 놓치면 안 되는 거 아닐까? 이놈들이 시간 조각술을 감춰 놓고 나서, 나중에 다시 찾으러 와야 하는 걸까. 그래서 발굴에 성공하면 익힐 수 있는 것일지도.'

위드는 의심으로 가득 차서 그들의 행동들을 계속 외우고 분석했다.

봄, 여름, 가을, 겨울.

세월이 지나면서 계절이 바뀌고 노들레와 힐데른도 나이를 먹었다.

그들이 보로타 섬에서 사랑을 속삭이던 때는 청춘 남녀였지만 대륙을 횡단하고 사막에서 살아가는 동안 이미 조금은 나이가 들었다.

젊어서는 미남의 표본이라고 할 만큼 잘생겼던 노들레의 얼굴에는 상처 자국도 많았다.

젊음은 한때이지만 그들은 더없이 소중한 추억을 일구며 살아갔다.

시간은 더 빨리 흘러서, 그들은 노인으로 변해 갔다.

매일이 지나는 것이 아니라 때때로 1달이나 6개월, 눈으로 보고 있는 도중에도 계절이 두세 번씩 순식간에 바뀌었다.

장작을 한 짐씩 짊어지고 다니던 노들레는 점점 노쇠해지고 미모를 뽐내던 힐데른은 허리도 굽어졌다.

위드는 그들의 변화를 보면서 비로소 한 가지를 느낄 수 있었다.

노들레와 힐데른의 행복.

'보기는 좋아 보이는군. 설마 이거 흔해 빠진 옛날 동화책처럼 엠비뉴 교단을 물리친 노들레와 힐데른은 행복하게 잘 살았습니다는 아니겠지?'

해변가에는 폭풍이 오기도 하고 눈이 내리기도 했다. 그때마다 경치는 일품이었지만, 정작 살기에는 불편하다.

노들레와 힐데른은 노인이 되어서도 서로에게 의지를 하면서 도움을 주고받으며 살아갔다.

그 모습이 위드에게는 가슴 찡한 감동으로 다가왔다.

'저게 사랑이란 말이지.'

일찍 돌아가신 부모의 품은, 이제는 아득하니 기억이 잘 나지 않았다.

엄마와 아빠의 사랑을 보면서 살지 못했기에 모르는 부분이 많다.

사랑이란 기쁨보다는 막대한 책임감에 의해 겁이 나는 것도 사실이었으니까.

서윤과 정식으로 연인이 되기로 한 것도 아니지만, 서로의 마음을 어느 정도 알고 이제는 받아들이기로 한 것도 그동안 많은 일을 함께 겪어 왔기 때문이다.

'나도 행복한 가정을 이루고 살 수 있을까? 세상에는 정말 누구나 다 하는 것들도 정작 내 일이 되면 복잡한 게 많아. 평범한 가정을 이루고 사랑하면서 사는 것. 참 힘들지.'

그렇게 시간이 계속 흐르고, 주어진 시간이 다 되어 가는 것이 느껴졌다.

두 사람은 이미 세월의 흐름에 의해 죽음을 앞둔 노인이 되어 있는 것이다.

먼저 눈을 감은 쪽은 힐데른이었다.

그녀는 자신의 죽음을 알고 있기라도 하는 것처럼 직접 예쁜 옷을 짜서 입고 눈을 감았다.

"미안해요. 먼저 갈게요."

후회도 없는 담담한 죽음!

노들레는 집 뒤에 무덤을 만들고 그녀를 묻어 주었다.

그리고 다시 흘러가는 시간.

노들레는 혼자서 밥을 먹고 청소도 하고 낚시도 하면서 살아갔다. 그녀를 떠나보내고 아쉬울 수도 있겠지만, 평소처럼 삶을 살아갔다.

더없이 쓸쓸한 광경이었지만 노들레는 가끔 중얼거렸다.

"정말 재미있는 삶이었어."

힐데른을 선택하여 그가 잃어버린 것은 많았다.

보로타 섬에서의 명문 가문의 후계자로서의 지위나 재력을 버리고 떠돌이가 되었고, 목숨을 위협하는 수많은 위기를 경험했다.

그럼에도 불구하고 노들레는 자신이 선택한 삶, 스스로가 원하는 행복을 위해서 살았다.

아무것도 이루지 못했지만, 원하는 모든 걸 이룬 남자!

노들레는 힐데른의 무덤가 옆에서 조용히 눈을 감았다.

이것으로서 모든 것이 다 끝난 줄 알았지만 그렇지 않았다.

노들레의 몸과 힐데른의 무덤에서 새끼손가락처럼 작은 빛이 하나씩 튀어나오더니 연인처럼 서로 뒤엉키면서 하늘로 솟구치는 것이었다.

빛은 깊고도 넓은 밤하늘로 올라가서 서로 구분하기 힘들 정도로 딱 붙었다.

노들레와 힐데른의 별!

사람들에게 알려지지 않은 2개의 별들의 의미가 밝혀졌다.

시간과 행운, 사랑을 상징하는 별이다.

그들은 죽어서도 떨어지지 않고 영원한 시간을 함께 누리게 된 것이다.

한 편의 이야기, 한 남자의 삶을 지켜본 것에 대한 위드의 짤막한 감상평.

'나름 뭐, 행복한 결말이라고 할 수 있겠군. 착복한 재물로 떵떵거리면서 살거나 땅 투기에 성공하는 것 같은 희열은 없지만 말이야.'

띠링!

조각사들이 찾아서 헤매던 찬란한 아름다움의 표현법! 영원한 사랑을 통해서 시간의 비밀을 배웠습니다.
시간 조각술을 터득했습니다. 추억 속에서 그 시간은 영원하며, 행복한 시간은 느리거나 빠르게 흘러갑니다. 불가사의한 조각술의 힘은 한때의 기억으로도 돌아갈 수도 있을 것이며, 세상이 고요하고 모든 만물이 멈춰 있는 기적을 이루어 낼 수도 있게 합니다.
조각술 스킬의 숙련도가 증가합니다.

세기의 업적을 달성했습니다.
조각술의 장대한 길을 개척하였습니다. 조각사로서 세울 수 있는 최고의 업적입니다. 모든 조각사들이 발휘하는 조각술의 효과가 4% 높아집니다.

"아아."

감동적인 장면에 이어서 퀘스트까지 완료하니 제아무리 위드라도 눈물이 찔끔 흘러나올 것만 같았다.

그래도 남자의 눈물은 아주 귀한 법.

특히나 이 장면이 나중에라도 방송될 수 있다는 점을 감안한다면, 절대 우는 모습을 보일 수는 없었다.

"으하하아암."

갑작스러운 하품으로 깔끔하게 눈물 처리.

"시간 조각술 스킬 창!"

시간 조각술 초급 1 (0%)

세월의 조각술(초급)
조각품이 자연스럽게 긴 시간을 경험하게 합니다. 때때로 조각품들은 시간이 덧씌워지면서 훌륭한 가치를 갖게 될 것입니다. 또한 아주 긴 세월이 지나더라도 자연적으로 입는 손상에 의하여 파괴되는 것을 막아 줍니다.
찰나의 조각술(중급)
세상을 멈추게 합니다. 빛도, 바람도, 사람도. 시간 조각술 앞에 모든 사물이 멈추게 될 것입니다. 그 극도의 아름다움에서 혼자만 움직이려면 많은 체력과 정신력이 소모됩니다. 찰나의 조각술을 펼치기 위해서는 특별한 에너지가 필요합니다. 만물과 사람들을 행복하게 하면 찰나의 에너지를 얻을 수 있습니다. 찰나의 에너지는 많은 이들의 시간을 빼앗을수록 급속하게 소모될 것입니다. 짧은 시간의 연속 사용 등에는 막대한 체력과 마나가 소모됩니다.

여행의 조각술(고급)
시간의 흔적을 좇아서 특정한 시점으로 여행할 수 있습니다. 특수한 퀘스트들을 진행할 수 있습니다. 단, 퀘스트와 관계된 것이 아니라 조각사 임의로 과거를 바꾸는 것은 매우 큰 대가를 치르게 될 것입니다.

찰나의 에너지: 0

시간 조각술을 통해 부가적인 스킬을 획득하였습니다.

시간의 박물관
시간 조각술이 중급의 단계에 이르면 단 한 번에 한하여 영구히 하나의 지역에 흐르는 시간을 멈출 수 있습니다. 이 장소에서는 꽃이 시들지 않으며, 빗물은 공중에 그대로 멈춰 있을 것입니다. 조각사만이 관여할 수 있는 절대의 공간으로, 전투나 파괴가 불가능합니다. 자신만의 예술 작품들을 전시하고 다른 사람들을 초대할 수 있습니다.

이것이 조각술 최후의 비기!

시간 조각술은 사용하기에 따라서 여러 가지 특성을 발휘할 수 있었다.

위드에게는 찰나의 조각술이 가장 먼저 보였다.

"세상을 멈추게 만들고 혼자서 움직일 수 있단 말이지, 후후후후."

입가에 번지는 흐뭇한 미소.

시간 조각술을 통해서만 볼 수 있는 미지의 아름다움이 얼마나 대단할지 생각하기보단, 당장 해 먹을 수 있는 일부터 떠올랐다.

"시간이 정말로 멈춘다면… 남들이 가만히 있는 동안 맘껏 돈을 훔칠 수 있겠어. 그리고 전투 중에도 정말 유용할 테고."

전부 억지로 멈춰 놓고 싸운다면 그야말로 무적의 기술!

위험한 상황에 처했을 때 시간을 멈춰 놓고 빠져나오거나 혹은 치명적인 공격을 할 수도 있지 않겠는가.

"뭐, 얼마나 효과적으로 쓸 수 있을지는 모르겠지만 말이야."

어떤 대가를 치르더라도 일반적인 상식을 초월한 어마어마한 스킬임에는 틀림없다.

현재 이 장면은 방송국들을 통해서도 중계를 하지 않기로 약속을 해 두었다.

바드레이나 헤르메스 길드에 정보가 알려지는 걸 막기 위한 조치였다.

"조금만 기다려라. 내가 돌아갈 테니까!"

시간 조각술

"막아라! 사제들은 신성 마법으로 적을 물리치지 않고 무엇을 하는가!"

"전멸입니다! 모두 죽었습니다."

"어떻게 이런 일이 벌어질 수가 있지?"

"적들이 그림자 속에서 튀어나와서 암살을 해 버렸습니다. 미처 손을 쓰기도 전에……."

"은화살이 다 떨어졌습니다. 일반 화살은 물론이고 강철 화살도 전혀 먹히지를 않는데 어떻게 할까요?"

"성문, 성문을 막아랏! 성문이 뚫리면 우린 모두 끝장이야!"

하벤 제국의 도시 레인스타뎀!

교통의 요지이며 질 좋은 포도주가 생산되어, 과거 칼라모르 왕국에 속해 있을 때에는 여러 세력의 쟁탈전 속에서 매일 공성전에 휩싸였다.

그리고 헤르메스 길드가 이끄는 하벤 제국에 의해 점령되고 나서부터는 막중한 세금을 납부하느라 치안이 떨어져서 가끔 저항군의 공격을 받곤 했다.

하지만 보통 저항군 정도야 성벽으로 틀어막고 화살을 몇 발 쏘면 알아서 흩어지거나 기마대를 보내서 싹 소탕해 버리면 끝장이다.

하지만 어비스 나이트 반 호크와 영예로운 제국 기사 출신의 둠 나이트 800인의 공격은 상상을 초월했다.

어둠 속에서 침투하여 도시 내를 활보하면서 중요한 인물들을 암살했다.

"주변 도시의 지원은?"

"모릅니다. 연락이 되지 않아요!"

"어떻게 그런 일이……."

길드 채팅이나 귓속말은 대부분 어떠한 경우에서라도 통한다. 전쟁에서 화려하고 복잡한 전술을 실행할 수 있는 것도 그러한 신속한 전달 체계에 의해서였다.

하지만 반 호크의 심연에서 솟아나온 암흑 투기는 모든 종류의 마나를 흩트려 놓아서, 텔레포트나 귓속말 같은 것도 이루어지지 않는다.

둠 나이트들은 유령처럼 성벽을 통과하거나 혹은 날개가 달린 것처럼 수십 미터를 뛰어올라서 넘어왔다.

철컹철컹.

성벽 너머에는 반 호크가 어느새 일으킨 녹슨 갑옷을 입은 언데드 부대가 있었다.

레인스타뎀 인근에는 전쟁의 결과물인 원혼들이 가득하다.

그들을 일으켜서 휘하 부대로 만들어 놓은 것이다.

반 호크의 힘이 워낙 뛰어나다 보니 칼라모르 제국 시절의 원혼에서부터 가장 최근에 사망한 자들의 시체까지 모조리 일어났다.

이전에 이곳에서 죽음을 경험했던 유저들에게도 퀘스트가 발동하였다!

어비스 나이트 반 호크가 당신을 부르고 있습니다.
레인스타뎀에서 목숨을 잃은 그대여, 드디어 복수의 칼날을 휘두를 날이 왔다.
언데드가 되어 칼라모르 왕국을 재건하기 위한 전쟁에 참여하겠는가?
퀘스트를 받아들이게 되면 일정 시간 동안 언데드로서 전투에 참여할 수 있다.
죽음을 경험하더라도 어떠한 페널티도 입지 않으며, 언데드 소환에 따라서 즉시, 혹은 나중에 다시 일어날 수 있다. 전투를 하면서 경험치를 획득할 수 있다.

〈로열 로드〉의 접속률은 위드의 모험 때문에라도 상당히 높은 상태였다.

"이건 또 뭐지? 퀘스트라면 받아들여 봐야 하나?"

"몰라. 뭔가 재밌을 것도 같은데."

대륙의 각 지역, 심지어는 북부에 있던 유저들도 퀘스트를 받아들이는 순간 레인스타뎀의 언데드가 되어서 땅을 파헤치고 일어났다.

자신의 레벨에 맞는 종류의 언데드가 된 유저들은 신기해하며 주변을 둘러보았다.

"우으우어?"

"크오와아아앗!"

혀가 썩거나 턱이 빠져서 제대로 발음이 되지를 않는다.

사냥을 하다가 죽은 초보들은 냄새가 풀풀 날리고 파리가 들 끓는 좀비가 되어서 비틀거리면서 걸었다.

그래도 레벨이 꽤 높아서 데스 나이트 이상으로 일어난 유저 들은 몸을 움직이는 데 있어서 어느 정도 자유로웠다.

'이게 뭘까?'

'아, 특별해. 아주 특별한 이벤트야. 방송으로 알려질 가능성 도 100%라고 할 수 있겠지. 드디어 전투 천재인 나에게도 기 회가 찾아오는구나.'

'잘 싸우면 보상이 있겠지? 근데 공성전이네. 그것도 하벤 제 국을 상대로!'

'흠, 죽음으로써 잃어버릴 게 없다라. 죽으면 스킬 숙련도와 경험치가 감소해서 지금까지 난 항상 소극적이었지. 던전 사냥 에서도 뒤에서 눈치만 보다가 뻑하면 욕을 얻어먹었고. 좋아, 해보자. 다 죽었어!'

'아, 씨! 난 사제인데 왜 언데드가 된 거야. 그것도 해골로. 어라, 손에서 불꽃이 나가네?'

언데드가 된 유저들은 턱을 달그락거리면서 웃었다.

어쨌든 신선하고 재미있는 경험이지 않은가.

눈치가 아주 느린 유저가 아닌 한, 돌아가는 사정이 어떻게 된 것인지는 대충 파악을 하였다.

하벤 제국의 레인스타뎀!

자신이 과거에 이 부근에서 죽은 적도 있으니 모를 수도 없 는 도시다.

'유후, 그냥 싸우기만 하면 되는 거네. 대책 없이 덤벼 볼까?'

목숨이 무한대라면 누구나 실컷 싸울 수 있지 않겠는가.

언데드 유저들이 킬킬대고 있는데 그들을 지휘할 둠 나이트들이 나타났다.

"모…두… 죽…이…거…라… 이…곳…은… 우…리…의… 땅…이…다……"

"인…간…들…이…여… 삶…을… 원…하…는…가… 굴…복…하…고… 무…릎…을… 꿇…어…라… 새…로…운… 삶…을… 내…가… 주…겠…다… 죄…악…의… 대…가…를… 치…르…고… 더…러…운… 뼈…다…귀…로…서… 살…아… 가…라……!"

지옥을 지키는 수문장인 둠 나이트들은 보통 기사들로서는 도저히 상대할 수가 없는 존재들로, 언데드들을 이끌고 앞장서서 성벽을 돌파하였다.

'가자. 이거 늦으면 재미 못 본다.'

언데드 유저들은 누가 먼저랄 것도 없이 격파된 성문을 통과하고, 하벤 제국의 병력에 맞서서 전투를 개시했다.

"자리를 지켜라. 성문에서 막아 내야 한다!"

"도저히 버틸 수가 없습니다. 전부 죽어 나가고… 커억!"

방패로 막아 낸다고 하더라도, 둠 나이트의 공격은 생명력뿐만 아니라 영혼에까지 피해를 입힌다.

영혼을 잠식당하면 죽지 않더라도 둠 나이트의 편이 되어 버린다.

언데드 유저들은 신바람이 나서 자신들의 수준에 맞는 하벤 제국 병사들을 상대했다.

"너무 오래 걸리는군."

반 호크는, 전투는 그저 휘하의 둠 나이트들에게만 맡겨 놓고 이런 곳에서 지체하는 것이 마땅치 않다는 듯이 묵묵히 서 있었다.

2미터나 되는 뼈로 된 검을 들고 어두운 밤하늘을 응시하고 있는 반 호크의 위엄!

위드에게 맨날 맞고 사사건건 잔소리 듣고 살던 반 호크지만, 어비스 나이트로서의 그에게는 카리스마가 넘쳐 났다.

심연에서 솟구친 칠흑 같은 어둠이 그를 보호하듯이 둘러싸고 있었으니 그 위압감 역시 어마어마하다.

레인스타뎀의 일반 유저들은 전투가 벌어지자마자 일찌감치 성을 빠져나와서 호기심 때문에라도 가까이에서 구경했다.

"끝내준다. 그렇지?"

"도시 하나가 점령되는 것도 금방이네."

"1시간도 안 걸리는 것 같은데?"

도시의 수비병은 몇 분 사이에 몰살당했다.

인간으로서의 목숨을 잃었을 뿐, 언데드 부하가 되어서 되살아났다.

레인스타뎀은 반 호크의 둠 나이트 부대에 의하여 완벽하게 점령당했다.

창고는 불타오르고, 도시의 모든 주요 시설들이 철저히 파괴되었다. 주민들이나 유저들에게는 다행스럽게도 일반 상점이나 주택가는 부수지 않았다.

"이들은 칼라모르의 불쌍한 시민들이다. 제국이 이들을 지켜 주지 못하였기에 지배를 당해야 했다. 우리는 미안해야 한다."

"크크클, 우리의 자식들이 이곳 어디엔가 있겠군요."

반 호크가 이끄는 언데드 군단은 레인스타뎀에 길게 머무르지 않았다.

다음 날 동이 트기 전, 일찍 부서진 성문을 통해서 다시 빠져나갔다.

"가자. 황궁을 되찾아야 하리라. 폐하를 위해, 그리고 빼앗긴 이 땅을 되찾지 못한 한, 우리의 발걸음은 멈춰질 수 없다."

"예, 대장님."

언데드들은 움직였다.

"뭐, 뭐야!"

"이것들은 도대체……."

길가에서 그들과 마주친 유저들은 깜짝 놀랐다.

최근에는 대부분 북부에서 시작하지만, 상업과 기술이 발달하고 안정된 중앙 대륙을 선호하는 유저들도 여전히 많았다.

초보들부터 시작해서 마차를 끌고 오던 상인들 역시 별안간 언데드 떼가 우르르 나타나니 놀라서 도망치거나 제자리에 서서 꼼짝도 하지 못했다.

언데드는 던전이나 무덤가에서 비교적 흔하게 볼 수 있는 몬스터다.

대체로 스켈레톤이나 유령, 구울 정도의 수준이었지만, 위드의 모험으로 인해 일반 유저들에게도 많이 친숙해졌다.

어지간한 유저라면 언데드들을 분류할 수 있었고, 그렇기에 고위 언데드 군단이 나타난 것을 보며 깜짝 놀란 것이다.

"끌끌끌."

"키히히히힛."

언데드 유저들은 다음 전투를 기대하면서 웃음을 멈추지 못했다.

하지만 얼마 후에 태양이 떠오르고 나니 그들은 길가에서 싹 사라지고 말았다.

태양이 없는 밤에만 활약할 수 있는 것이다.

라페이와 헤르메스 길드의 수뇌부는 갑자기 벌어진 일들에 대한 대책 회의를 열었다.

긴가민가했던 위드의 퀘스트 성공!

북부의 유저들을 앞으로는 위드가 직접 나서서 통솔할 수 있다는 점!

그리고 어비스 나이트의 침략!

라페이는 태연하게 웃었다.

"놀랍지만 예상했던 변수들입니다."

헤르메스 길드의 수뇌부는 약 50여 명.

바드레이는 군대를 이끌고, 수뇌부는 하벤 제국의 모든 것을 좌우하는 핵심 참모 역할을 한다.

갑자기 벌어진 사건들은 하벤 제국에 불리한 것들이었지만 그들은 사소한 피해 따위야 무시해도 될 정도로 거대한 세력을 결성해 놓고 있었다.

"위드가 상당히 깊은 꿍꿍이를 가지고 있었군요. 어비스 나이트는 오늘을 위해서 일부러 키워 놓은 것일까요?"

"일찍부터 퀘스트에 동참시켜 성장시켰던 이유가 우리 하벤 제국에 피해를 입히기 위해서였다는 건 충분히 의심해 볼 만한 여지가 있는 이야기입니다."

"칼라모르 왕국의 패망과 언데드 반 호크에 대한 기록을 바탕으로 정보부의 분석이 있었습니다. 전후 사정을 보면 스토리상 맞물려서 벌어진 이벤트 같긴 한데. 군사부의 의견은 어떻습니까?"

수뇌부는 여러 부서로 나뉘어서 방대한 하벤 제국의 현황을 파악하고 있었다.

군사부의 제니스데이는 지도를 통해서 몇 가지를 확인하고 나서 말했다.

"레인스타뎀의 전투 보고가 올라왔습니다. 언데드의 숫자는 아무래도 3,000에서 5,000 정도로 보이고, 전쟁 중에도 더는 늘어나지 않았습니다."

"상대하기 곤란한 숫자는 아니군요."

"네크로맨서가 아닌 심연의 기사이기 때문에 불러일으킬 수 있는 언데드의 숫자에 한계가 있는 것으로 추측하고 있습니다. 다만 일부 유저들이 이벤트로 합류를 했고, 그들 중에서 700~1,000 정도의 병력이 둠 나이트입니다."

"둠 나이트라면 고위 몬스터인데요."

"맞습니다. 개별적인 수준은 매우 높고 처리하기 까다롭다고 할 수 있죠. 그러나 황실 기사단 1개 부대면 충분히 제압이 가능할 것입니다."

헤르메스 길드에 소속되어 있는 고레벨 유저는 흘러넘칠 지경이었다.

중앙 대륙에서의 전쟁에는 이들이 대거 동원되었지만, 북부 정벌을 하면서는 상대적으로 여유가 있었다.

말이 좋아서 북부 정벌이지 하벤 제국에서 파견된 병력은 거의 NPC로 구성된 일반 병사들이었다.

바드레이도 명목상의 총사령관으로 따라나선 것이지 전투에 끼어들지는 않는다.

400대 중반에서 후반에 이르는 길드의 최고수들은 아직까지 할 일이 없다.

중앙 대륙을 일통하면서 그동안 경쟁하던 다른 명문 길드에서 영입한 고레벨 유저들도 많다.

헤르메스 길드는 초창기의 멤버들을 중심으로 하였지만 다른 이들을 배척하는 순혈주의는 아니다.

고레벨 유저들을 바탕으로 꾸준하게 규모를 늘려서, 그 어떤 적대 세력도 출현하지 못하도록 군림하는 것이 목적이었다.

"황궁 기사단 1개 부대라면 약 200명 정도인데 그들로 막을 수가 있겠습니까? 어비스 나이트를 해치우지 않으면 언데드들은 계속 부활할 텐데요."

"언데드라면 상당히 꺼림칙하고 강하다는 인식이 있지만 실제로 다른 몬스터들에 비해서 크게 까다롭진 않습니다. 각 교단으로부터 언데드를 약화시킬 수 있는 신관들을 지원받아서 대거 파견하고, 신성력을 강화하는 성물들을 미리 지역마다 배치합니다. 그리고 황궁 기사단 1개 부대, 고레벨 유저들이 동원된다면 충분히 저지가 가능합니다."

하벤 제국에서는 엄청난 영토만큼이나 보물을 많이 가지고 있다.

언데드에 상극이라고 할 수 있는 신성력을 늘려 주는 성물들을 배치한다면 어비스 나이트의 군단도 약화된다.

하벤 제국이 지금까지 상대해 본 몬스터 중에서 어비스 나이트라면 최악이라고 할 수 있지만, 대기하고 있던 고레벨 유저들이 잔뜩 달려간다면 좋은 볼거리가 될 것이다.

라페이는 결정을 내렸다.

"여유 있게 가죠. 제국의 위엄을 보여 주어야 할 이때에 주위의 시선도 있는데 다급하게 싸울 필요는 없습니다. 황궁 기사단 3개 부대, 레벨 410 이상의 유저 2,000명, 사제 4,000명 정도를 파견합니다. 그리고 포상금을 내걸어서 일반 유저들의 지원도 받도록 하죠."

영주 중 1명이 손을 들더니 반대 의견을 말했다.

"너무 과한 것 아닙니까? 점령지의 치안과 내정이 아직 완벽한 상황도 아닌데요. 북부 정벌에 이어서 이런 대규모 전투를 벌인다면 전력의 공백이 생기는 것이 불가피합니다."

"북부 정벌은 그만한 호기를 놓치기가 아까워서 일찍 시행한 것입니다. 엠비뉴 교단이 사라진 이후에 넘쳐 나게 된 병력을 북부로 보낸 것이고, 예정보다 조금 지연되고는 있어도 착실한 결과를 나타내고 있습니다. 그리고 점령 지역을 안정화시키기 위해서라도 이런 이벤트는 필요합니다. 하벤 제국은 어비스 나이트가 나타나는 정도로는 꿈쩍도 하지 않는다는 모습을 보여 주는 것도 괜찮겠지요."

하벤 제국은 힘으로 일어선 제국인 만큼 그 힘이 약해져서는 곤란하다.

제국의 방대한 영토 내에서 산적, 저항군이 날뛰더라도 전체에 미치는 영향력은 미미했다.

라페이는 어비스 나이트와의 싸움을 하벤 제국의 힘을 과시하는 축제의 장으로 만들고 싶어 했다.

"그리고 바드레이 님께서도 준비해 주셔야겠습니다."

"물론입니다."

어비스 나이트와의 싸움에는 바드레이와 친위 부대도 참여하기로 결정되었다.

하벤 제국에 있어 도시 3~4개의 피해 정도는 별것 아니다. 어비스 나이트 반 호크의 최후를 바드레이가 장식한다면, 그보다 더 좋은 결과는 없을 것이다.

❦

위드의 모험이 끝난 날, 각 방송국들의 시청률은 믿기 힘들 정도의 높은 수치를 기록했다.

전체 시청률 19.8%.

공중파에서 하는 인기 드라마보다도 높은 시청률이었다.

그리고 더욱 놀라운 것은, 드래곤을 타고 난 이후의 순간 시청률은 더욱 높다는 점이다.

무려 34.1%

물론 〈로열 로드〉가 전 세계에서 선풍적인 인기를 끌고 있긴 하지만, 이만한 시청률이 나올 것이라고는 누구도 예상하지 못했다.

　　압도적인 스케일과 장면들로 인해서 〈로열 로드〉의 방송은 재미가 있다.

　　유저들의 시선에서 방송 화면을 따라가다 보면, 정말 모험을 하고 탐험을 하는 느낌이 절로 든다.

　　으스스한 숲에서 바람이 불면서 나뭇가지가 흔들리고, 낙엽을 밟아서 부서지는 소리까지 전부 생생했다.

　　환상적인 자연의 경치와 증오심 가득한 몬스터들로 인해서, 시청률은 갈수록 높아져 가는 추세였다.

　　"우리 방송국에서 이 정도 시청률이 달성되다니 믿기지가 않는군."

　　"국장님, 지금 게시판마다 처음부터 못 본 사람이 많다고 바로 재방송을 해 달라는 요구가 빗발치고 있습니다!"

　　"바로 재방송 시작하고……."

　　"국장님!"

　　"또 뭔가?"

　　"광고주들의 만나 달라는 요청이 쇄도하고 있습니다. 위드가 출연하는 다음 방송이 뭐냐고 사방에서 전화가 오는데요!"

　　위드의 모험은 단순히 그걸로 끝나는 게 아니다.

　　베르사 대륙에 중대한 변화까지 몰고 오다 보니 방송국들은 밤샘 작업에 돌입해야만 했다.

　　그리고 그다음 날, 직장인들과 학생들의 눈은 붉게 충혈되어 있었다.

"캬하, 그거 봤지?"

"응. 크흐!"

"아주 시원해."

"참, 어제 새벽 2시까지 방송 보다가 잤는데, 엠비뉴 교단은 어떻게 됐지?"

"완전히 사라졌어. 흔적도 남아 있지 않더라고."

위드가 진행한 것은 조각술 최후의 비기 퀘스트였다. 하지만 퀘스트 내용을 따라서 사람들 사이에서는 엠비뉴 교단 멸망 퀘스트로도 많이 알려졌다.

베르사 대륙을 온통 뒤덮었던 엠비뉴 교단의 흔적은 일부러 찾으려고 해도 볼 수 없게 되었다.

왕국 자체가 무너졌던 로자임 왕국을 비롯하여, 중앙 대륙의 여러 지역들이 과거의 영광을 완벽히 회복했다.

사람들은 그날의 일과가 어서 끝나기만을 기다렸다. 그리고 집에 가자마자 〈로열 로드〉에 접속했다.

먼저 한 것은 시장에서 소식을 듣고 고향으로 가 보는 것이었다.

마차를 타고 이동하는데, 과거에는 대지에 깃든 저주로 검붉은 색으로 변했던 들녘이 풍요로운 황금빛으로 빛나고 있다.

그 감동과 흥분이야 이루 말할 수가 없을 정도였다.

엠비뉴 교단에 의해 파괴되었던 고향 도시로 가서 정든 주민들도 만났다.

"이야, 잡화점의 노델른 할아버지! 오랜만이에요."

"허허, 무슨 소리인가. 얼마 전에도 물건을 판매하지 않았는가. 그보다도, 오늘 좋은 물건이 들어왔는데 좀 사 주지 않을 텐가? 며칠 후면 자식 놈을 결혼시켜야 하는데 돈이 좀 모자라서 말이야. 자네에게만 특별히 싸게 주지. 응?"

주민들은 아무 일도 없었던 듯 유저들을 향하여 물건을 판매하고 있었다.

엠비뉴 교단에 의해 완전히 파괴되었던 로자임 왕국의 세라보그 성에도 유저들이 다시 돌아왔다. 그들은 엠비뉴 교단을 피해서 산적들처럼 숲이나 동굴에서 살아갔지만, 더 이상은 그럴 필요가 없어졌다.

"에잉, 간단한 심부름을 시켰는데 이렇게 늦게 돌아오다니!"

"그게, 일찍 끝냈는데, 아저씨가 광신도가 되어서 떠나고 없었잖아요."

"무슨 소리를 하는 겐가, 꿈이라도 꾼 건가? 아무튼 늦게 돌아왔으니 금화 5개에서 3개는 빼고 돌려주겠네. 대신 늦게라도 약속을 잊지 않고 일을 해 주었으니 다음에 특별히 심부름을 시킬 일이 있으면 꼭 자네를 찾도록 하지!"

오랫동안 완료하지 못했던 퀘스트도 보고하고 보상을 받을 수 있었다.

퀘스트를 중단에 포기한 사람들도 다수였지만, 어쨌든 참고 기다린 유저들은 친밀도를 통해 그만한 보상을 얻었다.

대홍수에 쓸려 나갔던 평원도 원래대로 돌아오고, 위드와 유저들이 건축했던 피라미드와 스핑크스도 되돌아왔다.

엠비뉴 교단에 의하여 큰 피해를 입었던 유저들의 입가에는 미소가 가시지를 않았다.

"위드 님도 이제 돌아오겠지?"

"그러게. 엄청난 환영 인파가 반겨 주지 않겠어?"

"조각술 최후의 비기! 다 끝냈으니까 어떤 기술을 얻었을지 엄청 궁금하다."

"방송국들도 그거 때문에 난리가 났잖아."

"지금쯤 뭘 하고 있을까? 엄청난 퀘스트나, 헤르메스 길드를 물리칠 계책을 마련하고 계시겠지?"

바다의 보물

이현은 주택의 구석구석을 다시 한 번 확인했다.

"우리나라 건축 기술은 확실히 부족한 점이 많아. 건설업계에 혁신이 필요해."

오래될수록 집은 손봐야 할 곳이 자꾸 늘어나는 법이다.

비가 샌다거나 하진 않더라도 겨울에 웃풍이 심해서 난방 효율을 떨어뜨리기도 하고, 전기장치들이 고장 나기도 한다.

주택에 살면서 집을 잘 관리하기 위해서는 방수 페인트도 주기적으로 발라 주고 전체적으로 한 번씩 점검을 해 주는 건 필수였다.

"집을 한번 지어 놓으면 역사와 전통을 보존하기 위해서라도 한 700년 정도는 무사히 유지가 되어야지. 이 정도의 기술력도 없나, 쯧쯧."

이현은 건축업계가 너무 게으르다고 생각했다.

무작정 비싼 땅에 투기를 부추기며 분양만 할 줄 알지 생활

편의를 위해 제공하는 것이 대체 무엇인가.

겨울에는 저절로 따뜻해지고 여름에는 시원해지는 신소재를 개발하는 것은 물론이고, 자체 전력 생산, 지하 400미터 천연 암반수 공급, 건강에 해로운 미세 먼지 자동 제거 기능 정도는 주택에 기본으로 붙어 있어야 할 게 아닌가.

자동차가 있는 집에는 기름도 자동으로 채워 주고, 유기농을 선호하는 사람을 위해서는 마당 한편에 비닐하우스도 만들어 준다면 참 좋을 것이다.

"시멘트로 지은 집은 정이 안 가."

쉴 새 없이 투덜거리면서도 이현의 입가에는 썩은 미소가 가득했다.

자기 집을 둘러보면서 조금씩 수리하는 이 기쁨을 무엇과 바꿀 수 있겠는가.

대문도 화사하게 페인트칠을 새로 하고, 마당에는 통나무를 직접 깎아서 벤치도 만들어 놓을 결심을 했다.

"올해에는 배나무와 사과나무도 한 그루씩 더 심어야지. 지금 심어 놓으면 나중에 나이 먹어서는 과일값에 돈을 전혀 들이지 않아도 될 거야."

방송국으로부터 출연료와 시청률에 따른 성과금을 듬뿍 받을 예정이었지만, 지출에 대해서는 항상 엄격했다.

이미 이현이 저축한 액수만 봐도 상당한 알부자!

은행 직원이 주기적으로 전화를 해서 특판 상품을 안내한다거나 혹은 홍삼을 선물로 보내 주었다.

자신을 담당하는 은행 지점 과장으로부터 전화가 오면 이현은 일부러 거들먹거리면서 전화를 받았다.

—고객님, 특판 상품이 있는데 지점에 방문하시면 우대금리를 적용시켜
드릴 수 있어요.

우대금리!

"글쎄요. 최근에 남아도는 돈이 조금 있기는 한데……. 뭐,
딱히 쓸 일도 없으니 조금 넣어 볼까요?"

빚 독촉에 시달리면서 살던 몇 년 전과는 비교할 수도 없는
변화였다.

'이게 다 내가 잘난 덕이지.'

누구의 덕도 아닌 순전히 자기 덕!

이현은 마당을 청소하다 몸보신의 밥그릇이 비어 있는 걸 발
견했다.

"요즘 내가 바빠서 잘 챙겨 주지 않았군. 뭐, 알아서 잘 먹으
니까."

서윤의 집과는 벽을 허물어 놓고 지낸다.

이현에게는 그녀가 나쁜 짓을 하지 않으리라는 믿음이 있었
다. 다른 이유에서가 아니라, 그녀가 뭐 가져갈 게 있다고 이현
의 집에 있는 물건에 욕심을 내겠는가.

그래서 몸보신은 식사 때가 되면 서윤의 집에 가서 현관 앞
에 앉아 있곤 했다.

서윤이 부드러운 눈빛으로 미소를 지으며 쓰다듬어 주고 맛
있는 음식을 주니 이것이 개 행복!

이현에게는, 식구들이 돼지갈비를 먹은 후 남은 뼈다귀라도 하나 얻어먹으려면 엄청난 애교를 필요로 했다. 하지만 서윤은 몸보신의 입맛을 생각해서 매 끼니때마다 요리를 다르게 해 주고, 난생처음 먹어 보는 꿀맛 같은 음식들을 배부르게 먹게 해 줬다.

개 껌은 상자째로 쌓여 있었으니 진정한 개 팔자를 누리는 중이었다.

"아침에 먹다 남은 따끈따끈한 밥인데, 특별히 너에게 주도록 하지. 옛다! 많이 먹어라."

이현은 잔반을 모아서 물에 말아 몸보신의 밥그릇에 채워 넣어 줬다.

아침에 제육덮밥을 해서 먹었지만, 고기는 배 속으로 싹 사라지고 채소와 살점이 몇 개 붙어 있는 정도.

끄으응.

몸보신은 늘어져라 하품을 하더니 귀찮다는 듯이 거만하게 맞은편으로 돌아누웠다.

아침에 서윤이 호주산 특등급 양고기를 줘서 배를 채웠으니 가당치도 않은 밥찌꺼기는 눈에 들어오지도 않았던 것이다.

이현의 눈가가 파르르 떨렸다.

"이 근본도 알 수 없는 잡종견이 나도 먹는 밥을 안 먹다니."

몸보신을 목줄로 단단히 묶어 놓았다.

"아무 데도 못 가게 해야지. 굶다 보면 배고파서 먹겠지. 털에 참기름을 발라 놨나, 아주 윤기가 줄줄 흐르는구나. 개 팔자가 상팔자라더니 아주 호강에 겨워서 된장에 밥 비벼 먹겠어."

그렇게 몸보신의 목덜미를 괴롭히면서 화기애애한 시간을 보내고 있는데 등 뒤에서 인기척이 느껴졌다.

이현이 뒤를 돌아보니 어느새 마당에 나온 서윤이 물끄러미 쳐다보고 있었다.

"아, 오해하기 쉬운 광경이기는 한데, 보신이를 괴롭히고 있는 거 아니야."

몸보신은 서윤이 나타나자 벌떡 일어나더니 주인에게도 흔들지 않던 꼬리를 살랑거리면서 강아지처럼 끙끙거렸다.

충성심이 높은 개이기는 했지만 항상 보는 서윤이고 밥도 챙겨 주다 보니 안주인처럼 따르고 있었다.

깨갱, 깽깽!

그녀에게 다가가려고 해도 갑갑한 목줄 때문에 못 가고 펄쩍펄쩍 뛰었다. 그러더니 발라당 누워서 배를 드러내는 훌륭한 애교!

이현의 눈초리가 싸늘해졌다.

"역시 요즘 개들이란……."

지금 키우고 있는 몸보신 2세는 수컷이었다.

발정기가 되면 목줄로 꼭 묶어 놔서 응분의 조치를 취하겠다고 다짐하는 이현이었다.

이현과 서윤은 한낮의 햇빛을 받으면서 마당에 있는 의자에 앉아 시간을 보냈다.

서윤이 맑고 고운 목소리로 물었다.

"그때 잘 잤어요?"

"응."

"여동생은요?"

"도서관에 갔어."

서윤은 이혜연에 대해서 항상 신경을 쓰고 있었다.

이현의 여동생이라면 향후 시누이가 될 수 있는 존재였으니 싫어도 의식할 수밖에 없었다.

이현이 잠시 머뭇거리다가 입을 열었다.

"그때… 부탁 말이야."

"어떤 부탁요?"

"퀘스트 도와주기로 한 거."

"네."

이현은 서윤이 조각술 최후의 비기 퀘스트를 도와주면 소원을 하나 들어주기로 했다.

공짜를 밝히는 자신이었지만 아무 대가도 없이 입을 닦을 수는 없었다.

서윤이 퀘스트를 위해서 매우 많은 노력을 기울여 주었기에 덥석 저지른 약속!

'역시나 돈이겠지. 돈을 달라고 할 거야. 돈이지. 돈밖에는 없어.'

무슨 생각을 하는 건지, 먼발치를 바라보는 서윤의 얼굴이 점점 붉어져 갔다.

이현의 얼굴도 따라서 붉어졌다.

'미리 다 생각해 놨구나. 과연 돈이로군. 얼마나 큰 액수를 부르려고… 역시 이 세상은 돈이 모든 걸 좌우해.'

서윤이 망설이다가 말했다.

"데이트."

"응?"

"바쁜 건 알지만 하루라도 데이트를 해 보고 싶어요."

쇠뿔도 단김에 빼랬다고, 이현은 서윤과 함께 집을 나섰다.

'집 나가면 다 돈인데… 뭘 해야 하지?'

당연히 아무 계획도 없었다.

도로 가에 우두커니 서서 무엇을 해야 할지를 심각하게 고민했다.

"어디 가고 싶은 데라도 있어?"

"없어요. 하지만 어디든 좋아요."

"으음!"

평범한 남자들의 데이트에 대한 부담감!

드라마를 보면 특히 재벌 주인공들이 많이 나온다.

키 크고 잘생기기까지 한 그들이 여자와 데이트를 하면서 아무렇지도 않게 백화점 명품관에 가서 가방을 사 주고, 머리부터 발끝까지 옷을 맞춰 주는 바람에 보통 남자들은 너무나 힘들어졌다.

게다가 그런 드라마에서는 깜짝 이벤트에, 마지막에 헤어질 때는 반짝반짝 빛나는 선물까지 안겨 주지 않는가.

'영화나 드라마는 거기서 끝나야 돼. 다 허구 속 이야기지. 특히 그런 장면들이 나올 때면, 이런 일은 현실에서는 절대로 벌어지지 않는다고 자막으로 안내를 해 주면 더 좋을 텐데.'

하필 재벌의 딸인 서윤의 씀씀이를 감당하기에는 일반인으로서는 너무나도 벅찬 것이 현실이었다.

　호텔 레스토랑을 가고 싶지만 편의점 김밥도 감지덕지하며 살아가는 사람들이 많은 시대다.

　이현은 염치 불고하고 말했다.

　"배고프지?"

　"조금요."

　"그럼 밥 먹으러 가자. 근데 어디로 가고 뭘 해야 할지는 내가 결정해도 돼?"

　"물론이에요."

　"미리 말해 두지만 비싼 데는 못 가."

　"상관없어요."

　서윤은 뭘 먹더라도 기분 나쁘지 않을 것 같았다.

　물론 이현이 집에서 해 주는 요리가 가장 좋았지만, 함께 외식을 하는 일도 마음이 따뜻해지고 행복했다.

　이현의 옆에 있으면 밝은 따스함을 느낄 수 있었다.

　"그러면 내가 메뉴를 정해야겠군. 자장면을 먹으러 가자!"

　"아는 곳 있어요?"

　"이 동네에서 내가 모르는 집은 없지."

　오랜만의 중국집 방문이었다.

　동네의 중국집들이 수시로 개업과 폐업을 하고 있지만 한때 배달 업종 관련 종사자로서, 어떤 업소가 가장 청결하고 장사도 잘되는지 정도는 꿰고 있었다.

　이현은 중국집에 가서 자장면을 한 그릇씩 시키고 나서 잠시 고뇌에 빠졌다.

"사… 사천탕수육도 주세요. 둘이 먹기에는 많으니까 작은 걸로 주세요."

엄청난 지출!

하지만 서윤이 그를 위해서 쏟은 시간이 있기에 이 정도의 대우는 해 줘야 할 것 같았다.

"자장면을 먹을 때는 말이지, 강한 입의 압력을 이용해서 먹어야 맛있어."

후루루루룹!

이현의 입이 진공청소기처럼 면발을 흡입했다.

자장 양념이 입가에 있는 대로 다 묻어 버리는, 추잡하기 짝이 없는 장면!

서윤은 차마 따라 하지 못하고 조심스럽고 얌전하게 자장면을 먹었다.

"음식을 그렇게 복 없게 먹으면 안 되는데. 호로로로롭!"

자장면으로 식사를 마치고 나서 이현이 계산을 치렀다.

"커피를 마시자. 내가 뽑아 줄게."

이현은 중국집의 현관에 고객들을 위해 놔둔 자판기에서 당당하게 커피를 뽑았다.

"돈 아끼고 시간 절약하기에는 이만한 것이 없어. 음식을 먹고 난 후의 공짜 커피야말로 직장인들의 낭만이랄까. 내가 직장인은 아니지만 예전에는 정말 부러웠거든."

서윤은 고개를 갸웃했다.

"어떤 점이요?"

"단체로 식당에 들어가서 밥을 먹고, 회사 카드로 결제를 하고 커피를 뽑아서 유유히 나오는 모습이 말이야. 공짜 밥을 먹다가 노후에는 연금을 타서 살아갈 수 있다면 얼마나 좋을까."

"……."

서윤은 눈치와 예감이 날카로운 편이었다.

특히 이현의 성격에 대해서는 빠짐없이 알고 있었다.

일부러라도 과거 이야기는 하지 않는 편이다. 갑작스럽게 과거에 가난하게 살던 이야기를 하는 게 조금 이상했지만, 모르는 척 넘어갔다.

"식사도 했으니, 이제 등산을 할까?"

"등산요?"

"저기 보이는 산으로!"

이현이 손가락으로 가리킨 건 도시의 중앙에 있는 산이었다.

계단이 약간 많긴 하지만 높고 험한 산이 아니라 공원으로 꾸며져서 시민들의 휴식처가 되어 있었다.

이현과 서윤은 한 계단씩 계단을 올랐다.

여느 연인들처럼 계단을 하나씩 오르면서 가위바위보 내기라도 할 법하지만 둘에게 그런 건 없었다.

'가위바위보를 이겨서 뭐, 돈을 버는 것도 아니고.'

'그냥 이렇게 천천히 계단을 오르는 것도 좋아.'

30여 분 정도를 느긋하게 계단을 올라서 드디어 정상!

꼭대기에는 팔각정이 있었고, 철망에는 이곳에 온 연인 방문자들이 기념으로 묶어 놓은 자물쇠가 수백 개도 넘게 채워져있다.

이현은 도시를 내려다볼 수 있는 위치로 가서 말했다.

"옛날에는 있잖아, 그래 봐야 몇 년 전이지만, 가끔 이 산을 올랐어."

과거를 떠올리는 이현의 목소리는 낮고 차분했다.

"남들처럼 운동을 하려던 것도 아니고 풍경을 보려던 것도 아니야. 그냥 부러워서."

"가족이나 친구들과 같이 산에 온 사람들이 부러웠어요?"

산에는 평일임에도 불구하고 꽤 많은 가족들이 나와 있었다. 솜사탕, 음료수 장사를 하는 노점상도 있었다.

그러나 이현은 도시의 건물들을 향하던 시선을 다른 곳으로 돌리지 않았다.

"아니. 그냥 여기서 도시를 내려다보면 그렇게 부러웠어."

"……."

"참 많은 집과 건물이 있구나. 누구는 일을 하고, 집에서 쉬고, 학교를 가고, 꿈이나 희망이라는 단어를 가지고 살아가겠구나 하는 부러움?"

이현은 산에서 도시의 야경을 보고 세상에서 가장 아름답다는 생각을 했다.

비가 내리고 난 이후라서 불빛들이 선명하기도 했지만, 그 불빛들이 켜져 있는 곳에서는 사람들이 저마다 무언가를 하고 있으리라.

처량하게 비를 맞으며 산에 오른 자신과는 달리, 맛있는 요리를 해 먹고 따뜻한 집에서 살아가며 저축도 하는 평범한 사람들에 대한 부러움이었다.

세상은 절대 공평하지 않다.

한평생 열심히 살았더라도, 노인이 되면 누군가는 자신의 할머니처럼 몇천 원을 벌기 위해서 폐지를 줍거나 나물을 팔러 시장에 나가야 했다.

"어떤 사람에게는 당연한 일이 나한테는 너무나도 신기한 게 될 수도 있는 세상을 느꼈지. 그냥 불빛들이 너무 다 좋았고, 바라보면서 부러웠어. 그때 하던 생각은, 나도 정말 돈을 많이 벌고 싶다. 돈을 많이 벌기 위해서는 무슨 일을 해도 좋을 것만 같았지."

돈에 의한 조기교육을 받으면서 살아온 셈이다.

"산에 올라올 때마다 저기 흔한 평범한 사람들처럼 살고 싶다는 생각만이 가득했어. 지금은 뭐, 그래도 어느 정도 꿈을 이룬 셈이지. 노후를 위해 많은 액수는 아니지만 챙겨 놓은 돈도 제법 있고."

서윤의 눈에 맑은 눈물이 맺혀서 흘러내렸다.

어느새 저녁이 찾아와 날이 어두워지고 있었다.

이현은 하나둘 켜지는 도시의 불빛을 바라보다가 고개를 돌렸다.

도시의 야경보다도 예쁜 서윤이 곁에서 가만히 울고 있었다.

'드라마를 보면 이럴 때 키스를 하던데. 음, 아냐. 난 안 될 거야. 드라마 주인공처럼 멋진 사람이 아니니까. 저 눈물을 오해해서는 안 돼. 내가 얼마나 불쌍했으면 눈물이 날까.'

그렇게 생각하니 서윤이 주르륵 흘리는 눈물이 쉽게 이해가 갔다.

'은수저로 밥 먹다가 나무젓가락을 쓰는 사람을 보면 딱하고 불쌍하게 느껴지는 것과 비슷한 감정이겠지. 예를 들면 길가를 헤매는 강아지를 보는 듯하다고 할까. 그래서 우는 거로군.'

갑자기 악화되는 추측들!

'이 세상은 돈과 권력이야. 예쁘고 돈 많은 여자가 날 좋아한다는 게 말이 되나? 저러다가 정신을 차리고 나면 잘생기고 학벌 좋고 집안도 훌륭한 남자를 만나서 떠나겠지.'

서윤을 가까이할수록, 이현의 마음속에는 두려움이 들었다.

서로가 비슷한 처지가 아니라면 언젠가 떠나갈 수밖에 없다.

처음부터 없이 살아온 데에는 익숙하지만, 마음속에 크게 자라난 누군가가 갑자기 떠나 버리면 그 공허함은 정말 무섭다.

'언젠가는 이별하게 될 사이야. 젠장. 이럴 줄 알았으면 탕수육은 시키지 않는 거였는데.'

이현은 쓸쓸하게 말했다.

"내려가자."

거리로 나오니 어느새 완전히 밤이 되어 있었다.

데이트라면 영화를 한 편 보거나 술을 마시는 것도 괜찮겠지만, 지나가는 사람들이 서윤을 보고 있었다.

"저기 좀 봐. 인형이야, 사람이야?"

"어마어마하게 예쁘다. 근데 울고 있잖아?"

서윤은 거리에 서 있는 것만으로도 사람의 주목을 받는 외모였다.

그녀의 얼굴과 입고 있는 단순하면서도 고급스러운 옷들은 남자들이 함부로 말을 붙이지도 못하게 했다.

대부분의 남자들이 그녀를 보면 몸이 얼어붙어 버리거나 꿈인지 현실인지를 의심하는 것이 일반적인 반응이다.

옆에 여자 친구가 있음에도 불구하고, 서윤이 울면서 걷는 것을 보고 있자니 신장이식이라도 기꺼이 해 줄 수 있을 만큼 안타까운 마음이 들었다.

이현과 서윤은 걸어서 집이 있는 골목에 도착했다.

특별한 코스라고 부르기에도 민망한 짧은 데이트의 끝.

"음, 들어갈 거지?"

"네."

"그럼 뭐, 내일 또 볼까."

"……."

이현과 서윤은 계속 그 자리에 서서 더 이상은 아무 말도 없이 눈을 마주쳤다.

'여자의 눈이 가장 예쁠 때가 언제일까. 지금인 것도 같군.'

잔뜩 꾸며 잘 그린 짙은 화장보다는 막 울음을 그치고 나서 조금 부은 눈.

상대를 쳐다보는 눈빛이 너무 맑기에 아름다울 수밖에 없다.

이현은 뭔가 분위기가 이상하다는 생각이 들었다.

'왠지 이건 다시 키스를 해야 할 것 같은 느낌?'

자신이 한 걸음 다가가서 입을 맞추더라도 서윤의 눈빛과 표정은 거부하지 않을 것 같다. 오히려 기다리고 있는 듯한 얼굴이다.

'그러고 보니까 예전에도 비슷한 일이 있었지.'

〈로열 로드〉에서 퀘스트를 하며 석상화가 되었을 무렵, 서윤은 그에게 전혀 예상하지 못하게 입을 맞춰 주었다.

이현은 그 당시에도 접속해 있었기 때문에 입을 맞추던 순간의 느낌을 기억했다.

서윤이 그때 동상이 자신이란 걸 알고 한 것인지, 또한 어떤 마음으로 입을 맞춘 것인지도 궁금하다.

막연하게 물어보지 않고 지나쳤던 사건들이 오늘 갑자기 떠오른다.

서윤이 가만히 눈을 감았다.

'키스를 해도 될까. 안 될까. 괜히 해서 이상한 사람이 되는 건 아니야? 분위기를 보면 아무래도 하는 게 맞는 것 같은데. 솔직해지자. 내가 하고 싶은 마음이 들긴 해. 그래도 상대방의 기분이나 판단이 중요한 건데. 애매하게 이러지 말고 그냥 깔끔하게 키스를 하라고 말을 해 주지.'

이현은 서윤의 얼굴을 보며 많은 생각을 했다.

짧은 순간임에도 불구하고 수많은 생각이 회오리를 친다.

무려 1분!

고요한 상태에서 두 사람이 몸이 굳은 채로 서 있는 시간이었다.

숟가락으로 밥을 떠먹여 주기까지 했는데 씹을 줄도 모르는 격이었다.

유병준은 모니터를 보던 중에 이현이 거리를 돌아다니는 것을 발견했다.

"호오, 매일 집에만 있는 것 같더니 밖에도 돌아다니는군."

인공지능을 통해서 베르사 대륙의 주요 인물들을 수십 개의 모니터로 볼 수 있었고, 몇몇 사람들은 관찰 로봇이나 무인 항공기를 동원해서 특별히 현실에서도 주시했다.

"이놈이 무슨 바람이 불어서……."

그러다가 이현의 옆에서 함께 걷는 서윤을 발견했다.

"데이트를 나왔군. 저 아가씨는 퀘스트를 도와주었던 그 처자인가. 과연 아름답군. 가히 최고의 미녀라고 할 수 있겠어. 어떻게 저런 여자가 저런 놈과 친하게 지낼 수 있는 건지."

유병준은, 그 둘이 중국집을 갈 때부터 깊은 한탄의 연속이었다.

자장을 입가에 묻히며 추하게 먹는 모습, 산의 정상에 오르기 위해 계단을 걸으면서 손도 잡아 주지 않는 개매너!

"저런 놈도 여자 친구가 있는데."

진심으로 깊은 한탄밖에 나오지 않았다.

산 정상에서도, 자신의 힘든 삶에 대해서 푸념을 하더니 분위기가 무르익었음에도 불구하고 아무 짓도 저지르지 않는 게 아닌가.

"저, 저런 짐승보다도 못한 놈!"

유병준은 정말 이건 아니라는 생각이 들었다.

둔해도 어느 정도의 융통성은 가져야 연애가 활발하게 이루어진다.

길에 걸어 다니는 생면부지의 다른 여자도 아니고, 자신 때문에 서윤이 울고 있는데 아무런 위로도 해 주지 않다니!

특별한 사탕발림도 필요 없고, 곧바로 키스를 해야 할 최적의 타이밍이다.

정 어색하다면 가볍게 안아 주는 정도도 나쁘지 않을 텐데 아무것도 하지 않고 미적거리다가 다시 산을 내려와 버린다.

"전투 중에는 그렇게도 기회를 놓치지 않더니, 저 녀석은 정말 답답해."

보고 있는 유병준이 분통이 터져 죽을 지경이었다.

그렇게 하루의 짧은 데이트를 마치고 허무하게 집 안으로 들어가기 직전에, 분위기가 다시 잡혔다.

서윤은 눈까지 감았다.

"여기까지 왔는데도 왜 가만히 있는 거야, 저놈은!"

아무리 말귀를 못 알아먹는 사람이라고 할지라도 행동에 나서야 할 때가 아닌가.

이현과 서윤이 가만히 있는 1분이 유병준에게는 10분처럼 느껴졌다.

"안 되겠군. 베르사."

—네, 말씀하십시오.

"가로등 밑이라서 너무 밝은 게 이유일 수도 있겠어. 저 동네 가로등 전력 차단해. 갑자기 전부 꺼지면 놀랄 수도 있으니 차례대로 차단하는 게 좋겠지."

—명령 접수했습니다. 도시 시스템에 강제 개입 완료. 2초 뒤에 실행됩니다.

이현과 서윤이 있는 골목길과 그 주변 길가의 가로등이 멀리서부터 차례대로 슬며시 꺼졌다.

밤이기에 가로등이 꺼지니 갑자기 어둠이 찾아온다.

이현과 서윤의 머리 위에서 환하게 밝혀져 있던 가로등도 빛을 잃었다.

그럼에도 불구하고 달이 둥그렇게 떠 있고, 멀리 있는 간판의 불빛이 비치면서 서로를 마주 볼 수 있었다.

이현은 여전히 그 자리에 굳어서 움직이지 않았다.

"이걸로도 모자라나! 도대체 저 녀석은……."

유병준은 심지어는 자신의 자존심까지도 상했다.

이쯤 된다면 밥을 떠먹여 주는 게 아니라 억지로 투입을 해도 죄다 토해 놓는 중환자 수준이 아닌가.

"인근 가게에서 저들에게 들릴 정도로 낭만적인 음악을 크게 틀어 놔."

―개인 시스템에 강제 접근은 어렵습니다. 그러나 관찰 로봇을 통한 음향 시스템 설정은 가능합니다.

"관찰 로봇은 몇이나 되지?"

―현재 대상자의 주위로는 32기의 무인 항공기와 22기의 소형 로봇이 있습니다.

이현은 〈로열 로드〉에서 비중이 매우 큰 인물이고 유병준의 각별한 관심을 받고 있기에 호위와 관찰 로봇이 다수 배정되어 있었다.

"음악을 깔아 줘!"

이현의 머리 위에서 소리 없이 날아다니던 무인 항공기가 어둠 속에서 지상으로 조금 더 가까이 내려왔다.

또한 작은 새와 벌레, 돌멩이 등으로 위장하고 있던 관찰 로봇들이 소리를 내기 시작했다.

관현악부터 시작되어, 오케스트라를 능가하는 생생한 음악!

입체 서라운드로 들리는 음악에도 불구하고 이현은 서윤의 얼굴을 쳐다보기만 하고 끝내 움직이지 않았다.

"저놈이 지금 잠이라도 자는 것이야?"

—아닙니다. 대상자의 심장박동이 빨라지고 있습니다.

잠을 자는 것은 아니다.

이현은 가만히 서윤의 얼굴을 보고 있을 뿐이었다.

예쁜 여자를 싫어하는 남자가 어디에 있겠는가.

하지만 그녀와 함께했던 긴 시간 동안의 추억이 다 함께 떠오른다.

충동적인 욕망보다는 마음이 더 다가선다.

이현은 아주 서서히 서윤에게 다가가서 키스를 했다.

철썩. 처어어얼썩!

파도가 암초에 부딪쳐서 높게 튀어 오른다.

햇빛을 받은 모래 알갱이들은 부지런히 반짝인다.

퀘스트를 완료하고 난 후, 위드는 유령처럼 몸이 없던 상태에서 다시 대제왕의 몸으로 돌아왔다.

물론 토르의 신검과 갑옷은 감쪽같이 없어진 상태!

그의 앞에는 커다란 푸른빛의 포탈이 열려 있었는데, 원래의 세상으로 돌아가는 문이 틀림없으리라.

"이제 돌아가야지."

위드는 전쟁의 시대의 삶을 모두 정리하고 원래의 세계로 돌아가는 데에는 미련이 없었다.

조각 생명체들은 알아서 살아갈 것이고, 팔로스 제국의 운명도 정해져 있지 않은가.

엠비뉴 교단의 대신전이 워낙에 외딴 곳에 있다 보니 역사적으로 큰 영향을 미치지는 못한다는 점은 다소 아쉬웠다.

하지만 퀘스트를 완료하면서 얻을 것은 다 얻었고, 방송을 통해서도 감수성이 예민한 시청자들의 심금을 울렸을 것은 분명했다.

'캐릭터 산업이 활황을 띠겠군. 특히 드래곤에 탄 흑곰 인형으로 거둬들이는 수입은 염전만큼이나 짭짤할 거야.'

모든 게 다 계산된 행동!

이곳이 어딘지, 대략 위치는 짐작이 갔다. 중앙 대륙으로 돌아가서 사막의 대제왕으로서 행세를 할 수도 있지만 부질없는 일이리라.

"그래도 그냥 가기에는 조금 허전하단 말이야."

노들레와 힐데른의 사랑 이야기가 조금은 여운을 남겼다.

약간은 부모님 생각이 나기도 했다.

'아버지는 참 자상하고 좋은 사람이었지.'

어릴 때부터 직장에서 돌아오면 잘 놀아 줬다. 장난감도 직접 만들어 주고, 저녁이면 같이 텔레비전 앞에서 시간을 보내기도 했다.

술을 조금 많이 좋아하고 친구들에게 보증을 서슴없이 서 주는 점이 문제이긴 했지만.

어머니는 좋은 대학을 나온 현숙한 분이었다.

맞벌이를 하느라 육아에는 소홀한 부분이 있었지만, 가정 살

림에 전념할 수가 없었으니 어쩔 수 없이 이해해야 하는 면도
있다.

아버지와 어머니를 일찍 떠나보내고 나니 남은 추억들마저
도 기억이 희미해지면서 점점 사라지는 기분이 들었다.

모든 기억들이 다 그렇지 않겠는가.

노들레와 힐데른의 이야기도, 위드가 다시 끌어내지 않았더
라면 그대로 묻혀 버렸으리라.

'그분들도 계속 살아 계셨다면 서로 사랑을 하고, 나나 동생
이 커 가는 모습들도 볼 수 있었을 텐데.'

아버지와 어머니도 사랑 이야기가 있었다.

커피숍에서 아르바이트를 하던 아버지가 공부를 하러 온 어
머니에게 한눈에 반해서 편지와 함께 데이트를 신청하고, 그
후로 만날수록 마음에 들었다고 한다.

실상 어머니는 이렇게 말했다.

"좀 괜찮긴 했는데, 고리타분한 면이 적지 않았지. 빈틈을 보
여 주면 남자답게 치고 들어와야 하지 않겠니. 근데 데이트 신
청 받는 데만 2달이나 걸렸어. 결혼? 사귀면서 청혼 언제 하나
기다리다 늙어 죽을 줄 알았단다. 넌 앞으로 커서는 절대 그렇
게 하면 안 돼."

노들레와 힐데른처럼, 부모님도 끝까지 사랑을 하면서 행복
했으면 좋았을 텐데.

"난 절대 아버지 같지 않으니 다행이지. 바로 어제 키스도 했

으니까 말이야."

위드는 깊은 한숨을 내쉬었다.

"그래도 노들레와 힐데른에 대해서 기억하고 알아주는 사람도 점점 없어지겠지. 내가 성공한 퀘스트로서 이름은 알더라도, 나처럼 경험한 사람과는 느낌이 다를 거야. 그들을 위한 조각품을 만들어 줘야겠군."

여기까지 생각하고 나니 원래의 세상으로 돌아가기 전에 조각사로서 당연히 해야 할 일처럼 느껴지기도 했다.

위드는 조각 재료들을 찾기 위해서 주위를 둘러보았지만 근처에서는 마땅한 바위를 구할 수가 없었다.

'백사장의 모래를 쌓아서 만들었다가 폭풍이 몰아치기라도 한다면 금방 허물어져 버릴 테고. 그렇다고 해서 제법 멀리 떨어진 산에 가서 조각을 한다면 느낌이 별로인데.'

노들레와 힐데른은 섬에서 살면서 바다를 보며 행복한 시간을 나누었다.

조각품도 마땅히 그들이 마지막까지 함께했던 바다 주변에 세워 놓는 것이 맞으리라.

"다른 곳에서 바위를 옮겨 온다면 너무 힘들까? 아냐, 잘 찾아보면 쓸 만한 재료가 근처에 있을 거야. 조각 재료들은 찾아내지 못할 뿐이지 어디든 있으니까."

위드는 노들레가 그랬듯 집과 백사장 주변을 거닐었다.

산책을 하듯이 걷고 있으니 그들이 보았을 풍경이나 느낌이 더 생생하게 전해졌다.

험한 세상의 위협에도 굴하지 않으며 자신들의 행복을 위해

살아간 연인들.

위드의 눈이 바다로 향했다.

"저거로군!"

바다에서 거친 파도를 견뎌 내면서 우뚝 솟아 있는 큰 바위!

일반적으로 조각품은 가능한 한 장애물이 없는 편리한 장소에 조각하기 마련이지만, 상황이 그렇지 못하다면 대범하게 시도를 해 보는 것도 좋다.

바다에 우뚝 솟은 바위에 새긴 조각품은 역경을 이기며 살아간 노들레와 힐데른의 인생과도 잘 어울리리라.

"그렇다면 해 보자."

위드는 곧바로 바다로 뛰어들었다.

몇 걸음 떼지 않는데 몸이 물속에 푹 잠길 만큼, 의외로 상당히 깊은 바다!

목표로 했던 바위는 백사장에서 50미터 정도 떨어져 있었다.

파도가 하얀 포말이 되어서 계속 부서지면서 바위 너머로 사람의 키보다도 높게 솟구쳤다.

"해 보자. 불가능은 없어!"

깡. 깡. 깡.

사막의 대제왕으로 활동하면서도 혹시나 몰라서 조각 도구들은 늘 가지고 다녔다.

왕국들에서 약탈한 최상의 제품들.

대장장이들을 끈질기게 닦달하여 뜯어낸, 다이아몬드로 만든 모루와 정!

장소가 장소이니만큼 조각품을 깎으면서 파도에 흠뻑 젖는 건 당연하고, 눈에도 수시로 바닷물이 튀었다.

"실수할 수는 없지. 재료를 다시 구할 수도 없는 거니까."

바위를 손으로 만지고 강도를 확인하면서 섬세하게 조각을 했다.

수천 년은 파도를 견디었을 단단한 바위지만 자연적으로 형성되면서 미세한 금들이 깊게까지 이어져 있는 경우도 있어서 주의해야 했다.

바위에 두껍게 낀 이끼와 얽혀 있는 해초, 불가사리 등을 치우면서 작업!

노들레와 힐데른은 젊은 시절이 훨씬 더 잘생기고 예뻤지만, 그들이 나이가 든 할아버지, 할머니의 모습대로 조각을 했다.

행복이 절정에 달한 순간이기 때문이다.

노인 두 사람이 손을 잡고 먼 바다를 보며 파도에 맞서는 조각품!

작업을 시작한 지 불과 10시간도 되지 않아서 작품이 완성되었다.

감정을 따라서 빼고 더할 것을 느끼는 대로 결정했기 때문에 진행이 빨랐다.

> 만든 조각품의 이름을 정해 주십시오.

"이름이야 뭐, 노들레와 힐데른으로 해야지."

> 〈노들레와 힐데른〉이 맞습니까?

"맞아."

명작! 〈노들레와 힐데른〉을 완성하였습니다!

시간과 자연의 힘이 깃든 조각품이다. 대륙의 역사를 새로 쓰는 조각사의 작품으로, 특별한 대상을 작품으로 만들었다. 위대한 영웅의 조각품은 불후의 명작으로 손꼽기에 부족함이 없으리라. 누군가가 노들레의 모험에 대하여 발견하면 예술적, 역사적 가치는 3배로 증가하게 된다.

예술적 가치: 4,392

옵션: 〈노들레와 힐데른〉을 바라본 이들은 생명력과 마나 회복 속도가 사흘 동안 34% 증가한다. 항해 스킬 21% 증가. 용사의 축복 '불굴의 희망'이 부여된다. 반경 4킬로미터 이내에서는 모든 몬스터들이 선제공격을 하지 않는다. 발견자들은 특별한 행운으로 모든 스탯이 영구히 2씩 증가한다. 다른 조각품과 중복으로 적용되지 않는다.

지금까지 완성한 명작의 숫자: 25

조각술 스킬의 숙련도가 향상되었습니다.

손재주 스킬의 숙련도가 향상되었습니다.

시간 조각술의 레벨이 초급 2레벨로 증가하였습니다.
조각품의 내구도가 더 높아져서 나쁜 환경에서도 오랫동안 보존됩니다.

노들레와 힐데른의 조각품은 가뿐히 명작으로 탄생!

과연 위드가 노렸던 대로였다.

현재의 조각술 숙련도는 고급 9레벨 94.1%.

전쟁의 시대에서도 드물게나마 조각품을 만들었고, 조각술 최후의 비기 퀘스트도 완료했다. 명작의 조각품까지 성공시켰더니 조각술 마스터도 정말 얼마 남지 않았다.

"그래도 좀 허전한데. 〈노들레와 힐데른〉이 고작 명작이라니…… . 내 성의가 조금 모자랐던 것도 같아."

위드는 스무 날을 더 그곳에 머무르면서 조각품을 만들었다.

조각사의 인생에서 여러 힘든 조각품들을 깎아 보았지만 이번이야말로 사상 최대의 작업.

시간이 오래 걸렸다고 볼 수는 없지만 아주 어려운 고난이도의 작업이었다.

물론 마지막 전투에서 입수한 드래곤의 뼈와 비늘도 아끼지 않고 썼다.

"이제 나도 아무 후회가 없겠군."

위드는 작업을 마치고 나서 미련 없이 원래의 세상으로 돌아가는 포탈로 들어갔다.

그가 떠나고 난 해안가에는 조각품을 만들기 전과 비교해서 아무런 변화가 없었다.

백사장의 모래는 여전히 반짝이고, 눈에 띄는 어떤 조각품이 세워진 것도 아니었다.

하지만 수평선으로 시선을 옮겨 보면, 거칠고 험한 파도와 맞서고 있는 노들레와 힐데른의 명작 조각품이 보인다.

정말 잘 어울리는 바다 풍경과 조각품이었지만, 다른 작품은 보이지 않았다.

위드의 다른 조각품은 맑고 푸른 바다 아래에 있었다.

산호초가 퍼져 있는, 깊지 않은 바다.

보로타 섬의 좁은 골목을 뛰어다니는 작은 아이들부터, 뗏목을 타고 바다로 나아가는 조각품.

대륙을 헤매면서 싸우고, 살아가고, 도망치고.

사막의 생활과 엠비뉴 교단을 상대로 한 전투가 해저에 그리듯이 새겨졌다.

노들레와 힐데른.

각 시기마다 두 연인은 드래곤의 뼈와 비늘, 미스릴을 이용하여 호화로운 동상을 세워 표현했다.

그들이 살아간 일대기가 전부 조각품으로 탄생되어 있었다.

해저의 암초들을 대상으로 만들어 놓은 조각품의 제목은 '바다를 그리워하며 살아간 행복한 두 사람'.

삶을 괴롭히는 파도에 상처를 입었을 두 사람이지만, 바닷속은 형형색색의 작은 물고기들이 떼를 지어서 헤엄을 칠 정도로 잔잔하다.

시간 조각술이 부여되어 있기에 오랜 세월이 지나더라도 자연적인 손상은 발행하지 않으리라.

작품이 완성되는 순간 바다의 보물로 기록된 대작의 조각품!

아마도 인간들 사이에서는 쉽게 발견되긴 힘든 작품이었다.

"저길 봐."

"어머어머, 너무 멋지다."

하지만 바다에서는 조각품에 대한 소문이 금세 퍼지면서 꿈 많은 인어들이 찾아왔다.

"인간 세상이 다 저렇다니 참 무서워."

"그래도 멋지지 않니?"

인어들이 매일 방문을 하고, 조각품의 주변으로는 알록달록한 물고기들이 헤엄을 치며 지나갔다.

"재미있는 모험을 보았군. 그렇지 않느냐, 베르사."

一재미의 기준을 무엇으로 놓느냐에 따라서 가치가 달라질 수 있는 질문입니다. 현재 위드가 달성한 퀘스트의 성과는 약 279% 정도로, 목표치를 압도적으로 초과했습니다. 이러한 결과가 출현할 수 있는 확률은 0.003%에 불과한 수준으로…….

"그만!"

유병준은 더 이상 듣고 싶지 않았다.

위드는 불가능에 가까운 임무를 성공시켰다. 그 와중에 드래곤을 이용한 것이 결정적이기는 하지만, 반드시 그 이유 때문이라고 볼 수도 없다.

본래 노들레의 퀘스트에서는 아헬른의 희생으로 무사히 드래곤을 봉인할 수 있었다. 그런데 혼돈의 드래곤을 봉인하는 것으로 끝나지 않고 아예 처리를 해 버린 것은 정말 기대하지 못한 성과였다.

유병준은 위드의 입장에서 그 이유를 찾아냈다.

"앞날을 내다보지 않고 적극적으로 살아가면 그런 기적도 일으킬 수 있다고나 해야 할까. 나처럼 머리가 좋다 보면 이런 부분에서는 불리하군."

결국 자기 자랑!

一…….

인공지능조차도 아무런 말이 없었다.

위드가 성공하는 모습을 보고 있으면 왠지 괜히 얄밉고 심술이 난다.

하지만 이제 모험은 끝났고 현실로 돌아와야 할 때!

"재미는 있었지만 퀘스트를 진행하면서 잃어버린 기회나 비용이 너무 커. 충분한 시간만 주어진다면 다시 만회할 수 있겠지만……. 내 모든 재산과 권한을 이어받을 후계자는 바드레이가 될 가능성이 여전히 높겠군."

조각술 최후의 비기를 얻어 냈어도 위드는 당장의 손해가 막심했다.

로드릭 미궁에서는 조각 부활술을 사용했으며, 사막에서도 무려 열셋이나 되는 조각 생명체를 만들어 냈다.

초보 시절에야 조각품에 생명을 부여하고 나서 입는 레벨의 손실을 만회하기가 그렇게 어렵지 않지만, 레벨이 400이 넘는 지금은 치명적이다.

원래의 세상으로 돌아오는 순간 20에 가까운 레벨 하락!

하벤 제국과의 세력적인 측면에서도 불리한 전황이 역전될 정도로 당장의 엄청난 변화는 없다.

시간의 조각술을 완전히 숙달되게 활용하려면 많은 수련이 필요한데, 북부의 위협은 당장 시급하게 닥쳐왔다.

유병준이 확인해 본 바로는 위드와 바드레이의 레벨 차이만 100 이상.

생산과 조각술의 비기들이 도움은 되겠지만, 전투 스킬의 다양함이나 숙련도에서도 심하게 차이가 난다.

시간 조각술이라는 최후의 비기가 있지만 그것을 자유롭게 쓸 수 있을 정도로 내버려 두지도 않을 것이다.

현재로써는 바드레이와 싸워서 이긴다는 건 정말로 일어날 수 없는 일이 아닌가 싶었다.

　또한 유병준은 인공지능을 통해서 베르사 대륙에서 암중으로 벌어지는 많은 일들을 파악하고 있었다.

　헤르메스 길드의 암살대와 첩보원들이 북부 지역에 대거 파견되어 있다. 그들은 북부에서 레벨이 높은 유저들을 암살할 뿐만 아니라 매수도 하고 있었다.

　중앙 대륙에서 쫓겨난 고레벨 유저들에게 다시 고향으로 돌아갈 수 있게 해 주고 높은 지위도 주겠다고 하면서 풀죽신교를 배신하라고 한다.

　"제안은 고맙지만 선뜻 내키지는 않습니다. 이제 겨우 북부에 정착을 했는데요."

　"북부는 하벤 제국군에 의해서 곧 초토화될 겁니다. 그 이후에는 저항에 대한 대가로 가혹한 지배가 이어지게 되겠죠. 북부를 선택해서 얻는 불이익을 냉정하게 생각해 보시는 편이 좋습니다."

　"갈 곳이 없던 저를 받아 주었습니다. 이제는 아는 사람들도 많고……."

　"헤르메스 길드에서는 줄 수 있는 게 많습니다. 기회는 두 번 세 번 찾아오지 않아요. 헤르메스 길드에는 선택된 사람들만이 들어올 수 있습니다."

　우정과 의리는 돈과 권력 앞에 속절없이 무너졌다.

간혹 그 고고함을 지키는 이들에게는 더욱더 많은 대가를 지불하면서 결국에는 헤르메스 길드 편으로 만들었다.

북부에서 활동하는 이름 있는 유저들에게도 적극적으로 접근해서 그들을 매수하는 중이다.

헤르메스 길드가 무서운 점은, 그들은 일찍부터 장기간의 계획을 세울 뿐만 아니라 승리를 위해 수단과 방법을 가리지 않는다.

사자가 토끼를 잡을 때에도 최선을 다하는 것처럼 북부를 초토화시키기 위해서 아낌없이 음모를 총동원했다.

위드는 〈마법의 대륙〉 시절에 무자비한 폭군이었다.

힘을 가지면 사람은 변하기 마련이다. 지금의 위드에게 속아서는 안 된다.

여전히 효과가 크지 않은 유언비어 살포도 계속되었다.

북부의 유저들이 똘똘 뭉쳐서 대항을 하니 그들을 사분오열 흩어 놓을 계략도 밑바닥에서 꾸준히 진행되었다.

상인들도 각 조합별로 북부와의 거래를 중단하고, 주요 거점에 자금을 투자하여 폐업을 시키면서 돈으로 상업을 황폐화시키고 있었다.

문화에도 막대한 자금을 이용하여, 건축물과 예술품을 돈으로 찍어 냈다.

지금 벌어지는 전쟁 외에도 장기적으로 북부의 유리함을 없애서 발전의 원동력까지도 끊어 놓겠다는 속셈이 분명했다.

헤르메스 길드의 수장인 라페이는 앞서서 사람들을 이끄는 영웅적인 면모는 부족하다. 하지만 그는 멀리 보고 세세하게 살필 줄 아는 참모 역할을 충실히 해냈다.

　나중에라도 하벤 제국에 위협이 될 만한 세력이 나타난다면 그것은 북부가 될 가능성이 크다는 생각을 하고, 아예 본보기가 될 정도로 씨를 말려 버릴 작정인 것이다.

　"바드레이를 한번 만나 봐야겠군."

　—그에게 후계자 시험을 실시할 준비를 해 둘까요?

　바드레이의 모든 정보는 그를 보호하기 위해서 일차적으로 조사되어 있었다.

　유병준이 인공지능의 도움을 받아서 우연하게 만나는 자리를 만든다면 바드레이는 알아차리지도 못할 것이다.

　"아니, 아직은. 뻔한 결말이라고 하더라도 끝이 날 때까지는 기다려 주는 게 예의겠지. 위드의 마지막 발악도 지켜봐 주고."

왕의 귀환

위드가 다시 나타난 장소는 아르펜 왕국의 수도인 대지의 궁전이었다.

높은 산들을 끼고 지어진 왕관 형태의 궁전!

다양한 색상의 돌을 쌓아서 지은 궁전에는 크고 작은 건물들이 이미 완공되어 있었다.

띠링!

정복자의 등장 퀘스트 완료
남쪽 사막에서 일어난 정복자는 모래 폭풍처럼 중앙 대륙을 휩쓸어 버렸다.
퀘스트에 대한 보상으로 시간의 보너스가 적용된다.

시간의 보너스
모두가 우러르던 사막의 대제왕 위드는 기나긴 시간 속에서 사라졌습니다.
팔로스 제국이 물러간 뒤에 중앙 대륙의 왕국들은 그 치욕스러운 흔적을 지우기 위하여 열심이었습니다. 이제는 그 흔적조차 알려지지 않게 되었지만, 대제왕이 남긴 역사적인 발자취의 유산들은 어딘가에 단단히 남아 있을 것입니다. 그것을 발견해 낸다면 '지나간 삶을 되돌아볼 기회'를 얻게 됩니다. 특별한 기억은 경험과 노련함을 안겨 줄 것입니다.

사막의 대제왕 위드의 스킬과 장비를 얻을 수 있는 퀘스트가 고요의 사막 어딘가에서 발생합니다.
사막 전사로서의 전직이 반드시 필요하며, 퀘스트를 완료하였을 때에는 사막 부족들을 통합한 왕국이 건국됩니다. 이 퀘스트는 유저들만이 진행할 수 있는 것은 아니며, 사막 지역의 NPC들도 수행할 것입니다.
퀘스트 도중에는 목숨을 오가는 위협들을 다수 겪어야 합니다. 다만 퀘스트를 완료하면서 얻는 힘에 대한 보상은 매우 클 수 있습니다. 사막의 전사들은 가장 우러러 존경하는 대제왕의 후인이 되기 위하여 노력할 것이기 때문에, 기회가 주어지는 시간은 길지 않을 것입니다.
NPC에 의해 퀘스트가 종료되면 그는 당신에게 어느 정도의 존경심을 보일 것입니다. 하지만 그가 보여 주는 충성심은 잠깐에 불과하며, 힘과 자유로움을 숭상하는 사막 전사는 진심으로 굴복하지 않는 한 곧 배반할 것입니다.

대지의 궁전에 도착하였습니다.
궁전의 건립으로 아르펜 왕국의 국왕으로서 발휘할 수 있는 통치 능력이 349% 늘어납니다. 주민들에게 미치는 영향력이 증대됩니다. 카리스마, 통솔력, 기품, 용기, 명예, 신앙이 120씩 높아집니다. 궁전의 통치 범위 내에서는 주민들에게 명성과 명예가 최대치로 적용됩니다.

시간의 보너스의 적용!

위드의 흔적이 이 세상에 더 크게 남을 수 있다는 의미였다.

잊힌 영광이 되돌아오게 된다면 어쨌든 대단한 일이다.

"차라리 현찰이 더 좋은데 말이야."

대지의 궁전은 국왕이 받을 수 있는 엄청난 특혜였다.

다른 유저들은 주민들에게 기품이 모자란다거나 명예롭지 못하다면서 거래를 거절당하고 퀘스트도 부여받지 못하기도 했는데, 대우가 완전히 다른 것이다.

위드는 작은 목소리로만 중얼거렸다.

"역시 세상은 불공평해."

남들이 받으면 특혜지만, 자신이 받으면 뿌듯하며 당연한 것이 세상을 살아가는 기본 이치였으니까.

대지의 궁전에서는 바쁘게 뛰어다니는 유저들이 많이 보였다. 궁전 내부의 시설이나 상점을 이용하려는 유저들이다.

상인들도 좌판을 깔고 필요한 물건들을 판매했다.

"하벤 제국 놈들은 어디까지 왔대?"

"누르 평원을 지나고 있는데, 그 지역을 지키기 위해 풀죽신교에서 결사 항전 중이래."

"그 정도면 아마 사흘 거리쯤 되나?"

"응. 누르 평원만 뚫리면 이곳까지는 금방이니까 말이야."

위드가 조각품을 깎으면서 보낸 스무 날의 시간 동안 하벤 제국군은 연전연승을 거두었다.

목표로 하는 대지의 궁전을 코앞에 두었지만, 북부의 유저들도 벌 떼처럼 몰려들어서 싸우는 중이었다.

북부 유저들이 간직하고 있는 것은 불안정한 희망!

"전쟁의 신 위드가 우리의 국왕이다."

"국왕이 돌아오면 모든 상황은 뒤바뀌게 되리라."

"알지 않는가, 세상의 역사는 위드에 의해서 바뀌었다. 드래곤도 목숨을 잃었다. 하벤 제국은 상대도 되지 못한다."

북부 유저들은 이렇게 떠들고 다녔다.

물론 하벤 제국에서도 가만있지 않았다.

"위드는 패배자다. 이미 싸워서 이기지 못하고 목숨을 잃었다. 바드레이는 무적이다."

"퀘스트에서는 우연이 쌓여서 드래곤이 죽었을 뿐이다. 하벤 제국은 대륙 전체를 점령할 정도로 강대하다. 북부가 초토화되는 것으로 이것이 증명되리라."

위드는 팔은 안쪽으로 굽는다는 말처럼 북부 유저들의 편은 아니었다.

"내 팔자가 그렇게 좋진 않았으니까. 어디 보자, 스탯 창!"

캐릭터 이름: 위드		
성향: 신의 전사	레벨: 419	
직업: 전설의 달빛 조각사!		
칭호: 세상을 바꾸는 조각사		
직위: 고귀한 혈통을 간직하고 있는 아르펜 왕국의 국왕		
명성: 192,912	생명력: 54,830	마나: 23,394
힘: 1,557	민첩: 1,178	체력: 291
지혜: 402	지력: 484	투지: 611

지구력: 412	인내력: 1,230	예술: 3,329
카리스마: 664	통솔력: 932	행운: 255
신앙: 711+435	매력: 811+30	맷집: 621
기품: 519	정신력: 303	용기: 392
명예: 789	공격력: 9,102	방어력: 2,293

자연과의 친화력: 1,829

마법 저항: 불 49% 물 46% 대지 43% 흑마법 44%

* 모든 스탯에 20개의 포인트가 추가된다. 예술에 추가로 80개의 포인트가 부여된다. 달이 뜨는 밤에는 30%의 능력치의 향상이 있다.
* 아이템 특화.
* 모든 생산 스킬을 마스터의 경지까지 배울 수 있다. 모든 아이템 제조와 제련의 스킬에 우대 적용, 최고급 스킬들을 배울 수 있다.
* 특이하거나 예술적 가치가 높은 조각품을 만들면 명성이 상승한다.
* 조각품과 생산 스킬, 전투 경험, 퀘스트로 인하여 전 스탯이 312 증가한다.

레벨은 419.

전쟁의 시대에서도 서윤과 함께 사냥과 모험을 하면서 레벨을 올렸다. 보덴 마을에 도착해서 포르투의 국왕에게 저주를 받기 직전의 마지막 상태가 438.

하지만 사막에서 조각 생명체들을 탄생시키면서 많은 레벨을 잃었다.

사막의 대제왕으로서의 믿기지 않는 모험을 성공시켰지만, 그 무력은 원래의 세상으로 돌아오면서 사라져 버리고 말았다.

"내가 모험을 하는 동안에 바드레이는 양질의 몬스터들을 듬뿍 해치우고 레벨과 스탯, 장비 등을 얻어서 강해졌겠지."

또한 바드레이만이 강해진 것도 아니고, 위협적인 그의 친위대나 길드원들 역시 덩달아서 강해졌을 것이다.

'베르사 대륙에서 가장 앞서 가는 바드레이라면 거의 레벨 500을 목전에 두고 있지 않을까. 혹은 어떤 좋은 사냥터를 찾아서 이미 넘겼을 수도.'

위드가 모험을 마치고 돌아와서 얻은 스탯이나 사냥 경험이 상당하다 보니 같은 레벨대에서는 적수를 찾을 수 없을 정도로 강력했다.

앞으로의 몬스터 사냥에서도 레벨을 빨리 올릴 수 있게 해 주는 큰 장점이 되리라.

남들이 10시간 고생해서 비슷한 레벨대의 몬스터를 사냥하는 동안, 위드는 거의 절반 정도의 시간이면 충분할 테니까.

하지만 훗날의 이야기가 될 것이고, 지금 당장은 퀘스트에 투자하며 지출한 손해가 여러모로 컸다.

'바드레이가 놀고먹었을 리가 없지. 착실하게 사냥을 했으면, 지금쯤이면 일대일로 붙어도 예전보다 훨씬 더 크게 비교도 할 수 없을 정도로 밀릴 거야.'

위드의 주변에서는 여전히 유저들이 떠들고 있었다.

"사막의 대제왕 위드 님이 나타나면 바드레이 따위는 휘융, 융융 하고 멋지게 검을 휘둘러서 날려 버릴걸."

"……."

"야야, 그럴 필요가 뭐가 있어. 유성 소환 한 번이면 다 끝장인데."

"그렇지? 하벤 제국군의 머리 위로 유성이 소환되어 버리면 다 작살나 버리겠다."

위드는 사실대로 말을 해 주고 싶었다.

유성 소환이 애들이 엄마 말 잘 들으면 받는 용돈도 아니고, 그런 스크롤 같은 것은 더 이상 가지고 있지도 않다고.

시간 조각술을 배우기는 했지만 지금으로써는 빈털터리와 크게 다르지도 않다.

빛 좋은 개살구라는 말이 딱 어울릴 법한 상황이었다.

당장 전투를 치러 본다면, 사막의 대제왕이었을 때에는 놀면서 해치웠던 몬스터들이 지금은 서둘러 무덤 자리를 알아봐야 할 만큼 강하게 느껴질 테니까.

"뭐, 최악은 아니야. 그래도 내가 가지고 있는 재산은 많이 있지. 비겁함과 비열함, 끈기, 치사한 술수 같은 것 말이야."

위드는 대지의 궁전을 걸었다.

대지의 궁전은 7개의 산 정상에 걸쳐져 있기 때문에 산을 통해서 중요 건물들을 찾아갈 수 있었다.

중앙에 있는 가장 높은 산에는 국왕을 위한 궁전이 세워져 있다.

원래 이 산에는 고블린들이 많이 살아서 난쟁이 습격자의 산으로 불리었지만, 지금은 사람들이 모험과 번영의 산으로 부르고 있다.

왕궁 건물이 있기 때문에 귀족이 아니거나 국가에 공적을 세우지 못한 허락되지 않은 자들은 일절 들어갈 수가 없었으며, NPC 기사들에 의해 삼엄하게 지켜지고 있었다.

니플하임 제국에서부터 살아남은 벤트 성의 기사들. 모라타의 자경단에서부터 성장한 기사들이 1,000명이 넘었다.

위드가 전쟁의 시대로 가면서 국왕으로서 명령을 남겨, 아르펜 왕국군은 일체의 전투 행위에 참여하지 못했다.

국왕이 자리를 비우면 백작 이상의 다른 귀족들이 군대의 지휘권을 이어받기도 하지만, 신생 왕국인 만큼 그런 귀족이 존재하지 않았다.

국왕이 임명 가능한 주요 요직들은 조각 생명체들이 차지하고 있었으니 아르펜 왕국은 군대의 전력을 고스란히 유지하고 있었다.

"멈춰라! 그런 차림으로는 통과하지 못한다. 또한 여기는 아르펜 왕국에 큰 공을 세워서 허락된 자만 발을 들여놓을 수가… 허억! 어서 오십시오!"

위드가 지나가려고 하자 갑옷을 입고 길목을 지키고 있던 기사들은 막으려다가 서둘러 비켜섰다.

"수고가 많다."

"영예로운 분을 뵙게 되어서 이루 말할 수 없는 영광입니다."

위드는 자신을 위한 왕궁을 향하여 걸었다.

주요 관문과 정원에는 10미터 간격으로 기사들이 배치되어 있었다.

그들은 위드를 막으려다가 검을 뽑아서 가슴에 대며 예의를 취했다.

"성스러운 분을 뵈옵니다."

"신께서 이 땅을 위해 내리신 분께 경배를!"

기사들의 태도도 정중하기가 이루 말할 수가 없었다.

국왕이라고 해도 모두 기사들로부터 이런 충성심을 받는 건 아니다. 명성이나 명예가 형편없는 국왕은 극진한 대우가 아니라 기사들로부터 모욕과 비난을 당하기 일쑤이며, 배신하여 등 뒤에서 검을 찌르기도 한다.

그러나 위드의 경우에는, 북부 출신의 주민들이 절대적인 충성심을 보일 뿐만 아니라 다른 지역에서도 존경을 한 몸에 받고 있었다.

떠돌이 자유 기사들조차 자발적인 복종을 위하여 모여들 정도였다.

기사 유저들은 아르펜 왕국에 소속되는 것만으로도 높은 명성과 명예를 유지하여 모험에서 혜택을 입고 병사들을 유리한 입장에서 거느릴 수 있다.

위드가 왕궁을 향하여 걷자 중간에 마주친 기사들은 전부 예를 취한 후에 뒤를 따라서 걸었다.

기사들이 30명이 넘었을 때부터, 왕성에 있던 유저들은 이상하다는 눈빛을 보냈다.

"뭐야. 또 이벤트?"

"모르지. 어디서 보물이라도 발견한 모험가 아니야?"

북부에서는 모험이 적극적으로 권장되다 보니 도시 안에서도 온갖 새로운 일들이 자주 일어나는 편이었다.

엄청난 발견물을 가지고 돌아와서 왕국에 기증을 하겠다고 하면 기사들의 호위를 받는 경우도 적지 않았으며, 치안을 악화시키는 몬스터를 퇴치하더라도 공적을 인정받는다.

왕궁에서 신입 기사로 임명되거나 남작 같은 하위 귀족의 작위를 얻기도 하는 것이다.

남작이 되면 영주로서 작은 마을이라도 다스릴 수가 있는데,

그러자면 기사들을 고용하거나 친밀도를 올려서 개인 기사로 임명을 해야 한다.

영광스러운 자리인 만큼 왕궁으로 작위를 받으러 오며 자신의 기사들을 데리고 와서 과시하는 경우도 자주 있는 것이다.

하지만 마주치는 기사들마다 극도의 공경과 함께 인사를 하고 뒤를 따라온다.

그 숫자가 50명을 넘어섰을 때는, 유저들 사이에서도 점점 흥분이 커져 갔다.

"그러고 보니 저 평범한 초보 복장은……."

"한때 전쟁의 신 위드 님을 따라 한다고 해서 저 옷차림이 유행이 되긴 했지. 그리고 유행이 지나가고 나니까 저렇게 평범한 복장까지는 이제 누구도 하지 않잖아."

"슬슬 돌아오실 때가 되었다고도 느끼고 있었는데. 정말 왕의 귀환인 거야?"

"친구들한테 알려야겠다. 사실이면 정말 대박!"

"외모를 좀 봐. 저 뽀얀 피부와 맑은 눈빛은 평범하다고 할 수는 없는 얼굴인데."

모험을 통해 매력 스탯도 한꺼번에 많이 오르다 보니 피부에도 조그만 변화가 있었다.

어떤 비싼 옷을 입어도 중저가 시장 상품으로 만들어 버리던 얼굴에서 삼겹살을 먹은 것처럼 은은한 기름기가 흐른다.

"기사들의 태도를 봐. 확실해. 게다가 눈곱도 끼어 있잖아."

"아, 그렇구나."

기사들처럼 유저들도 위드의 뒤를 졸래졸래 따라왔다.

눈덩이를 굴리듯이 사람들의 숫자는 더욱 늘어났고, 그들이 지인들에게 알리면서 그 소식은 빠르게 북부 대륙 전체로 퍼져 갔다.

던전에서 사냥을 하는 무리에게도, 퀘스트를 위해서 특이한 지형을 헤매며 독초를 찾는 유저에게도, 북부 대륙을 지키기 위해서 하벤 제국과의 전쟁에 나선 사람에게도…….

"저기요… 미안한데 저 사냥 그만하고 마을로 돌아가야겠습니다."

"왜요, 전사가 이렇게 빨리 가면 남은 사람들은 어떻게 하라고요. 완전 민폐잖아요."

"제대로 납득할 만한 이유가 없으면 다음부터는 같이 사냥 못 다니겠네요."

"그게… 위드 님이 돌아왔답니다. 위드 님을 보러 가고 싶어서요."

"정말입니까?"

"진짜요?"

"제 친구에게 들었습니다. 상인으로 꽤 이름이 알려진 유저인데, 과거에 위드 님의 물건을 조금 거래한 적이 있죠. 근데 지금 대지의 궁전에서 직접 자기 눈으로 보고 있다고, 확실하답니다."

"그런 이유라면 진작 말해 주셨어야죠. 다들 위드 님 보러 대지의 궁전으로 갑시다."

"사냥은 어떻게 하시고요?"

"무슨 소리예요. 지금 사냥이 중요해요?"

모든 북부 유저들에게 소식이 전파되는 데에는 불과 3~4분
도 필요하지 않았다.

이야기를 들은 사람이 다른 친구들에게, 또 친구들에게, 알
음알음 한꺼번에 퍼져 나가고 있는 것이다.

누르 평원에서 하벤 제국과 불리한 전투를 치르고 있던 풀죽
신교의 무리도 그 소식을 바로 접했다.

"우와아아아아!"

"만세!"

"그분이 왔다!"

갑작스러운 함성에, 하벤 제국군에서는 의아했다.

"저놈들이 무슨 수작을 벌이는 것이지?"

"그러게나 말입니다. 몰살당하기 전에 기뻐하기라도 하는 것
인지."

"속보입니다. 전쟁의 신 위드가 돌아왔답니다."

"뭣이?"

헤르메스 길드의 정보망을 통해서도 위드의 등장이 빠르게
알려졌다.

라페이와 길드의 수뇌부도 급하게 전해진 위드의 소식을 들
었다.

"드디어 나타났군요."

"전쟁의 끝이 얼마 남지 않았다고 여겼는데 다시 저항이 거

세지겠습니다."

"정벌군에 만반의 대비를 다할 수 있게 해 주세요. 특히 위드가 계획을 세워서 반격을 해 올지 모르니 보급대의 타격을 주의해야 합니다."

"호위 병력을 2배로 늘릴까요?"

"3배로 늘리고, 보급 부대를 더 많이 출발시켜야 합니다."

헤르메스 길드의 수뇌부에서는 조금의 방심도 없었다.

아무리 압도적인 세력을 가졌더라도 위드를 공격할 때에는 결코 무시해서는 안 된다.

라페이는 북부 정벌의 초창기에는 이성적으로 생각하여 두세 번의 전투만 이기면 된다고 여겼다.

'한 번의 패배는 힘의 차이를 느끼게 해 주고, 두 번과 세 번 정도의 패배는 더 이상 덤벼들지 못할 정도로 짓밟아 주는 게 되겠지. 하벤 제국의 전력은 베르사 대륙의 누구도 상대하지 못한다.'

그런데 북부에서는 하벤 제국의 지배에 맞서서 계속 싸우고 있었다.

이미 그것으로 계획은 틀어졌다.

위드는 전장에 나서지 않았지만, 그 또한 퀘스트를 통해서 끊임없이 사투를 벌이는 모습이 극적인 장면들과 함께 텔레비전에 그대로 나왔다.

베르사 대륙을 위해서 이루어 내는 일들이 사람들에게 깊은 감명을 주고 용기와 희망을 불어넣었다.

그럼으로써 북부 유저들의 거센 저항은 갈수록 거세어지고 있었는데, 이제 위드가 돌아온 이상 그 여파는 아직 전쟁에 나서지 않은 유저들에게까지 더 크게 번져 나가리라.

헤르메스 길드의 수뇌부는 북부의 전력 자체에 대해서는 그다지 대수롭지 않게 생각하였지만 위드도 무시할 수는 없었다.

아직 전쟁에 나서지 않았던 바드레이도 소식을 접했다.

"위드가 나타났답니다."

'당연히 올 것이 왔군.'

바드레이는 조용히 검을 뽑았다.

하벤 제국 전역에 걸쳐서 최고의 장비와 사냥터가 그에게 제공된다. 무기와 방어구, 착용 가능한 액세서리까지, 모두가 최고의 것들이다.

과거에도 위드를 이겼지만 그를 보면서 부족한 점도 많이 발견했다.

일점공격술을 통한 사냥이나, 대형 몬스터를 향한 목숨을 걸고 하는 과감한 돌격.

'나는 이길 수 있는 싸움을 확실히 이기지만, 그에게는 이기지 못할 싸움도 이기는 재주가 있지.'

위드가 퀘스트를 끝내 성공시킬 때, 바드레이는 가슴이 덜컥 내려앉았다.

모험으로 그가 받았을 보상, 조각술 최후의 비기가 무엇인지 궁금하기도 하고 인간적으로 두렵기도 하다.

'순수한 예술 스킬이었으면 좋겠는데.'

과거에 이겼다는 건 더 이상 자랑거리가 되지 못한다.

바드레이는 다시 한 번 모두가 보는 앞에서 위드를 죽여 자신과의 차이를 증명할 결심을 했다.

위드는 기사들과 유저들을 줄줄이 따르게 한 채로 거침없이 걸었다.

성큼성큼 내딛는 발걸음 뒤로 유저들의 함성 소리가 들렸다.

"전쟁의 신 위드!"

"위드 님, 맞습니까? 맞으면 고개 한 번만 끄덕여 주세요!"

"보고 싶었어요. 저 기억하시지요. 모험가 레툴입니다!"

"돌아오신 것을 환영합니다. 빙룡 광장 상인 연합의 페나툴이에요."

"위드 님, 저번에 잡템 파시면서 잠깐 쓸 일이 있다고 2골드만 빌려 달라고 하셨는데, 떼먹지 마시고 얼른 갚으세요!"

열화와 같은 유저들의 환호!

대지의 궁전에 머무르고 있던 거의 모든 유저들이 모여들면서 난리법석이었다. 기사들이 호위를 하며 접근을 막아 주고 있었지만 역부족이라고 느껴질 정도로 사람들이 몰려들었다.

'건축물은 튼튼하고 꼼꼼하게 잘 지어졌군.'

위드도 대지의 궁전에 온 것은 처음이었기에 눈동자를 굴려서 구석구석을 확인했다.

대충 지으면 문제가 생기기 쉬운 건물의 누수나 균열, 이음새의 벌어짐, 마감 상태 불량 등!

건축가들이 자발적으로 성의를 다해서 왕궁 건설에 참여했기 때문에 그런 일은 있을 수가 없었다.

보통 돈은 적게 주고 시공 기간은 빨리해서 지어 달라고 하면서 요구 사항만 잔뜩 들이밀면 건축가들도 불만이 쌓인다.

북부의 건축가들은 비교적 평균 레벨이 낮아서 뛰어난 기술들은 갖지 못했다.

건축 스킬이 늘어나면 얻을 수 있는 이점, 즉 기둥의 면적을 최소화하고 투입하는 재료의 양을 줄이더라도 무거운 무게를 견딜 수 있는 건물을 만들 수 있는 그런 기술은 없었다.

하지만 판잣집에서부터 위대한 건축물에 이르기까지의 풍부한 시공 경험을 바탕으로 해서 왕궁을 지었다.

정말 실력이 낮은 건축가들은 도로에 돌을 깔거나, 조경사와 합심해서 작은 화단이라도 만들었다. 자신의 이름을 걸고 하는 작업인 만큼 실수는 용납이 되지 않았다.

아르펜 왕궁은 200만 골드로 시작되었지만 유저들의 기부와 참여로 인해 멋지게 완공된 것이다.

위드는 왕궁으로 올라가는 계단 앞에 섰다.

금과 은으로 도금된 의전용 갑옷을 입은 왕실 기사단이 백여 칸의 계단에 검을 뽑아 든 채로 서 있었다.

"폐하를 알현합니다."

척!

가슴에 검을 올리며 허리를 숙인다.

"진짜 위드 님이었어!"

"대박이다! 정말 멋지잖아!"

몬스터를 보면 뒤돌아서 전력으로 도망친다는, 부실의 대명사와 같던 왕국의 기사들이 조금은 달라졌다.

문화와 교역으로 인해 왕국의 국경이 확장되며 왕국군은 치안 확보를 위해 투입.

다른 왕국과의 전쟁도 아니었지만, 아르펜 왕국군에게는 몬스터와 도적 떼를 소탕하는 것만으로도 상당히 버거웠다.

용병, 사냥꾼, 유저 등과 함께 도둑으로부터 치안을 유지하고 몬스터로부터 위협받는 마을들을 구원해 냈다.

인구가 폭발적으로 증가하고 개척 마을이 수도 없이 생겨나기에 기사들과 병사들은 어려운 전투를 계속해야 했다.

그리하여 어디에 내놓더라도 창피하지 않은 수준의 군대는 갖추게 되었다.

베르사 대륙에서 내로라하는 여러 왕국들이 경쟁을 하던 시절이라면 당당하게 일개 국가로 자리매김을 했으리라.

그러나 하벤 제국의 침공에 정면으로 맞서다가는 그대로 허무하게 전멸하고 사라질 불안정한 병력이기도 했다.

위드는 기사들이 열어 주는 길을 통해서 왕궁의 계단을 오르기 시작했다. 한 계단씩을 오를 때마다 유저들의 함성 소리는 더욱더 커져만 갔다.

'내가 도대체 뭘 했다고… 나는 저들의 존경을 받을 만한 가치가 있는 사람일까? …모두가 자신의 일처럼 기뻐해 주는구나. 이게 아르펜 왕국, 그리고 저들은 나의 국민. …세금을 올리더라도 괜찮겠군. 그 시기는 언제가 좋을까, 내일모레 정도?'

모든 환호가 세금 인상으로 연결되는 독재자의 정신세계!

"폐하의 방문을 환영합니다."

위드는 왕궁의 입구에 도착하자 기사들이 닫혀 있던 정문을 활짝 열었다.

그리고 보이는 왕궁의 실내 모습!

아르펜 왕국은 검소하다 못해서 짠돌이로 불리고 있었지만, 내부에는 금과 보석으로 화려한 장식들이 가득했다.

지방 도시들에서도 들어오는 막대한 세금 수입으로 국왕을 위한 공간을 치장했다. 물론 사치성이 없는 것도 아니지만, 고급품을 거래하고 싶어 하는 유저들에게도 필요한 일이었다.

아직 유저들의 귀금속을 기반으로 한 세공품의 자체 생산 실력은 그다지 뛰어나지는 않지만, 모험과 교역의 활동 반경이 넓어지면서 니플하임 제국의 유물들이 계속 발견되고 있다.

이런 고급품들이 상점의 창고에서 먼지를 뒤집어쓰고 있는 것도 아까운 일.

붉은 양탄자가 깔려 있는 길을 걸어서 대전의 중심부에 위드가 섰다.

대전의 중앙에는 살아 있는 생명체처럼 빛의 구슬이 둥둥 떠 있었다.

북부의 모험가들이 발굴한 '니플하임 제국 황제의 눈'.

왕궁에 놔두면 국가 영토 내의 장소를 새가 날아다니는 높이에서 볼 수 있으며, 통치력을 4%나 늘려 주는 귀한 물건이었다.

사용 제한에는 최소한 국왕 이상의 자격이 필요해서 일반 유저들은 쓰지도 못하기 때문에 기부를 하였다.

띠링!

아르펜 왕궁이 완공되었습니다.
왕궁이 세워진 이곳을 아르펜 왕국의 수도로 지정하는 것을 허락하겠습니까?

"허락한다."

왕실 기사들이 대전으로 따라 들어왔다.

그들은 한쪽 무릎을 꿇은 채 외쳤다.

"폐하께서 기나긴 바깥나들이를 마치고 돌아오심을 많은 국민들이 기뻐할 것입니다. 외부로부터 침략을 당하여 사람들이 불안해하고 있는 지금, 폐하께서 건재하시다는 것을 봉화로 알리고자 하는데 허락하시겠습니까?"

띠링!

국왕으로서 결정해야 할 수많은 일들 중에서 아주 간단한 부분이었다.

위드는 고민 없이 쉽게 이를 허락했다.

"내가 온 것을 봉화로 알려라."

"옛, 알겠습니다."

곧 대지의 궁전이 있는 산봉우리에서부터 붉은색과 푸른색, 노란색의 연기가 뒤엉켜서 하늘로 올라가기 시작했다.

그리고 그 봉화를 본 다른 산봉우리들에서도 차례로 연기를 피웠다.

시야에 산이 보이지 않을 정도로 넓은 평야에서는, 전령들이 말을 타고 달려서 그다음 봉화에 이를 알렸다.

정오 무렵부터 시작된 봉화의 행렬은 저녁이 되었을 때에는 아르펜 왕국의 산간벽지에까지 이르러 왕국 전역에서 연기를 뿜어내게 되었다.

<hr />

바르고 성채를 향해서 진격하던 하벤 제국군은 조심스럽게 이동했다.

5개의 군단, 150만 명의 대병력!

하벤 제국이기에, 양동부대로 동원하는 병력이라고 하더라도 엄청난 규모를 자랑했다.

사실 이는 헤르메스 길드 수뇌부의 계략과도 연관이 있었다.

수뇌부에서는 북부 원정을 계획하면서 전쟁과 이후의 통치,

두 가지 측면을 다 고려했다.

포르우스 강을 지나서 정면으로 공격하는 북부 정벌군은 정예들로만 구성한다. 그리고 양동부대의 역할을 하는 이들은 군단장 휘하의 제법 전투 경험이 있는 중견 부대와 신입들을 위주로 편성한다.

향후에도 북부에서 하벤 제국을 향한 반란은 끝을 모르고 이어질 테니 양동부대는 병사들을 훈련시킬 좋은 기회가 된다.

그런데 일차적으로 하벤 제국군을 괴롭히는 건 지형이었다.

"으아아악!"

"몸이 허리까지 빠져들고 있습니다!"

발을 헛디뎌서 까마득한 절벽 아래로 떨어지고, 낙엽 더미에 숨은 식인 늪에 의해서 잡아먹혔다.

험준한 산악 지형에서의 전투는 하벤 제국군도 많이 경험해 봤다. 하지만 바르고 성채 주변만큼 깊고 험한 지역은 처음이었다.

"왜지? 여기에 이런 장애물이 있다는 건 지도에도 기록되어 있지 않은데."

"숲에 의해서 길이 또 끊겼는데 어떻게 할까요?"

"병사들이 이동할 수 있는 공간이 아예 없나?"

"예. 나무들이 사람 1명 통과하지 못할 정도로 빽빽하게 자라 있습니다."

하벤 제국군은 당연하게도 그들의 자랑거리인 레인저 부대를 통해서 이 일대의 정찰을 이미 마쳤다.

그런데 그사이에 지형이 상당히 바뀌고 장애물이 무더기로 생겨나 있는 것이다.

이는 북부 유저들의 활약 때문이었다.

레인저 부대가 훑고 지나간 걸 확인한 후, 농부들과 조경사들이 이 험한 산에 대거 투입되어 작물을 길러 냈다.

"허허, 식인가시초를 이렇게 대량으로 기르는 날이 오다니 말이오."

"비료를 듬뿍 주도록 하죠. 병충해는 신경을 쓰지 않아도 되니 키우기가 아주 편합니다."

"역시 북부가 비옥한 땅이긴 한 모양입니다. 식인가시초도 이렇게 풍년이니까요."

농부 미레타스가 이끄는 작물 부대는 바르고 산맥에서 철저히 작업을 해 놓았다.

꼭 돌을 쌓아야만 요새가 되는 건 아니다. 식물의 힘으로도 충분히 대군의 이동을 지체하게 만들고 피해를 줄 수 있었다.

하벤 제국군의 선봉이 식인가시초를 칼로 베면서 통과하더라도, 뿌리가 멀쩡하면 금방 되살아난다.

다 성장한 식인가시초는 아예 뿌리까지 뽑아내지 않는 한 계속 재생하면서 본대에 끊임없이 피해를 입혔다.

"장애물이 있으면 화공을 써서 전부 다 태워 버리십시오!"

하벤 제국군의 군단장들은 진군 속도를 높이고 싶어서 안달이 났다.

포르우스 강을 넘은 군단은 풀죽신교로 통칭되는 북부 유저들을 매일 수백만 명씩 해치웠다. 같은 편이 벌이는 압도적인 전투에, 든든하면서도 동시에 경쟁심이 솟구쳤다.

군단의 지휘관인 이상 그 이상의 공적을 세우고 싶었고, 자신도 있다.

그들이 거느린 병력 역시 중앙 대륙을 정복하는 데 큰 역할을 한 핵심 전력인 것이다.

북부 유저들의 전체적인 수준은 낮았으니 그저 빨리 만나고 싶었다.

"수뇌부의 작전이 조금 잘못되었어. 이럴 바에는 평원으로 이동했으면 훨씬 나았을 텐데."

대군의 진군에 맞선 북부 유저들의 행동이 그만큼 빨랐다는 이유도 있다.

숲과 산이 장애물이 되어 주는 만큼 가끔씩 북부의 레인저 유저들이 나타나서 암습을 가하는 경우도 잦았다. 하벤 제국군의 진영에 화살을 백여 발 정도 쏘다가 결과도 보지 않고 도망쳐 버리는 것이다.

암살자들도 등장해서, 일반 병사들을 해치우고 조용히 사라졌다.

헤르메스 길드 역시 대륙 최고의 레인저 군단을 데리고 있긴 했지만 외곽이나 후방까지 전체를 방어하지는 못한다.

하벤 제국에서는 결국 바르고 성채에 있는 수풀과 나무들을 화공으로 태워 버리는 선택을 했다.

수십 킬로미터에 거쳐서 연기를 뿜어내면서 타는 바르고 산맥! 산불은 나무와 낙엽이 다 탈 때까지 무려 닷새간이나 계속

되었다. 어떤 함정이 있더라도 불속에서 완전히 사라져 버렸을 것이다.

"진군한다!"

시커멓게 탄 잔해를 치우면서 대군은 바르고 성채에 도착했다. 바르고 성채는 침략자들을 굽어보고 있다는 느낌이 들 정도로 높고 거대했다.

"어마어마한 요새가 나타났군."

"원래 성벽은 10미터 정도라고 했는데, 지금은 3배로 증축이 된 모양입니다."

"어떻게 할까요? 병사들이 오르기는 힘들 텐데, 마법병단을 요청해 볼까요?"

하벤 제국의 마법병단은 주로 포르우스 강을 넘은 북부 정벌군에 배속되었다. 정면에서 수많은 유저들과 싸우고 있었기에 어쩔 수 없는 배치였다.

북부 유저들은 인해전술을 위주로 하고 있기 때문에 아무래도 마법병단과 궁수대의 위력이 절대적이다.

그에 반해서 이곳에는 검사 부대와 레인저, 기사가 다수 배치되었다.

"마법병단을 여기로 보내 주기는 쉽지 않을 텐데. 우리 측의 종군 마법사는 몇 명이나 되지?"

"8,000명 정도 됩니다."

"적은 편은 아니군."

마법사는 기사보다도 훨씬 많은 돈이 든다.

양성에 걸리는 기간도 길고, 체계적으로 운용하기 위해서는 막대한 마법 물품을 소모해야 했다.

전쟁 비용으로 천문학적인 자금을 사용할 수 있는 하벤 제국이기에 배치할 수 있는 병력이었다.

"공성전에서 그 마법사 부대를 잘 운용해 봐야겠군. 병사들이 충분히 휴식을 취하고 나서 우리끼리 공격을 한다."

"피해가 없진 않을 텐데요."

"성벽 일부만 장악해서 병사들이 올라가기 시작하면 함락은 금방일 것이다."

"옛!"

하벤 제국에서는 바르고 성채를 바로 함락시키기 위한 공성전에 들어갔다.

대장장이 유저들이 60대의 발석기를 설치하였고, 방패를 든 보병들은 밧줄과 사다리를 들었다.

다소 부실한 전쟁 장비이지만, 산맥을 넘어오느라 이 이상을 준비한다는 것은 불가능했다.

"성채를 점령하라!"

"진격! 진격한다!"

"우와아아아!"

일제히 달려가는, 하벤 제국의 20만 명이 넘는 성벽 점령 전문 병사들.

대부분이 NPC 병사들이었지만 헤르메스 길드의 유저들도 꽤 많이 섞여 있었다.

헤르메스 길드의 유저들은 정복 전쟁을 즐겼다. 적의 요새를 공격하여 함락시킨다면 약탈을 통해서 상당한 재물을 얻기도 하고 국가 공적치도 쌓을 수 있기 때문이다.

"쏴라!"

바르고 성채에서는 숨어 있던 궁수들이 몸을 일으켜서 화살을 쏘았다.

특이하게도 인간 병사들보다는 드워프와 엘프 들이 많이 보였다.

드워프들과 엘프들은 원래 바르고 성채를 중심으로 살아가고 있었다.

하벤 제국군으로 인해 자신들의 터전을 잃었을 뿐만 아니라 아르펜 왕국에 속해 있다 보니 전쟁에 함께 참여한 것이다.

또한 북부의 유저들도 전투를 위해서 바르고 성채에서 대거 대기하고 있었다.

"크억!"

"방패를 제대로 들어라!"

"대형 유지하면서 신속하게 돌격!"

하벤 제국군은 빗발치는 화살 비를 뚫고 달려왔다. 일부 병사들이 쓰러지기도 했지만 정예군인 만큼 상관하지 않고 계속 이동했다.

"그들이 왔어요. 이제 시작해 봐요."

"자라나는 식물!"

엘프들은 성장 촉진 마법을 발휘했다.

미리 땅에 뿌려져 있는 씨앗들이 갑자기 발아하여 하벤 제국군 사이에서 솟구쳤다.

북부의 농부 유저들과 함께 땅에 심어 놓은 가시넝쿨들!

식인은 기본, 흡혈은 식물들의 취향에 따라서, 영양분이 공급되면 독은 풍부하게 뿌려 주는 희귀한 넝쿨들이 한꺼번에 정글처럼 자랐다.

　5미터, 10미터씩 자라난 넝쿨들은 수십 개의 가지들을 주변으로 뻗치면서 병사들을 붙잡아 먹어 치웠다.

　하벤 제국군은 성벽을 100미터 정도 앞두고 넝쿨들에 뒤엉켜서 지체할 수밖에 없었다.

　"지금이에요. 마구 쏘세요!"

　엘프들과 유저들의 화살이 하벤 제국군을 향해서 폭풍우처럼 쏟아졌다.

　병사들은 속절없이 화살을 맞았지만, 이상하게도 잘 죽지는 않았다.

　공성전 전문 부대의 갑옷과 방패에는 화살의 피해를 최소화하는 옵션들이 붙어 있다.

　병사들도 맷집을 최대한 늘려 놓은 전문적인 전투 부대인데다가 사제들과 마법사들의 보호 마법까지 곁들여져 있다 보니열 발 이상을 몸에 맞더라도 끄떡하지 않고 성벽을 기어오르는것이다.

　"아래로는 돌을 던집시다! 궁수들은 화살을 계속 쏘세요!"

　바르고 성채의 결사 저항!

　유저들은 성벽을 올라오는 하벤 제국의 병사들과 뒤엉켜서필사적으로 싸웠다.

　하벤 제국의 군단장들은 잘 버티는 성벽을 보며 혀를 찼다.

　"높아도 너무 높군."

"병사들로는 점령하기가 상당히 까다롭긴 하겠습니다. 피해가 많으면, 이겨도 본대의 군단장들에게 창피한데 말이지요."

성벽이 가파르고 높다 보니 올라가다가 다시 떨어지는 병사들이 너무나도 많다.

성벽 부근에서 병사들이 밀집해서 정체 현상까지 벌어지고 있다 보니, 바르고 성채의 궁수대 공격에 계속 피해를 입는다.

아무리 하벤 제국의 병사들이 뛰어나다고 해도 화살을 피할 곳도 없는 성벽 아래에서 공격만 당하고 있다 보면 죽어 나가기 마련이다.

이런 식으로 시간을 쓰다가는 사기가 떨어져서 전체 전투력이 감소할 수도 있다.

"공성 무기로 성문 파괴에 집중하라!"

하벤 제국군에서는 조립이 끝난 공성 무기를 사용하기 시작했다.

바르고 성채를 향하여 거대한 돌덩어리들이 날아들었다.

"돌이다!"

"피하지 말고 싸우자. 이미 여기서 죽기로 결심했으니 물러서지 말자!"

제아무리 천연의 요새 바르고 성채라고 해도, 하벤 제국의 총공격에 의하여 차츰 누더기로 변해 가고 있었다.

위드가 아르펜 왕국에 도착했다는 소식은 사방으로 퍼졌다.

방송국들이 재빠르게 중계를 하다 보니 〈로열 로드〉를 하는 사람치고 이 사실을 모르는 이들은 없었다.

하벤 제국군의 본대는 대지의 궁전을 향하여 진격하고 있었다. 그리고 대지의 궁전에 아르펜 왕국의 국왕인 위드가 등장했다.

일촉즉발의 위기!

중앙 대륙 전체의 패자로 공인된 하벤 제국은 어마어마한 병력을 이끌고 북부로 진출했다.

신화에 가까운 모험들을 성공시킨 위드라고 할지라도 이번에는 날개가 꺾이지 않겠냐 하는 것이 대다수의 의견이었다.

위드도 왕궁에 도착하자마자 북부의 유저들로부터 계속 면담 요청을 받았다.

왕국 각 지방의 영주들에서부터, 풀죽신교를 이끌고 있는 이름이 많이 알려진 유저들.

하지만 가장 다급하게 연락을 해 온 것은 건축가 파보였다.

—하벤 제국군을 막기 위해서는 지금 당장 만나야 하네.

파보와는 여러 벌의 두꺼운 옷을 겹쳐 입지 않으면 얼어 죽을 정도로 북부가 춥던 시절에 함께 원정대에 속한 적이 있다.

그 이후로 파보가 북부에서 위대한 건축물 등을 만들며 활동하여 친구 등록이 되어 있었다.

—알겠습니다. 오시죠.

파보를 비롯한 건축가들은 마법사의 텔레포트를 통해 단숨에 도착했다.

옷을 갈아입을 틈도 없었는지, 그들은 먼지투성이의 작업복 그대로였다.

"무사히 돌아왔군."

파보는 위드의 손을 덥석 잡았다.

다른 건축가들은 실제로 유명 인사인 위드를 만나게 되어서 놀라고 감격해서 눈을 크게 뜨고 있었다.

"북부를 위해 정말 고생이 많으셨습니다."

건축가들이 북부를 위해서 하고 있는 행동들은 헌신적이라는 말도 모자랄 정도였다.

요새들을 보수하고, 성벽을 더 높이 쌓았다. 하벤 제국군의 진격을 막아 내는 데는 큰 역할을 하지 못했어도 시간은 상당히 끌어 주었다.

그들이 없었더라면 이미 대지의 궁전까지 점령당했을지도 모른다.

"시간이 없으니 간단하게 설명하겠네. 자네는 하벤 제국과 싸워서 물리칠 수 있겠는가?"

파보는 눈빛에 간절함을 담아서 물었다.

함께 온 30명 정도의 건축가들도 그것이 가장 궁금한 기색이었다.

사실 이것은 북부 유저들은 물론이고 헤르메스 길드원들조차도 알고 싶어 하는 부분이다.

정상적인 전력만 놓고 본다면 당연히 하벤 제국군이 이긴다. 그런데 위드는 매번 불리한 싸움들을 역전시켜 왔다.

절대 안 될 것 같은 퀘스트들을 거짓말처럼 극복해 왔기에, 그냥 쓰러질 것이라는 생각은 들지 않는다.

이번에는 전력 차이에서 비교가 불가능할 정도이며 같은 유 저를 상대로 하기 때문에 그렇게 단순한 비교는 옳지 않을 수 도 있다. 하지만 그렇더라도 과연 위드가 상황을 반전시킬 만 한 어떤 꿍꿍이를 가졌는지, 혹은 희망을 갖고 있는지가 궁금 했다.

위드는 힘 있게 대답했다.

"놈들을 물리칠 수 있습니다."

"정말인가?"

"뭐, 아마도요."

"……."

아니면 말고 하는 식의 가벼운 태도!

건축가들은 실망감이 들었지만, 금방 좋은 쪽으로 해석했다.

'그래, 확신할 수는 없는 거지. 이렇게 불리한데 어떻게 물리 친다고 자신 있게 말할 수가 있겠나. 그건 오만이고 욕심이지.'

'아예 포기한 게 아니라면 됐어. 그걸로도 다행이야.'

파보는 고개를 끄덕이고 나서 망설이던 말을 했다.

"하벤 제국군이 이대로 계속 진군을 해 온다면 이틀이면 도 착할 거네. 북부의 유저들이 지금보다 더 열심히 발목을 잡아 준다면 사흘. 놈들이 부대 정비라도 한다면 반나절 정도는 시 간이 더 걸릴 수도 있겠지."

"저도 그렇게 예상하고 있습니다."

위드가 돌아온 만큼 전쟁에 나서는 북부 유저들의 질도 대폭 달라질 것이다.

지금까지 실질적으로 하벤 제국을 물리칠 때를 기다리면서 싸우지 않던 중견 유저들, 고레벨 유저들이 슬슬 움직일 때가 된 것이다.

위드가 직접 이끈다면 북부 유저들 중에서 나서지 않으려고 하는 사람이 오히려 더 드물리라.

양측의 전력을 가늠하여 승산을 따져 본다면 여전히 북부가 불리하겠지만, 위드와 함께 싸운다는 건 더없는 영광이고 또 불리함을 극복해 내는 위드만의 마법을 기다리고 있었다.

"우리 건축가들은 그들을 최소 사흘 동안 막을 수 있는 비책을 가지고 있다네."

"정말입니까?"

"아울러 상당한 피해도 줄 수 있지."

"그런데 쓰지 않고 저를 만나러 오신 이유라면……."

위드의 눈치가 고속 회전했다.

"북부에도 피해가 있다는 뜻이겠군요."

"맞네. 돌망치 길드에서 건설한 알카사르의 다리에 대해서 어느 정도나 알고 있는가?"

"페실 강의 양측을 이어 주는 다리죠. 강물이 상당히 깊어서 원래 배를 타고 건너야 했지만 다리가 건설되고 나서 여행자들과 상인들이 매우 편해졌다고 봤습니다."

알카사르의 다리는 건축가들의 자부심과도 같은 것이었다.

시공의 어려움도 상당했지만, 주변의 풍경과도 잘 어울리도록 다리를 짓기에는 까다로운 재료인 석조를 이용하여 완공시켰다.

어두운 밤에 알카사르의 다리에 서서 강물에 비친 유셀린 마을과, 하늘의 별들의 야경을 보면 그보다 더 멋질 수가 없었다.

여행자들을 위한 필수 관람 코스로도 이름이 높은 곳이었다.

"하벤 제국에서는 반드시 알카사르를 건너서 이곳까지 오려고 할 것이네."

대군이 이동을 하는데 뗏목이나 소형 배를 건설하여 일부씩 강을 지나오려면 상당한 시간이 걸릴 것이다. 파보는 사흘 정도 막을 수 있다고 말했지만, 조선술에도 약간의 조예가 있는 위드는 최소한 닷새 이상이라고 생각했다.

공성 무기의 재료나 전투 물자는 상당히 무겁다.

사실 그것도, 어떠한 방해도 받지 않고 도강에 성공하였을 때의 이야기가 아닌가.

위드는 이미 건축가들이 무슨 말을 하려는지 짐작했지만 적당히 맞장구를 쳐 줬다.

"일부러 돌아올 필요는 없으니 그렇겠죠."

"그 다리를 놈들이 건널 때에 맞춰서 무너뜨리는 것일세."

"오오오오오!"

위드는 먹던 사탕을 땅에 떨어뜨린 아이처럼 놀란 얼굴을 보였다.

그렇지만 그런 과한 연기는 어색함을 불러일으키는 법!

중년인 파보의 눈썹이 꿈틀거렸다.

"자네… 내가 무슨 말을 하려는지 알고 있었군."

"워낙 눈칫밥을 오래 먹고 살다 보니까요. 위대한 건축물을 부순다는 부분이 부담스러우신 거로군요."

"맞네. 우리가 열과 성의를 다해서 지은 건물인데 우리 손으로 부순다니 이 얼마나 아까운 일인가. 사람들이 편의를 누리게 하고 그곳에서 얼마나 행복해했는데."

"크으윽, 나는 물속에 들어가서까지 돌기둥을 쌓아 올렸단 말이네."

"난 물고기들에게 잡아먹혀서 죽을 뻔도 했잖아."

통한의 눈물을 흘리는 건축가들!

위드의 열사의 사막에 붙어 있는 듯한 감수성으로는 그다지 이해가 가지 않는 장면이었다.

자신이 만든 조각품들이 부서지는 느낌이 저러할까.

'물론 본전이 생각나서 아깝겠지. 시간과 돈이 들어갔으니 속도 쓰리겠지. 하지만 다음에 더 세상 물정 모르는 고객을 상대로 바가지를 씌우면 되잖아.'

이럴 때야말로 위드의 정신력은 강인한 면모를 발휘했다.

"아르펜 왕국의 국왕인 제가 대신 결단을 내려 드리죠. 부수십시오!"

"정말 그래도 되겠는가?"

"물론입니다."

그렇게 쉽게, 알카사르의 다리는 부수기로 결정이 났다.

"다만 조심하십시오. 헤르메스 길드에서도 눈치가 빠른 자들은 있을 테니까 말이죠."

"허허, 건축가의 솜씨를 알아보진 못할 것이네. 우리가 스스로에게 침을 뱉는 것 같지만, 건축가들은 전쟁이 아니라 사냥에도 잘 끼워 주지는 않거든. 최소한 우리에 버금가는 실력자가 있지 않다면 모르겠지."

"확실히 뛰어난 방법이로군요. 어서 실행하시죠."

"바로 가서 준비를 하겠네."

이때까지만 하더라도 위드의 기분은 상쾌하기 짝이 없었다.

그렇지만 건축가들이 나가면서 하는 이야기들은 속 쓰림을 동반하게 했다.

"과연 통이 커. 보통 사람이 아니야."

"그러게. 알카사르의 다리에 들어간 돈이 얼마인데."

"아르펜 왕국의 예산이 막대하게 들어갔지, 아마."

"내가 정확히 아는데, 200만 골드도 넘어."

부르르.

슬픈 영화를 보면서도 철통같이 무덤덤한 위드의 눈가에 경련이 마구 일어났다.

꽃쫓꽃꽃

뚱땅뚱땅!

위대한 건축물 알카사르의 다리에서 건축가들이 시커먼 망토를 몸에 두르고 작업을 했다.

"적당히 부숴. 무너지는 순간에 놈들이 가능한 한 다리에 많이 올라와 있어야 하니까."

"물론이지!"

"겉은 그대로 놔두고 내부만 잘 파 놓자고. 중요한 버팀목들만 건드리고, 지지대들은 하나가 잘려 나가면 연쇄적으로 해체될 수 있게……."

"그건 내가 계산을 했으니 누구보다 잘 알지. 걱정하지 않아도 되네."

유저들로 북적거리던 알카사르의 다리였지만, 하벤 제국군이 몰려오니 관광객들은 전혀 찾아볼 수가 없었다.

사실 이 다리에는 전쟁과 무관하게 살아가는 유저들이 많았다. 심지어는 회사에 휴가를 내 놓고 인생에 대해 생각해 보겠다고 다리에서 먹고 자는 이들도 있었다.

하지만 그들은 대지의 궁전에 위드가 나타났다는 소식을 듣고 모두 그곳으로 몰려갔다.

그 덕에 건축가들은 은밀하게 작업을 할 수 있었다.

"놈들에게 확실한 본보기를 보여 주자고."

"그래도 이렇게 훌륭한 건축물을 부숴야 하다니, 눈물을 앞을 가리는구만."

이 밤중에 활동을 하고 있는 것은 북부의 건축가들만이 아니었다.

대륙 최고의 건축가 미블로스.

하벤 제국의 황궁을 건설하고 나서, 또한 그들이 마음에 들지 않아서 몰래 수작을 부려 놓고 나온 그가 북부에 있었다.

하벤 제국의 황궁은 웅대함을 자랑하고 있었지만 속내는 부실 공사의 전형!

사람이 많이 모이는 어떤 행사가 벌어지거나 충격이 가해지면 고스란히 무너지게 될 건축물에 불과하다.

그게 아니라도 큰비라도 내리면 지반에 스며들면서 기초공사를 약화시켜서 그대로 폭삭이었다.

워낙에 방대한 면적에 자리한 거대한 건물이니 차례차례 쓰러지는 웅장한 모습을 만들어 내리라.

그는 북부에 대해서는 소문만 들었지 실제로 와 본 건 처음이었다.

"놀랍군. 기가 막혀. 어떻게 도시의 모습이 이렇게 난잡하면서도 활기찰 수가 있는 것이지?"

모라타는 중앙 대륙과는 확연히 다른 맛이 있었다.

도시의 입구는 영업하는 상인들로 인해서 이동이 불편할 정도로 번잡하다.

"좋은 물건 비싸게 팔아요."

"모라타의 고급화를 선도하는 상인 바가지가 인사드립니다. 이제 막 레벨 200이 되신 유저들을 위한 화려한 제품들 위주로 판매합니다. 와서 구경하세요. 구경비로는 딱 2실버씩만 받습니다!"

중앙 대륙에서는 상인들이 게으르게 앉아 있는 모습이 흔하다. 상점만 차려 놓고 직원을 써도 유저들이 알아서 잘 사 가기 때문이다.

그러나 북부에서는 적극적인 호객 행위가 일반적이었다. 그런데 그건 물건이 안 팔려서가 아니었다.

잠깐만 지나면 다 팔려 버려서, 마차를 끌고 새로 영업용품을 보충하러 가야 한다.

그리고 나서 다시 돌아와도, 상인들이 워낙에 많이 모여 있다 보니 주변에 알리지 않으면 유저들이 일일이 보기가 어렵기 때문이었다.

과일, 생선, 철광석, 음식, 사냥 도구, 그릇, 무기, 방어구, 마법용품, 퀘스트에 필요한 물건.

성문은 있었지만 사람들이 워낙 많이 드나드는 통에 제대로 쓰지를 않고 빙룡 광장이나 와이번 광장으로 바로 연결된 평지로 다녔다.

모라타는 작은 마을에서부터 발전을 하였기에 그 흔적들도 그대로 남았다.

위대한 건축물들은 도시의 랜드마크처럼 세워져 있었고, 빛의 탑과 프레야 여신상, 예술 회관도 도시의 명소로 자리를 잡았다.

예술과 문화, 상업이 발달하고 사람들의 웃음이 공존하는 바로 그 도시!

하벤 제국의 침공에도 불구하고 모라타에는 여전히 사람이 많았다.

"저는 방금 시작한 초보입니닷. 어디로 가서 일해야 돈 벌 수 있어요?"

"시장에서 사과 닦는 아르바이트가 쏠쏠해요."

"허수아비 같이 때리실 분. 끈기와 노력은 기본! 앞으로 함께 성장하실 수 있는 분만 오세요."

막 시작한 초보자들도 계속 나타났다.

잠깐 사이에 광장마다 수백 명이 나타나서 〈로열 로드〉를 처음 하는 유저들이 하는 거의 비슷한 반응들을 내보였다.

"우왁! 몸이 움직여!"

"어머머머, 도시가 정말 예쁘다."

"으으으, 냄새까지 난다. 이 향기는 어디에서 풍기는 것이지? 배낭에 가지고 있는 건… 어디 보자, 보리빵 10개뿐이군. 아껴서 먹어야지."

막 시작한 초보자들은 친구나 가족처럼 아는 사람들을 만나 함께 가거나, 혼자서 도시를 돌아다니기 위해서 서둘러 뛰어가고 있었다.

이렇게 한 무리의 초보자들이 떠나고 나면 또 다른 유저들이 금방 다시 나타났다.

모라타를 절망적으로 바라보고 있다면 초보자들도 찾아오지 않을 것이다.

그런데 오히려 게시판마다 하벤 제국에 모라타가 파괴되고 나면 당분간 북부에서 시작하지 못할 수도 있으니 더 서두르라고 할 정도의 분위기였다.

"굉장해. 이게 사람이 살아가는 도시지."

건축가 미블로스는 도시를 둘러보는 것만으로도 사람들의 분위기를 파악했다.

도시의 역사는 길지 않았어도 모라타에 있는 유저들은 이곳이 어떻게 생겨났으며 어떻게 발전했는지를 알고 있다. 그 자부심과 긍지 때문에라도 사람들은 포기할 줄을 모른다.

하벤 제국과 맞서 싸울 수 있는 마음도, 모라타의 발전 과정에서 쌓아 올려진 것이다.

"나도 본격적으로 한 팔 거들어 봐야겠군!"

중앙 대륙의 자린고비 영주들에게는 질릴 만큼 질렸다. 북부에 위대한 건축물을 실컷 지어 보고 싶었다.

그러자면 하벤 제국을 막아 내야 할 것이 아닌가.

"도시는 나중에 둘러보도록 하고……. 이럴 시간이 없어."

미블로스는 모라타에서 이동용으로 쓰이는 힘 좋은 황소를 타고 하벤 제국의 진격로로 떠났다.

건축가 중에서도 최고의 실력을 가진 그는 특별한 스킬을 갖고 있다.

산사태!

지반 붕괴술!

편리성과 디자인, 예술을 함께 추구하는 건축가에게 왜 필요한지 도무지 의문이었던 스킬이지만, 하벤 제국군을 상대로 마구 써 보기로 했다.

아르펜 왕국의 내정

위드가 있는 대지의 궁전!

검이나 마법 좀 쓴다 하는 북부의 유저들은 대지의 궁전으로 몰려들었다.

"이게 진짜 아르펜 왕국의 왕궁이었어?"

튼튼하게 잘 지었네. 산 위에 지었는데도 주변과도 잘 어울리고."

"으아… 이 거대한 노가다의 흔적이라니!"

북부 유저들 중에는 완공된 지 얼마 안 된 대지의 궁전에 처음 와 본 사람들이 많았다.

유저들은 위드의 얼굴을 보고 싶어 했지만, 정작 그는 왕궁으로 돌아온 직후 집무실에 틀어박혀서 나오지 않았다.

"역시 집이 좋군. 집 떠나면 돈 들고 고생이란 말이 틀리지가 않다니까."

모험을 위해 아르펜 왕국을 떠날 때만 해도 공사 중이던 대지의 궁전이지만 완성되고 나니 금방 오래 살았던 집처럼 포근함이 느껴졌다.

위드에게는 긴 시간을 보낸 고향 집의 편안함 같은 것도 해당 사항이 없는 편이었다.

모라타의 흑색 거성이 20평대 임대 아파트라면, 대지의 궁전은 160평대 펜트하우스!

"조망이면 조망, 내부 장식도 완벽하고……. 돈 많은 사람들이 좋은 집에서 살려 하는 욕구를 이제 이해할 수 있겠군. 역시 사치는 해 봐야 안다니까."

위드의 마음은 금방, 참숯보다도 진하고 검은 욕망으로 가득 찼다.

"이런 주택을 많이 지어서 분양할 수 있다면 떼돈을 벌 수 있을 텐데. 으음, 역시 건설업자만 한 직업이 없지. 경기 침체가 오면 고생을 하기도 하지만 말이야. 아르펜 왕국에도 더 적극적으로 건설 붐이 일어나야 해."

경제 발전의 원동력은 역시 땅 투기!

직업의 다양성 면에 있어 아르펜 왕국은 다른 어느 국가도 따라오지 못할 정도로 높은 비율을 자랑한다.

전투력 부분에 있어서는 취약할지 모르나 생산과 예술, 개발 부분에서는 월등한 잠재력을 가졌다.

아르펜 왕국에 이대로 3년… 아니, 1년의 시간만 주어지더라도 북부의 모습은 바뀔 수 있을 것이다.

그림처럼 아름다운 지역에 주변 경관과 잘 어울리는 도시들이 건설되어 자리를 잡을 것이고, 도로들이 북부 대륙을 거미

줄처럼 편리하게 연결하며, 뒷골목에서는 창조적인 예술이 다양하게 꽃을 피우리라.

신생 왕국인 만큼 도시 계획에 강점이 있고 변화도 적극적으로 받아들일 수 있다.

자연과 사람들에 의하여 북부 대륙과 어우러지는 왕국의 발전사가 앞으로 진행될 가능성이 높았다.

"현재도 아르펜 왕국의 인구가 상당히 많아지고, 마을과 도시가 어마어마하게 생겼군."

위드가 그다음으로 열어 본 것은 아르펜 왕국의 내정 창이었다.

돼지 저금통의 배를 따는 듯한 설렘과 긴장감이 느껴졌다.

세계를 구하는 용사로서 엠비뉴 교단과 맞설 때도, 가진 거라고는 좋은 목청뿐인 못생긴 오크가 되어 불사의 군단과 싸우던 시절에도 느껴 보지 못한 소름 돋는 긴장감.

아르펜 왕국

대륙 북부의 광대한 영토를 다스리고 있는 왕국. 국가가 없는 주민들을 교역과 문화를 통한 평화적인 방법으로 복속시켜 왔고, 영토는 과거 니플하임 제국의 영역을 대부분 이어받았다. 이제는 아르펜 왕국을 상징하는 깃발과 문화가 북부의 서로 다른 지형과 기후를 가진 지역들로 퍼져 나가고 있다.

국왕의 존엄성이 주민들과 기사들이 우러르며 존경하는 수준. 자신의 손으로 국가를 건설하고 길을 개척해 간 귀족 중의 귀족이며 왕 중의 왕으로, 믿을 수 없는 소문들 중에는 국왕이 베르사 대륙을 위해 신들의 선택을 받아 용사로서의 임무를 수행했다는 것도 있다. 북부의 주민들 대부분이 믿는 프레야 교단에서도 국왕을 '신성을 받드는 왕'으로 존중하고 있다.

아르펜 왕국의 주민들의 성향은 모험과 자유, 경제적 풍요로움의 추구다. 예술에 대하여는 만족감을 느끼기 위하여 지출을 아끼지 않는다. 대제국의 침

략이 벌어지고 있지만 불가사의한 힘을 가진 국왕이 막아 낼 수 있으리라 믿으며, 밥만 먹고 일만 한다고 해도 좋을 정도로 매우 근면한 성격을 가졌다.

왕국 내에 70여 개의 신생 도시와 마을이 성장하고 있다. 출생률은 측정이 어려울 정도로 빠르게 늘어 가는 중. 특히 아르펜 왕국에 정착한 오크들은 '암컷 수컷 구별 말고 400마리씩만 낳아 잘 키워 보자.'라는 구호를 외친다. 왕국의 도시 개발은 급진적으로 이루어지고 있으며, 끊임없이 모이는 인구로 인하여 별별 명목으로 축제가 벌어지고 있다.

평원과 황무지, 범람 지역의 개간, 폐광 재개발이 적극적으로 이루어지고 있다. 새로운 상품들이 창출되고 도로가 연결되는 공사가 도처에서 벌어지고, 국가 내 무역은 식료품을 기반으로 날로 확대되어 크게 부족함이 없는 편이다. 숙련된 기술자들 또한 고급품, 특산품의 제조로 장인이 되려는 자부심을 품고 생산량 확대에 매진하고 있어 경제력이 팽창 중이다.

몬스터들이 여전히 활개를 치고 돌아다니지만 도시 근처에는 얼씬도 하지 못할 정도의 치안은 지켜지고 있다.

북부 지역의 주민들은 아르펜 왕국에 소속되어서 행복해하며, 수많은 이들의 노력 끝에 완성된 대지의 왕궁은 아르펜 왕국의 존엄성을 상징하며 안정된 발전을 기대하게 하고 있다.

지방 도시의 세금 납부에 대한 저항은 적지만, 그들은 가끔 말한다.

— 아르펜 왕국은 역사는 짧아도 놀라운 국가야! 하지만 범죄를 이대로 방치해 둔다면 밀무역이나 도둑들이 점점 늘어날 것 같군.
— 내가 납부하는 세금이 제대로 쓰이는지 알 수가 있어야지. 국가는 커지는데 뒷북 행정은 그것을 뒷받침해 주지 못해.
— 우리 국왕 폐하께서는 어디서 뭘 하시는 거지? 그분의 영웅적인 업적에 대하여 감히 폄하할 수는 없지만 왕국 내에 산적한 일들이 어마어마한데 말이지.

넓은 바다에 대한 흥미로, 해운업이 나날이 발전하고 있다. 해상 교역은 안정된 항로를 바탕으로 이루어지고 있으며, 신비한 물고기를 낚기 위하여 먼 바다까지 출항한 낚시꾼들은 굶주린 상어의 간식이 되고 있다.

농업에서는 젊은 농부들이 여러 종족들을 위한 작물들을 적극 재배하고 있다. 남아도는 쌀과 밀은 오크들이 신나게 먹어 치운다. 부가가치가 높은 커피, 차, 약초의 재배 면적이 계속 증가하여 부농의 기반을 닦았다.

니플하임 제국의 유물과 흔적은 모험가들을 집구석에서 쉬지 못하게 만든다. 몇 가지 모험이 성공적으로 이루어지면서 술집에서는 모험가들에 대한 이야기가 끊이지 않는다.
술집에 가면, 아르펜 왕국의 주민들이 모여 최근의 정세에 대해 이런 이야기들을 하고 있다.

─멀리 잘사는 땅에서 대제국이 침략을 해 왔다고? 걱정할 거 없어. 아, 그 이유가 뭐냐고? 국왕 폐하를 믿기도 하지만, 어차피 잃을 것도 없지 않나. 몇 년 전까지만 해도 몬스터에게 죽거나 굶주려서 들판에서 죽는 일이 허다했는데 말이야.
─아르펜 왕국의 군대라. 상당히 말하기 힘든 주제로군. 내 아들도 군에 입대를 했는데, 휴가는 왜 이렇게 자주 나오는 건지. 내 자식이라서 하는 말이 아니라, 이놈들이 몬스터는 막을 수 있을지 몰라도 전쟁은 좀 무리이지 않을까?
─돈을 많이 버는 직업? 그거야 당연히 상인이지! 당장 시장에 가서 마차에 아무 물건이나 꽉꽉 채워 넣고 성문을 나서 보게. 팔 수 있는 도시들이 주변에 가득 널려 있어. 물론 말을 좀 잘한다면 좀 더 비싸게 팔 수 있는 최고의 기회도 열려 있지. 하지만 사람들에게 믿음을 파는 상인이 더 오래갈 수 있을 거네.

아르펜 왕국의 군사력은 시민들에게 잘 알려지지 않았다. 오히려 다른 제국의 침략에도 나서지 않는 겁쟁이라고 조롱당하고 있으나, 대륙의 각지에서 모여든 명망 높은 기사들이 아르펜 왕국의 국왕 위드를 숭배하고 있다.
산골 마을이나 산맥 근처의 마을들은 몬스터의 대대적인 침입에 대해 전전긍긍하지만, 목책 건설과 경비대의 주둔으로 만족한다. 대신 모험가와 전사의 몬스터 사냥과, 군대의 몬스터 토벌이 자주 일어나고 있다.

군사력: 7,390   경제력: 48,291   문화: 42,092
기술력: 62,380   종교 영향력: 86   왕국 정치: 92
인근 지역에 대한 영향력: 97%
왕국 발전도: 79   위생: 42   치안: 92%
왕국 전체 인구: 38,291,029
매달 세금 수입: 21,943,920
왕국 운영비 지출 내역: 군비 12%, 기술 개발 6%, 경제 발전 38%, 문화 투자 비용 6%, 의뢰 및 몬스터 토벌 14%, 도로 개설 22%, 종교 2%.
군사력: 기사 4,939명, 수련 기사 8,720명, 병사 162,023명. 군대가 드디어 어깨를 펴고 성문 밖으로 나갈 정도가 되었다. 기사단은 대부분

"이것이 나의 아르펜 왕국이군!"

오랜 기간 자리를 비웠다가 돌아왔는데도 그사이 무럭무럭 자라 있는 왕국.

위드는 구체적인 수입과 국력 등을 확인하면서 충분히 만족스러웠다.

"잘 키웠어. 지금까지 배를 가르지 않은 보람이 느껴지는군. 훌륭해."

이 근방에서 살아가는 북부 유저들이라면 황당한 아르펜 왕국의 발전에 대한 이야기들을 자주 듣는다고 한다.

"일주일 전에 헤롯 강 부근에 갔는데, 초가집이 생겼더라."

"그래? 어제 가 보니 오백여 채쯤 되는 판자촌이 있던데."

"무슨 소리야. 내가 헤롯 강에서 오는 길인데, 거기 완전 중간 규모의 마을이던데!"

"야, 거기 내 친구 있는데 방금 귓속말로 오크들 왔다고 알려 주더라."

"초보들도 지금부터는 시작한다던데?"

"그럼 끝났군!"

북부의 인구는 마구 늘어나고 있었고, 초보를 갓 벗어난 유저들은 거침없이 대륙을 돌아다닌다.

초보 탈출을 위해서는 꾸준한 사냥도 중요하지만, 북부 대륙에서는 대박의 꿈도 충분히 노릴 수 있다.

니플하임 제국의 유물, 오랫동안 사람의 손을 타지 않은 약초, 미발견 던전들이 잔뜩 기다리고 있었던 것이다.

과거에는 빈 땅밖에 없던 장소에 교통이나 모험, 생산의 거점으로 순식간에 마을이 생성되었다.

위드의 입장에서 아르펜 왕국은 알아서 성장하는 돼지 저금통과 같았다. 황금 알을 낳는 양계장을 소유하고 있는 기분이었다.

"언젠가 진짜 배를 가르게 되면 엄청난 자금이… 내 평생의 노후가 여기에 달려 있어."

당장의 밥그릇에서 승격된, 일생일대의 노후 자금!

다만 대부분의 사람들이 그렇듯이 노후 자금에 대해서는 불안한 면이 있었다.

국가에서 운영하는 연금도 떼어먹힐지 모른다는 걱정이 있는데 하물며 풍전등화의 신세인 아르펜 왕국에 대해서라면 말할 것도 없다.

"하벤 제국을 막지 않으면 내 안락한 노후도 끝장이 나는 거라고 봐야 하나."

위드는 그러면서도 전쟁터로 당장 달려가지는 않았다.

가만히 기다리고 있으면 하벤 제국군이 쳐들어올 텐데 준비도 되지 않은 지금 일부러 만나러 갈 필요는 없다.

더군다나 파보와 같은 건축가들이 작업을 개시하였기 때문에 이곳까지 오는 길도 무난하고 평탄하진 않으리라.

"부르지도 않은 손님들인데 오면서 고생 좀 해야지. 군대 현황 정보!"

아르펜 왕국의 군대
기사: 32,998인(평균 레벨 367)
병사: 187,390인(평균 레벨 194 충성심 99% 훈련도 89%)
아르펜 왕국의 국왕은 '대륙을 구하는 영웅'이라는 호칭으로 불리고 있다. 그의 의로운 부름에 응답하여 자유 기사들이 모이고 있다.
기사들의 긍지는 대단하며, 어떤 위험에도 달려 나갈 수 있을 정도로 사기가 드높다. 기사들의 무장은 괜찮은 편이나, 야생마를 길들여 타고 다니는 신세라 돌격에는 익숙하지 않다.
병사들은 절대적인 충성심을 가지고 있다. 사리 분별력이 없어 국왕이 시키는 일은 무엇이든 해낼 것이다. 몬스터와의 싸움에 이골이 나 있으며, 경험 많은 병사들은 던전 탐험에도 익숙하다.
천공의 섬 라비아스가 아르펜 왕국의 영역을 돌아다니고 있다. 조인족은 인간에게 머리를 숙이지 않지만, 특별한 인연으로 인해 기꺼이 아르펜 왕국의 소속이 되었다. 전쟁이 벌어지면 두말없이 참전할 것이다.
군사 요새의 숫자가 적다. 벤트 성을 포함하여 구 니플하임 제국 시절에 건설된 군사 요새들을 수리하여 사용하고 있다. 도시의 성벽이 부실하다. 본격적인 전투가 벌어지면 쉽게 함락될 것이다.

"으음, 영토와 인구가 많이도 늘어났군. 그래도 군사력은 하벤 제국에 비하면 쓸모가 거의 없어."

위드의 북부 개발은 모라타부터 시작되었다.

당시에는 빠른 경제 발전을 위하여 프레야 교단의 보호를 받으며 군사비 지출은 최소화하는 수단을 쓸 수밖에 없었다.

그 결과 지금도 숙련된 정예 병사들이 적고, 기사들도 많지 않다.

전쟁이 벌어지더라도 몬스터의 침입을 막기 위하여 대륙의 도시들을 지켜야 했으니 실제 동원할 수 있는 병력은 절반에도 미치지 못했다.

"그래도 라비아스의 경우에는 새로운 영토로서의 가치가 매우 크겠군."

아르펜 왕국의 영토가 북부 전체가 확장되는 측면은 바람직한 일이지만 실속은 그다지 없다.

니플하임 제국의 몰락 이후로 방치되어 폐허가 된 마을과 도시 들.

몬스터들이 설치는 바람에 살아남은 인구도 많지 않고, 발전을 위해 기다려야 하는 시간도 길다.

치안의 안정과 도로 연결, 성벽 건설, 도시 재건 등에 들어가야 할 돈도 많았다.

그렇지만 천공의 섬 라비아스는 몬스터의 침략을 걱정할 필요가 없을 뿐만 아니라, 개발도 상당 부분 이미 이루어져 있었다. 그 자체로 수많은 던전들이 있는 하나의 작은 왕국과도 같았다.

"조인족의 인기가 하늘을 찌를 정도이니 당장의 발전 가능성이 무궁무진하지."

조인족은 인간과는 상당히 다른 외모를 가졌다. 완전한 새의 형상으로 변신을 할 수도 있었다.

또한 인간이나 드워프, 엘프는 2차, 3차 전직을 통해 전문 분야를 성장시키지만, 조인족은 그보다 훨씬 더 놀라운 특성을 가졌다.

일정한 레벨에 도달하고 먹잇감을 충분히 사냥하고 나면 탈피를 할 수 있었다.

예전 자신의 낡은 몸을 버리고 종족의 새로운 육체를 얻는 게 가능한 것이다.

더 멀리, 더 높이, 더 빠르게 날 수 있을 뿐만 아니라 육체적으로도 크게 발달한다.

조인족에게 탈피란 누구나 꿈꾸는 대단한 경험이 될 테지만 위드는 중요한 부분을 놓치지 않았다.

"탈피를 할 때마다 새로운 장비를 착용할 수 있게 되니 큰돈을 들여서 전체적으로 바꾸게 되겠지. 원래 모든 취미에서 장비병이란 어쩔 수가 없는 거니까 말이야."

〈로열 로드〉에서는 착용 가능한 최고의 장비를 맞추려는 사람이 부지기수로 많았다.

기능적으로나 미적으로나 좋은 장비를 착용하고 모험을 나가면 훨씬 편해지고 자신감도 생긴다.

도시는 시장과 상점을 돌아다니며 더 좋은 물품을 구매하려는 인파로 항상 북적였다.

조인족은 집단생활을 중요하게 여길 뿐만 아니라 외모에도 신경을 쓰기 쉬운 특징을 가지고 있다.

인간처럼 옷을 다양하게 많이 입어서 꾸미지 않기 때문에, 부리와 발톱에 착용하는 전투용품 이외에 액세서리에도 민감하다.

새 머리에 착용하고 있는 왕관이나 목걸이에 따라 전체적인 분위기가 달라지기 때문이다.

어떤 구두를 신느냐에 따라서 같은 참새라도 흙땅과 나뭇가지에서 걷는 느낌이 확 다른 것처럼, 조인족은 귀엽거나 강인한 외모를 가진 만큼 더 장비들을 의식하기 마련이다.

조인족의 장비들은 현재까지는 대부분 라비아스에서 거래가 되고 있다.

비행 가능한 조인족이 활동 반경이 아무리 넓다고 해도 그들은 원하는 조건에 맞는 물품을 구매하기 위해서는 라비아스로 와야 한다.

조인족 전용 레스토랑이나 여관, 기술 훈련소도 라비아스에만 있다.

지상의 어떤 레스토랑에서도 조인족을 위한, 버터로 구운 지렁이 스테이크를 팔진 않을 것이다.

어떤 조인족은 그 특성상 귀소본능이 있어서 최소 1년에 한두 차례는 라비아스로 돌아와야 하는 제한도 있었다.

그렇다면 조인족의 고향인 라비아스는 앞으로도 지속적으로 발전할 것이 확실하며, 따라서 안정적으로 세금을 거두어들일 수가 있었다.

아르펜 왕국의 세금 수입을 확실히 늘려 줄 수 있는 새로운 영토가 라비아스였다.

"이렇게 확실한 돈줄이라니. 좋군. 정말 좋아."

띠링!

아르펜 왕국이 침략당하고 있습니다.
기사들과 병사들은 적의 영토 점령에 대해 적극적으로 맞서 싸우기를 원합니다. 천공의 섬 라비아스의 조인족도 투쟁심에 불타오르고 있습니다. 이들이 싸우는 것을 허락하지 않으면 충성심과 사기의 저하가 발생할 수 있습니다.
군대와 조인족이 적과 싸우는 것을 허락하겠습니까?

"에휴. 이놈들이 없는 것보단 낫겠지. 수락한다."

왕국의 군대가 출진하게 됩니다.
조인족과 병사들의 충성심이 높기에 이탈병은 발생하지 않을 것입니다.

군대가 모일 장소를 선택하여 주십시오.

"대지의 궁전."

현재 위치로 군대가 이동하게 됩니다.
천공의 섬 라비아스도 움직이게 될 것입니다.

국왕은 군대를 지휘할 기사를 선택해야 합니다.
선택된 기사는 기사단과 병사들에 대한 모든 지휘 권한을 가지며, 전투 공적에 따라서 막대한 공헌도를 얻어 귀족으로의 승급이 이루어질 수 있을 것입니다. 혹은 국왕이 직접 군대를 지휘할 수도 있습니다.

"누굴 믿어, 내가 직접 해야지."

국왕이 직접 전군을 통솔합니다.
병사들은 믿을 수 없을 정도로 높은 사기를 발휘하게 됩니다.

"군대는 거들 뿐이고, 북부 주민들 전부가 나서 줘야겠지. 그리고 놈들을 물리치는 데에는 시간 조각술이 관건이 되겠군."

세계를 구하는 용사로서의 활약은 모든 이들을 깜짝 놀라게 할 정도로 강렬한 인상을 남겼다.

비록 퀘스트라고는 하지만 〈로열 로드〉에서 사상 초유의 레벨을 달성하고 강한 전투 능력을 과시했다.

그러나 그것은 전쟁의 시대에서 벌어졌던 일들일 뿐.

실제로 현재 위드의 레벨은 퀘스트를 마치고 나서 크게 줄어들어 419밖에 되지 않았다.

아무래도 사막에서 조각 생명체들을 탄생시켰던 영향이 치명적으로 작용한 것.

북부에서 활동하는 유저들 중에는 위드보다 레벨이 더 높은 사람들이 대거 있었다. 그들에 비해서 우월하거나 믿을 수 있는 재산은 시간 조각술 하나밖에 없다.

그러나 단지 하나의 스킬이 아니라, 모든 조각술의 비기를 모으고 난 이후 역사를 넘나들면서 모험을 하고 터득한 시간 조각술!

〈로열 로드〉 최초의 직업 최후의 비기였고, 다른 누군가가 이와 비슷한 스킬을 터득할 수 있을 가능성도 거의 없다.

위드만이 가진 대체 불가능한 절대적인 무기였다.

앞으로 시간 조각술을 중급까지 올려놓으면 세상을 멈출 수 있게 되리라.

그 무한한 상상력과 가능성!

"그때가 되면 정말 특별해질 거야. 시간을 멈춰 놓은 후에 아름다운 광경을 혼자서 실컷 볼 수도 있겠고, 기존의 자연 질서를 파괴하는 예술 작품을 탄생시키는 것도 가능해지겠지. 최고의 조각사가 될 수 있는… 아, 안 돼, 이런 쓸모없는 예술 스킬이라니!"

하벤 제국의 북부 정벌군에 속해 있는 군단장들이 천막에 모였다.

군단장들은 그 하나하나가 베르사 대륙 어느 지역에 가더라도 떠들썩한 소란이 일어날 만큼 강한 전투력을 가진 랭커들이었다.

특히 북부 정벌군의 총사령관 역할을 맡은 제1군단장 드라카는 〈로열 로드〉를 통틀어서 레벨이 상위 10위권 내에 드는 강자였다.

하벤 왕국을 정복하던 당시부터 헤르메스 길드의 실질적인 무력 집단을 통솔하였으며 무수히 많은 전투를 전부 승리로 끝냈다.

그에게는 헤르메스 길드의 아낌없는 지원이 이루어져서, 소속 기사들 또한 최고의 정예로 평가를 받는다.

물론 드라카의 군대에 대한 대부분의 명성은 악명이라서, 어쩌다 방문한 마을의 주민들은 집과 재산을 몽땅 버리고 피난 행렬을 떠나게 될 정도였다.

"정보대의 소식에 의하면, 대지의 궁전에 위드가 등장했다고 합니다."

"대지의 궁전이라면… 전속으로 진군하면 사흘 안에 닿을 거리로군요."

"풀죽신교라는 놈들이 계속 덤비는 바람에 진군 속도가 느려지고 있어요. 대지의 궁전까지는 최소한 사흘, 늦으면 닷새까지도 잡아야 됩니다."

"시간만이 문제가 아닙니다. 위드가 나타난 이상 제대로 된 전쟁을 대비하면서 진군을 하려면 일주일도 모자라죠."

"일주일 정도의 시간은 얼마든 기다려 볼 만합니다. 대지의 궁전은 지금까지 상대해 본 북부 유저들보다 평균 실력이 한층 높을 것입니다. 그들을 해치워야 진정 북부를 상대로 해서 승리를 거두는 것이고, 위드와도 북부 대륙을 건 결판을 내는 것입니다."

북부 정벌군은 북부 유저들을 질릴 만큼 상대해 봤다.

개미 떼를 연상시킬 정도로 대량의 유저들이 모여서 바글거리지만 눈여겨볼 정도의 강자들은 별로 없다.

북부의 유저들이 모여서 돌격해 오면 정벌군은 화살과 마법으로 칠할 이상 박살을 내고, 기사단과 보병을 전진시켜서 남김없이 휩쓸어 버린다.

이 단순한 방식은 지금까지 시간은 걸리더라도 확실한 효과를 거두어 왔다.

압도적인 힘으로 전투에서는 대승을 거두었지만 적들이 포기하지 않고 계속 덤벼든다는 점이 문제였다.

헤르메스 길드의 유저들은 북부로 깊숙이 들어오면서 이들이 이곳을 어떻게 생각하는지를 느꼈다.

'뱀에게서 둥지 안에 있는 새끼를 지키려는 어미 새들 같군.'

침략하는 하벤 제국이 굶주린 큰 뱀이라면 북부 유저들은 연약한 어미 새들과 같았다.

목숨을 바쳐 가며 필사적으로 덤벼들고 있었는데, 단순히 위드의 인기로만 북부 유저들이 싸운다고는 생각되지 않았다.

아르펜 왕국은 베르사 대륙의 유저들에게 남은 최후의 보루.

자유를 누리며 살아가기를 원하는 자에게 있어 북부는 마지막 남은 생활 터전과도 같았다.

'그렇더라도 우리의 이득을 위해서 자유 지역을 남겨 둘 수는 없지.'

'마지막 도피처까지도 휩쓸어 버릴 것이다. 그럼으로써 대륙 통일이 달성되는 것이야.'

'장기간의 독재를 위해서는 북부를 확실하고 완벽하게 제압해야지.'

북부 유저들의 거센 저항에도 불구하고 중앙 대륙으로 회군하자는 말을 하는 군단장은 아무도 없었다.

약탈과 토지 획득.

벌써 영토 점령으로 인한 이득을 모두가 함께 누리기만을 기다렸다.

점령군에 속한 유저들의 직업들도 병사들을 거느리고 정복 전쟁을 수행하기 좋은 기사들이 다수였다.

"수뇌부에서는 위드에 대한 대처 방법을 내놓았습니까?"

"길드 수뇌부로부터 내려온 명령은, 상관하지 말고 이대로 계속 대지의 궁전으로 진군하라는 것입니다."

"위드가 나타났으니 애초 계획대로라면 바드레이 님께서 친히 오셔야 하지 않습니까?"

"아시다시피 하벤 제국 내에 심연의 절망이라고 불리는 어비스 나이트가 나타났기 때문에……. 위드가 대지의 궁전에 있다고 하더라도 현재로서는 승산이 희박하다 보니 다른 곳으로 도망칠지도 모릅니다. 그래서 현재는 제국 내부를 더 신경 쓰는 것 같습니다."

"하긴… 위드라고 해도 별다른 준비 없이 우리 무적 군단에 덤빌 수는 없겠지요."

헤르메스 길드에서는 위드가 나타났다 해도 현재의 하벤 제국 북부 정벌군을 격파할 수 있을 거라고는 생각하지 않았다. 그러기에는 지금까지 북부 유저들을 너무 압도적으로 박살을 내 왔다.

위드의 개인적인 능력이야 이쪽의 군단장들과 호각을 이룰 수 있더라도, 완성된 군대의 힘은 집단으로만 상대할 수 있다.

"아르펜 왕국의 군사력은 한계가 있고… 아마 우리 중의 1명만 나서더라도 격파가 가능할 겁니다. 그 이상의 병력을 움직인다면 정보대에서 관찰이 가능합니다."

"대지의 궁전으로 많은 사람들이 모이고 있습니다. 그들이 위드와 같이 우리에게 맞서서 싸우겠지요."

"그렇더라도 지금까지 하던 대로 처리하면 됩니다. 위드의 지휘 능력이 대단하긴 하지만, NPC가 아닌 이상 일반 유저들을 자기가 원하는 대로 다루진 못합니다."

"하기야 중앙 대륙을 정복하는 과정에서도 우리 헤르메스 길드만큼 군대를 조직하고 운영하는 적은 본 적이 없지요."

"겁먹고, 도망치고……. 유저들이 많아지더라도 대부분이 전쟁은 처음입니다. 북부로 넘어와서 우리에게 열심히 덤벼들었던 자들이 그곳에도 나타나겠지만, 나머지는 숫자만 채우다가 전세가 심각하게 불리하면 도망칠 가능성이 높습니다."

"설혹 아니더라도 여론을 움직이면 그렇게 만들 능력이 우리에겐 있지요."

"뭐, 하벤 제국군을 직접 보는 순간 이 군대를 향해 덤빌 수나 있을까요?"

전쟁은, 혼자서 벌일 수 있는 모험과는 그 규모부터가 차원이 다르다.

현재의 하벤 제국군은 헤르메스 길드의 유저들을 중심으로 하여 전쟁 경험이 많은 NPC 군대를 주축으로 이루어져 있다.

헤르메스 길드가 하벤 왕국을 장악하기도 전의 초창기에는 충분히 유저들이 전쟁의 중심이 될 수 있었다.

하지만 전쟁의 규모가 커지다 보면 명령에 따라 효율적으로 움직이는 군대가 중요한 역할을 하게 된다.

아무래도 유저들은 개성이 강해서, 엄정한 군기를 바탕으로 전투 병과를 맞추고 전술에 맞춰서 싸우기가 힘들다. 지휘관이 명령을 내려도 곧바로 시행하기보다 개개인이 생각과 판단을 하기 때문이다.

전쟁 경험이 없는 일반 유저들이 모이면, 가끔은 승리를 거두더라도 패배할 때는 전멸에 가까운 타격을 입었다.

반면에 NPC들로 군대를 구성하게 되면 체계적으로 전투를 펼치며 전술의 효과를 극대화시킬 수 있다.

아주 유명하고 강한 유저라도 군대의 집중 공격에 버텨 내기는 어려운 것이다.

NPC 군대는 다른 장점도 많았다.

수십 일씩의 행군이나 산적 토벌 임무에 동원되더라도 충성심만 유지되면 기대 이상으로 철저하게 해낸다.

좋은 지휘관을 통해 사기와 충성심, 훈련도를 높게 유지한다면 매우 큰 능력을 발휘했다.

중앙 대륙을 통일하는 과정에서 적국의 군대를 격파하고 통합하면서 하벤 제국 군대의 군사력은 어느 왕국도 따라오지 못할 정도로 거대해졌다.

일찍부터 막대한 투자를 통해 마법을 적극적으로 부흥시켜서 전쟁을 위해 동원했다.

하벤 제국 군사력의 핵심을 이루는 절반 정도의 병력이 북부로 출진한 만큼, 아르펜 왕국이 휩쓸리는 것도 너무나 당연하게 생각이 되었다. 현재의 하벤 제국군은 무적이라고 할 수 있을 정도의 전쟁 능력을 발휘한다.

북부는 물론이고 베르사 대륙 전체에 대한 분석을 끝냈다. 그들에게 맞설 수 있는 거대 세력이 갑자기 나타날 수는 없을 것이다.

"위드의 동향에 대해서는 정보대에서 계속 주시할 것입니다. 그리고 만약 대지의 궁전에서 우리에게 덤빈다면, 해치워 버리도록 합시다."

"그것도 괜찮겠군요."

"로빈 님, 헤르메스 길드에서는 그대와 같은 인재를 원하고 있었습니다."

"글쎄요. 저 역시 동료들과 함께 하나의 무리를 이끌고 있는 입장이라서 중요한 결정을 쉽게 내리기가 곤란하군요."

사냥꾼 로빈은 헤르메스 길드로부터 정식으로 초대받았다.

서윤을 쫓아다니던, 잘생기고 키 크고 학벌 좋고 돈까지 많은 로빈!

〈로열 로드〉에서 그의 레벨도 어느덧 400을 넘어갔고, 착용하고 있는 장비는 가장 좋은 것들이다.

화려한 옵션을 기본으로 하고 항상 마법 효과가 발동하는 검, 몬스터로부터 지켜 주는 든든한 갑옷.

어느 한 측면에서도 모자람이 없었을 뿐만 아니라, 재봉사와 대장장이를 통해서 따로 추가로 다이아몬드까지도 주렁주렁 박아 놓았다.

햇빛을 받으며 마을에서 걸어 다니다 보면 유저들의 놀람과 시샘 어린 시선을 만끽할 수 있었다.

그러나 레벨이나 장비와는 달리 실제 전투력은, 어둡고 침침한 던전에 들어갈 때마다 무서워서 다리가 후들거릴 정도였다.

개인 활동이 많은 직업인 사냥꾼임에도 불구하고 로빈은 혼자서는 잘 다니지 않았다. 용병, 기사를 주렁주렁 데리고 다니고, 사제도 필수적으로 5명 이상을 끌고 다녔다.

사냥 효율이 좋거나 보상이 좋은 퀘스트가 있는 유명 던전들을 패거리로 몰려다니기 때문에 주변에는 엄청난 민폐!

몬스터 떼가 갑자기 몰려나오는 위험한 상황에서도 용병들이 지켜 줘서 로빈이 죽는 경우는 거의 없었다.

"로빈 님께서 같이해 주신다면 우리 헤르메스 길드에도 더없는 영광 아니겠습니까? 물론 다른 친구분들도 함께 초대하는 것입니다."

"으흠, 그렇다면야 솔깃한 제안이로군요."

로빈은 자신의 미래를 위해 깊은 생각에 잠겼다.

멋진녀석들 길드는 〈로열 로드〉 내에서 여러모로 유명했다.

정재계의 부유한 자제들만 모여서 베르사 대륙에서 돈을 물 쓰듯 하며 취미로 길드를 운영한다.

명문 길드들끼리의 패권 다툼이 치열할 때에도, 어느 단체에서도 멋진녀석들 길드는 건드리지 않았다.

로빈처럼 돈과 권력이 넘쳐 나는 이들을 건드렸을 경우 뒤처리가 깔끔하게 끝나는 경우는 드물다. 〈로열 로드〉 내의 넓은 인맥을 바탕으로 해서 다른 길드에 보복을 요청할 수도 있으며, 개인적인 영향력도 상당하다.

돈을 마구 뿌리면서 다니는데 누가 이들과 친해지고 싶지 않아 하겠는가.

실제로 로빈과 멋진녀석들은 헤르메스 길드에도 상당히 많은 의뢰를 했다.

"활이 하나 필요합니다. 레벨 제한은 340 정도로요."

"어느 정도의 등급으로 구할까요? 그리고 특별히 원하는 옵션이라도 있으신지요."

"전설에 나오는 등급이면 만족스럽겠죠. 최소한 그 레벨에서 쓸 수 있는 가장 좋은 활로."

"선생님이 아시다시피, 그런 물건이 없는 건 아니지만 흔하지도 않습니다."

"가격은 늘 그렇듯이 상관하지 않겠습니다. 옵션은 몬스터를 단체로 결빙시키는 것이 효과가 괜찮더군요."

자신들이 쓰기 위한 무기와 방어구를 가격에 상관없이 구해 달라고 하거나, NPC 용병이나 퀘스트를 도와줄 가이드 역할을 해 주는 유저의 고용을 맡겼다.

상인으로 활동하는 유저는 멀리 떨어진 지역의 특산품을 구입하러 가기가 귀찮아서 교역품들을 구해 달라는 주문도 자주 했다.

다른 유저들 간에 분쟁이 벌어지면 상대를 죽이거나 심하면 척살령을 내려 달라는 요청도, 넘치는 돈을 지불하며 해 왔다.

헤르메스 길드에서 보자면 이런 이들은 견제하거나 적대할 필요가 조금도 없었다. 어렵지 않은 부탁들을 들어주는 것만으로도 받는 재정적인 이득이 매우 크다.

현재 대륙에서 독보적인 힘을 갖게 된 이후로도 헤르메스 길드는 멋진녀석들 길드와 같은 부르주아 단체들은 아예 내부로 포섭하려는 정책을 펼쳤다.

부유한 이들을 받아들임으로써 마르지 않는 자금을 얻고 현실 세계에서 영향력 등을 발휘할 수 있으니 상호 간에 이득이 많은 거래였다.

"최근에 제가 영주가 되어 보고 싶었는데, 헤르메스 길드에 가입하면 도시를 좀 얻을 수 있을까요."

로빈은 최근에 영주의 포부가 생기기 시작했다.

　영주가 되려면 명성이나 공적치를 쌓는 것부터 많은 노력을 기울여야 하지만, 헤르메스 길드의 홍보원은 흔쾌히 고개를 끄덕였다.

　"물론 가능하시죠."

　하벤 제국에서 빼앗아서 남아도는 땅들 중에는 영주를 찾지 못한 지역이 많이 있다.

　제국 직할령으로 되어 있는 이런 도시들을 분양해 주고 나면 당장은 세금 수입이 아까워도 두고두고 남는 장사가 될 가능성이 높다.

　영주이며 동시에 제국의 귀족이 되었다면서 조금만 기분을 치켜세워 주고 후하게 대접한다면 자신의 체면에 걸맞는 서비스를 받았다고 생각하기 마련이다.

　그 대가로 지불할 금액에 대해서는 세세하게 따지지 않는 게 로빈과 같은 부잣집 아들의 특성이다.

　헤르메스 길드의 입장에서는, 영주 직위를 수여하고 나서 도시를 성장시키려고 한다면 이후로도 끊임없이 필요한 물자나 병력을 판매할 수 있으니 장기적으로 이득이 많은 장사다.

　"어려운 부탁인 줄 알았는데 과연 헤르메스 길드는 통이 크군요."

　"로빈 님께서 요청하시는데 길드에서도 적극적으로 도와 드려야 하지 않겠습니까. 그럼 어느 땅을 원하십니까?"

　"개척이 제대로 되지 않은 북부에서 도시를 키우며 영주의 꿈을 이루어 보고 싶습니다."

"북부요? 하지만 그곳은 점령 작업이 아직 끝이 난 게 아니라서 당장은 통치나 치안 유지가 상당히 어렵습니다. 상업이 발달하고 사람이 많은 자유도시는 어떠실까요?"

"북부에는 큰 가능성이 잠들어 있죠. 저같이 기업가의 장남으로 태어나서 자란 사람은, 당장 발달되진 않았어도 잠재력이 큰 시장이 있는 곳을 선호합니다. 제 친구들 역시 북부를 선호하고 있습니다."

"뜻은 잘 알겠습니다. 그렇지만 현재 북부의 점령 지역은 낙후된 마을 정도의 수준이지 아직 도시라고 할 만한 게 별로 없습니다."

"그러니까 더 매력이 있죠. 기초부터 완전히 새롭게 설계해서 저만의 도시를 세울 수가 있으니까 말입니다."

"아, 역시 보는 관점이 저와는 다르시군요. 그런 식으로 생각하신다면 흡족해하실 만한 지역이 몇 군데 있을 겁니다."

헤르메스 길드의 홍보원은 고개를 끄덕였다.

북부의 넓은 점령 지역에 도시 10개쯤 건설할 지역을 분양해 주기란 어렵지 않았다.

이미 완성된 도시보다는, 맨땅에 기초부터 지어야 하는 도시가 필요로 하는 물자가 더욱 많을 테니 헤르메스 길드 측에서도 오히려 이득이었다.

모라타의 신화 때문인지 북부에서 영주가 되고 싶다는 유저들은 아주 많이 있었다.

헤르메스 길드에서는 그런 쪽으로도 단단히 부수입을 거두었다.

모라타의 유저 일곱번째토끼는 활자 중독을 앓고 있었다.

어떤 글이든 읽는 것을 좋아했다.

현실에서도 여섯 살에 시중의 만화책을 섭렵하고, 열일곱 살 때에는 출간되고 있는 대부분의 소설책을 끝장냈다.

글에 대한 집착은 일곱번째토끼로 하여금 대도서관에 틀어박히게 만들었다.

"흐흐흐, 여기서 그런 일이 일어났었군. 퀘스트도 멋진 것이 있겠는데. 확실하지는 않으니 300골드 정도에 정보를 팔아먹어야지."

역사나 지리, 식물에 관한 책을 닥치는 대로 읽다 보면 퀘스트의 단서들이 눈에 많이 띄었다.

이런 정보들 몇 가지를 잘 조합하면 큰돈을 벌 수도 있고, 장기 미해결 퀘스트의 완수, 보물을 찾아내는 행운도 생긴다.

"응?《전쟁의 시대 영웅전》이라. 며칠 전까지만 하더라도 못 보던 책인데."

일곱번째토끼는 책장을 펼쳤다.

전쟁의 시대 영웅전 #3

지금까지 살펴본 바와 같이 우리가 살고 있는 이 시대에는 무수히 많은 영웅들이 명멸해 갔다.

한 지방을 떠들썩하게 했던 영웅도 더 강한 자의 출현으로 목숨을 잃었고, 중앙 대륙을 장악하려던 능력 있고 야심 많은 국왕도 남쪽의 팔로스 제국의 침공 앞에 허무하게 삶의 종지부를 찍었다.

이 시대를 기록하면서 과연 첫 손가락에 꼽을 만한 영웅이란 누구일 것인가.

필자는 단언하건대, 그는 헤스티거 반 루드바흐라고 할 수 있으리라.

한 사람의 남성으로서, 전사로서, 예의 바른 신사로서 그는 한 점의 결점조차 찾을 수 없는 완벽한 표본과도 같은 사람이다. 전쟁의 시대를 떠돌며 무수히 많은 무용담을 남겼으며, 패자마저도 진심으로 승복할 수밖에 없는 예의를 보여 주었다.

귀족과 평민을 막론하고 그를 떠올리며 베개를 눈물로 적신 여자들은 또 얼마나 많은가.

심지어는 이 전쟁의 시대를 자양분 삼아서 대륙을 도탄의 구렁텅이로 떨어뜨리려는 어느 교단마저도 헤스티거가 처리했다는 소문이 있다.

헤스티거는 명예와 권력, 돈을 추구하지 않으며 오직 스스로의 단련과 정의 실현을 위해서만 살아갔다. 비겁함을 멀리하고, 탐욕에 사로잡히지 않았으며, 향락에도 흔들리지 않는 굳건한 마음을 가졌다.

헤스티거가 없었다면, 팔로스 제국의 건국도 과연 가능이나 했을 것인가. 헤스티거야말로 이 시대를 대표할 수 있는 진정한 영웅이라고 부를 만하다.

그 외의 주목할 만한 영웅으로는 절대적인 검술사인 자하브가 있다. 예술에도 탁월한 실력을 가지고 있으며 대륙을 방랑하며 살아간 자하브도, 이 시대의 범접할 수 없는 강자 중의 1명이다.

한때 세상에 거친 모래바람을 일으키던 팔로스 제국의 황제의 경우, 그에 대해 내려오는 전설은 무척 많지만 민간의 소문들이 으레 그렇듯이 검증되지 않은 것들뿐이다. 그를 상대한 기사는 모두 죽었고, 도시들은 파괴되었다. 인간의 한계를 초월했다는 강대한 무력도 잔인함에 의하여 과장된 것이라는 평판이 공신력 있는 학계의 평가다.

팔로스 제국의 황제는 영웅 헤스티거와 함께 모험을 떠난 이후로 돌아오지 않았으니 객관적으로 봐서는 다소 모자람이 있으리라. 어쨌든 이 시대를 변화시킨 영웅 중의 1명으로 꼽을 만하다.

묻뺏죽 부대

이현은 집에 딸려 있는 밭에 상추씨를 뿌렸다.

"나중에 삼겹살을 싸서 먹어야겠군."

마트에서 쉽게 상추를 사서 먹을 수도 있지만 그러면 돈이 나간다. 밭에서 키워서 먹는 상추나 고구마, 감자 등은 공짜로 먹는 느낌이라서 기분이 좋았다.

〈로열 로드〉에서 하벤 제국의 군대가 침략해 온 지금 현실에서 보낼 시간은 별로 없다.

그들을 막기 위한 대비책도 세워야 하고, 시간 조각술의 스킬도 올려야 하며, 퀘스트를 하는 동안에 잃어버린 레벨도 복구해야 했다.

몸이 10개라도 바빴지만, 하루에 30분씩이라도 반드시 집을 살펴보았다.

평소에 쌓이는 스트레스를 청소를 하면서 풀었던 것이다.

방송국 출연료로 미처 생각지도 못한 큰 액수가 통장으로 들어왔지만 이현의 생활은 바뀌지 않았다.

"돈은 버는 것보다 안 쓰고 모으는 게 더 중요하지. 나처럼 직업이 불안정한 사람일수록 많이 모아 놔야 돼."

쓸데없이 술을 마신다거나 커피숍, 홈쇼핑 시청과 같은 비싼 취미생활은 당연히 즐기지 않는다.

수입은 몽땅 저축.

목돈이 모이면 무조건 땅!

"앞으로 결…혼도 하고 애도 낳아야 될 텐데. 병원비, 교육비에서부터 전부가 다 돈이니까."

대한민국에서 어린아이들을 키우려면 돈이 보통 많이 들어가는 게 아니다.

험한 세상에 남들보다 뒤처지지 않으려면 외국어 한두 가지는 기본으로 하고, 수학과 과학도 학원 교육을 통해서 일찍부터 개념 정리를 해 두면 좋다. 바이올린이나 피아노 같은 악기 한두 가지 역시 교양으로 배워 줘야 했다.

넓은 세상을 볼 수 있도록 부모가 여행도 데리고 다녀 줘야 하고, 외국으로 조기 유학을 보내 줘야 할지도 모른다.

그 뒤에는 스케이트나 사격, 승마, 스크린 골프 정도는 가르쳐 줘야 하지 않겠는가.

대한민국의 어린이야말로 잠재력 개발을 극대화한 철인들!

하루 24시간을 10분 단위로 나누어서 학교와 학원을 오가는 생활을 살기 마련이다.

그러고도 경쟁이 치열해서 입시와 취업에서 고생을 한다.

"음, 미래란 두려운 거야. 텔레비전을 봐도 좋은 소식보단 살기 힘들다는 이야기들이 점점 많아지고 있으니까."

이현은 막대한 책임감을 가장으로서 느끼고 있었다.

가족은 행복보다는 부담이 먼저라고 생각했다.

누군가를 만나고 사귀는 건 자신의 형편에 있을 수가 없는 일이다.

그의 이상형은 참하고 생활력 강한 아가씨였다.

시장에서 장사를 하더라도 알아서 척척 바가지를 씌우고, 통닭을 바삭하게 튀길 수 있는 그런 여자!

이현이 조그맣게 중얼거렸다.

"그래도 벌써 그렇고 그런 관계가 되어 버렸으니 끝까지 책임을 져야지."

맞은편 텃밭에서는 서윤이 호미를 들고 고추 모종을 심고 있었다.

며칠 전에 그녀와 등산을 하고 나서 집 앞에서 벌어졌던 일이 떠올랐다.

그녀와의 진한 입맞춤.

갑자기 벌어진 사건이었지만, 그때는 꽤나 오랫동안 입을 맞추고 있었다.

사실 가로등이 어떤 이유에서인지 전부 꺼져 있어서 일찍 뗄 필요도 없었다.

어디선가 잔잔하게 틀어 놓았는지, 배경음악처럼 울려오던 노래도 매우 듣기가 좋았다. 중간에 입술을 떼기가 이상해서 그 노래가 끝날 때까지는 계속해야 했다.

근데 노래가 끝나고 나서도 잠깐 머뭇거리는 동안, 다음 노래가 또 나왔다.

'에라, 모르겠다. 기분도 좋고, 계속하지, 뭘.'

적어도 6분!
그렇게 입을 맞추고 나니 이현은 생각이 확실해졌다.
'평생 책임져야 돼. 기어이 내가 멀쩡한 여자의 혼삿길을 막아 놓고 말았어.'
요즘 세상이 어떤 세상인가.
키스 정도는 만난 지 며칠 만에도 하고, 그 이상의 진도도 팍팍 나간다. 이현은 그런 면에서는 고지식한 편이었다.
'내 연애 인생도 끝났지. 음… 하긴 어차피 연애를 많이 해 봐야 데이트 비용만 많이 들어가니까 오히려 더 나은 건가.'
서윤의 맑은 목소리가 들렸다.
"더 심을까요?"
"고추는 그 정도면 됐고… 당근이랑 오이를 심자. 우리가 먹을 정도로 5개씩만."
"네, 알았어요."
"심은 다음에는 비료도 잘 섞어 줘. 농사는 비료니까."
서윤은 밭일을 하기 좋도록 편한 운동복을 입고 있었다.
이현도 마찬가지로 운동복이었지만, 그가 입은 건 꾀죄죄한데 반해 서윤에게서는 광채가 났다.
그녀가 착용한 운동복은 이탈리아 명품 브랜드.
이현이 가격을 안다면 의식을 잃고 앰뷸런스에 실려 가서 며칠은 깨어나지 못할 정도로 비싼 제품이었다.

'역시 운동복을 입으니 수수하고 좋군. 앞으로도 쭉 이렇게 검소하게 살면 되겠지.'

이현과 서윤은 옆집에 살면서 밥을 같이 먹을 정도로 자연스러운 사이가 되었다.

지금은 이현이 〈로열 로드〉에 집중을 하느라 바빠서 그녀가 식사를 차려 준다.

자연스럽게 내조를 하며 집에도 드나들었는데, 그녀를 가장 열렬히 환영하는 것은 이현이 키우는 동물들이었다.

그녀가 이현의 집으로 넘어오면 몸보신이 꼬리를 살랑살랑 흔들며 따라다녔다. 양념반프라이드반, 백숙이 병아리들과 같이 볏을 꼿꼿하게 세우고 함께한다.

지금도 몸보신은 태어난 어린 강아지들과 같이 밭에서 햇빛을 받으면서 뒹굴었다.

자칫 된장이 발린 채로 솥단지로 사라질 수도 있었던 생명이 행복을 만끽하고 있는 것.

'슬슬 놈들을 물리칠 대비책도 세워야 하는데.'

이현은 상추를 심으면서도 머릿속으로는 하벤 제국군을 막을 궁리를 하고 있었다.

아르펜 왕국에서 활동하는 유저들이 도와줄 테지만, 당연히 그들만을 믿고 의지할 수는 없었다.

알카사르의 다리에서 하벤 제국군의 진격을 며칠간은 막는다고 해도, 늦어도 이번 달에는 대지의 궁전에서 결판을 지어야 한다.

"대재앙은 필수이고. 조각 부활술도 당연히 써야지. 되살려서 부려 먹을 수 있는 최고의 녀석은… 마음에 들진 않지만 역시 그놈이고."

쓸 수 있는 스킬은 무엇이든 다 동원하겠지만 그걸로는 부족한 느낌이 있었다.

오크 카리취로서 불사의 군단과 싸울 때는 장점도 많이 있었다. 지형적인 이점과 함께, 호전적이면서 생각 자체가 없는 부하들은 어떤 명령이든 의심하지 않고 따른다. 게다가 준비할 시간도 있었다.

그러나 유저들을 데리고 강력한 지휘 체계를 구성하기는 불가능에 가까웠다.

또 유저들을 대대적으로 모아서 전쟁 준비를 하더라도, 그들 중에서 헤르메스 길드의 첩자가 없으리란 보장도 없다.

"헤르메스 길드 놈들의 눈치도 보통이 아니야. 그러니까 내가 저지르려는 행동들은 웬만하면 다 예측을 할 수 있다고 봐야겠지."

이현은 앞으로 벌어질 일들을 생각해 봤다.

전략과 전술이 별게 아니다. 누가 확실하게 먹힐 만한 꼼수를 쓸 수 있느냐의 문제.

퀘스트의 경우에는 빠른 눈치와 다양한 스킬들을 동원할 수가 있었다.

모험을 진행할 때에는 조각 변신술이야말로 그야말로 알짜배기 스킬이라고 할 수 있다.

상대방의 무리로 섞여 들어가거나, 종족을 바꿔서 전투력을 극대화!

그렇지만 하벤 제국군의 정규군과 맞서는 데는 조각 변신술이 그렇게까지 유용하진 못하리라.

사실 전력적으로만 본다면 헤르메스 길드는 최악의 상대다.

그들만큼 철저한 계획과 추진력을 가지고 베르사 대륙을 빠르게 장악해 간 단체는 없었다.

보통 영화나 소설 속의 악당들이라면 느긋하게 꾸물거리다가 실수도 저지르고, 주인공들이 성장할 기회도 주어야 마땅하다. 그렇지만 헤르메스 길드는 신속할 뿐만 아니라 중요한 전쟁은 몽땅 승리를 거두었다.

이현을 상대로 했을 때에는 손해를 보았지만, 전체적으로 보면 경미한 피해였고 그것으로는 그들의 지금까지의 계획상에 어떤 차질도 생기지 않았다.

"전혀 예상치 못한… 음, 그렇더라도 군대를 상대로 하는 만큼 변화의 여지가 크진 않겠지. 지형적으로도 대지의 궁전 앞은 완전한 평원이고."

이현의 눈에 마당에서 따뜻한 햇볕을 받으며 대자로 누워서 잠든 보신이가 보였다.

"으음, 대재앙에 연결해서 쓸 수 있는 전술로… 개를 사야겠군. 개들을 써먹어야지."

마판을 통해 개를 대량 구입하기로 결정했다.

그걸로도 모자란 부분은 당연히 있다. 하벤 제국군의 막대한 원거리 공격 능력은, 웬만한 전술로는 준비한다고 해도 먹히지도 않는다.

전투의 방식을 원하는 대로 바꾸려면 투자가 필요했다.

"밀집 진형을 대재앙으로 파괴한다면 조선 장인들을 통해서 뗏목이라도… 아냐. 유저들이 많이 참여한다면 분명히 헤르메스 길드에서도 눈치를 챌 텐데. 음, 이건 잘만 하면 거의 공짜로 입수할 수도 있겠고."

이현의 머릿속에서 대지의 궁전 앞에서 벌어질 전투의 기획안들이 착착 세워졌다.

얼마나 그의 뜻대로 진행이 될지는 의문이었지만, 어쨌든 해보는 수밖에 없으리라.

"이놈의 인생은 퀘스트가 좀 해결이 되어서 편해지니까 또 전쟁이지. 이 전쟁이 끝나고 나면 앞으로는 당분간 편해지지 않을까? 솔직히 뭐, 기대도 하진 않지만."

그날 밤, 이현은 이것저것 부품을 주워다가 조립한 고물 컴퓨터의 전원을 켰다.

오래된 선풍기가 돌아가는 소리가 나면서 작동하는 컴퓨터.

이현은 먼저 다크 게이머 연합의 게시판에 글을 올렸다.

다크 게이머 연합은 유저들끼리의 전쟁에서는 당연하게도 중립을 취한다.

이현이 도와달라고 하더라도 충분한 이득을 안겨주지 않는 이상 그들은 용병으로 나서지 않는다.

전혀 무용지물일 수 있는 존재들. 다크 게이머들이 자신들이 유리하게 판단하고 나설 수 있을 정도로 간단한 정보를 게시판에 남겨놓았다.

"뭐, 몇 명이나 나타날지는 모르지만 밥상은 차려질 테니 이것도 그들의 복이겠지."

다크 게이머 연합에서도 상위 등급이 아니고서는 볼 수 없는 글이었다.

그리고 그 후에는 〈로열 로드〉 홈페이지로 가서 유저들에게 메일을 보냈다.

북부의 건축가 유저들.

친구 등록이 되어 있는 파보를 대표로 하여 몇 명의 유명 건축가 유저들에게 의뢰를 했다.

"최악의 경우에도 대지의 궁전을 놈들에게 넘겨줄 수가 없으니까."

내가 못 가진다면 결국 부숴버려야 하는 것!

"그날은 엄청난 장관이 되겠군."

하벤 제국군과의 전쟁을 대비한 작전의 일부이기도 했지만 보통의 각오로는 불가능했다.

희망을 품고만 있다 보면 이도저도 되지 않는다.

빼앗겨서 속이 쓰리기보다는 확실한 파괴가 나으리라.

"그리고 헤르메스 길드에 패배한 그들도 어딘가에서 활동을 하고 있겠지?"

이현은 과거 5대 명문 길드의 수장들에게도 메일을 보냈다.

간단히 요약하자면 힘을 합치자는 제안이었다.

절대적인 힘에 의하여 소탕되고 음지로 쫓겨난 이들. 그들 중에서도 몇 명이나 호응하게 될지는 미지수였다.

화령과 벨로트, 메이런, 이리엔, 로뮤나, 수르카는 많이 지쳐 있었다.

정상적인 사람들은 믿지도 않을 것이다. 그녀들이 피곤한 몸을 이끌고 삽자루로 땅을 파헤치는 이유를!

로뮤나의 삽자루에 딱딱한 무언가가 걸렸다.

—으히히히히히! 인간들아, 자유를 주다니 고맙다. 그 대가로 너희의 육신을……

"시끄러. 파이어 번!"

키에엑!

로뮤나의 화염 마법에 유령은 간단히 소멸되고 말았다.

벨로트가 양손으로 땅을 파다가 고개를 들었다. 그녀의 얼굴에도 진흙이 엉망으로 묻어 있었다.

"그쪽에 뭐 나왔어요?"

"별거 아니에요. 그냥 다 썩은 갑옷이네요."

전쟁의 시대에 위드가 세운 팔로스 제국의 숨겨진 보물들이 호수에 매장되어 있었다.

그들이 생각했던 건 동굴 속에 쌓여 있는 누런 황금이나 다채롭게 빛나는 금은보화였다. 물론 팔로스 제국이 약탈한 다른 무구나 골동품 같은 것들이 나와도 좋다.

그러나 현실은 말라 버린 호수의 갯벌 같은 진흙탕 속에 보물들이 감춰져 있어서, 계속 삽질을 해야 했다.

띠링!

깊이 간직되어 있던 옛 유물을 찾아내 발굴가로서 명성을 450 얻었습니다.
유물을 복원하면 추가적인 모험 명성을 얻을 수 있습니다.

로무나가 이마의 땀을 닦으며 벨로트에게 말했다.

"휴우, 이제야 저도 땅의 숨겨진 발굴가 호칭을 얻었어요."

"지난번처럼 인간 두더지는 아니라서 다행이네요."

그녀들이 파헤쳐서 찾아낸 보물들만 벌써 한구석에 수북하게 쌓였다.

명색이 팔로스 제국의 보물이건만, 긴 시간 동안 묻혀 있었던 탓에 검과 갑옷 등은 녹슬었고 멀쩡한 보물도 정화 의식을 거쳐야 했다.

때문에 이리엔은 삽질을 하다가 신성력이 회복되면 정화 의식을 펼쳤다.

—캬하하하하! 드디어 해방이로구나! 이 지긋지긋한 검에 묶여서 살아온 세월이…….

"부비부비 댄스!"

"제법 강한 유령이네요. 야합, 마구 때리기!"

화령과 수르카도 한쪽에서 합동으로 유령을 사냥했다.

완벽한 몸매를 가진 절세 미녀의 부비부비, 그리고 수르카의 혼을 쏙 빼 놓는 주먹질에 발 차기까지의 연속 공격.

"이야하압! 회오리 맹타!"

수르카의 주먹에서 빛이 모여서 유령의 본체에 강력한 타격을 가했다.

―으ㅎㅎㅎㅎ. 아프다. 오랫동안 잠들었는데 인간들에게 복수도 하지 못하고 이렇게 허무하게 사라지게 되다니…….

팔로스 제국의 보물들은 대부분 커다란 원한을 품고 있었다.

전쟁의 시대에서 비롯된 물건들이라서 상당수는 약탈을 통해 몇 번씩이나 주인들이 바뀌었다. 물건에 유령들이 달라붙어서 살아가기 딱 좋은 환경이 조성되어 있어서 몽땅 해치우지 않으면 안 된다.

노가다 중의 노가다!

유령이 위험하기도 하지만 진흙탕 속에서 전투도 하고 발굴도 하려니 죽을 맛이다.

하루 종일 파서 때때로 보물들이 듬뿍 나올 때도 있었지만 어떤 때는 허탕을 쳤다.

하지만 그들은 처음에 보물을 찾을 수 있을 거라며 격려하던 위드의 말을 떠올렸다.

"옛날 우리의 선조들은 정말 훌륭하셨죠. 그분들이 남긴 명언 중에, 땅은 거짓말을 하지 않는다는 것이 있습니다. 그런데 보세요, 우리나라 부자들 중에서 땅 부자가 얼마나 많습니까."

팔로스 제국의 다양한 보물들은 그래도 땅을 파는 피로를 덜하게 해 주었다.

감정이 힘든 검과 갑옷, 마법 아이템들은 복원만 잘한다면 매우 비싼 가격에 팔 수 있었다.

"으흠, 확실히 하벤 제국은 강하군. 싸울 맛이 나지 않느냐, 오치야."

"오랜만에 검을 휘두를 맛이 납니다, 스승님!"

검치는 제자들을 데리고 하벤 제국의 북부 대륙 점령 지역에서 마적단을 결성하여 활동했다.

묻뺏죽

그들은 마적단의 이름을 짓기 위해서 밤낮을 고민하다가 간신히 결정했다.

"이 정도면 특이하고 괜찮지 않느냐."

"우리에게 딱 잘 어울립니다, 스승님."

"인생 복잡하게 살면 안 된다. 그러니까 머리 아프고 병이 생기는 거다."

"단순하고 무식한 게 최고죠!"

묻지도 따지지도 않고, 무조건 뺏고 죽인다는 뜻!

하벤 제국에서는 북부의 점령 지역에 병사들을 배치하고 장기간의 통치를 위해 정착촌을 설치하고 있었다.

원래 북부의 중요 교통의 길목 같은 곳은 발전이 더디어서 그렇지 막 생긴 마을들이 자리를 잡고 있었다. 하벤 제국군은 북부 유저들을 몰아내고 손쉽게 그 마을들을 정복했다.

"여긴 무슨 쓰레기 같은 마을이지?"

"도시계획도 엉망입니다. 그냥 다 태워 버리고 정착민들을 데려오죠."

"땅이 넓고 광산이 주변에 있어, 노예들을 데려오면 생산력은 금방 늘릴 수 있을 것 같군요. 개발만 되면 노다지 중의 노다지입니다."

정착 지역의 영주들은 중앙 대륙에서 노예들을 대규모로 끌고 왔다.

하벤 제국이 아닌 다른 왕국의 주민이었다가 국가가 멸망하면서 노예가 된 무리가 몇천 명씩 이주해 왔다.

대륙의 주민이 공식적으로 노예가 되고 나면 가지고 있던 모든 재산을 빼앗기고 시키는 일만 억지로 하게 된다.

노예들 중에서는 상인과 예술가, 대장장이, 마법사와 같은 직업은 결코 나오지 않으며, 전투 계열 직업으로도 노예 검투사만이 간간이 출현할 뿐이다.

어설프게 관리하다 보면 노예 도망자들도 다수 나타나서 치안을 떨어뜨리는 요인이 되기 때문에, 지금까지 왕국 간의 전쟁에도 불구하고 노예들은 그다지 많지 않았다.

그러나 하벤 제국에서는 강력한 군사력을 바탕으로 점령지 주민들을 대거 노예로 전락시켰다.

북부 지역의 개발을 그 노예들을 데리고 하고 있는 것이다.

"가자, 얘들아."

"전부 쓸어버리지요, 사형. 이럇!"

검삼치가 황소를 타고 선두에 섰다. 그리고 믿음직한 사형제들이 뒤따랐다.

검치와 검둘치는 각자 150명씩의 수련생으로 구성된 부대를 이끌고 있었다.

검삼치, 검사치, 검오치는 나머지 200명의 수련생들과 함께 몰려다녔다.

"저, 적들의 기습이닷!"

"비상종을 울려라!"

목책 내에서는 급하게 적의 습격을 알리는 뿔피리와 타종 소리가 났다.

"몽땅 털어라!"

"묻지도 말고 싸우자. 다 부숴라!"

음머어어어어!

검삼치와 사형제들은 타고 있는 소의 울음소리를 배경음 삼아 목책을 향해 돌진했다.

하벤 제국의 궁병들이 목책 위에서 급하게 화살을 쏘았다.

백 발이 넘는 화살이 선두에 있는 검삼치에게로 모여들었다.

"이때가 제일 재미가 있지. 차압!"

검삼치는 양손에 검을 한 자루씩 들고 풍차처럼 휘둘렀다.

검을 회전시켜서 화살을 쳐 내는 신기에 가까운 기술!

검으로 화살 쳐 내기.

원래는 워리어의 기술이었는데, 검삼치를 비롯한 사형제들은 모두 익히고 있었다.

마스터까지 익히고 나서, 쌍검으로 화살을 쳐 내는 수준으로 한 단계 더 성취를 높였다.

무예인들은 어떤 전투 기술이든 쉽게 익히고, 또 조합을 해서 스스로 창조해 내는 게 가능했다.

개개인이 무기술의 스킬 레벨이 올라가서 마스터 스킬을 하나씩 만들어 냄으로써 대부분 공격력도 일취월장 수준으로 증가했다.

검, 창, 활, 도끼, 몽둥이, 망치, 메이스, 방패, 갑옷 등. 무수히 많은 마스터 전투 스킬들!

흑기사의 일격이나 탄생의 힘 같은 것도 비슷하게 만들어 낸다면 원하는 대로 익힐 수 있었다.

이렇게 만들어 낸 스킬들은 다른 직업의 마스터 스킬과 마찬가지로 제자를 두어서 전수해 줄 수도 있다.

물론 자신이 그 기술에 대해서 완벽하게 이해를 한 이후에나 가능했다.

즉, 스킬의 비기를 완벽하게 마스터를 한 이후에나 다른 이들에게 전수할 수가 있는 것이다.

"으하하하하하! 과연 이 맛이로구나!"

튕겨 내지 못한 화살들은 몸에도 적중되었지만, 검삼치는 시원하게 웃었다.

맷집이 약해서 허무하게 죽어 나가던 시절은 이제 옛말이고, 이제는 모든 면에서 발군의 전투 능력을 발휘했다.

"사형, 같이 갑시다."

"좋다!"

검삼치, 검사치, 검오치가 선두로 나서 함께 황소를 타고 달렸다.

빗나간 화살이 귓가로 바람처럼 스쳐 지나가고 먼지구름이 크게 일어났다.

궁병들의 겁을 집어먹고 목책 뒤로 몸을 숨기는 것이 보였다. 목책까지의 거리도 이제 고작 10미터 안팎이다.

"다 부서져라. 둔중한 일격!"

"흠, 이 정도라면… 일점공격술!"

"다른 거 다 필요 없습니다. 나무 부수는 데는 역시 도끼질만 한 게 없지요. 크게 한 번 찍기!"

사형제들은 각자의 무기로 목책을 강하게 후려쳤다. 그러자 목책이 종잇장처럼 찢기고 산산조각이 났다.

정착촌에 있는 주민들은 도망가고 있었으며, 기사들과 병사들마저도 공황 상태에 빠져서 건물로 숨고 있었다.

"기사들은 내 거다!"

"사형, 먼저 잡는 놈이 임자입니다."

"더 늦기 전에 나는 병사라도 처리를 해야지."

뚫린 목책을 통해 검삼치, 검사치, 검오치를 시작으로 수련생들이 신이 나서 들이닥쳤다.

하벤 제국의 기사들.

황제 바드레이에게 충성을 바치며 전장을 누비던 기사들이지만 이들에게는 그저 맛좋은 먹잇감일 뿐이었다.

병사들도 나름 쓸 만한 수준이라서 수련생들은 즐겁게 해치워 버렸다.

"너무 순식간이군."

"일찍 끝나서 손맛도 별로 없는데요."

"빨리 정리하고 다른 곳으로 가자."

검치와 수련생들은 무예인 직업 퀘스트를 계속 진행하고 있었다.

현재까지 확인이 된 바로는, 무예인 직업 퀘스트의 완료는 무기술을 마스터하는 것으로 끝이 나지 않는다.

직접 탄생시킨 스킬 비기까지도 완전하게 마스터하게 되면 무예 스승이나 무예 구도자를 선택해서 둘 중에 한 가지가 될 수 있다.

무예 스승은 제자들을 가르치는 데 탁월한 능력을 발휘한다. 유저와 NPC를 가리지 않고 스승으로서 자신의 기술을 빠르게 전수할 수 있다.

반면 무예 구도자는 누군가를 가르치기 위한 직업이 아니다. 명예와 권력을 얻지도 못했다.

인간이 어디까지 강해질 수 있는지, 적을 없애고 자연을 박살 내며 무예를 창조하고 몸으로 익혀 나가면서 지고의 경지로 달려 나가는 직업이었다.

하벤 제국의 상인 유저들은 항복을 했다.

"살려만 주신다면 대가는 섭섭하지 않게 치르겠습니다."

"……."

상인 유저가 항복한 대상은, 하필이면 말수가 적기로 소문난 검이백일치!

"가진 돈이라고 해 봐야 금괴 4개에 298골드 그리고 교역품 조금입니다만, 이걸로라도 목숨만 구해 주신다면 모두 바치고 북부를 떠나겠습니다."

"……."

비전투 계열인 상인 유저들에게도 목숨은 소중한 것이었다.

목숨을 잃더라도 거래 스킬과 회계 스킬의 숙련도 하락치가 전투 스킬보다 덜하긴 하다. 하지만 레벨이 높은 상인으로서는 정말 큰 피해이기 때문에, 가능한 한 이런 곳에서는 죽고 싶지 않았다.

검이백일치는 상인이 내미는 재물을 말없이 받았다.

"사실 금괴 3개가 더 있는데, 이건 정말 장사 밑천입니다. 그것도 다 바치겠습니다."

"……."

"변변치 않지만 교역품이라도 원하신다면……."

"……."

"이젠 정말 더 이상은 없는데요."

서걱!

> 악덕 상인 돈졸레가 사망하였습니다.
> 고리대금과 농노들을 착취하는 것으로 명성을 얻은 돈졸레가 목숨을 잃었습니다.

검이백일치는 받을 것은 다 받고 상인 유저를 처형했다.

"……."

돈졸레가 착용하고 있던 몇 가지 물품과 금괴 5개를 추가 전리품으로 얻을 수 있었다.

상인 유저를 해치우다 보면 엄청난 고가의 아이템이 떨어지기도 하지만 그런 경우는 상당히 드물다. 상인 전용 아이템에는 사망 시에도 물품을 잘 잃어버리지 않는 옵션들이 붙어 있기 때문이다.

검치는 마적단을 결성하면서 제자들을 향해 말했다.

"우리가 말이야, 힘을 앞세워서 약한 애들에게 살려 줄 테니 대신 재물을 바치라고 비겁하게 협박을 한다거나 해서 소문이라도 난다면 어찌하겠냐. 창피해서 어디 얼굴이나 들고 다닐 수 있겠느냐."

"당연히 그럴 수는 없습니다, 스승님!"

"그러니까 우린 그냥 다 죽이고 재물을 얻자."

"과연 현명하십니다."

"정의란 이런 것이지요. 완벽한 도덕성입니다, 스승님."

묻뼷죽 부대의 방침은 그렇게 결정된 것이었다.

점령 지역의 마을에서 하벤 제국의 병사들을 남김없이 처리하자 밧줄에 묶여 일하고 있었던 노예들이 눈물을 흘렸다.

"우리를 괴롭히던 자들이 드디어 죽었어."

"그렇다고 하더라도 다시 고향으로 돌아갈 수는 없겠지. 새로운 주인을 따르면서 살아가는 수밖에는 없게 되었어."

"우리의 왕국은 이미 사라지고 없으니까. 지배자들의 뜻대로 목숨이 결정되고 말 거야."

노예 2,609명을 잡았습니다.
이들에 대한 처분을 결정해야 합니다. 포로를 소유한다면 강제 노동을 통해서 부를 늘릴 수 있습니다. 포로를 해방한다면 자유를 주게 됩니다.

검삼치를 비롯한 묻뺏죽 부대는 전원이 아르펜 왕국의 기사로 소속되어 있었다. 기사로 전직을 하진 않았지만, 직위상으로 명예 기사 작위가 주어졌다.

기사는 아르펜 왕국의 병사를 데리고 전쟁을 수행할 수 있을 뿐만 아니라, 적 영토의 정복과 흡수, 통치, 포로들의 처분까지도 결정할 수 있다.

검삼치가 고개를 끄덕이더니 말했다.

"너희는 그냥 알아서 살아가라."

포로를 해방하겠습니까?
결정은 되돌릴 수 없습니다. 해방한 자들을 다시 포로로 잡아들인다면 거세게 반발할 것입니다.

"배고프면 먹고 졸리면 자야지. 돈이야 알아서 벌면 되고. 나혼자 몸도 간수하기 힘든데 포로는 무슨……."

포로 2,609명이 전부 해방되었습니다.
명성 1,920을 획득하였습니다. 자유인이 된 주민들과의 친밀도가 최고 수준으로 상승합니다.

"고맙습니다. 여기까지 끌려온 저희를 아무 대가도 없이 풀어 주시다니, 정말 감사합니다. 아르펜 왕국의 국민이 되어서 국왕 폐하와 기사님들을 위해서 충성을 다하겠습니다."

"자! 그럼 다음 장소로 가 보도록 하지."

검삼치는 황소에 올랐다.

"사형, 오늘 내로 5개의 마을을 들러야 할 테니까 아주 바쁘겠는데요."

"스승님보다는 한가한 편이지. 군소리 말고 빨리 가자!"

검삼치와 수련생들은 다음 하벤 제국 정착촌을 향해서 말을 달렸다.

⚜

헤르메스 길드의 수뇌부와 북부 정벌군에서는 점령 지역을 약탈하는 문뺏죽 부대에 대해 심각한 우려를 드러냈다.

"놈들이 이대로 설치도록 놔두어서는 안 됩니다. 아직은 얼마 되지 않는 규모지만 합류자들이 나타나서는 후방이 흔들려서 곤란하지요."

"길드의 수뇌부에서도 빨리 진압하라고 재촉하고 있습니다. 제국 통치를 위한 회의에서도 문뺏죽이라는 웃기지도 않는 놈들에 대한 이야기가 나왔다는군요."

"그래도 아직까지는 피해가 사소한 수준에 지나지 않는데요. 핵심 수뇌부에서도 신경을 쓸 정도랍니까?"

"중앙 대륙과는 지형의 특성이 많이 다르기 때문인 것 같습니다."

"음, 그런 문제도 있었지요."

가까운 거리에 성과 요새가 겹겹이 자리 잡고있는 중앙 대륙에서는 요충지를 점령하면 곧 지역을 안정화하는 작업에 들어갈 수 있었다.

상대방이 대부분 유저들로 구성된 명문 길드였기 때문에, 전투가 벌어져서 격파해 버리고 나면 심각한 내부 분열이 일어나게 된다.

누가 잘하고 잘못하고, 패배가 누구 때문이고. 평소에 쌓여 있던 불만들이 한꺼번에 폭발하기 마련이다.

그때를 노려 헤르메스 길드에서 중요한 인물들을 영입해 버리면 길드는 사실상 해체가 된다.

더 이상 저항할 의지와 능력도 사라지기 때문에, 하벤 제국은 영토를 확실하게 다지게 되었다.

북부 대륙은 그에 비하여 몇 시간씩 말을 달릴 수 있는 넓은 초원이 있었다. 도시라고 할 수준도 아닌 정착촌들이 자리를 잡고 있기 때문에 정복한 이후에도 모든 지역들을 철저히 지키기는 어렵다.

즉, 저항군 기마대가 활약을 하고 다니며 다른 유저들까지 적극 가세한다면 치안 악화쯤은 순식간이다.

점령 지역을 확보해 봤자 무의미해지는 수준까지도 진행될 수 있기 때문에, 조기에 강력하게 대처를 해야 할 필요성을 느꼈다.

"정착촌에서 함정을 파고 기다려야겠습니다."

"그걸로는 부족하지요. 놈들의 기동력이 뛰어나니 일거에 섬멸하지 않으면 안 됩니다. 숫자가 적다고 해서 방심을 하면 곤란하지요."

"기사단을 위주로 하여 타격대를 구성하고, 점령 지역을 관할하는 5군단장님께서 직접 지휘를 해 주시면 어떻겠습니까? 나머지 군대는 대지의 궁전으로 계속 진군을 해 가야 하니까요. 놈들을 빨리 처치하고 돌아오시면 대지의 궁전에서의 전투도 함께하실 수 있을 것입니다."

"좋습니다. 심심하던 차에 잘되었습니다."

5군단장은 화염의 기사단을 거느리고 있는 반롬멜이었다.

그가 직접 나서서 묻뺏죽 부대를 처리하기로 결정되었다.

어비스 나이트와 헤르메스 길드

"후후후훗, 내가 바로 북부의 명궁수 페일이다!"

페일은 흙먼지를 일으키며 모여 있는 하벤 제국군의 진영을 바라보고 있었다.

베르사 대륙 전체를 장악해 나가는 무적 군대에 앞서서 북부의 고레벨 유저들도 소수이지만 뭉쳤다.

"정면공격은 승산이 없습니다. 일대일이라면 몇 놈 정도는 죽일 자신이 있지만 군대를 상대로는 기회가 오질 않죠."

"그렇다면 외곽을 찌르는 수밖에요."

"헤르메스 길드에는 우리보다 강한 사람들이 즐비할 텐데, 괜찮을까요?"

"저 엄청난 대군이 이동을 하면서 모든 방비가 완벽하진 못할 게 확실합니다. 우린 그 틈을 노려 볼 수 있습니다. 저 레인저 다카르의 눈에는 조금 크고 많은 사냥감으로 보입니다."

"동감입니다. 재미있는 사냥이 되겠군요."

북부 최고의 궁수들과 레인저들, 마법사들이 전투를 위해 나섰다.

본격적으로 소식이 알려지지 않았기 때문인지 참여한 숫자야 200여 명에 달할 뿐이지만, 그들은 자신이 있었다.

그들은 하벤 제국군이 지나가는 길목의 언덕 뒤에 조용히 숨어서 기다렸다.

정찰을 위한 전초부대가 지나가고 중앙군이 이동을 하는 동안에도 고개를 숙이고 얌전히 있었다.

저들에게 위치를 발각당한다면 그야말로 개죽음이기 때문이었다.

지역 전체를 초토화시킬 수 있는 위풍당당한 마법병단이 매머드가 끄는 마차를 타고 이동을 한다.

하벤 제국군은 병사들만 많은 것이 아니다. 몬스터와 짐승을 길들여서 사용하고 여러 특수부대들도 거느렸다.

북부 유저들과의 전투에서는 마법병단과 궁수대가 중심이 되어서 거의 쓰질 않았지만, 본격적인 점령 작업에 동원되게 될 부대이리라.

중앙 대륙에는 다양한 왕국들이 존재하고 많은 부족들이 살아가고 있었으므로 북부 정벌군의 구성 역시 화려하다 못해서 상대하는 쪽에서는 질식할 정도의 위용을 자랑했다.

"비나이다, 비나이다. 오늘도 이 목숨을 건지게 해 주십시오, 정의로운 풀죽신이시여."

그사이 일부 풀죽신교의 원리주의자들은 풀죽을 마시기도 했다.

"지금입니다."

그리고 드디어 그들이 보기에 일반 병사들로 구성된 부대들이 움직이고 있었다.

하벤 제국의 정예 병사들은 많은 전쟁을 경험한 매우 귀중한 자산이었다.

"그럼 장전을 합시다."

궁수들은 활과 화살 묶음을 꺼냈다. 바로 화살을 시위에 걸지 않고 잠깐 기다렸다.

"불의 정령 화돌이 소환!"

"씽씽이여, 이곳에 나타나 주세요."

"흙꾼, 어르신. 적을 묻어야 할 때입니다."

옆에 있는 정령사 유저가 정령을 소환해서 화살에다 붙여 주었다.

정령사의 도움을 받으면 화살 공격의 위력과 특성을 높일 수 있다.

"한꺼번에 쏩시다. 발사!"

슈슈슈슉!

궁수 유저들에 의해 언덕에서 쏘아진 화살들은 대지를 가로질러서 하벤 제국군의 진영을 습격했다.

스킬, 바람을 타고 날아가는 화살!

원거리 공격 시 사정거리가 50% 이상 증가하는 스킬이었다.

"적의 기습이다!"

"저쪽 언덕 방향으로 반격하라!"

하벤 제국군의 궁수들도 적의 위치를 파악하고 반격을 가했지만 그들의 화살은 언덕에 닿지 않았다.

궁수로서의 실력이나 장비의 차이도 있었지만, 북부의 유저들은 더 높은 지형에서 바람을 등지고 화살을 쏘기 때문에 뭉쳐 있는 하벤 제국군을 계속 쓰러뜨렸다.

"귀중한 기회입니다. 최대한 한 발이라도 더 쏩시다!"

"지금 말할 시간도 아까워요. 강철 화살을 몽땅 다 퍼부어서라도……."

궁수 유저들은 이때만큼 자신의 손이 빨리 움직인 적이 없었던 것 같았다.

속사와 관통 스킬을 활용하여 화살을 쏜다.

평소에는 이렇게 장거리 공격을 하면 명중률이 많이 감소한다. 궁수들의 장거리 공격 스킬들은 거의 쓸모가 없을 정도로 사장되어 있었는데 지금은 실컷 쏠 수 있었다.

노리고 쐈던 적이 맞지 않더라도 그 부근의 누군가가 대신 맞았다.

아쉬운 점이라면 병사들도 방패와 갑옷을 입고 있기 때문에 장거리 화살 공격을 맞고도 한두 발로는 목숨을 잃지는 않는다는 것이었다.

주변을 불태우거나 얼리고, 무너뜨리거나 폭발시키는 광역 궁술 스킬은 사용하지 못 했다. 그렇지만 일 잘하는 정령들의 효과로 인하여 비슷한 위력을 발휘할 수는 있었다.

여러 발을 쏘다 보니 자신이 죽이지 않더라도 동료들의 화살에 의해서라도 하벤 제국군 병사들은 목숨을 잃었다.

느긋하게 전진하던 헤르메스 길드 유저들은 발등에 불이 떨어졌다.

"놈들을 섬멸시키기 위해서 병사들은 너무 느리다. 기사단이 즉시 처리하라!"

"은독수리 기사단 진격!"

하벤 제국에서 모여 있는 이들을 응징하기 위하여 기사단이 먼지를 일으키며 질주를 개시했다.

헤르메스 길드 유저 중에서도 실력이 뛰어난 팔랑크스가 지휘하고 있었다.

"서둘러 쏩시다. 다가오도록 하면 안 됩니다."

이때부터는 북부의 궁수들도 기사단을 표적으로 화살을 쏘았다.

"웬만해서는 피해를 입히지 못할 것이니 한 발 한 발의 위력을 높여야 됩니다."

관통, 밀쳐 내기, 중독, 회오리.

활시위가 끊어지도록 강하게 쏘는 화살에, 기사단의 절반 이상이 말에서 떨어졌다.

방어력이 뛰어난 기사들이니 전부 죽진 않겠지만 쉽게 회복이 되지 않는 전투 불능 상태에 빠뜨릴 수는 있었다.

"놈들이 계속 다가오고 있습니다."

"충분히 피해를 줬으니 어서 피합시다."

"좋지요!"

임무를 마친 북부의 궁수들은 활을 등에 짊어지고 후방을 향해 신속하게 철수했다.

악착같이 쫓아오던 기사단은 북부 유저들 중에도 휘황찬란한 갑옷을 입은 기사들이 섞여 있는 것을 발견했다.

"저놈들은 어디 소속이지?"

"미야바의 기사들 같습니다만. 미야바 공국이 몰락하기 전까지, 최소한 레벨이 400을 넘지 못하면 기사단으로 인정받지 못했습니다."

"저들이 북부로 이주해 왔는지는 미처 몰랐군."

북부 유저들은 하벤 제국의 군단 규모의 마법 전력을 두렵게 느꼈다. 가까이 다가가기만 하면 개죽음을 당하기 때문이다.

그렇지만 이런 식으로 기사단이 요격을 나오기 위해 출동하면 맞싸울 수는 있었다.

"이빨 사이에 낀 가시 같군. 우리만 본대를 벗어나서 멀리까지 나가서 전투를 치르기에는 부담스럽고……. 놈들을 전멸시키려면 다음 기회를 노리는 수밖에 없겠다. 철수한다."

하벤 제국군의 기사단은 결국 회군을 선택했다.

"만세!"

"크흐, 이 맛이지!"

"우리가 해냈습니다!"

불과 천여 명의 피해를 입힌 작은 승리였지만 북부의 유저들은 크게 웃으며 기뻐했다.

지금까지 수백만 명이 죽었지만 하벤 제국군의 북부 정벌군에는 10만 정도의 피해도 끼치지 못했다.

전투만 벌이면 연전연패!

그렇지만 북부의 유저들도 점점 많은 인원이 본격적인 항전에 나서고 있었다.

또 지금까지 던전 깊숙한 곳에서 살아가던 유저들도 전투를 위해 모습을 드러냈다.

"저분은… 내 눈이 틀리지 않았다면 빨간 치마를 즐겨 입는 다는 음유시인 스콜라 님이야!"

"우웃, 부채로 바람을 타고 몬스터를 정신없이 때린다는 저 사람은… 2년 전에 한창 방송에 나왔었는데!"

〈로열 로드〉의 초창기부터 유명했던 유저들은 하벤 제국에 의해 죽음을 경험하고 척살령이 떨어지면서 사람들을 피해 다녔다.

독특한 사냥법이나 기술을 개발하며 〈로열 로드〉를 즐겨 왔던 초기 유저들도 북부로 이주하여 조용히 지냈다.

그들은 세력 다툼만 치열한 중앙 대륙에 환멸을 느꼈다.

그럼에도 사냥과 퀘스트를 통한 친분 등으로 발이 묶여 어쩔 수 없이 길드에 속해 있었지만 하벤 제국에 의해 전부 몰락하고 말았다. 본의 아니게 자유롭게 된 그들은 북부로 이주해서 살아가고 있었다.

하벤 제국에 대한 부글부글 끓어오르는 분노를 참으며 살아가던 그들이, 마침내 뭉치기 시작한 것이다.

북부의 유저들이 꼭 아르펜 왕국과 위드를 위하여 전투에 나선다고 볼 수는 없었다.

하벤 제국과 위드.

당사자들만의 문제라면 이주민들 중에는 참여하지 않았을 이들이 훨씬 많았다.

하나의 도시만 있던 모라타 시절과는 다르게 현재는 너무나도 많은 유저들이 살아가고 있기 때문이었다.

하지만 중앙 대륙이 이미 하벤 제국에 의해 정복된 마당에 아르펜 왕국까지 무너지게 되면 그들로서는 더 이상 마음 편히 살아갈 수 있는 땅이 없다.

자신들을 위하여 나섰고, 위드와 아르펜 왕국은 훌륭한 구심점이 되어 주었다.

"우리의 희망은 명궁수 페일 님이지."

"저분이 방법을 알려 주지 않으셨다면……."

"활 쏘는 거 봤잖아. 백발백중에, 관통이 거의 두세 번에 한 번씩 터지더라고."

"기가 막힌 실력이지."

페일은 모여 있는 북부 유저들에게도 찬사를 받았다.

'고생 끝에 낙이 온다더니, 사람들이 나를 바라보는 시선이 매우 뿌듯하군.'

비록 〈로열 로드〉를 시작한 시기는 조금 늦었지만 위드를 따라다니면서 고생을 어디 적당히만 했던가.

스킬, 스탯, 잡템에 얽매여서 살아오다 보니 평범한 다른 사람들을 만나면 다들 깜짝 놀라며 감탄할 만한 실력을 갖추게 되었다.

"아니, 어떻게 그런 개노가다를……! 로자임 왕국에서 시작한 분이 벌써 이렇게 강해지셨다는 말입니까?"

"그저 다른 사람들처럼 평범하게 성장한 건데요."

"지금까지도 일반 화살촉을 쓰신다는 믿을 수가 없군요! 독이나 분산형 화살촉의 사냥 효율이 월등히 높다고 알려진 게 언제인데요. 다들 최소한 독화살은 쏘는데."

"위드 님이 그러셨죠. 사냥은 머리로 하는 게 아니다, 몸으로 반복해서 하는 거다. 몬스터를 편하게 잡으려고 머리를 쓰지 말고 단순하게 싸워야 한다고 했습니다. 그리고 더 좋은 아이템을 쓰면 그만큼 돈이 더 든다는 건 진리 중의 진리죠."

"그렇더라도 스킬들의 레벨이 너무 어마어마하신데요."

"노가다로 다져진 기본기라고 할 수 있지요. 이것 역시 위드 님에게 배운 가르침입니다."

과거 방송 출연을 통해 위드와 모험을 함께했던 전력도 알려지다 보니 페일은 북부에서는 유명 인사 중의 1명이다.

엘프의 활을 등에 메고 도시로 들어가면 모두의 시선이 그에게로 모였다.

페일이 생각하는 그를 바라보는 사람들의 시선.

'엄청난 실력자야.'

'어디서든 한눈에 알아볼 수 있겠어. 페일 님을 직접 보다니 영광이군.'

'잘생겼다. 키도 크고.'

'캬하, 활을 비스듬히 메고 있는 저 자연스러운 멋!'

페일은 북부 유저들을 이끌고 전투를 지휘했다.

동료들과 팔로스 제국의 보물을 찾는 일에 참여하지 않고 따로 떨어져 나왔지만 이렇게 보람찰 수가 없었다.

전투에서 발군의 실력을 발휘하고 사람들을 이끌며 인정을 받았다.

'이것이 남자의 로망이다.'

페일의 입가에는 어느새 위드를 빼닮은 썩은 미소가 맺혀 있었다.

그때, 갑자기 들어온 귓속말.

—페일 님.

"엇, 위드 님!"

페일은 깜짝 놀라서 소리 내어 대답했다.

"아니, 뭡니까? 전쟁의 신 위드 님에게서 귓속말이 들어온 겁니까?"

"이야, 대박이다! 역시 위드 님의 동료니까 귓속말도 자주 나누는 사이로구나."

주변에서 레벨 430이 넘는 유저들이 크게 감탄했다. 레벨이 아무리 높더라도 위드와 쉽게 친분을 가질 수 있는 건 아니라고 생각하기 때문이었다.

위드에게서 귓속말이 왔다는 말이 금세 퍼지며 심지어는 깜짝 놀라는 무리도 있었다. 북부에서 위드의 명성은 강물로 소주를 만든다고 해도 믿을 수 있을 정도였다.

—지금 어디에 계세요?

페일은 씩씩하게 대답했다.

—누르 평원 근방에서 하벤 제국군과 싸우고 있습니다만. 화살을 이용해서

> 원거리 공격을 하고 있는 것이죠. 제법 위험한 일이라서 긴장감이 아주 넘칩니다.

은근히 위드가 약간의 감사의 인사나 칭찬 정도는 해 줄 것이라 기대하며 어느 정도 자랑도 담아 한 말이었다.

> ─흠, 그렇다면 특별히 바쁘시진 않겠군요. 유린이를 그쪽으로 보낼 테니, 잠깐 시간은 되시죠?
> ─물론이죠. 위드 님도 무사히 퀘스트를 마치고 돌아오셨는데 밤새도록 축하연이라도 해야죠. 제가 쏘겠습니다!
> ─축하연 대신에 사냥이나 가죠.
> ─네? 벌써요? 돌아오자마자 사냥을 얼마나 하시려고…….

위드는 넓은 시야와 몬스터들의 활동과 특성을 파악하는 귀신같은 눈치를 가졌다. 상대하기 벅찬 몬스터들과 간신히 싸우면서도 목숨을 잃는 경우는 거의 희박했다.

대신에 함께하는 동료들은 느꼈다.

'죽을힘이 빠져서 죽지도 못하는구나.'

'쉬, 쉬고 싶어.'

'여기가 사냥 지옥인가. 부디 이 지옥만큼은……. 나쁜 짓을 하지 말고 착하게 살아야겠어.'

그 소름 끼치는 사냥으로의 초대였다.

> ─뭐, 이래저래 바빠서… 하루나 이틀 정도만 해야죠.

귓속말이 끝나기가 무섭게 유린이 그림 이동술을 통해서 나타났다.

페일의 활동도 방송이나 인터넷 중계가 이루어져서, 주변의 풍경을 설명해 주지 않아도 알아서 찾아올 수 있었다.

"안녕하세요. 오빠가 빨리 모시고 오라고 했어요."

"그래, 가야지."

페일의 어깨가 축 늘어져서, 끌려가는 사람처럼 유린과 함께 떠났다.

그리고 남아 있는 사람들이 이야기했다.

"맨날 위드 님과 엮여서 갖은 고생만 한다는 그 이야기가 진짜였어?"

"왠지 부럽진 않아."

"능력은 있어도 저렇게 살고 싶진 않다, 정말로."

"우린 그냥 이대로가 편한 것 같다."

위드의 사냥 멤버!

팔로스 제국의 보물을 찾고 있는 이들을 제외하면 페일이 있었다. 그리고 꼭 필요한 한 사람을 데리러 프레야 교단에 갔다.

반 호크를 제외하면 명실상부한 최초의 노예.

"오오오, 너무나도 오랜만에 뵙습니다. 다른 사람들은 모르더라도 저는 프레야 여신님을 통해서 위드 님이 특별한 모험을 마쳤다는 소식을 들었습니다."

"됐으니까 가자."

"네?"

"말할 시간도 아까우니 가자고."

프레야 교단에 쌓은 공헌도를 바탕으로 알베론을 납치하듯이 섭외했다.

그리고 북부에서 넓은 인맥을 쌓은 마판을 통해서 새로운 인물들을 소개받았다.

"음, 나는 파이톤이다."

곰처럼 큰 덩치에 거검을 박력 있게 휘두르는 파이톤.

전사 마스터 퀘스트를 했으며 이베리안 숲에서의 생존기로 더더욱 유명한 사내였다.

위드와는 과거 수련관에서 만난 적이 있지만 둘 다 서로를 기억하지 못했다.

'밥을 많이 먹겠군.'

'눈빛이 예사롭지 않아. 보통 이상의 느낌이 전해지는 것이, 과연 소문대로 아르펜 왕국의 국왕이야.'

그리고 의문의 사내도 합류했다.

"이분의 이름은… 그러니까 말씀드리기는 어렵습니다만, 저 마판이 상인의 명예를 걸고 믿을 수 있는 분이라고 신용은 철저히 보증할 수 있습니다."

마판이 소개한 사람은 훤칠한 키에 무엇이 꺼려지는지 로브를 뒤집어써서 가까이에서 보기 전에는 얼굴조차 알아보기 힘든 남자였다.

　위드는 먼저 악수를 건넸다.

　"반갑습니다."

　"잘해 봅시다."

　남자는 목소리도 영화배우처럼 자연스러운 멋이 있었다.

　위드와 남자의 눈빛이 마주쳤다.

　'믿을 수 없는 놈이군. 나보다 훨씬 잘생겼어.'

　'조각사라고는 믿을 수 없을 정도로, 왠지 느낌으로는 빈틈이 없을 것 같다. 방송에서의 활약상은 많이 봤지만 나보다도 강할까? 하지만 암습이라면 내가 완벽하게 승리하겠지. 나는 죽음을 몰고 오는 그림자 양념…이니까.'

　위드와 페일, 알베론, 파이톤, 죽음을 몰고 오는 남자.

　그렇게 파티가 결성되고 나서 파이톤이 물었다.

　"그런데 우린 어디로 가는 것이오? 보통의 사냥터라면 이렇게까지 거창하게 모일 필요는 없을 텐데. 어떤 퀘스트의 마무리인가?"

　전쟁의 신 위드와 사냥을 한다니까 놀랍고 신기한 마음에 합류를 결정하기는 했지만 들은 정보는 아무것도 없었다.

　하벤 제국군이 마당 앞으로 다가오고 있는데 하루 정도의 짧은 여유를 내서 사냥을 떠난다는 것이 어떤 의미가 있는지 의아하기도 했다. 설사 레벨 1~2개 정도를 올리더라도 그게 그렇게 대수일까 싶었다.

위드의 입장에서는 뒤처진 레벨을 복구하기 위해서 다급하기 짝이 없었지만 말이다.

"남부로 갑니다."

"남부요? 허어, 정말 의외로군. 하벤 제국군과의 전쟁터를 말하는 것이오?"

"우리가 있는 북부 대륙의 남쪽이 아니라, 베르사 대륙의 남부 지역 말입니다."

"거긴 그냥 사막인데……. 아! 텔레비전에서 퀘스트를 하는 건 봤소. 사막의 왕으로서 활동하며 얻은 정보 등을 바탕으로 사냥을 하려는 모양인데. 그러기에는 이동 시간이 너무 오래 걸리지 않겠소? 그보다는 이 주변의 던전이나 확실히 처리를 하는 게 맞을 것 싶소만."

파이톤은 여행 일정상 도저히 무리라는 생각에 반대 의견을 냈다.

대지의 왕궁 근처에도 완벽하게 파훼되지 않은 던전은 많이 있었다.

북부에 고레벨 유저가 많아졌다고는 해도 레벨이 높아질수록 신중해지기 마련이다. 던전을 발견해 내더라도 조심스럽게 정보들을 모으고, 넘칠 정도로 충분한 전력을 갖춰야만 퀘스트와 사냥에 나선다.

목숨을 잃어버리면 덩달아 잃어버릴 게 너무나 많은 만큼 어쩔 수가 없는 합리적인 판단이었다.

이렇게 만반의 준비를 하고 던전에 들어간 경우에도 죽음을 겪거나 뒤돌아서 도망쳐 나옴으로 인해서 해결되지 못한 장소도 많이 있다.

전쟁의 신 위드가 있는 전력이라면 미해결 던전들을 충분히 도모해 볼 수 있으리라는 생각은 들었다.

하지만 파이톤의 말은 위드의 입가에 비웃음에 가까운 썩은 미소를 짓게 했다.

"만만한 목표를 달성해서 무슨 의미가 있습니까? 보다 넓고 크게 이루어야지요."

"말은 좋지만 하루 정도의 사냥으로는 어차피 할 수 있는 것이 별로 없을 텐데. 도착도 못 하지 않소? 알고 있는 던전에 초장거리 텔레포트 게이트가 있다면 이야기가 달라지겠지만."

"이동 시간은 제가 알아서 처리하겠습니다. 그리고 무엇보다, 인생의 목표를 군만두로 잡는다면 평생 탕수육은 먹어 보지도 못할 겁니다."

파이톤과 죽음을 몰고 오는 그림자라는 남자는 그 말에 깊이 공감했다.

어찌 되었든 그들은 군만두를 싫어했기 때문이다.

"전…부… 죽…여…라……. 이…곳…은… 영…광…이… 함…께…하…는… 칼…라…모…르… 제…국…의… 땅…이…다……."

반 호크와 칼라모르 제국의 기사 600명으로 구성된 둠 나이트들은 6개의 도시와 2개의 요새를 점령했다.

"킬킬킬!"

"으헤헤헤헤헤헤!"

파죽지세로 밀려드는 언데드들의 공격은 성벽이 두꺼운 요새로도 막기가 어려운 것이었다.

유령화가 된 둠 나이트들은 장애물과 성문을 통과하고, 때때로는 믿기지 않을 정도로 높이 뛰어올라서 성벽을 넘었다.

"발석기를 끊임없이 쏴라!"

"성수를 아낌없이 뿌리고, 사제들은 신의 힘을 기원하여 주십시오!"

하벤 제국의 병사들은 불화살을 사용했다.

어두운 밤하늘을 가로질러 날아서 적진에 불화살들이 떨어진다.

불빛으로 사방이 순간적으로 확 밝아지는 순간, 저 멀리에서부터 스켈레톤들과 좀비들이 춤을 추듯이 몸을 흔들며 꾸역꾸역 다가오는 것이 보였다.

"정말 재밌다. 이 재미를 뭐라 표현해야 하지?"

"공격, 공격하자, 우헤헤헤헤!"

"아, 짜증 나. 하필이면 왼쪽 다리가 없는 스켈레톤이 걸렸어. 어디 근처에 쓸 만한 다리뼈 없나?"

이벤트에 참여한 유저들은 언데드가 되어 요새로 진격했다.

믿음직스럽지는 않은 언데드 유저들도 4만 명이 넘는 인원이 참가하게 되었다.

시체만 묻혀 있던 베르사 대륙의 주민을 포함하면 어비스 나이트의 암흑 지배 능력에 의해 일어난 언데드는 무려 총 10만!

하벤 제국이 중앙 대륙을 통일하기 전이라면 충분히 하나의 왕국을 도모해 볼 수 있을 정도의 병력이었다.

"스켈레톤들이여, 성벽을 오르자!"

"킬킬킬!"

스켈레톤들은 뼈밖에 남지 않은 손가락으로 가파른 성벽을 타고 올라가서 병사들과 싸웠다.

언데드 유저는 목숨을 잃어도 신성력이나 성수에 의한 이유가 아니라면 곧바로 되살아날 수 있었다.

둠 나이트를 따라서 벌이는 활약에, 유저들은 유쾌한 웃음을 터트렸다.

하벤 제국에 대해서라면 이를 갈고 있는 유저가 한둘이 아닌 터에 스트레스 해소를 위한 이벤트가 발생한 격이었으니 어찌 즐겁지 않겠는가!

그러나 하벤 제국의 정예 병력도 언데드에 대해 대응할 준비를 끝냈다.

헤르메스 길드 소속의 유저만 3만 명이 참여했으며, 하벤 제국 황궁 기사단 6,000명, 중앙 대륙의 각 교단으로부터 성기사와 사제를 지원받았다.

넘치는 자금과 퀘스트 독점으로 인해 대륙에 있는 신성 교단들을 자신들의 병력처럼 동원할 수 있었다.

"계속 되살아나는 언데드는 송두리째 뿌리를 뽑아 놓지 않으면 안 됩니다. 하급 언데드는 대충 해치우면 되지만 어비스 나이트 반 호크와 둠 나이트 부대는 황궁 기사단과 함께 철저하게 대응하도록 합니다."

어비스 나이트는 무시무시했다.

그 혼자서도 감당이 안 되는데 둠 나이트를 끌고 다니고 있으니 그 전력의 강대함이야 이루 말할 수가 없다.

그렇지만 전체가 빛과 신성력을 두려워하는 언데드로 구성되어 상대하기는 비교적 쉬웠다.

헤르메스 길드에서는 황궁 기사단을 제외하고는 NPC로 구성된 병사와 기사를 일절 배치하지 않았다.

전투에 동원된 모든 유저들에게는 축복받은 은을 씌운 무기와 방어구도 지급했다.

어비스 나이트가 칼라모르 지역에서 등장한 이후로 시간은 촉박하였다.

헤르메스 길드에서 병력을 동원하고 전투를 준비하는 동안에 언데드의 세력은 갈수록 강해지고, 그들을 따르는 과거 칼라모르 왕국 병사들이 합류할 수도 있었다.

은 무기와 방어구는, 일부는 생산을 하고 나머지는 전리품으로 얻어서 창고에 쌓아 놓은 물량을 모두 푼 것이었다.

그리고 텔레포트 게이트를 통해 어비스 나이트 반 호크와 둠 나이트가 가까이 있는 헤페니아 요새로 이동했다.

푸슈슉!

마법진 내에 강렬한 빛이 일렁이면서 헤페니아 요새에 바드레이가 도착했다.

"광대한 영토를 다스리는 황제 폐하를 알현합니다."

"제국의 검이며 동시에 교단의 최대 후원자를 뵙겠습니다."

바드레이가 나타나자마자 기사 NPC들은 정중하게 예의를 취했다.

헤페니아 요새의 일반 병사와 주민은 지고한 존재를 만나는 것으로 완전히 얼어붙어서 땅에 바싹 몸을 숙였다.

미리 배치된 황궁 기사단과 성기사단의 인사를 바드레이는 가볍게 고개를 끄덕여서 받았다.

'병력이 많기도 하군.'

헤페니아 요새는 과거 칼라모르 왕국에서도 다섯 손가락 안에 들 정도로 아주 큰 곳이다. 이곳을 점령하기 위해서 헤르메스 길드도 꽤 많은 희생을 치렀다.

요새의 무서움은 그저 성벽의 높이에 있지 않다. 높은 산과 절벽을 끼고 공략하기 어려운 장소에 건축되어서였다.

궁수탑, 쇠뇌 연속 발사대, 건너기 힘든 해자와 같은 기본적인 방어 시설도 완비되었으며, 적들의 침입을 방지하기 위해 외부로 난 창문도 작고 협소하게 만들어져 있다.

여러모로 공략하고 정복하기에는 어려운 시설물로, 소유하고 있는 쪽에서는 수집품처럼 자랑스러움을 느끼게 해 주었다.

물론 지난 전투 시의 파손이 너무 심하여 아직 완벽하게 수리된 상태는 아니었다.

'하벤 제국은 칼라모르 왕국에서부터 시작된 것이나 다름이 없었다. 막 발돋움을 하던 시기에는 다급하고 부족한 것들도 많았는데. 그 시절이 조금은 그리워지는군.'

요새에 있는 헤르메스 길드 유저들도 바드레이가 온다는 소식을 듣고 텔레포트 게이트에 모여 있었다.

"저 사람이 바드레이야?"

"직접 보는 건 나도 처음인데, 장비들은 정말 끝내주는군."

"베르사 대륙을 좌지우지하는 권력자. 과연 얼마나 강할까?"

"방송에서 본 대로 대륙에서 최강이겠지. 로암이나 칼리스도 저분한테는 목숨을 잃었어. 무신이라는 이름이 그냥 얻어진 게 아냐. 전쟁의 신 위드조차도 버티지 못했으니까 말이야."

바드레이는 자신을 보며 떠드는 많은 말을 들었다.

대부분이 우쭐해지게 만드는 칭찬, 혹은 부러움과 시샘.

헤르메스 길드에 속해 있는 유저나 그렇지 않은 유저나 할 것 없이 바드레이의 존재를 대단하게 여겼다.

'그래, 이런 반응이지. 곧 모든 대륙이 이런 반응을 보이게 될 것이다!'

⚜

언데드가 거세게 설치고 있는데도 불구하고 헤르메스 길드에서는 차분히 하루를 더 기다렸다.

밤새 요새 하나, 도시 하나를 잃어버렸지만 거대한 하벤 제국에서 그 정도의 손실쯤은 감수할 만했다. 제국의 경제력과 생산력을 바탕으로 내정을 잘한다면 하루아침에도 도시 1~2개 정도만큼은 늘어날 수 있기 때문이다.

라페이와 헤르메스 길드의 수뇌부에서는 이미 대제국의 실질적인 도약에 대해서 큰 그림을 그리고 있었다.

구하벤 왕국 지역을 중심지로 하여 중앙 대륙 전체를 발전시키기 위한 생산과 기술 개발, 무역을 증진시키는 계획에 착수했다.

〈로열 로드〉의 초창기에는 각 왕국들이 확고하게 자신들의 영역을 지키며 자리를 잡고 있었다.

중앙 대륙은 경제력이 융성한 편이었지만 수도와 그 부근을 벗어나면 낙후된 지역들도 많았다. 과거에 명문 길드들이 난립하던 시절을 지나면서 분쟁도 오랜 기간 이어졌다.

하벤 제국이 건국되던 시기에도 그 피해가 대륙 전체에 남았을 정도다.

대륙이 통일되고 나면 제국의 황궁에 의한 체계적인 관리가 가능해진다.

안정된 통치와 끝없는 번영.

하벤 황궁에 모인 헤르메스 길드의 수뇌부에서는 장기간의 통치를 위한 모든 계획을 수립하고 있었다.

물론 엠비뉴 교단이 완전히 쇠퇴하면서 영향력을 대부분 회복한 대륙의 동부, 놀랍게 발달한 남부의 사막 지대를 점령하기 위한 군사 준비도 새롭게 진행되었다.

중앙 대륙이 통일되는 과정에서 다른 왕국의 패잔병들을 받아들이며 기사와 병사는 과할 정도로 많아졌다. 그들을 동부와 남부로 출정시키면 되니 제국의 수뇌부에서는 정복 작업의 준비에 대해서는 고민할 필요조차도 없었다.

다만 북부에서의 전쟁이 예상 외로 길어지고 있었으니, 완벽하게 일을 처리하기 위하여 새로운 전쟁을 벌이는 일은 미루어 두었다.

"우린 완벽한 승리를 해야 한다."

어비스 나이트와의 전투를 총괄하게 된 것은 바드레이의 친위대 소속 아크힘이었다.

헤르메스 길드에서도 개인 무력으로는 300위 안에 드는 유저만이 친위대에 소속될 수 있다. 친위대는 최상급의 무기와 방어구, 사냥터, 스킬 연구를 지원받으며, 명예와 권력도 막강했다.

"놈들이 다른 길로 빠지지 않는다면 아무래도 헤페니아 요새로 몰려오게 될 것 같은데… 요새의 성벽은 허물어진 곳이 몇 군데 있고 밤에는 어두운 편이라 완전한 대응이 어렵겠어."

아크힘은 요새 밖에서 언데드들을 요격하기로 결정했다.

애매하게 싸우기에도 적합하지 않은 요새에 집착하여 적을 맞아들일 필요는 없다. 헤르메스 길드의 드높은 자존심으로, 성벽에 의존하여 언데드를 물리쳤다는 질시를 받고 싶지도 않았다.

"코쿤 계곡이 좋겠군. 양쪽을 틀어막고 누구도 빠져나오지 못하게 한다면 언데드는 1마리도 살아남지 못하겠지."

코쿤 계곡은 어마어마한 높이와 면적을 가지고 있었다. 절경이라고 해도 좋을 정도로 아름답지만 그만큼 험준한 산들 사이에 있는 넓은 계곡.

우기에는 강이라고 불러도 될 만큼 많은 양의 물이 흐른다.

봄에는 푸른 나무들 사이로 꽃들이 활짝 피어서, 경치만으로도 수십만 명의 여행객들을 몰고 오는 장소다.

현재는 물이 말라 있고 풀들이 낮게 자라서 대규모 전투를 치르기에 적합한 장소였다.

"여기가 언데드들의 무덤이 되겠군. 경치만큼은 아까울 정도이지만 말이야."

아크힘은 정오가 지난 이후에 병력을 배치하며 다시 밤이 찾아오기를 기다렸다.

헤르메스 길드의 유저들도 무기를 재정비하며 밤을 기다렸다. 어비스 나이트 반 호크와 언데드들은 밤이 되어야만 나타나기 때문이다.

이윽고 해가 지고 나서 땅거미가 지는 밤이 찾아왔다.

—우히히히히히힛.

유령들이 우는 소리가 나고, 땅이 불쑥불쑥 솟구친다. 땅속 깊은 곳에서 잠을 자던 언데드들이 다시 일어나는 것이다.

어비스 나이트 반 호크와 칼라모르 제국 기사단으로 이루어진 둠 나이트 부대.

언데드 유저들이 활약하는 시간!

> 언데드의 밤이 찾아왔습니다.
> 어비스 나이트 반 호크가 휘하의 언데드 부대를 이끌고 칼라모르 왕국의 영토를 회복하기 위해 진군합니다. 오늘 새로 합류한 언데드 유저는 4,302명입니다.

"훗, 재미있어지는데."

"고작 해 봐야 스켈레톤 따위들이 겁을 상실한 거지."

"반항을 하면 짓밟아 줘야겠지. 아예 뼈마디를 산산조각을 내서 말이야."

이곳이 중앙 대륙의 칼라모르 왕국이다 보니 모여 있는 헤르메스 길드의 유저들도 수준이 확실히 월등하다. 산전수전 다 겪어 본 강자들로 구성되어 있었다.

과거에는 어느 한 길드를 대표하던 강자들도 헤르메스 길드의 깃발 아래로 모여들었다.

자신들이 최강이라 생각하는 그들인지라 다가오는 전투가 기다려질 지경이었다.

어비스 나이트가 하벤 제국을 침략하는 일은 커다란 이슈가 되었기에 방송사들도 대부분이 생중계를 결정했다.

사상 최악의 몬스터 어비스 나이트!

그들을 막아 내야 하는 대륙 최강의 제국!

구름처럼 많은 고레벨 유저들!

흥행 요소들은 이미 충분했다.

바드레이는 친위대와 함께 계곡의 위쪽에 서 있었다.

전투를 치르기에는 너무 높았지만 전체를 내려다보기 좋은 위치였다.

만약의 경우에라도, 어비스 나이트 반 호크가 그에게로 다가 오기 위해서는 아래에 겹겹이 쌓인 호위 부대들을 먼저 격파해야 한다.

항상 그와 함께 다니는 친위대가 있지만 지금은 추가로 황궁 기사단 1개 부대, 헤르메스 길드 유저 5,000명으로 특별 호위 부대가 구성되었다.

'재미있군. 기발하고 신선한 상황. 통치와 정복에는 약간의 지겨움을 느끼고 있던 와중이다. 위드도 아마 이런 식의 퀘스

트나 이벤트를 경험했겠지.'

바드레이의 머릿속에서 짜릿한 전투의 긴장감이 느껴졌다.

'언제부터였을까, 이렇게 전투가 기다려지게 되는 것은.'

그에게는 강한 몬스터들을 누구보다 앞서서 격파했다는 자부심이 있었다.

베르사 대륙에서 공인된 강한 유저이며, 어느 누구나 인정할 수밖에 없는 존재가 자신이다.

위드가 사용하여 대단한 전투 방식의 상징이 된 일점공격술을 능숙하게 다룰 수 있게 되었을뿐더러, 흑기사 직업 특수 스킬 반란의 날도 습득했다.

헤르메스 길드의 노력으로 조만간 검술의 비기도 한 가지 더 얻게 될 테니 전체적인 강함이야 계속 발전을 거듭하고 있다.

바드레이는 내심 놀라고도 있었다.

자신의 무력이 늘어나는 속도는 예전이나 지금이나 변함이 없다.

과연 이 〈로열 로드〉에서 개인이 쌓을 수 있는 무력의 한계란 어디까지일 것인가.

아쉽게도 그 부분은 퀘스트에 한정되기는 했지만 위드가 먼저 세계를 구하는 용사로서 훨씬 높은 수준에 올라섰다.

그렇지만 이대로 성장을 하고 앞으로 열린 기회들을 감안한다면 진정한 강함은 자신에게만 주어진 권리가 될 것이라 믿어 의심하지 않았다.

'어비스 나이트까지 해치운다면 내 전투 명성은 확고부동해지겠지.'

바드레이는 전투가 빨리 벌어지기를 기다렸다.

싸우고 싶은 마음은 간절하였지만 초반부터 자신이 나서서 전투를 지휘하면 격이 떨어질 거라고 생각했다.

부하들이 알아서 싸우고 나서, 그는 가장 중요한 순간에 나타나야 했다.

극적인 타이밍에 등장하여 모든 상황을 휘어잡아 버리는 위드처럼.

"이곳으로 온다."

"준비했던 대로 계획을 실시하라."

바드레이는 길드의 유저들이 바쁘게 떠들어 대는 것도 그대로 지켜보기만 했다.

계곡 아래에서는 언데드들이 예상대로 입구로 진입하고 있었다.

혹시라도 코쿤 계곡으로 오지 않고 우회할 경우를 대비하여 다섯 가지 정도의 대비책을 세워 놓았는데 전부 쓸모없어진 상황이다.

'멍청하고 쉬운 상대로군. 언데드라는 특성이 결정적이긴 하겠지만.'

언데드는 복수의 화신으로 널리 알려졌다.

NPC 중에도 제법 복잡하게 머리를 굴리거나 전략적인 판단을 하는 부류가 있다.

예를 들면 지식이 높은 마법사나, 사람을 많이 상대하는 상인의 경우이다. 자신의 목숨을 아끼고 학문적인 목표나 평판에 대해 의식을 하기에, 특정한 퀘스트들을 통해서 부하나 협력자로 거둘 수도 있다.

하지만 언데드는 단순한 생각밖에 할 줄 모르며 맹목적으로 인간의 멸망을 원할 뿐이라고 헤르메스 길드에서는 판단했다.

어비스 나이트 반 호크의 성격이나 과거에 대해서는 세세하게 잘 알지 못하기 때문이다.

그는 칼라모르 제국의 영웅이었다.

어둠의 마나에 빠져든 바르칸 데모프로 인하여 데스 나이트가 되어 암흑 군단의 총사령관으로 임명되는 비운의 기억도 가졌다.

반 호크는 본인의 무력도 뛰어나지만, 그의 진정한 능력은 소속되어 있는 말단 해골까지 엄청난 능력을 발휘하게 만드는 지도력!

훌륭한 기사들은 병사들의 능력을 2배 이상으로 이끌어 낸다. 충성도나 친밀도. 상황에 따라서 여러 가지 변수가 작용하지만 군단의 능력을 증가시키는 것이야말로 기사들의 장점이었다.

반 호크와 둠 나이트들은 그런 측면에서 완벽하게 훈련된 기사들이었다.

휘하의 언데드들의 능력을 강화시킬 뿐만 아니라 모든 적들을 깨부순다.

언데드임에도 불구하고 상당한 지성을 갖췄다.

함정을 알더라도 정면으로 돌파하려는 성향을 가졌기에 기꺼이 계곡으로 들어왔다.

"부디 내가 나설 좋은 기회가 생겨야 될 텐데."

바드레이는 백마를 타고 늠름하게 서서 전투가 벌어지기를 기다렸다.

❧

"작전을 시작하자."

"1차 공격 실시!"

쿠르르르릉!

계곡에 있는 커다란 바윗덩어리들이 아래로 구르기 시작했다. 하벤 제국군이 언데드들을 습격하기 위해서 쌓아 놓은 바윗덩어리들이었다.

가파른 계곡을 내려오면서 빨라진 바윗덩어리들은 퉁퉁 구르면서 언데드들의 진형을 습격했다.

"꾸엑."

"아이고오!"

팔다리가 깔리고 부서지는 스켈레톤들.

집채만 한 바윗덩어리들은 수십수백 마리의 스켈레톤들을 깔아뭉개며 떼굴떼굴 굴러갔다.

—매복이다아아아!

이벤트에 참여하여 유령이 된 유저가 울며 사무치는 듯한 소리로 외쳤다.

"낄낄!"

"저게 우릴 맞힐까, 못 맞힐까?"

스켈레톤, 좀비, 듀라한, 데스 나이트, 유령, 둠 나이트로 구성된 언데드 유저들은 바윗덩어리가 굴러오는 걸 보면서도 긴장감이나 걱정이 없었다.

설혹 깔려 죽는다고 해도 어비스 나이트의 권능에 의해서 되살아날 것이므로!

또한 매복 부대와의 전투가 벌어진다면 더더욱 환영이다. 둠 나이트 부대가 얼마나 강한지 옆에서 겪어 보았기 때문이다.

베르사 대륙에서도 던전에 1마리가 있다면 당연히 보스급 몬스터가 될 만한 존재가 둠 나이트다.

어비스 나이트 반 호크와 같이 있으면 능력이 훨씬 커져서, 성문이나 성벽이나 의미가 없을 정도로 부숴 버리고 돌파한다.

언데드가 된 유저들의 수준이 다양하다 보니 대부분은 둠 나이트와 같은 고위 몬스터를 직접 본 경험도 없었다.

그러나 하벤 제국의 대처를 너무 얕본 감은 있었다.

헤르메스 길드는 제국을 세울 정도의 군사적인 역량을 가지고 있고, 고대 서적들을 통한 정보력도 훌륭하다.

사상 최악의 언데드인 어비스 나이트가 일어났다고 할지라도 정확하게 전력을 파악하고 그에 맞는 대응을 준비해 왔다.

"신의 의지와 믿음이 이 땅을 정화하게 될 터이니… 신성한 땅의 선포!"

"어긋난 질서를 바로잡고 사악한 마물은 원래 있던 곳으로 돌아가리라. 사악한 자의 심판!"

계곡 위에 사제들이 나타나서 언데드들을 향한 신성 마법을 외쳤다.

암흑의 마나로 구성된 몸이 약화되거나 다시 흙으로 돌아가는 것은 물론이고, 영혼까지도 완전한 소멸을 일으킨다.

계곡의 사제들이 펼치는 신성 마법은 새하얀 벼락처럼 연쇄적으로 언데드들의 무리 사이에 내리꽂혔다.

"은장궁병들은 맡은 임무를 시작하라."

이어서 하벤 제국의 숙련된 궁수들이 은화살을 쏘아 댔다.

헤르메스 길드에서는 정복 전쟁의 과정에서 마법사와 궁수 부대를 특화시켜서 운용했다.

아무리 뛰어난 유저라고 해도 전쟁터에서 벌어지는 집중 공격에서는 헤어 나올 길이 없다.

원거리 타격 부대는 상대방의 지휘관이나 중요 인물들이 모여 있는 장소를 단숨에 섬멸시킬 수 있으며, 혹은 움츠러들어서 제대로 활약을 못 하게 억제시킨다.

최고의 장비를 갖추고 특별한 훈련을 받은 하벤 제국의 은장궁병들은 1분에 열 번까지 화살을 쏠 수 있었다.

5,000명의 궁수들이 쏘아 대는 은화살은 언데드 중에서도 주로 좀비와 스켈레톤의 무리에 커다란 동요를 일으켰다. 갑옷이나 방패를 들고 있지 않다 보니 그대로 몸에 박혔던 것이다.

듀라한, 데스 나이트는 그나마 사정이 나았지만 은화살은 그들에게도 생명력을 크게 감소시키는 역할을 했다.

"케헤헬, 어림도 없다. 내가 바로 전복죽의 지그하르트다!"

스켈레톤 1마리가 온통 녹슨 검을 들고 날아드는 화살을 쳐 냈다.

'무릇 영웅이라 함은 이 정도의 고난에는 꿈쩍도 하지 말아야 하는 법!'

지그하르트는 중앙 대륙에서 시작하여 평범한 길드에 들어가서 살아갔다. 도시나 요새를 가지고 있지 않은 길드인 만큼 퀘스트를 받아서 전쟁에 참여하는 외에는 할 일이 없었다.

하지만 하벤 제국이 커가면서 다른 길드들이 무너지고 명문 길드들끼리는 극단적인 대립을 일삼으면서, 중앙 대륙에서의 박해도 갈수록 심해졌다.

지그하르트는 그때 북부로 이주를 했다.

큰 고민 끝에 도착한 북부였지만, 신생 국가의 활기와 함께하며 행복하게 생활했다.

예전에 레인스타뎀 부근에서 사냥하다가 죽은 적이 있는데, 어비스 나이트에 의해서 시체가 일어나며 참여하게 되었다.

그가 목숨을 잃었던 시기도 오래전 일이라서 당시의 레벨에 맞는 스켈레톤이 되었다. 하지만 능숙하게 검을 다루면서 날아오는 화살을 쳐 냈다.

어비스 나이트에게서 비롯된 암흑의 오라는 전투를 치를수록 더 강력해졌다.

"이 몸은 천상천하 유아독존! 푸욱 삭힌 해골의 위력을 보여주맛!"

지그하르트는 신들린 듯이 화살을 쳐 냈지만 곧 그의 몸에도 은화살이 틀어박혔다.

신성한 은화살입니다.
암흑 성향에 반대되는 치명적인 일격을 당했습니다. 생명력이 2,349 감소합니다. 전투력이 12% 감소합니다.

연속으로 적중된 서너 발의 화살이 그의 몸을 불에 타오르게 만드는가 싶더니 지그하르트는 곧 잿빛 재로 변해서 쓰러지고 말았다.

어비스 나이트의 암흑 지배 능력이 발휘되고 있는 한 다시 언데드로 일어날 수 있다.

하지만 신성한 땅의 선포가 이루어지고 은화살의 공격을 당한 만큼, 다시 언데드로 일어나려 해도 평소보다 더 많은 시간이 걸리게 되리라.

"여기서 뼈가 녹아내리도록 놀고 있지 말고 진격하자."

"우리가 발목뼈가 없나, 골반이 없나. 다들 턱뼈나 달그락거리지 말고 가서 싸우자고."

"살아 있는 인간들에게 죽음의 맛을 보여 주지."

언데드들은 거침없이 계곡을 기어오르기 시작했다.

바윗덩어리들이 굴러떨어지고 은화살이 쏘아졌지만, 가파른 절벽에 달라붙으면 오히려 그러한 공격으로부터 다소 안전해지기도 한다.

"생살을 꼭꼭 씹어 먹으리."

"복수다, 하벤 제국이여!"

언데드 유저들도 마치 원통한 칼라모르 왕국의 주민들처럼 말을 하며 절벽을 올라갔다.

멀뚱하게 있으면서 유저라고 티를 내기보단 다 함께 섞이는 편이 훨씬 흥미롭고 재미있기 때문이다.

"지독한 냄새가 풍겨 온다!"

"이렇게 심한 썩는 냄새라니. 언데드들이 가까이 다가오지 못하게 해!"

계곡에 배치되어 있는 하벤 제국군이 비명을 질렀다.

언데드들의 몸에서 풍기는 냄새가 이만저만이 아니었던 것.

언데드들은 코가 없어서 냄새를 맡는 게 불가능했지만, 인간들에게는 심각하게 괴로운 부분이었다.

"낄낄낄!"

언데드들은 몇 개 남지도 않은 이빨을 따닥따닥 부딪치면서 계곡을 조금씩 올라갔다.

하벤 제국의 황제

"고전적이고 따분하군."

계곡 위의 바드레이는 눈살을 찌푸렸다.

"언데드들 중에 허약한 놈들이 끼지 않았으면 더욱 좋았을 텐데."

어비스 나이트와 둠 나이트 부대라는 말에 하벤 제국이 지나치게 준비를 많이 한 걸까.

10만의 언데드 대군은 신성 주문과 은화살 속에서 허무하게 녹아내리고 있었다.

절벽을 오르려는 생각도 멍청하기 짝이 없다.

바위와 화살, 마법에 의해서 절반도 오르지도 못하고 다시 굴러떨어진다.

하벤 제국의 황궁 기사단이 지키고 있는데 평소에도 적수가 되지 않을 하급 언데드들이 억지로 절벽으로 올라서 도착해 봐야 단칼에 쓰러졌다.

헤르메스 길드에서 걱정을 했던 건 어비스 나이트가 둠 나이트 부대와 함께 놀라운 속도로 움직이며 포위망을 뚫어 버리는 것이었다.

그들은 어디에서나 쉽게 언데드 군단을 일으킬 수 있으므로 그 자리에서 완전히 남김없이 해치우지 않으면 안 된다.

이런 언데드 군단이라면 하벤 제국이 지금까지 상대해 왔던 다른 길드나 왕국과는 비교가 불가능할 정도로 약했다.

"수준이 너무 떨어지잖아. 이런 식의 전투를 원했던 건 아니었는데."

언데드 군단이 어느 정도 강해 주어야 자신이 원하는 장면이 나왔으리라.

하벤 제국군의 불리함을 자신의 무력으로만 극복해 낸다면 더할 나위 없지만, 그 정도까지의 위험부담은 감수하고 싶지 않다.

적당히 힘을 과시하고 있을 때에 자신이 끝맺음을 내는 것이 가장 좋은 시나리오였다.

바드레이가 보고 있는 와중에도 언데드들은 허무하게 쓰러져 갔다.

공중을 날아다닐 수 있는 유령들은 절벽에서 솟구치며 미친 듯한 귀곡성을 냈지만 신성 마법이 겁나서 감히 다가오지는 못했다.

그러나 사제들의 마나도 무한대는 아니었고, 준비한 은화살도 금방 절반 이상이 소모되었다.

"황궁 기사단은 출격하라!"

"언데드들을 모두 흙으로 돌려보낸다."

"우오오오오!"

계획대로 황궁 기사단이 말을 타고 절벽을 달려서 내려갔다.

칼날을 세워 놓은 것처럼 가파른 절벽을 말을 타고 달리는 신기의 기마술!

하벤 제국의 황궁 기사단은 뛰어난 명마와 특별한 기마술을 가지고 있었다.

기사단은 절벽을 내려가면서 언데드들을 마법 검으로 베어서 불태웠다.

"나 칼루드가 몽땅 해치워야지."

"언데드들 따위는 감히 헤르메스 길드에 덤비지 못한다는 걸 알려 주마!"

헤르메스 길드의 유저들도 공을 세우기 위하여 다급하게 절벽을 달려 내려갔다.

막대한 이권과 특혜를 누리지만 상부의 명령을 거절해서는 안 되는 헤르메스 길드의 특성상 고레벨 유저들이 대거 동원되었다.

바드레이가 출정한 만큼 전투 공적을 세우고 고위층에 눈도 장을 찍으려고 자진해서 온 유저들까지 합해서, 일찍이 모이기 힘든 최대의 전력.

어비스 나이트를 상대로 하는 만큼 중앙 대륙 정복 전쟁을 벌일 때 이후로 헤르메스 길드는 전력을 기울였다.

"오너라, 나쁜 헤르메스 길드 놈들!"

"되살아나지 못할 정도로 완전히 죽여 주마!"

계곡 아래에서 당하고 있던 언데드 유저들과 절벽을 내려온 헤르메스 길드의 유저들이 맞붙었다.

"발로 걷어차기만 해도 쓰러져서 죽을 폭 삭은 스켈레톤 따위가……! 이것이 고급 검술 스킬에서 최고라고 평가받는 무차별 난검이다!"

"맹렬한 힘의 발산, 도끼 휘두르며 돌격!"

헤르메스 길드 유저들의 뛰어난 스킬에 언데드가 도처에서 추풍낙엽처럼 휩쓸려 갔다.

"으구, 이럴 수가……."

꿈과 희망을 안고 일어난 스켈레톤들은 허무하게 쓰러져서 소멸되었다.

운이 좋은 일부는 곧 다시 일어났지만, 신성력이 담긴 검에 의해 죽은 언데드는 새로운 시체를 구하지 못한다면 부활은 꿈도 꿀 수 없게 되었다.

일반 스켈레톤들 따위는 헤르메스 길드 유저들과의 격차가 너무나도 크게 나서 전투력에 별 도움이 안 되기도 하였다.

암흑의 오라로 강화된 듀라한, 데스 나이트, 영혼 추적자 들은 그나마 헤르메스 길드 유저들의 공격에도 몇 번씩 버티다가 소멸되었다.

그때 계곡을 울리는 낮고 음산한 목소리.

"강철의 심장을 타고난 칼라모르 제국의 기사들이여! 제국의 영광이 실린 무거운 창을 들어서 적을 꿰뚫으라!"

"인…간…들…이… 이…곳…을… 무…덤…으…로… 선…택…하…였…구…나… 하…지…만… 복…수…의…

시…곗…바…늘…이… 움…직…이…는… 이…상… 편…히…
쉴… 수… 있…는… 시…간…은… 그…리… 길…지… 못…하…
리…라…….."

"살…아…있…는… 하…벤…의… 인…간…들… 머…리…
통…을… 씹…어…먹…어…주…마……!"

선두에서 진군하고 있던 어비스 나이트 반 호크와 둠 나이트
부대가 돌아온 것이다.

그 즉시 전장에 변화가 찾아왔다.

반 호크는 질풍처럼 달리면서 암흑 투기를 발산했다.

왼손에는 창, 오른손에는 검을 들고 있지만 헤르메스 길드의
유저를 향하여 무기를 휘두르지도 않는다.

"심연의 확산."

시커먼 암흑 투기는 백여 갈래로 갈라져서 헤르메스 길드의
유저들을 직격했다.

콰과과광!

"이 정도쯤이야!"

"커억!"

암흑 투기에 얻어맞은 유저들은 그대로 목숨을 잃었다.

정면 전체의 초토화!

방패를 들어서 정확히 막은 이들도 방어구가 부서지고 생명
력이 십분의 일도 남지 않을 정도의 중상을 입어서 전투 불능
에 빠졌다.

스켈레톤이 덤벼들더라도 저항을 하지 못하는 상태가 된 것
이다.

"저렇게 강할 수가……."

"저게 진짜 전설적인 몬스터인 어비스 나이트의 모습이다!"

멀리 떨어져 있던 헤르메스 길드 유저들은 동료들의 떼죽음을 보며 경악을 금치 못했다.

"어비스 나이트. 제법 강하다고 인정을 해 주지. 하지만 그런 얕은 수작 따위, 나 티르빙에게는 통하지 않는다!"

헤르메스 길드 내에서도 꽤 이름을 날리는 티르빙!

특이하게도 워리어 출신의 기사인 그는 전쟁이 벌어지면 항상 선두에 섰다.

불완전한 파황의 육체

모든 물리적인 피해를 20% 이하로 감소시키며, 많은 적을 상대하거나 심한 부상을 입을수록 스킬 레벨에 따라 최대 9배까지 방어력이 증가한다. 맷집 자체에 영향을 미치게 되므로 다른 방어 스킬과 중복 사용이 가능하다. 단, 목숨을 잃었을 경우 레벨과 스킬 숙련도에 심한 손실을 입게 된다.

제한: 워리어 한정. 맷집 600 이상. 206곳 이상의 던전 돌파 경험.

워리어 비기를 몸에 터득한 그는 보통 웬만한 전투에서는 죽지 않았다.

많은 이들이 목숨을 잃는, 지독하다고 해도 좋을 전장에서도 거뜬하게 살아남는다.

수백 발의 화살을 몸에 맞으며, 적을 향해 일직선으로 달려가는 것이 그의 전투방식이었다.

"어비스 나이트, 너의 최후다앗!"

티르빙은 큰 소리로 외치며 어비스 나이트 반 호크에게 달려갔다.

암흑 투기를 막 발산하여 잠깐 말을 멈춰 선 반 호크.

그는 자신을 향하여 달려오는 티르빙을 향해서 긴 창을 휘둘렀다.

반 호크는 약 50미터를 자신의 힘이 미치는 공간으로 두고 있었다. 그 안에서는 빛이 사라지고 어둠이 밀려들게 된다.

절망과 심연의 기운을 담고 있는 창이 기울어져 가는 그림자처럼 길게 늘어나서 티르빙의 가슴을 쳤다.

"커헉! 아프지만 괜찮다. 버틸 수 있어!"

현격한 레벨의 차이가 있었다.

티르빙의 레벨이 400을 조금 넘는다고는 해도, 600대 중반인 반 호크에게는 어림도 없었다.

위드가 베르사 대륙에서 어렵게나마 상대한 보스급 몬스터들과 비교해 보더라도 전투력에서 지금의 반 호크는 답이 나오지 않는다.

이른바 견적 불가 상태!

그럼에도 불구하고 불완전한 파황의 육체 덕분에 티르빙은 살아 있었다.

"이 더러운 어비스 나이트 같으니! 내가 꿈쩍도 하지 않으니 당연히 놀랐겠지!"

티르빙의 생명력은 일격에 16%가 감소했다. 게다가 꽤나 아파서 다리가 후들거렸지만 겉으로는 전혀 내색하지 않았다.

한편 반 호크 또한 전력을 다한 일격은 아니었는지, 창을 회수하지 않고 티르빙을 가볍게 올려줬다.

"어어?"

거짓말처럼 공중으로 띄워지는 티르빙의 몸.

반 호크에게서 시작된 어둠의 힘이 그를 꽁꽁 묶었다.

> 심연의 속박에 걸렸습니다.
> 저항하지 못했습니다. 신앙심과 정신력이 부족합니다. 힘이 부족합니다. 16
> 초 동안 움직일 수 없습니다

"어? 이게 아닌데……."

그때부터 반 호크의 창이 현란한 움직임을 보이기 시작했다.

퍼버버버벅! 콰과과곽! 퍽! 찍! 쿠우웅!

어떤 적 앞에서도 당당하던 티르빙은 먼지 나도록 맞고 나가
떨어졌다.

그리고 깔끔하게 사망!

심각할 정도의 레벨 차이에 방어가 불가능한 스킬로 인해서
아무것도 해 보지 못하고 개죽음을 당하고 말았다.

충격적인 광경.

헤르메스 길드에서도 어비스 나이트의 가공한 무력을 보며
당황할 수밖에 없었다.

헤르메스 길드의 간판을 등에 업고 당당하던 고레벨 유저들
이 언제 이런 상황을 당해 보았겠는가.

"칼라모르의 원혼들이여, 이제 원한을 되갚아 줄 시간이다.
죽은 자들의 행진!"

반 호크는 집단 돌격 스킬을 사용했다.

그를 호위하며 따르는 둠 나이트 부대와 함께 헤르메스 길드
원을 향해서 돌격했다.

"버텨라! 사제들의 신성 마법 지원이 곧……."

서걱!

"놈들의 돌격이 더욱더 활성화되기 전에 그 자리에서 막아야 한닷!"

콰지지지직!

"이건 도저히 버틸 수가……."

콰과광!

반 호크와 둠 나이트 부대의 돌격 앞에서 헤르메스 길드의 유저들은 견디지 못하고 목숨을 잃었다.

레벨이 600을 훨씬 넘어가는 어비스 나이트!

그리고 해골에서 심연의 기운을 줄기줄기 뿜어내면서 일사불란하게 집중해서 달리는, 칼라모르 제국 출신의 기사들로 이루어진 둠 나이트 부대!

베르사 대륙의 역사에서도 최강으로 꼽을 만한 기사단이 돌격하며 헤르메스 길드 유저들을 창으로 찌르고 밟아서 죽이고 있었다.

몬스터들의 경우에는 레벨이 높다고 하더라도 이 정도의 위력을 발휘하지는 못한다. 종족의 특성이나 육체의 약점이 반드시 한두 군데는 있기 때문에 공격이 효과적이지 않은 경우도 많았다.

하지만 어비스 나이트는 전투를 위해서 심연에서 되돌아온 존재였다.

> 깊은 절망과 분노, 심연에 잠들어 있던 자들이 돌격해 오고 있습니다.

> 가까이에 있는 인간들의 사기가 24% 저하됩니다. 행운이 66%까지 감소합니다. 정신적인 혼란이 발생하여 스킬이나 마법 사용 시 성공 확률이 절반 이하로 감소합니다. 생명력의 회복 속도가 느려집니다.

"으아아아아!"

헤르메스 길드의 유명한 기사 유저들이 목숨을 잃을 때마다 전체적인 사기가 저하되었다.

기사들의 특성상 동료나 부하의 능력을 훨씬 높게 이끌어 주기도 하지만, 역으로 본인이 목숨을 잃게 되면 나머지도 허무할 정도로 약해진다.

반 호크와 둠 나이트 부대는 계곡으로 내려온 헤르메스 길드 유저들을 쓸어버렸다.

"어, 어마어마하다. 진짜 이런 돌격은 처음이야."

"정면에서는 안 돼. 사제들이 지원을 해 줄 때까지는 싸우지 말고 피해라!"

"놈들을 무슨 수를 써서라도 막앗! 여기서 물러나면 피해는 더 커진단 말이야!"

언데드들을 가볍게 학살하던 헤르메스 길드의 유저들이 버텨 봤지만 돌격 속도를 늦추지도 못하고 무너졌다.

선두에서 일격에 유저들을 베어 목숨을 빼앗는 반 호크!

둠 나이트로서 되살아나서 절정에 달한 검술과 기마술을 발휘하는 옛 칼라모르 제국의 기사들.

사실 반 호크는 어비스 나이트로서 힘의 정점에 도달하지는 못했다.

개인 능력 부분에 있어서 더 많은 전투 경험을 얻으면 성장할 여지는 충분히 있었고, 어비스 나이트로서 새로 얻은 스킬들도 원숙한 경지에 이르지는 못하였다.

휘하 세력의 측면에서도 둠 나이트 부대와 언데드 군단을 충분히 강화하진 못한 상태였다.

그럼에도 상대하는 유저들에게는 밀려오는 죽음의 신 같은 존재였다. 둠 나이트 부대의 돌격에는 무엇으로도 막을 수 없는 속도와 폭발적인 파괴력이 발휘되었다.

"계획대로 놈들이 나타났다. 뭐, 예상했던 만큼 돌격 능력이 심각하기긴 하군요."

"2차 공격을 실시하지요."

헤르메스 길드의 고위층에서는 중앙 대륙의 정복 과정에서 무수히 많은 전투를 치러 보았다.

길드 차원의 던전 돌파 경험 역시 당연히 많다. 성공과 실패를 통해서 쌓인 정보들은 길드 내에 기록으로 남겨져 있었다.

그러면서 몬스터를 상대로 하면서도 전술을 준비하고 활용할 줄을 알았다.

어비스 나이트와 둠 나이트 부대는 정면 대결로는 틀림없이 부담스러운 존재다.

좁은 던전 내였더라면 절대 싸움을 걸지 않았을 상대.

반드시 싸워야만 한다면 먼저 표적을 드러나게 하고 집중 공격을 펼치는 편이 유리하다고 생각했다.

"공격을 실시하라!"

뿌우우우우우우우우우우우우!

계곡의 지형 때문에 뿔피리 소리가 끊기지 않고 메아리쳤다.

이때부터 계곡 위에 있는 헤르메스 길드 유저들의 모든 원거리 공격 목표는 반 호크와 둠 나이트가 되었다.

10만에 달하는 언데드들 따위야 은화살과 신성 마법의 위력 앞에 소멸되면 살아나기도 힘들고, 되살아나더라도 다시 처리하면 될 뿐이다.

언데드 군단을 완벽하게 제압하기 위해서는 반 호크부터 처리하지 않으면 안 된다.

거센 소나기가 촘촘하게 내리는 것처럼 반 호크와 둠 나이트 부대를 향하여 공격들이 퍼부어졌다.

"저걸로도 모자랄 수 있습니다. 사제님들도 준비를 해 주시지요."

"알겠습니다."

교단으로부터 지원받은 고위 사제들이 신성 마법을 외웠다.

"신으로부터 부여받은 정당하고 강력한 권한으로 이곳을 모든 악으로부터 해방하게 될지니… 어둠에 물든 자들이여, 스스로를 속박하고 있는 고통으로부터 해방되어 썩 물러가거라!"

군신 아트록의 교단에서 이 땅을 성역으로 선포합니다.
어둠과 싸우는 자들의 모든 공격이 신성력의 효과를 갖게 됩니다. 전투 스킬의 효과가 32% 강화됩니다. 생명력의 최대치가 신앙심에 따라 150%까지 증가합니다. 신성 마법의 효과가 높아지며, 필요량의 절반에 달하는 마나로도 사용이 가능합니다. 모든 언데드들에게 생명력의 20%에서 최대 65%에 달하는 타격을 입힙니다!

성역 선포!

어둠을 물리치고 일그러진 것들을 원래대로 되돌리는 영역 마법이었다.

"좋군."

"깔끔하고 완벽한 준비요."

"어비스 나이트를 해치울 맛이 나겠군."

헤르메스 길드의 고레벨 유저들은 곧 있을 사냥의 순간을 기다리며 대기했다.

어비스 나이트의 최후는 미리 약속된 대로 반드시 바드레이에게 양보를 해야 했다. 하지만 방송 중계도 되는 마당에 활약을 펼치면서 널리 이름을 알리는 것도 나쁘지 않다.

"2차, 3차 공격 부대 진격!"

황궁 기사단과 투입된 헤르메스 길드 유저들이 언데드를 상대로 하는 치열한 사투가 벌어졌다.

계곡 위에서 실컷 원거리 공격과 신성 마법을 퍼붓기 위한 전초부대가 살아남기 위해서는 스스로의 몸은 알아서 돌봐야 했다.

바드레이와 친위대, 특별히 어비스 나이트의 마무리를 위해 선발된 고레벨 유저들은 묵묵히 기다리고만 있었다.

10분이 흐르고, 일반 언데드의 숫자가 절반 이하로 크게 줄어들었다.

언데드들은 어찌 되었든 계곡 위에서 퍼붓는 신성 마법에 취약했다.

계곡에서 전투를 펼치는 헤르메스 길드의 유저들은 전초부대임에도 불구하고 최소한 레벨이 300대 후반 이상이었고 400 대도 꽤 있었다.

반 호크와 둠 나이트들 사이에서 조금이라도 더 오래 살아남 기 위하여 아비규환이었다.

"뭐가 이렇게 강해?"

"젠장. 저 돌격은 정말 답이 없다."

헤르메스 길드의 유저들은 전설적인 몬스터인 어비스 나이 트의 강함을 온몸으로 실감했다.

위드의 모험을 텔레비전을 통해 보면서 어비스 나이트에 대 해서도 얕잡아 봤던 게 사실이다.

전쟁의 시대에 소환된 반 호크는 툭하면 얻어맞거나 얌전히 명령을 따르는 존재에 불과했다. 위드와 함께 중앙 대륙을 휩 쓸었지만 그땐 특수한 퀘스트의 일부라고 생각하고, 어쨌든 심 각하지 않은 남의 일이었다.

그러나 가까이에서 어비스 나이트가 둠 나이트 부대와 함께 돌격을 하고 있으니 자신들이 어떤 존재와 싸우고 있는 것인지 실감이 났다.

하지만 헤르메스 길드에서 이곳에 모은 유저들만 3만 명!

기사, 무사, 워리어, 사냥꾼, 레인저 할 것 없이 계곡 아래에 서 어비스 나이트를 상대로 공격을 계속했다.

"그쪽으로 몰아라!"

"무조건 아무 공격이나 해. 너무 빨리 움직이니 어설픈 포위 망을 만들려 들기보단 조금이라도 생명력을 낮춰라!"

10만의 언데드는 고래 싸움에 새우 등 터지듯이 거의 소멸해 버렸다.

언데드 유저들은 실컷 활약을 하며 즐거워하고 싶었지만 그러기에는 너무 큰 무대.

신성 마법에 의해서 녹아내리고, 대부분은 부활조차 금지되었다.

병력이 줄어들어서 훨씬 넓게 느껴지는 계곡에서는 헤르메스 길드와 어비스 나이트, 둠 나이트 부대만이 활발하게 움직인다.

계곡의 양쪽 출구는 사제단과 성기사들에 의해서 도망치지 못하도록 수십 겹의 장애물과 병력으로 철저히 틀어막혔다.

언데드는 하루 종일 싸우더라도 체력이 줄어들지 않는다. 하지만 어둠에서 비롯된 에너지를 잃어버리면 특수한 스킬들은 사용하지 못하게 된다.

"중장갑 보병 앞으로!"

"방패 돌격 진형대로."

헤르메스 길드의 유저들은 비슷한 직업들끼리 모여서 소규모 진형까지도 운용할 줄 알았다.

그들에 의해 적진을 유린하던 둠 나이트들도 하나둘 목숨을 잃었다.

레벨이 300대에서 400대에 달하는 헤르메스 길드원 5~6명이 어떻게든 둠 나이트 1명씩을 무리에서 떨어뜨렸다.

"칼…라…모…르…의… 영…광…이… 되…돌…아…오…지… 않…는… 것…인…가…….."

"반…호…크… 어…째…서… 우…리…를… 제…대…로…

이…끌…지… 못…하…였…는…가…….”

돌격 진형에서 빠져나온 둠 나이트들은 집중 공격 속에서 잿빛으로 변했다.

어비스 나이트가 무사하다면, 그리고 다시 충분한 어둠의 힘을 모은다면 완벽하게 되살릴 수 있다. 하지만 헤르메스 길드에서는 사제들을 불러서 그 자리를 정화함으로써 되살리는 시간까지도 지연시켰다.

어비스 나이트의 권속을 부르는 권능을 원천적으로 봉쇄할 수는 없다. 그러나 다만 최소한 몇 시간만이라도 부하들을 되살리지 못한다면 목적을 달성하기에는 충분했다.

반 호크는 날파리 떼처럼 계속 덤벼드는 헤르메스 길드의 유저들을 상대로 고군분투를 펼쳤다.

그가 창을 휘두르면 10미터가 훨씬 넘는 어둠의 기운이 방출되었다.

“오너라, 하벤 왕국의 잡졸들아! 칼라모르의 기사가 어떤 존재인가를 알려 주마!”

세상을 갈기갈기 찢어 놓는 심연의 기운은 가까이 있는 헤르메스 길드의 유저들을 거침없이 죽음으로 인도했다.

사제들이 보호벽을 펼치고, 각종 신성 마법 무구를 착용하고 있기 때문에 주변에까지 미치는 피해는 줄일 수 있었다.

헤르메스 길드의 유저들 2만 명가량이 중심에 반 호크를 놔두고 밀집해 있었다.

만반의 준비를 마치고 훨씬 유리한 상황에서 고레벨 유저 1만 명이 사망한 것만 보더라도 어비스 나이트와 둠 나이트들의 활약이 엄청났던 것을 알 수 있었다.

"으… 정말 지독한 몬스터다."

"죽으려면 아직도 멀었나?"

어비스 나이트가 이끄는 돌격에 날고뛰는 유저들이 짧은 시간 1,000명씩 짚단처럼 쓰러져 갔으니 그들도 경악했다. 이나마도 신성력의 도움이 없었더라면 더 많이 죽었을 것이다.

'도대체 위드는 불사의 군단을 어떻게 이긴 거야?'

'바르칸도 저 녀석과 비슷한 수준이었다는데… 그렇다면 우리가 약한 건가, 아니면 위드가 우리 만 명보다도 더 대단하다는 건가?'

자신들이 최고인 줄 알았던 헤르메스 길드 유저들 사이에서 무겁게 스쳐 가는 의문이었다.

그러나 리치인 바르칸 데모프와 반 호크는 성향상의 차이가 매우 컸다.

시체를 통해 대량의 고위급 언데드 군단을 일으키는 바르칸은 오래 내버려 두면 하벤 제국 전체와도 싸울 수 있는 전력을 갖추게 될 수 있었다.

바르칸의 거의 무제한에 가까운 언데드 소환은 군단끼리의 큰 전쟁에서 빛을 발한다.

위드는 배신은 기본으로 하고 내부로 검치 들을 비롯한 모든 전력을 침투시키고, 바르칸의 생명력을 담아 놓은 라이프 베슬을 파괴했다.

언데드 군단은 강했지만 취약한 내부에서부터 무너진 격이었다.

반면에 반 호크의 경우에는 부하인 둠 나이트 부대와 함께 직접적인 전투 능력을 최대로 발휘한다.

아크힘이 적을 상대하기 위한 좋은 장소를 고르기는 했지만 힘에 힘으로 맞부딪쳤으니 짧은 시간에도 그만한 희생을 겪어야 했다.

반 호크의 경천동지할 무력에, 반드시 승리를 거둘 것이라고 믿고 있던 헤르메스 길드 유저들도 가슴이 철렁 내려앉았다.

아군이 승리를 거두더라도 당장 어비스 나이트가 무서운 것은 어쩔 수 없었다.

유저들은 조금씩 물러섰다.

"끝장내라!"

"대륙을 하나의 길로 연결하게 만든 하벤 제국의 기상을 보여 주마!"

얼마 남지 않은 황궁 기사단 최정예들의 돌격도 반 호크는 그 자리에서 창을 휘두르면서 격파했다.

가히 최악의 언데드, 어비스 나이트다운 위용!

"이제 누가 저놈을 공격하지?"

"회복하기 전에 빨리 쳐야 되는 것 아냐?"

"젠장, 그걸 누가 몰라. 그래도 내가 싸우고 싶진 않다고."

헤르메스 길드는 물론이고 베르사 대륙을 통틀어서도 전투 능력으로 100위 안에 꼽히는 유저들 중에 절반 정도는 이 자리에 모여 있었다.

그렇지만 누구도 반 호크를 상대로 싸우겠다고 나설 수가 없었다.

바드레이도 당연히 마찬가지였다.

'이제는 내 차례로군.'

보잘것없는 하급 언데드들이 사라지는 건 관심도 없었다.

어비스 나이트와 둠 나이트 부대의 전투를 구경하면서 결정적인 허점을 찾으려고 노력을 했다.

바드레이는 반 호크에게 상당한 피해를 입히고, 둠 나이트들이 몰살을 당하고 난 이후에 여유롭게 나서려고 했다.

최고의 축복 마법, 그리고 언데드를 위해 맞춘 아이템들을 착용하고 있었으며 여차하면 친위대를 동원할 수 있었기에 혼자 싸울 필요도 없었다.

그러나 반 호크가 혼자 남은 상태로도 우습게 100명 이상을 없애는 걸 보면서 참았다.

'조금 더 기다려도 되겠군.'

반 호크를 향해서 계곡에서부터 화살과 마법이 줄기차게 쏟아지고 있었다.

다른 언데드나 둠 나이트가 없는 이상 사제와 마법사, 궁수들은 마나가 있으면 너 나 할 것 없이 반 호크를 향하여 공격을 했다.

그러나 반 호크는 제대로 피해를 입지 않는 모습이었다.

어둠의 기운에 몸을 숨기면서 유령처럼 움직이기에 맞히기가 매우 까다롭다.

반 호크 홀로 남아 전투를 하게 된 이후로도 헤르메스 길드 유저들이 벌써 800명 넘게 사망했다.

'기왕 기다리는 김에 느긋해져도 되겠지. 어쨌든 이 전투는

이겼으니까.'

바드레이는 백마를 탄 채로 팔짱을 끼고 먼 하늘을 보았다.

밤하늘의 별들이 반짝일 뿐, 아직 세상은 어둡다.

한참 후에 태양이 떠오를 무렵에는 반 호크도 최후를 맞이하게 되리라.

'오늘 같은 일이 다시 생기지 않도록 이후로는 사냥을 더 많이 해야겠군.'

바드레이의 레벨은 510.

어찌 시도를 한다면 어비스 나이트에게 대적은 해 볼 수 있으리라.

그렇지만 만의 하나, 목숨을 잃기라도 한다면 그러한 굴욕도 없다.

레벨과 스킬 숙련도의 피해도 엄청날 테지만 방송을 통해 모든 이들이 그 장면을 보게 될 것이 아닌가.

어비스 나이트는 물론 강한 몬스터이기는 해도, 자신은 중앙 대륙을 통일한 제국의 황제다.

그런 만큼 목숨을 잃어버리는 경험은 대단히 유쾌하지 못한 것이리라.

'이길 수 있는 전투를 굳이 위험을 무릅쓰며 한다는 건 용기가 아니라 어리석은 자의 만용에 불과해. 하벤 제국의 황제가 언데드를 상대하다가 죽는다면 그야말로 우스운 일이지. 조금만 더 참자.'

바드레이는 보다 완벽한 승리를 거머쥐지 못하는 자신의 모습에 약간 실망되기도 하고 짜증이 났다.

"앞으로의 전투는 어떻게 되는 거지? 슬슬 나서셔야 되는 거 아니야?"

"……."

친위대와 헤르메스 길드의 고레벨 유저들도 바드레이의 눈치를 봤다.

그러는 와중에도 계속 이어지는 전투!

황궁 기사단 전원이 목숨을 잃었으며, 헤르메스 길드의 유저들도 계속 이리저리 돌파하려는 반 호크를 막느라 1,000명 이상이 생명을 버렸다.

반 호크는 신성력으로 최악의 상태까지 약화되었다.

언데드에게 신성력은 생명력을 감소시키게 할 뿐만 아니라 지속적으로 작용하며 힘과 활동력까지도 줄어들게 만들었다.

> 신성한 기운이 온몸을 감싸고 있습니다.
> 다음 밤이 될 때까지 어둠의 힘을 사용하지 못합니다.

반 호크는 더 이상 심연에서부터 비롯된 어둠의 힘을 다루지 못했다.

신체 보호 능력의 약화로, 막대한 공격을 허용한 갑옷은 누더기처럼 보일 지경이었다.

거칠게 포효하던 흑색 말도 소환이 해제되어 타고 다니지 못했다.

"지긋지긋하구나. 하지만 하벤의 개들을 처리하는 일이라면 아직도 충분하다."

어비스 나이트 반 호크는 창에 몸을 기대고 섰다. 계곡은 온통 적이었지만 당당하게 깔보고 있었다.

"우으으."

헤르메스 길드의 유저들은 더 이상 누구도 함부로 나서지 못했다.

반 호크의 최후를 노리고 공격을 했지만 지금까지 증명된 사실은 먼저 나서면 죽는다는 것뿐!

대부분의 피해도 원거리 공격이 성공하면서 이루어진 것이었다.

반 호크와 근접전을 벌인 유저는 거의 창술 한두 번에 모조리 목숨을 잃었다.

더 이상 마구잡이로 원거리 공격을 퍼붓지 않는 것은 반 호크가 유저들에게 덤벼들지 않았기 때문이다.

생명력도 확연히 10%도 남지 않았으며, 정상적인 몸이 아니라서 무력도 약해졌다. 누가 보더라도 확실히 어비스 나이트의 최후가 가까워졌다.

"……."

차츰 시선들이 바드레이에게로 모였다.

헤르메스 길드의 고레벨 유저나 전투 지휘관들은 어비스 나이트의 마지막을 바드레이가 처리하기로 결정된 것을 알고 있었다.

정작 바드레이는 그냥 이대로 전투를 승리로 끝내더라도 상관이 없을 것 같았지만, 미리 약속이 되어 있기에 점점 그를 쳐다보는 시선들이 많아졌다.

이윽고 헤르메스 길드의 유저들 중에서 대부분이 쳐다보면서 나서야만 하는 분위기가 조성되고 말았다.

'어쩔 수 없겠지.'

바드레이는 본인의 몸 상태를 점검하고 백마를 탄 채로 계곡을 내려갔다.

"우와아아아아!"

헤르메스 길드 유저들의 떠들썩한 함성 소리.

경사가 심한 절벽을 백마를 타고 가뿐히 내려오는 모습에 적지 않게들 놀랐다.

당연히 바드레이가 일부러 의도한 상황 연출이었다.

"반드시 이기실 겁니다."

"위험하면 저희가 나서겠습니다."

바드레이를 뒤따르는 친위대에서 한마디씩 속삭였다.

그들의 입장에서도 이런 전투에서 바드레이가 무너지면 안된다.

무신 바드레이.

대륙을 정복하는 전쟁에서 개인의 능력이 큰 역할을 해내기는 어렵지만, 그는 헤르메스 길드의 상징과도 같은 존재이다.

하벤 제국이 단단한 뿌리를 내리기 위해서는 황제 바드레이가 목숨을 잃어서는 안 된다.

바드레이와 친위대가 나아가자 어비스 나이트를 에워싸고 있던 헤르메스 길드 유저들은 일제히 갈라서서 길을 터 줬다.

"흠."

어비스 나이트와 가까워져 갈수록 긴장감도 고조되었다.

반 호크는 다가오는 바드레이를 향하여 말했다.

"어리석은 자들의 왕이여, 결국 네가 나섰구나."

바드레이는 겉으로는 태연한 척 미소를 지었다. 이 순간은 당연히 방송이 될 테니 사람들의 가슴을 울릴 만한 멋진 멘트를 남겨야 한다는 생각이 스치고 지나갔다.

"복수에 눈이 멀어서 행동하는 언데드여, 너도 기사라면 대륙을 지배하는 황제인 나에 대한 최소한의 예의를 지키도록 하여라."

"황제라. 무력으로 약한 자를 짓밟으며 넓은 땅을 다스린다고 해서 너에게 자격이 있을 것이라 착각하는가?"

"혼란스러운 대륙의 전쟁을 종식시키면서 이 자리에 오른 것이다. 언데드인 너는 인간의 법도에 대해서도 잊어버린 모양이로구나."

"알고 있다. 너무나도 잘 알고 있어. 너에게는 완전한 자격이 없다."

바드레이는 이를 악물었다.

헤르메스 길드가 하벤 제국을 일으키면서 몇 가지 야비한 짓을 저지른 건 사실이다.

일부러 명분을 만들어서 동맹 길드를 배신하기도 하였으며, 이권을 노리고 불가침조약을 파기하기도 했다.

하지만 그 정도의 행동은, 다른 길드들도 기회가 없었을 뿐이지 누구나 다 저지를 수 있었다.

반 호크가 지금 이야기하고 있는 황제의 자격이나 정당성은 바드레이 자신에게 있었다.

흑기사라는 직업은 타고난 무력과 뛰어난 지휘 능력을 겸비한다. 전투 계열로서는 이보다 더 뛰어난 직업을 찾기도 힘들지만, 기사도를 저버리고 주군을 배신한다는 한계를 가지고 있었다.

뛰어난 능력으로 황제의 자리에 오르더라도 결국 정당성은 갖추기 힘들다.

이를 극복하기 위한 패자의 증표 입수, 특수한 황제 퀘스트들이 있는데 바드레이는 아직 수행하지 않았다.

퀘스트는 시간이 남아돌거나 남들에게 과시하기 위한 용도일 뿐, 진정한 무력은 사냥을 통해서 이루어진다고 믿었기 때문이다.

그 덕에 아무리 높은 명성과 강한 군대를 거느리더라도 반 호크와 같은 반응을 보이는 경우가 곧잘 있었다.

"너를 없애는 것으로 그 자격을 증명해 보일 것이다."

"불가능할 것이다."

"싸워 보지 않고는 모르는 것이겠지. 하벤 제국의 황제 바드레이, 어비스 나이트인 그대에게 대결을 청한다."

"명예로운 대결을 청할 자격이 너에게는 없다. 그냥 덤벼라."

바드레이는 백마를 몰아서 반 호크에게 돌진했다.

그리고 벌어지게 된 둘의 전투!

바드레이가 말에 탄 채로 강력하게 내려친 검을 반 호크는 창을 들어서 받아쳤다.

채애애앵!

땅이 울릴 정도로 엄청난 충격파가 일어났다.

그리고 어비스 나이트가 조금 뒤로 밀려났다. 심연에서 비롯된 어둠의 힘을 잃어버렸기 때문이다.

'할 만하다. 압도적인 강함은 사라졌어.'

바드레이의 입가에 살짝 미소가 그려졌다.

그는 이어서 빠르게 세 번 검을 찔렀다. 그때마다 정확한 반 호크의 창술에 의하여 막히고 말았다.

"목을 바쳐라."

반 호크 역시 반격을 했지만 바드레이는 그 공격을 검을 휘둘러서 튕겨 냈다.

힘과 힘에서는 어느 정도 박빙이었을 뿐만 아니라 공격과 방어가 교환되는 속도 역시 치열하다.

바드레이는 스무 번 정도 검을 휘두르고 난 후에야 뒤로 물러섰다.

"검의 각성, 강인한 의지, 다른 하나의 검 소환, 탄생의 힘!"

애초에 싸움이 안 될 것 같으면 가볍게 상대해 주는 척하려다가 뒤로 빠지려고 했다. 하지만 지금은 어비스 나이트를 죽일 수 있다는 욕심이 충분히 일어났다.

어비스 나이트 반 호크는 그만큼 확실하게 약해져 있었다.

"조심해라. 지금부터 내 검은 간단하지 않을 테니."

"간악하고 발칙한 자여, 그 간교한 입으로 어비스 나이트인 나에게 조심하라고 말한 것인가. 곧 해가 뜰 테니 의미 없는 말장난은 하고 싶지 않다."

바드레이도 바라던 바였다.

태양이 비치기 시작하면 반 호크는 사라지게 될 테고, 그 후에 다시 저녁이 되면 멀쩡해져서 나타날 가능성이 높았으므로.

"황금 사자 검술!"

이어서 벌어진 결투에서는 반 호크의 생명력이 조금씩 감소했다.

레벨은 150 정도 차이가 났지만 반 호크는 이미 심하게 약화된 상태였다.

바드레이의 태양처럼 찬란한 빛을 발산하는 검을 막아 낼 때마다 반 호크의 몸이 심하게 흔들렸다.

그가 들고 있는 건 루의 신검!

바르칸 데모프의 몸에 꽂혀 있던 검은 위드에 의해 루의 교단으로 돌아가게 되었다.

아골디아에서 원래의 신성력이 회복된 이 검을, 헤르메스 길드에서 어비스 나이트를 처리하기 위하여 빌려 온 것이다.

"이 검은… 이 검만큼은!"

"오늘이야말로 안식과 평화를 내려 주도록 하마."

바드레이는 말에 탄 채로 계속 루의 신검을 휘둘렀다.

어비스 나이트의 창이 스쳐 지나갈 때마다 심장이 두근거릴 정도로 놀랐지만 어둠의 힘이 실려 있지 않은 이상 그 피해는 견뎌 낼 만했다.

무엇보다도 생명력이 많이 떨어지게 되면 루의 신검이 한 번씩 회복의 권능을 내려 준다.

'안정적이다. 준비가 정말 과할 정도로 철저했군. 실수만 하지 않으면 된다.'

막상 싸워 보니 언데드와 신검이라는 상성 때문에라도 더 해볼 만하다는 느낌이 들었다.

바드레이는 수비에 신경을 쓰면서 빈틈이 보일 때마다 반격으로 역습을 가했다.

어비스 나이트를 정통으로 맞히지 못하더라도 생명력은 줄여 놓을 수 있어서 굳이 큰 욕심을 부릴 필요도 없었다.

지금까지 반 호크의 활약을 감안한다면 어떤 순간에도 안심을 해서는 안 된다.

헤르메스 길드 유저들을 학살하던 광경 때문에, 지켜보는 이들은 더더욱 아슬아슬하다고 생각하며 손에 땀을 쥐었다.

가끔씩 폭발적으로 뻗어 나오는 반 호크의 창술 공격은 누구나 깜짝 놀라게 만든다.

바드레이는 진심으로 최선을 다하였기에, 일부러 전투를 더욱 긴장감이 넘치도록 연출할 필요도 없었다.

반 호크는 10여 분간의 전투를 치르며 남아 있던 생명력까지도 남김없이 소진하였다.

마지막으로 들고 있는 창까지 떨어뜨리게 하고 난 순간, 바드레이는 승리를 확신했다.

"칼라모르 왕국은 영원히 하벤 제국에 속해서 살아가게 되리라. 심연을 거슬러 온 언데드여, 뒤바뀐 세상의 법을 인정하고 썩 사라지도록 해라!"

"나는 실패하였지만 다른 칼라모르의 기사가 언젠가는 다시 돌아올 것이다. 아아… 원통하구나!"

바드레이는 루의 검을 반 호크의 가슴에 찔렀다.

그러자 환하게 일어나는 신성한 빛!

띠링!

레벨이 올랐습니다.

레벨이 올랐습니다.

깊은 절망과 분노 속에서 잠들어 있던 힘을 깨워서 탄생한 어비스 나이트 반 호크가 소멸했습니다.
심연에서 일어난 어둠의 힘이 퍼지게 됩니다. 어비스 나이트는 사라졌지만, 앞으로 1개월간 둠 나이트들이 산발적으로 일어나 제국에 저항하게 됩니다.

위대한 업적으로 인하여 명성이 5,402 올랐습니다.

카리스마가 6 상승하였습니다.

투지가 5 상승하였습니다.

위대한 승리를 경험하였습니다.
어비스 나이트와의 전투에 사용된 스킬들의 숙련도가 최소 3%에서 15%까지 증가합니다.

하벤 제국의 위업으로 기록될 영광적인 전투의 승리로, 전투에 참여했던 모든 이들의 전 스탯이 6씩 오릅니다.

어비스 나이트 반 호크와 싸워 승리를 거두었습니다.
베르사 대륙 전체의 음유시인들은 이 놀라운 전투에 감탄하여 당신을 위한 노래를 부르게 될 것입니다. 당신의 노래가 울려 퍼질 때마다 주민들의 충성도가 오르고 범죄가 줄어듭니다. 명예가 35 증가합니다. 하벤 제국의 귀족 사회에서 당분간 반란은 꿈도 꾸지 못하게 됩니다.

칼라모르 지역, 브리튼 연합 지역의 하벤 제국에 대한 저항심이 감소합니다. 반란군의 출현을 다소 억제합니다.

호칭! '전장에 직접 나선 황제'를 획득하였습니다.
넓은 제국을 세우고 다스림에 있어서 인정과 도덕만이 중요하진 않을 것입니다. 때때로 공포와 억압을 이용할 줄 아는 것도 황제로서 중요한 덕목입니다. 제국이 혼란으로 빠져들기 전에 당신은 직접 전장으로 나서서 위험한 요소를 제거했습니다. 그 강인한 결단력은 병사들의 사기를 최대 13% 높게 유지하며, 주민들을 억지로 복종시킬 것입니다. 토벌 작전에서 부하들의 전투 능력이 6% 늘어납니다.

괴로움의 흉갑을 획득하였습니다.

심연의 투구를 획득하였습니다.

사무치는 원한을 가진 장갑을 획득하였습니다.

바드레이는 잠시 멍하니 가만히 서 있었다.

지금까지 베르사 대륙에서 강한 몬스터들이야 많이 사냥을 해 왔다. 그럼에도 어비스 나이트를 처리한 이 순간의 감격은 온몸을 벅차오르게 만들었다.

이윽고 헤르메스 길드 유저들의 환호 소리가 코쿤 계곡에 메아리쳤다.

"황제 폐하 만세!"

"어비스 나이트가 바드레이 님에게 처단되었다!"

"헤르메스 길드는 무적이다!"

조마조마하게 봤던 전투가 완전한 승리로 종결되었다.

전투에 참여한 이들 역시 스탯과 국가 공적치 등의 보너스를 두둑하게 받았다.

헤르메스 길드의 유저들이 내지르는 환호 소리.

상당한 피해는 있었지만, 어비스 나이트라면 그만한 대가를 치를 만한 일이었다.

바드레이의 입가에도 만족스러운 웃음이 맺혔다.

부하들과의 해후

"우리는 싸워야 합니다. 북부의 터전까지 빼앗기고 나면 우리가 과연 어디로 갈 수 있단 말입니까!"

"끝까지 투쟁합시다. 포기해서는 안 됩니다."

하벤 제국의 침공에 맞서기로 한 유저들이 대지의 궁전으로 개미 떼처럼 모여들고 있었다. 승리를 확신하는 건 아니지만 전쟁의 신 위드가 돌아온 것이 그 계기가 되었다.

물론 어느 곳에나 비판적인 부류의 사람들도 끼어 있긴 한 법이다.

"근데 나는 잃어버릴 게 판잣집밖에 없는데. 판잣집은 또 지으면 되는 거 아냐?"

"난 판잣집도 없어. 저번엔 돈이 떨어져서 골목길에서 그냥 잤다니까."

"햇빛은 잘 들었어?"

"언덕이라서 좋을 거라 생각했지. 근데 새벽부터 비가 오더라고."

"아르펜 왕국이 있다고 딱히 우리에게 좋을 것도 없잖아. 우리에겐 헤르메스 놈들이 뺏어 갈 것도 없으니까."

"풀죽 안 먹어 봤어?"

"먹어 봤는데 맛은 없더라."

"그렇기는 해. 나는 괜히 독버섯죽 먹고 죽었다니까."

북부의 유저들은 초보나 고레벨 유저나 가리지 않고 대지의 궁전으로 향하고 있었다.

"딱히 내가 위드를 위해서 온 건 아니야."

"암, 아르펜 왕국이 우리가 살아갈 곳이라서 그렇지."

단지 위드가 돌아왔다는 것만으로도 북부 전체의 유저들이 모여든다.

이러한 현상이 방송국들을 통해서 중계되면서 대지의 궁전은 하벤 제국과 맞서는 최전방처럼 느껴졌다.

"우리 폐하께서 대지의 궁전으로 가셨더군. 근데 필요한 물자가 아주 많을 게야. 혹시 그쪽으로 장사를 하러 갈 생각이 있는가?"

"물론이죠. 무기를 잔뜩 싣고 가서 싼값에 팔 겁니다."

"그렇다면 이 물건들도 좀 가져다주었으면 좋겠군. 폐하에게 작은 도움이라도 되면 좋을 텐데."

잡화점 상인의 부탁

아르펜 왕국의 주민인 페카이도스는 대제국의 침략을 맞아 앞으로의 삶을 걱정하고 있다. 몬스터들에게 쫓기며 살아온 과거를 가진 그는 왕국이 무너지고 나 위드가 대지의 궁전으로 군대를 부른 것만으로도 아르펜 왕국 곳곳에서 물자 운송이나 병력 이동과 관련이 있는 퀘스트 발생!

"국왕 폐하께서 부르고 계시다. 내가 지금까지 검을 갈고닦은 것은 바로 이 순간을 위해서다!"

"호라드 기사 가문의 셋째 아들인 나는 아직 기사 견습생이지만 아르펜 왕국을 지키기 위해 전쟁터로 떠날 것이다!"

주민들 중에서도 자발적으로 대지의 궁전으로 향하는 이들이 대량으로 생겨났다.

위드야말로 아르펜 왕국의 중심이며, 주민들이 따르는 진정한 국왕.

그의 영향력이 국가 전체에 확고하게 퍼져 있다는 증거였다.

또한 국왕의 직업 특성에 따라서 예술가들도 활약을 펼쳤다.

"하벤 제국, 이 나쁜 놈들 같으니라고."

"야! 거기 바드레이 동상에 콧구멍 좀 더 크게 만들어!"

화가, 조각가가 대거 동원되어 하벤 제국의 침략에 맞서 애국심을 기를 만한 작품들을 제작하였다.

문화는 아무 힘도 없이 나약하다고 보는 게 일반적이지만, 실제로는 침략자에 맞설 수 있는 끈질긴 원동력이 된다.

그렇게 숱한 사람들이 대지의 궁전으로 향하고 있는 도중 하늘에 보석처럼 반짝거리는 무언가가 떠올랐다.

거대한 덩치, 그리고 활짝 펼친 날개가 햇빛에 수십 가지의 색으로 영롱하게 빛나는 것이다.

"어라, 저건 무엇이지?"

"저기를 좀 봐요. 뒤에는 와이번들도 있어요."

"그러면… 차가운 얼음으로 만들어진 빙룡이잖아요!"

"아르펜 왕국 만세!"

대지의 궁전으로 걸어가던 유저들과 주민들은 손을 들어서 환호를 했다.

당당하게 하늘을 날아가는 빙룡과 와이번들.

북부 유저들 중에서 그 누가 위드의 건국신화를 모르겠는가!

작은 마을 모라타에서부터 무수히 많은 시간을 함께하면서 지금의 아르펜 왕국까지 발돋움을 하는 데 도움을 준 조각 생명체.

빙룡과 와이번들까지도 대지의 궁전으로 향하고 있었다.

와이번들의 등에는 하이엘프 엘틴이나 바바리안 게르니카, 여검사 빈덱스와 같은 조각 생명체들도 다 타고 있었다.

특히 비행기 1등석을 능가하는 승차감을 자랑하는 와삼이의 등에는 금인이와 켈베로스, 세빌, 이렇게 3명이나 탔다.

그리고 잠시 후에는 붉은 화염을 줄기줄기 뻗어 내는 불사조가 뒤를 따랐다. 등에는 늠름한 불의 거인을 태우고 있었다.

그들이 하늘을 날아가니 따뜻한 기운이 지상에까지 퍼졌다.

종족의 특성상 유저들은 한 번도 가까이 접해 본 적이 없는 조각 생명체들이다.

그오오오오오!

그 후에는 숲을 깔아뭉개면서 머리가 9개나 달린 킹 히드라가 기어갔다.

아르펜 왕국의 변방 수비를 맡으면서 몬스터를 잡아먹던 킹 히드라도 혼자 놀기에 지쳤다.

"야, 두 번째 머리, 넌 취미가 뭐냐."

"몬스터 통째로 삼키기."

"어라, 나와 같은 취미를 갖고 있는데."

"나는 일곱 번째 머리인데, 마찬가지야."

"다들 음식 얘기 그만하고 조용히 해라. 지금 나는 엄청 배가 고프다."

"나도 배가 고픈데."

킹 히드라의 9개 머리는 서로 친구가 되었다. 그리고 그들끼리 놀다가 이젠 대지의 궁전으로 이동을 했다.

두두두두두!

유저들은 이번에는 땅을 울리는 소리와 저 멀리서부터 어마어마하게 일어나는 흙먼지를 보았다.

"이번엔 또 뭘까?"

"모르지. 근데 규모가 엄청나."

대지의 궁전으로 향하는 흙먼지 무리.

들판을 달리는 소 떼는 그 숫자를 헤아릴 수 없을 정도로 많았다.

음머어어어어!

"네 아버지는 누구냐."

"모른다. 엄마가 누렁이라고 했다."

"우리 엄마도 누렁이라는 소와 하룻밤을 보내고 나를 낳았다고 했는데."

누렁이로 인하여 아르펜 왕국에는 황소 돌풍이 일어났다.

완벽한 근육질의 듬직한 체구와 정력에 선한 눈빛을 가진 누렁이는 모든 암소의 선망의 대상이었던 것이다.

좋은 혈통을 가진 소 떼는 초원과 언덕을 누비면서 자라서 일가족을 이루었다.

그렇게 태어난 누렁이 새끼들이 무리를 이루어 대지의 궁전으로 향하고 있었다.

그렇게 잠깐 소 떼에 눈이 팔린 사이, 대지에 그림자가 드리워져서 어두워졌다.

천공의 성 라비아스.

조인족의 섬이 통째로 대지의 궁전이 있는 방향으로 옮겨 가고 있었다.

조인족은 귀엽고 전투력도 뛰어날 뿐만 아니라 장거리 여행을 쉽게 할 수 있는 장점이 있어서 많이 선호하는 종족이다.

백만 명이 넘는 유저들이 천공의 성 라비아스 부근에서 짹짹거리며 함께 날아다녔다.

시골에서 밤에 불을 켜면 모여드는 날파리 떼 정도는 우습게 여길 정도의 조인족 무리.

"이게 우리 아르펜 왕국이구나."

"끝내준다."

위드는 사냥을 하러 가기로 한 일행이 준비를 마치는 동안에 조각품을 깎았다.

"시간 조각술!"

시간 조각술 초급 3 (79%)
세월의 조각술 단계. 조각품이 자연스럽게 긴 시간을 경험하게 합니다. 때때로 조각품들은 시간이 덧씌워지면서 훌륭한 가치를 갖게 될 것입니다. 또한 아주 긴 세월이 지나더라도 자연적으로 입는 손상에 의하여 파괴되는 것을 막아 줍니다.

"단기간에 조각술 숙련도를 올리기 위해서는 노가다만 한 것이 없지."

명작이나 대작까지는 바라지 않았다.

일단 시간 조각술을 적용해서 만들어 놓고 나면 되는 것!

주로 조각품을 깎는 주제는 시간이 지나면 가치가 더해질 수 있는 물품들이었다.

나무 그릇에서부터 시작해서 옥으로 만든 오리, 금으로 된 여자아이의 인형.

대지의 궁전에 있는 창고에는 여러 가지 재료들이 있었고 국왕인 이상 자유롭게 꺼내 쓸 수 있었다.

재산을 심하게 축내거나 한다면 주민들의 충성심이 하락할 테지만 사치와 향락을 일삼는 수준도 아니고 이 정도는 국왕으로서 당연히 누릴 수 있는 특권!

"감정!"

"으음."

위드는 생각지도 않던 시간 조각술의 장점을 발견했다.

"뭘 만들어도 골동품으로 바꿔서 팔아먹을 수가 있는 거군."

가짜 골동품 제작을 위해서는 최고의 스킬!

과거 니플하임 제국 시절의 물건이나 전쟁의 시대 왕국의 물건 몇 가지를 제작하여 시간 조각술을 사용한다면 가짜 골동품을 대량으로 유통할 수 있었다.

"역시 조각사란 이렇게 자잘한 맛이 있단 말이야."

그렇게 조각품을 깎아 대고 있는 동안 익숙한 방문객들이 도착했다.

"주인님, 무사히 돌아오실 줄 알고 있었습니다. 저는 검술을 연마하며 주인님에게 충성을 다할 날을 기다리고 있었습니다. 어서 적을 처단하러 가시죠. 저의 검 앞에 적들은 꼬리를 말고 도망칠 겁니다!"

지골라스에서 모험을 하며 생명을 부여해 준 생명체. 괜히 틈틈이 멋있는 척을 하는 기사 세빌이었다.

"어, 그러냐."

위드는 멋진 외모를 가진 세빌을 보면 헤스티거가 떠올라서 별로 표정이 좋지 못했다.

명령은 잘 듣는데 너무 뛰어난 부하.

하지만 세빌은 불행인지 다행인지 헤스티거처럼 뛰어나지 않아서 인간적인 면이 있었다.

뭔가 잘생기고 유능하기는 한데 고지식하고 여자에게는 인기가 없는 그런 유형!

음머어어어어!

"이게 얼마 만이냐, 골골골. 너무 보고 싶었다. 다신 우릴 두고 떠나지 마라."

왈왈!

누렁이, 금인이, 켈베로스까지도 이어서 들어왔다.

금인이의 등에는 빛날이가 펼쳐져 있었으며, 양쪽 어깨에는 황금새와 은새까지도 앉았다.

정겨운 조각 생명체들과의 만남.

"너희는……."

위드의 입가가 실룩였다.

그립고 보고 싶기도 했지만, 막상 얼굴을 보니 짜증이 솟구치는 기분이 들었다.

"밥들은 잘 챙겨 먹었느냐."

"물론이다. 잘 먹었다, 골골!"

조각 생명체들은 진심으로 감동했다. 오랜만에 만났더니 인사로라도 밥을 먹었는지를 챙겨 주는 것이 아닌가.

위드가 어딘가 예전과는 달리 많이 변했다고 느껴졌다. 설마 하니 주인도 자신들을 그리워하고 보고 싶었던 것일까.

"역시 그럴 줄 알았어. 내가 떠나 있는 동안 아무 생각 없이 밥만 축내며 살았겠지!"

"……."

"누렁이, 그렇게 몸 관리를 잘하라고 했더니, 뒷다리 살이며 갈비에 기름기가 잔뜩 끼었구나."

만만한 누렁이부터 갈굼 시작!

음머어어어.

누렁이가 서럽다는 듯이 커다란 눈을 끔뻑였다.

"금인이, 너는 사냥 많이 하고 강해졌지?"

"물론이다, 골골. 사냥터에서 쭉 살았다."

금인이는 자신 있게 대답했다.

과거 죽음을 경험한 그는 다시 그러한 일을 겪지 않기 위해 열심히 전투를 했다. 새로운 특기도 개발했기에 특히 칭찬을 받고 싶었다.

"그동안 새로 익힌 스킬이 있다, 골골."

"뭔데?"

"황금을 먹으면 잠깐 강해진다. 생명력도 늘어나서 안전해진다, 골골골."

"서, 설마 써 본 건 아니겠지?"

"완전 좋다. 맨날 쓰면서 사냥했다."

"네가 아주 죽으려고 작정을 했구나!"

위드에게 심한 절망을 안겨 주는 조각 생명체들이었다.

"빙룡이랑 와이번들은 어디에 있어?"

"저기 밖에 있다."

와이번들과 빙룡은 궁전에까지 내려오지 않고 부근을 날고 있었다. 모라타의 흑색 거성에서 살 때 창가에 자주 앉았다가 건물 부서진다고 잔소리를 어마어마하게 들었던 탓이다.

위드는 이마에 손을 얹었다.

"저놈들은 그래도 좀 믿을 만하지. 일찍부터 고생도 많이 했고… 다행히도 내가 없는 사이에 1마리도 죽지는 않은 모양이로군."

그러자 전사 게르니카가 말했다.

"얼마 전에 왕국에서 명마가 발견되었습니다. 머리에는 흰 뿔이 달렸고 잠깐 날개를 펼칠 수도 있는데 아주 빨랐죠."

"근데? 그런 말이라면 부르는 게 값일 정도로 엄청 비싼 거 아냐?"

"와일이가 먹었습니다."

"통째로 다?"

"먹고 트림까지 완벽하게 했습니다."

"…혹시 빙룡은?"

하이엘프 엘틴이 수줍게 이야기했다.

"늙으니 몸이 허하다고 저쪽에 있는 약초밭을 헤집어 놨어요. 말려는 봤지만 소용이 없었어요."

"전부?"

"몽땅요."

위드는 손으로 이마를 짚었다.

드라마를 보면 왜 기업 회장들이 고혈압으로 고생을 하고 툭 하면 잘 쓰러지는지, 그 이유를 알 것 같았다.

가족이나 부하가 더 골칫덩이다.

어떻게 드라마들은 현실을 이렇게까지 잘 반영했단 말인가.

그때 어둠이 뭉게뭉게 일어나더니 데스 나이트 반 호크가 나타났다.

"주인!"

"너는… 여기는 어떻게 왔지? 어비스 나이트가 되어서 한창 하벤 제국을 공격하고 있어야 되지 않느냐?"

위드가 고개를 갸웃했다.

조각품을 만드느라 워낙에 바빠서 베르사 대륙의 소식을 실시간으로는 접하지 못했다.

"졌다."

"아니, 이렇게나 빨리 졌어?"

"칼라모르 제국의 영광을 되돌리려고 하였으나 적국의 황제라는 자에게 패배했다."

위드의 몸이 부들부들 떨렸다.

"어비스 나이트라면 그래도 이 시대에서는 충분히 강하다고 할 수 있었을 텐데. 벌써 패배하다니 말이 돼?"

"적들이 너무 많았다."

"적들이 많다면 치고 빠지는 유격전을 하면 될 거 아니야. 누가 어비스 나이트와 둠 나이트로 이루어진 기사단의 속도와 돌파력에 맞서서 상대할 수 있다는 거야! 나라면 아예 쓸어버리고 다녔을 텐데. 설마 그냥 정면 승부를 한 것이냐? 정면으로 싸우더라도 전장을 이탈하는 건 식은 죽 먹기잖아?"

"계곡 위에서 놈들의 인기척이 느껴졌다. 그러나 모르는 척 들어가서 칼라모르 제국 기사의 용맹함을 보여 주고 싶었다."

"……."

"하루를 헛되게 보낸다면 칼라모르의 땅에 기생하여 살아가는 놈들을 언제 다 죽일 수 있겠는가. 나는 역으로 놈들 전부를 함정에 빠뜨린 것이다."

"그래서 죽은 건 너였고?"

"내 말을 이해를 못한 것 같군. 다시 말하지만 적들이 너무 많았다."

"부하들은?"

"몰살당했다. 점령 지역에 몇 놈 남기는 했지만 오래 버틸 순 없을 것이다."

명색이 암흑 군단의 총사령관 반 호크는 무안한지 살짝 해골을 돌렸다.

그리고 한동안, 위드는 아무 말도 없었다.

그와 조각 생명체, 혹은 반 호크와의 관계는 특별하다고 할 수 있었다.

부하를 넘어서 이를 테면 부모와 자식 간의 관계였다.

"세상이 완전히 바뀌었어. 무자식이 상팔자라는 말이 정말로 진리로군."

상실감이 너무 커서 위드는 화도 나지 않았다. 그저 푸념만 쏟아져 나올 뿐이었다.

누렁이가 그런 주인을 보면서 안타까워서 말했다.

"음머어어어, 그래도 내가 새끼들은 많이 낳았다. 내 새끼라서 하는 말이 아니라 아주 늠름하다."

"황소는 머리부터 꼬리까지 버릴 곳이 하나도 없지. 잘했어."

"근데 조금 많이 먹는다."

"누렁아, 송아지들이 한창 클 때는 원래 많이 먹어야 돼. 그래야 쑥쑥 자라서 일도 하고 마차도 끌고 그러지."

"모라타의 곡창지대가 쑥대밭으로……."

"……."

그렇게 약간의 우여곡절은 있었지만, 위드는 시간 조각술에 전념하여 골동품 대량생산의 위업을 달성하고 간신히 초급 4레벨까지 올릴 수 있었다.

시간 조각술은 최후의 비기 스킬답게 초급 단계라도 레벨이나 성취도가 빨리 오르지는 않았다.

그 후에는 사냥 동료들을 데리고 고요의 사막 부근으로 이동했다.

조각 생명체들을 데리고도 사냥은 할 수 있지만 아무래도 시간이 촉박하고 많이 위험하기 때문에 새로 모집한 사냥 동료들과 함께 이동했다.

"여긴 사막이 아닌가."

살갗이 달아오를 정도로 뜨거운 햇볕에 파이톤이 적잖게 놀란 표정을 지었다.

"북부 대륙에도 사막이 조금 있다고는 들었지만 대지의 궁전에서 정말 가까운 모양이군. 이렇게 순식간에 올 줄은 몰랐네."

"베르사 대륙 남부입니다. 고요의 사막과 접해 있는 장소죠."

"무엇이라고? 그러면 대륙을 완전히 가로질러서 도착을 했다는 건데. 정말인가?"

"믿어도 될 겁니다."

파이톤에게 종이에 그림을 그려서 단숨에 도착하는 물빛의 화가 비기, 그림 이동술을 경험한 것은 신기한 일이었다.

하지만 막 도착하자마자 숨이 막혀 올 정도의 더위에 다시 한 번 경악을 금치 못했다.

"이곳은 정말 덥군요. 숨을 쉬기도 답답할 정도입니다."

이름을 밝히지 않은 남자 또한 힘들게 간신히 말했다.

처음에는 따갑게 내리쬐는 햇볕이 뜨겁다고 생각했지만, 곧 모래가 달아오른 불판처럼 느껴졌다.

'지옥의 입구가 여기다. 그리고 난 아마 버텨 낼 수 있겠지. 위드 님은 딱 우리가 죽기 직전까지만 고생을 시킬 테니까.'

페일은 무엇을 직감하고 있는지 이미 조용히 활시위만 정비하고 있었다.

위드는 모험의 선배로서 간단히 말했다.

"뭐, 추운 것보단 낫습니다."

"……."

이것저것 다 겪어 봤지만 추운 쪽이 더 힘들다는 결론!

더위로 인해 체력이 급속도로 저하되는 페널티는 있지만 사막에서 활동하는 것만으로도 인내력과 맷집이 저절로 상승하는 경우가 있었다.

이름을 밝히지 않은 남자가 주변을 둘러보더니 온통 모래뿐인 것을 확인하고 물었다.

"그러면 사냥터는 어디입니까? 몬스터가 지나가는 걸 잡는 건가요?"

"사막에서는 별자리와 특이한 지형, 예를 들면 오아시스 같은 걸로 위치를 구분하죠. 아마 저쪽이 던전일 겁니다. 멀지 않아요."

위드는 강렬한 태양이 떠 있는 방향을 손가락으로 가리켰다.

"다만 방향이 정확하진 않을 수도 있습니다. 많이 바뀌었을 수도 있으니까요."

"언제 마지막으로 와 보셨는데요?"

"날짜상으로는 며칠 안 되는데. 베르사 대륙력으로는 한 500년에서 700년 사이 정도……."

"지형이 완전히 바뀔 만한 시간 아닙니까?"

"부자는 망해도 3년 간다는 말이 있죠. 던전밭이라고 해도 좋을 정도니까 넉넉할 겁니다."

ᒰ∾᠅ᕬᕬᕬᕯ

"신속한 걸음걸이, 모래를 달리는 사자 소환!"

알베론의 신성 마법으로 인해서 5분 정도 만에 사냥터에 도착했다.

사막의 모래가 쌓인 작은 산이 겹겹이 있고 동굴들은 시커멓게 입을 벌리고 있었다.

"사막에는 생명체가 귀하기 때문에 사냥감이 없을 거라고 생각하기 쉽지만 강한 녀석들이 많이 몰려 사는 좋은 사냥터입니다. 생존을 위해서는 환경을 극복해야 하니까요. 여기로 들어가면 됩니다."

파이톤과 남자, 페일, 알베론은 위드의 인도에 따라 별생각 없이 모래 동굴 안으로 걸음을 옮겼다.

쿠르르르릉!

던전 안으로 들어가는 순간 입구의 흙이 한꺼번에 무너졌다.

띠링!

뜨거운 땅속 던전의 발견자가 되었습니다.

이곳은 매우 오래된 던전입니다. 사람들의 기억과 책에도 이 던전에 대하여 더 이상 남아 있지 않습니다. 인간의 발자국을 찾아보기 어려울 정도인 이곳에 오랜만의 방문자, 혹은 먹잇감이 나타났습니다.

혜택: 명성 698 증가. 일주일간 경험치, 아이템 드롭률 2배. 첫 번째 사냥에서 해당 몬스터에게 나올 수 있는 것 중에서 가장 좋은 물건 아이템이 떨어진다.

"함정이다!"

파이톤이 놀라서 대검을 뽑아 들려는데, 위드는 태연하게 말했다.

"원래 여기 사막 던전들이 좀 그렇습니다. 들어오기는 쉬운데 입구가 막혀서 다시 돌아 나갈 수는 없게 되어 있죠. 길은 복잡하지 않아서, 일직선으로 쭉 가면서 몬스터를 다 해치우면 됩니다."

페일이 차분하게 질문을 했다.

"몬스터들은 얼마나 나오죠?"

"음, 숫자는 그냥 해치우는 만큼 다시 쌓인다고 보면 맞을 겁니다."

사막의 대제왕 시절, 위드는 이곳을 찾아온 적이 있었다.

그때 이미 발견했던 던전이지만 오랜 기간 동안 아무도 찾아오지 않으면서 입구 형태에서부터 내부적으로 많은 변화가 있었다. 몬스터들도 물갈이가 이루어지며 경험치 2배의 혜택은 누릴 수 있게 되었다.

과거에는 뚫려 있는 길뿐만 아니라 벽 사이에서도 거대 독전갈이 갑자기 뚫고 나타났기 때문에 좋게 말하면 지루할 틈이 없는 상당히 괜찮은 사냥터였다.

사막의 대제왕이었을 때는 레벨 500대에 방문을 해서 큰 효과를 누리지는 못했다. 하지만 지금은 레벨 400대 초반에 다른 동료들까지 있으니 짭짤한 사냥터가 되리라.

조각 생명체들은 보살피고 지켜봐야 하지만, 인간 동료들이야 자기 목숨은 알아서 챙길 테니 훨씬 편했다.

위드는 동료들에게 말했다.

"여기서의 전투 방법은, 생존하면서 쭉 뚫고 나가면 됩니다. 동료이기는 하지만 방심해서 위험에 빠져도 도와주지는 않습니다. 다들 최소한 그런 정도의 실력을 갖추었으리라고 믿으니까요."

"도중에 뒤처지거나 죽는다면 어떻게 되는 건가?"

"저는 새로운 동료를 또 데리고 와야겠죠."

"그 자세 마음에 드는군!"

"먼저 가겠습니다. 알아서 따라오세요."

그리고 시작된 전투!

위드에게는 사막의 대제로 활동할 때의 익숙한 형태의 몬스터들과의 조우였지만 다른 이들에게는 그렇지 않았다.

거대 독전갈은 갑옷을 두르고 있는 것처럼 시커멓고 딱딱한 껍질을 가지고 있었다.

두 집게발을 빠르게 번갈아 움직이면서 공격을 하고, 잠깐 방심을 유도해 놓고는 꼬리의 독침을 쏘았다.

독침이 제대로 적중당하면 치료가 까다로울 뿐만 아니라 생명력이 2만~3만씩 그대로 감소한다.

단단한 몸과 빠른 공격 속도로 인하여 위험하고 까다로운 몬스터.

반면 놈에게도 약점은 있었다. 껍질들의 연결 부위나 배를 공략하면 의외로 쉽게 목숨을 잃었다.

"광휘의 검술!"

위드는 검에서 빛을 길게 뽑아내서 싸웠다.

'정확하게, 실수는 없어야 돼. 레벨에서 많이 뒤처진 이상 더 이상 나한테는 죽을 여유도 없어.'

강력한 공격력과 집중력으로 거대 독전갈을 해치우며 돌파했다.

조각 파괴술로 모든 예술 스탯은 이미 체력에 몰아 놓은 상태였다. 전투에 직접적인 도움이 되는 힘이나 민첩으로는 일부러 바꾸지 않았다.

급격히 높아진 체력 덕에 생명력이 20배 가까이 늘어났을 뿐만 아니라, 아무리 싸우더라도 지치지를 않았다.

연속 8회 공격이 성공하였습니다.
거대 독전갈을 완전하게 파괴하였습니다. 놀라운 무용담을 기록합니다. 명
성이 1 증가합니다. 거대 독전갈 7마리를 최단시간에 처리하여 민첩이 1 높
아집니다.

고기도 먹어 본 사람이 먹는 법!

"룰루루."

위드의 전투는 흥겹게 느껴질 정도로 빠르고 정확했다.

한번 지나가 본 길이라면 다시 갈 때는 훨씬 쉬워지는 것과
같았다.

전반적인 전투력은 사막의 대제와 비교할 수가 없지만, 싸워
본 경험이 있기 때문에 선두에서 능숙하게 약점을 공략해서 단
숨에 제압했다.

알베론과 페일은 바로 위드의 등 뒤에서 가까이 따라붙었다.

"신성의 휘가름, 독성 차단."

알베론은 거대 독전갈을 향하여 신성 마법 공격을 사용하거
나, 동료들을 위한 보호 마법을 시전해 주었다.

프레야 교단의 교황 후보 알베론은 성자 아헬른에 비해서는
조악한 수준이지만 일반 유저들이 범접할 수 없을 정도로 높은
신앙심을 가졌다.

알베론의 신성 마법은 빠르게 연속으로 사용되고, 그 순수함
때문에 몇 배씩의 효과를 발휘했다.

게다가 농땡이를 치지 않는 성실함은 기본이었다.

"꿰뚫는 얼음 화살!"

페일은 거대 독전갈의 입을 향해서 관통의 효과가 있는 화살

을 쐈다.

투두두두퉁!

5마리의 거대 독전갈을 연속으로 관통하며 몸을 얼렸다.

"위드 님!"

"알고 있습니다."

위드는 몸이 얼어붙은 거대 독전갈이 다시 녹기 전에 검으로 후려쳤다.

레드 드래곤이 만든 검, 레드 스타 대신에 지금은 무난하다고 할 수 있는 데몬 소드를 착용하고 있었다.

레드 스타의 경우에는 도난당한 물품인 만큼 사냥에서는 활용을 최소화해야 하는 약점이 있었다.

콰장창!

치명적인 일격이 성공했습니다.
빙결 상태의 몬스터를 넘치는 힘으로 공격했습니다. 12배의 공격력이 발휘됩니다. 몬스터를 제거했습니다. 전투 명성을 1 획득합니다.

마법으로 제작된 얼음 화살은 가격이 제법 비싼 편이지만 얼음 속성의 효과를 확실하게 늘려 주었다.

위드와 페일, 알베론은 수없이 손발을 맞춰 본 것처럼 거대 독전갈들이 속출하는 동굴을 빠르게 뚫고 통과했다.

땅을 파고, 벽을 허물고, 천장에서 뚝 떨어지는 전갈들은 그만큼이나 빠른 속도로 격퇴되었다.

반 호크와 토리도도 소환되어서 각기 한 방향씩을 맡으며 제 몫을 다했다.

"흠, 마음에 드는군. 알아서 맞춰 주면 되는 건가!"

파이톤은 뒤늦게 대검을 뽑아 들고 따라나섰다.

거대 독전갈이 덤벼들면 정교한 기교를 부리기보단 후려치거나 베어서 처치했다.

괴력의 전사라는 별명에 맞게 어마어마한 힘으로 거대 독전갈들을 일격에 박살 냈다.

대검은 그 특성 탓에 보통의 힘으로는 다룰 수가 없다. 그러나 갑옷이나 껍질이 단단하더라도 내부로 공격력이 그대로 누적되는 장점이 있었다.

"제대로 치기만 하면 생각보단 몬스터의 생명력이 낮은 것 같은데. 뭐, 내가 잘 싸우기 때문인가?"

"국물도 마시지 않고 라면을 먹었다고 할 수는 없겠죠. 이제부터 시작일 겁니다."

파이톤은 뚫고 지나온 지역에 거대 독전갈들이 다시 바글바글하게 나타나는 것을 보고 깜짝 놀랐다.

벽과 천장, 바닥 할 것 없이 튀어나온 전갈들이 뭉쳐서 몰려다닌다.

'정말 되돌아갈 수는 없는 던전이로군. 갇히기라도 한다면 최악이겠어.'

파이톤은 정신을 바짝 차렸다.

전갈이 공격을 하러 달려오거나 뛰어오르면 확실하게 베어 버려야 했다.

제대로 쳐 내지 않으면 거대 독전갈을 밟으면서 전투를 치러야 한다.

이름을 밝히지 않은 남자는 그림자 속에 녹아들었다.

그는 한 단계 등급이 더 높은, 큰 집게발을 가진 붉은 전갈의 뒤에 나타나서 단검으로 정확하게 급소를 찔렀다.

전형적인 암살자의 공격 패턴이었지만, 사냥 동료들 중의 누구도 놀라진 않았다.

암살자는 자신의 직업 자체도 가능한 한 숨기려고 애쓴다. 하지만 던전에 들어와서도 평상복을 그대로 입고 있다면 마법사나 사제일 리는 없고, 도둑이나 암살자 계열이 확실했다.

위드의 이동속도는 처음 온 사람들을 전혀 배려해 주지 않는 정도였다.

"느립니다. 벌써 두 번째나 하품이 나올 정도니까 더 빨리 가겠습니다."

'그런… 지금 이게 느리다고?'

빨리 걷는 수준에서 거의 앞으로 내달리는 정도로 던전을 돌파했다.

한가로운 잡담은커녕 여유 있는 휴식이나 정찰도 없었다.

몬스터들이 우글거리는 한복판이 보이면 그대로 달려가서 흩어 놓고 해치우자마자 다음 장소로 움직인다.

파이톤과 남자는 자신의 체력과 마나를 관리하면서 뒤를 따라가야 했다.

광역 스킬을 써서 마나가 소진되고 거대 독전갈이 무리를 지어서 돌진해 오면 어쩔 수 없이 상대하는 시간이 길어진다.

그러면 거짓말처럼 위드의 전진도 느려지고, 페일의 화살이 지원을 위해 날아들었다.

몬스터들이 넘쳐 나니 꾸물거릴 시간 따위는 없었다.

싸우는 만큼 전리품과 경험치를 획득 가능.

막대한 성과를 내며 흥겨울 정도의 파티 사냥도 일품이었지만, 알베론의 신성력에 의한 보조도 혀를 내두를 정도였다.

손발을 맞출수록 사냥 속도는 향상된다.

곧 처음에 비한다면 일취월장이라고 할 만큼 서로 협력을 하며 빠르게 던전을 통과하고 있었다.

'기가 막히는군. 동료는 원래 믿지 않았던 나로서도……. 보통 몬스터가 많은 위험한 장소에서는 몸이 굳어 버린다. 안전한 사냥터들만 다니다 보면 투지가 낮아지기 때문에 벌어지는 일이지.'

파이톤은 다른 사냥 파티에 속해서 그런 경우를 많이 겪어 봤다.

강한 몬스터들의 돌발적인 등장으로 인해서 투지에서 밀린다면 제 실력도 미처 발휘할 수가 없게 된다.

그런데 이 자리에는 기본적이라고 할 수 있는 투지 스탯에 문제가 생기는 사람이 1명도 없었다.

완전히 위험한 던전을 통과하고 있음에도 자기 몫을 알아서 다 해냈다.

'이런 속도라면 정말로 빨리 강해질 수 있겠어. 〈로열 로드〉의 초창기부터 이렇게 좋은 동료가 있었다면 레벨이 현재보다 40은 더 높아졌을 텐데. 아니, 같이 성장을 해 왔다면 돌파 불가능한 던전이 없었을 거야.'

위드의 기가 막힌다는 사냥 속도가 이제 막 이해가 가려고 했다.

위험한 동네에 와서도 전혀 쫄지 않고 앞으로 내달리면서 싹 쓸어버리는 사냥법!

파이톤은 전투 중에 잠깐씩 없는 여유에도 위험을 무릅쓰고 곁눈질로 앞서 가는 위드를 살폈다.

그는 선두에서 검을 닥치는 대로 휘두르고 찌르면서 거대 독전갈들을 돌파하고 있다.

동굴의 깊은 곳으로 가면서 나타나는 전투형 거대 독전갈은 연속 공격으로도 죽지 않는 경우가 잦았다. 그러면 세 번, 네 번의 치명타를 노리는 연속 공격으로 바로 전환되면서 전투형 거대 독전갈을 물리친다.

그렇게 선두에서 위험하게 적과 싸우면서도 동료들의 모든 움직임을 파악한다.

파티를 이끌면서 혼자일 때에 비해서 사냥의 효율을 극대화하는 그 모습은, 그저 믿고 따라가기만 하면 되겠다는 신뢰를 부여하게 만들었다.

'나보다 특별히 더 강한 것 같지는 않은데, 스탯들은 훌륭하게 잘 키워 놓은 것 같아. 스킬이 상황에 맞춰서 빠짐없이 다양하게 활용되는군.'

파이톤은 베르사 대륙에서 전사 마스터 퀘스트를 후반부까지 수행하고 있는 유저답게 자신을 상대와 비교해 보았다.

조각사라고 하는데 힘과 체력이 믿기지 않을 만큼 대단하다.

제법 이름이 알려진 검술의 비기인 분검술과 광휘의 검술을 사용했지만, 위드의 모험을 통해서 전매특허와 같이 유명해진

헤라임 검술도 알맞은 상황이 나오면 쉬지 않고 쓴다.

'사막의 대제왕처럼 전율적인 강함은 아니야. 가진 능력을 제대로 발휘하고 있고, 또 순간적인 임기응변이나 결정이 빠르다고 해야 할까. 그렇다고 해서 싸우면 내가 질까?'

파이톤은 결론을 내리기가 힘들었다.

판단이 헷갈리는 이유로는 알베론의 신성 마법 효과의 적용도 감안해야 하기 때문이었다. 하지만 지금으로서는 자신이 해치울 수 있을 것만 같다.

몬스터를 해치우는 장면을 보면 자신 역시 그 정도는 할 수 있었으니까.

그렇지만 위드의 밑천이 이게 전부는 아닐 것이라는 의심이 들었다.

'레벨이 높다고 거들먹거리는 다른 유저들보다는 훨씬 강하다. 내 레벨이 465인데, 아마도 나보다는 레벨이 조금 높겠지. 조각사로서 약한 부분이 어느 정도는 스탯들로 보정되었을 테니 말이야. 그래도 지금 드러내고 있는 스킬들이 전부는 아닐 테니……. 음, 그렇다고 해도 내 전투 능력은 레벨이 전부는 아니야. 싸워 보고는 싶은데 더 지켜보고 싶기도 하군.'

남자 역시 틈만 나면 위드를 살폈다.

베르사 대륙의 상위 랭커들에게 바드레이와 위드는 반드시 넘어서고 싶은 경쟁자.

가까이에서 위드의 전투를 지켜볼 수 있는 기회는 당연히 활용해 주어야 했다.

'기습을 하면 죽일 수 있을 것 같은데. 손이 근질근질해. 하지만 정말 이게 전쟁의 신 위드의 모든 능력일까? 동영상에서 봤던 그 카리스마를 온몸에 두르고 전투를 하던 모습들은 아직 나오지 않았다.'

두 사람의 생각은 아직 여유가 있었다.

다 먹고살 만하니까 잡생각도 떠오르는 게 아니겠는가.

위드는 현재 최대의 전투력을 발휘하고 있었다.

조각술 최후의 비기 퀘스트를 진행하면서 긴 시간 동안 제대로 사냥을 못 했다.

스킬들을 향상시키지 못했으며, 레벨도 많이 떨어졌다.

사막의 대제 시절의 활약은 확실히 압도적이었지만 현실로 돌아오고 난 이후로는 나약함이 느껴져서 씁쓸한 기분이 들 정도였다.

"사냥 속도를 더 높입니다. 위험이 커지겠지만 생명력 관리는 알아서 해 주세요. 몬스터를 한꺼번에 더 많이 상대하기 위해서입니다."

"그럼… 휴식 시간은 언제요?"

"던전을 클리어한 후, 다음 사냥터로 이동하는 동안 쉬면 됩니다."

"식사는?"

"이동하면서 간단히 곡물 빵을 먹습니다."

그림자 속에 숨어 있던 남자가 나타나서 물었다.

"이동 시간이 긴가 보죠?"

"3분 정도요."

"……."

그리고 2시간이 지나 던전의 중반부쯤에 도달했을 때, 위드가 말했다.

"참, 미처 말씀드리지 않았는데, 별로 중요하진 않은 이야기입니다. 참고만 하세요. 여기 보스 몬스터가 레벨 500 근처인데요, 어쩌면 조금 넘을지도 모르겠고."

"몬스터의 능력이 보통이 아닌데 피해야 하지 않을까요?"

남자가 질문을 던졌다.

레벨 500대의 몬스터라면 보통은 길드 차원에서 대비를 하고 사냥을 하는 게 일반적이었다.

"편식은 안 좋죠. 떡 본 김에 제사 지낸다고, 당연히 잡을 겁니다. 메인 요리를 빠뜨리고 갈 수는 없지요. 특히 이놈의 껍질은 쓸모가 대단히 많습니다."

"그래도 누구 하나라도 실수하면 전체의 목숨이 위험할 텐데요. 어떻게 전투를 대비해야 하죠?"

"실수는 안 하면 됩니다. 각자 어린애가 아니니 목숨은 알아서 챙겨야죠."

페일은 이미 각오를 단단히 다지고 있었다.

위드와의 사냥에서는 늘 그렇지만 정신을 바짝 차릴 수밖에 없는 상황이 이어지게 된다.

파이톤과 남자도 처음 경험하는 엄청난 속도의 사냥에 힘은 들어도 그만큼의 성취감을 느꼈다.

조금 무리한 목표를 노력하며 달성해 나가는 기쁨이라고 해야 할까.

'전쟁의 신 위드. 으음, 소문대로 정말 놀랍고 대단해. 그리고 그 위드와 함께 사냥을 하니 효율은 끝내주는군. 내가 있음으로 인해서 위드도 아마 덕을 보고 있는 것이겠지.'

'훗, 죽음을 몰고 오는 그림자라고 불리는 나 역시 엄청난 몬스터를 해치웠다. 강한 녀석들을 소수 정예로 해치우는 암살자에 딱 맞는 사냥법은 아니지만……. 아무튼 나도 위드와 함께 활약을 할 정도의 수준은 된다는 의미겠지.'

하지만 곧 좌절하게 만드는 위드의 중얼거리는 목소리가 들려왔다.

"처음 함께하는 사람들과 왔다고 역시 너무 쉬운 곳을 택한 건가."

"……."

"뭐, 다음 던전은 여기보다는 몬스터가 2배쯤은 더 많이 나오고, 공격 특성이 까다로우며 생명력도 더 높습니다. 지루해도 조금만 참아 주세요. 그때부터가 적응하기에 좀 재밌어질 겁니다."

"도대체 다음 사냥터는 어느 정도의 난이도이기에 그러는 겁니까."

"여기가 보통 김치볶음밥이라면 그곳은 한정식이라고 할 수 있겠죠."

사막의 대제왕 위드!

조각술 최후의 비기 퀘스트를 성공적으로 달성할 수 있었던 가장 큰 원동력은 본인과 부하들을 성장시킨 사냥 능력에 달려 있다고 할 수 있었다.

파이톤과 남자는 사막 전사들이 왜 그렇게 강해졌는지를 알 수 있었다.

'훗, 그렇더라도 허풍이 심하군. 다소 더 까다로워진다고 해도 그럭저럭 할 만한 수준이겠지.'

'미리 떠들면서 잘난 척하기를 좋아하는 부류인가. 진짜 그 말이 맞는지는 겪어 봐야 알 수 있을 것 같군.'

그리고 페일의 생각.

'며칠간 죽었다고 생각하자. 정신을 잃어버렸다가 사냥이 다 끝난 후에 깨어나면 좋을 텐데!'

알카사르의 다리

　영국 런던.
　국제투자회사의 고위 임원들과 재력가의 재산관리인들이 한자리에 모였다.
　그들이 한꺼번에 운용하는 자금은 한 국가를 들었다 놨다 할 수 있을 만큼 천문학적인 거액이었다.
　석유가 나오는 중동의 왕가, 유럽의 귀족 가문, 거대한 부를 쌓은 신흥 재벌과 전통적인 재산가들의 자금이 그들에 의하여 운용되었다.
　"다음은 유니콘 본사에 대한 영향력 확대의 건입니다. 먼저, 지난번의 시도는 실패하였습니다."
　"우리가 현재 가지고 있는 지분이 얼마나 됩니까?"
　"여러 계좌와 회사들을 총동원하여 약 4% 정도를 확보하였습니다."
　"고작 그것밖에 되지 않다니……."

국제투자회사들의 임원들이 다 함께 탄식했다.

그들이 가진 돈이라면 안되는 것이 없었다. 원한다면 전쟁도 일으킬 수 있고, 어느 한 국가의 눈부신 경제 발전이나 외환 위기를 이끌어 내는 것도 가능했다.

그럼에도 불구하고 유니콘 사를 접수하는 일은 불가능했다.

유니콘 사는 가상현실을 지배하며 현금을 쓸어 담고 있다.

현재도 기업의 주식 가치는 꾸준하게 오르고 있을 뿐만 아니라, 관련 계열사들도 어처구니가 없을 정도로 산업계에 혁명을 불러일으켰다.

조선업계는 전반적인 불황이었지만 유니콘 조선에는 향후 15년 치 주문량이 밀려 있다.

기존 선박의 상식을 초월한 연비와 이동속도. 3~4년 만에 뱃값을 뽑을 정도였다.

해양 플랜트나 석유시추선 등의 경쟁력도 세계에서 최고로 꼽힌다.

화학, 제약, 신소재, 로봇, 정밀기계 분야에서도 돌풍을 불어오고 있었으니 전 세계적인 관심의 대상이 되었다.

계열사들이 〈로열 로드〉를 서비스하는 유니콘 본사의 시가 총액을 넘어설 지경이었다.

그렇기 때문에 더더욱 유니콘 사에 대한 관심도가 높아졌다.

"유니콘 계열사의 주식은 시장 거래를 통해 지분율을 확보하기에는 너무 엄청난 가격입니다."

"회사채 발행은 어떤가?"

"전혀 예정에 없으며, 앞으로도 필요하지 않을 것입니다. 유니콘 사의 핵심 계열사들이 차지하고 있는 내부유보 자금만 하더라도 우리가 운용하는 액수와 맞먹을 정도로 파악됩니다."

"설마 그 정도란 말인가."

"과거 J.K.I.금융그룹의 실패를 교훈으로 삼아야지요. 함부로 건드릴 수는 없는 기업입니다."

"자금 운용을 어떻게 하는지 몰라도 굉장하군."

자본가들은 유니콘 사를 건드려 보고 싶었다.

필요하다면 정치계를 움직여서라도 압력을 가하고 기업을 흔들어 놓을 수 있지만, 그동안 쌓아 놓은 방대한 인맥에도 불구하고 유니콘 사에는 찔러볼 만한 빈틈이 없었다.

또한 전 세계 각국의 대표적인 은행들에도 알게 모르게 유니콘 사의 자금과 지분이 숨어들어 가 있었다.

그들이 그런 움직임을 알아차린 것은 불과 1년 전이다.

J.K.I.금융그룹은 유니콘 사의 지분 20% 가까이를 모아서 경영권을 위협하려고 했다.

이 작업을 위해서, 당시에도 주가가 고공 행진을 하고 있었기 때문에 한 나라의 국가 예산으로도 감당하기 힘들 정도로 많은 액수가 투입되었다.

자신들이 확보한 20% 정도의 지분 그리고 다른 기금들과 투자은행들의 지분까지 전부 합쳐서 경영권을 위협하려고 했던 것이다.

그들로서는 안간힘을 다한 것이었지만, 유니콘 사가 심각한 위기에 몰린 건 아니었다.

하지만 뒤늦게 유니콘 사에서 본격적인 반격에 들어갔다.

J.K.I.금융그룹의 기업 고객들이 연쇄적으로 이탈을 하기 시작했다.

협조 관계에 있던 투자은행들도 비리와 회계 조작이 갑자기 언론을 통해 공개되고, 경영진이 처벌받고 외부에 헐값으로 매각되는 수순을 밟았다.

더 이상 유니콘 사를 노려 볼 수가 없는 처지까지 몰렸지만, 반격은 그쯤에서 멈추지 않았다.

언론을 통한 공격과 투자자들의 자금 회수가 계속 이어지면서 파산!

내부적으로도 부동산과 기업 경기 악화에 대한 손실액이 오랜 기간 누적되어 있었지만, 105년의 역사를 자랑하는 J.K.I.금융그룹은 그렇게 산산조각 나서 해체되고 말았다.

그때에야 국제투자은행들은 유니콘 사에 대단히 큰 관심을 드러내고 깊숙한 조사에 들어갔다.

그리고 밝혀진 사실로는, 세계를 떠도는 비밀 자금들 중에 많은 부분이 유니콘 사와 관련이 있다는 것이었다.

주요 은행들을 내부적으로 장악하고 있었으며, 정치와 언론계에 영향력도 막대하다. 다국적기업들 중에서도 많은 숫자가 몇 단계를 거치면 유니콘 사와 직간접적인 지배 관계에 놓여 있었다.

유니콘 사가 정식으로 인수를 하지 않았다고 해도 원한다면 경영권은 자신들의 것이 될 수 있었다.

기업과 개인. 실제 주주들의 상당수가 교묘한 은닉 과정에 의해 숨겨져 있었을 뿐 그들의 입김이 강하게 닿고 있었던 것이다.

그때부터는 대부분의 국제투자은행들도 포기하고 유니콘 사에 대한 욕심을 버렸다.

위험한 열매일수록 그 맛은 더욱 달 것이다.

하지만 어느새부터인지 모르게 침투한 그들의 자금이 자신의 목줄을 움켜쥐고 있다는 사실도 알게 되었다.

J.K.I.금융그룹이 철저하게 해체되는 과정을 보고 나니 그만큼 치밀한 그물망이 자신들에게 걸쳐져 있었다.

그 이후로도 몇몇 기업체들이 유니콘 사를 노렸지만 제대로 실행도 하기 전에 박살이 났다.

돈의 힘이 얼마나 막강하며 불가능도 없다는 사실을, 이 자리에 있는 사람들은 누구보다 더 잘 알았다.

모든 적대적인 움직임을 꿰뚫고 있는 유니콘 사의 정보력도 두렵기 짝이 없었다.

돈에 의해서 움직이는 자신들이기 때문에 더더욱 동료들도 믿을 수 없었다.

미국 시카고에서 온 자본가는 조금 다르게 생각했다.

'기업은 파고들 여지가 전혀 없지. 그렇다면 〈로열 로드〉 내부는 어떤가.'

헤르메스 길드가 대륙을 정복하는 것은 이미 기정사실화가 되었다.

그들은 공로와 능력에 따라서 영토를 관리하게 될 것이다.

앞으로 거두어질 막대한 세금과 발휘할 수 있는 권력.

〈로열 로드〉는 무모할 정도로 뛰어난 기술력의 집약체로서,

인류가 만들어 낸 최고의 휴양지이며 즐거움을 누릴 수 있는 장소였다.

현재도 계속 유저들이 기하급수적으로 늘어 가고 있으니 〈로열 로드〉와 하벤 제국의 가치는 더욱 빛날 게 아닌가.

'그렇다면 헤르메스 길드에 투자하는 것은?'

헤르메스 길드의 주식회사화!

자본가들이 돈을 모아서 헤르메스 길드에 돈을 투자하고 수익을 배당받을 수 있는 주식을 갖게 되는 것이다.

하벤 제국을 일구어 낸 헤르메스 길드는 지금까지 크게 아쉬울 것이 없었다. 이미 현재도 은밀하게 막대한 자금을 벌어들이고 있을 것이기 때문이다.

그들이 유리한 입장이니 공로를 통 크게 인정해 줘야 하겠지만, 상상도 할 수 없는 거액을 제시하여 베르사 대륙을 지배하며 얻게 될 과실을 나누어 먹는다.

몇몇 주요 투자자들은 이 계획에 대하여 대환영이었다.

헤르메스 길드가 베르사 대륙을 통일하고 난 이후에는 꾸준한 수입을 거둘 수 있을 뿐만 아니라 미래 전망도 대단히 밝다.

게다가 몇몇 투자자들은 하벤 제국을 통한 베르사 대륙의 권력이라는 부가적인 효과까지도 노리고 있었다.

〈로열 로드〉가 대체할 수 없는 새로운 세계가 된 이상 그곳에서 자신의 입지를 높일 수 있다면 얼마간의 돈은 아깝지 않게 생각하는 사람들이 많다.

헤르메스 길드의 수뇌부에서도 구체적인 조건에 대하여 논의해 보자고 하긴 했지만 긍정적인 반응을 보였다.

애초부터 그들이 베르사 대륙을 정복하려는 목적 자체가 돈과 깊은 연관이 있었다.

〈로열 로드〉가 모든 연령층과 국가에 걸쳐서 이토록 방대한 인기를 끌게 될 줄은 헤르메스 길드에서도 예측을 못 했다.

남들보다 일찍 시작하고 많은 준비를 하여 대륙 통일의 위업을 달성하기 직전이다. 길드를 통해서 많은 투자를 받는다면 참여한 유저 개개인들이 손쉽게 큰 재산을 얻게 된다.

통일 이후에도 지속적인 통치가 가능해지니 거부할 필요가 조금도 없는 제안이었다.

～～～⚜～～～

검치와 검둘치, 검삼치.

그들은 각자 수련생들로 구성된 부대를 이끌고 파투 성에서 만났다.

파투 성은 하벤 제국에서 북부 침략의 교두보로 르포이 평원에 세워 놓은 곳이었다.

노예들을 동원하여 아직 건설 중인 석조 성으로, 완공되고 난다면 포르우스 강과 르포이 평원을 감시하며 대군을 머무르게 하는 역할을 할 것이다.

검치는 황소를 타고 석양이 저물어 가는 언덕에 섰다.

"우리의 목표는 저곳이다."

"음, 멋지군요."

검둘치, 검삼치, 검사치, 검오치도 따라서 황소를 타고 섰다.

딱 바라진 어깨와 두꺼운 목 그리고 세탁 성능이 탁월할 것만 같은 복근!

그 뒤로 도열해 있는 수련생들의 인상은 가관이라는 말 정도로는 형편없이 부족할 정도로 험악했다.

산길이나 어두컴컴한 길가에서는 유저들이 비명을 지르면서 도망치는 경우가 허다했다.

"오늘 내로 저곳을 정리한다. 가자, 애들아!"

"옛! 스승님을 따르라!"

말이 좋아서 아르펜 왕국의 기사들이었다.

실제로는 몬스터들을 지겹게 사냥하는 게 아니라 유저들과 실컷 싸우니 그것만큼 신나는 것이 없다.

"끼얏호!"

"으랴으랴으랴!"

검치를 선두로 하여 돌격해 가는 505기의 황소 마적단!

싸움에 있어서만큼은 그들도 바보가 아니었다.

〈로열 로드〉를 하면서 보리빵 때문에 굶어 죽어도 봤고, 무모하게 드래곤에게 덤비다가 목숨을 잃기도 했다.

'슬슬 우리에 대해 대비를 할 때가 되었어.'

'음, 놈들의 움직임이 시작될 시기인데.'

공부로 배운 전략과 전술이 아니었다.

어릴 때부터 무던히도 사고를 치고 나서 부모님과 선생님에게 욕을 얻어먹으며 쌓인 감각.

'놈들이 알아차렸을 거야.'

검치를 선두로 하여 다들 저마다의 느낌을 나누었다.

"적들이 나타났다!"

"일제 공격 준비!"

그리고 아니나 다를까, 파투 성의 성벽에서 궁수들이 일어나서 일제히 활을 겨누었다.

2,000여 명에 달하는 저격병!

"그대로 돌진한다."

검치는 타고 있는 황소를 뒤로 물리지 않았다.

전력 질주 중에 피하기엔 이미 늦기도 했지만 그럴 마음도 없었다.

그 뒤를 따라서 수련생들도 맹렬하게 황소를 달렸다.

"발사!"

푸슈슈슈슉!

파투 성의 성벽에서부터 강화된 강철 화살들이 포물선을 그리면서 날아왔다.

궁병들 중에서도 2차 전직을 마친 저격병들.

전쟁에서 대인 살상력을 탁월하게 높인 부대로, 어지간한 방패와 갑옷은 우습게 꿰뚫었다.

일반 유저들 가운데에는 전신 갑옷이나 방패를 들지 않는 경우가 흔했다.

워리어, 기사의 직업이 아니라면 전신 갑옷을 입을 수가 없는 경우가 많았으며, 체력이 감소하고 활동이 불편하기 때문이었다.

또 제대로 된 전신 갑옷은 상상을 초월할 만큼 비싸고 관리가 어렵기도 하다.

몇천, 몇만 골드가 넘는 갑옷이 전투 중에 손상되면 수리 비용 역시 많이 들어간다.

그렇기 때문에 경량화된 사슬 갑옷이나 가죽 갑옷은 저격병이 좋아하는 대상이었다.

"각자 분검술을 펼쳐라!"

검치가 황소를 달리면서 명령을 내렸다.

"분검술!"

검술의 비기.

분신을 최대 40개까지도 만들어 내는 스킬이 사용되었다.

"이야하압!"

검치와 사범들, 수련생들마다 분신이 10개에서 30개씩까지 생겨났다.

분신들은 황소를 타지 않고 두 다리의 힘으로 앞을 향하여 달려갔다.

순간적으로 늘어나게 되어 버린 엄청난 대군!

화살들이 날아왔지만 대부분은 앞서 달리는 분신들에게 맞고 남은 것은 하늘로 쳐 내지는 신세가 되었다.

"이럴 수가!"

"괴물들이다!"

저격병들은 당황하면서도 화살을 연속으로 마구 쏘았다.

돌격해 오는 수련생들 중에서 몇 명이 제대로 당해서 땅에 나뒹굴었다. 하지만 나머지는 그대로 질주했다.

"놈들이 2차 저지선으로 다가왔다. 성문을 열고 기사단 출동하라!"

파투 성의 임시로 설치된 나무 성문이 좌우로 활짝 열렸다. 그리고 등장하는 3,000명의 정예 기사단.

묻뺏죽 부대의 인원이 500여 명인 것을 감안하여 대기하고 있던 제국의 정규 기사단이었다.

뿌우우우우우우!

뿔피리 소리가 나자마자 기사단은 성문을 나오며 가속을 시작했다.

전신 갑옷을 입고 있는 바리트 기사단.

그들은 묻뺏죽 부대를 상대로 돌격하여 정면에서 박살을 내버릴 작정이었다.

"근본도 알 수 없는 놈들. 헤르메스 길드에 저항하다니, 진짜 기사가 어떤 존재인지 보여 주지."

바리트 기사단은 백스물아홉 번의 전투를 승리로 이끈 경력이 있는 최정예 집단이었다.

칼라모르 왕국을 정복할 당시에도 혁혁한 전공을 세운 정규 기사단.

그들은 전력 질주를 하면서 돌격하는 힘을 높였다.

기사단에 속해 있는 헤르메스 길드의 유저들은 앞으로 벌어질 상황을 대충 예상하고 있었다.

적들은 바리트 기사단의 등장을 알아보는 순간 겁을 집어먹고 옆으로 피하려고 하거나, 뒤돌아서서 도망친다.

그때가 가장 취약해지는 시기로, 터무니없을 정도의 파괴력으로 적을 짓밟아 버리게 된다.

검치는 평온하게 말했다.

"얘들아."

"예, 스승님."

"연장 들어라!"

동시에 검치는 등에 메고 있던 활을 꺼내서 앞을 조준했다.

파투 성의 궁병들이 쏘아 대는 화살이 하늘에서 날아오고 있었지만 그것들은 싹 무시한 채였다.

화살들이 스치고 지나가거나 몸에 적중되면 위험하기 짝이 없었지만, 전투라면 그래야만 재미가 있는 법!

검치를 따라서 사범들과 수련생들도 모두 각자 메고 있던 활을 꺼냈다.

모험과 사냥, 전투로 획득한 장궁, 단궁, 쇠뇌에 이르기까지 다양한 활들이 있었다.

아쉽지만 분검술로 늘어난 분신들의 경우에는 검 외에는 다른 무기를 쓰지 못한 채로 돌진할 뿐이었다.

"사격!"

기사단을 향한 무차별 사격!

한순간에 쏘아지는 일제사격도 아니고, 제멋대로 궤적을 그리며 화살들이 마구 쏘아졌다.

드물지만 몇몇 화살에는 불과 얼음, 바람의 속성이 뒤섞인 마법도 걸려 있었다.

"크억!"

"방패를 들라!"

바리트 기사단은 몸을 감싸는 방패로 화살을 막아 냈다.

말들이 쓰러지고 일부 기사들이 낙오되었지만 충격을 위해 돌격 속도는 그대로 유지했다.

"창을 들고 충돌을 대비… 으아악!"

바리트 기사단에 속해 있는 유저가 명령을 내리려다가 깜짝 놀랐다.

화살 공격이 끝나자 어느새 문뺏죽 부대와의 거리가 가까워져 있었다. 돌격을 위해 몸을 감싸고 있던 방패를 치웠는데 이번에는 날아오는 손도끼가 보였던 것이다.

화살과 손도끼, 투창.

거리에 따라서 투척 무기를 바꿔 가며 연속 3단 공격을 하는 검치와 수련생들의 전투 방식!

사막 전사들에게는 능숙한 전투법이었으나 기사들에게는 자주 접해 본 게 아니었다.

불편하고 무거운 전신 갑옷을 입고 있다 보니 여러 종류의 무기를 다루기가 힘들뿐더러 효과도 떨어진다.

사실 명예를 숭상하는 기사들로서는 검과 창 외에 다른 무기를 잡다하게 쓰라고 해도 들으려고 하지 않는 이유도 컸지만.

"마, 막아랏!"

손도끼와 투창 공격이 바리트 기사단을 엄습했다.

화살과는 전혀 다른 무게가 실린 공격.

손도끼는 방패로 막더라도 옆으로 튕겨 나가서 다른 기사들을 상하게 했다.

그 바람에 문뺏죽 부대가 바로 앞에 도달할 때까지도 대열을 제대로 갖추지 못했다.

"몽땅 썰어 버려라!"

"예엣!"

검치를 선두로 하여 검둘치, 검삼치 등이 뒤를 따랐다.

"무엇이든 베는 검!"

그들이 검을 휘두르고 찌를 때마다 방패와 갑옷, 말과 사람까지도 단숨에 베여 나갔다.

혼신을 다한 일격이 성공하면 공격력이 55배나 늘어나서 적을 단숨에 죽인다.

필살의 능력을 가진 기술이기는 하지만 제대로 힘이 실리지 않거나 어설프게 막혔다가는 무기가 부러지고 심각한 부상도 입는다.

위험하기 짝이 없는 공격 스킬이었음에도 불구하고 검치와 사범들은 과감하게 사용했다.

그러한 사정을 모르는 이들에게는 일검에 기사들이 목숨을 잃어버리는, 엄청난 돌격력을 가진 실력자들로 느껴졌다.

"낄낄낄, 고기다!"

"밥을 먹었으니 낮잠이나 자 볼까?"

"여, 여자다. 다리 좀 봐. 죽이는데!"

"인생 뭐 있나. 한 놈씩 덤비면 헷갈리니 모조리 덤벼라!"

분검술로 늘어난 분신들도 기사단을 향해 달려들었다.

분검술의 스킬 레벨이 오르다 보니 분신들도 말을 할 수 있었다.

평소 검치와 수련생들이 하던 말들을 지껄이면서 기사들을 향하여 검을 휘둘렀다.

"이런 천한 놈들이……."

기사들은 하벤 제국의 준귀족의 작위를 가졌다.

바리트 기사단의 명예와 긍지는 대단한 것이지만, 묻뺏죽 부대를 만나서 시원하게 털리고 있었다.

파투 성의 성벽에서는 군단장 반롬멜 이하 헤르메스 길드의 고레벨 유저들이 이를 지켜보고 있었다.

"놈들의 전력이 상당하군. 바리트 기사단으로는 부족하단 말인가."

"바리트 기사단이 더 위험해지기 전에 나머지 전력을 움직여야 할 것 같습니다."

"즉시 동원하십시오."

르포이 평원에서 8개의 기사단이 등장했다.

5군단장 휘하에 있는 제국 기사단.

묻뺏죽 부대의 완전한 섬멸을 위해 바리트 기사단이 싸우는 사이 포진을 마친 것이다.

"출진!"

기사단이 돌격을 시작했다.

반롬멜의 화염의 기사단은 붉은 갑옷을 입고 있었다.

갑옷에 부여된 마법의 효과 때문에 그들이 지나간 곳에는 화염의 길이 열리게 된다.

바리트 기사단을 뚫고 들어간 성문 앞에는 중장갑 보병들이 나와서 길을 막았다.

성벽에는 저격병들이 더 많이 배치되었다.

초반에는 상대방이 호락호락하게 여기고 더 가까이 오도록 일부만이 모습을 드러냈다.

검치와 수련생들이 둘러보니 온통 기사들!

하벤 제국군 중에서도 최정예들로 구성되어 있었다.

그들은 문뻿죽 부대가 도망칠 것을 우려하여 기사단급으로만 구성된 포위망을 구성했다.

성벽의 저격병들도 이제는 바로 밑에 있는 문뻿죽 부대를 향하여 일직선에 가깝게 화살을 쐈다.

"크억!"

검둘치의 어깨에 화살이 꽂혔다.

"둘치야."

"스승님, 괜찮습니다."

"아프지 않으냐?"

"스승님이 화나셨을 때 날리시는 따귀보단 십분의 일도 아프지 않습니다."

검치는 즐거움을 느꼈다.

이곳은 전쟁터다. 그가 살아오기를 소망했던 장소에 가깝다고 할 수 있다.

하벤 제국군은 그들이 도주할 것을 우려하여 포위망을 펼치고 있지만 어찌 적들을 놔두고 탈출할 수 있단 말인가.

"모두 들어라."

"예!"

"우리 한번 실컷 즐겨 보자."

"물론입니다."

검치와 사범들, 수련생들은 끊임없이 밀려오는 적 기사단을 상대로 분투를 펼쳤다.

등 뒤에서는 화살이 쏟아지고, 중장갑 보병들이 진출하는 와중에 기사단의 돌격을 맞이한다.

최악의 배수진을 펼친 것과 다름없었지만, 약한 적들보다는 이런 전장에서 싸우기를 기꺼이 원했다.

수련생들이 10명, 20명씩 빠르게 죽어 나갔다. 사방에서 몰아치는 공격에 의하여 버틸 수가 없었던 것이다.

그리고 최후에까지 살아남은 건 검오치!

그는 사형들과 스승들의 희생 덕분에 가장 오래까지 목숨을 부지했다.

묻뼛죽 부대를 몰살시키기 위하여 희생된 하벤 제국의 기사단도 무려 6,000명에 달했다.

검치나 수련생들의 무자비한 공격은 기사들로서도 버티기가 힘든 것이었기 때문이다.

반롬멜이 성벽 위에서 나타났다.

저격수와 기사단이 화살과 창을 들고 마지막 생존자인 검오치를 겨누었다.

"마지막 생존자여, 남기고 싶은 말은 없는가?"

반롬멜는 휘하의 자랑스러운 병력이 큰 타격을 입어서 속이 쓰렸다.

묻뼛죽 부대의 공격력이 이토록 뛰어난 줄 알았다면 정면 승부는 어떻게든 피했을 것이다.

그럼에도 마지막에 승자로서 멋진 마무리를 위하여 검오치에게 말을 걸었다.

검오치는 뻐드렁니를 드러내며 환하게 웃었다.

"재밌었다. 나중에 또 싸우자!"

헤르메스 길드는 제국의 주요 도시들에서 유저들을 모아 놓고 성대한 만찬을 열었다.

"하벤 제국에서 영원히 이어지게 될 영광을 위하여!"

"하벤 제국 만세!"

길드의 역량을 대대적으로 동원하여 어비스 나이트 반 호크를 해치운 것은 대단한 사건이었다.

보통 유저들은 쉽게 만나기도 힘든 고레벨들이 대거 동원되어서 코쿤 계곡에서 능력을 발휘했다.

위드의 모험은 혼자서 발버둥 치며 야금야금 해치우는 맛이 있다면, 헤르메스 길드에서는 다수의 고레벨 유저들을 바탕으로 탄탄한 전력을 보여 주면서 압승을 거뒀다.

이를 중계한 방송국들의 포장도 곁들여지면서 헤르메스 길드의 전투 수행 능력에 대해서는 다들 의심할 여지가 없게 되었다.

어비스 나이트 소탕에 따라서 제국 내의 반란군, 저항군의 활동도 갑자기 위축이 됐고, 주민들도 연달아 말했다.

"마음에 드는 구석은 없지만 하벤 제국을 받아들여야 하지 않겠나."

"칼라모르 왕국도 이젠 옛말이 되어 버렸어. 하벤 제국의 통치가 앞으로 쭉 이어질 테니 그 속에서 적응해서 살아가야지.

혹시 아는가, 좋은 장사 기회가 생기게 될지."

정복 지역의 주민들도 태도가 약간 달라지면서 하벤 제국의 지배에 순응을 하는 것이다.

헤르메스 길드의 입장에서는 어비스 나이트가 출현한 것이 위기일 수 있었지만, 이를 완벽하게 극복해 냄으로써 도약의 기회로 만들었다.

하벤 제국의 황궁에서는 건국 공신이라고 부를 수 있는 고레벨 유저들끼리의 연회가 열렸다.

이실리 지방의 최고급 브랜디와 이피아 섬의 위스키들이 무제한 제공되었다.

헤르메스 길드에서도 한 지방의 영주이거나 레벨이 440을 넘지 못하면 연회에 참석할 자격이 주어지지 않았다.

"이젠 북부만이 남았군요."

"동부와 남부도 있습니다. 엠비뉴 교단이 쇠퇴하면서 동부와 남부도 상당히 욕심나는 음식이 되었습니다."

"그렇긴 하지요. 북부가 항복하면 동부와 남부는 더 쉽게 손에 들어올 것입니다."

동부의 로자임 왕국과 브렌트 왕국이 엠비뉴 교단으로부터 기사회생했다.

무너진 왕궁이 재건되고 주민들이 원래대로 돌아왔지만 예전의 성세까지는 되돌리지 못했다. 엠비뉴 교단에 의해 세라보

그 성이 점령당하면서 동부의 유저들이 북부로 많이 이주해 버렸기 때문이다.

남부는 엠비뉴 교단도 진출을 하지 못했다. 사막의 전사들에게는 이글거리는 태양과 모래가 종교였다.

위드가 사막의 대제로서 모험을 하면서 남부에도 오아시스와 강을 바탕으로 도시들이 생겨났으니 하벤 제국에서는 당연히 이를 점령해야 할 대상으로 여겼다.

사막 전사들이 거칠다고는 해도 정식 군대를 파견한다면 어찌 저항을 할 수 있겠느냐는 느긋한 판단이었다.

헤르메스 길드는 엄청난 식성을 자랑하며 중앙 대륙에서 엘프의 숲과 드워프 왕국으로도 영역을 확대해 가고 있다.

인간들의 왕국과 땅뿐만이 아니라 모든 곳에서의 통치를 하려고 했다.

그 결과는 세금으로 거두어들이는 천문학적인 부.

하벤 제국의 황궁에는 보석과 황금으로 된 치장이 나날이 늘어났다.

소수의 고레벨 유저들은 여유로운 라페이와 바드레이를 보며 그들끼리 조용히 속닥거렸다.

"그런데 북부에서의 전쟁은 확실히 이길 방법이 있답니까? 전력을 북부로 더 보내지 않고 이렇게 여유를 부려도 되는 것인지."

"위드의 명성이 괜한 것은 아닙니다. 우리 헤르메스 길드도 예측하지 못한 반격에 약간은 피해를 입은 적이 있었는데 말입니다."

"지골라스와 같은 경우는 상당히 골치가 아픈 것이기는 했습니다."

사람들은 고개를 가볍게 끄덕였다.

위드를 가볍게 여기는 것은 옳지 못하다. 물론 그렇다고 해도 귀찮을 뿐, 무섭게 생각하지도 않았다.

위드에게 잡초처럼 짓밟혀도 되살아나는 근성이 있지만, 자신들은 헤르메스 길드다.

계란으로는 깨뜨릴 수 없는 난공불락의 요새이며, 대제국의 인구와 영토를 바탕으로 군사력이나 경제력에서 다른 이들은 따라잡을 수 없는 위업을 이루어 낸 것이다.

고레벨 유저 중에서 1명이 싱긋 웃었다.

페나툴!

그 역시 베르사 대륙에서 레벨로 상위 300명 안에 꼽힐 수 있을 정도의 랭커였다.

"어비스 나이트를 상대로 한 전투가 끝난 후 라페이가 그랬다는군요. 북부에서의 전쟁은 우리가 지려고 해도 질 수가 없게 되었다고요."

"그 말은……."

"세세한 계획이야 모르겠습니다만 능구렁이가 수십 마리는 들어 있다고 평가를 받는 라페이니까 실제로 그 말이 들어맞을 수밖에 없겠지요."

헤르메스 길드에서는 바드레이를 총수로 인정하고 그를 구심점으로 단단하게 뭉쳤다.

그러나 길드의 내외부 살림을 실질적으로 이끌어 온 라페이의 능력에 대해서도 의심을 하지 않았다. 라페이가 북부에서의 승리를 확신한다면 그만한 몇 가지의 준비쯤은 되어 있을 것이기 때문이다.

그리고 대지의 궁전을 정복하거나 부순다면 위드는 최후를 맞이하게 될 것이며, 더 이상 억지로라도 견줄 수 있는 경쟁 세력 자체가 존재하지 않게 된다.

베르사 대륙은 완벽하게 하벤 제국의 손에 들어오게 되는 것이었다.

하벤 제국의 북부 정벌군.

그들은 군대를 정비하면서 대지의 궁전을 향해 진군하고 있었다.

이른 아침에 자욱하게 안개가 끼어 있는 페실 강. 양쪽을 연결하는 웅장한 알카사르의 다리는 엄청난 규모를 자랑했다.

헤르메스 길드의 유저들이 북부에 와서 가장 크게 놀란 것이 바로 이런 위대한 건축물이었다.

중앙 대륙은 경제적으로 좀 더 풍요롭지만 이런 대작업은 벌이기가 어렵다. 막대한 돈과 인력, 시간이 필요하기 때문이다.

"이 강만 건너면 대지의 궁전이 눈에 보일 것입니다."

"전쟁을 위한 보급품의 준비도 넘칠 정도로 마쳐 놓았고… 사기도 드높습니다. 뭐, 승리만이 남았지요."

"병사들에게도 충분한 휴식을 주었으니 약간이라도 불안한 요소는 없어요."

헤르메스 길드의 군단장들은 위드가 대지의 궁전에 나타나고 나서 철저하게 군대를 다시 한 번 정비했다.

그동안의 전투로 쌓인 피로도 휴식으로 풀어 주고, 병장기도 보급품으로 가져온 새것으로 바꿔 주었다.

경기병과 기사에게는 마나석을 이용한 1회용 마법 물품까지도 지급했다. 비싼 가격 때문에 자주 쓰이지는 못해도 일단 가지고 있게 해 놓은 것이다.

바로 진군을 해서 전투를 치르고 싶었지만 이러한 업무를 진행하느라 하루하고도 반나절을 소모했다.

하지만 대지의 궁전에서 위드를 상대로 완벽하게 압도적인 승리를 만들어 내기 위한 준비라고 한다면 아까운 기분은 아니었다.

군대를 통솔하는 지휘관이라면 누구나 적은 전력으로 대군을 물리치는 꿈을 꾸곤 한다.

〈로열 로드〉의 세계에서는 훌륭한 기사 1명이 부하들을 이끌고 그 몇 배나 되는 적을 거침없이 격퇴하는 경우가 벌어지곤 했다.

물론 전투의 규모가 국가 간의 수준으로 커지게 되면 기사 몇 명에 의해 승패가 좌우되기란 쉽지 않지만, 그렇다고 해도 가끔씩 그런 전투가 일어나면 널리 알려지면서 소문이 퍼졌다.

방송까지 타게 된다면 지휘관이나 기사는 유명세를 떨칠 수도 있었다.

하지만 대부분의 숙련된 지휘관들은 부실한 전력으로 대군과 맞서는 쪽을 원하지 않는다.

그 어떤 훌륭하고 멋진 전술도 전쟁에서 확신을 줄 수는 없었다.

지휘관들은 더 많은 병력으로 작은 세력을 확실하게 제압을 하는 쪽에 서기를 원했다.

"게다가 어비스 나이트와의 전쟁이 벌어지는 사이에 우리가 위드와 싸우면 안 되었지요. 수뇌부에서는 자신들이 받아야 마땅한 관심을 분산시켰다고 나쁘게 생각할 수가 있었으니 말입니다."

"이번에는 우리가 주인공이 될 차례입니다."

어비스 나이트와의 전쟁이 결판나고 난 이후부터 북부 정벌군은 신속하게 진군을 했다.

날파리 떼처럼 덤벼드는 풀죽신교의 공격을 물리치면서 알카사르의 다리에까지 도착한 것이다.

"이 다리가 없었다면 꽤나 돌아가야 했을 텐데. 정말 다행입니다. 북부의 교통망이 발달한 덕을 보는군요."

"휴식을 취하게 했더니 병사들의 이동속도가 빠릅니다. 내일 저녁에는 대지의 궁전 부근까지만 가도록 하고, 본격적인 공성전은 그다음 날 아침부터 펼치는 편이 낫겠지요."

"공성 무기들도 조립해야 하니 병사들에게도 밤사이에는 휴식을 많이 줍시다. 위드의 지휘 능력을 감안하면 어떤 수작을 부릴지 모르니 사기를 최대로 올려놓는 편이 좋을 겁니다."

"며칠 후에는 대지의 궁전에서 축배를 들어야지요."

지휘관들은 기마대 병력을 1차로 알카사르의 다리로 올려 보냈다.

마차 열 대가 지나갈 수 있을 정도로 넓은 폭을 가진 다리이기 때문에 강을 건너는 것도 순식간에 끝날 것만 같았다.

정찰병 역할을 하는 기마대는 다리의 끝까지 달려가 보고 되돌아와서 보고했다.

"이상 없습니다. 적들은 전혀 보이지 않습니다."

"강물 속은?"

워낙 북부 유저들이 지독하다 보니 강물에 매복을 하고 있지 말란 법도 없다.

"맑고 깨끗합니다. 물고기들이 꽤 보이는데 낚시를 하면 그만이겠더군요."

"좋군. 그러면 2군단부터 가시죠."

"먼저 가서 자리를 닦아 놓겠습니다."

2군단은 방어에 적합한 중장갑 보병과 마법사로 구성되어 있었다. 그들이 먼저 강 반대편까지 가서 나머지 군대가 건너올 때까지 지역을 확보하는 역할을 맡게 될 것이다.

이윽고 2군단이 다리를 건너가고 난 이후에 북부 정벌군의 본대가 움직였다.

"1군단이 전투 물자를 같이 운반하도록 하십시오."

"보급 부대의 마차들이 먼저 다리를 통과하도록 하죠."

북부 정벌군에서 소모하는 헤아릴 수 없는 많은 물자들이 다리를 통해 반대편으로 이동해 갔다.

위드와의 전쟁에 대비하여 더 많은 물자를 확보한 만큼 1군단이 이동하는 시간도 꽤나 길었다.

본대의 병력 또한 마차 위에 십수 명씩 앉거나 걸어서 알카사르의 다리를 지나갔다.

말이나 마차에 앉아 있는 헤르메스 길드의 유저들은 알카사르의 다리에서 보이는 강의 풍경에 적지 않게 감탄을 했다.

"이런 큰 강에 다리가 있다니 말이야. 우리 하벤 제국이나 가능할 것이라고 생각을 했는데 아르펜 왕국도 보통이 아니군."

"그러게 말이야. 이 다리는 꽤나 편하고 튼튼하게 잘 만들어졌어. 다리가 없었다면 북부로 여행하는 사람들이 상당히 멀리 돌아가거나 고생을 했겠는걸."

"그 덕에 우리도 이용하고, 좋잖아. 아무리 교통이나 기반 시설이 좋더라도 약한 자들은 누릴 권리가 없어. 군사력이 약하면 몽땅 빼앗기는 것이지."

"크크크, 우리가 헤르메스 길드 소속이라서 얼마나 다행인지 모르겠다니까."

헤르메스 길드의 유저들은 남들보다 강하다면 그만큼의 특혜를 누리는 것을 당연하게 생각했다.

베르사 대륙에서 패권을 잡기 위해서는 결국 힘으로 군림해야 하는 것이 아닌가.

"위대한 건축물이라더니 기둥마다 새겨진 장식들도 꽤 뛰어나긴 하군. 별로 눈에 들어오진 않지만."

"나중에 이 부근에 땅을 사 놓는다면 이득을 제법 보겠어. 중앙 대륙과 북부 사이의 교역이 왕성해지면 저 마을은 금방 커지겠지."

"약탈로 벌어 놓은 돈을 투자해서 상점을 차려 놓으면 두고 두고 돈을 벌 수 있겠는데."

유셀린 마을의 불빛을 보며 헤르메스 길드의 유저들은 정복 이후의 달콤한 미래도 상상했다.

띠링!

> 알카사르의 다리를 건넜습니다.
> 이동 중에 쌓인 피로가 완전히 회복됩니다. 체력의 최대치가 30% 이상 늘어나서 전투를 오랫동안 지속하거나 고된 일을 하더라도 몸살이 날 가능성이 줄어듭니다. 빠른 발걸음의 장화 스킬이 적용됩니다. 사흘간 험지에서의 이동속도가 감소하지 않습니다. 말을 타면 일주일 동안 최소한 중급 이상의 기마술을 발휘할 수 있게 됩니다. 특별한 장소를 경험하여 민첩이 영구적으로 2 오릅니다.
> 페실 강을 연결해 주는 알카사르의 다리는 아르펜 왕국력 제1년에 완공되었습니다. 북부 대륙의 명물 중 하나로, 다른 대륙에 가서 이 놀라운 장소를 귀족에게 보고한다면 명성을 얻을 수 있습니다.

"오오, 죽이는데!"

"완전 훌륭해."

헤르메스 길드의 유저들은 크게 감탄했다.

위대한 건축물 알카사르의 다리.

총 건축비만 850만 골드에, 돌망치 건축가 조합에서 4개월이 넘는 기간 동안 공을 들여서 만들어 놓은 업적이었다.

"이 다리도 나중에 전부 우리 거가 되는 거지."

"고생만 실컷 해서 만들어 놓으면 힘으로 몽땅 독차지해 버리는 거니까, 정말 마음에 들어."

다리를 건너온 헤르메스 길드의 유저들은 대충 땅에 주저앉았다.

북부 정벌군의 본대는 아직 절반도 건너오지 못했다. 대군이 전부 강을 건너오려면 그래도 상당한 시간을 필요로 했다.

"근데 이 다리 무너지기라도 하면 대박이겠다."

"이 멍청아, 무너질 리가 있냐. 명색이 위대한 건축물인데 말이야."

"당연히 그렇겠지?"

쿠그그그그궁.

그 순간, 다리에서 신경을 거슬리는 커다란 소리가 났다.

"뭐, 뭐지?"

잡담을 나누고 있던 헤르메스 길드 유저들의 시선이 일제히 알카사르의 다리로 향했다.

그들은 소리 때문에 깜짝 놀라서 보았지만 아무런 일도 벌어지지 않았다.

"잘못 들었나?"

"아냐. 틀림없이 들었다니까."

"나도 들었어. 무슨 돌끼리 비벼지는 소리 같은 것이었는데."

"어떤 바보가 마차로 충돌이라도 한 거야?"

"별거 아니겠지. 낮잠이나 한숨 자고 일어나면 되겠다."

유저들이 한가롭게 떠들고 있는데 알카사르의 다리에서 다시금 커다란 굉음이 1분 이상 길게 이어졌다.

"우리가 건너온 다리에서 소리가 나는 것 같은데."

"다리가 무슨 노래라도 부르는 거야?"

"그러면 재미있겠는데. 위대한 건축물이라니 그런 기능이 있을지도 모르지."

유저들은 이상해서 알카사르의 다리를 지켜보고 있었다.

그리고 뒤를 이어진 거짓말 같은 광경에, 사람들은 눈을 부릅떴다.

보통 거대한 건축물은 절대 움직일 수 있을 거라는 생각을 하지 못한다. 견고하고 웅장해서 언덕이나 산과 같은 지형처럼 느껴지기도 했다.

하지만 지금 그 상식이 여지없이 파괴되고 있었다.

중앙에 우뚝 서 있는 기둥에 균열이 발생하더니 강물로 무너지고, 다리를 연결하는 강철로 된 줄들은 가닥가닥 끊어진다.

넓은 페실 강을 연결하는 큰 다리가 파도처럼 출렁거리기 시작했다.

멀리서는 심한 출렁임이 발생하는 정도로 보였지만 알카사르의 다리에 있는 병력에게는 황당함과 공포 그 자체.

높은 파도가 치는 것처럼 다리가 오르락내리락하다가 조각나며 부서지고 있었다.

"으아악! 살려 줘!"

전투 물자를 실은 마차들이 휩쓸리다가 뒤엉켜서 다리 밑으로 떨어질 뿐만 아니라, 병력 또한 살기 위해서 추락하지 않고 버티기 위해서 무기를 버리고 돌출물들을 붙잡았다.

그리고 잠시 후 알카사르의 다리 전체가 기울어지더니 통째로 강으로 무너져 버리고 말았다.

"저거······."

"······."

강을 무사히 건넌 헤르메스 길드의 유저들이나, 아직 다리를 넘어가기 직전의 유저들이나 얼이 빠진 건 마찬가지.

불신과 당황으로 현실을 인정하기가 어려웠다.

"우리가 너무 한꺼번에 올라갔나?"

"이 다리 부실 공사였어?"

잠깐이지만 유저들은 이런 일이 왜 벌어졌는지조차 이해하지 못했다.

강을 건너지 않은 군단장들은 중간 지휘관들로부터 보고를 받아서 피해를 확인했다.

"강물에 빠진 것은 기사단 7개, 궁병 3만 8천 명, 그리고 부대 전체에 보급할 수 있는 전투 물자 엿새분 정도……."

"막대한 피해입니다."

"그렇지만 극복할 수 없는 것도 아니죠. 전투 물자의 재고도 넉넉하고 말입니다."

하벤 제국군은 포르우스 강을 넘는 진군로를 통해서 총 200만 명이 넘는 대군을 끌고 왔다.

북부 유저들의 거센 항전은 물론이고 점령한 영토의 관리까지도 염두에 둔 병력이라서 다리 붕괴에 따른 피해 정도는 감수할 수 있었다.

물론 강물에 빠진 헤르메스 길드의 유저들과 병사들이야 하류로 떠내려간다고 하더라도, 헤엄을 쳐서 일부라도 돌아오기는 할 것이다.

그럼에도 대부분의 전투에서 전승을 거둔 군단장들의 입맛을 쓰게 만들기는 충분했다.

"길드에 보고를 어떻게 해야 할지 모르겠습니다."

"우리가 입은 피해가 알려지는 건 시간문제지요. 이런 피해는 최대한 예측할 수 없었다는 점을 미리 강조해야 합니다."

"공을 인정받으려면 한시바삐 대지의 궁전을 철저히 파괴하고 전쟁에서 만회를 하는 수밖에 없어요."

그러나 강을 건넌 하벤 제국군 약 15만 명과 헤르메스 길드의 유저들 2,000여 명처럼 분위기가 무겁고 심각하진 않았다.

> 북부 정벌군의 본대와 단절되었습니다.
> 아군 부대의 재난을 지켜본 병사들이 심하게 동요합니다. 사기가 45% 감소합니다. 훈련도의 최대치가 일시적으로 22% 감소합니다.

병사들의 훈련도와 사기 유지는 전쟁에는 필수적인 중요한 요소다.

훈련도가 낮으면 명령을 내려도 잘 듣지를 않고, 사기가 낮으면 대충 싸우다가 부대 전체가 도망을 쳐 버리는 경우마저도 허다하게 발생했다.

"이거 어떻게 되는 거야. 본대는 이제 이쪽으로 못 건너오는 거야?"

"그러면 우리도 저쪽으로 넘어가야 하지 않겠어?"

경치를 구경하며 알카사르의 다리를 느긋하게 건너왔던 헤르메스 길드의 유저들의 등줄기가 갑자기 서늘해졌다.

북부로 와서 아직까지는 압도적인 승리만을 거두었다. 전쟁과는 상관없이 마을을 오가는 유저들도 마음껏 학살하고 다니며 행패를 부렸다.

사실상 북부의 경우에는 통치를 하더라도 얻을 것이 크진 않기에, 길드의 수뇌부에서도 철저한 파괴를 진행한 이후에 재건을 하도록 결정이 난 상태였다.

"야, 아무래도 불안한데."

"설마 지금 적이 나타나진 않겠지? 아마도 그럴 거야."

"그래도 설마……."

유저들이 불안한 대화를 나누고 있을 때였다.

저 멀리 평원이 들썩이고 있었다.

"우와아아아아! 진짜 다리가 무너졌다."

"헤르메스 길드에 복수를 하자!"

"간닷! 거기서 꼼짝 말고 있어라! 내가 바로 독버섯죽 부대의 톳쿵이다. 물론 내가 가더라도 별로 싸울 힘은 없지만 일단 가긴 간다!"

"벌써 일곱 번 죽은 톳쿵 님이 다시 오셨다!"

"톳쿵 님 안 밟도록 다들 조심하세요. 지난번에는 밟혀서 죽으셨어요!"

숨을 죽이고 있던 풀죽신교!

연전연패를 거듭하였음에도 불구하고 그들은 끈질겼다.

침략자들을 물리칠 수 있는 전력이 아니기에 실망도 하지 않는다.

헤르메스 길드에서 결성한 하벤 제국은 강해서 무력으로는 자신들을 이기지만, 의지만큼은 꺾이지 않고 싶었다.

풀죽신교에서도 강성 단체인 독버섯죽 부대에서 만든 다양한 명언들이 있었다.

못 먹으면 패배이고, 먹고 죽으면 승리다.

인생은 열 사발의 독버섯죽과 같다. 오늘 안 먹으면 내일 먹어야 된다.

용기는 도전 그 자체에서 나온다. 먹고 죽을 죽은 아직 많다.

남기지 않고 깨끗이 먹었다면 그것으로 됐다.

독버섯죽 부대는 늘 선봉에 서며 풀죽신교의 구심점 역할을 확실하게 해냈다.

그들의 전멸이야말로 전투의 시작을 알리는 신호탄!

게다가 북부 유저들 중에서는 매일 삼시 세끼 풀죽을 마시는 원리주의자들까지도 나오고 있었는데, 성지인 아르펜 왕국과 위드는 그들의 신앙과도 같았다.

헤르메스 길드에 대한 적대감은 당연히 최고였다.

"하필 이런 때에 저놈들이 오다니. 별거 아닌 놈들이지만 상황이 너무 안 좋잖아."

"다리 붕괴까지도 전부 계획하고 있었던 거 아냐?"

"설마 그렇게까지야……. 아니, 우연히 벌어진 게 아니라 진짜 그런 건가?"

그리고 독버섯죽과 함께 선봉에 서 있는 아르펜 왕국의 기사 유저들이 얼굴을 드러냈다.

"드디어 우리까지 나서는구나."

"이 순간을 얼마나 기다려 왔는지 몰라. 그 복수의 날이 오늘이다!"

아르펜 왕국에서 시작을 한 기사 유저들은 드높은 명예와 주민들과의 높은 친밀도를 가졌다.

국가와 관련된 퀘스트들을 쉽게 진행하며 공적치를 세울 수 있는 기회도 얻는다. 많은 특혜들을 누리면서, 평소에는 아르펜 왕국의 병사들과 함께 성장도 하고 퀘스트도 진행했다.

왕국이 커질수록 기사들은 이득을 얻지만, 또한 소속 왕국이 멸망이라도 한다면 모든 명예를 잃어버리고 투지까지도 감소하는 불이익을 받았다.

왕국에서 전쟁이나 몬스터 토벌 등을 선포하였을 시에 참여하지 않으면 안 된다는 제약도 있었다.

상인이나 생산, 다른 전투 계열 직업들은 이주를 해 버리면 끝이지만, 기사 직업은 그 왕국에 마지막까지 충성을 다해야 했다.

한마디로 기사가 되면 국왕과 왕국의 운명을 같이해야 하는 복종의 의무가 생긴다.

아르펜 왕국은 침략을 당했음에도 불구하고 위드가 전쟁을 허락하지 않았다.

모든 왕권과 군대에 대한 최종적인 권한을 가진 위드가 국왕의 검을 내려서 왕국군을 이끌고 싸울 기사를 선정하지 않았기 때문이다.

기사 유저들은 그럼에라도 개인적으로 나서서 싸웠지만, 상당수는 울분을 삼키며 각지에서 자신들의 병사들을 훈련시켜 왔다.

기사 1명이 몬스터가 득실거리는 던전이나 마굴로 100명 정도의 병사들을 데리고 들어가면 전체적인 전력을 상당히 빨리 성장시킬 수가 있다.

아르펜 왕국의 취약한 군사력을 향상시키기 위해서는 정예 병력이 필수적.

하지만 도저히 참지 못하고 일부 기사들끼리 뭉쳐서 기사단을 결성하고 싸우러 나왔다.

"벌레들이 날뛰어 봐야 달라질 게 있겠어? 밟혀 죽게 될 운명이지."

"발끝에도 닿지 못할 실력들 주제에 지겹게도 나타났군."

헤르메스 길드에서는 적들이 나타난 것을 보며 비웃었다.

하벤 제국군의 사기가 떨어지기는 했지만 어쨌든 지금까지와 같이 맞서 싸워서 격퇴하면 된다.

하지만 평원에서 끊임없이 일어나는 흙먼지!

"하벤 제국을 격퇴하자!"

모두 이주한 것처럼 비워져 있던 유셀린 마을에서도 유저들이 쏟아져 나오기 시작했다.

여느 때와 같이 끝을 알 수 없는 인해전술이었다.

누구를 얼마만큼 싸워서 격퇴한다는 차원의 전쟁이 아니다. 바다가 옮겨 오는 것만 같은 풀죽신교의 공격이 시작되었다.

그리고 기사단과 독버섯죽의 후미에는 서윤도 있었다.

"언니, 언니는 내 뒤에 숨어요."

"이렇게까지 싸울 필요가 있을까? 넌 어차피 저들을 죽일 수는 없을 텐데."

"한 손이라도 거들어야죠. 그래야 반 친구들한테 자랑도 할 수 있다니까요."

서윤도 하벤 제국과 싸우기 위하여 죽순죽 부대에 합류해서

왔다.

'이거 조금 불리해지는 것 같은데.'

'이 전투는 안 되겠다. 1,000명씩 죽여도 못 이겨.'

'진형도 가다듬어지지 않았고 공격력이 부족해. 싸우다가 저 놈들한테 파묻히겠는걸.'

전쟁 경험이 많은 헤르메스 길드 유저들 중의 일부는 슬그머니 강변으로 가까이 갔다. 갑옷을 벗고 헤엄을 쳐서 강을 건너거나 할 속셈이었던 것이다.

그러나 그들이 아직 알지 못할 뿐, 강물 깊은 곳에도 풀죽신교의 유저들이 있었다.

꼬막죽, 해초죽 부대로 통하는 해녀 부대!

그녀들은 작살을 양손에 들고 먹잇감들이 들어오기만을 기다렸다.

또한 페실 강의 하류에도 유저들이 잔뜩 대기 중이었다.

"여기에 있으면 쓸 만한 놈들 많이 걸려 드는 거 맞겠지?"

"그럼요. 그 사람의 정보는 틀림없을 거라니까요."

다크 게이머들.

이득에 밝은 그들은 다크 게이머 연합에 오른 정보 글을 보고 몰려들었다.

누가 쓴 것인지 알 수 없도록 익명으로 올린 글에서는, 페실 강의 하류에 가서 기다리면 오늘 평소에 보기 어려운 헤르메스 길드의 유저들을 쉽게 사냥할 수 있다고 했다.

보통 익명 글은 믿기 어려운 경우가 많지만 이번에는 그렇지 않았다.

다크 게이머 연합에서 익명으로 꽤 오랜 기간 활동을 하며 따로 별명까지 있는 유저가 쓴 글이었다.

금벌레.

그는 비싼 무기나 보석을 얻었다는 사냥 후기의 글이 있으면 항상 댓글을 남긴다.

> ㄴ 좋은 이야기와 사냥터 정보 잘 봤습니다. 현재 시세로 따지면… 그리고 바가지를 좀 씌우면 일당은 확실히 남겠는데요. 대단히 부럽네요.

> ㄴ 피자 큰 걸로 시켜 드실 수 있겠습니다.

> ㄴ 게오르그에서는 도자기를 구입하셔야죠. 무기 판 돈으로 그냥 돌아오지 마시고 도자기 사서 교역을 하세요. 시장 뒷골목 겻잠 상점에 가시면 원하시는 만큼 물건을 구할 수 있습니다. 단, 주인이 성질이 더러운 만큼 흥정에 주의하셔야 됩니다.

돈과 아이템에 대해서 꾸준한 견적을 뽑아내며 관심을 보인 사람.

그가 남긴 댓글은 시세에 대해 다른 이들이 지적을 할 수 없을 정도로 정확했다.

가끔씩 잘못된 정보 글에 대해서는 그게 아니라는 식으로 보충 설명을 하기도 한다. 특히 몇 쿠퍼의 가격 차이에도 민감하게 반응을 하며 따지고 들었다.

현재 거래되는 장비들의 시세는 물론이고, 귀금속류나 예술품에 이르기까지 상세한 가격대를 알고 있는 자.

유저들에게 능숙하게 바가지를 씌우고, 어떤 고객에게는 어떤 말을 해야 좋을 지에 대하여 함께 고민하는 사람.

다크 게이머 연합에서도 지속적으로 등급이 올라가서 신뢰도가 높은 사람이 확신을 갖고 글을 썼다.

> 페실 강의 하류로 가서 기다리지 않는다면 오늘 일을 1년 정도는 후회하실 겁니다.

다크 게이머 중에서도 상위 10%의 등급만이 읽을 수 있는 비밀 글이었다.

"금벌레라면 친분은 없어도 믿을 수 있어. 최소한 손해 볼 일은 없으니 속는 셈 치고라도 가 보도록 할까."

"돈에 대해서는 왠지 우리 엄마보다 믿을 수 있는 녀석이야."

그리하여 약 600명에 달하는 최고 수준의 다크 게이머들이 하류의 곳곳에 흩어져서 먹잇감들이 내려오기만을 기다리는 중이었다.

"온다!"

"저게 다 몇 명이야. 그야말로 대박이구나!"

풀죽 하늘 부대

위드와 사냥을 개시하고 나서 2시간 정도 만에 드는 생각.

'크게 떠들어 댄 것에 비해서는 뭐, 그럭저럭이군. 전투 감각은 조금 있는데?'

'몬스터들이 정말로 많군. 이런 장소만 골라서 연달아 찾아오다니, 사냥터 선정에 대해서는 해박한 지식을 갖고 있는 것 같아.'

사냥 5시간째.

'으아, 방금 정말 위험했다. 괜히 용맹을 앞세운다고 적들 사이에 뛰어들어서 생명력이 간당간당했는데 저 사제 덕분에 간신히 살았어. 너무 무리하는 건 아닌가?'

'몬스터들의 특성상 위험할 뻔했는데… 과연 암살자인 나는 어디서든 잘 살아갈 수 있어.'

사냥 9시간째.

'죽을 위기를 두 번이나 연속으로 넘겼다. 사냥터들이 무슨 전철 노선도 아니고, 어쩜 이렇게 연속해서 이어져 있는 것이지? 쉬고 싶다. 피로도도 엄청나게 올랐는데. 대검이 너무 무겁군. 슬슬 쉴 때가 지나지 않았나?'

'이렇게 긴 시간 사냥에 전념한 건 처음이다. 머릿속이 어지러워. 암살자? 지겹다. 대충 단검이나 휘두르고 싸우자.'

사냥 13시간째.

'이 사냥 파티의 구성은 기가 막힐 정도다. 각자 맡은 임무를 끝까지 수행하는 기계야, 기계. 지금까지 나는 정말 편하고 행복하게 살아왔구나.'

'사냥이란 무엇인가. 암살자란 직업은 과연 사회에 도움이 되며 존경의 대상일까. 나는 누구? 여긴 어디?'

던전과 던전이 이어지고, 이동하는 중간에도 몬스터 무리와 만나서 싸운다.

몬스터와의 전투가 단순 노동 작업처럼 느껴지고 있었다.

파이톤과 남자는 중간에 자존심을 제쳐 놓고 말했다.

"조금만 쉬다가 하세."

"이렇게 모인 것도 인연이라고 할 수 있는데, 잠깐 휴식을 취하면서 대화라도 나누지요."

위드는 아무렇지도 않다는 듯이 대답했다.

"조금만 더 가면 되니까 우선 던전 정리를 끝내 놓고 편하게 쉬죠."

"그, 그럴까?"

"뭐, 다 끝나 가니까 사냥 속도를 조금 더 올리겠습니다."

"…그러는 편이 좋겠지."

그 말에 넘어가서 2시간이 넘도록 사냥을 했다.

보스 몬스터까지 잡고 나서는 전부 기진맥진하고 말았다.

지금까지 체력과 피로도의 하락은 알베론의 신성 마법으로 약간씩이나마 보완이 되었다. 정상 체력의 불과 20%까지만 채울 수 있었지만, 그걸로도 억지로 몸을 끌고 사냥을 할 수는 있었다.

상쾌한 기분까지 드는 신성 마법이 이토록 증오스럽고 혐오스러운 느낌은 처음.

파이톤과 남자는 땅에 주저앉아서 땀에 흠뻑 젖은 서로의 얼굴을 보며 말했다.

"선택의 여지가 없이 이제 정말 쉬어야겠군. 생명력도 거의 없어."

"고생하셨습니다. 전부 겨우 살아남았군요. 공부를 이렇게 한다면 명문대에 들어가는 수준이 아니라 노벨상이라도 받을 수 있을 것 같습니다."

"정말 농담이 아니야. 우리는 인간의 한계를 극복하고 있어."

위드는 땅에 앉지도 않았다. 조각 파괴술로 얻은 체력은 아직도 남아돌았다.

인간인 이상 전투를 오래 하다 보면 정신적인 피곤함을 느낄 수도 있다.

하지만 그건 위드에게는 해당되지 않는 이야기였다.

레벨을 복구하고 시간 조각술을 빨리 터득해야 하는 마당에 무슨 휴식이란 말인가.

"여긴 축축하고 어둡군요. 바로 옆에 던전이 있는데, 그곳은 쾌적한 편입니다. 거기에서 쉬도록 하죠."

파이톤과 남자는 정말 일어서고 싶지 않았다. 어떤 핑계를 대야 할지 머릿속을 궁리하고 있던 찰나였다.

"편안한 장소에서 식사도 하며 오랫동안 푹 쉬어야 쉰 거 같지 않겠습니까? 고된 사냥 이후의 꿀 같은 휴식이지요."

"끄응."

오랫동안 쉴 수가 있다 하니 억지로 몸을 일으키는 두 사람이었다.

그리고 다음 지하 던전에 도착했다.

사막의 강렬한 햇빛이 군데군데 들어와서 밝고 서늘한 기운이 흐르기까지 했다.

무더운 여름에 은행을 발견한 기분.

파이톤과 남자는 평평한 바위를 찾아서 엉덩이를 붙이고 앉으려고 했다.

"참, 제가 깜박한 사실이 있는데, 별로 중요한 건 아니라서 이제 말씀을 드려야겠습니다."

"뭔가?"

"이 던전에는 몬스터들이 많이 모여서 살아갑니다. 근처에 풍부한 식수원과 먹잇감이라도 있는 모양이지요."

"그런데?"

파이톤은 시시콜콜 이야기를 하고 싶지도 않았다. 적당히 쉬고 낮잠을 자고 나서 이후에 벌어질 일들은 그때 처리하면 되지 않겠는가!

지긋지긋하기까지 한 몬스터에 대해 쓸데없는 말을 늘어놓는 위드가 원망스럽기까지 했다.

"근데 성격이 배타적입니다."

"배타적이라면?"

"침입자를 굉장히 싫어하죠. 그리고 나름 지성이 있기 때문에……."

카앙! 카앙! 카앙!

커다란 뼈다귀들을 부딪쳐서 내는 소리가 던전 내에 울렸다.

"저런 식으로 알리고 나서 부족 전체가 침입자들을 격퇴하러 몰려올 겁니다."

그리고 파이톤과 남자는 던전 가득 몰려오는 푸른색 몬스터들을 볼 수 있었다.

휴식 끝, 전투 시작!

이번 던전에는 몬스터들이 어찌나 많은지 사냥, 사냥, 사냥이 계속 이어졌다.

'속았구나.'

'저놈은 악마다.'

몬스터를 다 해치우기 전까지는 누울 수도 없었다.

몇 시간에 걸친 전투를 간신히 마무리하고 도끼지 내팽개치고 땅에 주저앉았다.

"더 이상은 못 해!"

"좀 쉽시다, 인간적으로 우리!"

두 사람은 누가 먼저라고 할 것도 없이 파업을 선언했다.

위드가 어떤 말을 하더라도 더 이상은 사냥에 따라나서지 않을 결심이었다.

"그렇다면 참 아쉽군요. 저희는 바빠서 기다릴 수가 없으니 다음 사냥터로 가겠습니다."

"그러거나 말거나, 우린 쉴 테니 내버려 두고 어서 가시게."

파이톤은 사냥이 지겨웠다.

아무리 재미있는 일도 오래 하면 지치는 법이다.

위드와 함께하는 사냥은 극도의 효율성을 추구하며, 대화를 나누거나 쉬는 시간 따위는 주지도 않는 기계적인 반복 작업의 결정체였다.

"그럼 나중에 모라타에서 뵙죠."

"잘 가게. 나중에 모라타에서… 응?"

파이톤은 말을 하다가 어딘가 이상한 것을 알아차렸다.

이곳은 남부 어딘가의 사막.

모라타는 북부의 중심…….

두 사람의 시선에 위드가 이빨을 드러내며 사람 좋은 척 웃고 있는 게 보였다.

악마가 필요에 의해서 웃어야 한다면 분명히 저런 표정일 것이다.

"모라타까지 돌아가는 길은 아시죠?"

"모르는데… 유감스럽게도 여기가 어디쯤인지도 알지 못하네만."

"가장 가까운 마을은 저쪽 방향으로 사막을 열흘 정도 걸으면 됩니다. 중간에 물은 구할 수가 없을 테니 가지고 있는 물을 아껴서 마시면서 부지런히 걸어야겠죠."

"열흘 동안 도착하지 못한다면 목이 말라서 죽는 건가?"

"햇볕이 워낙에 강하니까요. 모래 때문에 발목까지 푹푹 빠지는 뜨거운 사막에서 걸어가기가 쉽진 않겠죠. 무리를 이루어서 배회하는 몬스터들이 인간을 참 좋아하는데… 계속 덤벼들 겁니다."

"……."

"그리고 도시가 있었던 것도 몇백 년 전이라서 장담은 못 하겠습니다. 운 좋게 도시로 들어간다면, 그 후에도 사막을 좀 건너고 산도 넘고 물도 지나고 하다 보면 언젠가는 모라타에 도착하겠죠. 여기까지 와서 이렇게 작별이라니. 나중에 모라타에서 뵙겠습니다."

악마의 협박!

사냥에 계속해서 동참하지 않으면 버려두고 간다는 뜻이지 않은가.

주로 엄마들이 떼쓰는 아이들을 상대로 하는 방식이었지만, 그 말을 하는 사람이 위드이다 보니 단순한 협박으로는 느껴지지 않았다.

"이렇게 야비하고 비겁하게……."

남부 사막까지 굳이 멀리 온 것도 어쩌면 이 모든 일련의 상황들을 예상하고 끌고 온 것이 아닐까 하는 생각이 파이톤의 뇌리를 스쳐 지나갔다.

더운 사막 지역에 있지만 소름이 돋을 정도로 악독하기까지
한 계획이었다.

"잠깐 쉬었으니까 그냥 계속 사냥을 가시죠? 고진감래라는
말도 있듯이, 사냥을 하다 보면 스킬도 오르고 경험치도 얻지
않습니까. 전리품도 획득할 수 있으니 일석삼조죠."

별로 공감은 되지 않지만 뜨거운 열사의 사막을 하염없이 걷
고 싶진 않아서 둘은 어쩔 수 없이 일어났다.

그렇게 사냥터를 전전하며 정신과 육체, 모두가 피곤해졌다.

눈이 감기고, 입이 벌어져서 침을 질질 흘리면서도 버텨야
되었다.

파이톤이나 남자나 평소에 자신들이 어디에서 명령을 받거
나 누구 밑에서 일하기에 적합한 성격은 아니라고 생각했다.

'인간은 별게 없어. 굴리면 다 구르는구나.'

'내 몸이 갈수록 적응하고 있어.'

사람들의 극찬을 받는 위드의 지휘 능력에 대해서도 이해를
했다.

부하들이나 동료들이나, 이 정도로 비틀어서 쥐어짜다 보면
다 적응하고 성장을 해 가는 것이다.

처절한 사냥을 지속하면서 악독함 때문에라도 위드를 함부
로 대할 수도 없게 되었다.

'알베론이라는 사제는 교황 후보에 과거의 인연이나 공헌도
때문에 위드를 적극적으로 따르는 성격이니 그렇다고 치고, 페
일이라고 했나? 저 사람은 왜 얌전한 거지?'

'페일이라는 궁수도 우리와 같은 처지일 텐데, 이런 사냥을

하면서 항의 한 번 하지를 않아?'

파이톤과 남자는 동질감, 혹은 집단 항의를 위해서라도 페일을 같은 편으로 두고 싶었다.

페일 역시 궁수로서 탁월하고 쉽게 만나기 어려운 대단한 실력을 갖고 있다.

처음부터 존재감과 말이 별로 없던 페일이라서 관심을 두지 않았는데, 계속 옆에 있으니 같은 편으로 만들면 위드에게 단체로 저항을 할 수 있겠다 싶었다.

그러나 페일의 얼굴을 본 순간, 둘은 고개를 흔들어야 했다.

'틀렸어. 진작에 맛이 갔어.'

'사람이 열흘간 말린 생선 눈빛을 하고 있다니……'

"승리다!"

"풀죽, 풀죽, 풀죽!"

"모든 북부 유저들이여, 마음껏 환호하자!"

"캬아앗! 하벤 제국 놈들을 때리던 그 손맛이란, 실로 끝내주는군."

페실 강가에서의 압도적인 대승!

풀죽신교 내부의 연락망을 통해 북부의 구석구석까지도 전해지면서 환호의 함성이 터져 나왔다.

"이거 섣부른 생각이지만, 진짜 우리가 하벤 제국의 침략을 물리치는 거 아니야?"

"북부가 전부 뭉친다면 당연히 막아 낼 수 있는 거지."

일반 유저들은 아르펜 왕국에 고마움을 느끼면서도 전쟁은 안 될 거라는 생각을 가졌다.

풀죽신교의 연전연패를 냉정하게 지켜보니 하벤 제국이 과연 강하다는 평가를 내렸던 것이다.

중앙 대륙에서 이주해 온 유저들의 경우에는 직간접적으로 하벤 제국의 강력함을 알고 있었기에 더더욱 섣불리 덤벼들지 못했다.

북부 전체가 전쟁으로 들썩이는 와중에도 가만히 평소대로 생활하는 유저들도 절반이 넘을 만큼 아주 많았던 것이다.

이제 막 〈로열 로드〉에 빠져든 초보자들이나, 전쟁과 관련이 없는 직업들도 많이 풀죽신교의 전투단에 동참할 수 있었다.

그리고…….

"삐약! 그쪽 제대로 줄 맞춰라."

째재잭!

"다들 날개 간격으로 흩어져라, 구구구!"

천공의 섬 라비아스.

지상에서는 까마득하게만 보이는 조인족의 도시에도 풀죽신교는 퍼져 있었다.

라비아스에 방문하는 일반 유저들이 매우 많기도 했지만, 조인족을 선택하게 된 유저들은 초창기에 심각한 고민을 했다.

—조인족을 하더라도 풀죽신교에 가입을 할 수 있나요?
—조인족의 부리 구조상 죽을 먹기에는 불편함이 많을 것 같은데 어떤 해결책이 있습니까? 조인족은 꼭 고르고 싶은데 죽도 먹고 싶고… 미치겠습니다.

　　조인족은 대륙의 땅 위에서 살아가지 않는다.

　　자유롭게 대륙을 오갈 수 있는 넓은 생활 반경을 가지고 있었으며 지치지 않고 바다까지도 나아갔다.

　　초기에는 멋모르고 바다 위를 날아다니다가 힘이 빠져서 바다에 떨어져서 목숨도 많이 잃었다.

　　비행에는 큰 매력이 있어서, 날개를 펼치고 나면 땅에 내려앉기가 싫어졌다.

　　아침 해가 떠오를 무렵부터 날기 시작하여 밤하늘의 별들을 보며 날갯짓하는 그 상쾌한 기분은 조인족만이 누릴 수 있는 행복이었다.

　　섬이나 암초를 발견하면 잠깐씩 쉬어 가며 물고기도 잡아먹으면서 자유를 누린다.

　　그렇지만 어떤 지지대도 없는 망망대해에서는 영락없이 죽음을 경험하게 된다.

　　그런 죽음으로 점철된 선배 조인족의 탐험 끝에 안정된 비행 경로를 찾아낼 수가 있었고, 바다 위를 누비며 다니는 선박들도 늘어나서 뱃머리에서도 여유롭게 쉬었다.

　　선원들이 던져 주는 물고기들을 받아먹으면서 높은 곳에서 항해 방향을 알려 주었다.

　　북부에서 행복하게 살아가던 조인족 유저들은 기꺼이 하벤 제국과의 전쟁을 시작하기로 했다.

아르펜 왕국과 풀죽신교, 북부 유저들의 문화와 정신에 동화
되었기 때문이다.

라비아스의 광장에는 맨바닥과 나뭇가지에 수십만 마리의
조인족이 내려앉았다.

그리고 공중에도 떠 있었다.

하늘에서 땅으로 내려오는 조인족의 특성상 몸 위로 떨어져
서 엉키거나 할 수도 있었지만, 정확히 날개 길이 간격으로 서
있었다.

"우리는 자랑스러운 라비아스의 조인족이다, 짹짹!"

"풀죽!"

"우리 조인족은 정의를 실천하며, 약한 이들을 보살피는 데
앞장선다."

"풀죽!"

"단단한 발톱과 뾰족한 부리는 적들을 공격할 것이며, 우리
의 자랑거리인 날개는 승리를 안겨 줄 것이다."

"풀죽!"

"자, 이제 우리는 새로운 전투단을 창설한다. 우리의 이름은
풀죽 하늘부대다!"

"풀죽! 풀죽!"

풀죽 하늘부대의 창설!

지상뿐만이 아니라 하늘을 제압할 수 있는 새로운 전투부대
가 결성되는 순간이었다.

조인족은 먼 거리를 신속하게 이동할 수 있으며, 요새와 같
은 지형지물에도 제약을 받지 않는 특성이 있다.

조인족이 본격적으로 날개를 펼치고 바람을 타면 지상의 구조물들을 무용지물로 만들며, 궁수나 마법사가 모여 있는 후방 부대를 실컷 괴롭히는 것도 가능했다.

　　하지만 조인족은 경험에 의해 자신들의 태생적인 한계도 잘 알았다.

　　전쟁에서는 하늘을 활용할 줄 아는 조인족은 한없이 유리할 것 같지만 또 그렇지만도 않다.

　　하늘을 날아다닐 때는 신속하지만 또 그렇기 때문에 공중으로 쏘아지는 무작위의 공격을 알고 피하기란 어렵다.

　　그냥 하늘로 대충 쏜 화살 한 발에 조인족이 스스로 날아와서 맞아서 죽는 것이다.

　　전투가 벌어지다 보면 주의를 하더라도 매우 자주 발생하게 되는 중대한 약점이었다.

　　갑옷을 입는 게 원천적으로 불가능한 종족이기 때문에 방어력도 정말 약했다.

　　조인족의 주요한 공격 수단인 부리는 인간의 방패를 뚫지 못하며 갑옷을 입은 병사들을 상대로도 그다지 결정적이지는 못하다.

　　몇 차례를 쪼아 대더라도 상대가 죽지 않고 버티며 간단한 반격을 가하면 역으로 위험해질 수 있는 것이다.

　　조인족이 활을 쓴다면 전쟁에서 치명적인 전략 부대로 활용이 가능할 것 같다고 생각하기 쉽다. 하지만 화살을 적에게 맞힐 수 있는 공격 범위까지 들어가게 되면 마찬가지로 장거리 마법의 사정거리에 속하게 된다.

모든 마법들이 멀리까지 공격력을 갖는 건 아니지만 화살과 비슷한 형태로 나아가는 파이어 볼트, 선더볼트, 아이스 볼트 등의 마법은 유효 공격 거리가 매우 길었다.

하늘을 난다는 건 아주 예민한 작업이라서 날개에 부상을 입거나 깃털이 타 버리면 그대로 땅에 추락한다.

—레벨이 40밖에 안 되는데… 뱀도 징그럽고 무서워서 아직 못 잡아먹어 봤어요.
—전 둥지 밖으로 나가지도 못해요. 저랑 같이 시작한 동기는 접속률이 낮아서 아직 알이에요.
—고소공포증이 있는 제가 조인족을 골랐는데 어떻게 하죠. 하늘을 날면 미쳐 버릴 것 같은데요.

조인족은 신생 종족인 만큼 강한 이들이 드물기에 전쟁을 잘 수행할 수 있을지가 더욱 걱정되었다.

하지만 이러한 약점도 곧 인간 유저들의 합류로 극복했다.

"여러분이 싸우실 필요는 없습니다. 우리를 적 진영에 떨어뜨려 주기만 하면 됩니다!"

"적들을 향해 돌격하는 것도 질렸어요. 아예 적들이 가득 차 있는 곳에서 싸우면 훨씬 편합니다."

"뭐, 목숨이야 상관하지 않겠습니다. 멋지게 죽는 것으로도 충분하죠. 저는 독버섯죽이니까요."

북부의 유저들은 조인족에게 자신들을 발톱으로 잡아서 적 진영에 내려 달라고 했다.

이들 역시 아주 강하지는 않지만, 그렇더라도 거리와 지형의 제약을 넘어서 마법사와 같은 전략 부대를 공중에서 습격한다면 큰 피해를 줄 수 있다.

또한 적들의 방어선을 넘어서 점령당한 지역을 다시 빼앗기에도 효과적이었다.

용맹으로 무장한 풀죽 공수부대의 창설이었다.

페실 강에서 벌어진 사태는 헤르메스 길드에도 상당한 심리적인 충격을 안겨 주었다.

제국 전체에서 어비스 나이트와의 승리를 축하하기 위한 연회가 벌어지는 와중에 들려온 흥이 왕창 깨지는 소식이었다.

하벤 제국의 절대적인 위엄에 손상이 가는 사건이 벌어지고 말았다.

"곤란하게 되었습니다. 지금 이와 같은 시기에 그처럼 안 좋은 사건이라니요."

라페이의 부드러운 말에 전쟁을 담당하는 수뇌부는 한마디도 하지 못했다.

지략으로 헤르메스 길드를 이끌어 온 라페이는 아직까지 한 번의 실수도 만들지 않았다.

인간이 앞으로 벌어지게 될 모든 결과를 예측한다는 것은 불가능한 일.

어쩌다가 길드에 손해가 발생하더라도 얼마 후면 수십 배의 이득을 거두었으니 전체적으로 보면 성공만 거둔 셈이다.

라페이가 길드에 미치는 영향력은 그동안 절대적이었다.

길드의 모든 무력은 바드레이를 중심으로 짜여 있지만 그 그물을 다루는 사람은 다름 아닌 라페이이다.

많은 사람들은 라페이와 바드레이가 서로 갈라서고 난 이후를 걱정하기도 했다. 각자 추종자들이 있기 때문에 두 사람의 알력은 헤르메스 길드의 분열으로 이어지게 된다.

하지만 바드레이도 라페이도 자신들에 대해서 너무나도 잘 알았다.

바드레이는 빛나는 태양과도 같은 존재다.

어둠이 없으면 태양이 빛나더라도 오래가지 못한다.

라페이 역시 무력 집단을 이끌기보다는 그들의 힘을 가지고 이용해서 더 큰 것을 얻어 내는 것을 잘했다.

서로 상대방을 필요로 하다 보니 거대한 권력을 쥐고도 분열이 발생하지 않는다.

물론 사람이 살다 보면 예측하지 못한 일들이 자주 벌어지는 만큼 둘이 적대할 수 있는 가능성도 충분히 있었다.

하지만 〈로열 로드〉는 사실 한 사람이 먹기에는 너무나도 큰 먹이다.

단 1명의 황제가 만들어질 것이라는 〈로열 로드〉.

그러나 끝을 모르는 유저들의 유입으로 인하여 그 가치는 하늘에 닿을 정도라고 해도 좋을 정도였다.

섣부른 분열로 헤르메스 길드와 하벤 제국의 전력을 약화시키기보다는 안정적이고 오랜 통치가 가져다주는 이득이 훨씬 더 크다.

라페이와 바드레이는 그 점에서 서로 공감대를 형성했고, 상대방을 믿었다.

'그는 바보가 아니다. 나를 밀어내지 않는 편이 이익이란 것을 잘 안다. 이미 그는 황제 자리뿐 아니라 거의 모든 것을 가졌으니……'

'나보다도 똑똑해. 라페이가 없었다면 헤르메스 길드는 이렇게 빨리 이 자리에까지 올라오지 못했겠지. 라페이를 몰아낸다면 그만큼 길드도 약해진다. 길드의 약점을 속속들이 아는 그가 다른 세력에 들어간다면… 위험하다.'

아군이라도 함부로 믿을 수는 없는 세계.

잠깐씩은 유혹이 들더라도 감정을 추스르고 조금만 생각을 해 본다면 상대방과 함께 가는 편이 훨씬 낫다는 것을 깨닫게 된다.

각자의 마음을 잘 이해하고 있다 보니 서로가 배신을 생각하지 않는다.

그리고 현재는 헤르메스 길드에 어마어마한 제안도 들어와 있었다.

상상조차 되지 않는 금액의 투자!

헤르메스 길드가 앞으로 〈로열 로드〉에서 거두어들일 금전과 권력의 일부를 바탕으로 터무니없는 액수의 투자 제의가 들어온 것이다.

"그런데 그들의 제안이 정말일까?"

"물론입니다."

"그렇게까지는 생각을 못 해 봤는데. 너무나도 많은 돈이라서… 오히려 잘 믿기지가 않아."

"헤르메스 길드가 커지면서 약간은 이와 비슷한 제의가 올 수도 있으리라 생각을 했습니다. 이런 액수까지야 예상을 못 했지만요."

"받아들여야겠지?"

"금액상으로는 불만이 없습니다. 하지만 그들이 내민 손을 바로잡아 줄 필요는 없겠지요. 조금은 우리에게 더 유리하도록 협의를 해 볼 예정입니다."

"지금의 제안으로도 판을 깨지는 않는 게 좋을 것 같다."

"그 점도 충분히 고려하고 있습니다."

라페이와 바드레이 그리고 핵심 수뇌부 몇 명은 제안을 거부할 수 없었다.

돈의 유혹.

10억, 20억 정도의 돈이라면 그들도 자신들의 가치를 잘 알고 있기 때문에 우습게 여길 수 있겠지만, 고작 그 정도의 규모가 아니다.

단위가 몇 개는 다른 수준인 것이다.

돈에 의해서 운명이 바뀔 수 있는 상황이기 때문에 그와 관련된 협상에 모든 신경을 곤두세우고 있었다.

금액과 계약 조건, 법적인 부분까지도 따져 봐야 했으니 라페이와 바드레이가 핵심 수뇌부와 함께 신경을 쓰는 것도 당연했다.

"그런데 건축가들이라니, 별일이 다 있군요."

"전쟁에서 패배한 건 아니니까… 뭐, 패배할 리도 없겠지만……."

헤르메스 길드의 일반 유저들은 예상치 못한 사태가 벌어졌으니 수뇌부의 눈치만 보았다.

그들이 어찌 대처하느냐에 따라서 북부로 추가적인 출병이 이루어지리라.

그런데 수뇌부의 회의가 소집되어도 별다른 방침이 결정이 되진 않았다.

군사적으로 밀린 것도 아니고, 그저 예상치 못한 사건이 벌어진 것에 불과하다. 막대한 인원과 물자를 북부에 쏟아부어야 할 필요성을 느끼지는 못했다.

완벽한 승리를 위해서 추가적으로 군대를 보내기로 할 수도 있겠지만, 라페이와 수뇌부는 그렇게까지 하기에는 자존심이 상한다고 생각했다.

여기서 북부로 더 많은 병력을 보낸다면 대외적으로 헤르메스 길드가 불안하게 느낀다고 보일 수도 있는데, 지금은 그럴 시기가 아니다.

또한 페실 강을 연결하는 다리가 무너진 이상 대군이 건너가는 데에도 며칠 이상의 시간이 필요하기에 지켜보기로 했다.

"평소라면 적들의 움직임을 완벽하게 파악하고 있었을 텐데 정보대를 다른 쪽으로 쓰다 보니 이런 일도 벌어지는군요."

"정보대가 헤르메스 길드의 자랑거리라고는 해도 파견한 인원이 북부 전체에 퍼져 있다 보니 그물망처럼 모든 걸 알아차릴 정도로 세세하게는 안 되었겠죠."

"건축가들이라서 정보대에서도 관심을 갖지는 못했을 것입니다."

"하기야 건축가 따위가… 전쟁에서 별 쓸모도 없었죠. 감히 우리 제국을 침략해서 성공을 거둔 이들이 없어서 요새를 축성하지 않아도 되었고요."

모든 정복 계획을 수립하는 수뇌부에서는 북부 전쟁에 대해서도 수없이 검토해 보고 확실한 승리로 결론을 내렸다.

위드의 예측하기 어려운 변수들을 감안하더라도 이미 벌어진 전력 차가 너무 어마어마했다.

모험과 전쟁은 틀림없이 다르다.

패배를 하려고 해도 그것조차 쉽지 않을 정도의 강력한 군대가 출정을 나갔다.

수뇌부에서는 비밀리에 북부의 실질적인 힘을 약화시킬 다른 작업도 준비를 하고 있어서 더 마음을 놓았다.

라페이는 북부의 전쟁에 대해서 결론을 내렸다.

"위드와의 전쟁은 며칠 내로 벌어질 것입니다. 그리고 우린 패배할 수 없습니다. 지금까지의 다른 전쟁들과 마찬가지로 완벽한 승리로 끝나고, 아르펜 왕국의 궁전은 파괴되고 북부 대륙 역시 우리의 지배하에 들어올 것입니다."

"현재까지 포섭한 인원은, 죽순죽 부대에서만 890명 정도입니다."

"죽순죽은 별 가치가 없지 않습니까?"

"레벨은 낮아도 특별히 영향력과 신망이 있는 이들을 위주로 추렸고, 특히 광부와 상인 같은 비전투 계열들이 다수 포함되었습니다."

"그렇다면 쓸모가 있겠군요. 버섯죽은 상황이 어떻지요?"

"레벨 350대를 기준으로 그보다 상위인 유저들에게 개별적으로 접촉하여 포섭이 완료되어 갑니다. 미리 사전 작업을 실시해서 성공률이 높아 약 2,000여 명쯤 됩니다."

"대추죽과 도토리죽은 지속적인 작업을 진행 중인데, 보안을 유지하기 위해서 포섭된 이들을 통한 소개를 위주로 하고 있습니다."

하벤 제국의 정보대는 북부에서 맹활약을 펼치고 있었다.

그들은 음지에서 살아가며 대륙 정복을 위한 정보 수집과 사전 작업을 진행한다.

정보대에 속한 유저는 명성을 높일 만한 퀘스트를 진행해도 안 되며, 헤르메스 길드 내에서 다른 사람들과 친분을 깊게 다져서도 안 된다.

여러모로 제약이 많은 직업이지만 길드 내에서 그만한 물품과 금화, 추후의 직위를 보상으로 약속받고 활동했다.

하벤 제국의 정보대에서 입수한 북부 유저들에 대한 상세한 정보와 핵심 인물 포섭 작업은 정복을 위한 큰 그림을 그리는 데 사용되었다.

"그런데 고작 북부와의 전쟁을 위해서 이렇게 많은 대가를 약속하고 포섭을 할 필요는 없지 않습니까?"

"수뇌부에서는 정복 이후의 통치를 감안한 것 같습니다. 아무래도 북부는 저항이 심할 테니 하벤 제국에서 직접 통치를 하기보다는 우리의 앞잡이를 놓아두는 것이지요."

"그래도 반란이 일어나는 걸 막진 못할 텐데요."

"군대를 이용하여 즉시 진압합니다. 그보다도, 앞으로는 포섭 작업은 축소하고 가능한 한 많은 정보대원들을 대지의 궁전으로 이동시키라는 수뇌부의 명령입니다."

"대지의 궁전이라면 위드가 있는……."

"이미 헤르메스 길드의 암살단이 대지의 궁전으로 잠입하고 있습니다. 전쟁이 벌어지게 되면 그들과 협력하여 위드를 척살하는 것이 목표입니다."

헤르메스 길드에서는 위드가 대지의 궁전에서 벌어질 전투에 나타난다면 목숨을 빼앗을 계획이었다.

전쟁에서 뼈저린 패배와 죽음을 경험하게 해 주는 것이 가장 확실하지만, 위드가 불리해지면 미꾸라지처럼 빠져나가지 말란 법이 없다.

위드는 확실히 어떤 어려운 상황에서도 생존력만큼은 뛰어나다는 점을 누구나 인식하고 있었다.

조각술 최후의 비기 퀘스트마저도 성공한 위드가 빠져나가서 북부를 돌아다닌다면 그것도 나름대로 귀찮은 일이 된다.

헤르메스 길드에서는 가능하면 전쟁 중에 군대를 통해서 위드를 척살하고, 여의치 않으면 대대적인 암살자들의 투입으로 해결을 보기로 했다.

전쟁에 투입된 하벤 제국의 병력이 엄청난 만큼 어느 쪽이든 위드의 죽음은 결정되어 있는 것이나 다름없다고 보았다.

"후후후."

던전 사냥을 하고 있던 위드에게도 예상대로 페실 강의 작업이 성공적으로 마무리되었다는 소식이 전해졌다.

유셀린의 선술집에서 강가를 지켜보던 마판이 귓속말로 알려 준 것이다.

"여러분, 오랜만에 기쁜 소식입니다."

"뭐요……?"

파이톤은 땅에 주저앉아서 물었다.

불굴의 체력을 가진 위드를 따라다니다 보니 하루 만에 완전히 녹초가 되었다.

그들이 힘이 빠지면 위드는 앞장서서 싸우면서 몇 배나 되는 몬스터들을 해치웠다.

조각 파괴술로 예술 스탯을 체력으로 몽땅 몰아 놓은 만큼 지치지도 않고 팔팔했다.

동료들을 지키기 위해 포위한 몬스터에게 두들겨 맞아도 높은 생명력을 바탕으로 저돌적으로 싸웠다.

파이톤과 남자는 입가에 악마 같은 미소를 지으며 맹렬한 공격을 퍼붓는 위드를 보면서 질릴 만큼 질리고 말았다.

"하벤 제국군의 북부 정벌군이 페실 강에서 큰 타격을 입었다고 합니다."

"오, 축하드리오."

"좋은 소식이군요."

파이톤과 남자는 건성으로 이야기를 했다.

그들도 헤르메스 길드가 이끄는 하벤 제국을 밉상으로 생각했다. 실질적으로 중앙 대륙에서 그들과 약간씩 마찰을 경험하기도 했다.

그렇지만 위드가 잘되었다니 왠지 모르게 상한 치킨을 먹었을 때처럼 창자가 꼬이는 기분이었다.

위드가 밝게 웃으며 말했다.

"그들이 페실 강을 쉽게 건너지는 못할 겁니다. 우리에게 사냥을 할 수 있는 며칠의 시간이 더 주어진 것 같습니다."

안색이 하얗게 질리는 세 사람.

파이톤과 남자만이 아니라, 페일조차도 그러한 사태에 대해서 감당할 마음의 준비는 안 되어 있었다.

페일이 힘겹게 이야기했다.

"그러면 여유가 있으니 앞으로는 쉬엄쉬엄해도……."

"기회가 찾아왔군요. 사막의 가능한 모든 던전들을 쓸어버릴 수 있을 것 같습니다."

"……."

위드는 그렇게 사냥 동료들을 끌고 던전을 정복하느라 여념이 없었다.

사막의 던전들은 거의 독차지하고 있었으니, 고기 뷔페를 능가하는 던전 뷔페!

반 호크와 토리도를 소환해서 철저히 부려 먹고, 약간 까다로운 던전은 조각 소환술로 누렁이와 금인이도 데려왔다.

어떤 던전이든 필요한 맞춤 전력을 즉각 보충할 수 있는 시스템이었다.

하지만 이제부터는 사냥의 중간중간 필요에 의해 넉넉하게 휴식도 취했다.

알베론의 신성 마법이 있더라도, 그리고 영양가 만점의 맛있는 요리를 먹더라도 체력이 버틸 수 있는 한계가 있다. 사막 지역에서는 특히 체력이 약해지면 몸살을 앓을 수 있기 때문에 피로를 잘 관리해야 했다.

"다 먹고살자고 하는 일이니까요. 3시간 동안 휴식을 취하겠습니다. 식사도 하시고, 편하게 누워서 쉬세요."

위드의 말에 다들 그 자리에 널브러졌다.

어느새 페일도 동병상련의 입장에서 파이톤과 남자와 함께 잘 어울렸다.

"3시간이면 제법 쉴 수 있겠는데요."

"그러게나 말이오. 이게 웬 떡인지."

"아마 자기도 좀 하다 보니 질렸을 겁니다. 인간이니까요."

그렇게 3명이 대화를 나누며 쉬고 있는 동안에 위드는 조각칼을 꺼냈다.

필요한 조각 재료는 근처에 널려 있는 모래를 활용했다.

사막의 모래를 쌓아서 굳혀 가면서 만드는, 시간과 자연의 조각품.

모래로 형성된 조각품들이 시간 조각술의 효과에 의해 조금씩 깎이고 무너져 내렸다.

〈절대적인 대제왕〉
사막 지역을 통합한 위대한 대제왕의 조각품이다. 사막에서 살아가는 모든 부족들은 이 조각상 앞에서 경배하지 않을 수 없으리라.
예술적 가치: 54

"음, 이곳에서는 내 조각품을 위주로 만들면 충분하겠군. 계속 우려먹다가 질리면 부하들을 하나씩 조각하는 것도 괜찮겠지. 근데 부하들이 어떻게 생겼더라?"

전일, 전이 등, 부하로 거느렸던 사막 전사들의 얼굴을 떠올려 보려고 해도 잘 기억이 나지 않았다.

벌써 다 써먹고 단물이 빠진 후였기 때문!

위드는 조각 파괴술을 이용하여 전투를 하고, 스킬의 효과가 끝나고 난 휴식 시간에는 조각품을 깎았다.

밥도 짓고, 검과 방어구도 손질하며, 조각품도 깎아야 했으니 휴식이 없었다.

지켜보는 이들이 혀를 내두르게 할 정도의 노가다의 강행군이었다.

그렇게 하루, 이틀 시간이 흘렀다.

현실에서의 식사와 화장실 출입, 4시간의 정기적인 수면 외에는 사냥과 조각술 스킬의 숙련도를 위하여 순전히 〈로열 로드〉에 몰두했다.

사냥 동료들이 접속하지 않더라도 조각 생명체와 다니거나 조각품을 깎을 수 있으니 쉬어야 할 이유가 없었다.

전쟁이 벌어지기 전에 시간 조각술을 달성하느냐 마느냐에 따라서 너무나도 결정적인 차이가 날 수 있다.

하지만 조각술 최후의 비기인 만큼 숙련도는 눈곱처럼 조금씩 오르고 있었다.

"할 수 있는 데까지 해 보자. 노가다야말로 예술의 꽃이니까! 오늘 노가다를 좀 더 하면 목표를 달성하는 데 하루의 시간을 줄일 수 있어."

하벤 제국의 북부 정벌군도 페실 강을 건너기 위하여 고군분투를 했다.

만약 페실 강을 우회한다면 지금까지 정복한 지역보다도 훨씬 많은 거리를 돌아가야 한다.

"초대형 뗏목 수천 개를 보내서 일제히 건너도록 합시다. 강의 반대편을 장악하고 나면 하루 내에 모든 병력이 건너갈 수 있을 것입니다."

군단장들은 그렇게 결정을 했다.

강을 건너기 위해서는 뗏목을 만들어야 했기에 근처의 두꺼운 나무들을 벌목하기 위해 부대들을 파견했다.

힘 좋은 기사들이 있었기에 나무를 벌목하여 뗏목을 만드는 것 정도는 어렵지 않은 목표라고 생각했다.

"여기 숲이 있었던 것 같은데……."

"아니, 저 산의 나무들은 다 어디로 간 것입니까?"

벌목을 하러 나온 기사대는 황당해했다.

진군을 해 오면서 지나쳤던 수많은 산과 숲이 몽땅 사라졌다. 나무가 심겨 있던 장소에는 무언가에 심하게 파헤치기라도 한 듯한 흔적만 남아 있었다.

"이게 아무래도 이상한데… 주위를 좀 둘러봅시다."

허탕을 치고 이대로 돌아갈 수는 없었기에 기사대는 수색을 실시했다.

그리고 한참을 돌아다닌 끝에 돌아다니는 나무들을 발견할 수 있었다.

나무들은 뿌리를 다리처럼 이용하며 먼 곳으로 걸어가고 있었다.

이런 짓을 벌일 수 있는 것은 엘프들!

북부의 엘프 유저들이 나무들을 먼 곳으로 옮겨 버리고 있는 것이었다.

"이런! 어서 엘프들을 죽이고, 본대에도 보고를 해라!"

북부 정벌군에서는 나무를 구하기 위해서 예상보다 더 많은 시간을 써야 했다.

결국에는 페실 강으로 나무를 운반해 와서 뗏목들을 조립하는 데에도 닷새나 걸렸다.

그렇다고 강을 바로 건널 수가 있는 것도 아니었다. 하필이면 비가 내려서 강물이 불어나는 바람에 하루하고도 반나절을 더 기다렸다.

"이것은 정말……."

"우리에게는 불운이로군요."

헤르메스 길드의 유저들은 원망스럽다는 듯이 하늘을 봤다.

당장 강을 건너갈 생각을 하고 있었기에 천막까지도 짐으로 따로 챙겨 놓아서 병사들이 비바람에 그대로 노출되었다.

"병사들의 사기가 하락할 텐데요."

"그보단 체력 저하나 병이 생겨나는 것이 더 걱정입니다."

지휘관이 되어서 병사들로 가득한 군단을 이끄는 느낌은 놀라울 정도였다.

자신이 지휘하는 몇만 명의 병사라면 어떤 성이라도 정복을 시도할 수가 있는 것이다.

하물며 북부 정벌군이라는 명예와 자긍심이라면 말할 것도 없다.

알카사르의 다리가 무너지고 난 이후로 사소한 문제들이 계속 발목을 잡으니 군단장들도 인내심이 점점 줄어들었다.

비가 완전히 그치고 난 이후 구름 한 점 없이 맑은 날씨가 되었다.

하벤 제국의 북부 정벌군은 뗏목을 타고 페실 강을 건넜다.

1회의 상륙을 마치고 나서 북부의 유저들이 필사적으로 덤벼들었지만, 마법사와 기사, 궁수 등으로 이루어진 최고의 정예들은 무사히 버텨 내었다.

전투가 벌어지는 사이에 2차, 3차 상륙들이 이루어지면서 안정화 작업에 성공.

불리한 지형으로 인해 8만에 달하는 병력 피해를 입었지만 노력 끝에 군대 전부와 보급 물자들이 전부 강을 넘어갔다.

대제왕의 퀘스트

위드는 사막에서의 사냥으로 레벨을 올려서 422가 되었다.

믿을 수 없을 정도로 빠른 성장으로, 던전에서의 경험치 2배의 혜택도 봤지만 그만큼 부지런하게 사냥을 했던 것이다.

시간 조각술도 초급 6레벨이 되었다.

대작이나 명작까지는 아니지만 걸작이 3개나 나와 준 덕분이었다.

"흠, 정말 스킬 레벨이 빨리 오르지를 않는군."

조각품에만 전념을 하더라도 쉬운 게 아닌데 잃어버린 레벨을 복구하기 위해서 사냥도 해야 하니 최선을 다해도 한계가 있었다.

"이럴 때 바로 끝나면서 보상은 큰 퀘스트가 하나 있으면 좋을 텐데."

보급과 전리품의 판매를 위해서 오아시스와 강 주변에 번창한 사막 도시들에도 한 번씩 방문을 했다.

"멋진 전리품들을 많이 가져오셨군. 그대야말로 전사 중의 전사라고 할 수 있소."

"목걸이로 만들면 기가 막힌 이 상아의 가격은 얼마만큼 쳐주시겠습니까."

"상아라면 찾는 사람이 많아서 800골드 정도는 쳐 드리지."

"기왕 쓰시는 김에 200골드만 더 쳐주시죠. 제가 이미 다 가공을 해 왔습니다."

"정말 훌륭한 세공품이오. 그대의 뜻이 정 그렇다면 그 정도의 가격은 인정을 해 주는 게 옳겠지. 앞으로 계속 거래만 해주시오."

위드는 사막 도시 상인들과도 친분을 다졌다.

번창한 사막 도시는 중앙 대륙이나 북부와는 전혀 다른 문화로 성장했다.

상체를 벗고 다니는 강인한 전사들의 고향.

물 담배를 피우며, 사치품과 예술 시장이 발달했다.

위드가 사막의 대제로서 남겨 놓은 몇 개의 조각품이 도시의 보물처럼 그대로 간직되어 오고 있었다.

팔로스 제국의 흔적도 고스란히 남았다.

중앙 대륙에서 약탈한 다양한 귀중품들이 도시 귀금속 시장에서 거래되었다.

"인구는 많이 늘어났지만 경제적으로는 성장하는 데 한계가 있군."

위드는 사막 도시를 돌아다녀 보고 나서 한숨을 쉬었다.

한때나마 자신의 흔적이 남아 있다 보니 앞으로 사막 지역도 발전을 거듭하기를 바랐다.

하지만 사막의 특성상 교통이 편리하지도 않고, 농장이나 광산 개발도 이루어지지 못한다. 도시들도 오아시스와 강을 반드시 끼고 있어야 했기에 더 이상 확장이 이루어지지 않았다.

과거에 사막 지역에 비를 내리게 하면서 비옥한 곡창지대를 만들어 놓았는데 그것마저도 현재는 물이 메말라서 경작 범위가 많이 줄어들었다.

버려진 땅과 도시들은 몬스터가 들끓는 폐허로 남았다.

특수작물들은 재배를 엄두도 내지 못하고, 고작해야 밀과 보리, 쌀과 같은 곡물들을 키워서 식량을 해결하고 있었다.

양과 낙타를 키우는 유목민들은 여전히 정처 없이 떠돌아다닌다.

역사적인 팔로스 제국의 흔적으로 인해 사치품 시장이 발달해서 값비싼 물품들이 많았지만 앞으로의 전망이 결코 밝지만은 않았다.

"먹고살 거리가 없어. 청년 실업의 문제를 극복하지 못한 전형적인 모습이라고 할까. 전사들이 그나마 사냥을 해서 돈이 돌아가는 구조군. 용병 산업 정도만이 그대로 유지되고 있어."

사막 도시에 들어가 보면 여러 가지 이야기들을 들을 수는 있었다.

"팔로스 제국의 보물에 대해서 관심이 있는가? 내 솔깃한 정보를 가지고 있는데, 듣고 싶다면 2,000골드만 내게."

제국의 보물!

파이톤과 남자는 솔깃했지만, 위드와 페일은 무덤덤했다.

북부로 상당량 빼돌려지긴 했지만 팔로스 제국의 보물이 다른 장소에도 어느 정도는 묻혀 있을 것이다. 문제는, 그 보물의 양과 가치만큼이나 찾아내는 어려움이 보통이 아닐 것이라는 점이다.

　북부에서의 발굴 작업도 지지부진한 이 마당에 새롭게 보물을 탐색하기란 무리였다.

　"으음, 사막의 대제왕 위드. 그분의 전설은 우리 사막의 아이들이 매일 듣고 자라는 것이지. 우리 어머니께서도 나에게 밤마다 이야기를 하셨다오."

　"어떤 내용입니까?"

　위드는 자신의 평판이 어떻게 변해 있을지가 궁금했다.

　"사막의 대제왕은 철혈의 피가 흐르는 분이었소. 이 사막을 완벽하게 평정하고 나서 대륙으로 진출하는 대단히 큰 업적을 남기셨지. 그분이 건국한 팔로스 제국 시대는 우리 사막인들의 역사에서는 황금기라고 부를 수 있다오."

　"정말 훌륭하신 분이군요."

　사막 도시를 들어가면 위드의 입가에는 흐뭇한 미소가 감돌았다. 후인들 사이에서 칭찬이 자자하였으니 나쁠 건 없지 않은가.

　방문한 사막 도시에 유저들은 상당히 드물었다.

　역사가 새로 쓰이며 남부도 다른 지역에 비할 바는 아니지만 어느 정도 번창을 하게 되었다. 그럼에도 아직은 중앙 대륙과 인접하고 날씨가 덜 더운 지역에만 유저들이 많은 편이었다.

　위드가 다른 사냥 동료들과 함께 있는 장소는 어지간한 레벨로는 마음 놓고 돌아다닐 수가 없었다.

그럼에도 가끔씩 만나는 유저들마다 고개를 가볍게 숙여서 인사를 하면서 지나갔다.

끝없는 모래를 걸어서 고요의 사막과 가까운 도시까지 오기는 쉽지 않다. 어려움을 뚫고 이곳까지 온 유저들은 레벨이 높은 모험가들이거나 전사들이었다.

"자네는 꽤나 경험이 많은 모험가처럼 보이는군. 사막에 잠들어 있는 뜨거운 유산을 찾는 도전을 시작해 보지 않을 텐가? 별로 어려운 건 없다네. 가볍게 목숨을 걸면 되지."

도시의 노인들은 위드를 보면 가끔 그런 말을 던졌다.

위드의 과거, 사막의 대제왕이 남긴 유산을 찾는 연계 퀘스트로 이어지게 될 소지가 높은 것들.

"됐습니다."

"쉿, 그러지 말고 자네에게만 알려 주도록 하지. 이 광활한 사막에는 부족들이 뿔뿔이 흩어져 있어. 이들을 하나로 묶고 어딘가에 있을 대제왕의 흔적을 찾아낸다면 부와 명예, 권력, 그 모든 것을……."

"관심 없다니까요!"

퀘스트는 도전해 볼 만하긴 했다.

연계 퀘스트를 해결하면서 맞닥뜨리는 고난도, 무엇이 무서울 것인가. 조각술의 비기들, 시간 조각술만 쓸 수 있게 된다면 어떤 퀘스트에서도 발군의 성과를 낼 수 있었다.

사막의 비밀들.

도시의 흔적이나 전사들의 매장터, 과거에 알아냈던 몬스터에 대한 정보들이 지금은 대여섯 번씩 우려낼 수 있는 사골 국물처럼 귀중한 자산이 되었다.

다만 하벤 제국의 북부 정벌군과 싸울 시간이 다가오고 있기 때문에 사냥을 통해서 레벨을 올리는 데 충실했다.

> —하벤 제국군이 페실 강을 모두 건넜습니다.

> —북부의 유저들이 기습을 감행했지만 별 피해는 입히지 못했습니다.

> —하벤 제국군 놈들이 잔뜩 독기가 오른 모양인데요. 북부 유저들이 보이기만 하면 지역 전체를 초토화시킬 정도의 마법 공격을 가하고 있습니다.

> —대지의 궁전에서 약 10킬로미터 앞까지 진출했습니다. 병사들이 속보로 이동하면 2~3시간 안에 도착 가능합니다.

> —놈들이 진군을 멈추고 공성 무기를 조립 중입니다. 대형 공성 무기만 약 400개 이상입니다. 한눈에 다 안 보일 정도입니다. 대장관이에요!

마판이 정기적으로 현재 상황을 간추려서 보고해 주었다.

대지의 궁전을 향한 북부 정벌군의 위협은 갈수록 심각해지고 있었다.

며칠이 지난 후, 이제는 도저히 사막에서 떠나지 않을 수가 없게 되었다.

"이런 날이 결국 오는군."

위드는 가볍게 한숨을 내쉬었다.

헤르메스 길드에 대한 원한은 손톱까지 사무칠 정도였다.

"갈수록 서민들만 팍팍해지는 이 세상. 삼겹살도 마음 놓고 못 먹고, 과일값은 수시로 오르고. 전기세는 호시탐탐 올릴 기회만 노리고 있지."

사과와 배 가격이 오른 것도 헤르메스 길드 탓!

"아쉽지만 대지의 궁전으로 가야겠습니다."

위드가 드디어 사냥 종료를 선언했다.

'드디어 끝이다.'

'이 시간이 진정 오다니, 믿기지가 않는다.'

'아싸.'

파이톤, 남자, 페일은 만세를 부르고 싶었지만 얼굴색을 딱딱하게 굳혔다.

너무 기뻐하는 모습을 보인다면 다시 사냥을 하자고 할지도 모를 일이지 않은가.

첫날은 정말 지옥과도 같았지만, 다음 날부터는 조각품을 깎느라 약간은 해방되었다.

그럼에도 모래바람을 맞으며 던전을 헤매는 일은 경험해 본 것 중에서 최악이었다.

가장 나이가 많은 파이톤이 헛기침을 하며 말했다.

"바쁜 일이 생겼으면 어서 가야지. 자, 빨리 돌아가세나."

"유린이는 잠시 후에 올 겁니다. 떠날 준비를 하지요."

그들은 사막 도시를 돌아다니며 사냥을 통해 벌어들인 돈을 투자했다.

그림 이동술로는 많은 물건들을 운반하지 못한다.

그렇기에 전리품들도 팔아서 보석으로 바꾸고 나서 집과 땅,

상점을 샀다.

사막 도시는 아직 집값이 저렴했다.

앞으로도 이곳까지 와서 살아갈 사람들은 제한적일 것이므로 이득을 크게 거둘 수는 없으리라.

하지만 사냥터만큼은 최고 중의 최고였다.

묻어 놓는 셈 치고 투자를 해 놓으면 훗날 언젠가 다시 사냥하러 올 수도 있지 않겠는가.

'다시는 안 와.'

'여길 또 오면 사람 새끼가 아니지.'

'늙어서 흙집에도 내가 안 산다.'

유린이 도착하자, 그들은 대지의 궁전으로 떠나갔다.

대지의그림자.

은링, 벤, 엘릭스로 구성된 베르사 대륙 최고의 모험가 파티는 발할라 신전에서부터 시작된 연계 퀘스트를 진행하였다.

그 과정에서 엠비뉴 교단을 만천하에 드러나게 했지만, 그들을 몰아내는 데 공헌도 하였다.

엠비뉴 교단이 그림자 속에서 완전한 준비를 갖추기 전에 일찌감치 세상에 부각되게 하고, 신앙심을 강화시키는 신물들을 찾아내고 파괴해 왔던 것이다.

문제라면 그들이 어떤 모험을 하고 있는지 주민들은 물론이고 유저들도 까맣게 모른다는 것이었다.

최종적으로 메타페이아에서 엠비뉴 신의 다섯 번째 팔, 지진을 일으키는 엠비뉴의 철퇴까지도 찾아내어서 영원히 끓는 용암 속에 던져서 파괴했다.

"엠비뉴 교단에 대해서 물어봤는가? 그게 무엇인데? 우리처럼 불쌍한 사람을 돕는 집단인가 보우?"

"으음, 엠비뉴 교단이라. 마침 배가 고픈데 빵이라도 좀 사 주면 그들에 대해서 자세히 알려 주도록 하지. 그들은 생선을 아주 좋아하는 단체라오."

"은링, 벤, 엘릭스라는 이름을 가지고 있다고 했는가? 오래 전에 들어 본 적이 있군. 요즘에 그들이 뭐 하고 있는지는 모르지. 어디에서 땅이라도 파고 있나?"

대륙을 파괴하며 떠들썩하게 사고를 쳤던 엠비뉴 교단은 그 흔적마저도 대부분 사라지고 난 후였다.

모험가들은 자신의 업적이 알려지지 않으면 심한 좌절감과 부당함을 느낀다.

"으이구, 우리는 1년 동안이나 헛수고를 하면서 돌아다녔던 거야."

"엠비뉴 교단이 싹 사라져서 다행이기는 한데, 정작 우리가 한 건 아무것도 아니게 되었네요."

"다른 모험을 해야 하는데, 지금은 기운이 빠져서 그냥 푹 쉬고 싶소."

대지의그림자는 휴양지에나 가서 휴식을 취하려고 했다.

발할라 교단의 연계 퀘스트를 따라다니면서 사냥과 탐험은 지긋지긋하게 했다. 여유롭게 시간을 보내면서 재충전의 시간을 가지려고 했다.

"쓸 만한 낙타를 구하신다고?"

"네. 빠르지는 않아도 되니까 말을 잘 듣고 튼튼한 놈으로 주세요."

"우리 사막 지역에서는 쌍봉낙타가 최고지. 가격은 좀 비싸지만 어디든 갈 것이오."

"그 녀석으로 주세요."

대지의그림자 파티는 메타페이아에서의 퀘스트를 완료하고 사막 지역에 있었다.

그들은 낙타를 구해서 사막 지역을 벗어나려고 했다.

"떠난다니 아쉽구려. 뭐, 이제 갈 사람들이니 필요 없겠지만, 그래도 솔깃한 이야기가 있는데 들어 보시겠소?"

강렬한 퀘스트의 느낌!

은링은 지쳐서 관심도 없었지만 모험가의 습관으로 들어는 보자고 판단했다.

어떤 정보라도 들어서 해가 될 것은 없었기 때문이다.

중요한 이야기까지는 아니더라도 도시 내에 물건을 싸게 살 수 있는 가게라도 알려 준다면, 다른 도시로 이동을 하면서 교역으로 짭짤하게 돈을 벌 수 있었다.

"우리 사막의 사람들은 원한과 은혜를 잊지 않지. 가끔 우리는 생각을 해 본다오, 사막의 대제왕인 위드 님께서 나타나지 않았다면 우린 과연 어떻게 살고 있었을지."

"아, 위드 님요."

은링은 맥 빠진 소리를 냈다.

다른 유저들은 위드를 모험가로서 우러른다.

모든 불가능했던 퀘스트의 해결사이며 어떤 역경도 돌파하니 대단하게 보는 것도 당연했다.

아르펜 왕국이 위기에 빠져 있고 개인적인 전투 능력은 바드레이에게 밀리지만, 퀘스트에서만큼은 누구나 최고로 인정을 했다.

그 부분이 모험을 전문으로 하는 대지의그림자 파티에는 씁쓸하기 그지없었다.

실력 부족이 아니라, 발할라 교단의 연계 퀘스트만 아니었다면 충분히 그 이상의 업적을 달성할 수 있었다고 믿고 있기 때문이다.

현지의 주민들은 어디에서나 위드를 칭송하고 있었다.

은링은 뒤로 돌아섰다.

"시간만 낭비했네. 어서 가요."

엘릭스와 벤의 표정도 좋지 않았다.

사막에까지 와서 헛수고를 한 마당에 이런 말까지 들어야 하다니!

낙타 상인이 떠나려는 그들의 등 뒤에서 말했다.

"대제왕께서는 역사적으로 위대한 업적인 팔로스 제국을 건국하셨지만 우리 사막에서 살아가는 인간들은 거룩한 권능으로 탄생시킨 강물과 오아시스들을 더욱 감사하게 생각하고 있소. 부모님과 우리, 그리고 아이들이 마실 물의 고마움이 어떠한 것인지는, 사막에서 살아 본 적이 없다면 알지 못하겠지."

"네네, 그런데 저희는 바빠서 이만……."

"그 생명줄이 점점 메말라 가고 있소. 위대한 대제왕의 유산도 허락된 수명을 다해 가고 있는 것이지. 그리하여 사막은 지금 아주 거대한 위기에 휩싸이게 되었소. 줄어드는 오아시스와 메마르는 강줄기. 대제왕에 의해 극적으로 통합되었던 사막 부족들은 생존을 위해서 다시금 서로를 증오하고 있지. 사막 전체를 휩쓸아치게 될 피의 모래바람이 일어나기 직전이라고 할 수 있소."

은링과 엘릭스, 벤의 발길이 뚝 멎었다.

아무래도 역시 퀘스트의 느낌이 강렬했다. 듣지 않고 떠나기에는 모험가의 본능이 몸을 붙잡았다.

돌아선 채로 눈치를 보던 그들 중에서 은링이 조심스럽게 말했다.

"물이 부족해져서 부족들 간에 큰 싸움이 벌어지는 건가요?"

사막 부족들 간의 싸움이라면 곧 지역 전체를 둘러싼 전쟁으로 커질 수 있다.

위드의 모험으로 인해 사막 지역의 인구도 상당히 많아졌기 때문에 그것은 보통 일은 아니리라.

당장 사막에서 활동하는 유저들이 위험해지고, 생필품의 가격이 급등하게 될 것이다.

"하루가 지나면 낙타의 발자국이 모래바람에 완전히 지워지듯이, 이대로라면 조만간 예정된 일이나 다름이 없다오. 몇 번의 해가 뜨고 지고 난다면 앞으로 살아갈 수 있는 자와, 발자국이 모래에 뒤덮이듯이 사라지게 될 자들이 결정 나겠지."

"양보하고 참으면 좋을 텐데요."

"우리도 바보는 아니오. 이런 싸움이 우리 모두를 파괴한다는 걸 잘 알고 있지. 어렵게 세워진 도시들과 문명을 지워 버리게 되겠지. 하지만 물은 절대로 양보할 수 있는 재산 같은 것이 아니지. 지금처럼 부족들끼리의 감정이 격해지게 되면 해결할 수단은 오직 전쟁뿐."

숙련된 모험가들은 주민들의 말을 그냥 흘려듣지 않는다.

'규모가 클 것 같아.'

'으음, 이런 퀘스트를 원했지.'

'전쟁을 막아 내고, 사막 부족들을 평화롭게 만들라는 부흥 퀘스트일까? 단순하면서도 어려울지도.'

그리고 앞으로의 이어지게 될 말을 기다렸다.

"우리 사막 부족들끼리의 전쟁을 막는 것은 단 한 가지의 방법뿐일 것이오. 전설 속에서나 나올 법한 이야기가 되겠지만, 사막 전체를 하나로 통합해서 이끌어 줄 대제왕이 등장을 하는 것이지."

"네엣?"

"대제왕께서 이 사막에 남겨 놓은 장비들과 힘의 유산을 찾아서 그분의 후예가 되는 것 말이오!"

벤이 눈치를 보며 말했다.

"말씀만 들어도 상당히 어렵겠습니다. 대제왕의 유산이라면 그 가치도 엄청날 테고요."

전쟁의 시대 당시에 위드가 쓰다가 남긴 장비라면 돈으로 환산하기 힘든 가치가 있었다.

"대제왕의 부하들은 그분이 쓰던 장비들과 힘의 유산을 매우 위험한 장소에 숨겨 놓았다고 하오. 들리는 소문으로는, 목숨을 걸지 않으면 도전할 수 없는 곳들이라고 하지."

"……."

"수많은 사막 전사들이 무가치한 전쟁을 막고 대제왕의 위업을 잇기 위하여 존엄한 힘의 유산을 찾기 위한 도전을 하고 있소. 대제왕의 지식과 힘을 얻는다면 이 사막을 지배하는 왕 중의 왕이 되겠지. 하지만 이건 순수하고 영예로운 사막 전사들만이 할 수 있는 숭고한 임무요."

"그건 좀 곤란한데요."

대지의그림자에서는 당혹스러웠다.

위드와 관련이 있는 퀘스트이기 때문에 약간은 꺼림칙한 기분도 들었지만, 규모나 난이도 측면에서는 여러모로 구미가 당기기는 했다.

유물이나 특별한 발견물 같은 건 돈을 많이 벌거나 본인이 쓰는 정도로 만족을 하지만, 사막 지역을 개선하는 업적은 모험가로서 끌리는 면이 아주 컸다.

하지만 사막 전사만 가능한 퀘스트라면 지금 와서 전직을 하기에는 너무 아까웠다.

도굴꾼 엘릭스가 물었다.

"사막 전사는 어떻게 되는 겁니까?"

전직을 하고 싶은 마음은 없지만 그냥 참고삼아 알고 싶어서였다.

"사막에서 자라나서 태양을 피부로 느끼며 모래를 밟으면서 걸어간 남자들만이 자격이 있소."

"사막 전사가 될 수 없는 우리는 대제왕의 유산을 찾기에는 애초부터 무리로군요."

"그렇지는 않소. 수많은 사막의 전사들이 올바른 길을 구하기 위한 인도자를 찾고 있지."

"인도자라면, 옆에서 돕거나 길을 알려 주는 사람을 의미합니까?"

"맞소. 전사들은 대제왕을 향한 존경심과 큰 꿈, 재능을 가지고 있소. 사막에 피바람이 불어오지 않게 하고 부족들을 하나로 이끌 수 있는 대제왕의 탄생은 우리 모두가 바라는 것이오. 우리 사막 전사들이 목적을 달성할 수 있도록 도와주시겠소?"

띠링!

사막 전사의 길잡이

사막에 잠들어 있는 전설을 깨우기 위해 젊은 전사들은 해골 모래산으로 달려가고 있다. 오래전 대제왕 위드가 사막 전사들을 데리고 퇴치한 부르고뉴의 새끼들이 부화한 것.

전사들을 도와서 모래산에 있는 괴물을 퇴치하고 영웅의 업적을 쫓아라. 위험에 빠진 전사들은 인도자를 따르게 될 것이다.

난이도: A

보상: 사막 전사의 믿음. 성과에 따라서 다수의 사막 전사들을 이끌 수 있다.

제한: 명성이나 레벨에 대한 제한 없음. 열흘 이내에 완료해야 한다. 대제왕의 다음 퀘스트로 이어지게 된다.

"조금 까다롭긴 하겠는데요. 직접 퀘스트를 진행하는 방식도 아니고 전사들을 보살펴야 하다니. 이거 애 보는 것도 아니고."

엘릭스가 불평을 중얼거렸지만 다들 이미 진한 흥미를 느끼고 있었다.

사막 전사들을 통솔하며 퀘스트를 완수해 가는 새로운 방식은, 위험도를 떠나서 재미가 있을 것 같은 기분이 들었다.

호기심이 들면 결코 포기할 줄을 모르는 모험가들은 그런 쪽에서는 어쩔 수 없는 부류에 속했다.

"합시다."

"해 봐요."

퀘스트를 수락하였습니다.

그렇게 시작된 사막 전사들과의 퀘스트.

대지의그림자는 사막 전사의 길잡이 퀘스트를 받아들여서 사막 전사들을 만나게 되었다.

그러나 상상한 것과 현실은 많이 달랐다.

'아직 젊은 전사들이군. 사막의 기둥이 될 수 있도록 잘 챙겨 줘야지.'

사막 전사는 침을 뱉었다.

"뭘 쳐다보는 거요. 확 눈알을 뽑아 버릴라."

거칠고, 거만하며, 맞아야 정신을 차리는 사막 전사들!

압도적인 힘을 보여 주지 않으면 따르지 않는 사막 전사들과 함께하며 그들의 진정한 고난이 시작되었다.

❧

"정말 춥군."

―오늘의 날씨를 무시하신 것은 박사님입니다. 현재 기온은 영상 6도에, 새벽에 내린 비와 풍속 4미터의 바람으로 인하여 체감온도는 더욱 낮은…….

"시끄럽다. 묻지도 않은 말에 대답하지 마라."

유병준은 추위에 몸을 덜덜 떨고 있었다.

호주머니에 손을 넣고 공원의 벤치에 옹송그리고 앉아 있는 그를 누가 세계 최고의 부자이며 막후의 실력자, 과학자로 보겠는가.

금융계를 양손에서 주무르더라도 차가운 바람은 어쩔 수가 없었는지, 호주머니로 들어간 손은 나올 줄을 몰랐다.

그가 앉아 있는 나무 벤치에는 물기까지 남아 있어서 엉덩이에 기분 나쁜 축축한 느낌까지 들었다.

유병준은 현재 〈로열 로드〉의 세계를 최초로 통일할 가능성이 유력한 바드레이를 만나러 뉴욕의 한 공원에 왔다.

바드레이는 프랑스계 미국인이다.

그는 매일 오전 5시가 넘으면 규칙적으로 공원에서 달리기를 한다.

우연을 가장하여 직접 만나 보러 온 것이기 때문에 그의 일정을 맞춰서 기다리고 있었다.

"대체 언제 오려고 아직도 나타나지 않는 것인지 모르겠군."

유병준은 뼛속까지 아려 오는 한기를 느꼈다.

머릿속은 젊은 시절처럼 변함없이 빠르게 회전하는데 몸은 나이를 먹어 간다는 사실이 한 해가 다르게 느껴졌다.

간밤에 내린 비로 물기가 촉촉한 공원에서는 사람들이 운동을 하고, 부지런한 새들이 지저귀고 있었다.

아침의 공원에 가만히 벤치에 앉아 있으려니 끝없는 상념이 든다.

"나도 늙었군."

인생의 대부분을 바친 〈로열 로드〉.

불합리한 세상을 조롱하며 자신의 뜻대로 하려고 세웠던 어린 시절의 계획이 있었다.

자신이 만든 가상 현실의 주인공에게 개인이 감당하기 힘들 정도의 거대한 재력과 권력을 넘겨주는 것이다.

계획이 외로움을 이겨 낼 원동력이 되었고, 새로운 기술을 끊임없이 창조해 내는 밑바탕 또한 되어 주었다.

무모할 정도로 거창한 계획의 결실이 좋든 나쁘든 이루어지려는 마지막 단계쯤에 오게 되었다.

〈로열 로드〉에서 바드레이로 살아가는 유저를 만나는 건 유병준에게 대단히 중요했다.

벤치에 가만히 앉아 있기를 2시간 정도.

해가 완전히 떠오르고 난 이후에도 바드레이는 나타나지 않았다.

유병준은 추위에 떨다가 물었다.

"바드레이는 언제쯤 오는 것이지?

—박사님, 질문을 하신 겁니까?

"그렇다."

—바드레이는 오늘 아침 운동을 하지 않습니다. 주식회사 헤르메스를 설립하기 위한 투자자들과의 만남이 갑자기 잡혀서 1시간 20분 전에 라스

베이거스로 가는 비행기에 탑승했기 때문입니다.

"……."

유병준은 할 말을 잃었다.

추운 공원에서 2시간을 넘게 떨었던 게 헛고생이 된 것이다.

"알고도 말 안 했지?"

─묻지도 않은 말에 대답하는 걸 싫어하신 건 박사님입니다.

유병준은 고개를 숙이고 머리를 감싸 쥐었다.

인공지능을 탓해 봐야 자신이 만들어 냈으니 결국 스스로를 욕하는 것이다.

"바드레이는 언제 돌아오지?"

─일정상으로는 사흘 후입니다.

"그때 다시 와야겠군."

─…….

유병준은 인공지능이 아무런 대답도 없으니 불안한 기분이 들었다.

"바드레이가 그날 돌아오는 건 틀림없겠지?"

─주식회사 헤르메스를 세우는 일에 대한 사전 협의는 거의 끝났습니다. 흔한 표현대로 도장만 찍으면 되는 단계이니, 98.7%의 확률로 사흘 후에 돌아오게 됩니다.

"음, 그렇군."

유병준은 인공지능의 편리함에 매번 감탄했다.

모든 부분에서 인간의 불편함을 해소해 주고 질문을 던지면 즉각적으로 대답을 해 준다.

그런데 문득, 유병준에게 이상한 예감이 들었다.

"너 말 안 한 거 또 있지?"

—…….

"묻지도 않은 거, 이야기해 봐."

—그날의 날씨에 대해서입니다. 현재 지중해에서 형성되고 있는 비구름이 점점 크기를 불리게 되어서 약 60밀리 이상의 많은 비가 내리게 될 예정입니다.

얄미운 부하의 부활

대지의 궁전에 도착한 위드.

공식적으로 사냥 파티는 해산이 되고 그때부터는 각자 흩어지기로 했다.

그런데 대지의 궁전에는 상상도 할 수 없을 만큼 많은 사람들로 가득했다.

"지나가게 조금만 비켜 주세요."

"무기점에서 일을 다 보신 분은 다음 사람도 이용하게 어서 나오세요!"

"바가지 상인 연합에서 알립니다. 현재 잡화점의 모든 물건들이 품절 상태입니다. 앞으로는 궁전 밖에 있는 상인들을 이용해 주세요."

대지의 궁전의 모든 건물과 도로는 유저들로 인해 빼곡한 상태였다.

"이게 다 뭐요?"

파이톤은 얼이 빠져 있었다.

대지의 궁전에 사람이 가득하다 못해 까마득한 아래까지도 전부 가득 찼다. 평원에도 온통 개미 떼처럼 몰려들어서 정신이 하나도 없을 정도였다.

하늘에는 천공의 섬 라비아스가 있었으며, 수십만 마리가 넘는 조인족의 군무가 벌어졌다.

돌벽 위와 나무에도 인기 있는 참새 조인족이 아장아장 걸어 다니고 있다.

이만큼의 인원이 모인 것은 그야말로 사상 초유의 사태.

아르펜 왕국군이 움직이고 라비아스가 이동을 하면서, 북부 유저들은 당연하게 결전을 치르기 위해 대지의 궁전으로 왔다.

위드도 진심으로 감명 깊었다.

"역시 이 세상은 썩을 대로 썩었어. 나를 위해서 사람들이 모여 주다니, 이렇게 거짓과 위선이 판을 치는군!"

현실을 직시하는 객관적인 태도였다.

"하벤 제국군은 어디에 있다고 하니?"

"약 3시간 거리라는데, 지금 그게 중요해?"

"그럼?"

"풀죽, 풀죽, 풀죽이지!"

"풀죽신교 만세!"

대지의 궁전에 있는 수많은 유저들은 곧 다가올 전쟁 따위는 겁나지 않는지 풀죽을 외치면서 기뻐하고 있었다.

광란의 축제와도 같은 분위기였다.

위드는 냉정하게 고개를 끄덕였다.

"현대인들이 받는 극심한 스트레스, 그리고 집단 광기의 현장이로군."

자신이 특별히 한 것은 없다.

사람들의 마음이 아르펜 왕국에 있다는 증거였다.

"콩죽 팔아요. 설탕을 듬뿍 넣은 콩죽! 마시고 죽으면 든든합니다."

"던전 사냥에 유용한 횃불. 고기를 구워 드실 때에도 유용한 오래 타는 횃불이 단돈 4쿠퍼씩입니다."

"전쟁 이후에 여행 같이하실 분요. 목숨 걸고 미개척지 근처까지 갑니다. 소 3마리 구해 놨어요."

이런 상황 속에서도 북부의 유저들은 장사도 하고 동료도 찾았다.

번잡한 광장이 익숙해져서인지 얼마든지 이런 분위기를 즐기고 있었다.

"끄아아아아악!"

경치를 구경하다가 가끔씩 인파에 밀려나서 절벽에서 떨어지는 유저가 생겼지만, 사소한 일로 여길 뿐 누구도 신경 쓰지 않았다.

절벽에서 떨어지더라도 조인족이 날개를 펼치고 급강하해서 구해 주거나 마법사들이 비행 마법을 걸어 주었다.

"날아 보자. 으아아악!"

그것을 노리고 또 수백 명씩 유저들이 절벽에서 뛰어내리다가 한꺼번에 죽는 대참사도 발생!

위드는 아르펜 왕국의 장래가 심히 걱정되었다.

"짧고 굵게 살아야 돼. 어차피 아르펜 왕국의 역사는 길지 않을 것 같군."

하벤 제국에 침략을 당해서 상대적으로 약소국으로 보일 뿐, 아르펜 왕국도 광활한 북부 대륙 전역을 국토로 삼고 있다.

하벤 제국에 일부 점령당한 지역이 있어도 경제와 모험, 문화에 의하여 그보다 더 많은 지역으로 영토가 확대되었다.

내륙의 확장은 거의 다 끝나고, 바다로도 진출이 활발히 이루어지고 있었으니 잠재력만큼은 어마어마했다.

니플하임 제국의 붕괴 이후, 수많은 사람들이 추위와 몬스터를 피해서 바다로 탈출했다. 모험가들에 의해 가끔씩 제법 큰 섬들이 발견되어서 교류가 이루어지며 아르펜 왕국의 영향력이 높아지고 있었다.

건축가들은 북부의 상징이 될 만한 건축물들을 단기간에 지어 냈고 교통망을 연결해 놓았다.

하벤 제국의 침략 없이 1년, 혹은 2년의 시간만 주어졌어도 북부의 모습은 지금과는 완전히 달라졌을 것이다.

많은 유저들이 아르펜 왕국을 아끼고 지키려고 하는 것은 위드가 좋아서만은 아닌 것이다.

페일이 근심 어린 표정으로 남쪽을 쳐다보았다.

"위드 님, 벌써 저기 하벤 제국군이 보입니다."

시력이 뛰어난 궁수들은 아직 멀리 있는 하벤 제국군을 선명하게 볼 수 있었다.

육중한 공성 무기들을 밀고 끌며 천천히 진군을 하는 하벤 제국군.

깃발이 끝도 없이 이어져 있으며 기사단과 보병들이 착용한 갑옷들이 너무나도 웅장했다.

시야를 가득 채우고 다가오는 정예 병력은 대적하고 싶은 마음까지도 버리고 싶게 만든다.

위드의 눈에도 어렴풋이 그들이 보였다.

"개똥도 밟으려면 있다더니, 뭐 얻어먹을 게 있다고 결국 왔군요."

시끄럽게 떠들고 있는 유저들 중에도 하벤 제국군이 있는 방향을 보고 있는 부류가 꽤 되었다.

이 자리에는 북부 유저 중에도 고레벨들이 은근히 상당히 섞여 있다는 증거일 것이다.

그들이 어느 정도나 협력하게 될지는 어느 정도 위드에게 달려 있다.

일단은 싸우려고 대지의 궁전까지 왔지만 승산이 없는 전투에 뛰어들기에는 잃어버릴 게 너무도 많았다.

불가능을 뒤집어 놓는 위드의 기적이 벌어진다면 모든 이들이 앞장서서 기꺼이 싸우리라.

하지만 하벤 제국에 의하여 위드가 목숨을 잃고 용감하게 돌격한 북부 유저들도 박살이 난다면, 저마다 도망을 치느라 아비규환이 될 수도 있으리라.

"위드 님, 어떻게 하실 겁니까?"

페일이 물었다.

하지만 위드는 딱히 대답할 말이 없었다.

"뭐, 될 대로 되겠죠."

"탁월한 전술을 준비해 두셨겠죠?"

"음, 용감하게 싸운다가 전부입니다."

"정말요?"

"1골드를 걸겠습니다."

"……."

위드의 호주머니에 있는 1골드라면 진실 그 자체.

전쟁이 곧 일어나게 될 테지만 위드는 정체를 드러내고 군중을 지휘할 생각이 없었다.

대지의 궁전에는 너무 많은 유저들이 몰려 있었다.

하벤 제국군이 육중한 무게의 공성 무기를 앞세우며 느긋하게 온다고 하더라도 군단별로 편성하고 지휘 체계를 세우기에는 시간적으로 무리다.

국왕 위드가 나타났다고 더 난장판이나 벌어지지 않으면 다행일 것이다.

달려가서 싸우라는 말 외에는 딱히 복잡하게 내릴 명령도 없었다.

위드는 고민을 하다가 중얼거렸다.

"이 정도의 전장을 지휘할 수 있는 인물이… 현 시대의 기사로는 없겠지. 딱 마땅한 녀석이 하나 있긴 한데… 그놈의 얼굴을 다시 봐야 하다니. 그럼 저는 잠시 할 일이 있어서 궁전에 들어가 봐야겠군요."

그 말에 파이톤이 대검을 등에 메더니 먼저 걸어갔다.

"알겠소. 나도 이런 자리에는 빠질 수가 없지. 몸이 뜨거워지는데 한바탕할 준비나 해야겠군."

"저 역시 가겠습니다. 여기에 사냥감들이 매우 많이 있군요."

이름을 밝히지 않은 남자도 조용히 어둠 속으로 사라졌다.

페일은 활을 꺼내 시험 삼아 가볍게 시위를 튕기며 물었다.

"저는 상점을 방문한 후에 전투를 위해 좋은 자리를 잡아야 겠습니다. 이곳에서 모이기로 한 동료들도 만나 봐야 하구요."

"알겠습니다. 전투가 벌어지고 난 후에나 뵙죠."

모두 떠난 후에, 위드는 멀리서 다가오는 하벤 제국군은 무시하고 조각품을 깎기 위해 궁전의 내부로 들어갔다.

☜❦☞

—어디야. 수색 팀 응답하라.
—수색 팀 1, 아직 발견 못 했습니다.
—수색 팀 2, 전혀 보이지 않습니다.
—수색 팀 3, 나타나지 않은 것 같습니다.

헤르메스 길드의 정보대와 암살단도 대거 대지의 궁전으로 파견되어 있었다.

최정예로만 무려 700명의 인원.

그들에게는 아직 헤르메스 길드 수뇌부의 최종 명령이 내려오지 않았다.

수뇌부에서도 여러모로 고민 중이었다.

'전투 시작부터 위드를 암살해?'

'아냐, 그러면 승리의 효과가 떨어진다. 군대를 동원해서 정식으로 싸워도 충분한데. 뼈아픈 패배를 경험하게 하는 편이

더 낫지.'

'그래도 위드를 죽이면 큰 전투를 아주 쉽게 이길 수가 있는데…… . 궁전이 파괴되면 왕국 전체에 심각한 악영향이 오게 될 테고 말이야.'

'도망치면 여러모로 귀찮아진다. 북부를 완벽하게 제압하기 위해서는 위드를 죽여야 돼. 그리고 나타나기만 한다면 이번이 최고의 기회고.'

수뇌부에서도 의견이 갈렸다.

전쟁의 신으로까지 불리는 위드는 핵심 중요 인물이다.

전투 중에 암살을 해 버리면 간편하고 쉽지만, 북부 정벌군의 전면전으로도 패배는 조금도 걱정되지 않았다.

'대기한다. 먼저 대지의 궁전을 샅샅이 뒤져서 위드부터 찾아내야 해.'

'놈은 무모한 모험들을 숱하게 성공시킨 만큼 아마도 도망치지 않을 가능성이 높다.'

암살단과 정보대에서는 위드를 찾아낸 후 일단 상황을 지켜보기로만 했다.

궁전의 요소요소마다 배치되어 있는 암살단원들. 초보로 복장을 갈아입기도 하고 상인처럼 마차도 끌고 있었다.

최대한 평범한 흉내를 내면서 주변을 살폈다.

전쟁이 개시되면 위드의 처리는 미루어 두더라도 중요 인물들은 암살하기로 약속되어 있었다.

암살단이 내부에서 활약한다면 외부의 공격도 훨씬 수월해질 것이다.

"커억!"

"윽!"

"아, 암습…….."

거리 곳곳에서 사람들이 쓰러져서 회색빛으로 변해 갔다.

대지의 궁전에는 유저들이 북적거리고 있었기에 금방 발견되었다.

"사람이 죽었다!"

"무슨 일이야?"

"암살자들이 있는 것 같습니다, 여러분!"

정보대원들은 당황해서 길드 채널로 말했다.

> ─무슨 일입니까? 아직 전투가 벌어지지도 않았는데 벌써 움직이다니요.
> ─사람들을 죽이면 경계를 심하게 만들 뿐입니다. 더구나 저런 상인들을 죽여서 무슨 이득이 있다고…….

정보대원들이 질책을 하는데, 암살단원 중의 1명이 급하게 말했다.

> ─우리가 한 게 아닙니다. 우리가 표적이 되어 죽어 가고… 크윽!
> ─뭐라고요?

헤르메스 길드의 정예 암살단원들.

암살단원이 되려면 레벨이 380은 넘어야 했고, 각종 훈련과 스킬들을 습득해야 했다.

암살자의 특성상 레벨 380이라도 은신술과 위장술로 접근하여 독을 바른 단검이나 석궁을 이용하여 레벨이 훨씬 높은 자도 죽일 수 있다.

가벼운 몸놀림으로 뛰어다니며, 다수의 협공은 경악에 가까운 위력을 선보인다.

베르사 대륙 전역에 악명이 자자한 암살대가 마구 쓰러지고 있었다.

> ―무슨 일입니까? 적의 위치와 정체는요?
> ―모릅니다. 동료들이 어디선가 날아오는 독침에도 죽고, 가까이 다가온 손님이 칼로 찌르고 순식간에 그림자 속으로 사라지고…….
> ―지금 그게 말이 됩니까!
> ―우, 우리도 엘리트 암살자들이라 자부하고 있지만 이런 은신술과 치명적인 공격은 처음 겪어 봅니다. 당하자마자 즉사를 시킬 정도로 강력한 공격력이에요.
> ―몇 명의 적이 우릴 노리는지조차도 파악이 안 됩니다.

암살대원들은 평범한 초보로 위장을 하고 있었다.

대지의 궁전에 흔해빠진 레벨 50 이하의 유저 복장에 그것도 조각사나 화가, 상인과 같은 비전투 계열들의 옷차림을 했다.

거의 무방비 상태나 다름이 없었다.

'흠, 너무나도 쉬운데?'

헤르메스 길드를 공격하는 암살자는 위드와 사냥을 갔던 남자였다.

그가 가지고 있는 스킬은 '진실의 눈.'

진실의 눈은 상대방의 은신이나 위장을 낱낱이 파헤치는 기술이었다.

헤르메스 길드의 암살자들은 예외 없이 엄청난 악명을 가지고 있었으며, 살인자로서 이마에 붉은색의 이름 표시가 뜬다.

각자 위장술을 써서 그걸 가리고 있었지만 그에게는 아무 방해 없이 정상적으로 보였으니 그저 잘 차려 놓은 밥상이었다.

남자는 그림자에서 튀어나와서 목표의 등 뒤를 가볍게 단검으로 찔렀다.

위드와의 사냥 때문인지 암살자들을 처리하는 속도 역시 매우 빨라져 있었다.

'후후후, 암살자가 암살자를 사냥한다는 건 역시 가장 재미있군.'

경험치와 스킬 레벨도 몇 배로 획득했다.

악명이 높은 암살자들은 일반 몬스터를 상대로 하는 것과는 차원이 다른 경험치를 제공한다.

—계속 공격을 당합니다.
—꽃을 파는 상인으로 위장한 우리 동료를 죽이고 지금 멀어지고 있다.
—한꺼번에 덮쳐. 완전한 은신 상태에 빠져들기 전에 처리해야 해.
—벌써 기둥 아래 그림자 사이로 사라졌습니다.
—그 부근을 철저히 수색을…… 컥!
—부라노스 님도 당했다!

헤르메스 길드의 암살자들은 복장을 바꾸고 뛰어다녔다.

적과 싸우기 위하여 극독을 바른 단검을 꺼내서 오른손에 단단히 쥐었다.

일부는 휴대용 석궁까지 꺼내서 팔에 장착했다.

대지의 궁전에 있는 유저들에게는 이상한 광경이었다.

"뭐야, 무슨 일이 벌어지는 거야? 저런 장비는 레벨이 아주 높아야 착용하는 건데."

"사람이 막 죽어 나가고 있네."

"왕궁 안에서 서로 막 싸워도 되는 건가? 이봐요, 밖에서 싸워요."

"저 장비는 암살자만 쓰는 거 아니야?"

갑작스러운 상황의 변화로 헤르메스 길드의 암살자들에게는 일이 크게 잘못되어 가고 있었다.

은밀함과 어둠은 암살자들의 주특기다. 위장술을 통해 정체는 감추고 적들의 진영을 자유롭게 누비며 활동한다.

그런데 그런 장점이 사라지고 온통 적 유저들밖에 없는 한복판에서 고스란히 노출되었다.

상당수는 전혀 아무 관계 없는 척 서 있었지만 그림자 속에 숨어 있는 암살자가 귀신같이 나타나서 공격을 한다.

위장술도 의미가 없어지고, 정체는 곧 탄로 나기 일보 직전의 상태!

북부의 유저들이 시끌벅적하게 떠들었다.

"저들이 누구야."

"음, 우리 북부 출신 중에서 저런 복장을 입고 있는 높은 레벨의 암살자들은 없잖아."

"그럼 뭐, 헤르메스 길드인가?"

"그놈들이라면 가능하지. 딱 비열한 놈들이잖아. 그리고 예전에 방송을 보니까 저런 식으로 먼저 침투해서 분열을 일으키더라고."

무기를 꺼내고, 마법을 준비하는 북부의 유저들.

이제 헤르메스 길드의 암살자들에게는 강요된 최악의 선택밖에 남지 않게 되었다.

—모르겠다. 주변에 보이는 모든 적들을 공격하라!
—전부 죽여!

대지의 궁전에서 암살자들의 대란이 발생했다.

아무리 헤르메스 길드의 유저들이 강하다고 하더라도 대지의 궁전에도 그들을 상대할 만한 사람은 드문드문 있었다.

본색을 드러낸 암살자들에게는 온갖 종류의 공격이 쏟아지게 되었다.

결국 5분도 되지 않아서 완벽하게 전멸.

—암살대가 몰살당했습니다.
—어떻게 이런 일이······.

헤르메스 길드의 수뇌부에서는 보고를 받자마자 공황 상태에 빠졌다.

암살대는 그 특수성 때문에 지금까지 활용도가 높았는데 완전히 전멸을 당하고 말았다.

살인이나 파괴 행위로 인하여 악명이 엄청나서 죽음으로 인한 피해도 매우 컸다.

—대지의 궁전에서는 이제 어떻게 할까요?
—수색 작업 종료. 정보대는 임무보다는 철수를 우선하여 진행한다.

정보와 암살 담당 스티어가 명령을 내렸다.

금쪽처럼 아까운 정보대까지 잃을 수는 없었다.

그리고 얼마 후에는 주민들이 이야기를 하기 시작했다.

"자네, 이야기를 들었는가? 대지의 궁전에 죽음의 신이 등장했다는군."

"아, 그 죽음을 몰고 오는 그림자라는 사람?"

"맞아. 바로 그 양념게장 말일세."

❧ ☙

"이건 정말 아닌데 말이야."

위드는 입으로는 구시렁거리면서도 조각칼을 부지런히 계속 움직였다.

"놈들이 보인다!"

"저 멀리 하벤 제국군이 몰려오고 있다!"

궁전 밖에서는 유저들이 외치는 소리가 계속 들렸다.

"뭐, 정말 꼴 보기 싫은 놈이더라도 어쩔 수 없지. 인생은 하고 싶은 일만 하면서 살 수는 없으니까 말이야. 다 먹고살자고 하는 짓이란 이야기가 괜히 나온 것도 아니고."

위드는 울적한 기분을 느끼면서 석상을 조각했다.

대지의 궁전에 국왕을 위하여 놓여 있던 열두 가지 색채로 빛나는 천연석 덩어리.

아무래도 국왕이 조각사이기 때문에 특별히 마련해 놓은 천연석이었는데 지금은 사람을 조각하는 데 쓰이고 있었다.

반듯한 눈썹과 오뚝한 콧날, 여인들을 빨아들일 것 같은 크고 맑은 푸른 눈동자, 부드러우면서도 강직한 입매.

얼굴은 두말할 필요가 없는 미남이었지만 몸과 다리의 늘씬한 비율도 도저히 일반인이 아니었다.

거리에 서 있으면 단연 돋보일 수밖에 없는 몸매였다.

아마 어떤 옷을 입고 있더라도 만든 디자이너가 자신의 직업에 자부심을 느낄 수 있게 해 주리라.

천연석의 다채로운 빛깔과 질감은 그 부위마다 보석처럼 느껴지게 했다.

"크흠, 이런 인간이 실제로는 존재할 수가 없는 거지. 말도 안 되는 사기고 거짓말이야."

조각을 하면서도 위드의 입에서는 불평불만이 절로 계속 나왔다.

대한민국 사람의 평범한 신체 비율을 가진 자신에 비하여 엄청난 다리 길이와 넓은 어깨, 작은 머리의 월등한 육체 조건.

세계 최고의 모델 앞에 서 있는 군밤 장수가 된 것 같은 느낌이었다.

몸매가 완벽하고 얼굴까지 잘생긴 남자들은 인류의 민폐가 아닐 수 없었다.

기억을 못 한다면 차라리 마음이 편할 테지만 미운 구석이 많은 놈인 만큼 더 자세히 알고 있었다.

"언젠가 다시 보게 될 줄은 뭐, 알긴 했지만. 그래도 이렇게 일찍 만나게 되다니."

위드가 조각을 하는 대상은 바로 전쟁의 시대에서 함께 대활약을 펼쳤던 헤스티거!

다행히 부하로 부려 먹기는 했지만 까딱하면 헤스티거에게

얄미운 부하의 부활 627

밀려서 들러리 역할을 할 뻔했다.

"이놈이 내 밥그릇을 얼마나 많이 위협했는지. 그 억울함을 제대로 갚아 주지도 못하고 헤어졌는데. 흠, 못다 한 잔소리를 할 수 있을지 모르겠군."

위드가 조각을 하는 동안 밖에서는 헤르메스 길드의 암살대가 활약을 했다는 소식도 언뜻 지나간 듯싶었지만 상관하지는 않았다.

직접적으로 자신에게 공격을 하지 않으면 신경을 쓰지 않는 무관심함!

복잡한 사회를 살아가는 현대인에게 있어서는 정신 건강을 위한 필수 덕목이라 할 수 있다.

구구구구!

짹짹!

대지의 궁전에서 기다리고 있던 은새와 황금새가 위드의 양 옆에서 시끄럽게 쫑알거렸다.

은새는 미남을 좋아했고 황금새는 질투를 하는 것이다.

그렇게 헤스티거의 조각상이 완성되었다.

"음, 완벽하군. 진짜 잘 만들었어, 크후후후. 순수하게 내 조각술 실력이 뛰어나기 때문이지. 그런데 너무 잘 만들어 버린 것 아닌가?"

조각품을 샅샅이 훑어보며 흠을 잡아 보려 했지만 그게 잘 안 되었다.

작은 실수도 저지르지 않았으며, 우연치 않게도 실력 역시 200% 발휘되었다고 해야 옳았다.

헤스티거를 보면서 느꼈던 질투와 부러움의 감정들이 오히려 조각품에 집중해서 더욱 공을 들이는 결과를 낳았던 것이다.

"하긴 뭐, 이 정도 되었으니까 내 부하를 해 먹었을 테지만 말이지."

> 만든 조각품의 이름을 정해 주십시오.

"헤스티거라고 하자. 아니, 뭐… 조각품의 이름은 내 마음대로 짓는 거고 곧 생명을 부여할 테니 의미는 없겠지. 그렇다면… 건방진 부하 녀석이라고 짓도록 하지."

> 〈건방진 부하 녀석〉이 맞습니까?

"맞아."

이런 식으로라도 잘난 헤스티거를 향한 분풀이를 하는 위드였다.

띠링!

> **명작! 〈건방진 부하 녀석〉을 완성하였습니다!**
> 베르사 대륙의 길고 긴 역사에는 기록되지 않고 사라진 인물들이 많이 있다. 그러나 영웅 중의 영웅인 헤스티거는 불신과 탐욕, 모략과 부덕이 판을 치던 전쟁의 시대에서 단연 빛나는 별과 같은 존재였다. 그는 기사가 아니지만 약자를 보살피고 존중할 줄 알았다. 어긋난 길을 걷고 있던 기사들의 정신적인 지주가 되었으며, 천재적인 재능으로 한계를 극복하여 시미터를 완전하게 다루었다. 주민들을 탄압하는 잔혹한 군주에게는 고개를 숙일 줄 모르는 완전한 전사로서, 부도덕하고 무질서한 대륙에 정의를 바로잡았다.
> 땅과 바람과 아름다움, 태양의 신이 그가 내딛는 걸음을 축복하였고, 군신의 교

단에서는 한때나마 그를 숭배하였다. 한 개인으로서 그가 떠돌면서 세운 걸출한 업적들은 국경의 한계를 넘어 기사도의 표본이 되었다고 봐도 옳으리라.

지금 인간 중에서 가장 완벽한 외모를 가진 조각상이 탄생하였다.

예술적 가치: 7,985

옵션: 〈건방진 부하 녀석〉을 본 이들은 생명력과 마나 회복 속도가 하루 동안 42% 증가. 기사와 전사에게 올바른 정신력 스킬을 익힐 수 있게 한다. 기사의 지휘 능력에 많은 숙련도를 제공. 명예 +120. 학문과 검술, 마법 스킬의 습득 능력이 일주일 동안 7% 향상된다. 모든 스탯 41 상승. 동료나 부하와 함께 사냥하면 모든 능력치가 함께 4% 증가. 〈건방진 부하 녀석〉이 보이는 영역에서 모든 병사들의 사기가 최대치를 유지한다. 다른 조각품과 중복으로 적용되지 않는다.

지금까지 완성한 명작의 숫자: 26

조각술 스킬의 숙련도가 향상되었습니다.

손재주 스킬의 숙련도가 향상되었습니다.

명성이 1,320 올랐습니다.

예술 스탯이 12 상승하였습니다.

투지가 3 상승하였습니다.

매력이 7 상승하였습니다.

> 명작 조각품을 만든 대가로 전 스탯이 1씩 추가로 상승합니다.

"이놈의 외모지상주의 세상! 재료가 좋고 대상이 좀 잘생겼다고 해서 명작이라니! 뭐, 그렇다고 해서 새삼스럽게 기분이 나쁜 건 아니지만 말이야."

헤스티거의 조각상을 만들어 놓고 보니 새삼스럽게 감회가 새로웠다.

전쟁의 시대에서는 시기와 질투로 구박을 했지만 그게 진실의 전부는 아니었다.

'내가 위험에 빠진 적도 많았지.'

조각술 최후의 비기 퀘스트.

사막에서 한정된 시간 동안 성장을 해야 했기 때문에 불리한 점도 많았다.

무리하게 던전을 탐험하다가 무리해서 위기를 겪어야 했던 게 한두 번이던가. 위드 자신은 물론이고 조각 생명체까지도 위험해졌을 때에 헤스티거가 실력을 발휘하여 빠져나온 적도 많다.

충성심으로 추격해 오는 몬스터들을 막았고, 보스급 몬스터의 미끼도 되었다.

헤스티거가 위드의 몫을 가로채기도 했지만 그의 도움이 없었더라면 사막의 대제왕의 전설 또한 이루어지지 않았을지도 모른다.

위드조차 질투하게 만들었던 영웅 헤스티거!

"나타나라, 못난 부하 놈아. 조각 부활술!"

조각 부활술 스킬을 사용하였습니다.
사막의 전사 헤스티거, 예술의 부름을 받아 이 땅에서 다시 움직이게 될 것입니다.
예술 스탯 45가 영구적으로 사라집니다. 신앙 스탯 10이 영구적으로 줄어듭니다. 레벨이 3 하락합니다. 생명력과 마나가 18,000씩 소모됩니다.
조각 부활술에 의하여 되살아나는 인물은 생전의 지식과 능력을 가지고 있습니다. 정해진 짧은 시간이나마 세상을 다시 볼 수 있고 움직일 수 있게 해주는 것에 대해 고마워할 수도 있고, 그렇지 않을 수도 있습니다.

조각 부활술 스킬의 숙련도가 향상되었습니다.

대전의 중앙에 장식되어 있던 천연석 조각상이 변하기 시작했다.

조각상의 머리카락이 고귀한 금발로 변하고, 눈동자가 푸르게 빛났다. 탄탄한 상체의 근육이 물결처럼 출렁이더니 가볍게 숨을 쉬었으며, 단단하게 땅에 붙어 있던 다리도 움직여서 걷기 시작했다.

단지 한 사람이 움직이는 것에 불과한데도 대전의 분위기가 확 바뀌었다.

곧은 콧날과 남자다운 턱선. 잘생겼다는 말로도 한참 부족하고, 매력도 철철 넘쳐흐른다. 위드보다도 훨씬 왕처럼 느껴지는 그의 외모, 고귀한 기품이 느껴지는 그가 호기심 가득한 표정으로 주변을 돌아보았다.

'헤스티거가 살아났다.'

위드는 긴장한 채로 그를 보았다.

상체를 벗고 있는 헤스티거의 근육은 아름다운 예술품과도 같았다.

그 근육에서 발휘되는 불가사의한 힘은 현재의 위드를 가볍게 없애 버리기에 충분할 터!

'내가 무모했던 게 아니었을까.'

헤스티거가 그에게 어떤 독한 마음을 가지고 있다가 분풀이를 할 수도 있지 않겠는가.

조각 부활술을 펼친 대상이 꼭 협조적으로 나오라는 법은 없었다. 부활의 기적에도 불구하고 살아난 대상은 자신의 의지와 뜻대로 활동한다.

'나라면 복수할 기회만을 노렸겠지. 약해진 나를 보며 온갖 트집을 잡아서 괴롭히다가 목숨을 빼앗는 것은……! 하벤 제국 이상으로 위험한 적을 불러온 것일 수도 있어.'

위드가 뒤늦게 자신의 실책을 깨닫고 후회하고 있었다.

헤스티거는 주변을 둘러보더니 위드를 발견하고는 정중하게 말했다.

"주군께서 이곳에……! 믿기지 않는군요. 정말 주군이 맞습니까?"

"마, 맞아."

헤스티거의 잡티 하나 없이 깨끗한 얼굴이 잠깐 의아한 표정을 짓더니 곧 여자들의 마음을 해외로 날려 버릴 정도로 부드러운 미소를 지었다.

"살아 계셨군요. 과거보다 젊어지신 것 같습니다."

낮고 그윽한 목소리까지 더해지니 여자들의 마음을 은하계 너머로까지 날리기에도 충분하다.

한눈에 알아보니 지은 죄가 꽤나 많은 위드는 심장이 덜컥 내려앉았다.

그러나 헤스티거는 공손하게 무릎을 꿇고 목을 내밀었다.

"엠비뉴 교단을 물리치고 빠져나온 이후로 주군을 뵙지 못하여 걱정을 많이 했습니다. 그 후로 주군의 소식을 듣기 위하여 대륙을 떠돌아 다녔지만 도저히 알 수가 없어서 애를 태웠는데 이제야 만나게 되었군요. 주군을 끝까지 모시지 못하였으니 저를 벌하여 주십시오."

"아, 아니다. 일어나라."

위드는 조심스럽게 물었다.

"지금의 나는 너보다 약하다. 알고 있느냐?"

"예, 느껴집니다."

사막 전사들은 힘의 율법에 따라서 강자에게 복종하는 습성이 있었다.

위드는 긴장으로 마른침을 삼켰다.

"그런데도 예전과 똑같이 나에게 충성을 바치겠느냐?"

"저의 목숨은 하나입니다. 비록 목숨을 잃은 이후에 다시 살아난 것이기는 하지만, 제 가슴을 뛰게 했던 심장의 고동 소리는 여전하며 뜨거운 피 역시 그대로 흐르고 있습니다."

멋진 대답이었음에도 불구하고 위드의 의심병은 사라지지 않았다. 약간 추잡하다는 생각도 들었지만, 지은 죄가 있으니 어쩔 수 없었다.

"그래도 이 바닥이 워낙 뒤통수를 조심해야 해서 말이야. 노파심에서 다시 물어보는 건데, 정말 너를 믿어도 될까?"

"사막의 모래바람 속에서 주군에게 충성을 다짐하고 긴 시간이 흘렀지만 바뀐 것은 어떤 것도 없습니다. 저의 생명이 이어지고 끝나는 순간까지, 사막의 모래가 모두 사라지는 그날까지 충성의 다짐은 이어지게 될 것입니다."

"과연 나의 부하다."

주말 드라마 남자 주인공과 같은 헤스티거의 든든한 목소리와 말투는 신뢰감을 가득 안겨 주었다.

위드는 다시금 대제왕 시절의 호쾌한 기분이 떠올랐다. 물론 지닌 무력이야 그때에 비한다면 일천하기 짝이 없었지만.

"이제 와서 하는 말이지만, 과거에도 너를 가장 믿고 있었느니라."

"언제나 절 믿으시고 중요한 일들을 맡겨 주신 걸 잘 알고 있습니다. 세상을 구하기 위한 숭고한 임무에 동참시켜 주신 것을 감사드립니다."

"근데 넌 왜 죽었지?"

위드는 불현듯 궁금증이 일어났다.

그가 엠비뉴 교단을 무찔렀을 당시만 하더라도 부하인 사막 전사들을 어찌해 볼 만한 강자가 대륙에는 없었다.

"엘프들을 고향까지 데려다주고 나서 대제를 찾기 위해 세상을 방랑했습니다. 그러면서 요정들과 함께 온갖 장소들을 다 가 보았습니다. 남부와 서부, 고요의 사막을 지나고 수몰의 늪과 봉인된 자들의 땅을 지나서 죽은 자의 손톱으로 만든 배를 탔습니다."

"손톱으로 만든 배? 별걸 다 타 봤군. 계속 말해 봐라."

"신들의 영역에까지 가서 대제의 흔적을 찾으려고 했습니다만 그곳의 수문장과 싸우고서 거인들의 땅에 도착하여……."

"그만. 더는 알고 싶지 않다."

위드는 그것으로 충분했다.

고요의 사막을 건너갔다는 이야기는 흥미를 자극했지만 왠지 모르게 등줄기를 서늘하게 만드는 예감이 들었다.

헤스티거의 모험을 언젠가는 자신이 하게 될지도 모른다는 불길한 느낌이었다.

"놈들의 마법사 부대가 무언가 심상치 않은 주문을 외우고 있어요!"

"하벤 제국 놈들을 물리쳐라!"

"나가서 싸웁시다, 풀죽 용사들이여!"

대전 밖에서는 계속 시끄러운 소란이 들려왔다.

하벤 제국의 북부 정벌군이 몰려와서 평원에 늘어서 있었다. 전쟁이 벌어지기 직전의 상황이었다.

헤스티거의 눈이 번뜩였다.

"이 소리들은 다 무엇이옵니까? 곧 전투가 벌어질 것 같습니다만."

"이건……."

위드는 말을 잘해야 한다고 생각했다.

전일, 전이, 전삼, 이런 조각 생명체 부하들은 단순해서 싸우는 이유 같은 게 필요하지 않았다.

반면에 헤스티거의 경우는 불쌍한 이들을 위하여 시미터를 휘두르고, 때때로는 그들을 지켜 주는 역할도 했다.

위드를 위해서라면 기꺼이 타는 불 속에도 뛰어들 헤스티거다. 하지만 정당하지 못한 명령을 내린다면 정의를 실현한다면서 칼을 뽑아 들어 거꾸로 위드를 향해 휘두를 수도 있는 위험 인물이기도 했다.

'아무튼 착한 놈들은 다루기가 까다롭지. 그래도 잘만 치켜 세워 주면 정신 못 차리고 충성을 바치기도 해.'

순식간에 계산이 끝났다.

어떻게든 위드가 처해 있는 입장을 알리고, 적극적으로 하벤 제국과 싸우도록 설득을 해야 한다.

헤스티거가 적극적으로 싸울 명분이나 이유를 만들어 줘야 하기 때문이다.

"저들은 나의 왕국을 짓밟으려고 온 자들이다. 과거 팔로스 제국은, 너도 알고 있겠지만 자비롭지는 않았다. 나 역시 엠비뉴 교단을 물리쳐야 한다는 중대한 목적과 사막 부족들을 위해서 더 많은 땅과 도시들을 지배하기를 원했을 뿐, 진정한 통치자로서의 자질은 없었다. 나 하나 때문에 많은 이들이 고통을 받았다고 할 수 있지."

위드는 자기 자신에 대한 비판부터 했다.

전쟁의 시대는 어차피 가상의 역사에 개입을 했던 것이므로 특별한 책임감 없이 사막의 대제왕으로서 실컷 활개를 치면서 다녔다.

"내가 저지른 그 죄악이 아직도 생생하구나. 아침에 일어나기 전부터 전쟁의 시대에 벌어진 무수한 사건들이 떠오른다. 그들을 정복하지 않고 칼을 내려놓고 먼저 대화로 해결할 수는 없었을까, 엠비뉴 교단 처치라는 중요한 목적 때문에 나 자신을 잃어버렸던 건 아닐까… 내가 더 강하지 못했기 때문에 무리한 일들을 많이 벌여야만 했다는 죄책감으로 살아가고 있을 뿐이다."

"주군. 당시에 다른 왕국들은 팔로스 제국보다 더 악랄했습니다. 우리가 항상 정의롭지만은 않았지만 설득과 타협만으로는 일을 해결할 수 없었고 칼을 들이대지 않으면 그들을 바꾸지 못했을 것입니다. 그리고 사막 부족들은 대제왕의 덕분에 새로운 삶을 얻었습니다. 제국의 지배로 삶이 불편해졌던 자들도 대제왕을 원망할 수만은 없었을 것입니다."

헤스티거는 순진한 만큼 떡밥을 덥석 물었다.

초등학생에게 휴대폰 게임을 시켜 준다고 하니 정신을 못 차리는 것과 마찬가지!

고개를 숙였다가 다시 든 위드의 눈에, 고춧가루를 넣었을 때처럼 눈물이 글썽거렸다.

실제로는 고춧가루가 없어서 후추라도 재빨리 눈에 뿌렸다.

"지금은 전쟁의 시대와는 다르다고 믿었다. 모든 이들이 행복을 느끼고 개개인의 권리가 지켜지는 세상을 만들기 위해 북부를 개척하고 아르펜 왕국을 세웠다. 마음처럼 쉽지는 않았지만 예전부터 품고 있었던 꿈을 이루기 위하여 노력을 했던 것이다."

"그러셨군요."

"아르펜 왕국은 시작부터 천천히 이루어 갔으니 나 역시 황무지에서 조심스럽게 꽃을 가꾸는 기분이었다고 해야 할까."

위드는 과거를 떠올렸다.

모라타에서 시작하여 영역이 점점 넓어질 때에는 뒷산에서 산삼을 발견한 기분이었다.

남들이 캐어 갈지도 모른다는 걱정에 얼마나 분노와 짜증이 치밀었는지 모른다.

"왕국을 위해서 살아가면서 가슴을 채우는 보람과 기쁨이 있었다. 모두의 땀으로 결실을 만들어 갔다. 하지만 하벤 제국이라는 곳이 침략을 해 왔구나. 과거에 나 역시 힘을 앞세워서 일을 해결하려고 했으니, 지금 강자가 약자를 짓밟는다고 하여 어떻게 원망하거나 미워할 수가 있을까."

"으으음."

"아르펜 왕국의 맥이 여기서 끊어진다고 해도 나는 괜찮다. 목숨을 바쳐서 이루려고 했던 일이니 왕국과 최후를 함께 하면 그만. 얼마나 명예로운 일이냐. 그러나 부족한 나를 믿고 따라 준 주민들의 목숨이 슬프고 안타까워서 이 짐을 영원히 내려놓지 못할 것만 같구나."

헤스티거의 눈에 눈물이 맺혔다.

착한 이들은 왜 이다지도 눈물이 흔한 것인지.

"제가 저들을 막을 것입니다."

"아니다. 내가 마지막까지 힘을 써 볼 것이다. 내가 널 부른 이유는 두 가지다. 가장 충성스러웠고 자랑스럽기도 했던 너를 다시 보고 싶은 마음과, 왕국이 무너지고 나면 어린아이들과 여인들만이라도 살려 달라는 부탁을 하기 위해서다."

"주군!"

위드는 제가 말을 하고도 순간 식겁했다.

'너무 앞서 간 거 아닌가.'

정말 헤스티거가 어린아이들과 여인들만 구한다면 뒷감당 불가능.

조각 부활술을 사용했던 걸 뼈저리게 후회하게 될 것이다.

"주군, 저는 주군을 통해 사막 전사의 긍지를 배웠습니다. 패배는 없습니다. 저들을 모두 쓸어버릴 것입니다."

"헤스티거야!"

순간, 위드도 약간의 양심의 가책을 느끼기는 했다.

아르펜 왕국의 국왕과 사막의 대제왕을 거치면서 느끼는 바도 있었다.

'좋은 인생 경험이야. 악덕 사장의 꿈을 위해서는 계속 이런 식으로 살아야겠군.'

TO BE CONTINUED